Gustave Flaubert

Madame Bovary

MŒURS DE PROVINCE

Édition présentée, établie et annotée
par Thierry Laget

Gallimard

PRÉFACE

Au fil des ans, la littérature, saturée de couleur locale, avait disparu sous le pittoresque et le colossal : c'était, à chaque page, le Déluge et l'Apocalypse, des évasions, des naufrages, des lettres dérobées, du poison, de l'encre sympathique, des orphelins reconnus princes, des vengeurs, des bossus.

En 1856, un nouveau romancier s'avance, qui situe l'action de son livre au cœur de la Normandie paysanne et bourgeoise. Il détaille l'histoire lamentable d'une femme mal mariée que ses rêves mènent à l'adultère, à la ruine, au suicide. Passions mineures, décors banals, esprits étriqués, destins blêmes : le style, même, est un savant brouet de mots fins et gris, où l'adverbe joue le rôle que tenaient naguère les coups de théâtre.

Or, sur le fond des bigarrures, c'est ce roman-là, terne, qui paraît criard, plongeant ses premiers lecteurs dans la stupeur, excitant le scandale, ranimant la censure. Il est d'ailleurs à peine imprimé que la justice se met en branle et intente à l'auteur un procès pour « délits d'outrage à la morale publique et religieuse et aux bonnes mœurs ». On vend quinze mille exemplaires en deux mois.

Muni de tous ces sauf-conduits, Gustave Flaubert s'introduit dès son premier livre dans le cercle de gloire que d'autres tentent toute leur vie d'approcher. Il incarnera désormais dans les bibliothèques et dans les manuels la figure de l'écrivain — l'écrivain qui écrit, par opposition à l'écrivain qui publie, cette dernière silhouette fabriquant, de tout temps, les délices et les supplices de la «vie littéraire». Quant à Madame Bovary, *par la liberté de sa facture et des thèmes qu'il aborde, par l'inventivité des solutions narratives qu'il propose, il devient le parangon du roman moderne.*

Pourtant, Flaubert n'a pas recherché cela. Pendant des années, il écrit pour lui-même, sans espoir, sans désir de publication. La phrase à polir est pour lui un exercice spirituel, la règle d'un couvent qui ne veut recruter aucun novice. Comme d'autres, il rêve de féeries, d'émeutes, d'armées en marche, de Moyen Âge. Mais il a aussi de claires notions, il sait à quoi ressemblerait un livre neuf, bien charpenté et bien ouvré, et ce que serait le geste de son artisan. Pour une première fois, il a voulu contraindre son génie, l'appliquer à de modestes tâches. Il a voulu, explique-t-il, faire «un livre sur rien, un livre sans attache extérieure, qui se tiendrait de lui-même par la force interne de son style, comme la terre sans être soutenue se tient en l'air, un livre qui n'aurait presque pas de sujet ou du moins où le sujet serait presque invisible[1]». Ce «livre sur rien», c'est — on l'aura compris — un livre sur tout[2]: un livre sur l'homme, sur la femme, sur leurs songes, sur la société qu'ils ont édifiée pour les y enterrer, sur ses codes et ses usages, sur leurs souffrances, un livre sur la passion et sur le néant, sur le corps, sur les choses, sur le monde, sur la mort, un livre sur la littérature même qui perpétue cela, sur son logos, *son* pathos, *son* ethos.

---

1. À Louise Colet, 16 janvier 1852, *Correspondance*, éd. Jean Bruneau, Gallimard, Pléiade, t. II, p. 31.
2. Pour Jean-Paul Sartre, cela ne «signifie pas, à ses yeux, écrire pour ne rien dire mais écrire pour dire le Rien» (*L'Idiot de la famille*, Gallimard, 1988, t. III, p. 20).

Derrière les voiles opaques de sa province, Madame Bovary *prend des poses d'almée. C'est d'abord un rêve d'Orient travesti en tourment cauchois. Le roman n'a pas besoin de costumes chamarrés pour esquisser sa danse, mais il ne dédaigne pas les accessoires exotiques, telle cette écharpe terminée par des glands d'or que Flaubert, en Égypte, avait voulu acheter à la belle Kuchuk-Hanem, sa maîtresse d'une nuit, qui s'en ceignait les reins*[1]. *Le livre est parsemé de ces détails («écharpes algériennes», «pastilles du sérail», «racahout des Arabes», illustrations de keepsakes — «vous y étiez aussi, sultans à longues pipes, pâmés sous des tonnelles, aux bras des bayadères, djiaours, sabres turcs, bonnets grecs*[2]*»), qui sont autant d'indications datant le texte: après que la France a conquis l'Égypte et l'Algérie, l'Égypte et l'Algérie ont conquis la France, la peinture s'est inclinée, la littérature a succombé, et les orientalistes sont maîtres de l'époque: Delacroix, Géricault, Ingres, Hugo, Nerval. Flaubert sait, lui aussi, manier la «couleur locale», ou plutôt ce qu'il nomme la «couleur morale*[3]*». Mais c'est le vent du désert qui tourne les pages quand il écrit: il a conçu son roman en Orient, lors du grand voyage de sa jeunesse, et il serait bien surprenant qu'il ait pu, dès son retour en Normandie, dissiper les mirages qu'il a caressés là-bas, et l'ennui qu'il y a savouré; la rédaction même du livre semble reproduire le lent voyage accompli à dos de chameau.*

L'Orient l'a longtemps tenu dans ses griffes: «J'étais né pour y vivre[4]*», note-t-il déjà en 1841. Avec*

1. *Corr.*, t. II, p. 778.
2. P. 88-89.
3. Voir Edmond et Jules de Goncourt, *Journal*, éd. René Ricatte, Laffont, «Bouquins», 1989, t. I, p. 692.
4. *Cahier intime de jeunesse*, éd. J.-P. Germain, Nizet, 1987, p. 43.

*Maxime Du Camp, de l'automne 1849 au printemps
1851, il parcourt enfin l'Égypte, la Palestine, la Syrie,
le Liban, la Grèce, l'Italie. C'est en mars 1850 que,
devant la deuxième cataracte du Nil, il aurait poussé
son Eurêka : «Je l'appellerai Emma Bovary[1] !» La critique érudite, se fondant sur l'étude des manuscrits et
la chronologie de la genèse du roman, a infirmé le
témoignage de Du Camp : il est cependant certain que
Flaubert a réfléchi en Orient au visage de son œuvre
future. À Patras, en février 1851, il confie à Louis
Bouilhet : «Que vais-je écrire à mon retour ? Voilà ce
que je me demande sans cesse[2].» Il hésite entre trois
sujets «qui ne sont peut-être que le même» :* «Une nuit
de Don Juan», *«l'histoire d'*Anubis, la femme qui veut
se faire baiser par le Dieu» *et le «roman flamand de la
jeune fille qui meurt vierge et mystique entre son père
et sa mère, dans une petite ville de province, au fond
d'un jardin planté de choux et de quenouilles, au bord
d'une rivière grande comme l'Eau de Robec». Flaubert
déclarera plus tard que cette vierge flamande, qui
«crève de masturbation religieuse après avoir exercé
la masturbation digitale[3]», est l'ancêtre d'Emma
Bovary, que, simplement, «pour rendre l'histoire plus
compréhensible et plus amusante, au bon sens du
mot, [il a] inventé une héroïne plus humaine, une
femme comme on en voit davantage[4]». Le drame est
donc noué, en son décor — l'Eau-de-Robec coule à
Rouen et dans le roman[5] — comme en ses péripéties
religieuses et érotiques : Emma aura, elle aussi, des
élans mystiques, sublimant son eros frustré par des*

---

1. Maxime Du Camp, *Souvenirs littéraires*, Hachette, 1906, t. I, p. 352.
2. *Corr.*, t. II, p. 750
3. À Louis Bouilhet, 14 novembre 1850, *Corr.*, t. II, p. 708.
4. Goncourt, *Journal*, t. I, p. 674, et lettre de Flaubert à Mlle Leroyer de Chantepie, 30 mars 1857, *Corr.*, t. II, p. 697.
5. P. 54.

visions d'art, inspirées d'un tableau de Fra Angelico
que Flaubert a admiré à Florence[1].

Il rêve d'un éternel ailleurs : en Orient, il pense à la
Flandre et à la Normandie ; en Normandie, plongé
dans Madame Bovary, il retourne sur la piste des
caravanes. L'exotisme n'est pas dans le paysage, mais
dans le regard de celui qui le contemple, et le cortège
de la noce cauchoise n'est pas moins pittoresque que
celui de la noce égyptienne que Flaubert a croisée au
Caire et qu'il décrit dans ses carnets de voyage[2]. «Moi
aussi, j'en ferai, de l'Orient», dit-il en parcourant par
la plume les rues d'Yonville, «mais sans turban, pipes
ni odalisques, de l'Orient antique[3].» Le conte auquel
il songe alors deviendra Salammbô, mais on a
conservé le plan d'un autre roman oriental, Harel-
Bey, dont toute sa vie il forma le projet et qu'il n'eut
jamais le cœur d'entreprendre[4].

Au demeurant, c'est plus qu'un rêve. Il n'a pas seulement poursuivi en Orient des fantômes révélés par la
littérature occidentale : il a voulu se fondre dans la
foule, adoptant le costume local, étudiant sans préjugés les mœurs et les coutumes, prêt à payer de sa personne pour goûter aux caresses des «bardaches[5]». Il a
observé une manière d'être, si proche de la sienne, et
les enseignements qu'il a retirés vont l'aider à concevoir son œuvre. Dans son cabinet de travail, il s'est
entouré de crocodiles embaumés, de pieds de momie
dorés, d'étoffes turques, d'amulettes — «un bric-à-
brac de choses d'Orient[6]». Là, il peut s'adonner à un

1. Voir p. 291 et la note 1.
2. *Voyage en Orient*, dans *Œuvres complètes de Gustave Flaubert*,
Club de l'honnête homme, t. X, p. 458.
3. À Louise Colet, 6 juin 1853, *Corr.*, t. II, p. 348. Voir encore
p. 395 et 416.
4. Marie-Jeanne Durry, *Flaubert et ses projets inédits*, Nizet,
1950, p. 104-108.
5. *Corr.*, t. I, p. 572-573.
6. Voir *Corr.*, t. II, p. 622, t. I, p. 642, et Goncourt, *Journal*, t. I,
p. 1023.

labeur qui ressemble bien peu aux études d'un homme de lettres rouennais, et davantage aux pirouettes des derviches.

Il a vu, en Égypte, en Turquie, ces «derviches hurleurs[1]» et, en Grèce, s'est entraîné à leur ressembler[2]. En écrivant Madame Bovary, *voilà qu'il hurle ses phrases à s'en écorcher la gorge: c'est la fameuse épreuve du «gueuloir».*

Il a vu, au Caire, des derviches «tomber en convulsions à force d'avoir crié Allah[3]». En écrivant Madame Bovary, *Flaubert devient la matière même de l'écriture, manquant défaillir plusieurs fois aux tourments de son héroïne. Ce sont des journées qu'il passe «dans l'Illusion»: «au moment où j'écrivais le mot attaque de nerfs, j'étais si emporté, je gueulais si fort, et sentais si profondément ce que ma petite femme éprouvait, que j'ai eu peur moi-même d'en avoir une. Je me suis levé de ma table et j'ai ouvert la fenêtre pour me calmer. La tête me tournait[4].» Plus tard, il confie à Taine: «Quand j'écrivais l'empoisonnement de Mme Bovary j'avais si bien le goût d'arsenic dans la bouche, j'étais si bien empoisonné moi-même que je me suis donné deux indigestions coup sur coup, — deux indigestions réelles car j'ai vomi tout mon dîner[5].»*

Il a vu, à Constantinople, les derviches tourneurs de Galata devenir le mouvement pur de leur danse, le pivot du monde. «C'est crâne. La gueule vous en pète[6].» Il y est retourné plusieurs fois, a discuté avec

---

1. *Corr.*, t. I, p. 713, 24 novembre 1850. Voir aussi dans le *Voyage en Orient*, éd. cit., t. X, p. 477 et t. XI, p. 41.
2. «Je pioche maintenant à faire le derviche hurleur», 9 février 1851, *Corr.*, t. I, p. 748.
3. 3 février 1850, *Corr.*, t. I, p. 584.
4. À Louise Colet, 23 décembre 1853, *Corr.*, t. II, p. 483-484.
5. Lettre du 20 novembre 1866, *Corr.*, t. III, p. 562. Flaubert a conté la même anecdote aux Goncourt: voir le *Journal*, t. I, p. 641.
6. 15 novembre 1850, *Corr.*, t. I, p. 711.

l'un d'entre eux, qui lui a révélé les secrets de son art.
« *Cela n'est pas assez vanté : chacun a une extase par-*
ticulière, vous pensez aux rondes des astres, au Songe
de Scipion, *à je ne sais pas quoi ? Un jeune homme,*
les bras tout levés et la figure perdue de volupté ; un
autre qui ressemblait à un archange, avec un air
d'autorité [...]. *Nul étourdissement quand ils s'arrê-*
tent. — Mouvement de leur robe qui tourne encore et
les drape[1]. » En écrivant Madame Bovary, *il se fixe*
une règle esthétique : « *Frappons sur nos guitares et*
nos cymbales, et tournons comme des derviches dans
l'éternel brouhaha des Formes et des Idées[2]. » *Le*
« *roman sur rien* » *gravite dans le vide, comme un*
astre, en révolution continue. Mme Bovary ne cesse
ainsi de valser en souvenir, au bal de la Vaubyessard,
à chaque instant de son existence, et jusqu'au néant.

L'hypnose narrative à laquelle œuvre Flaubert dans
Madame Bovary *vient de cet Orient dont toutes les*
leçons ont été retenues : il coïncide avec le règne des
contrastes, « *cette harmonie de choses disparates* », *où*
l'on hume « *à la fois l'odeur des citronniers et celle*
des cadavres[3] », *il marque la fusion du réel et du mer-*
veilleux, la coloration de la réalité par le regard, par
le style. Son art, décidément, est un art de derviche,
l'alliance du religieux et du saltimbanque. « *Il y a en*
moi, littérairement parlant, deux bonshommes dis-
tincts », *dit-il quelques semaines après qu'il a com-*
mencé d'écrire son roman : « *un qui est épris de*
gueulades, *de lyrisme, de grands vols d'aigle, de*
toutes les sonorités de la phrase et des sommets de
l'idée ; un autre qui fouille et creuse le vrai tant qu'il

---

1. *Voyage en Orient*, éd. cit., t. XI, p. 41 ; voir encore p. 44 et 48 ;
Corr., t. I, p. 713-714, et les « Éphémérides » de Maxime Du Camp
(p. 805).
2. 23 décembre 1853, *ibid.*, t. II, p. 484.
3. Souvenir de Jaffa, confié à Louise Colet, le 27 mars 1853,
Corr., t. II, p. 283.

*peut, qui aime à accuser le petit fait aussi puissam-
ment que le grand, qui voudrait vous faire sentir
presque matériellement les choses qu'il reproduit[1].»*

*Jusqu'alors, Flaubert n'a savouré cette «perpétuelle
fusion de l'illusion et de la réalité[2]» que dans un seul
livre, un «gigantesque bouquin[3]», cet Orient du
roman qu'est l'œuvre de Cervantès, à mi-chemin entre
la quête du Graal et la quête du réel, ce Don Qui-
chotte qu'il a connu par cœur avant de savoir lire[4] et
dont l'enfant qu'il fut coloriait les images[5].*

*Dans une époque où les «best-sellers» sont, comme
toujours et pour longtemps, des* Fables — *celles de La
Fontaine et celles de Florian* —, *des* Mille et Une
Nuits, *des* Chansons *de Béranger, les romans-feuille-
tons d'Eugène Sue, d'Alexandre Dumas, de Victor
Hugo, de Walter Scott et de Daniel Defoe[6],* Madame
Bovary *ne naît pas du néant, et l'on pourrait citer
d'autres devanciers de Flaubert: Rabelais, Mon-
taigne, Voltaire ou Balzac[7]. Mais* Madame Bovary
*est surtout fille d'une époque et d'une civilisation qui
trouvent leur gloire à produire de la fonte, des loco-
motives, des toiles de coton, et des poètes désemparés
par la vulgarité et la brutalité des temps, impuissants
face au règne de la matière positive qui se substitue
aux âges méditatifs.*

*Flaubert déteste son pays et ses semblables, n'as-
pire qu'à leur saper le moral, «aime à voir l'humanité
(et tout ce qu'elle respecte) ravalé, bafoué, honni,*

1. À Louise Colet, 16 janvier 1852, *Corr.*, t. II, p. 30.
2. À Louise Colet, 22 novembre 1852, *Corr.*, t. II, p. 179.
3. À George Sand, 23 février 1869, *Corr.*, t. IV, p. 25.
4. À Louise Colet, 19 juin 1852, *Corr.*, t. II, p. 111.
5. Voir *Corr.*, t. I, p. 5 et notes, p. 839.
6. Martyn Lyons, *Le Triomphe du livre. Une histoire sociologique
de la lecture dans la France du XIXe siècle*, Promodis, Éditions du
cercle de la librairie, 1987, p. 93.
7. Flaubert ne donne-t-il pas à son roman un sous-titre très bal-
zacien, «Mœurs de province»?

sifflé[1] ». *Au-delà de l'humour ou de l'humeur, il faut
lire certaines confidences comme des déclarations
de guerre :* « *Ô Attila quand reviendras-tu, aimable
humanitaire, avec 400 mille cavaliers, pour incendier
cette belle France pays des dessous de pieds et des bretelles ? et commence je te prie par Paris d'abord et par
Rouen en même temps*[2]. »

Derrière Madame Bovary, *l'herbe ne doit pas
repousser. S'il pouvait, le livre tuerait. Il s'en prendra
donc à toutes les valeurs de l'époque : le mariage,
l'agriculture, le commerce, la banque, l'Église, l'État,
la science, le théâtre, la conversation, le romantisme,
le roman, la vie même. Il commence par détester son
sujet (*« je ne fais que doser de la merde[3] »*), puis ses
personnages (*« ils me répugnent profondément[4] »*, « Ce
sera, je crois, la première fois que l'on verra un livre
qui se moque de sa jeune première et de son jeune premier[5] »*). Il les déshumanise en les affublant de noms
bestiaux (*Bovary, Lebœuf, Tuvache*) ou railleurs
(*Lheureux, Homais[6]*), en les présentant dans des
situations équivoques, naïvement salaces. Les jeunes
filles ne sont plus pures, les jeunes gens n'ont plus le
goût du sacrifice. Dès sa première apparition, Emma
Rouault doit affronter la promiscuité des mâles et des
mots : quand Charles Bovary lui rend visite aux Bertaux, elle se baisse pour ramasser la cravache qu'il a
fait tomber ; il se précipite à son tour ; leurs corps se
frôlent :* « *Elle se redressa toute rouge et le regarda
par-dessus l'épaule, en lui tendant son nerf de*

1. *Corr.*, t. II, p. 529.
2. 2 septembre 1843, *Corr.*, t. I, p. 189.
3. *Corr.*, t. II, p. 434.
4. *Corr.*, t. II, p. 416.
5. *Corr.*, t. II, p. 172.
6. « Homais vient de Homo = l'homme », écrit Flaubert dans un
des scénarios de son roman (*Plans et scénarios de* Madame Bovary,
éd. Yvan Leclerc, CNRS-Zulma, « Collection manuscrits », 1995,
p. 58).

bœuf[1]. » *Tout élan est brisé, la poésie condamnée au*
ridicule : la jeune vierge nourrie aux lectures roman-
tiques contemple, dans son jardin, «les échalas des
haricots [...] renversés par le vent[2]»; un amant qui
s'apprête à écrire une lettre de rupture s'assied à son
bureau, «sous la tête de cerf faisant trophée[3]». La
moindre phrase, nourrie de ces lieux communs que
Flaubert collectionne et dont il garnit un fameux
dictionnaire, se révèle hérissée d'épines; les conversa-
tions, qu'elles soient rapportées avec des tirets de
présentation, à l'imparfait ou en style indirect flau-
bertien, ne sont qu'échanges d'arrogantes platitudes
ou d'imbécillités glorieuses. La ponctuation et la
typographie elles-mêmes sont mises à contribution
dans cette dérision généralisée. Que de force dans
l'italique, ou dans un simple point d'exclamation
dont on savoure l'infidèle compassion («Elle était
morte! Quel étonnement[4]!»), l'ironie navrée («Grâce
à ces travaux préparatoires, il échoua complètement à
son examen d'officier de santé. On l'attendait le soir
même à la maison pour fêter son succès[5]!») ou l'ex-
tase moqueuse («Mais ce qui attire le plus les yeux,
c'est, en face de l'auberge du Lion d'or, *la pharmacie*
de M. Homais[6]!»)!

Si, à la lecture de ce livre, on n'éclate pas de rire à
chaque page — même à la plus tragique —, on doit
être bien accablé ou rudement désarçonné par l'inces-
sante contradiction des tons, et l'on ne peut guère en
retirer que deux opinions : c'est que son auteur est un
benêt, ou une canaille.

On peut rire, mais l'on doit aussi pleurer, car, pour

1. P. 63.
2. *Ibid.*
3. P. 276.
4. P. 67.
5. P. 56.
6. P. 127.

son malheur, Emma Bovary n'est pas plus un per-
sonnage réaliste qu'une héroïne romantique. Flaubert
la ridiculise, la maltraite, mais, prenant à la fin pitié
d'elle, hésite à l'accompagner jusqu'au fond de l'infa-
mie. Paradoxalement, c'est dans les moments où
Emma n'est plus dupe de ses illusions qu'elle s'éloigne
du réalisme pour reconquérir une certaine valeur
d'idéal : à la naissance de sa fille, alors qu'elle espé-
rait un garçon (p. 147); après que Rodolphe l'a aban-
donnée (p. 284); lorsque, après un bal masqué, elle
refuse de se mêler à des femmes du dernier rang
(p. 380). Chaque fois, Flaubert précise qu'«elle s'éva-
nouit[1]*», comme si c'était là le moyen de fuir enfin le*
réel, de s'introduire dans une autre dimension — celle
de son destin lui-même transformé en mythe. Quand,
aux abois, elle va implorer l'aide du notaire Guillau-
min, elle a un dernier sursaut : c'est peut-être, comme
souvent, davantage la vanité sociale que l'honneur
qui s'exprime — mais qu'est-ce que l'honneur, sinon
une forme de vanité sociale? «Je suis à plaindre,
mais pas à vendre[2]*!» s'exclame-t-elle. Flaubert n'est*
pas un naturaliste.

Plus que le réel, c'est le vrai qu'il affronte, l'idée et
la représentation du vrai. Le réaliste est un rabat-joie,
de la trempe d'un Homais ; or, Flaubert veut mettre en
scène la lutte de deux mondes antagonistes : la réalité
et le rêve. «C'est en haine du réalisme que j'ai entre-
pris ce roman, dit-il. Mais je n'en déteste pas moins la
fausse idéalité, dont nous sommes bernés par le temps
qui court[3]*.» Le vrai est une catégorie poétique qui*

---

1. Elle prétend pourtant n'avoir jamais eu d'évanouissements,
ce qui, remarque aussitôt Rodolphe, est «extraordinaire pour une
dame» (p. 194).
2. P. 394.
3. À Edma Roger des Genettes, 30 octobre 1856, *Corr.*, t. II,
p. 643-644. Sur ce thème, voir aussi la lettre à Léon Laurent-
Pichat, 2 octobre 1856, *Corr.*, t. II, p. 635-636.

s'attache à décrire les objets d'abord, leur matérialité,
leur trivialité, et les êtres ensuite, définis par leur rapport avec les choses qui les entourent. *Les rêves
d'Emma*, lestés par les nerfs de bœuf, les échalas, les
bouquets de mariée, les curés de plâtre, les porte-
cigares, le fumier étendu le long des bâtiments, les
bibelots de Lheureux, les cheminots, la bouteille d'arsenic, ont du mal à s'affranchir de la pesanteur. Dans
un monde d'illusion, ces objets sont les seuls événements indubitables, pondéreux; ils fournissent un
résumé du roman et, instruments d'une passion,
illustrent les étapes d'un chemin de croix.

Devenus agissants, plus vivants que les êtres, ils
mènent une vie autonome, tels les billets à ordre de
Lheureux que signe Emma, et qui, sans qu'elle ait
rien à faire, s'accroissent, se divisent, produisent du
capital et des intérêts qu'elle ne peut acquitter, la
tuent. Dans un univers où les choses et les êtres ont
échangé leurs qualités, le réel a la valeur de l'illusion,
et seuls restent les mots.

Flaubert avait d'ailleurs prévu, pour son roman, un
épilogue vertigineux, véritable sacre du romancier
tout-puissant qui tient «les hommes dans la poêle à
frire de sa phrase» et les y fait «sauter comme des
marrons[1]». Après la phrase qui clôt aujourd'hui le
roman («Il vient de recevoir la croix d'honneur»),
l'histoire continuait — elle n'a, à vrai dire, aucune
raison de s'arrêter, et continue encore maintenant, le
règne des Homais n'étant pas près de s'achever[2].
Flaubert décrivait l'émotion du pharmacien décoré,
qui n'arrivait pas à croire qu'on lui avait bien

1. *Corr.*, t. II, p. 16.
2. Certains auteurs ont d'ailleurs été tentés de donner une suite
au roman: Sylvère Monod a publié *Madame Homais* (Belfond,
1987), Raymond Jean *Mademoiselle Bovary* (Actes Sud, 1991) et
Claude-Henri Buffard, *La Fille d'Emma* (Grasset, 2001), qui imagi-
nent respectivement la vie et les aventures de la femme du pharmacien et de Berthe, fille d'Emma et de Charles.

décerné la croix. «Mr X député lui avait envoyé un bout de ruban — le met se regarde dans la glace éblouissement. — / [...] Doute de lui. — regarde les bocaux — doute de son existence. Délire. Effets fantastiques. Sa croix répétée dans les glaces, pluie foudre de ruban. — Ne suis-je qu'un personnage de roman, le fruit d'une imagination en délire, l'invention d'un petit paltoquet que j'ai vu naître & qui m'a inventé p[ou]r faire croire que je n'existe pas. Oh cela n'est possible. Voilà les fœtus. Voilà mes enfants voilà. Voilà. / Puis se résumant il finit par le g[ran]d mot du rationalisme moderne Cogito; ergo sum[1].»

On admire cet éclat de logique : pour mieux prouver son existence, le rationaliste commence par douter de sa réalité : c'est le premier réflexe du vrai cartésien. Mais que valent les scrupules ontologiques d'une marionnette ? Le romancier, ce «petit paltoquet», venu sur le devant de la scène pour saluer, veut reprendre son bien. D'un trait de plume, il a rayé Emma Bovary («Elle n'existait plus», p. 420); d'un autre trait, il voudrait supprimer le pharmacien. Mais ce n'est pas un «personnage de roman», c'est un de ces êtres vivant sous les romans comme les cloportes sous les cailloux, et c'est tout à la fois un type, une conjecture statistique, un monstre, une chose de Frankenstein, une créature dépassant son créateur. Les miroirs disposés partout renvoient des images infiniment répétées où celle du lecteur ne peut pas ne pas être piégée à son tour. Cependant Flaubert ne se laissait pas non plus entraîner jusqu'au bout de ce scénario fantastique, et son ironie devait, une fois encore, désamorcer la bombe qui eût fait imploser son œuvre: «Voilà les fœtus. Voilà mes enfants», disait Homais, qui, après ce premier mouvement de rébellion, recommençait à rissoler dans la poêle à frire de Flaubert.

---

1. *Plans et scénarios de* Madame Bovary, p. 61.

Les personnages n'ont pas ôté leur masque, car Flaubert a fait de leur travestissement le fin mot de son entreprise : ils ne sont rien mais se tiendront bien raides dans l'empois de sa prose. Telle est son idée fixe ; voilà ce qui le soutient pendant ses cinq années de travail : il entend développer les possibilités de la prose française qui, dit-il, ont longtemps été négligées au profit du vers. «Jusqu'à nous, jusqu'aux très modernes, on n'avait pas l'idée de l'harmonie soutenue du style», dit-il. Les grands écrivains «ne faisaient nulle attention aux assonances, leur style très souvent manque de mouvement[1]». Et d'exposer ce qui, selon lui, ferait un beau style «rythmé comme le vers, précis comme le langage des sciences, et avec des ondulations, des ronflements de violoncelle, des aigrettes de feux, un style qui vous entrerait dans l'idée comme un coup de stylet, et où votre pensée enfin voguerait sur des surfaces lisses, comme lorsqu'on file dans un canot avec bon vent arrière*[2]».*

Il faut imaginer Flaubert écrivant Madame Bovary : *il s'est installé dans la bibliothèque de la belle et grande maison que son père a achetée sur le quai, à Croisset, et qui, s'adossant à la colline, est toute tournée vers le fleuve et le jardin. Ce cabinet de travail est son «ermitage», qui communique avec sa chambre par un cabinet de toilette. «Deux fenêtres donnent sur la Seine et laissent voir l'eau et les bateaux qui passent*[3].» Pendant des années, il n'a d'autres compagnons que des feuilles de papier et les personnages qu'il crée, ne reçoit que de rares visites — Louis Bouilhet, tous les dimanches —, ne fait que de brefs voyages à Mantes ou à Paris pour retrouver*

1. À Louise Colet, 6 juin 1853, *Corr.*, t. II, p. 350.
2. À Louise Colet, 24 avril 1852, *Corr.*, t. II, p. 79.
3. Goncourt, *Journal*, t. I, p. 1022.

*Louise Colet, prend ses dîners en tête à tête avec sa
mère. Le feu crépite dans la cheminée; la pendule
scande son tic-tac[1]: les heures qui s'égrènent, la rixe
des flammes dans l'âtre et les bateaux glissant sur le
fleuve sont les seuls reliefs sur la ligne tendue d'un
jour d'écriture. À la longue, comme une lame, la
phrase se trempe dans le fleuve, se durcit à son large et
lent glissement, se rythme des surprises qu'il apporte[2].
Tantôt, les glaçons craquent à la débâcle, tantôt les
poissons sautent «avec des folâtreries incroyables»,
tantôt une ménagerie passe sur des barges, avec les
rugissements des fauves[3]. C'est le «Trottoir roulant»
du style de Flaubert dont parlera Marcel Proust, ces
pages «au défilement continu, monotone, morne,
indéfini[4]»: un livre dicté par le fleuve.*

La Correspondance *est pleine d'allusions à la Seine,
qui forment comme le journal de bord d'un voyage sur
le style. L'évocation de la rivière — souvent associée à
celle de la cheminée — suit ou précède toujours des
réflexions sur la difficulté d'écrire: comme si la rivière,
par l'exemple de son impassible flux, permettait à Flaubert de dénouer les difficultés qu'il rencontre. Le
23 octobre 1851: «Quel lourd aviron qu'une plume et
combien l'idée, quand il la faut creuser avec, est un dur
courant! Je m'en désole tellement que ça m'amuse
beaucoup. J'ai passé aujourd'hui ainsi une bonne jour-*

---

1. Voir *Corr.*, t. II, p. 473 (8 décembre 1853).
2. George Sand, qui visita Croisset, fut, elle aussi, frappée par la présence de la rivière: «On ne sait pourquoi c'est un esprit agité et impétueux; tout respire le calme et le bien-être autour de lui. Mais, il y a cette grande Seine qui passe et repasse toujours devant sa fenêtre et qui est sinistre par elle-même malgré ses frais rivages.» Cité par Herbert Lottman, *Gustave Flaubert*, Hachette-Pluriel, 1990, p. 289.
3. Voir *Corr.*, t. II, p. 19, 219, 580.
4. «À propos du "style" de Flaubert», *Contre Sainte-Beuve* pré-cédé de *Pastiches et mélanges* et suivi de *Essais et articles*, édition établie par Pierre Clarac et Yves Sandre, Gallimard, Pléiade, 1971, p. 587.

née, la fenêtre ouverte, avec du soleil sur la rivière et la plus grande sérénité du monde. J'ai écrit une page, en ai esquissé trois autres[1].» Le 16 janvier 1852 : «Je vais lentement : en quatre jours j'ai fait cinq pages, mais jusqu'à présent je m'amuse. J'ai retrouvé ici de la sérénité. Il fait un temps affreux, la rivière a des allures d'océan, pas un chat ne passe sous mes fenêtres. Je fais grand feu[2].» Le 25 janvier : «La Seine coule à pleins bords, le petit bout des branches des arbres est déjà rouge. J'ai travaillé avec ardeur. Dans une quinzaine de jours je serai au milieu de ma première partie. Depuis qu'on fait du style, je crois que personne ne s'est donné autant de mal que moi[3].» Le 16 décembre : «Il fait maintenant un épouvantable vent, les arbres et la rivière mugissent. J'étais en train, ce soir, d'écrire une scène d'été avec des moucherons, des herbes au soleil, etc. Plus je suis dans un milieu contraire et mieux je vois l'autre[4].»

Après la publication de Madame Bovary, *lorsque Flaubert évoquera l'époque où il travaillait à son livre, les mêmes images reviendront : «j'ai passé plusieurs années complètement* seul *à la campagne, n'ayant d'autre bruit l'hiver que le murmure du vent dans les arbres avec le craquement de la glace, quand* la Seine *charriait sous mes fenêtres[5].» Dans son roman même, cet écoulement du temps se marque avec des notations semblables à celles de la* Correspondance; *ces bruits sont ceux de la veille de Flau-*

1. *Corr.*, t. II, p. 14.
2. *Ibid.*, p. 31-32. Le lendemain, il note : «Rien de plus monotone que ma vie ; elle s'écoule plus uniforme à l'œil que la rivière qui passe sous mes fenêtres» (p. 34).
3. *Ibid.*, p. 36.
4. *Ibid.*, p. 209 ; voir aussi p. 206 et 603.
5. Lettre du 18 mars 1857, *ibid.*, p. 691-692 ; voir aussi, le 4 novembre 1857, p. 773 : «Peu d'hommes, je crois, auront autant souffert que moi par la littérature. Je vais rester, encore pendant deux mois à peu près, dans une solitude complète, sans autre compagnie que celle des feuilles jaunes qui tombent et de la rivière qui coule.»

bert, *l'accompagnement de son œuvre, la musique qui se joue quand il compose et qu'il a voulu transposer dans sa phrase.* La rivière «*coulait sans bruit, rapide et froide à l'œil; de grandes herbes minces s'y courbaient ensemble, selon le courant qui les poussait, et comme des chevelures vertes abandonnées s'étalaient dans sa limpidité*» (p. 153). «*Par les barreaux de la tonnelle et au-delà tout alentour, on voyait la rivière dans la prairie, où elle dessinait sur l'herbe des sinuosités vagabondes*» (p. 171). «*La rivière coulait toujours, et poussait lentement ses petits flots le long de la berge glissante*» (p. 187). «*Ils entendaient derrière eux la rivière qui coulait, et, de temps à autre, sur la berge, le claquement des roseaux secs*» (p. 239). «*La tendresse des anciens jours leur revenait au cœur, abondante et silencieuse comme la rivière qui coulait*» (p. 274). «*La rivière livide frissonnait au vent; il n'y avait personne sur les ponts; les réverbères s'éteignaient*» (p. 381). «*Le soleil brillait sur la rivière et les clématites embaumaient…*» (p. 398). «*On entendait le gros murmure de la rivière qui coulait dans les ténèbres, au pied de la terrasse*» (p. 424).

Comme la rivière, la phrase de Flaubert ne s'arrête jamais: «*froide à l'œil*», frissonnant au vent, toujours relancée par des conjonctions, des rappels, des chevilles, par le lissage d'un style qui traque les assonances[1], les répétitions de mots, les ornementations trop appuyées, les banalités, les «*plis grammaticaux*[2]», elle est cette «*grande ligne unie*[3]» qu'a si difficilement tendue son auteur et qui, jusqu'à Louis-Ferdinand Céline, sera la norme du bon style éditorial.

---

1. Sur les assonances, voir Goncourt, *Journal*, t. I, p. 247.
2. *Corr.*, t. II, p. 523.
3. «La prose doit se tenir droite d'un bout à l'autre, comme un mur portant son ornementation jusque dans ses fondements et que, dans la perspective, ça fasse une grande ligne unie», à Louise Colet, 2 juillet 1853, *Corr.*, t. II, p. 371.

On s'est parfois moqué de la lenteur du travail de Flaubert — mais on reproche aussi à Balzac ou à Dumas leur rapidité —, on s'est même demandé si elle ne s'expliquait pas par son épilepsie : l'authentique génie écrit les Madame Bovary *en cinquante-deux jours. N'est pas Stendhal qui veut : du reste, Flaubert n'accordait que peu d'estime à Beyle. On a considéré, surtout, que le style ne méritait pas tant d'efforts, que le fond devait primer la forme. Mais Flaubert croit au contraire que « de la forme naît l'idée*[1] » *et que, une fois celle-ci déterminée, elle ne peut être séparée de celle-là.*

Il n'a pas toujours respecté, c'est vrai, ses critères esthétiques et musicaux : il suffit de se baisser pour cueillir dans *Madame Bovary* des phrases viciées ou manquant de grâce. Le cuistre qui sommeille en tout lecteur se plaît généralement à les épingler : qu'eût dit Flaubert lui-même de «Cette lettre, cachetée d'un petit cachet de cire bleue[2] » — certes, un alexandrin — ou de «Le cortège, [...] qui ondulait dans la campagne, le long de l'étroit sentier serpentant entre les blés verts, s'allongea bientôt[3] » — certes, deux octosyllabes, mais ruinés par un cacophonique pantantan. À côté des peccadilles, le rythme est souverain, la phrase inventive dans ses coupes et ses rebonds, et chaque étape de la narration — le mot, la phrase, le paragraphe, la scène, le chapitre, la partie — bénéficie des mêmes soins, dont témoignent quelque trois mille pages de brouillons. La musicalité de cette prose tient plus, c'est vrai, du récitatif que de l'aria, mais parfois — comme aux Comices agricoles —, on est au-delà de la symphonie[4]. Flaubert y met en œuvre une technique d'interpolation de motifs distincts (discours officiels*

---

1. Confidence aux Goncourt, *Journal*, t. I, p. 228. Voir aussi la lettre à Louise Colet, 18 septembre 1846, *Corr.*, t. I, p. 350.
2. P. 24 ; nous soulignons.
3. P. 76 ; nous soulignons encore.
4. Flaubert emploie le mot : voir notre n. 1 de la p. 196.

se mêlant au dialogue d'Emma et Rodolphe), dont un
exemple éclatant est fourni, dans le domaine de
l'opéra, par Les Troyens *que Berlioz composait à la*
même époque[1].

Le prosateur est un pauvre qui glane : il ramasse ici
un mot, là une accentuation, une succession de brèves
et de longues. Avec cela, il fait son livre. Le monde
s'offre à lui, déjà rythmé par sa respiration, par les
heures de la nature et de l'homme, les crépuscules et
les Angélus — et si souvent sonnent les cloches dans
Madame Bovary ! De même, autour du romancier, le
monde dispose un réseau d'histoires possibles, de
points de vue, de scènes à faire, parmi lesquels il n'a
plus qu'à choisir. Le sens est là, déjà réalisé, mais sus-
ceptible d'infinies variations.

La musique, pourtant, n'est pas tout le style, qui
doit aussi compter sur des qualités de vision, d'image,
que Flaubert, sans doute, néglige un peu — Proust
le lui reproche —, mais dont il a parfaitement
conscience. À cet égard, on peut déplorer le sacrifice
que Flaubert a fait d'une belle page de son manuscrit : après le bal à la Vaubyessard, Emma, qui s'était
levée avant Charles, se promenait dans le parc et
découvrait une petite maison dont les fenêtres avaient
des verres de couleur :

Des losanges égaux étaient disposés à l'une des
deux fenêtres. Elle regarda la campagne par les
verres de couleur.
À travers les bleus tout semblait triste. Une buée
d'azur immobile répandue dans l'air allongeait la
prairie et reculait les collines. Le sommet des verdures était velouté par une poussière marron pâle
inégalement floconnée, comme s'il fût tombé de la

---

1. Voir, par exemple, «La marche troyenne», finale de l'acte I,
où différents chœurs se mêlent.

neige et dans un champ bien loin, un feu d'herbes
sèches que l'on brûlait semblait avoir des flammes
d'esprit de vin.

Puis par les carrés jaunes les feuilles des arbres
étaient plus petites, le gazon plus clair et le paysage
en entier comme découpé dans du métal. Les
nuages détachés figuraient des édredons de poudre
d'or prêts à crever ; on eût dit l'atmosphère illumi-
née. C'était joyeux ; il faisait chaud dans cette
grande couleur topaze, délayée d'azur.

Elle mit son œil au carreau vert. Tout fut vert, le
sable, l'eau, les fleurs, la terre elle-même se confondant avec les gazons. Les ombres étaient toutes
noires, l'onde livide semblait figée sur ses bords.

Mais elle resta plus longtemps devant la vitre rouge.
Dans un reflet de pourpre étalé partout et qui dévorait
tout de sa couleur, la verdure était presque grise,
les tons rouges eux-mêmes disparaissaient. La rivière
élargie coulait comme un fleuve rose, les plates-bandes
de terreau semblaient des mares de sang caillé, le ciel
immense entassait des incendies. Elle eut peur.

Elle détourna les yeux et par la fenêtre aux verres
blancs, tout à coup, le jour ordinaire reparut tout pâle
et avec de petites nuées indécises de la couleur du ciel[1].

---

1. *Madame Bovary*, Nouvelle version précédée des scénarios
inédits, éd. Jean Pommier et Gabrielle Leleu, Corti, 1949, p. 216.
Cette page, dont les répétitions de mots — notamment de *tout* —
montrent qu'elle n'a pas été travaillée autant que celles qui seront
effectivement publiées, a été écrite en mai 1852. Le 15-16 de ce
mois, Flaubert écrit en effet à Louise Colet : « Sais-tu à quoi j'ai
passé tout mon après-midi avant-hier ? à regarder la campagne par
des verres de couleur ; j'en avais besoin pour une page de ma
Bovary qui, je crois, ne sera pas une des plus mauvaises » (*Corr.*,
t. II, p. 89). Elle représente cependant une image très ancienne
dans l'esprit du romancier, puisqu'il l'évoque déjà en 1844 : « Vous
connaissez ces verres de couleur qui ornent les kiosques des bon-
netiers retirés. On voit la campagne en rouge, en bleu, en jaune.
L'ennui est de même. Les plus belles choses vues à travers lui prennent sa teinte et reflètent sa tristesse » (à Louis de Cormenin, 7 juin
1844, *Corr.*, t. I, p. 209).

Ainsi, Flaubert perçoit et peint le monde, un costume d'Arlequin, diversement coloré des rêves, des fantasmes, des romans, des regards qui s'y posent, puis, soudain, à travers le verre blanc, dans la lumière du réel, pâle, indécise. Avec ses fulgurances d'impressionnisme et de Pop art, ce texte — où l'on entend encore couler la rivière... — laisse entrevoir ce que pourra, ce que devra devenir l'art de la prose quand il abandonnera, avec Mallarmé, la musique du symbolisme pour la pure picturalité des idées.

Accessoirement, il permet aussi de mieux comprendre ce qu'entendait Flaubert lorsqu'il affirmait que, en faisant un roman, il avait l'idée de «rendre une couleur»: pourpre pour Salammbô, *et, pour* Madame Bovary, *«un ton gris*[1]*». Il est l'homme qui, entre lui et le monde, place les verres colorés, déformants, filtrants de ses phrases — non pas un moraliste, un philosophe, un idéologue, un apologiste, un vulgarisateur, un traducteur, mais, pour la première fois dans l'histoire de la littérature française, un styliste pur, un artiste, qui considère les idées pour ce qu'elles sont, des formes, et les formes pour ce qu'elles devraient être, des idées. Il est l'homme qui, dans la caverne de Platon, suspend des lampions colorés*[2].

Flaubert orientaliste? Derviche? Écrivant sous la dictée du fleuve? Plus soucieux de rythme, de musique,

---

1. Goncourt, *Journal*, t. I, p. 674.
2. Flaubert a également renoncé à publier un autre passage lumineux, qu'il travailla pourtant longuement, mais qui, dit-il, présentait trop de difficultés: «Il s'agit (en une page) de peindre les gradations d'enthousiasme d'une multitude à propos d'un bonhomme qui, sur la façade d'une mairie, place successivement plusieurs lampions. Il faut qu'on voie la foule gueuler d'étonnement et de joie; et *cela sans charge* ni réflexions de l'auteur» (30 septembre 1853, *Corr.*, t. II, p. 444). Voir *Madame Bovary*, éd. Jean Pommier et Gabrielle Leleu, p. 337-338.

*que de sens? Coloriste? Sans doute notre lecture
néglige-t-elle cet autre Flaubert dont les audaces cho-
quèrent les bien-pensants et inspirèrent si longtemps
la littérature française, du naturalisme au Nouveau
roman. Pourtant, espérons-le, ce portrait d'un Flaubert
animiste ne manque pas de vraisemblance. Sa profession de foi panthéiste est sans équivoque et finit,
comme toujours, au bord des rivières : «Ne sommes-
nous pas faits avec les émanations de l'Univers? La
lumière qui brille dans mon œil a peut-être [été] prise
au foyer de quelque planète encore inconnue, distante
d'un milliard de lieues du ventre où le fœtus de mon
père s'est formé, et si les atomes sont infinis et qu'ils
passent ainsi dans les Formes comme un fleuve perpé-
tuel roulant entre ses rives, les Pensées, qui donc les
retient, qui les lie? — À force quelquefois de regarder
un caillou, un animal, un tableau, je me suis senti y
entrer. Les communications entr'humaines ne sont
pas plus intenses*[1].» La Tentation de saint Antoine, à
*laquelle Flaubert travailla toute sa vie, s'achève sur
des mots semblables : «J'ai envie de voler, de nager,
d'aboyer, de beugler, de hurler. Je voudrais avoir des
ailes, une carapace, une écorce, souffler de la fumée,
porter une trompe, tordre mon corps, me diviser partout, être en tout, m'émaner avec les odeurs, me développer comme les plantes, couler comme l'eau, vibrer
comme le son, briller comme la lumière, me blottir sur
toutes les formes, pénétrer chaque atome, descendre
jusqu'au fond de la matière, — être la matière*[2]!»

*Flaubert est un barbare : il s'est souvent vanté d'avoir
des ascendants peaux-rouges, algonquins, sioux*[3]. *Il*

---

1. À Louise Colet, 26 mai 1853, *Corr.*, t. II, p. 335.
2. *La Tentation de saint Antoine*, éd. Claudine Gothot-Mersch,
Folio, p. 237. Nous citons le texte de la version de 1874, mais on
retrouve une formulation identique dans les versions de 1849 et de
1856.
3. Voir, par exemple, *Corr.*, t. II, p. 477.

*avoue du reste un jour à Louise Colet : «Je porte en moi
la mélancolie des races barbares, avec ses instincts de
migrations et ses dégoûts innés de la vie, qui leur faisait quitter leur pays comme pour se quitter eux-
mêmes[1].» Et les Goncourt acquiescent : cet homme est
«un sauvage académique[2]». Une formule résume son
idéal : «Vivre en bourgeois et penser en demi-dieu[3].»
Faut-il, sous prétexte que le bourgeois en lui semblait
parfois l'emporter sur le demi-dieu, croire que le travail
du style n'a été qu'une purge, qu'un antidote aux faci-
lités du lyrisme ? Et le lyrisme même, le chant personnel, est-il aussi absent de* Madame Bovary *qu'on
le dit ?*

*On est surpris et suspicieux chaque fois que les écri-
vains s'inspirent de la vie ; on voudrait qu'ils tirent
tout de leur propre fonds : mais plagie-t-on le monde,
la nature, les rapports entre les êtres, et le rôle de la littérature n'est-il pas, précisément, de les réinventer ?
On se plaît à recenser des motifs simples et folklo-
riques que les écrivains ont orchestrés dans leurs
livres. La critique a ainsi accumulé, au fil des ans et
des thèses, des empoisonneuses à remplir dix fois la
prison de Rouen, des femmes volages, des dépensières
rouées : elles auraient laissé à Flaubert qui un soulier
de bal, qui un billet à ordre, qui un goût d'arsenic et
d'écume aux lèvres — Delphine Delamare, née Coutu-
rier, Mme N..., «la moderne Brinvilliers» de 1837,
Mlle de Bovery, pour l'amour de qui un pharmacien
empoisonna épouse et servante, Mme Ludovica, etc.[4].
Il faut bien que l'inspiration se puise quelque part,*

1. À Louise Colet, 13 août 1846, *Corr.*, t. I, p. 300.
2. *Journal*, t. I, p. 1208 (29 novembre 1865).
3. *Corr.*, t. II, p. 402.
4. Voir, dans le livre de Claudine Gothot-Mersch, *La Genèse de
Madame Bovary*, Corti, 1966, le chapitre consacré aux «sources
documentaires», p. 19-60.

et la question, en fait, est vite réglée. Flaubert a répété qu'il n'y avait dans Madame Bovary *rien de ses sentiments et rien de son existence, que «la personnalité de l'auteur» en était «complètement absente». «C'est un de mes principes, qu'il ne faut pas s'écrire. L'artiste doit être dans son œuvre comme Dieu dans la création, invisible et tout-puissant; qu'on le sente partout, mais qu'on ne le voie pas[1].» C'est ainsi, sans doute, qu'il faut comprendre la trop fameuse déclaration : «Mme Bovary, c'est moi[2].» Ce n'est pas la créature qui remonte à l'auteur, mais l'auteur qui s'identifie à sa création. Baudelaire dira que Flaubert, se dépouillant, «autant que possible», de son sexe, s'est fait femme, et que «ce bizarre androgyne a gardé toutes les séductions d'une âme virile dans un charmant corps féminin[3]». Flaubert, lui, dit que «c'est une délicieuse chose que d'écrire! que de ne plus être* soi*, mais de circuler dans toute la création dont on parle. Aujourd'hui par exemple, homme et femme tout ensemble, amant et maîtresse à la fois, je me suis promené à cheval dans une forêt, par un après-midi d'automne, sous des feuilles jaunes, et j'étais les chevaux, les feuilles, le*

---

1. À Louise Colet, 19 mars 1854, *Corr.*, t. II, p. 536; à Mlle Leroyer de Chantepie, 18 mars 1857, *ibid.*, p. 691.
2. Eu égard à l'importance de l'aveu, il n'est peut-être pas inutile de rappeler dans quelles circonstances il nous a été transmis : il s'agit d'un mot rapporté par une connaissance d'un ami (ou d'une amie) de Flaubert; le dernier maillon de cette chaîne, René Descharmes, ne l'a pas jugé assez assuré pour le placer ailleurs que dans une note infrapaginale, au milieu de sa thèse, *Flaubert, sa vie, son caractère et ses idées avant 1857* : «Une personne qui a connu très intimement Mlle Amélie Bosquet, la correspondante de Flaubert, me racontait dernièrement que Mlle Bosquet ayant demandé au romancier d'où il avait tiré le personnage de Mme Bovary, il aurait répondu très nettement, et plusieurs fois répété : "Mme Bovary, *c'est moi! — D'après moi*" » (Ferroud, 1909, p. 103).
3. Charles Baudelaire, «*Madame Bovary* par Gustave Flaubert», *Œuvres complètes*, éd. Claude Pichois, Gallimard, Pléiade, 1976, t. II, p. 81.

*vent, les paroles qu'ils se disaient et le soleil rouge qui
faisait s'entre-fermer leurs paupières noyées d'amour[1].»
Bref, si l'écrivain ne s'écrit pas, son livre l'écrit.*

Chacun l'a dit, et le contraire aussi: Yonville n'est
ni Ry ni Forges-les-Eaux, Emma Bovary n'est ni Delphine Delamare ni Gustave Flaubert[2]. Il est pourtant
des clefs qui ouvrent de bien plus intéressantes ser-
rures. Si Flaubert décrit Yonville plutôt que Saumur
ou Tarascon, c'est qu'il vit «à côté»: il n'y a rien, en
Normandie, de l'essence de ses personnages, et ils ne
sont pas non plus déterminés par leur appartenance à
la Normandie, même si le décor régional est peint au
premier plan. Emma Bovary aurait pu connaître son
calvaire dans une autre ville, dans un autre pays:
«Ma pauvre Bovary, sans doute, souffre et pleure
dans vingt villages de France à la fois, à cette heure
même», dit Flaubert en 1853[3]. On se souvient qu'il
avait, un temps, songé à l'histoire d'une vierge flamande. Dès 1847, visitant Blois, découvrant ses rues
vides, ses longs murs gris, il imaginait des romans,
une «petite porte discrète, qui ne semble s'ouvrir que
la nuit au visiteur mystérieux», «quelque profonde et
grande histoire intime, une passion maladive qui
dure jusqu'à la mort: amour contenu de vieille fille
dévote ou de femme vertueuse». «On sent, dit-il, que
tous les jours doivent y passer pareils, qu'ils doivent
y être à cette calme monotonie du cadran des églises,
pleins de mélancolies savoureuses et de langueurs
émouvantes[4].» La machine narrative se met en marche

---

1. À Louise Colet, 23 décembre 1853, *Corr.*, t. II, p. 483-484.
2. Voir la lettre à Émile Cailteaux, 4 juin 1857, *Corr.*, t. II,
p. 728: «*Madame Bovary* est une pure invention. Tous les personnages de ce livre sont complètement imaginés, et Yonville-l'Abbaye
lui-même est un pays *qui n'existe pas*, ainsi que la Rieulle, etc.»
3. *Corr.*, t. II, p. 392.
4. *Par les champs et par les grèves*, édition d'Adrianne J. Tooke,
Genève, Droz, 1987, p. 91.

*à certaines impulsions: celle que donne l'ennui est
décisive.*

Toujours, une femme est au centre de cette macéra-
tion dans le spleen et la sainteté. Par la passivité que
son existence lui réserve, la femme (la bourgeoise, en
tout cas) est la proie favorite de ces sentiments. Elle est
aussi socialement liée au romanesque, car c'est elle,
surtout, qui lit les romans. Il s'agit déjà d'une vérité
d'époque, que Flaubert a pressentie et que l'étude de la
fréquentation des cabinets de lecture et des bibliothèques populaires confirme: au XIXe siècle, le public
du roman, c'est la femme[1]. *Bouvard et Pécuchet*,
copistes fidèles, ont relevé, dans les ouvrages philosophiques et médicaux, des condamnations sans appel,
comme celle qui figure, à l'article «Folie», dans le
Dictionnaire des sciences médicales: «*Les vices de
l'éducation adoptée pour nos jeunes filles, la préférence accordée aux arts de pur agrément, la lecture des
romans qui donne aux jeunes personnes une activité
précoce, des désirs prématurés, des idées de perfections
imaginaires qu'elles ne trouvent nulle part[2].*» Ce dictionnaire, notons-le, est le fleuron de la bibliothèque
de Charles Bovary, qui aurait mieux fait d'en couper
les pages[3]...

Mais, aux yeux du romancier, la femme est
encore un sujet plus intéressant que l'homme, car les
contraintes sociales pèsent plus lourdement sur elle.
«*Il ne faut pas s'accoutumer à des plaisirs impraticables, quand on a autour de soi mille exigences...*»,

1. Martyn Lyons, *Le Triomphe du livre*, p. 30.
2. *Copie de Bouvard et Pécuchet*, Flaubert, *Œuvres complètes*,
Club de l'honnête homme, p. 321-322. Dans son réquisitoire contre
Madame Bovary, Ernest Pinard, avocat impérial, fait cette
réflexion, que Flaubert ne pouvait contredire: «Qui est-ce qui lit le
roman de M. Flaubert? [...] Les pages légères de *Madame Bovary*
tombent en des mains plus légères, dans des mains de jeunes filles,
quelquefois de femmes mariées» (éd. Charpentier, 1873, p. 409).
3. P. 81.

*dit Emma Bovary, pour une fois lucide. «Oh! je
m'imagine…», répond Léon. Et Emma, commenta-
trice de sa propre histoire : «Eh! non, car vous n'êtes
pas une femme, vous*[1]*. »*

On a peine à se souvenir à quel point le XIXᵉ siècle,
entre tous, est impitoyable pour les femmes. Flaubert,
par certains côtés si misogyne, éprouve une sympathie instinctive pour un sexe avili. Bien avant de songer à écrire Madame Bovary, il en définit l'enjeu
social, dans une lettre adressée à sa mère : «*On
apprend aux femmes à mentir d'une façon infâme.
L'apprentissage dure toute leur vie. Depuis la première femme de chambre qu'on leur donne jusqu'au
dernier amant qui leur survient, chacun s'ingère à les
rendre canailles, et après on crie contre elles. Le puri-
tanisme, la bégueulerie, la bigoterie, le système du
renfermé, de l'étroit, dénature et perd dans sa fleur
les plus charmantes créations du bon Dieu*[2]*.* » Quelles
échappatoires Emma avait-elle? Le divorce, qu'avait
introduit la Révolution, a été aboli sous la Restauration. D'après le Code Napoléon, «*le mari doit protec-
tion à la femme, la femme obéissance à son mari* » ; la
femme est donc juridiquement incapable. «*Le mari
administre seul les biens de la communauté. Il peut
les vendre, aliéner et hypothéquer sans le secours de
sa femme.* » Seule la dot est inaliénable (mais celle
d'Emma, «plus de trois mille écus», s'écoule en deux
ans[3]) . Enfin, l'amour peut conduire la femme en prison : adultère, elle encourt une peine de trois mois à
deux ans ; dans le même cas, son mari n'acquittera
qu'une amende de 100 à 200 francs[4]. Louise Pradier

---

1. P. 313.
2. À sa mère, 24 novembre 1850, *Corr.*, t. I, p. 711.
3. P. 145.
4. Jean-François Tetu, «Remarques sur le statut juridique de la
femme au XIXᵉ siècle», *La Femme au XIXᵉ siècle, Littérature et idéolo-
gie*, Presses Universitaires de Lyon, 1978, p. 5-17.

— *l'un des modèles d'Emma Bovary — passera ainsi
un trimestre à la prison Saint-Lazare*[1].

Certes, *Emma ne se prive guère de réaliser ses rêves
— quelles que soient l'amertume, la déception qu'elle
retire de ses expériences. Le mari, aveugle ou complaisant, l'aime trop pour chercher à la retenir, et lui
confie tout, la direction de sa maison, sa correspondance, la gestion de sa fortune, son honneur. La seule
fois où il tente de la contraindre, c'est, précisément,
pour lui interdire de lire des romans* : «N'aurait-on
pas le droit d'avertir la police, si le libraire persistait
quand même dans son métier d'empoisonneur*[2] ?»
*L'arsenic du suicide ne sera ainsi qu'une métaphore
d'un poison plus puissant, qu'Emma aura absorbé
depuis l'enfance, en trop grande quantité pour se
mithridatiser* : *le roman. Et quand le lecteur, parvenu
à la fin du livre, comprend qu'il s'est, lui aussi, laissé
intoxiquer, il est bien tard.*

De toutes les *machines qui sont en marche contre
Emma Bovary — la religion, le sexe, la mode, la littérature —, c'est sans doute la loi qui est la plus impla-
cable. Flaubert est juriste* : *il se souvient des codes
qu'il a appris par cœur, cite le droit dans son roman
(la fameuse* «loi du 19 ventôse an XI*[3]»), *fait paraître
notaires, clercs, avoués, huissiers parmi ses personnages. Il sera puni par où il a péché* : *dès la publication de* Madame Bovary, *la loi lui demande des
comptes.*

Les *minutes du procès de* Madame Bovary *ont longtemps figuré en appendice dans les éditions du roman,
en lieu et place d'une annotation qu'elles paraissaient
suppléer* : *Flaubert avait payé de sa poche le sténo-*

1. Voir Douglas Siler, *Flaubert et Louise Pradier : le texte intégral
des* Mémoires de Madame Ludovica, Minard, «Archives des lettres
modernes», nº 145, juin 1973, p. 22.

2. P. 190.

3. P. 144.

graphe, seul véritable réaliste de toute l'affaire[1]. *Ces
textes ont en effet quelque chose de sidérant, qui entendent établir la moralité d'un roman d'après des critères
fixés en Conseil d'État : c'est toute une époque qui s'y
trahit ; on peut y entrevoir l'«horizon d'attente» de la
société française du Second Empire. Ne soyons pas
surpris de sa réaction, qui répond à l'agression de
Flaubert en faisant donner la censure (la première
publication, en feuilleton, dans la* Revue de Paris,
*étant amputée de quelques pages et notamment de la
scène du fiacre) et la justice. Le procureur Pinard méri-
terait pour cela qu'on le décloue du pilori auquel,
depuis des lustres, l'a rivé toute une littérature*[2] : *il fut
le critique le plus attentif, le plus lucide, le plus juste
du roman de Flaubert, sinon le plus bienveillant. Il est
vrai que, s'il n'a pu faire condamner celui-ci, il a
quelque temps plus tard lourdement censuré Baudelaire. Mais voulait-on qu'il leur tresse des couronnes ?
On ne peut à la fois admirer le soufre en* Madame
Bovary *ou dans* Les Fleurs du mal, *et vouloir que l'encens s'y mêle. Il ne faut pas s'offusquer de la sévérité
de Pinard ni blâmer son acharnement, à moins de penser, comme le prétendra l'avocat de Flaubert et comme
le croira une partie du public, que* Madame Bovary *a
été écrit pour mettre en garde les jeunes filles contre la
perversité de certaines lectures… Les remarques de
l'avocat impérial sont toutes fondées ; les conclusions
qu'il en tire — et qu'on peut certes contester aujour-
d'hui — sont celles que lui dicte l'époque. Le moindre
brouillon du roman, la moindre lettre de Flaubert eût
étayé de manière irréfutable ces accusations, et eût fait
condamner l'auteur du roman.*

*Pinard a-t-il tort, par exemple, de prétendre que la
tonalité du livre est lascive ? Flaubert lui-même écrit*

1. *Corr.*, t. II, p. 677.
2. Voir la mise au point d'Yvan Leclerc, *Crimes écrits. La littérature en procès au XIXᵉ siècle*, Plon, 1991.

dans ses plans: «Emma rentre à Yonville dans un
état psychique de fouterie normale[1].» Ce n'est pas le
langage d'un frère prêcheur. Dans le roman, il décrit
Emma «haletante, émue, tout en désir», et sa «chevelure trop lourde[2]». C'est le langage de Baudelaire.

Pinard se trompe-t-il en prétendant que Flaubert
célèbre la «poésie de l'adultère»? Il fait au contraire
acte de divination: dans son manuscrit, Flaubert a
utilisé la même expression («dans la poésie de l'adultère et dans l'ineffable séduction de la vertu qui succombe[3]»), qui ne paraît cependant ni dans le texte
publié par la Revue de Paris, que lit Pinard, ni dans
l'édition originale.

Pinard exagère-t-il en décelant dans l'œuvre un
«mélange de sacré et de voluptueux», qui représente,
à ses yeux, une atteinte à la religion? Il suffit de rappeler un extrait de la description de la cathédrale de
Rouen, où Léon attend Emma — et que, curieusement, le procureur impérial ne cite pas —, pour se
convaincre qu'il a bien su lire: «L'église, comme un
boudoir gigantesque, se disposait autour d'elle; les
voûtes s'inclinaient pour recueillir dans l'ombre la
confession de son amour; les vitraux resplendissaient
pour illuminer son visage, et les encensoirs allaient
brûler pour qu'elle apparût comme un ange, dans la
fumée des parfums[4].»

Certes, les mots qui pouvaient le plus choquer la
société du Second Empire ont été gommés: Flaubert
avait bien conscience de transgresser des lois, et qu'il

---

1. Plans et scénarios de Madame Bovary, p. 46: «état psychique», comme on peut le lire sur le fac-similé du manuscrit, et
non, comme le note la transcription, «état physique», quoique
cette dernière expression figure plus loin, p. 49.

2. P. 377.

3. Voir le texte définitif, p. 321-322, et Madame Bovary, éd.
Claudine Gothot-Mersch, Garnier Frères, «Classiques Garnier»,
1971, p. 245 et la variante, p. 419.

4. P. 322.

*ne pourrait impunément reporter dans son roman la
crudité de notes qui n'étaient destinées qu'à lui. Ainsi,
ce qui, dans le style elliptique des scénarios s'énonce:
«Rod[olphe] embêté la traite en putain. la fout à mort.
elle ne l'en aime que mieux[1]», se traduit, dans le
roman, en langage plus «boutonné»: «Il jugea toute
pudeur incommode. Il la traita sans façon. Il en fit
quelque chose de souple et de corrompu. C'était une
sorte d'attachement idiot plein d'admiration pour lui,
de voluptés pour elle, une béatitude qui l'engourdissait; et son âme s'enfonçait en cette ivresse et s'y
noyait, ratatinée, comme le duc de Clarence dans son
tonneau de malvoisie[2].» Yvan Leclerc remarque cependant que les concessions de Flaubert ne relèvent pas
toutes de l'autocensure, qu'il y a toujours le souci de
«faire rentrer le détail dans l'ensemble», et que «ce
qu'on perd en érotisme localisé, en images violentes,
on le regagne en érotisation étendue à l'ensemble du
texte et en force continue du style[3]». Ainsi Flaubert
recopie-t-il plusieurs fois dans ses scénarios l'extraordinaire formule: «noyée de foutre, de cheveux, de
larmes et de champagne[4]». Elle ne paraît bien sûr pas
dans le roman, mais les cheveux, les larmes et le
champagne y prennent une valeur sensuelle, surgis-
sant à tout propos: le terme de la tétralogie qu'on ne
pouvait imprimer n'est que mieux suggéré par leur
triple conjonction[5].*

*Les protestations du corps social prouvent que
Flaubert a réussi son attentat. N'eût-il reçu que des
poignées de main et des bouquets de fleurs, il aurait
dû se poser des questions sur la véracité et la justesse*

1. *Plans et scénarios de* Madame Bovary, p. 48.
2. P. 266.
3. *Plans et scénarios de* Madame Bovary, p. 22.
4. *Ibid.*, p. 8, 10, 17.
5. Le passage auquel préparait la formule figure p. 349 dans
notre édition.

de son propos. Pour le reste, on voit qu'il se défend : il
bat le rappel de ses relations, recherche des «certifi-
cats» de moralité[1], invoque le nom de son père, l'ho-
norabilité de sa famille, le soutien de l'impératrice, il
menace, insinue, parle de «la peur qu'une condam-
nation n'indispose les Rouennais dans les futures
élections[2]», assure que son livre est «moral, archi-
moral[3]», qu'il s'achève par la «punition de l'incon-
duite[4]», qu'il mérite le prix Montyon : il pense en
demi-dieu, il vit en bourgeois.

Mais une fois l'affaire étouffée, et l'évolution des
mœurs permettant enfin d'imprimer librement toutes
les indécences qu'on s'est permis de recopier ici, que
reste-t-il du scandale de Madame Bovary ?

Il reste que c'est un roman. Flaubert dit qu'il a
commis «le crime d'avoir écrit en français[5]». «Il y a
de l'immoralité à bien écrire[6]», précise-t-il. «Ce n'est
pas mon roman qu'on attaque, affirme-t-il encore,
mais tous les romans, et avec eux le droit d'en faire[7].»
Car, même s'il raconte une histoire «amusante»,
même s'il se sert des armes convenues de la narration,
de la psychologie, même s'il en forge de nouvelles, qui
peu à peu passeront dans l'arsenal de tout romancier
— n'écrivît-il avec d'autre encre que l'eau de rose —,
même s'il attaque, pêle-mêle, la loi, l'Église, la
science, il n'a pas de visées moralisatrices et refuse de
choisir, comme le remarquait Sartre (avec ses mots)
entre les états de «traître à sa classe» et d'«ennemi de
l'Homme», trop heureux d'endosser les deux uni-
formes[8]. Il n'a aucune intention d'édification morale

1. *Corr.*, t. II, p. 674.
2. *Ibid.*, p. 659.
3. *Ibid.*, p. 665.
4. *Ibid.*, p. 657.
5. *Ibid.*, p. 667.
6. *Ibid.*, p. 669.
7. *Ibid.*, p. 678.
8. Jean-Paul Sartre, *L'Idiot de la famille*, t. II, p. 1358.

ou politique, il ne promeut aucun système philoso-
phique, il n'est affilié à rien. Quand Balzac appli-
quait encore Geoffroy Saint-Hilaire et Swedenborg,
quand Stendhal mettait en pratique Destutt de Tracy,
Flaubert ne se recommande plus que de quelques vers
de Boileau : il écrit seul face à lui-même. «Il est
facile, avec un jargon convenu, avec deux ou trois
idées qui sont de cours, de se faire passer pour un
écrivain socialiste, humanitaire, rénovateur et pré-
curseur de cet avenir évangélique rêvé par les pauvres
et par les fous. C'est là la manie actuelle ; on rougit de
son métier. Faire tout bonnement des vers, écrire un
roman, creuser du marbre, ah! fi donc[1]*!» Il n'entend*
ni modifier la société qu'il peint ni établir une juris-
prudence littéraire, il ne plaide pour aucun de ses per-
sonnages[2]*, n'en accable aucun, les confondant dans*
la même lumière, comme le soleil qui éclaire égale-
ment le Curé et l'Aveugle.

Emma Bovary, expliquant son suicide, formulera
*elle-même cette mise en garde : «*Qu'on n'accuse per-*
sonne*[3]*…» Et Charles conclura : «C'est la faute de la*
fatalité[4]*!» Elle n'est pas la loi divine, mais celle du*
romancier, qui a voulu qu'il en soit ainsi, parce que
deux autorités supérieures, la forme et l'idée, l'exi-
geaient. C'est pourquoi le scandale de Madame
Bovary n'a pas cessé, malgré les adaptations cinéma-
tographiques, les études commentées, les préfaces.
L'œuvre ne fut, ne sera jamais moderne, non seule-

---

1. Il faudrait citer toute cette admirable et longue lettre à Louise Colet, 18 septembre 1846, *Corr.*, t. I, p. 351.
2. À l'exception, peut-être, de Justin, avec lequel il identifie l'adolescent qu'il a été, transi d'amour devant les femmes qui ne le voient pas, du père Rouault et du docteur Larivière, dans lequel il peint son père : ce n'est pas par hasard, sans doute, que Flaubert l'animiste a choisi ce nom pour le grand médecin, qu'il assimile à un dieu (p. 413)...
3. P. 409.
4. P. 445.

ment parce qu'elle tend vers l'intemporalité, mais parce que la modernité est contradictoire avec son propos. Certes, la notion a un intérêt historique, permettant de départager les générations, qui, chacune à son tour, pour mieux s'établir, stigmatisent, chez les Anciens, ce qu'elles trouvent de stérile et d'égrotant. Mais elle ne se démontre pas, ne se mesure pas, même si certains critiques, disposant de bons baromètres, ont cru l'avoir fait. Ainsi, depuis longtemps, Flaubert est revendiqué par les Modernes. Parfois, on le distingue si nettement qu'on le croit tout proche; puis, retournant la lorgnette, on le voit s'éloigner d'un coup. Sartre juge ainsi que la conclusion du livre, à laquelle avait pensé Flaubert, et qui voyait Homais se demander s'il n'était pas un simple personnage du roman écrit par un «paltoquet», était «très moderne — trop pour lui[1]». Trop moderne pour Flaubert? Voire... Trop moderne pour nous, peut-être, qui ne voyons dans la modernité qu'un écho des préoccupations de l'heure, et dans le vieux livre reconnu par nous moderne un premier prix au concours d'audace: c'est n'accepter une œuvre que si elle parle notre langage, et refuser d'apprendre le sien.

Nathalie Sarraute peint aussi Flaubert en précurseur — mais ce qu'elle dit de son apport à la littérature n'a, en vérité, rien d'exaltant: «Livres sur rien, presque sans sujet, débarrassés des personnages, des intrigues et de tous les vieux accessoires, réduits à un pur mouvement qui les rapproche d'un art abstrait, n'est-ce pas là tout ce vers quoi tend le roman moderne[2]?» Ainsi, grâce à Flaubert, le roman se serait «débarrassé» du roman — comme la peinture s'est débarrassée de la figuration et la musique de la

1. *L'Idiot de la famille*, t. III, p. 776.
2. «Flaubert le précurseur» (1965), dans *Œuvres complètes*, Gallimard, Pléiade, 1996, p. 1640.

tonalité : dans cet imperturbable progrès des arts vers l'aphasie, il conviendrait alors de saluer en Gustave Flaubert un expert ès mutilations ; voyons plutôt en lui, aujourd'hui, un artisan du verbe qui sut mettre de l'aventure dans chaque mot[1], et non plus seulement dans les péripéties de son sujet. Les surprises du style valent toutes les théories. On ne sait jamais, en commençant de lire une phrase de Flaubert, comment elle finira : de combien d'écrivains peut-on en dire autant ?

En mai 1845, rentrant d'Italie, Flaubert dîne chez Charles d'Arcet, frère de Louise Pradier, l'un des modèles d'Emma : «Mme P. est venue en chapeau de paille rond ; robe noire», note-t-il dans son Journal. Et il commente, utilisant pour la première fois une expression qui épouvantera Ernest Pinard lorsque celui-ci la redécouvrira par un effort d'imagination personnel : «la poésie de la femme adultère n'est vraie que parce qu'elle-même est dans la liberté, au sein de la fatalité[2].» Cette liberté de l'amour est celle du nouveau roman qu'inaugure Flaubert, la liberté d'un personnage qui résume tous nos rêves, tous ceux que nous avons formés par nos lectures, et qui, face à la médiocrité du monde, face à sa propre médiocrité, trouve la force de commettre l'acte vraiment libre, vraiment romanesque qui transfigure son existence : le suicide. Sans ce suicide, Emma Bovary n'aurait pas intéressé Flaubert. Sans sa mort, elle n'aurait pas vécu.

Dans son corset de style, cette œuvre est la plus libre de celles qu'a écrites Flaubert. «Brûlée plus fort par cette flamme intime que l'adultère avivait[3]»,

1. «Je vais donc reprendre ma pauvre vie si plate et tranquille, où les phrases sont des aventures et où je ne recueille d'autres fleurs que des métaphores», à Élisa Schlésinger, 14 janvier 1857, *Corr.*, t. II, p. 665.
2. *Voyage en Italie*, éd. Folio, p. 376.
3. P. 377.

*Emma est l'héroïne de toujours, condamnée mais se
débattant contre la fatalité, un concentré de romanesque et de désir : « Un amant ! un amant ! surprise
& joie. revanche — orgueil — comme une bouteille de
champagne. elle rentre dans toutes les héroïnes[1] »,
disait un scénario. De même que Flaubert a été toutes
ses créatures, Emma a vécu la vie de tous les personnages de roman. Il en subsiste cette grande palpitation qui, malgré les sarcasmes et l'avilissement,
emporte chaque nouveau lecteur : à lui, à son tour, de
devenir Flaubert, le styliste, et Emma Bovary, l'héroïne.*

Thierry Laget

---

1. *Plans et scénarios de* Madame Bovary, p. 47. Le texte définitif
est plus enrobé : « Par la diversité de son humeur, tour à tour mystique ou joyeuse, babillarde, taciturne, emportée, nonchalante, elle
allait rappelant en lui mille désirs, évoquant des instincts ou des
réminiscences. Elle était l'amoureuse de tous les romans, l'héroïne
de tous les drames, le vague *elle* de tous les volumes de vers »
(p. 350).

Madame Bovary

MŒURS DE PROVINCE

À

MARIE-ANTOINE-JULES SENARD

MEMBRE DU BARREAU DE PARIS
EX-PRÉSIDENT DE L'ASSEMBLÉE NATIONALE
ET ANCIEN MINISTRE DE L'INTÉRIEUR[1]

Cher et illustre ami,

Permettez-moi d'inscrire votre nom en tête de ce livre et au-dessus même de sa dédicace; car c'est à vous, surtout, que j'en dois la publication. En passant par votre magnifique plaidoirie, mon œuvre a acquis pour moi-même comme une autorité imprévue. Acceptez donc ici l'hommage de ma gratitude, qui, si grande qu'elle puisse être, ne sera jamais à la hauteur de votre éloquence et de votre dévouement.

GUSTAVE FLAUBERT

Paris, 12 avril 1857.

À

LOUIS BOUILHET[1]

PREMIÈRE PARTIE

I

Nous étions à l'Étude, quand le Proviseur entra, suivi d'un *nouveau* habillé en bourgeois et d'un garçon de classe qui portait un grand pupitre. Ceux qui dormaient se réveillèrent, et chacun se leva comme surpris dans son travail.

Le Proviseur nous fit signe de nous rasseoir ; puis, se tournant vers le maître d'études :

— Monsieur Roger, lui dit-il à demi-voix, voici un élève que je vous recommande, il entre en cinquième. Si son travail et sa conduite sont méritoires, il passera *dans les grands*, où l'appelle son âge.

Resté dans l'angle, derrière la porte, si bien qu'on l'apercevait à peine, le *nouveau* était un gars de la campagne, d'une quinzaine d'années environ, et plus haut de taille qu'aucun de nous tous. Il avait les cheveux coupés droit sur le front, comme un chantre de village, l'air raisonnable et fort embarrassé. Quoiqu'il ne fût pas large des épaules, son habit-veste de drap vert à boutons noirs devait le gêner aux entournures et laissait voir, par la fente des parements, des poignets rouges habitués à être nus. Ses jambes, en bas bleus, sortaient d'un pantalon jaunâtre très tiré par les bretelles. Il était chaussé de souliers forts, mal cirés, garnis de clous.

On commença la récitation des leçons. Il les écouta de toutes ses oreilles, attentif comme au sermon, n'osant même croiser les cuisses, ni s'appuyer sur le coude, et, à deux heures, quand la cloche sonna, le maître d'études fut obligé de l'avertir, pour qu'il se mît avec nous dans les rangs.

Nous avions l'habitude, en entrant en classe, de jeter nos casquettes par terre, afin d'avoir ensuite nos mains plus libres ; il fallait, dès le seuil de la porte, les lancer sous le banc, de façon à frapper contre la muraille en faisant beaucoup de poussière ; c'était là le *genre*.

Mais, soit qu'il n'eût pas remarqué cette manœuvre ou qu'il n'eût osé s'y soumettre, la prière était finie que le *nouveau* tenait encore sa casquette sur ses deux genoux. C'était une de ces coiffures d'ordre composite, où l'on retrouve les éléments du bonnet à poil, du chapska, du chapeau rond, de la casquette de loutre et du bonnet de coton, une de ces pauvres choses, enfin, dont la laideur muette a des profondeurs d'expression comme le visage d'un imbécile. Ovoïde et renflée de baleines, elle commençait par trois boudins circulaires ; puis s'alternaient, séparés par une bande rouge, des losanges de velours et de poils de lapin ; venait ensuite une façon de sac qui se terminait par un polygone cartonné, couvert d'une broderie en soutache compliquée, et d'où pendait, au bout d'un long cordon trop mince, un petit croisillon de fils d'or, en manière de gland. Elle était neuve ; la visière brillait.

— Levez-vous, dit le professeur.

Il se leva ; sa casquette tomba. Toute la classe se mit à rire.

Il se baissa pour la reprendre. Un voisin la fit tomber d'un coup de coude, il la ramassa encore une fois.

— Débarrassez-vous donc de votre casque, dit le professeur, qui était un homme d'esprit.

Il y eut un rire éclatant des écoliers qui décontenança le pauvre garçon, si bien qu'il ne savait s'il fallait garder sa casquette à la main, la laisser par terre ou la mettre sur sa tête. Il se rassit et la posa sur ses genoux.

— Levez-vous, reprit le professeur, et dites-moi votre nom.

Le *nouveau* articula, d'une voix bredouillante, un nom inintelligible.

— Répétez !

Le même bredouillement de syllabes se fit entendre, couvert par les huées de la classe.

— Plus haut ! cria le maître, plus haut !

Le *nouveau*, prenant alors une résolution extrême, ouvrit une bouche démesurée et lança à pleins poumons, comme pour appeler quelqu'un, ce mot : *Charbovari*.

Ce fut un vacarme qui s'élança d'un bond, monta en *crescendo*, avec des éclats de voix aigus (on hurlait, on aboyait, on trépignait, on répétait : *Charbovari ! Charbovari !*), puis qui roula en notes isolées, se calmant à grand-peine, et parfois qui reprenait tout à coup sur la ligne d'un banc où saillissait encore çà et là, comme un pétard mal éteint, quelque rire étouffé.

Cependant, sous la pluie des pensums, l'ordre peu à peu se rétablit dans la classe, et le professeur, parvenu à saisir le nom de Charles Bovary[1], se l'étant fait dicter, épeler et relire, commanda tout de suite au pauvre diable d'aller s'asseoir sur le banc de paresse, au pied de la chaire. Il se mit en mouvement, mais, avant de partir, hésita.

— Que cherchez-vous ? demanda le professeur.

— Ma cas..., fit timidement le *nouveau*, promenant autour de lui des regards inquiets.

— Cinq cents vers à toute la classe ! exclamé d'une voix furieuse, arrêta, comme le *Quos ego*[2], une

bourrasque nouvelle. — Restez donc tranquilles !
continuait le professeur indigné, et s'essuyant le
front avec son mouchoir qu'il venait de prendre
dans sa toque : Quant à vous, le *nouveau*, vous me
copierez vingt fois le verbe *ridiculus sum*[1].

Puis, d'une voix plus douce :

— Eh ! vous la retrouverez, votre casquette ; on
ne vous l'a pas volée !

Tout reprit son calme. Les têtes se courbèrent sur
les cartons, et le *nouveau* resta pendant deux heures
dans une tenue exemplaire, quoiqu'il y eût bien, de
temps à autre, quelque boulette de papier lancée
d'un bec de plume qui vînt s'éclabousser sur sa
figure. Mais il s'essuyait avec la main, et demeurait
immobile, les yeux baissés.

Le soir, à l'Étude, il tira ses bouts de manches de
son pupitre, mit en ordre ses petites affaires, régla
soigneusement son papier. Nous le vîmes qui travaillait en conscience, cherchant tous les mots dans
le dictionnaire et se donnant beaucoup de mal.
Grâce, sans doute, à cette bonne volonté dont il fit
preuve, il dut de ne pas descendre dans la classe
inférieure ; car, s'il savait passablement ses règles, il
n'avait guère d'élégance dans les tournures. C'était
le curé de son village qui lui avait commencé le
latin, ses parents, par économie, ne l'ayant envoyé
au collège que le plus tard possible.

Son père, M. Charles-Denis-Bartholomé Bovary[2],
ancien aide-chirurgien-major, compromis, vers 1812,
dans des affaires de conscription, et forcé, vers cette
époque, de quitter le service, avait alors profité de
ses avantages personnels pour saisir au passage une
dot de soixante mille francs, qui s'offrait en la fille
d'un marchand bonnetier, devenue amoureuse de sa
tournure. Bel homme, hâbleur, faisant sonner haut
ses éperons, portant des favoris rejoints aux moustaches, les doigts toujours garnis de bagues et habillé

de couleurs voyantes, il avait l'aspect d'un brave, avec l'entrain facile d'un commis voyageur. Une fois marié, il vécut deux ou trois ans sur la fortune de sa femme, dînant bien, se levant tard, fumant dans de grandes pipes en porcelaine, ne rentrant le soir qu'après le spectacle et fréquentant les cafés. Le beau-père mourut et laissa peu de chose ; il en fut indigné, se lança *dans la fabrique*, y perdit quelque argent, puis se retira dans la campagne, où il voulut *faire valoir*. Mais, comme il ne s'entendait guère plus en culture qu'en indiennes, qu'il montait ses chevaux au lieu de les envoyer au labour, buvait son cidre en bouteilles au lieu de le vendre en barriques, mangeait les plus belles volailles de sa cour et graissait ses souliers de chasse avec le lard de ses cochons, il ne tarda point à s'apercevoir qu'il valait mieux planter là toute spéculation.

Moyennant deux cents francs par an, il trouva donc à louer dans un village, sur les confins du pays de Caux et de la Picardie, une sorte de logis moitié ferme, moitié maison de maître ; et, chagrin, rongé de regrets, accusant le ciel, jaloux contre tout le monde, il s'enferma dès l'âge de quarante-cinq ans, dégoûté des hommes, disait-il, et décidé à vivre en paix.

Sa femme avait été folle de lui autrefois ; elle l'avait aimé avec mille servilités qui l'avaient détaché d'elle encore davantage. Enjouée jadis, expansive et toute aimante, elle était, en vieillissant, devenue (à la façon du vin éventé qui se tourne en vinaigre) d'humeur difficile, piaillarde, nerveuse. Elle avait tant souffert, sans se plaindre, d'abord, quand elle le voyait courir après toutes les gotons de village et que vingt mauvais lieux le lui renvoyaient le soir, blasé et puant l'ivresse ! Puis l'orgueil s'était révolté. Alors elle s'était tue, avalant sa rage dans un stoïcisme muet, qu'elle garda jusqu'à sa mort. Elle était sans cesse en courses, en affaires. Elle allait chez les avoués, chez le président, se rappelait l'échéance des billets, obtenait des retards ; et, à la maison, repassait, cousait, blanchissait, surveillait les ouvriers, soldait les mémoires, tandis que, sans s'inquiéter de rien, Monsieur, continuellement engourdi dans une somnolence boudeuse dont il ne se réveillait que pour lui dire des choses désobligeantes, restait à fumer au coin du feu, en crachant dans les cendres.

Quand elle eut un enfant, il le fallut mettre en nourrice. Rentré chez eux, le marmot fut gâté comme un prince. Sa mère le nourrissait de confitures ; son père le laissait courir sans souliers, et, pour faire le philosophe, disait même qu'il pouvait bien aller tout nu, comme les enfants des bêtes. À l'encontre des tendances maternelles, il avait en tête un certain idéal viril de l'enfance, d'après lequel il tâchait de former son fils, voulant qu'on l'élevât durement, à la spartiate, pour lui faire une bonne constitution. Il l'envoyait se coucher sans feu, lui apprenait à boire de grands coups de rhum et à insulter les processions. Mais, naturellement paisible, le petit répondait mal à ses efforts. Sa mère le traînait toujours après elle ; elle lui découpait des cartons, lui racontait des histoires, s'entretenait avec lui dans des monologues sans fin, pleins de gaietés mélancoliques et de chatteries babillardes. Dans l'isolement de sa vie, elle reporta sur cette tête d'enfant toutes ses vanités éparses, brisées. Elle rêvait de hautes positions, elle le voyait déjà grand, beau, spirituel, établi, dans les ponts et chaussées ou dans la magistrature. Elle lui apprit à lire, et même lui enseigna, sur un vieux piano qu'elle avait, à chanter deux ou trois petites romances. Mais, à tout cela, M. Bovary, peu soucieux des lettres, disait que ce *n'était pas la peine !* Auraient-ils jamais de quoi l'entretenir dans les écoles du gouvernement, lui acheter une charge ou un fonds de commerce? D'ailleurs, *avec du toupet, un homme réussit toujours dans le monde.* Madame Bovary se mordait les lèvres, et l'enfant vagabondait dans le village.

Il suivait les laboureurs, et chassait, à coups de motte de terre, les corbeaux qui s'envolaient. Il mangeait des mûres le long des fossés, gardait les dindons avec une gaule, fanait à la moisson, courait dans le bois, jouait à la marelle sous le porche de l'église les jours de pluie, et, aux grandes fêtes, suppliait le bedeau de lui laisser sonner les cloches, pour se pendre de tout son corps à la grande corde et se sentir emporter par elle dans sa volée.

Aussi poussa-t-il comme un chêne. Il acquit de fortes mains, de belles couleurs.

À douze ans, sa mère obtint que l'on commençât ses études. On en chargea le curé. Mais les leçons étaient si courtes et si mal suivies, qu'elles ne pouvaient servir à grand-chose. C'était aux moments perdus qu'elles se donnaient, dans la sacristie, debout, à la hâte, entre un baptême et un enterrement; ou bien le curé envoyait chercher son élève après l'*Angelus*, quand il n'avait pas à sortir. On montait dans sa chambre, on s'installait: les moucherons et les papillons de nuit tournoyaient autour de la chandelle. Il faisait chaud, l'enfant s'endormait; et le bonhomme, s'assoupissant les mains sur son ventre, ne tardait pas à ronfler, la bouche ouverte. D'autres fois, quand M. le curé, revenant de porter le viatique à quelque malade des environs, apercevait Charles qui polissonnait dans la campagne, il l'appelait, le sermonnait un quart d'heure et profitait de l'occasion pour lui faire conjuguer son verbe au pied d'un arbre. La pluie venait les interrompre, ou une connaissance qui passait. Du reste, il était toujours content de lui, disait même que le *jeune homme* avait beaucoup de mémoire.

Charles ne pouvait en rester là. Madame fut éner-
gique. Honteux, ou fatigué plutôt, Monsieur céda
sans résistance, et l'on attendit encore un an que le
gamin eût fait sa première communion.

Six mois se passèrent encore ; et, l'année d'après,
Charles fut définitivement envoyé au collège de
Rouen, où son père l'amena lui-même, vers la fin
d'octobre, à l'époque de la foire Saint-Romain[1].

Il serait maintenant impossible à aucun de nous
de se rien rappeler de lui. C'était un garçon de tempérament modéré, qui jouait aux récréations, travaillait à l'étude, écoutant en classe, dormant bien
au dortoir, mangeant bien au réfectoire. Il avait
pour correspondant un quincaillier en gros de la
rue Ganterie, qui le faisait sortir une fois par mois,
le dimanche, après que sa boutique était fermée,
l'envoyait se promener sur le port à regarder les
bateaux, puis le ramenait au collège dès sept
heures, avant le souper. Le soir de chaque jeudi, il
écrivait une longue lettre à sa mère, avec de l'encre
rouge et trois pains à cacheter ; puis il repassait ses
cahiers d'histoire, ou bien lisait un vieux volume
d'*Anacharsis*[2] qui traînait dans l'étude. En promenade, il causait avec le domestique, qui était de la
campagne comme lui.

À force de s'appliquer, il se maintint toujours vers
le milieu de la classe ; une fois même, il gagna un
premier accessit d'histoire naturelle. Mais à la fin
de sa troisième, ses parents le retirèrent du collège
pour lui faire étudier la médecine, persuadés qu'il
pourrait se pousser seul jusqu'au baccalauréat.

Sa mère lui choisit une chambre, au quatrième,
sur l'Eau-de-Robec[3], chez un teinturier de sa connaissance. Elle conclut les arrangements pour sa pension, se procura des meubles, une table et deux
chaises, fit venir de chez elle un vieux lit en merisier,
et acheta de plus un petit poêle en fonte, avec la pro-

vision de bois qui devait chauffer son pauvre enfant. Puis elle partit au bout de la semaine, après mille recommandations de se bien conduire, maintenant qu'il allait être abandonné à lui-même.

Le programme des cours, qu'il lut sur l'affiche, lui fit un effet d'étourdissement : cours d'anatomie, cours de pathologie, cours de physiologie, cours de pharmacie, cours de chimie, et de botanique, et de clinique, et de thérapeutique, sans compter l'hygiène ni la matière médicale, tous noms dont il ignorait les étymologies et qui étaient comme autant de portes de sanctuaires pleins d'augustes ténèbres.

Il n'y comprit rien ; il avait beau écouter, il ne saisissait pas. Il travaillait pourtant, il avait des cahiers reliés, il suivait tous les cours, il ne perdait pas une seule visite. Il accomplissait sa petite tâche quotidienne à la manière du cheval de manège, qui tourne en place les yeux bandés, ignorant de la besogne qu'il broie.

Pour lui épargner de la dépense, sa mère lui envoyait chaque semaine, par le messager, un morceau de veau cuit au four, avec quoi il déjeunait le matin, quand il était rentré de l'hôpital, tout en battant la semelle contre le mur. Ensuite il fallait courir aux leçons, à l'amphithéâtre, à l'hospice, et revenir chez lui, à travers toutes les rues. Le soir, après le maigre dîner de son propriétaire, il remontait à sa chambre et se remettait au travail, dans ses habits mouillés qui fumaient sur son corps, devant le poêle rougi.

Dans les beaux soirs d'été, à l'heure où les rues tièdes sont vides, quand les servantes jouent au volant sur le seuil des portes, il ouvrait sa fenêtre et s'accoudait. La rivière, qui fait de ce quartier de Rouen comme une ignoble petite Venise, coulait en bas, sous lui, jaune, violette ou bleue, entre ses ponts et ses grilles. Des ouvriers, accroupis au bord,

lavaient leurs bras dans l'eau. Sur des perches partant du haut des greniers, des écheveaux de coton
séchaient à l'air. En face, au-delà des toits, le grand
ciel pur s'étendait, avec le soleil rouge se couchant.
Qu'il devait faire bon là-bas ! Quelle fraîcheur sous la
hêtrée ! Et il ouvrait les narines pour aspirer les
bonnes odeurs de la campagne, qui ne venaient pas
jusqu'à lui.

Il maigrit, sa taille s'allongea, et sa figure prit une
sorte d'expression dolente qui la rendit presque
intéressante.

Naturellement, par nonchalance, il en vint à se
délier de toutes les résolutions qu'il s'était faites.
Une fois, il manqua la visite, le lendemain son cours,
et, savourant la paresse, peu à peu, n'y retourna
plus.

Il prit l'habitude du cabaret, avec la passion des
dominos. S'enfermer chaque soir dans un sale appartement public, pour y taper sur des tables de marbre
de petits os de mouton marqués de points noirs, lui
semblait un acte précieux de sa liberté, qui le rehaus-
sait d'estime vis-à-vis de lui-même. C'était comme
l'initiation au monde, l'accès des plaisirs défendus ;
et, en entrant, il posait la main sur le bouton de la
porte avec une joie presque sensuelle. Alors, beaucoup de choses comprimées en lui, se dilatèrent ; il
apprit par cœur des couplets qu'il chantait aux bien-
venues, s'enthousiasma pour Béranger[1], sut faire du
punch[2] et connut enfin l'amour.

Grâce à ces travaux préparatoires, il échoua complètement à son examen d'officier de santé[3]. On l'attendait le soir même à la maison pour fêter son
succès !

Il partit à pied et s'arrêta vers l'entrée du village,
où il fit demander sa mère, lui conta tout. Elle l'excusa, rejetant l'échec sur l'injustice des examinateurs, et le raffermit un peu, se chargeant d'arranger

les choses. Cinq ans plus tard seulement, M. Bovary
connut la vérité ; elle était vieille, il l'accepta, ne pouvant d'ailleurs supposer qu'un homme issu de lui fût
un sot.

Charles se remit donc au travail et prépara sans
discontinuer les matières de son examen, dont il
apprit d'avance toutes les questions par cœur. Il fut
reçu avec une assez bonne note. Quel beau jour
pour sa mère ! On donna un grand dîner.

Où irait-il exercer son art ? À Tostes[1]. Il n'y avait
là qu'un vieux médecin. Depuis longtemps madame
Bovary guettait sa mort, et le bonhomme n'avait
point encore plié bagage, que Charles était installé
en face, comme son successeur.

Mais ce n'était pas tout que d'avoir élevé son fils, de
lui avoir fait apprendre la médecine et découvert
Tostes pour l'exercer : il lui fallait une femme. Elle lui
en trouva une : la veuve d'un huissier de Dieppe, qui
avait quarante-cinq ans et douze cents livres de rente.

Quoiqu'elle fût laide, sèche comme un cotret, et
bourgeonnée comme un printemps, certes madame
Dubuc ne manquait pas de partis à choisir. Pour
arriver à ses fins, la mère Bovary fut obligée de les
évincer tous, et elle déjoua même fort habilement
les intrigues d'un charcutier qui était soutenu par
les prêtres.

Charles avait entrevu dans le mariage l'avènement
d'une condition meilleure, imaginant qu'il serait
plus libre et pourrait disposer de sa personne et de
son argent. Mais sa femme fut le maître ; il devait
devant le monde dire ceci, ne pas dire cela, faire
maigre tous les vendredis, s'habiller comme elle
l'entendait, harceler par son ordre les clients qui ne
payaient pas. Elle décachetait ses lettres, épiait ses
démarches, et l'écoutait, à travers la cloison, donner
ses consultations dans son cabinet, quand il y avait
des femmes.

Il lui fallait son chocolat tous les matins, des égards à n'en plus finir. Elle se plaignait sans cesse de ses nerfs, de sa poitrine, de ses humeurs. Le bruit des pas lui faisait mal; on s'en allait, la solitude lui devenait odieuse; revenait-on près d'elle, c'était pour la voir mourir, sans doute. Le soir, quand Charles rentrait, elle sortait de dessous ses draps ses longs bras maigres, les lui passait autour du cou, et, l'ayant fait asseoir au bord du lit, se mettait à lui parler de ses chagrins : il l'oubliait, il en aimait une autre ! On lui avait bien dit qu'elle serait malheureuse; et elle finissait en lui demandant quelque sirop pour sa santé et un peu plus d'amour.

II

Une nuit, vers onze heures, ils furent réveillés par le bruit d'un cheval qui s'arrêta juste à la porte. La bonne ouvrit la lucarne du grenier et parlementa quelque temps avec un homme resté en bas, dans la rue. Il venait chercher le médecin; il avait une lettre. *Nastasie* descendit les marches en grelottant, et alla ouvrir la serrure et les verrous, l'un après l'autre. L'homme laissa son cheval, et, suivant la bonne, entra tout à coup derrière elle. Il tira de dedans son bonnet de laine à houppes grises, une lettre enveloppée dans un chiffon, et la présenta délicatement à Charles, qui s'accouda sur l'oreiller pour la lire. Nastasie, près du lit, tenait la lumière. Madame, par pudeur, restait tournée vers la ruelle et montrait le dos.

Cette lettre, cachetée d'un petit cachet de cire bleue, suppliait M. Bovary de se rendre immédiate-ment à la ferme des Bertaux, pour remettre une jambe cassée. Or il y a, de Tostes aux Bertaux, six bonnes lieues de traverse, en passant par Longue-

ville et Saint-Victor. La nuit était noire. Madame
Bovary jeune redoutait les accidents pour son mari.
Donc il fut décidé que le valet d'écurie prendrait les
devants. Charles partirait trois heures plus tard, au
lever de la lune. On enverrait un gamin à sa rencontre, afin de lui montrer le chemin de la ferme et
d'ouvrir les clôtures devant lui.

Vers quatre heures du matin, Charles, bien enveloppé dans son manteau, se mit en route pour les
Bertaux. Encore endormi par la chaleur du sommeil, il se laissait bercer au trot pacifique de sa bête.
Quand elle s'arrêtait d'elle-même devant ces trous
entourés d'épines que l'on creuse au bord des
sillons, Charles se réveillant en sursaut, se rappelait
vite la jambe cassée, et il tâchait de se remettre en
mémoire toutes les fractures qu'il savait. La pluie ne
tombait plus ; le jour commençait à venir, et, sur les
branches des pommiers sans feuilles, des oiseaux se
tenaient immobiles, hérissant leurs petites plumes
au vent froid du matin. La plate campagne s'étalait
à perte de vue, et les bouquets d'arbres autour des
fermes faisaient, à intervalles éloignés, des taches
d'un violet noir sur cette grande surface grise, qui
se perdait à l'horizon dans le ton morne du ciel.
Charles, de temps à autre, ouvrait les yeux ; puis,
son esprit se fatiguant et le sommeil revenant de soi-
même, bientôt il entrait dans une sorte d'assoupissement où, ses sensations récentes se confondant
avec des souvenirs, lui-même se percevait double, à
la fois étudiant et marié, couché dans son lit comme
tout à l'heure, traversant une salle d'opérés comme
autrefois. L'odeur chaude des cataplasmes se mêlait
dans sa tête à la verte odeur de la rosée ; il entendait
rouler sur leur tringle les anneaux de fer des lits et
sa femme dormir... Comme il passait par Vassonville, il aperçut, au bord d'un fossé, un jeune garçon
assis sur l'herbe.

— Êtes-vous le médecin ? demanda l'enfant.

Et, sur la réponse de Charles, il prit ses sabots à ses mains et se mit à courir devant lui.

L'officier de santé, chemin faisant, comprit aux discours de son guide que M. Rouault devait être un cultivateur des plus aisés. Il s'était cassé la jambe, la veille au soir, en revenant de *faire les Rois*[1], chez un voisin. Sa femme était morte depuis deux ans. Il n'avait avec lui que sa *demoiselle*, qui l'aidait à tenir la maison.

Les ornières devinrent plus profondes. On approchait des Bertaux. Le petit gars, se coulant alors par un trou de haie, disparut, puis il revint au bout d'une cour en ouvrir la barrière. Le cheval glissait sur l'herbe mouillée ; Charles se baissait pour passer sous les branches. Les chiens de garde à la niche aboyaient en tirant sur leur chaîne. Quand il entra dans les Bertaux, son cheval eut peur et fit un grand écart.

C'était une ferme de bonne apparence. On voyait dans les écuries, par le dessus des portes ouvert, de gros chevaux de labour qui mangeaient tranquillement dans des râteliers neufs. Le long des bâtiments s'étendait un large fumier, de la buée s'en élevait, et, parmi les poules et les dindons, picoraient dessus cinq ou six paons, luxe des basses-cours cauchoises. La bergerie était longue, la grange était haute, à murs lisses comme la main. Il y avait sous le hangar deux grandes charrettes et quatre charrues, avec leurs fouets, leurs colliers, leurs équipages complets, dont les toisons de laine bleue se salissaient à la poussière fine qui tombait des greniers. La cour allait en montant, plantée d'arbres symétriquement espacés, et le bruit gai d'un troupeau d'oies retentissait près de la mare.

Une jeune femme, en robe de mérinos bleu garnie de trois volants, vint sur le seuil de la maison pour recevoir M. Bovary, qu'elle fit entrer dans la cuisine, où flambait un grand feu. Le déjeuner des gens bouillonnait alentour, dans des petits pots de taille inégale. Des vêtements humides séchaient dans l'intérieur de la cheminée. La pelle, les pincettes et le bec du soufflet, tous de proportion colossale, brillaient comme de l'acier poli, tandis que le long des murs s'étendait une abondante batterie de cuisine, où miroitait inégalement la flamme claire du foyer, jointe aux premières lueurs du soleil arrivant par les carreaux.

Charles monta, au premier, voir le malade. Il le trouva dans son lit, suant sous ses couvertures et ayant rejeté bien loin son bonnet de coton. C'était un gros petit homme de cinquante ans, à la peau blanche, à l'œil bleu, chauve sur le devant de la tête, et qui portait des boucles d'oreilles. Il avait à ses côtés, sur une chaise, une grande carafe d'eau-de-vie, dont il se versait de temps à autre pour se donner du cœur au ventre ; mais, dès qu'il vit le médecin, son exaltation tomba, et, au lieu de sacrer comme il faisait depuis douze heures, il se prit à geindre faiblement.

La fracture était simple, sans complication d'aucune espèce. Charles n'eût osé en souhaiter de plus facile. Alors, se rappelant les allures de ses maîtres auprès du lit des blessés, il réconforta le patient avec toutes sortes de bons mots, caresses chirurgicales qui sont comme l'huile dont on graisse les bistouris. Afin d'avoir des attelles, on alla chercher, sous la charretterie, un paquet de lattes. Charles en choisit une, la coupa en morceaux et la polit avec un éclat de vitre, tandis que la servante déchirait des draps pour faire des bandes, et que mademoiselle Emma tâchait à coudre des coussinets. Comme elle fut longtemps avant de trouver son étui, son père s'impatienta ; elle ne répondit rien ; mais, tout

en cousant, elle se piquait les doigts, qu'elle portait
ensuite à sa bouche pour les sucer.

Charles fut surpris de la blancheur de ses ongles.
Ils étaient brillants, fins du bout, plus nettoyés que
les ivoires de Dieppe, et taillés en amande. Sa main
pourtant n'était pas belle, point assez pâle peut-
être, et un peu sèche aux phalanges; elle était trop
longue aussi, et sans molles inflexions de lignes sur
les contours. Ce qu'elle avait de beau, c'étaient les
yeux; quoiqu'ils fussent bruns, ils semblaient noirs
à cause des cils, et son regard arrivait franchement
à vous avec une hardiesse candide.

Une fois le pansement fait, le médecin fut invité,
par M. Rouault lui-même, à *prendre un morceau*
avant de partir.

Charles descendit dans la salle, au rez-de-chaussée. Deux couverts, avec des timbales d'argent, y
étaient mis sur une petite table, au pied d'un grand
lit à baldaquin revêtu d'une indienne à personnages
représentant des Turcs. On sentait une odeur d'iris
et de draps humides, qui s'échappait de la haute
armoire en bois de chêne, faisant face à la fenêtre.
Par terre, dans les angles, étaient rangés, debout,
des sacs de blé. C'était le trop-plein du grenier
proche, où l'on montait par trois marches de pierre.
Il y avait, pour décorer l'appartement, accrochée à
un clou, au milieu du mur dont la peinture verte
s'écaillait sous le salpêtre, une tête de Minerve au
crayon noir, encadrée de dorure, et qui portait au
bas, écrit en lettres gothiques: «À mon cher papa.»

On parla d'abord du malade, puis du temps qu'il
faisait, des grands froids, des loups qui couraient les
champs, la nuit. Mademoiselle Rouault ne s'amusait
guère à la campagne, maintenant surtout qu'elle
était chargée presque à elle seule des soins de la
ferme. Comme la salle était fraîche, elle grelottait
tout en mangeant, ce qui découvrait un peu ses

lèvres charnues, qu'elle avait coutume de mordillonner à ses moments de silence.

Son cou sortait d'un col blanc, rabattu. Ses cheveux, dont les deux bandeaux noirs semblaient chacun d'un seul morceau, tant ils étaient lisses, étaient séparés sur le milieu de la tête par une raie fine, qui s'enfonçait légèrement selon la courbe du crâne ; et, laissant voir à peine le bout de l'oreille, ils allaient se confondre par-derrière en un chignon abondant, avec un mouvement ondé vers les tempes, que le médecin de campagne remarqua là pour la première fois de sa vie. Ses pommettes étaient roses. Elle portait, comme un homme, passé entre deux boutons de son corsage, un lorgnon d'écaille.

Quand Charles, après être monté dire adieu au père Rouault, rentra dans la salle avant de partir, il la trouva debout, le front contre la fenêtre, et qui regardait dans le jardin, où les échalas des haricots avaient été renversés par le vent. Elle se retourna.

— Cherchez-vous quelque chose ? demanda-t-elle.

— Ma cravache, s'il vous plaît, répondit-il.

Et il se mit à fureter sur le lit, derrière les portes, sous les chaises ; elle était tombée à terre, entre les sacs et la muraille. Mademoiselle Emma l'aperçut ; elle se pencha sur les sacs de blé. Charles, par galanterie, se précipita et, comme il allongeait aussi son bras dans le même mouvement, il sentit sa poitrine effleurer le dos de la jeune fille, courbée sous lui. Elle se redressa toute rouge et le regarda par-dessus l'épaule, en lui tendant son nerf de bœuf.

Au lieu de revenir aux Bertaux trois jours après, comme il l'avait promis, c'est le lendemain même qu'il y retourna, puis deux fois la semaine régulièrement, sans compter les visites inattendues qu'il faisait de temps à autre, comme par mégarde.

Tout, du reste, alla bien ; la guérison s'établit selon les règles, et quand, au bout de quarante-six jours,

on vit le père Rouault qui s'essayait à marcher
seul dans sa *masure*[1], on commença à considérer
M. Bovary comme un homme de grande capacité. Le
père Rouault disait qu'il n'aurait pas été mieux guéri
par les premiers médecins d'Yvetot ou même de
Rouen.

Quant à Charles, il ne chercha point à se demander pourquoi il venait aux Bertaux avec plaisir. Y
eût-il songé, qu'il aurait sans doute attribué son zèle
à la gravité du cas, ou peut-être au profit qu'il en
espérait. Était-ce pour cela, cependant, que ses
visites à la ferme faisaient, parmi les pauvres occupations de sa vie, une exception charmante ? Ces
jours-là il se levait de bonne heure, partait au galop,
poussait sa bête, puis il descendait pour s'essuyer
les pieds sur l'herbe, et passait ses gants noirs avant
d'entrer. Il aimait à se voir arriver dans la cour, à
sentir contre son épaule la barrière qui tournait, et
le coq qui chantait sur le mur, les garçons qui
venaient à sa rencontre. Il aimait la grange et les
écuries ; il aimait le père Rouault, qui lui tapait dans
la main en l'appelant son sauveur ; il aimait les
petits sabots de mademoiselle Emma sur les dalles
lavées de la cuisine ; ses talons hauts la grandis-
saient un peu, et, quand elle marchait devant lui, les
semelles de bois, se relevant vite, claquaient avec un
bruit sec contre le cuir de la bottine.

Elle le reconduisait toujours jusqu'à la première
marche du perron. Lorsqu'on n'avait pas encore
amené son cheval, elle restait là. On s'était dit
adieu, on ne parlait plus ; le grand air l'entourait,
levant pêle-mêle les petits cheveux follets de sa
nuque, ou secouant sur sa hanche les cordons de
son tablier, qui se tortillaient comme des banderoles. Une fois, par un temps de dégel, l'écorce des
arbres suintait dans la cour, la neige sur les couvertures des bâtiments se fondait. Elle était sur le seuil ;

elle alla chercher son ombrelle, elle l'ouvrit. L'ombrelle, de soie gorge de pigeon, que traversait le soleil, éclairait de reflets mobiles la peau blanche de sa figure. Elle souriait là-dessous à la chaleur tiède ; et on entendait les gouttes d'eau, une à une, tomber sur la moire tendue.

Dans les premiers temps que Charles fréquentait les Bertaux, madame Bovary jeune ne manquait pas de s'informer du malade, et même sur le livre qu'elle tenait en partie double, elle avait choisi pour M. Rouault une belle page blanche. Mais quand elle sut qu'il avait une fille, elle alla aux informations ; et elle apprit que mademoiselle Rouault, élevée au couvent, chez les Ursulines, avait reçu, comme on dit, *une belle éducation*, qu'elle savait, en conséquence, la danse, la géographie, le dessin, faire de la tapisserie et toucher du piano. Ce fut le comble !

— C'est donc pour cela, se disait-elle, qu'il a la figure si épanouie quand il va la voir, et qu'il met son gilet neuf, au risque de l'abîmer à la pluie ? Ah ! cette femme ! cette femme !...

Et elle la détesta, d'instinct. D'abord, elle se soulagea par des allusions, Charles ne les comprit pas ; ensuite, par des réflexions incidentes qu'il laissait passer de peur de l'orage ; enfin, par des apostrophes à brûle-pourpoint auxquelles il ne savait que répondre. — D'où vient qu'il retournait aux Bertaux, puisque M. Rouault était guéri et que ces gens-là n'avaient pas encore payé ? Ah ! c'est qu'il y avait là-bas *une personne*, quelqu'un qui savait causer, une brodeuse, un bel esprit. C'était là ce qu'il aimait : il lui fallait des demoiselles de ville ! — Et elle reprenait :

— La fille au père Rouault, une demoiselle de ville ! Allons donc ! leur grand-père était berger, et ils ont un cousin qui a failli passer par les assises pour un mauvais coup, dans une dispute. Ce n'est

pas la peine de faire tant de fla-fla, ni de se montrer
le dimanche à l'église avec une robe de soie, comme
une comtesse. Pauvre bonhomme, d'ailleurs, qui
sans les colzas de l'an passé, eût été bien embarrassé de payer ses arrérages !

Par lassitude, Charles cessa de retourner aux Bertaux. Héloïse lui avait fait jurer qu'il n'irait plus, la
main sur son livre de messe, après beaucoup de sanglots et de baisers, dans une grande explosion
d'amour. Il obéit donc ; mais la hardiesse de son
désir protesta contre la servilité de sa conduite, et,
par une sorte d'hypocrisie naïve, il estima que cette
défense de la voir était pour lui comme un droit de
l'aimer. Et puis la veuve était maigre ; elle avait les
dents longues ; elle portait en toute saison un petit
châle noir dont la pointe lui descendait entre les
omoplates ; sa taille dure était engainée dans des
robes en façon de fourreau, trop courtes, qui découvraient ses chevilles, avec les rubans de ses souliers
larges s'entrecroisant sur des bas gris.

La mère de Charles venait les voir de temps à
autre ; mais, au bout de quelques jours, la bru semblait l'aiguiser à son fil ; et alors, comme deux couteaux, elles étaient à le scarifier par leurs réflexions
et leurs observations. Il avait tort de tant manger !
Pourquoi toujours offrir la goutte au premier venu ?
Quel entêtement que de ne pas vouloir porter de flanelle !

Il arriva qu'au commencement du printemps, un
notaire d'Ingouville, détenteur de fonds à la veuve
Dubuc, s'embarqua, par une belle marée, emportant avec lui tout l'argent de son étude. Héloïse, il
est vrai, possédait encore, outre une part de bateau
évaluée six mille francs, sa maison de la rue Saint-
François ; et cependant, de toute cette fortune que
l'on avait fait sonner si haut, rien, si ce n'est un peu
de mobilier et quelques nippes, n'avait paru dans le

ménage. Il fallut tirer la chose au clair. La maison
de Dieppe se trouva vermoulue d'hypothèques
jusque dans ses pilotis; ce qu'elle avait mis chez le
notaire, Dieu seul le savait, et la part de barque
n'excéda point mille écus. Elle avait donc menti, la
bonne dame! Dans son exaspération, M. Bovary
père, brisant une chaise contre les pavés, accusa sa
femme d'avoir fait le malheur de leur fils en l'atte-
lant à une haridelle semblable, dont les harnais ne
valaient pas la peau. Ils vinrent à Tostes. On s'expliqua. Il y eut des scènes. Héloïse, en pleurs, se jetant
dans les bras de son mari, le conjura de la défendre
de ses parents. Charles voulut parler pour elle.
Ceux-ci se fâchèrent, et ils partirent.

Mais *le coup était porté*. Huit jours après, comme
elle étendait du linge dans sa cour, elle fut prise
d'un crachement de sang, et le lendemain, tandis
que Charles avait le dos tourné pour fermer le
rideau de la fenêtre, elle dit: «Ah! mon Dieu!»
poussa un soupir et s'évanouit. Elle était morte!
Quel étonnement!

Quand tout fut fini au cimetière, Charles rentra
chez lui. Il ne trouva personne en bas; il monta au
premier, dans la chambre, vit sa robe encore accrochée au pied de l'alcôve; alors, s'appuyant contre le
secrétaire, il resta jusqu'au soir perdu dans une
rêverie douloureuse. Elle l'avait aimé, après tout.

III

Un matin, le père Rouault vint apporter à Charles
le payement de sa jambe remise: soixante et quinze
francs en pièces de quarante sous, et une dinde. Il
avait appris son malheur, et l'en consola tant qu'il
put.

— Je sais ce que c'est! disait-il en lui frappant

sur l'épaule ; j'ai été comme vous, moi aussi ! Quand j'ai eu perdu ma pauvre défunte, j'allais dans les champs pour être tout seul ; je tombais au pied d'un arbre, je pleurais, j'appelais le bon Dieu, je lui disais des sottises ; j'aurais voulu être comme les taupes, que je voyais aux branches, qui avaient des vers leur grouillant dans le ventre, crevé, enfin. Et quand je pensais que d'autres, à ce moment-là, étaient avec leurs bonnes petites femmes à les tenir embrassées contre eux, je tapais de grands coups par terre avec mon bâton ; j'étais quasiment fou, que je ne mangeais plus ; l'idée d'aller seulement au café me dégoûtait, vous ne croiriez pas. Eh bien, tout doucement, un jour chassant l'autre, un printemps sur un hiver et un automne par-dessus un été, ça a coulé brin à brin, miette à miette ; ça s'en est allé, c'est parti, c'est descendu, je veux dire, car il vous reste toujours quelque chose au fond, comme qui dirait… un poids, là, sur la poitrine ! Mais, puisque c'est notre sort à tous, on ne doit pas non plus se laisser dépérir, et, parce que d'autres sont morts, vouloir mourir… Il faut vous secouer, monsieur Bovary ; ça se passera ! Venez nous voir ; ma fille pense à vous de temps à autre, savez-vous bien, et elle dit comme ça que vous l'oubliez. Voilà le printemps bientôt ; nous vous ferons tirer un lapin dans la garenne, pour vous dissiper un peu.

Charles suivit son conseil. Il retourna aux Bertaux ; il retrouva tout comme la veille, comme il y avait cinq mois, c'est-à-dire. Les poiriers déjà étaient en fleur, et le bonhomme Rouault, debout maintenant, allait et venait, ce qui rendait la ferme plus animée.

Croyant qu'il était de son devoir de prodiguer au médecin le plus de politesses possible, à cause de sa position douloureuse, il le pria de ne point se découvrir la tête, lui parla à voix basse, comme s'il eût été

malade, et même fit semblant de se mettre en colère
de ce que l'on n'avait pas apprêté à son intention
quelque chose d'un peu plus léger que tout le reste,
tels que des petits pots de crème ou des poires cuites.
Il conta des histoires. Charles se surprit à rire ; mais
le souvenir de sa femme, lui revenant tout à coup,
l'assombrit. On apporta le café ; il n'y pensa plus.

Il y pensa moins, à mesure qu'il s'habituait à vivre
seul. L'agrément nouveau de l'indépendance lui
rendit bientôt la solitude plus supportable. Il pouvait changer maintenant les heures de ses repas,
rentrer ou sortir sans donner de raisons, et, lorsqu'il
était bien fatigué, s'étendre de ses quatre membres,
tout en large, dans son lit. Donc, il se choya, se dor-
lota et accepta les consolations qu'on lui donnait.
D'autre part, la mort de sa femme ne l'avait pas mal
servi dans son métier, car on avait répété durant un
mois : « Ce pauvre jeune homme ! quel malheur ! »
Son nom s'était répandu, sa clientèle s'était accrue ;
et puis il allait aux Bertaux tout à son aise. Il avait
un espoir sans but, un bonheur vague ; il se trouvait
la figure plus agréable en brossant ses favoris
devant son miroir.

Il arriva un jour vers trois heures ; tout le monde
était aux champs ; il entra dans la cuisine, mais
n'aperçut point d'abord Emma ; les auvents étaient
fermés. Par les fentes du bois, le soleil allongeait sur
les pavés de grandes raies minces, qui se brisaient à
l'angle des meubles et tremblaient au plafond. Des
mouches, sur la table, montaient le long des verres
qui avaient servi, et bourdonnaient en se noyant au
fond, dans le cidre resté. Le jour qui descendait par
la cheminée, veloutant la suie de la plaque, bleuis-
sait un peu les cendres froides. Entre la fenêtre et le
foyer, Emma cousait ; elle n'avait point de fichu, on
voyait sur ses épaules nues de petites gouttes de
sueur.

Selon la mode de la campagne, elle lui proposa de boire quelque chose. Il refusa, elle insista, et enfin lui offrit, en riant, de prendre un verre de liqueur avec elle. Elle alla donc chercher dans l'armoire une bouteille de curaçao, atteignit deux petits verres, emplit l'un jusqu'au bord, versa à peine dans l'autre, et, après avoir trinqué, le porta à sa bouche. Comme il était presque vide, elle se renversait pour boire ; et, la tête en arrière, les lèvres avancées, le cou tendu, elle riait de ne rien sentir, tandis que le bout de sa langue, passant entre ses dents fines, léchait à petits coups le fond du verre.

Elle se rassit et elle reprit son ouvrage, qui était un bas de coton blanc où elle faisait des reprises ; elle travaillait le front baissé ; elle ne parlait pas, Charles non plus. L'air, passant par le dessous de la porte, poussait un peu de poussière sur les dalles ; il la regardait se traîner, et il entendait seulement le battement intérieur de sa tête, avec le cri d'une poule, au loin, qui pondait dans les cours. Emma, de temps à autre, se rafraîchissait les joues en y appliquant la paume de ses mains, qu'elle refroidissait après cela sur la pomme de fer des grands chenets.

Elle se plaignit d'éprouver, depuis le commencement de la saison, des étourdissements ; elle demanda si les bains de mer lui seraient utiles ; elle se mit à causer du couvent, Charles de son collège, les phrases leur vinrent. Ils montèrent dans sa chambre. Elle lui fit voir ses anciens cahiers de musique, les petits livres qu'on lui avait donnés en prix et les couronnes en feuilles de chêne, abandonnées dans un bas d'armoire. Elle lui parla encore de sa mère, du cimetière, et même lui montra dans le jardin la plate-bande dont elle cueillait les fleurs, tous les premiers vendredis de chaque mois, pour les aller mettre sur sa tombe. Mais le jardinier qu'ils avaient n'y entendait rien ; on était si mal servi ! Elle eût bien voulu, ne fût-ce au moins que pendant l'hiver, habiter la ville, quoique la longueur des beaux jours rendît peut-être la campagne plus ennuyeuse encore durant l'été ; — et, selon ce qu'elle disait, sa voix était claire, aiguë, ou se couvrant de langueur tout à coup, traînait des modulations qui finissaient presque en murmures, quand elle se parlait à elle-même, — tantôt joyeuse, ouvrant des yeux naïfs, puis les paupières à demi closes, le regard noyé d'ennui, la pensée vagabondant.

Le soir, en s'en retournant, Charles reprit une à une les phrases qu'elle avait dites, tâchant de se les rappeler, d'en compléter le sens, afin de se faire la portion d'existence qu'elle avait vécue dans le temps qu'il ne la connaissait pas encore. Mais jamais il ne put la voir en sa pensée, différemment qu'il ne l'avait vue la première fois, ou telle qu'il venait de la quitter tout à l'heure. Puis il se demanda ce qu'elle deviendrait, si elle se marierait, et à qui ? hélas ! le père Rouault était bien riche, et elle !... si belle ! Mais la figure d'Emma revenait toujours se placer devant ses yeux, et quelque chose de monotone comme le ronflement d'une toupie bourdonnait à ses oreilles : « Si tu te mariais, pourtant ! si tu te mariais ! » La nuit, il ne dormit pas, sa gorge était serrée, il avait soif ; il se leva pour aller boire à son pot à l'eau et il ouvrit la fenêtre ; le ciel était couvert d'étoiles, un vent chaud passait, au loin des chiens aboyaient. Il tourna la tête du côté des Bertaux.

Pensant qu'après tout l'on ne risquait rien, Charles se promit de faire la demande quand l'occasion s'en offrirait ; mais, chaque fois qu'elle s'offrit, la peur de ne point trouver les mots convenables lui collait les lèvres.

Le père Rouault n'eût pas été fâché qu'on le débarrassât de sa fille, qui ne lui servait guère dans sa maison. Il l'excusait intérieurement, trouvant qu'elle

avait trop d'esprit pour la culture, métier maudit du
ciel, puisqu'on n'y voyait jamais de millionnaire. Loin
d'y avoir fait fortune, le bonhomme y perdait tous les
ans ; car, s'il excellait dans les marchés, où il se plaisait aux ruses du métier, en revanche la culture proprement dite, avec le gouvernement intérieur de la
ferme, lui convenait moins qu'à personne. Il ne retirait pas volontiers ses mains de dedans ses poches, et
n'épargnait point la dépense pour tout ce qui regardait sa vie, voulant être bien nourri, bien chauffé, bien
couché. Il aimait le gros cidre, les gigots saignants, les
glorias longuement battus[1]. Il prenait ses repas dans
la cuisine, seul, en face du feu, sur une petite table
qu'on lui apportait toute servie, comme au théâtre.

Lorsqu'il s'aperçut donc que Charles avait les
pommettes rouges près de sa fille, ce qui signifiait
qu'un de ces jours on la lui demanderait en
mariage, il rumina d'avance toute l'affaire. Il le
trouvait bien un peu *gringalet*, et ce n'était pas là un
gendre comme il l'eût souhaité ; mais on le disait de
bonne conduite, économe, fort instruit, et sans
doute qu'il ne chicanerait pas trop sur la dot. Or,
comme le père Rouault allait être forcé de vendre
vingt-deux acres de *son bien*, qu'il devait beaucoup
au maçon, beaucoup au bourrelier, que l'arbre du
pressoir était à remettre :

— S'il me la demande, se dit-il, je la lui donne.

À l'époque de la Saint-Michel[2], Charles était venu
passer trois jours aux Bertaux. La dernière journée
s'était écoulée comme les précédentes, à reculer de
quart d'heure en quart d'heure. Le père Rouault
lui fit la conduite ; ils marchaient dans un chemin
creux, ils s'allaient quitter ; c'était le moment.
Charles se donna jusqu'au coin de la haie, et enfin,
quand on l'eut dépassée :

— Maître Rouault, murmura-t-il, je voudrais bien
vous dire quelque chose.

Ils s'arrêtèrent. Charles se taisait.

— Mais contez-moi votre histoire! est-ce que je ne sais pas tout? dit le père Rouault, en riant doucement.

— Père Rouault..., père Rouault..., balbutia Charles.

— Moi, je ne demande pas mieux, continua le fermier. Quoique sans doute la petite soit de mon idée, il faut pourtant lui demander son avis. Allez-vous-en donc; je m'en vais retourner chez nous. Si c'est oui, entendez-moi bien, vous n'aurez pas besoin de revenir, à cause du monde, et, d'ailleurs, ça la saisirait trop. Mais pour que vous ne vous mangiez pas le sang, je pousserai tout grand l'auvent de la fenêtre contre le mur: vous pourrez le voir par-derrière, en vous penchant sur la haie.

Et il s'éloigna.

Charles attacha son cheval à un arbre. Il courut se mettre dans le sentier; il attendit. Une demi-heure se passa, puis il compta dix-neuf minutes à sa montre. Tout à coup un bruit se fit contre le mur; l'auvent s'était rabattu, la cliquette tremblait encore.

Le lendemain, dès neuf heures, il était à la ferme. Emma rougit quand il entra, tout en s'efforçant de rire un peu, par contenance. Le père Rouault embrassa son futur gendre. On remit à causer des arrangements d'intérêt; on avait, d'ailleurs, du temps devant soi, puisque le mariage ne pouvait décemment avoir lieu avant la fin du deuil de Charles, c'est-à-dire vers le printemps de l'année prochaine.

L'hiver se passa dans cette attente. Mademoiselle Rouault s'occupa de son trousseau. Une partie en fut commandée à Rouen, et elle se confectionna des chemises et des bonnets de nuit, d'après des dessins de modes qu'elle emprunta. Dans les visites que Charles faisait à la ferme, on causait des préparatifs de la noce ; on se demandait dans quel appartement se donnerait le dîner ; on rêvait à la quantité de plats qu'il faudrait et quelles seraient les entrées.

Emma eût, au contraire, désiré se marier à minuit, aux flambeaux ; mais le père Rouault ne comprit rien à cette idée. Il y eut donc une noce, où vinrent quarante-trois personnes, où l'on resta seize heures à table, qui recommença le lendemain et quelque peu les jours suivants.

IV

Les conviés arrivèrent de bonne heure dans des voitures, carrioles à un cheval, chars à bancs à deux roues, vieux cabriolets sans capote, tapissières à rideaux de cuir, et les jeunes gens des villages les plus voisins dans des charrettes où ils se tenaient debout, en rang, les mains appuyées sur les ridelles pour ne pas tomber, allant au trot et secoués dur. Il en vint de dix lieues loin, de Goderville, de Normanville et de Cany. On avait invité tous les parents des deux familles, on s'était raccommodé avec les amis brouillés, on avait écrit à des connaissances perdues de vue depuis longtemps.

De temps à autre, on entendait des coups de fouet derrière la haie ; bientôt la barrière s'ouvrait : c'était une carriole qui entrait. Galopant jusqu'à la première marche du perron, elle s'y arrêtait court, et vidait son monde, qui sortait par tous les côtés en se frottant les genoux et en s'étirant les bras. Les dames, en bonnet, avaient des robes à la façon de la ville, des chaînes de montre en or, des pèlerines à bouts croisés dans la ceinture, ou de petits fichus de couleur attachés dans le dos avec une épingle, et qui leur découvraient le cou par-derrière. Les gamins, vêtus pareillement à leurs papas, semblaient incommodés par leurs habits neufs (beaucoup même étrennèrent ce jour-là la première paire de bottes de leur existence), et l'on voyait à côté d'eux, ne soufflant mot dans la robe blanche de sa première communion rallongée pour la circonstance, quelque grande fillette de quatorze ou seize ans, leur cousine ou leur sœur aînée sans doute, rougeaude, ahurie, les cheveux gras de pommade à la rose, et ayant bien peur de salir ses gants. Comme il n'y avait point assez de valets d'écurie pour dételer toutes les voitures, les messieurs retroussaient leurs manches et s'y mettaient eux-mêmes. Suivant leur position sociale différente, ils avaient des habits, des redingotes, des vestes, des habits-vestes : — bons habits, entourés de toute la considération d'une famille, et qui ne sortaient de l'armoire que pour les solennités ; redingotes à grandes basques flottant au vent, à collet cylindrique, à poches larges comme des sacs ; vestes de gros drap, qui accompagnaient ordinairement quelque casquette cerclée de cuivre à sa visière ; habits-vestes très courts, ayant dans le dos deux boutons rapprochés comme une paire d'yeux, et dont les pans semblaient avoir été coupés à même un seul bloc, par la hache du charpentier. Quelques-uns encore (mais ceux-là, bien sûr, devaient dîner au bas bout de la table) portaient des blouses de cérémonie, c'est-à-dire dont le col était rabattu sur les épaules, le dos froncé à petits plis et la taille attachée très bas par une ceinture cousue.

Et les chemises sur les poitrines bombaient comme des cuirasses ! Tout le monde était tondu à neuf, les oreilles s'écartaient des têtes, on était rasé de près ; quelques-uns même qui s'étaient levés dès avant l'aube, n'ayant pas vu clair à se faire la barbe, avaient des balafres en diagonale sous le nez, ou, le long des mâchoires, des pelures d'épiderme larges comme des écus de trois francs, et qu'avait enflam-

mées le grand air pendant la route, ce qui marbrait
un peu de plaques roses toutes ces grosses faces
blanches épanouies.

La mairie se trouvant à une demi-lieue de la
ferme, on s'y rendit à pied, et l'on revint de même,
une fois la cérémonie faite à l'église. Le cortège,
d'abord uni comme une seule écharpe de couleur,
qui ondulait dans la campagne, le long de l'étroit
sentier serpentant entre les blés verts, s'allongea
bientôt et se coupa en groupes différents, qui s'at-
tardaient à causer. Le ménétrier allait en tête, avec
son violon empanaché de rubans à la coquille ; les
mariés venaient ensuite, les parents, les amis tout
au hasard, et les enfants restaient derrière, s'amusant à arracher les clochettes des brins d'avoine, ou
à se jouer entre eux, sans qu'on les vît. La robe
d'Emma, trop longue, traînait un peu par le bas ; de
temps à autre, elle s'arrêtait pour la tirer, et alors
délicatement, de ses doigts gantés, elle enlevait les
herbes rudes avec les petits dards des chardons,
pendant que Charles, les mains vides, attendait
qu'elle eût fini. Le père Rouault, un chapeau de soie
neuf sur la tête et les parements de son habit noir lui
couvrant les mains jusqu'aux ongles, donnait le bras
à madame Bovary mère. Quant à M. Bovary père,
qui, méprisant au fond tout ce monde-là, était venu
simplement avec une redingote à un rang de boutons d'une coupe militaire, il débitait des galante-
ries d'estaminet à une jeune paysanne blonde. Elle
saluait, rougissait, ne savait que répondre. Les
autres gens de la noce causaient de leurs affaires ou
se faisaient des niches dans le dos, s'excitant
d'avance à la gaieté ; et, en y prêtant l'oreille, on
entendait toujours le crin-crin du ménétrier qui
continuait à jouer dans la campagne. Quand il
s'apercevait qu'on était loin derrière lui, il s'arrêtait
à reprendre haleine, cirait longuement de colo-

phane son archet, afin que les cordes grinçassent
mieux, et puis il se remettait à marcher, abaissant et
levant tour à tour le manche de son violon, pour se
bien marquer la mesure à lui-même. Le bruit de
l'instrument faisait partir de loin les petits oiseaux.

C'était sous le hangar de la charretterie que la
table était dressée. Il y avait dessus quatre aloyaux,
six fricassées de poulets, du veau à la casserole, trois
gigots, et, au milieu, un joli cochon de lait rôti, flan-
qué de quatre andouilles à l'oseille. Aux angles, se
dressait l'eau-de-vie dans des carafes. Le cidre doux
en bouteilles poussait sa mousse épaisse autour des
bouchons, et tous les verres, d'avance, avaient été
remplis de vin jusqu'au bord. De grands plats de
crème jaune, qui flottaient d'eux-mêmes au moindre
choc de la table, présentaient, dessinés sur leur surface unie, les chiffres des nouveaux époux en ara-
besques de nonpareille. On avait été chercher un
pâtissier à Yvetot, pour les tourtes et les nougats.
Comme il débutait dans le pays, il avait soigné les
choses ; et il apporta, lui-même, au dessert, une
pièce montée qui fit pousser des cris. À la base,
d'abord, c'était un carré de carton bleu figurant un
temple avec portiques, colonnades et statuettes de
stuc tout autour, dans des niches constellées
d'étoiles en papier doré ; puis se tenait au second
étage un donjon en gâteau de Savoie, entouré de
menues fortifications en angélique, amandes, raisins
secs, quartiers d'oranges ; et enfin, sur la plate-forme
supérieure, qui était une prairie verte où il y avait
des rochers avec des lacs de confitures et des
bateaux en écales de noisettes, on voyait un petit
Amour, se balançant à une escarpolette de chocolat,
dont les deux poteaux étaient terminés par deux boutons de rose naturels, en guise de boules, au sommet.

Jusqu'au soir, on mangea. Quand on était trop
fatigué d'être assis, on allait se promener dans les

cours ou jouer une partie de bouchon dans la grange ; puis on revenait à table. Quelques-uns, vers la fin, s'y endormirent et ronflèrent. Mais, au café, tout se ranima ; alors on entama des chansons, on fit des tours de force, on portait des poids, on passait sous son pouce[1], on essayait à soulever les charrettes sur ses épaules, on disait des gaudrioles, on embrassait les dames. Le soir, pour partir, les chevaux gorgés d'avoine jusqu'aux naseaux, eurent du mal à entrer dans les brancards ; ils ruaient, se cabraient, les harnais se cassaient, leurs maîtres juraient ou riaient ; et toute la nuit, au clair de la lune, par les routes du pays, il y eut des carrioles emportées qui couraient au grand galop, bondissant dans les saignées, sautant par-dessus les mètres de cailloux[2], s'accrochant aux talus, avec des femmes qui se penchaient en dehors de la portière pour saisir les guides.

Ceux qui restèrent aux Bertaux passèrent la nuit à boire dans la cuisine. Les enfants s'étaient endormis sous les bancs.

La mariée avait supplié son père qu'on lui épargnât les plaisanteries d'usage. Cependant, un mareyeur de leurs cousins (qui même avait apporté, comme présent de noces, une paire de soles) commençait à souffler de l'eau avec sa bouche par le trou de la serrure, quand le père Rouault arriva juste à temps pour l'en empêcher, et lui expliqua que la position grave de son gendre ne permettait pas de telles inconvenances. Le cousin, toutefois, céda difficilement à ces raisons. En dedans de lui-même, il accusa le père Rouault d'être fier, et il alla se joindre dans un coin à quatre ou cinq autres des invités qui, ayant eu par hasard plusieurs fois de suite à table les bas morceaux des viandes, trouvaient aussi qu'on les avait mal reçus, chuchotaient sur le compte de leur hôte et souhaitaient sa ruine à mots couverts.

Madame Bovary mère n'avait pas desserré les dents de la journée. On ne l'avait consultée ni sur la toilette de la bru, ni sur l'ordonnance du festin ; elle se retira de bonne heure. Son époux, au lieu de la suivre, envoya chercher des cigares à Saint-Victor et fuma jusqu'au jour, tout en buvant des grogs au kirsch, mélange inconnu à la compagnie, et qui fut pour lui comme la source d'une considération plus grande encore[1].

Charles n'était point de complexion facétieuse, il n'avait pas brillé pendant la noce. Il répondit médiocrement aux pointes, calembours, mots à double entente, compliments et gaillardises que l'on se fit un devoir de lui décocher dès le potage.

Le lendemain, en revanche, il semblait un autre homme. C'est lui plutôt que l'on eût pris pour la vierge de la veille, tandis que la mariée ne laissait rien découvrir où l'on pût deviner quelque chose. Les plus malins ne savaient que répondre, et ils la considéraient, quand elle passait près d'eux, avec des tensions d'esprit démesurées. Mais Charles ne dissimulait rien. Il l'appelait ma femme, la tutoyait, s'informait d'elle à chacun, la cherchait partout, et souvent il l'entraînait dans les cours, où on l'apercevait de loin, entre les arbres, qui lui passait le bras sous la taille et continuait à marcher à demi penché sur elle, en lui chiffonnant avec sa tête la guimpe de son corsage.

Deux jours après la noce, les époux s'en allèrent : Charles, à cause de ses malades, ne pouvait s'absenter plus longtemps. Le père Rouault les fit reconduire dans sa carriole et les accompagna lui-même jusqu'à Vassonville. Là, il embrassa sa fille une dernière fois, mit pied à terre et reprit sa route. Lorsqu'il eut fait cent pas environ, il s'arrêta, et, comme il vit la carriole s'éloignant, dont les roues tournaient dans la poussière, il poussa un gros soupir. Puis il se

rappela ses noces, son temps d'autrefois, la première
grossesse de sa femme ; il était bien joyeux, lui aussi,
le jour qu'il l'avait emmenée de chez son père dans
sa maison, quand il la portait en croupe en trottant
sur la neige ; car on était aux environs de Noël et la
campagne était toute blanche ; elle le tenait par un
bras, à l'autre était accroché son panier ; le vent agitait les longues dentelles de sa coiffure cauchoise,
qui lui passaient quelquefois sur la bouche, et, lorsqu'il tournait la tête, il voyait près de lui, sur son
épaule, sa petite mine rosée qui souriait silencieusement, sous la plaque d'or de son bonnet. Pour se
réchauffer les doigts, elle les lui mettait, de temps en
temps, dans la poitrine. Comme c'était vieux tout
cela ! Leur fils, à présent, aurait trente ans ! Alors il
regarda derrière lui, il n'aperçut rien sur la route. Il
se sentit triste comme une maison démeublée ; et, les
souvenirs tendres se mêlant aux pensées noires dans
sa cervelle obscurcie par les vapeurs de la bom-
bance, il eut bien envie un moment d'aller faire un
tour du côté de l'église. Comme il eut peur, cependant, que cette vue ne le rendît plus triste encore, il
s'en revint tout droit chez lui.

M. et madame Charles arrivèrent à Tostes, vers
six heures. Les voisins se mirent aux fenêtres pour
voir la nouvelle femme de leur médecin.

La vieille bonne se présenta, lui fit ses salutations,
s'excusa de ce que le dîner n'était pas prêt, et engagea Madame, en attendant, à prendre connaissance
de sa maison.

V

La façade de briques était juste à l'alignement de
la rue, ou de la route plutôt. Derrière la porte se trouvaient accrochés un manteau à petit collet, une

bride, une casquette de cuir noir, et, dans un coin, à terre, une paire de houseaux encore couverts de boue sèche. À droite était la salle, c'est-à-dire l'appartement où l'on mangeait et où l'on se tenait. Un papier jaune-serin, relevé dans le haut par une guirlande de fleurs pâles, tremblait tout entier sur sa toile mal tendue ; des rideaux de calicot blanc, bordés d'un galon rouge, s'entrecroisaient le long des fenêtres, et sur l'étroit chambranle de la cheminée resplendissait une pendule à tête d'Hippocrate, entre deux flambeaux d'argent plaqué, sous des globes de forme ovale. De l'autre côté du corridor était le cabinet de Charles, petite pièce de six pas de large environ, avec une table, trois chaises et un fauteuil de bureau. Les tomes du *Dictionnaire des sciences médicales*[1], non coupés, mais dont la brochure avait souffert dans toutes les ventes successives par où ils avaient passé, garnissaient presque à eux seuls, les six rayons d'une bibliothèque en bois de sapin. L'odeur des roux pénétrait à travers la muraille, pendant les consultations, de même que l'on entendait de la cuisine, les malades tousser dans le cabinet et débiter toute leur histoire. Venait ensuite, s'ouvrant immédiatement sur la cour, où se trouvait l'écurie, une grande pièce délabrée qui avait un four, et qui servait maintenant de bûcher, de cellier, de garde-magasin, pleine de vieilles ferrailles, de tonneaux vides, d'instruments de culture hors de service, avec quantité d'autres choses poussiéreuses dont il était impossible de deviner l'usage.

Le jardin, plus long que large, allait, entre deux murs de bauge couverts d'abricots en espalier, jusqu'à une haie d'épines qui le séparait des champs. Il y avait au milieu un cadran solaire en ardoise, sur un piédestal de maçonnerie ; quatre plates-bandes garnies d'églantiers maigres entouraient symétriquement le carré plus utile des végétations sérieuses.

Tout au fond, sous les sapinettes, un curé de plâtre
lisait son bréviaire.

Emma monta dans les chambres. La première
n'était point meublée; mais la seconde, qui était la
chambre conjugale, avait un lit d'acajou dans une
alcôve à draperie rouge. Une boîte en coquillages
décorait la commode; et, sur le secrétaire, près de la
fenêtre, il y avait, dans une carafe, un bouquet de
fleurs d'oranger[1], noué par des rubans de satin
blanc. C'était un bouquet de mariée, le bouquet de
l'autre! Elle le regarda. Charles s'en aperçut, il le
prit et l'alla porter au grenier, tandis qu'assise dans
un fauteuil (on disposait ses affaires autour d'elle),
Emma songeait à son bouquet de mariage, qui était
emballé dans un carton, et se demandait, en rêvant,
ce qu'on en ferait, si par hasard elle venait à mourir.

Elle s'occupa, les premiers jours, à méditer des
changements dans sa maison. Elle retira les globes
des flambeaux, fit coller des papiers neufs, repeindre
l'escalier et faire des bancs dans le jardin, tout
autour du cadran solaire; elle demanda même comment s'y prendre pour avoir un bassin à jet d'eau
avec des poissons. Enfin son mari, sachant qu'elle
aimait à se promener en voiture, trouva un *boc* d'occasion, qui, ayant une fois des lanternes neuves et
des garde-crotte en cuir piqué, ressembla presque à
un tilbury.

Il était donc heureux et sans souci de rien au
monde. Un repas en tête-à-tête, une promenade le
soir sur la grande route, un geste de sa main sur ses
bandeaux, la vue de son chapeau de paille accroché
à l'espagnolette d'une fenêtre, et bien d'autres
choses encore où Charles n'avait jamais soupçonné
de plaisir, composaient maintenant la continuité de
son bonheur. Au lit, le matin, et côte à côte sur
l'oreiller, il regardait la lumière du soleil passer
parmi le duvet de ses joues blondes, que couvraient à

demi les pattes escalopées de son bonnet. Vus de si près, ses yeux lui paraissaient agrandis, surtout quand elle ouvrait plusieurs fois de suite ses paupières en s'éveillant ; noirs à l'ombre et bleu foncé au grand jour, ils avaient comme des couches de couleurs successives, et qui plus épaisses dans le fond, allaient en s'éclaircissant vers la surface de l'émail. Son œil, à lui, se perdait dans ces profondeurs, et il s'y voyait en petit jusqu'aux épaules, avec le foulard qui le coiffait et le haut de sa chemise entrouvert. Il se levait. Elle se mettait à la fenêtre pour le voir partir ; et elle restait accoudée sur le bord, entre deux pots de géraniums, vêtue de son peignoir, qui était lâche autour d'elle. Charles, dans la rue, bouclait ses éperons sur la borne ; et elle continuait à lui parler d'en haut, tout en arrachant avec sa bouche quelque bribe de fleur ou de verdure qu'elle soufflait vers lui, et qui voltigeant, se soutenant, faisant dans l'air des demi-cercles comme un oiseau, allait, avant de tomber, s'accrocher aux crins mal peignés de la vieille jument blanche, immobile à la porte. Charles, à cheval, lui envoyait un baiser ; elle répondait par un signe, elle refermait la fenêtre, il partait. Et alors, sur la grande route qui étendait sans en finir son long ruban de poussière, par les chemins creux où les arbres se courbaient en berceaux, dans les sentiers dont les blés lui montaient jusqu'aux genoux, avec le soleil sur ses épaules et l'air du matin à ses narines, le cœur plein des félicités de la nuit, l'esprit tranquille, la chair contente, il s'en allait ruminant son bonheur, comme ceux qui mâchent encore, après dîner, le goût des truffes qu'ils digèrent.

Jusqu'à présent, qu'avait-il eu de bon dans l'existence ? Était-ce son temps de collège, où il restait enfermé entre ces hauts murs, seul au milieu de ses camarades plus riches ou plus forts que lui dans leurs classes, qu'il faisait rire par son accent, qui se

moquaient de ses habits, et dont les mères venaient
au parloir avec des pâtisseries dans leur manchon ?
Était-ce plus tard, lorsqu'il étudiait la médecine et
n'avait jamais la bourse assez ronde pour payer la
contredanse à quelque petite ouvrière qui fût devenue sa maîtresse ? Ensuite il avait vécu pendant quatorze mois avec la veuve, dont les pieds, dans le lit,
étaient froids comme des glaçons. Mais, à présent, il
possédait pour la vie cette jolie femme qu'il adorait.
L'univers, pour lui, n'excédait pas le tour soyeux de
son jupon ; et il se reprochait de ne pas l'aimer, il
avait envie de la revoir ; il s'en revenait vite, montait
l'escalier, le cœur battant. Emma, dans sa chambre,
était à faire sa toilette ; il arrivait à pas muets, il la
baisait dans le dos, elle poussait un cri.

Il ne pouvait se retenir de toucher continuellement à son peigne, à ses bagues, à son fichu ; quelquefois, il lui donnait sur les joues de gros baisers à
pleine bouche, ou c'étaient de petits baisers à la file
tout le long de son bras nu, depuis le bout des doigts
jusqu'à l'épaule ; et elle le repoussait, à demi souriante et ennuyée, comme on fait à un enfant qui se
pend après vous.

Avant qu'elle se mariât, elle avait cru avoir de
l'amour ; mais le bonheur qui aurait dû résulter de
cet amour n'étant pas venu, il fallait qu'elle se fût
trompée, songeait-elle. Et Emma cherchait à savoir
ce que l'on entendait au juste dans la vie par les mots
de *félicité*, de *passion* et d'*ivresse*, qui lui avaient
paru si beaux dans les livres.

VI

Elle avait lu *Paul et Virginie* et elle avait rêvé la
maisonnette de bambous, le nègre Domingo, le
chien Fidèle, mais surtout l'amitié douce de quelque

bon petit frère, qui va chercher pour vous des fruits rouges dans des grands arbres plus hauts que des clochers, ou qui court pieds nus sur le sable, vous apportant un nid d'oiseau[1].

Lorsqu'elle eut treize ans, son père l'amena lui-même à la ville, pour la mettre au couvent. Ils descendirent dans une auberge du quartier Saint-Gervais, où ils eurent à leur souper des assiettes peintes qui représentaient l'histoire de mademoiselle de La Vallière[2]. Les explications légendaires, coupées çà et là par l'égratignure des couteaux, glorifiaient toutes la religion, les délicatesses du cœur et les pompes de la Cour.

Loin de s'ennuyer au couvent les premiers temps, elle se plut dans la société des bonnes sœurs, qui, pour l'amuser, la conduisaient dans la chapelle, où l'on pénétrait du réfectoire par un long corridor. Elle jouait fort peu durant les récréations, comprenait bien le catéchisme, et c'est elle qui répondait toujours à M. le vicaire dans les questions difficiles. Vivant donc sans jamais sortir de la tiède atmosphère des classes et parmi ces femmes au teint blanc portant des chapelets à croix de cuivre, elle s'assoupit doucement à la langueur mystique qui s'exhale des parfums de l'autel, de la fraîcheur des bénitiers et du rayonnement des cierges. Au lieu de suivre la messe, elle regardait dans son livre les vignettes pieuses bordées d'azur, et elle aimait la brebis malade, le Sacré-Cœur percé de flèches aiguës, ou le pauvre Jésus, qui tombe en marchant sous sa croix. Elle essaya, par mortification, de rester tout un jour sans manger. Elle cherchait dans sa tête quelque vœu à accomplir.

Quand elle allait à confesse, elle inventait de petits péchés afin de rester là plus longtemps, à genoux dans l'ombre, les mains jointes, le visage à la grille sous le chuchotement du prêtre. Les com-

paraisons de fiancé, d'époux, d'amant céleste et de
mariage éternel qui reviennent dans les sermons lui
soulevaient au fond de l'âme des douceurs inattendues.

Le soir, avant la prière, on faisait dans l'étude
une lecture religieuse. C'était, pendant la semaine,
quelque résumé d'Histoire sainte ou les *Conférences*
de l'abbé Frayssinous[1], et, le dimanche, des passages
du *Génie du christianisme*, par récréation. Comme
elle écouta, les premières fois, la lamentation sonore
des mélancolies romantiques se répétant à tous les
échos de la terre et de l'éternité! Si son enfance se
fût écoulée dans l'arrière-boutique d'un quartier
marchand, elle se serait peut-être ouverte alors aux
envahissements lyriques de la nature, qui, d'ordinaire, ne nous arrivent que par la traduction des
écrivains. Mais elle connaissait trop la campagne;
elle savait le bêlement des troupeaux, les laitages, les
charrues. Habituée aux aspects calmes, elle se tournait, au contraire, vers les accidentés. Elle n'aimait
la mer qu'à cause de ses tempêtes, et la verdure seulement lorsqu'elle était clairsemée parmi les ruines[2].
Il fallait qu'elle pût retirer des choses une sorte de
profit personnel; et elle rejetait comme inutile tout
ce qui ne contribuait pas à la consommation immédiate de son cœur, — étant de tempérament plus
sentimentale qu'artiste, cherchant des émotions et
non des paysages.

Il y avait au couvent une vieille fille qui venait tous
les mois, pendant huit jours, travailler à la lingerie.
Protégée par l'archevêché comme appartenant à
une ancienne famille de gentilshommes ruinés sous
la Révolution, elle mangeait au réfectoire à la table
des bonnes sœurs, et faisait avec elles, après le
repas, un petit bout de causette avant de remonter à
son ouvrage. Souvent les pensionnaires s'échappaient de l'étude pour l'aller voir. Elle savait par

cœur des chansons galantes du siècle passé, qu'elle chantait à demi-voix, tout en poussant son aiguille. Elle contait des histoires, vous apprenait des nouvelles, faisait en ville vos commissions, et prêtait aux grandes, en cachette, quelque roman qu'elle avait toujours dans les poches de son tablier, et dont la bonne demoiselle elle-même avalait de longs chapitres, dans les intervalles de sa besogne. Ce n'étaient qu'amours, amants, amantes, dames persécutées s'évanouissant dans des pavillons solitaires, postillons qu'on tue à tous les relais, chevaux qu'on crève à toutes les pages, forêts sombres, troubles du cœur, serments, sanglots, larmes et baisers, nacelles au clair de lune, rossignols dans les bosquets, *messieurs* braves comme des lions, doux comme des agneaux, vertueux comme on ne l'est pas, toujours bien mis, et qui pleurent comme des urnes. Pendant six mois, à quinze ans, Emma se graissa donc les mains à cette poussière des vieux cabinets de lecture. Avec Walter Scott, plus tard, elle s'éprit de choses historiques, rêva bahuts, salle des gardes et ménestrels. Elle aurait voulu vivre dans quelque vieux manoir, comme ces châtelaines au long corsage, qui, sous le trèfle des ogives, passaient leurs jours, le coude sur la pierre et le menton dans la main, à regarder venir du fond de la campagne un cavalier à plume blanche qui galope sur un cheval noir[1]. Elle eut dans ce temps-là le culte de Marie Stuart, et des vénérations enthousiastes à l'endroit des femmes illustres ou infortunées. Jeanne d'Arc, Héloïse, Agnès Sorel, la belle Ferronnière et Clémence Isaure, pour elle, se détachaient comme des comètes sur l'immensité ténébreuse de l'histoire, où saillissaient encore çà et là, mais plus perdus dans l'ombre et sans aucun rapport entre eux, saint Louis avec son chêne, Bayard mourant, quelques férocités de Louis XI, un peu de Saint-Barthélemy, le panache du Béarnais, et toujours le souvenir des assiettes peintes où Louis XIV était vanté.

À la classe de musique, dans les romances qu'elle chantait, il n'était question que de petits anges aux ailes d'or, de madones, de lagunes, de gondoliers, pacifiques compositions qui lui laissaient entrevoir, à travers la niaiserie du style et les imprudences de la note, l'attirante fantasmagorie des réalités senti-mentales. Quelques-unes de ses camarades appor-taient au couvent les keepsakes[1] qu'elles avaient reçus en étrennes. Il les fallait cacher, c'était une affaire ; on les lisait au dortoir. Maniant délicate-ment leurs belles reliures de satin, Emma fixait ses regards éblouis sur le nom des auteurs inconnus qui avaient signé, le plus souvent, comtes ou vicomtes, au bas de leurs pièces.

Elle frémissait, en soulevant de son haleine le papier de soie des gravures, qui se levait à demi plié et retombait doucement contre la page. C'était, der-rière la balustrade d'un balcon, un jeune homme en court manteau qui serrait dans ses bras une jeune fille en robe blanche, portant une aumônière à sa ceinture ; ou bien les portraits anonymes des ladies anglaises à boucles blondes, qui, sous leur chapeau de paille rond, vous regardent avec leurs grands yeux clairs. On en voyait d'étalées dans des voitures, glissant au milieu des parcs, où un lévrier sautait devant l'attelage que conduisaient au trot deux petits postillons en culotte blanche. D'autres, rêvant sur des sofas près d'un billet décacheté, contemplaient la lune, par la fenêtre entrouverte, à demi drapée d'un rideau noir. Les naïves, une larme sur la joue, becquetaient une tourterelle à travers les barreaux d'une cage gothique, ou, souriant la tête sur l'épaule, effeuillaient une marguerite de leurs doigts pointus, retroussés comme des souliers à la poulaine. Et vous y étiez aussi, sultans à longues pipes, pâmés sous des tonnelles, aux bras des bayadères, djiaours, sabres turcs, bonnets grecs, et vous surtout, paysages blafards des contrées dithyrambiques, qui souvent nous montrez à la fois des palmiers, des sapins, des tigres à droite, un lion à gauche, des minarets tartares à l'horizon, au premier plan des ruines romaines, puis des chameaux accroupis ; — le tout encadré d'une forêt vierge bien nettoyée, et avec un grand rayon de soleil perpendiculaire tremblotant dans l'eau, où se détachent en écorchures blanches, sur un fond d'acier gris, de loin en loin, des cygnes qui nagent.

Et l'abat-jour du quinquet, accroché dans la muraille au-dessus de la tête d'Emma, éclairait tous ces tableaux du monde, qui passaient devant elle les uns après les autres, dans le silence du dortoir et au bruit lointain de quelque fiacre attardé qui roulait encore sur les boulevards.

Quand sa mère mourut, elle pleura beaucoup les premiers jours. Elle se fit faire un tableau funèbre avec les cheveux de la défunte, et, dans une lettre qu'elle envoyait aux Bertaux, toute pleine de réflexions tristes sur la vie, elle demandait qu'on l'ensevelît plus tard dans le même tombeau. Le bonhomme la crut malade et vint la voir. Emma fut intérieurement satisfaite de se sentir arrivée du premier coup à ce rare idéal des existences pâles, où ne parviennent jamais les cœurs médiocres. Elle se laissa donc glisser dans les méandres lamartiniens[1], écouta les harpes sur les lacs, tous les chants de cygnes mourants, toutes les chutes de feuilles, les vierges pures qui montent au ciel, et la voix de l'Éternel discourant dans les vallons[2]. Elle s'en ennuya, n'en voulut point convenir, continua par habitude, ensuite par vanité, et fut enfin surprise de se sentir apaisée, et sans plus de tristesse au cœur que de rides sur son front.

Les bonnes religieuses, qui avaient si bien présumé de sa vocation, s'aperçurent avec de grands étonnements que mademoiselle Rouault semblait échapper à leur soin. Elles lui avaient, en effet, tant prodigué les offices, les retraites, les neuvaines et les sermons, si bien prêché le respect que l'on doit aux saints et aux martyrs, et donné tant de bons conseils pour la modestie du corps et le salut de son âme, qu'elle fit comme les chevaux que l'on tire par la bride : elle s'arrêta court et le mors lui sortit des dents. Cet esprit, positif au milieu de ses enthousiasmes, qui avait aimé l'église pour ses fleurs, la musique pour les paroles des romances, et la littérature pour ses excitations passionnelles, s'insurgeait devant les mystères de la foi, de même qu'elle s'irritait davantage contre la discipline, qui était quelque chose d'antipathique à sa constitution. Quand son père la retira de pension, on ne fut point fâché de la voir partir. La supérieure trouvait même qu'elle était devenue, dans les derniers temps, peu révérencieuse envers la communauté.

Emma, rentrée chez elle, se plut d'abord au commandement des domestiques, prit ensuite la campagne en dégoût et regretta son couvent. Quand Charles vint aux Bertaux pour la première fois, elle se considérait comme fort désillusionnée, n'ayant plus rien à apprendre, ne devant plus rien sentir.

Mais l'anxiété d'un état nouveau, ou peut-être l'irritation causée par la présence de cet homme, avait suffi à lui faire croire qu'elle possédait enfin cette passion merveilleuse qui jusqu'alors s'était tenue comme un grand oiseau au plumage rose planant dans la splendeur des ciels poétiques ; — et elle ne pouvait s'imaginer à présent que ce calme où elle vivait fût le bonheur qu'elle avait rêvé.

VII

Elle songeait quelquefois que c'étaient là pourtant les plus beaux jours de sa vie, la lune de miel, comme on disait. Pour en goûter la douceur, il eût fallu, sans doute, s'en aller vers ces pays à noms sonores où les lendemains de mariage ont de plus suaves paresses[1]! Dans des chaises de poste, sous des stores de soie bleue, on monte au pas des routes escarpées, écoutant la chanson du postillon, qui se répète dans la montagne avec les clochettes des chèvres et le bruit sourd de la cascade. Quand le soleil se couche, on respire au bord des golfes le parfum des citronniers; puis, le soir, sur la terrasse des villas, seuls et les doigts confondus, on regarde les étoiles en faisant des projets. Il lui semblait que certains lieux sur la terre devaient produire du bonheur, comme une plante particulière au sol et qui pousse mal tout autre part. Que ne pouvait-elle s'accouder sur le balcon des chalets suisses ou enfermer sa tristesse dans un cottage écossais, avec un mari vêtu d'un habit de velours noir à longues basques, et qui porte des bottes molles, un chapeau pointu et des manchettes!

Peut-être aurait-elle souhaité faire à quelqu'un la confidence de toutes ces choses. Mais comment dire un insaisissable malaise, qui change d'aspect comme les nuées, qui tourbillonne comme le vent? Les mots lui manquaient donc, l'occasion, la hardiesse.

Si Charles l'avait voulu cependant, s'il s'en fût douté, si son regard, une seule fois, fût venu à la rencontre de sa pensée, il lui semblait qu'une abondance subite se serait détachée de son cœur, comme tombe la récolte d'un espalier quand on y porte la main. Mais, à mesure que se serrait davantage l'intimité de leur vie, un détachement intérieur se faisait qui la déliait de lui.

La conversation de Charles était plate comme un trottoir de rue, et les idées de tout le monde y défilaient dans leur costume ordinaire, sans exciter d'émotion, de rire ou de rêverie. Il n'avait jamais été curieux, disait-il, pendant qu'il habitait Rouen, d'aller voir au théâtre les acteurs de Paris. Il ne savait ni nager, ni faire des armes, ni tirer le pistolet, et il ne put, un jour, lui expliquer un terme d'équitation qu'elle avait rencontré dans un roman.

Un homme, au contraire, ne devait-il pas tout connaître, exceller en des activités multiples, vous initier aux énergies de la passion, aux raffinements de la vie, à tous les mystères? Mais il n'enseignait rien, celui-là, ne savait rien, ne souhaitait rien. Il la croyait heureuse; et elle lui en voulait de ce calme si bien assis, de cette pesanteur sereine, du bonheur même qu'elle lui donnait.

Elle dessinait quelquefois; et c'était pour Charles un grand amusement que de rester là, tout debout, à la regarder penchée sur son carton, clignant des yeux afin de mieux voir son ouvrage, ou arrondissant, sur son pouce, des boulettes de mie de pain. Quant au piano, plus les doigts y couraient vite, plus il s'émerveillait. Elle frappait sur les touches avec aplomb, et parcourait du haut en bas tout le clavier sans s'interrompre. Ainsi secoué par elle, le vieil instrument, dont les cordes frisaient, s'entendait jusqu'au bout du village si la fenêtre était ouverte, et souvent le clerc de l'huissier qui passait sur la grande route, nu-tête et en chaussons, s'arrêtait à l'écouter, sa feuille de papier à la main.

Emma, d'autre part, savait conduire sa maison. Elle envoyait aux malades le compte des visites, dans des lettres bien tournées qui ne sentaient pas la facture. Quand ils avaient, le dimanche, quelque

voisin à dîner, elle trouvait moyen d'offrir un plat
coquet, s'entendait à poser sur des feuilles de vigne
les pyramides de reines-claudes, servait renversés
les pots de confitures dans une assiette, et même
elle parlait d'acheter des rince-bouche[1] pour le dessert. Il rejaillissait de tout cela beaucoup de considération sur Bovary.

Charles finissait par s'estimer davantage de ce
qu'il possédait une pareille femme. Il montrait avec
orgueil, dans la salle, deux petits croquis d'elle, à la
mine de plomb, qu'il avait fait encadrer de cadres
très larges et suspendus contre le papier de la
muraille à de longs cordons verts. Au sortir de la
messe, on le voyait sur sa porte avec de belles pantoufles en tapisserie.

Il rentrait tard, à dix heures, minuit quelquefois.
Alors il demandait à manger, et, comme la bonne
était couchée, c'était Emma qui le servait. Il retirait
sa redingote pour dîner plus à son aise. Il disait les
uns après les autres tous les gens qu'il avait rencon-
trés, les villages où il avait été, les ordonnances qu'il
avait écrites, et satisfait de lui-même, il mangeait le
reste du miroton, épluchait son fromage, croquait
une pomme, vidait sa carafe, puis s'allait mettre au
lit, se couchait sur le dos et ronflait.

Comme il avait eu longtemps l'habitude du bonnet de coton, son foulard ne lui tenait pas aux
oreilles; aussi ses cheveux, le matin, étaient rabattus pêle-mêle sur sa figure et blanchis par le duvet
de son oreiller, dont les cordons se dénouaient pendant la nuit. Il portait toujours de fortes bottes, qui
avaient au cou-de-pied deux plis épais obliquant
vers les chevilles, tandis que le reste de l'empeigne
se continuait en ligne droite, tendu comme par un
pied de bois. Il disait que *c'était bien assez bon pour
la campagne.*

Sa mère l'approuvait en cette économie; car elle

le venait voir comme autrefois, lorsqu'il y avait eu
chez elle quelque bourrasque un peu violente; et
cependant madame Bovary mère semblait prévenue
contre sa bru. Elle lui trouvait *un genre trop relevé
pour leur position de fortune*; le bois, le sucre et la
chandelle *filaient comme dans une grande maison*,
et la quantité de braise qui se brûlait à la cuisine
aurait suffi pour vingt-cinq plats! Elle rangeait son
linge dans les armoires et lui apprenait à surveiller
le boucher quand il apportait la viande. Emma recevait ces leçons; madame Bovary les prodiguait; et
les mots de *ma fille* et de *ma mère* s'échangeaient
tout le long du jour, accompagnés d'un petit frémissement des lèvres, chacune lançant des paroles
douces d'une voix tremblante de colère.

Du temps de madame Dubuc, la vieille femme se
sentait encore la préférée; mais, à présent, l'amour
de Charles pour Emma lui semblait une désertion
de sa tendresse, un envahissement sur ce qui lui
appartenait; et elle observait le bonheur de son fils
avec un silence triste, comme quelqu'un de ruiné
qui regarde, à travers les carreaux, des gens attablés
dans son ancienne maison. Elle lui rappelait, en
manière de souvenirs, ses peines et ses sacrifices, et,
les comparant aux négligences d'Emma, concluait
qu'il n'était point raisonnable de l'adorer d'une
façon si exclusive.

Charles ne savait que répondre; il respectait sa
mère, et il aimait infiniment sa femme; il considérait le jugement de l'une comme infaillible, et
cependant il trouvait l'autre irréprochable. Quand
madame Bovary était partie, il essayait de hasarder
timidement, et dans les mêmes termes, une ou deux
des plus anodines observations qu'il avait entendu
faire à sa maman; Emma, lui prouvant d'un mot
qu'il se trompait, le renvoyait à ses malades.

Cependant, d'après des théories qu'elle croyait

bonnes, elle voulut se donner de l'amour. Au clair
de lune, dans le jardin, elle récitait tout ce qu'elle
savait par cœur de rimes passionnées et lui chantait
en soupirant des adagios mélancoliques; mais elle
se trouvait ensuite aussi calme qu'auparavant, et
Charles n'en paraissait ni plus amoureux ni plus
remué.

Quand elle eut ainsi un peu battu le briquet sur son
cœur sans en faire jaillir une étincelle, incapable, du
reste, de comprendre ce qu'elle n'éprouvait pas,
comme de croire à tout ce qui ne se manifestait point
par des formes convenues, elle se persuada sans
peine que la passion de Charles n'avait plus rien
d'exorbitant. Ses expansions étaient devenues régu-
lières; il l'embrassait à de certaines heures. C'était
une habitude parmi les autres, et comme un dessert
prévu d'avance, après la monotonie du dîner.

Un garde-chasse, guéri par Monsieur, d'une
fluxion de poitrine, avait donné à Madame une
petite levrette d'Italie; elle la prenait pour se promener, car elle sortait quelquefois, afin d'être seule
un instant et de n'avoir plus sous les yeux l'éternel
jardin avec la route poudreuse.

Elle allait jusqu'à la hêtrée de Banneville, près du
pavillon abandonné qui fait l'angle du mur, du côté
des champs. Il y a dans le saut-de-loup, parmi les
herbes, de longs roseaux à feuilles coupantes.

Elle commençait par regarder tout alentour, pour
voir si rien n'avait changé depuis la dernière fois
qu'elle était venue. Elle retrouvait aux mêmes places
les digitales et les ravenelles, les bouquets d'orties
entourant les gros cailloux, et les plaques de lichen le
long des trois fenêtres, dont les volets toujours clos
s'égrenaient de pourriture, sur leurs barres de fer
rouillées[1]. Sa pensée, sans but d'abord, vagabondait au hasard, comme sa levrette, qui faisait des
cercles dans la campagne, jappait après les papillons

jaunes, donnait la chasse aux musaraignes, ou mor-
dillait les coquelicots sur le bord d'une pièce de blé.
Puis ses idées peu à peu se fixaient, et, assise sur le
gazon, qu'elle fouillait à petits coups avec le bout de
son ombrelle, Emma se répétait :

— Pourquoi, mon Dieu ! me suis-je mariée ?

Elle se demandait s'il n'y aurait pas eu moyen, par
d'autres combinaisons du hasard, de rencontrer un
autre homme ; et elle cherchait à imaginer quels eussent été ces événements non survenus, cette vie différente, ce mari qu'elle ne connaissait pas. Tous, en
effet, ne ressemblaient pas à celui-là. Il aurait pu être
beau, spirituel, distingué, attirant, tels qu'ils étaient
sans doute, ceux qu'avaient épousés ses anciennes
camarades du couvent. Que faisaient-elles maintenant ? À la ville, avec le bruit des rues, le bourdonnement des théâtres et les clartés du bal, elles avaient
des existences où le cœur se dilate, où les sens s'épa-
nouissent. Mais elle, sa vie était froide comme un
grenier dont la lucarne est au nord, et l'ennui, araignée silencieuse, filait sa toile dans l'ombre à tous les
coins de son cœur. Elle se rappelait les jours de distribution de prix, où elle montait sur l'estrade pour
aller chercher ses petites couronnes. Avec ses cheveux en tresse, sa robe blanche et ses souliers de prunelle découverts, elle avait une façon gentille, et les
messieurs, quand elle regagnait sa place, se penchaient pour lui faire des compliments ; la cour était
pleine de calèches, on lui disait adieu par les por-
tières, le maître de musique passait en saluant, avec
sa boîte à violon. Comme c'était loin, tout cela !
comme c'était loin !

Elle appelait Djali[1], la prenait entre ses genoux,
passait ses doigts sur sa longue tête fine et lui disait :

— Allons, baisez maîtresse, vous qui n'avez pas
de chagrins.

Puis, considérant la mine mélancolique du svelte

animal qui bâillait avec lenteur, elle s'attendrissait, et, le comparant à elle-même, lui parlait tout haut, comme à quelqu'un d'affligé que l'on console.

Il arrivait parfois des rafales de vent, brises de la mer qui, roulant d'un bond sur tout le plateau du pays de Caux, apportaient, jusqu'au loin dans les champs, une fraîcheur salée. Les joncs sifflaient à ras de terre, et les feuilles des hêtres bruissaient en un frisson rapide, tandis que les cimes, se balançant toujours, continuaient leur grand murmure. Emma serrait son châle contre ses épaules et se levait.

Dans l'avenue, un jour vert rabattu par le feuillage éclairait la mousse rase qui craquait doucement sous ses pieds. Le soleil se couchait ; le ciel était rouge entre les branches, et les troncs pareils des arbres plantés en ligne droite semblaient une colonnade brune se détachant sur un fond d'or ; une peur la prenait, elle appelait Djali, s'en retournait vite à Tostes par la grande route, s'affaissait dans un fauteuil, et de toute la soirée ne parlait pas.

Mais, vers la fin de septembre, quelque chose d'extraordinaire tomba dans sa vie : elle fut invitée à la Vaubyessard, chez le marquis d'Andervilliers[1].

Secrétaire d'État sous la Restauration, le Marquis, cherchant à rentrer dans la vie politique, préparait de longue main sa candidature à la Chambre des députés. Il faisait, l'hiver, de nombreuses distributions de fagots, et, au Conseil général, réclamait avec exaltation toujours des routes pour son arrondissement. Il avait eu, lors des grandes chaleurs, un abcès dans la bouche, dont Charles l'avait soulagé comme par miracle, en y donnant à point un coup de lancette. L'homme d'affaires, envoyé à Tostes pour payer l'opération, conta, le soir, qu'il avait vu dans le jardinet du médecin des cerises superbes. Or, les cerisiers poussaient mal à la Vaubyessard, M. le Marquis demanda quelques boutures à Bovary, se fit

un devoir de l'en remercier lui-même, aperçut
Emma, trouva qu'elle avait une jolie taille et qu'elle
ne saluait point en paysanne ; si bien qu'on ne crut
pas au château outrepasser les bornes de la condes-
cendance, ni d'autre part commettre une mala-
dresse, en invitant le jeune ménage.

Un mercredi, à trois heures, M. et madame
Bovary, montés dans leur *boc*, partirent pour la Vaubyessard, avec une grande malle attachée par-derrière et une boîte à chapeau qui était posée devant le
tablier. Charles avait, de plus, un carton entre les
jambes.

Ils arrivèrent à la nuit tombante, comme on commençait à allumer des lampions dans le parc, afin
d'éclairer les voitures.

VIII

Le château, de construction moderne, à l'Italienne, avec deux ailes avançant et trois perrons, se
déployait au bas d'une immense pelouse où pais-
saient quelques vaches, entre des bouquets de grands
arbres espacés, tandis que des bannettes d'arbustes,
rhododendrons, seringas et boules-de-neige bombaient leurs touffes de verdure inégales sur la ligne
courbe du chemin sablé. Une rivière passait sous un
pont ; à travers la brume, on distinguait des bâtiments à toit de chaume, éparpillés dans la prairie,
que bordaient en pente douce deux coteaux couverts
de bois, et par-derrière, dans les massifs, se tenaient,
sur deux lignes parallèles, les remises et les écuries,
restes conservés de l'ancien château démoli.

Le *boc* de Charles s'arrêta devant le perron
du milieu ; des domestiques parurent ; le Marquis
s'avança, et, offrant son bras à la femme du médecin,
l'introduisit dans le vestibule.

Il était pavé de dalles en marbre, très haut, et le bruit des pas, avec celui des voix, y retentissait comme dans une église. En face montait un escalier droit, et à gauche une galerie donnant sur le jardin conduisait à la salle de billard dont on entendait, dès la porte, caramboler les boules d'ivoire[1]. Comme elle la traversait pour aller au salon, Emma vit autour du jeu des hommes à figure grave, le menton posé sur de hautes cravates, décorés tous, et qui souriaient silencieusement, en poussant leur queue. Sur la boiserie sombre du lambris, de grands cadres dorés portaient, au bas de leur bordure, des noms écrits en lettres noires. Elle lut : « Jean-Antoine d'Andervilliers d'Yverbonville, comte de la Vaubyessard et baron de la Fresnaye, tué à la bataille de Coutras, le 20 octobre 1587. » Et sur un autre : « Jean-Antoine-Henry-Guy d'Andervilliers de la Vaubyessard, amiral de France et chevalier de l'ordre de Saint-Michel, blessé au combat de la Hougue-Saint-Vaast, le 29 mai 1692, mort à la Vaubyessard le 23 janvier 1693. » Puis on distinguait à peine ceux qui suivaient, car la lumière des lampes, rabattue sur le tapis vert du billard, laissait flotter une ombre dans l'appartement. Brunissant les toiles horizontales, elle se brisait contre elles en arêtes fines, selon les craquelures du vernis ; et de tous ces grands carrés noirs bordés d'or sortaient, çà et là, quelque portion plus claire de la peinture, un front pâle, deux yeux qui vous regardaient, des perruques se déroulant sur l'épaule poudrée des habits rouges, ou bien la boucle d'une jarretière au haut d'un mollet rebondi.

Le Marquis ouvrit la porte du salon ; une des dames se leva (la Marquise elle-même), vint à la rencontre d'Emma et la fit asseoir près d'elle, sur une causeuse, où elle se mit à lui parler amicalement, comme si elle la connaissait depuis longtemps. C'était une femme de la quarantaine environ, à belles épaules, à nez busqué, à la voix traînante, et portant, ce soir-là, sur ses cheveux châtains, un simple fichu de guipure qui retombait par-derrière, en triangle. Une jeune personne blonde se tenait à côté, dans une chaise à dossier long; et des messieurs, qui avaient une petite fleur à la boutonnière de leur habit, causaient avec les dames, tout autour de la cheminée.

À sept heures, on servit le dîner. Les hommes, plus nombreux, s'assirent à la première table, dans le vestibule, et les dames à la seconde, dans la salle à manger, avec le Marquis et la Marquise.

Emma se sentit, en entrant, enveloppée par un air chaud, mélange du parfum des fleurs et du beau linge, du fumet des viandes et de l'odeur des truffes. Les bougies des candélabres allongeaient des flammes sur les cloches d'argent; les cristaux à facettes, couverts d'une buée mate, se renvoyaient des rayons pâles; des bouquets étaient en ligne sur toute la longueur de la table, et, dans les assiettes à large bordure, les serviettes, arrangées en manière de bonnet d'évêque, tenaient entre le bâillement de leurs deux plis chacune un petit pain de forme ovale. Les pattes rouges des homards dépassaient les plats; de gros fruits dans des corbeilles à jour s'étageaient sur la mousse; les cailles avaient leurs plumes, des fumées montaient; et, en bas de soie, en culotte courte, en cravate blanche, en jabot, grave comme un juge, le maître d'hôtel, passant entre les épaules des convives les plats tout découpés, faisait d'un coup de sa cuiller sauter pour vous le morceau qu'on choisissait. Sur le grand poêle de porcelaine à baguette de cuivre, une statue de femme drapée jusqu'au menton regardait immobile la salle pleine de monde.

Madame Bovary remarqua que plusieurs dames n'avaient pas mis leurs gants dans leur verre[1].

Cependant, au haut bout de la table, seul parmi

toutes ces femmes, courbé sur son assiette remplie,
et la serviette nouée dans le dos comme un enfant,
un vieillard mangeait, laissant tomber de sa bouche
des gouttes de sauce. Il avait les yeux éraillés et portait une petite queue enroulée d'un ruban noir.
C'était le beau-père du marquis, le vieux duc de
Laverdière, l'ancien favori du comte d'Artois, dans
le temps des parties de chasse au Vaudreuil, chez le
marquis de Conflans, et qui avait été, disait-on,
l'amant de la reine Marie-Antoinette entre MM. de
Coigny et de Lauzun. Il avait mené une vie bruyante
de débauches, pleine de duels, de paris, de femmes
enlevées, avait dévoré sa fortune et effrayé toute sa
famille. Un domestique, derrière sa chaise, lui nommait tout haut, dans l'oreille, les plats qu'il désignait
du doigt en bégayant ; et sans cesse les yeux d'Emma
revenaient d'eux-mêmes sur ce vieil homme à lèvres
pendantes, comme sur quelque chose d'extraordinaire et d'auguste. Il avait vécu à la Cour et couché
dans le lit des reines !

On versa du vin de Champagne à la glace. Emma
frissonna de toute sa peau en sentant ce froid dans
sa bouche. Elle n'avait jamais vu de grenades ni
mangé d'ananas. Le sucre en poudre même lui
parut plus blanc et plus fin qu'ailleurs.

Les dames, ensuite, montèrent dans leurs chambres
s'apprêter pour le bal.

Emma fit sa toilette avec la conscience méticuleuse d'une actrice à son début. Elle disposa ses
cheveux d'après les recommandations du coiffeur,
et elle entra dans sa robe de barège, étalée sur le lit.
Le pantalon de Charles le serrait au ventre.

— Les sous-pieds vont me gêner pour danser, dit-
il.

— Danser ? reprit Emma.

— Oui !

— Mais tu as perdu la tête ! on se moquerait de

toi, reste à ta place. D'ailleurs, c'est plus convenable pour un médecin, ajouta-t-elle.

Charles se tut. Il marchait de long en large, attendant qu'Emma fût habillée.

Il la voyait par-derrière, dans la glace, entre deux flambeaux. Ses yeux noirs semblaient plus noirs. Ses bandeaux, doucement bombés vers les oreilles, luisaient d'un éclat bleu ; une rose à son chignon tremblait sur une tige mobile, avec des gouttes d'eau factices au bout de ses feuilles. Elle avait une robe de safran pâle, relevée par trois bouquets de roses pompon mêlées de verdure.

Charles vint l'embrasser sur l'épaule.

— Laisse-moi ! dit-elle, tu me chiffonnes.

On entendit une ritournelle de violon et les sons d'un cor. Elle descendit l'escalier, se retenant de courir.

Les quadrilles étaient commencés. Il arrivait du monde. On se poussait. Elle se plaça près de la porte, sur une banquette.

Quand la contredanse fut finie, le parquet resta libre pour les groupes d'hommes causant debout et les domestiques en livrée qui apportaient de grands plateaux. Sur la ligne des femmes assises, les éventails peints s'agitaient, les bouquets cachaient à demi le sourire des visages, et les flacons à bouchon d'or tournaient dans des mains entrouvertes dont les gants blancs marquaient la forme des ongles et serraient la chair au poignet. Les garnitures de dentelles, les broches de diamants, les bracelets à médaillon frissonnaient aux corsages, scintillaient aux poitrines, bruissaient sur les bras nus. Les chevelures, bien collées sur les fronts et tordues à la nuque, avaient, en couronnes, en grappes ou en rameaux, des myosotis, du jasmin, des fleurs de grenadier, des épis ou des bleuets. Pacifiques à leurs places, des mères à figure renfrognée portaient des turbans rouges.

Le cœur d'Emma lui battit un peu lorsque, son cavalier la tenant par le bout des doigts, elle vint se mettre en ligne et attendit le coup d'archet pour partir. Mais bientôt l'émotion disparut ; et, se balançant au rythme de l'orchestre, elle glissait en avant, avec des mouvements légers du cou. Un sourire lui montait aux lèvres à certaines délicatesses du violon, qui jouait seul, quelquefois, quand les autres instruments se taisaient ; on entendait le bruit clair des louis d'or qui se versaient à côté, sur le tapis des tables ; puis tout reprenait à la fois, le cornet à pistons lançait un éclat sonore, les pieds retombaient en mesure, les jupes se bouffaient et frôlaient, les mains se donnaient, se quittaient ; les mêmes yeux, s'abaissant devant vous, revenaient se fixer sur les vôtres.

Quelques hommes (une quinzaine) de vingt-cinq à quarante ans, disséminés parmi les danseurs ou causant à l'entrée des portes, se distinguaient de la foule par un air de famille, quelles que fussent leurs différences d'âge, de toilette ou de figure.

Leurs habits, mieux faits, semblaient d'un drap plus souple, et leurs cheveux, ramenés en boucles vers les tempes, lustrés par des pommades plus fines. Ils avaient le teint de la richesse, ce teint blanc que rehaussent la pâleur des porcelaines, les moires du satin, le vernis des beaux meubles, et qu'entretient dans sa santé un régime discret de nourritures exquises. Leur cou tournait à l'aise sur des cravates basses ; leurs favoris longs tombaient sur des cols rabattus ; ils s'essuyaient les lèvres à des mouchoirs brodés d'un large chiffre, d'où sortait une odeur suave. Ceux qui commençaient à vieillir avaient l'air jeune, tandis que quelque chose de mûr s'étendait sur le visage des jeunes. Dans leurs regards indifférents flottait la quiétude de passions journellement assouvies ; et, à travers leurs manières douces, per-

çait cette brutalité particulière que communique la
domination de choses à demi faciles, dans lesquelles
la force s'exerce et où la vanité s'amuse, le manie-
ment des chevaux de race et la société des femmes
perdues.

À trois pas d'Emma, un cavalier en habit bleu
causait Italie avec une jeune femme pâle, portant
une parure de perles. Ils vantaient la grosseur des
piliers de Saint-Pierre, Tivoli, le Vésuve, Castella-
mare et les Cassines, les roses de Gênes, le Colisée
au clair de lune. Emma écoutait de son autre oreille
une conversation pleine de mots qu'elle ne comprenait pas. On entourait un tout jeune homme qui
avait battu, la semaine d'avant, *Miss-Arabelle* et
Romulus, et gagné deux mille louis à sauter un
fossé, en Angleterre. L'un se plaignait de ses cou-
reurs qui engraissaient ; un autre, des fautes d'impression qui avaient dénaturé le nom de son
cheval.

L'air du bal était lourd ; les lampes pâlissaient. On
refluait dans la salle de billard. Un domestique
monta sur une chaise et cassa deux vitres ; au bruit
des éclats de verre, madame Bovary tourna la tête
et aperçut dans le jardin, contre les carreaux, des
faces de paysans qui regardaient. Alors le souvenir
des Bertaux lui arriva. Elle revit la ferme, la mare
bourbeuse, son père en blouse sous les pommiers, et
elle se revit elle-même, comme autrefois, écrémant
avec son doigt les terrines de lait dans la laiterie.
Mais, aux fulgurations de l'heure présente, sa vie
passée, si nette jusqu'alors, s'évanouissait tout
entière, et elle doutait presque de l'avoir vécue. Elle
était là ; puis autour du bal, il n'y avait plus que de
l'ombre, étalée sur tout le reste. Elle mangeait alors
une glace au marasquin, qu'elle tenait de la main
gauche dans une coquille de vermeil, et fermait à
demi les yeux, la cuiller entre les dents.

Une dame, près d'elle, laissa tomber son éventail. Un danseur passait.

— Que vous seriez bon, monsieur, dit la dame, de vouloir bien ramasser mon éventail, qui est derrière ce canapé !

Le monsieur s'inclina, et, pendant qu'il faisait le mouvement d'étendre son bras, Emma vit la main de la jeune dame qui jetait dans son chapeau quelque chose de blanc, plié en triangle. Le monsieur, ramenant l'éventail, l'offrit à la dame, respectueusement ; elle le remercia d'un signe de tête et se mit à respirer son bouquet.

Après le souper, où il y eut beaucoup de vins d'Espagne et de vins du Rhin, des potages à la bisque et au lait d'amandes, des puddings à la Trafalgar et toutes sortes de viandes froides avec des gelées alentour qui tremblaient dans les plats, les voitures, les unes après les autres, commencèrent à s'en aller. En écartant du coin le rideau de mousseline, on voyait glisser dans l'ombre la lumière de leurs lanternes. Les banquettes s'éclaircirent ; quelques joueurs restaient encore ; les musiciens rafraîchissaient, sur leur langue, le bout de leurs doigts ; Charles dormait à demi, le dos appuyé contre une porte.

À trois heures du matin, le cotillon commença. Emma ne savait pas valser. Tout le monde valsait, mademoiselle d'Andervilliers elle-même et la marquise ; il n'y avait plus que les hôtes du château, une douzaine de personnes à peu près.

Cependant, un des valseurs, qu'on appelait familièrement *vicomte*, et dont le gilet très ouvert semblait moulé sur la poitrine, vint une seconde fois encore inviter madame Bovary, l'assurant qu'il la guiderait et qu'elle s'en tirerait bien.

Ils commencèrent lentement, puis allèrent plus vite. Ils tournaient : tout tournait autour d'eux, les lampes, les meubles, les lambris, et le parquet,

comme un disque sur un pivot. En passant auprès
des portes, la robe d'Emma, par le bas, s'ériflait[1] au
pantalon ; leurs jambes entraient l'une dans l'autre ;
il baissait ses regards vers elle, elle levait les siens
vers lui ; une torpeur la prenait, elle s'arrêta. Ils
repartirent ; et, d'un mouvement plus rapide, le
vicomte, l'entraînant, disparut avec elle jusqu'au
bout de la galerie, où, haletante, elle faillit tomber,
et, un instant, s'appuya la tête sur sa poitrine. Et
puis, tournant toujours, mais plus doucement, il la
reconduisit à sa place ; elle se renversa contre la
muraille et mit la main devant ses yeux.

Quand elle les rouvrit, au milieu du salon, une
dame assise sur un tabouret avait devant elle trois
valseurs agenouillés. Elle choisit le Vicomte, et le
violon recommença.

On les regardait. Ils passaient et revenaient, elle
immobile du corps et le menton baissé, et lui toujours dans sa même pose, la taille cambrée, le coude
arrondi, la bouche en avant. Elle savait valser, celle-
là ! Ils continuèrent longtemps et fatiguèrent tous
les autres.

On causa quelques minutes encore, et, après les
adieux ou plutôt le bonjour, les hôtes du château
s'allèrent coucher.

Charles se traînait à la rampe, les genoux *lui rentraient dans le corps*. Il avait passé cinq heures de
suite, tout debout devant les tables, à regarder jouer
au whist sans y rien comprendre. Aussi poussa-t-il
un grand soupir de satisfaction lorsqu'il eut retiré
ses bottes.

Emma mit un châle sur ses épaules, ouvrit la
fenêtre et s'accouda.

La nuit était noire. Quelques gouttes de pluie tombaient. Elle aspira le vent humide qui lui rafraîchissait les paupières. La musique du bal bourdonnait
encore à ses oreilles, et elle faisait des efforts pour

se tenir éveillée, afin de prolonger l'illusion de cette
vie luxueuse qu'il lui faudrait tout à l'heure abandonner.

Le petit jour parut. Elle regarda les fenêtres du
château, longuement, tâchant de deviner quelles
étaient les chambres de tous ceux qu'elle avait
remarqués la veille. Elle aurait voulu savoir leurs
existences, y pénétrer, s'y confondre.

Mais elle grelottait de froid. Elle se déshabilla et
se blottit entre les draps, contre Charles qui dormait.

Il y eut beaucoup de monde au déjeuner. Le repas
dura dix minutes ; on ne servit aucune liqueur, ce
qui étonna le médecin. Ensuite mademoiselle d'Andervilliers ramassa des morceaux de brioche dans
une bannette, pour les porter aux cygnes sur la
pièce d'eau, et on s'alla promener dans la serre
chaude, où des plantes bizarres, hérissées de poils,
s'étageaient en pyramides sous des vases suspendus, qui, pareils à des nids de serpents trop pleins,
laissaient retomber, de leurs bords, de longs cordons verts entrelacés. L'orangerie, que l'on trouvait
au bout, menait à couvert jusqu'aux communs du
château. Le Marquis, pour amuser la jeune femme,
la mena voir les écuries. Au-dessus des râteliers en
forme de corbeille, des plaques de porcelaine portaient en noir le nom des chevaux. Chaque bête
s'agitait dans sa stalle, quand on passait près d'elle,
en claquant de la langue. Le plancher de la sellerie
luisait à l'œil comme le parquet d'un salon. Les harnais de voiture étaient dressés dans le milieu sur
deux colonnes tournantes, et les mors, les fouets, les
étriers, les gourmettes rangés en ligne tout le long
de la muraille.

Charles, cependant, alla prier un domestique
d'atteler son *boc*. On l'amena devant le perron, et,
tous les paquets y étant fourrés, les époux Bovary

firent leurs politesses au Marquis et à la Marquise, et repartirent pour Tostes.

Emma, silencieuse, regardait tourner les roues. Charles, posé sur le bord extrême de la banquette, conduisait les deux bras écartés, et le petit cheval trottait l'amble dans les brancards, qui étaient trop larges pour lui. Les guides molles battaient sur sa croupe en s'y trempant d'écume, et la boîte ficelée derrière le *boc* donnait contre la caisse de grands coups réguliers.

Ils étaient sur les hauteurs de Thibourville, lorsque devant eux, tout à coup, des cavaliers passèrent en riant, avec des cigares à la bouche. Emma crut reconnaître le Vicomte; elle se détourna, et n'aperçut à l'horizon que le mouvement des têtes s'abaissant et montant, selon la cadence inégale du trot ou du galop.

Un quart de lieue plus loin, il fallut s'arrêter pour raccommoder, avec de la corde, le reculement qui était rompu.

Mais Charles, donnant au harnais un dernier coup d'œil, vit quelque chose par terre, entre les jambes de son cheval; et il ramassa un porte-cigares tout bordé de soie verte et blasonné à son milieu comme la portière d'un carrosse.

— Il y a même deux cigares dedans, dit-il; ce sera pour ce soir, après dîner.

— Tu fumes donc? demanda-t-elle.

— Quelquefois, quand l'occasion se présente.

Il mit sa trouvaille dans sa poche et fouetta le bidet.

Quand ils arrivèrent chez eux, le dîner n'était point prêt. Madame s'emporta. Nastasie répondit insolemment.

— Partez! dit Emma. C'est se moquer, je vous chasse.

Il y avait pour dîner de la soupe à l'oignon, avec

un morceau de veau à l'oseille. Charles, assis devant
Emma, dit en se frottant les mains d'un air heureux :

— Cela fait plaisir de se retrouver chez soi !

On entendait Nastasie qui pleurait. Il aimait un
peu cette pauvre fille. Elle lui avait, autrefois, tenu
société pendant bien des soirs, dans les désœuvre-
ments de son veuvage. C'était sa première pratique,
sa plus ancienne connaissance du pays.

— Est-ce que tu l'as renvoyée pour tout de bon ?
dit-il enfin.

— Oui. Qui m'en empêche ? répondit-elle.

Puis ils se chauffèrent dans la cuisine, pendant
qu'on apprêtait leur chambre. Charles se mit à
fumer. Il fumait en avançant les lèvres, crachant à
toute minute, se reculant à chaque bouffée.

— Tu vas te faire mal, dit-elle dédaigneusement.

Il déposa son cigare, et courut avaler, à la pompe,
un verre d'eau froide. Emma, saisissant le porte-
cigares, le jeta vivement au fond de l'armoire.

La journée fut longue, le lendemain ! Elle se promena dans son jardinet, passant et revenant par les
mêmes allées, s'arrêtant devant les plates-bandes,
devant l'espalier, devant le curé de plâtre, considérant avec ébahissement toutes ces choses d'autrefois qu'elle connaissait si bien. Comme le bal déjà
lui semblait loin ! Qui donc écartait, à tant de distance, le matin d'avant-hier et le soir d'aujourd'hui ?
Son voyage à la Vaubyessard avait fait un trou dans
sa vie, à la manière de ces grandes crevasses qu'un
orage, en une seule nuit, creuse quelquefois dans
les montagnes. Elle se résigna pourtant ; elle serra
pieusement dans la commode sa belle toilette et jusqu'à ses souliers de satin, dont la semelle s'était jau-
nie à la cire glissante du parquet. Son cœur était
comme eux : au frottement de la richesse, il s'était
placé dessus quelque chose qui ne s'effacerait pas.

Ce fut donc une occupation pour Emma que le souvenir de ce bal. Toutes les fois que revenait le mercredi, elle se disait en s'éveillant : «Ah! il y a huit jours... il y a quinze jours..., il y a trois semaines, j'y étais!» Et peu à peu, les physionomies se confondirent dans sa mémoire, elle oublia l'air des contredanses, elle ne vit plus si nettement les livrées et les appartements; quelques détails s'en allèrent, mais le regret lui resta.

IX

Souvent, lorsque Charles était sorti, elle allait prendre dans l'armoire, entre les plis du linge où elle l'avait laissé, le porte-cigares en soie verte.

Elle le regardait, l'ouvrait, et même elle flairait l'odeur de sa doublure, mêlée de verveine et de tabac. À qui appartenait-il?... Au Vicomte. C'était peut-être un cadeau de sa maîtresse. On avait brodé cela sur quelque métier de palissandre, meuble mignon que l'on cachait à tous les yeux, qui avait occupé bien des heures et où s'étaient penchées les boucles molles de la travailleuse pensive. Un souffle d'amour avait passé parmi les mailles du canevas; chaque coup d'aiguille avait fixé là une espérance ou un souvenir, et tous ces fils de soie entrelacés n'étaient que la continuité de la même passion silencieuse. Et puis le Vicomte, un matin, l'avait emporté avec lui. De quoi avait-on parlé, lorsqu'il restait sur les cheminées à large chambranle, entre les vases de fleurs et les pendules Pompadour? Elle était à Tostes. Lui, il était à Paris, maintenant; là-bas! Comment était ce Paris? Quel nom démesuré! Elle se le répétait à demi-voix, pour se faire plaisir; il sonnait à ses oreilles comme un bourdon de cathédrale, il flamboyait à ses yeux jusque sur l'étiquette de ses pots de pommade.

La nuit, quand les mareyeurs, dans leurs charrettes, passaient sous ses fenêtres en chantant *la
Marjolaine*[1], elle s'éveillait ; et écoutant le bruit des
roues ferrées, qui, à la sortie du pays, s'amortissait
vite sur la terre :

— Ils y seront demain ! se disait-elle.

Et elle les suivait dans sa pensée, montant et descendant les côtes, traversant les villages, filant sur
la grande route à la clarté des étoiles. Au bout d'une
distance indéterminée, il se trouvait toujours une
place confuse où expirait son rêve.

Elle s'acheta un plan de Paris, et, du bout de son
doigt, sur la carte, elle faisait des courses dans la capitale. Elle remontait les boulevards, s'arrêtant à
chaque angle, entre les lignes des rues, devant les carrés blancs qui figurent les maisons. Les yeux fatigués
à la fin, elle fermait ses paupières, et elle voyait dans
les ténèbres se tordre au vent des becs de gaz, avec
des marche-pieds de calèches, qui se déployaient à
grand fracas devant le péristyle des théâtres.

Elle s'abonna à *la Corbeille*, journal des femmes, et
au *Sylphe des salons*[2]. Elle dévorait, sans en rien passer, tous les comptes rendus de premières représentations, de courses et de soirées, s'intéressait au
début d'une chanteuse, à l'ouverture d'un magasin.
Elle savait les modes nouvelles, l'adresse des bons
tailleurs, les jours de Bois[3] ou d'Opéra. Elle étudia,
dans Eugène Sue[4], des descriptions d'ameuble-
ments ; elle lut Balzac et George Sand[5], y cherchant
des assouvissements imaginaires pour ses convoitises personnelles. À table même, elle apportait son
livre, et elle tournait les feuillets, pendant que
Charles mangeait en lui parlant. Le souvenir du
Vicomte revenait toujours dans ses lectures. Entre
lui et les personnages inventés, elle établissait des
rapprochements. Mais le cercle dont il était le centre
peu à peu s'élargit autour de lui, et cette auréole qu'il

avait, s'écartant de sa figure, s'étala plus au loin,
pour illuminer d'autres rêves.

Paris, plus vague que l'Océan, miroitait donc aux
yeux d'Emma dans une atmosphère vermeille. La
vie nombreuse qui s'agitait en ce tumulte y était
cependant divisée par parties, classée en tableaux
distincts. Emma n'en apercevait que deux ou trois
qui lui cachaient tous les autres, et représentaient à
eux seuls l'humanité complète. Le monde des
ambassadeurs marchait sur des parquets luisants,
dans des salons lambrissés de miroirs, autour de
tables ovales couvertes d'un tapis de velours à cré-
pines d'or. Il y avait là des robes à queue, de grands
mystères, des angoisses dissimulées sous des sou-
rires. Venait ensuite la société des duchesses ; on y
était pâle ; on se levait à quatre heures ; les femmes,
pauvres anges ! portaient du point d'Angleterre au
bas de leur jupon, et les hommes, capacités mécon-
nues sous des dehors futiles, crevaient leurs chevaux par partie de plaisir, allaient passer à Bade la
saison d'été, et, vers la quarantaine enfin, épou-
saient des héritières. Dans les cabinets de restaurant où l'on soupe après minuit riait, à la clarté des
bougies, la foule bigarrée des gens de lettres et des
actrices. Ils étaient, ceux-là, prodigues comme des
rois, pleins d'ambitions idéales et de délires fantastiques. C'était une existence au-dessus des autres,
entre ciel et terre, dans les orages, quelque chose de
sublime. Quant au reste du monde, il était perdu,
sans place précise, et comme n'existant pas. Plus les
choses, d'ailleurs, étaient voisines, plus sa pensée
s'en détournait. Tout ce qui l'entourait immédiatement, campagne ennuyeuse, petits bourgeois imbéciles, médiocrité de l'existence, lui semblait une
exception dans le monde, un hasard particulier où
elle se trouvait prise, tandis qu'au-delà s'étendait à
perte de vue l'immense pays des félicités et des pas-

sions. Elle confondait, dans son désir, les sensuali-
tés du luxe avec les joies du cœur, l'élégance des
habitudes et les délicatesses du sentiment. Ne fal-
lait-il pas à l'amour, comme aux plantes indiennes,
des terrains préparés, une température particulière? Les soupirs au clair de lune, les longues
étreintes, les larmes qui coulent sur les mains qu'on
abandonne, toutes les fièvres de la chair et les langueurs de la tendresse ne se séparaient donc pas du
balcon des grands châteaux qui sont pleins de loi-
sirs, d'un boudoir à stores de soie avec un tapis bien
épais, des jardinières remplies, un lit monté sur une
estrade, ni du scintillement des pierres précieuses et
des aiguillettes de la livrée.

Le garçon de la poste, qui, chaque matin, venait
panser la jument, traversait le corridor avec ses
gros sabots; sa blouse avait des trous, ses pieds
étaient nus dans des chaussons. C'était là le groom
en culotte courte dont il fallait se contenter! Quand
son ouvrage était fini, il ne revenait plus de la journée; car Charles, en rentrant, mettait lui-même son
cheval à l'écurie, retirait la selle et passait le licou,
pendant que la bonne apportait une botte de paille
et la jetait, comme elle le pouvait, dans la mangeoire.

Pour remplacer Nastasie (qui enfin partit de
Tostes, en versant des ruisseaux de larmes), Emma
prit à son service une jeune fille de quatorze ans,
orpheline et de physionomie douce. Elle lui interdit
les bonnets de coton, lui apprit qu'il fallait vous parler à la troisième personne, apporter un verre d'eau
dans une assiette, frapper aux portes avant d'entrer,
et à repasser, à empeser, à l'habiller, voulut en faire
sa femme de chambre. La nouvelle bonne obéissait
sans murmure pour n'être point renvoyée; et,
comme Madame, d'habitude, laissait la clef au buf-
fet, Félicité, chaque soir prenait une petite provision

de sucre qu'elle mangeait toute seule, dans son lit, après avoir fait sa prière.

L'après-midi, quelquefois, elle allait causer en face avec les postillons. Madame se tenait en haut, dans son appartement.

Elle portait une robe de chambre tout ouverte, qui laissait voir, entre les revers à châle du corsage, une chemisette plissée avec trois boutons d'or. Sa ceinture était une cordelière à gros glands, et ses petites pantoufles de couleur grenat avaient une touffe de rubans larges, qui s'étalait sur le cou-de-pied. Elle s'était acheté un buvard, une papeterie, un porte-plume et des enveloppes, quoiqu'elle n'eût personne à qui écrire; elle époussetait son étagère, se regardait dans la glace, prenait un livre, puis, rêvant entre les lignes, le laissait tomber sur ses genoux. Elle avait envie de faire des voyages ou de retourner vivre à son couvent. Elle souhaitait à la fois mourir et habiter Paris.

Charles, à la neige à la pluie, chevauchait par les chemins de traverse. Il mangeait des omelettes sur la table des fermes, entrait son bras dans des lits humides, recevait au visage le jet tiède des saignées, écoutait des râles, examinait des cuvettes, retroussait bien du linge sale; mais il trouvait, tous les soirs, un feu flambant, la table servie, des meubles souples, et une femme en toilette fine, charmante et sentant frais, à ne savoir même d'où venait cette odeur, ou si ce n'était pas sa peau qui parfumait sa chemise.

Elle le charmait par quantité de délicatesses: c'était tantôt une manière nouvelle de façonner pour les bougies des bobèches de papier, un volant qu'elle changeait à sa robe, ou le nom extraordinaire d'un mets bien simple, et que la bonne avait manqué, mais que Charles, jusqu'au bout, avalait avec plaisir. Elle vit à Rouen des dames qui por-

taient à leur montre un paquet de breloques ; elle
acheta des breloques. Elle voulut sur sa cheminée
deux grands vases de verre bleu, et, quelque temps
après, un nécessaire d'ivoire, avec un dé de vermeil.
Moins Charles comprenait ces élégances, plus il en
subissait la séduction. Elles ajoutaient quelque
chose au plaisir de ses sens et à la douceur de son
foyer. C'était comme une poussière d'or qui sablait
tout du long le petit sentier de sa vie.

Il se portait bien, il avait bonne mine ; sa réputation était établie tout à fait. Les campagnards le ché-
rissaient parce qu'il n'était pas fier. Il caressait les
enfants, n'entrait jamais au cabaret, et, d'ailleurs,
inspirait de la confiance par sa moralité. Il réussissait particulièrement dans les catarrhes et maladies
de poitrine. Craignant beaucoup de tuer son monde,
Charles, en effet, n'ordonnait guère que des potions
calmantes, de temps à autre de l'émétique, un bain
de pieds ou des sangsues. Ce n'est pas que la chirurgie lui fît peur ; il vous saignait les gens largement,
comme des chevaux, et il avait pour l'extraction des
dents une *poigne d'enfer*.

Enfin, *pour se tenir au courant*, il prit un abonnement à *la Ruche médicale*[1], journal nouveau dont il
avait reçu le prospectus. Il en lisait un peu après
son dîner ; mais la chaleur de l'appartement, jointe
à la digestion, faisait qu'au bout de cinq minutes il
s'endormait ; et il restait là, le menton sur ses deux
mains, et les cheveux étalés comme une crinière jusqu'au pied de la lampe. Emma le regardait en haussant les épaules. Que n'avait-elle, au moins, pour
mari un de ces hommes d'ardeurs taciturnes qui
travaillent la nuit dans les livres, et portent enfin, à
soixante ans, quand vient l'âge des rhumatismes,
une brochette de croix, sur leur habit noir, mal fait.
Elle aurait voulu que ce nom de Bovary, qui était le
sien, fût illustre, le voir étalé chez les libraires,

répété dans les journaux, connu par toute la France.
Mais Charles n'avait point d'ambition! Un médecin
d'Yvetot, avec qui dernièrement il s'était trouvé en
consultation, l'avait humilié quelque peu, au lit
même du malade, devant les parents assemblés.
Quand Charles lui raconta, le soir, cette anecdote,
Emma s'emporta bien haut contre le confrère.
Charles en fut attendri. Il la baisa au front avec une
larme. Mais elle était exaspérée de honte, elle avait
envie de le battre, elle alla dans le corridor ouvrir la
fenêtre et huma l'air frais pour se calmer.

— Quel pauvre homme! quel pauvre homme!
disait-elle tout bas, en se mordant les lèvres.

Elle se sentait, d'ailleurs, plus irritée de lui. Il prenait, avec l'âge, des allures épaisses; il coupait, au
dessert, le bouchon des bouteilles vides; il se passait,
après manger, la langue sur les dents; il faisait, en
avalant sa soupe, un gloussement à chaque gorgée,
et, comme il commençait d'engraisser, ses yeux, déjà
petits, semblaient remontés vers les tempes par la
bouffissure de ses pommettes.

Emma, quelquefois, lui rentrait dans son gilet la
bordure rouge de ses tricots, rajustait sa cravate, ou
jetait à l'écart les gants déteints qu'il se disposait à
passer; et ce n'était pas, comme il croyait, pour lui;
c'était pour elle-même, par expansion d'égoïsme,
agacement nerveux. Quelquefois aussi, elle lui parlait des choses qu'elle avait lues, comme d'un
passage de roman, d'une pièce nouvelle, ou de
l'anecdote du *grand monde* que l'on racontait dans le
feuilleton; car, enfin, Charles était quelqu'un, une
oreille toujours ouverte, une approbation toujours
prête. Elle faisait bien des confidences à sa levrette!
Elle en eût fait aux bûches de la cheminée et au
balancier de la pendule.

Au fond de son âme, cependant, elle attendait un
événement. Comme les matelots en détresse, elle

promenait sur la solitude de sa vie des yeux désespérés, cherchant au loin quelque voile blanche dans les
brumes de l'horizon. Elle ne savait pas quel serait ce
hasard, le vent qui le pousserait jusqu'à elle, vers
quel rivage il la mènerait, s'il était chaloupe ou vaisseau à trois ponts, chargé d'angoisses ou plein de
félicités jusqu'aux sabords. Mais, chaque matin, à
son réveil, elle l'espérait pour la journée, et elle
écoutait tous les bruits, se levait en sursaut, s'étonnait qu'il ne vînt pas ; puis, au coucher du soleil, toujours plus triste, désirait être au lendemain.

Le printemps reparut. Elle eut des étouffements
aux premières chaleurs, quand les poiriers fleurirent.

Dès le commencement de juillet, elle compta sur
ses doigts combien de semaines lui restaient pour
arriver au mois d'octobre, pensant que le marquis
d'Andervilliers, peut-être, donnerait encore un bal à
la Vaubyessard. Mais tout septembre s'écoula sans
lettres ni visites.

Après l'ennui de cette déception, son cœur de
nouveau resta vide, et alors la série des mêmes journées recommença.

Elles allaient donc maintenant se suivre ainsi à la
file, toujours pareilles, innombrables, et n'apportant
rien ! Les autres existences, si plates qu'elles fussent, avaient du moins la chance d'un événement.
Une aventure amenait parfois des péripéties à l'infini, et le décor changeait. Mais, pour elle, rien n'arrivait, Dieu l'avait voulu ! L'avenir était un corridor
tout noir, et qui avait au fond sa porte bien fermée.

Elle abandonna la musique. Pourquoi jouer ? qui
l'entendrait ? Puisqu'elle ne pourrait jamais, en robe
de velours à manches courtes, sur un piano d'Érard,
dans un concert, battant de ses doigts légers les
touches d'ivoire, sentir, comme une brise, circuler
autour d'elle un murmure d'extase, ce n'était pas la
peine de s'ennuyer à étudier. Elle laissa dans l'ar-

moire ses cartons à dessin et la tapisserie. À quoi bon ? à quoi bon ? La couture l'irritait.

— J'ai tout lu, se disait-elle.

Et elle restait à faire rougir les pincettes, ou regardant la pluie tomber.

Comme elle était triste le dimanche, quand on sonnait les vêpres ! Elle écoutait, dans un hébétement attentif, tinter un à un les coups fêlés de la cloche. Quelque chat sur les toits, marchant lentement, bombait son dos aux rayons pâles du soleil. Le vent, sur la grande route, soufflait des traînées de poussière. Au loin, parfois, un chien hurlait : et la cloche, à temps égaux, continuait sa sonnerie monotone qui se perdait dans la campagne.

Cependant on sortait de l'église. Les femmes en sabots cirés, les paysans en blouse neuve, les petits enfants qui sautillaient nu-tête devant eux, tout rentrait chez soi. Et, jusqu'à la nuit, cinq ou six hommes, toujours les mêmes, restaient à jouer au bouchon, devant la grande porte de l'auberge.

L'hiver fut froid. Les carreaux, chaque matin, étaient chargés de givre, et la lumière, blanchâtre à travers eux, comme par des verres dépolis, quelquefois ne variait pas de la journée. Dès quatre heures du soir, il fallait allumer la lampe.

Les jours qu'il faisait beau, elle descendait dans le jardin. La rosée avait laissé sur les choux des guipures d'argent avec de longs fils clairs qui s'étendaient de l'un à l'autre. On n'entendait pas d'oiseaux, tout semblait dormir, l'espalier couvert de paille et la vigne comme un grand serpent malade sous le chaperon du mur, où l'on voyait, en s'approchant, se traîner des cloportes à pattes nombreuses. Dans les sapinettes, près de la haie, le curé en tricorne qui lisait son bréviaire avait perdu le pied droit et même le plâtre, s'écaillant à la gelée, avait fait des gales blanches sur sa figure.

Puis elle remontait, fermait la porte, étalait les charbons, et, défaillant à la chaleur du foyer, sentait l'ennui plus lourd qui retombait sur elle. Elle serait bien descendue causer avec la bonne, mais une pudeur la retenait.

Tous les jours, à la même heure, le maître d'école, en bonnet de soie noire, ouvrait les auvents de sa maison, et le garde-champêtre passait, portant son sabre sur sa blouse. Soir et matin, les chevaux de la poste, trois par trois, traversaient la rue pour aller boire à la mare. De temps à autre, la porte d'un cabaret faisait tinter sa sonnette, et, quand il y avait du vent, l'on entendait grincer sur leurs deux tringles les petites cuvettes en cuivre du perruquier, qui servaient d'enseigne à sa boutique. Elle avait pour décoration une vieille gravure de modes collée contre un carreau et un buste de femme en cire, dont les cheveux étaient jaunes. Lui aussi, le perruquier, il se lamentait de sa vocation arrêtée, de son avenir perdu, et, rêvant quelque boutique dans une grande ville, comme à Rouen, par exemple, sur le port, près du théâtre, il restait toute la journée à se promener en long, depuis la mairie jusqu'à l'église, sombre, et attendant la clientèle. Lorsque madame Bovary levait les yeux, elle le voyait toujours là, comme une sentinelle en faction, avec son bonnet grec sur l'oreille et sa veste de lasting.

Dans l'après-midi, quelquefois, une tête d'homme apparaissait derrière les vitres de la salle, tête hâlée, à favoris noirs, et qui souriait lentement d'un large sourire doux à dents blanches. Une valse aussitôt commençait, et, sur l'orgue, dans un petit salon, des danseurs hauts comme le doigt, femmes en turban rose, Tyroliens en jaquette, singes en habit noir, messieurs en culotte courte, tournaient, tournaient entre les fauteuils, les canapés, les consoles, se répétant dans les morceaux de miroir que raccordait à leurs angles un filet de papier doré. L'homme faisait aller sa manivelle, regardant à droite, à gauche et vers les fenêtres. De temps à autre, tout en lançant contre la borne un long jet de salive brune, il soulevait du genou son instrument, dont la bretelle dure lui fatiguait l'épaule ; et, tantôt dolente et traînarde, ou joyeuse et précipitée, la musique de la boîte s'échappait en bourdonnant à travers un rideau de taffetas rose, sous une grille de cuivre en arabesque. C'étaient des airs que l'on jouait ailleurs sur les théâtres, que l'on chantait dans les salons, que l'on dansait le soir sous des lustres éclairés, échos du monde qui arrivaient jusqu'à Emma. Des sarabandes à n'en plus finir se déroulaient dans sa tête, et, comme une bayadère sur les fleurs d'un tapis, sa pensée bondissait avec les notes, se balançait de rêve en rêve, de tristesse en tristesse. Quand l'homme avait reçu l'aumône dans sa casquette, il rabattait une vieille couverture de laine bleue, passait son orgue sur son dos et s'éloignait d'un pas lourd. Elle le regardait partir.

Mais c'était surtout aux heures des repas qu'elle n'en pouvait plus, dans cette petite salle au rez-de-chaussée, avec le poêle qui fumait, la porte qui criait, les murs qui suintaient, les pavés humides ; toute l'amertume de l'existence lui semblait servie sur son assiette, et, à la fumée du bouilli, il montait du fond de son âme comme d'autres bouffées d'affadissement. Charles était long à manger ; elle grignotait quelques noisettes, ou bien, appuyée du coude, s'amusait, avec la pointe de son couteau, à faire des raies sur la toile cirée.

Elle laissait maintenant tout aller dans son ménage, et madame Bovary mère, lorsqu'elle vint passer à Tostes une partie du carême, s'étonna fort de ce changement. Elle, en effet, si soigneuse autrefois et délicate, elle restait à présent des journées

entières sans s'habiller, portait des bas de coton gris,
s'éclairait à la chandelle. Elle répétait qu'il fallait
économiser, puisqu'ils n'étaient pas riches, ajoutant
qu'elle était très contente, très heureuse, que Tostes
lui plaisait beaucoup, et autres discours nouveaux
qui fermaient la bouche à la belle-mère. Du reste,
Emma ne semblait plus disposée à suivre ses
conseils ; une fois même, madame Bovary s'étant
avisée de prétendre que les maîtres devaient surveiller la religion de leurs domestiques, elle lui avait
répondu d'un œil si colère et avec un sourire tellement froid, que la bonne femme ne s'y frotta plus.

Emma devenait difficile, capricieuse. Elle se commandait des plats pour elle, n'y touchait point, un
jour ne buvait que du lait pur, et, le lendemain, des
tasses de thé à la douzaine. Souvent elle s'obstinait
à ne pas sortir, puis elle suffoquait, ouvrait les
fenêtres, s'habillait en robe légère. Lorsqu'elle avait
bien rudoyé sa servante, elle lui faisait des cadeaux
ou l'envoyait se promener chez les voisines, de
même qu'elle jetait parfois aux pauvres toutes les
pièces blanches de sa bourse, quoiqu'elle ne fût
guère tendre cependant, ni facilement accessible à
l'émotion d'autrui, comme la plupart des gens issus
de campagnards, qui gardent toujours à l'âme
quelque chose de la callosité des mains paternelles.

Vers la fin de février, le père Rouault, en souvenir
de sa guérison, apporta lui-même à son gendre une
dinde superbe, et il resta trois jours à Tostes. Charles
étant à ses malades, Emma lui tint compagnie. Il
fuma dans la chambre, cracha sur les chenets, causa
culture, veaux, vaches, volailles et conseil municipal ; si bien qu'elle referma la porte, quand il fut
parti, avec un sentiment de satisfaction qui la surprit
elle-même. D'ailleurs, elle ne cachait plus son
mépris pour rien, ni pour personne ; et elle se mettait
quelquefois à exprimer des opinions singulières, blâ-

mant ce que l'on approuvait, et approuvant des
choses perverses ou immorales : ce qui faisait ouvrir
de grands yeux à son mari.

Est-ce que cette misère durerait toujours ? est-ce
qu'elle n'en sortirait pas ? Elle valait bien cependant
toutes celles qui vivaient heureuses ! Elle avait vu
des duchesses à la Vaubyessard qui avaient la taille
plus lourde et les façons plus communes, et elle exécrait l'injustice de Dieu ; elle s'appuyait la tête aux
murs pour pleurer ; elle enviait les existences tumul-
tueuses, les nuits masquées, les insolents plaisirs
avec tous les éperduments qu'elle ne connaissait
pas et qu'ils devaient donner.

Elle pâlissait et avait des battements de cœur.
Charles lui administra de la valériane et des bains
de camphre. Tout ce que l'on essayait semblait l'irriter davantage.

En de certains jours, elle bavardait avec une
abondance fébrile ; à ces exaltations succédaient
tout à coup des torpeurs où elle restait sans parler,
sans bouger. Ce qui la ranimait alors, c'était de se
répandre sur les bras un flacon d'eau de Cologne.

Comme elle se plaignait de Tostes continuellement, Charles imagina que la cause de sa maladie
était sans doute dans quelque influence locale, et,
s'arrêtant à cette idée, il songea sérieusement à aller
s'établir ailleurs.

Dès lors, elle but du vinaigre pour se faire mai-
grir, contracta une petite toux sèche et perdit complètement l'appétit.

Il en coûtait à Charles d'abandonner Tostes après
quatre ans de séjour et au moment *où il commençait
à s'y poser*. S'il le fallait, cependant ! Il la conduisit à
Rouen voir son ancien maître. C'était une maladie
nerveuse : on devait la changer d'air.

Après s'être tourné de côté et d'autre, Charles
apprit qu'il y avait dans l'arrondissement de Neuf-

châtel, un fort bourg nommé Yonville-l'Abbaye, dont
le médecin, qui était un réfugié polonais, venait de
décamper la semaine précédente. Alors il écrivit au
pharmacien de l'endroit pour savoir quel était le
chiffre de la population, la distance où se trouvait le
confrère le plus voisin, combien par année gagnait
son prédécesseur, etc.; et, les réponses ayant été
satisfaisantes, il se résolut à déménager vers le printemps, si la santé d'Emma ne s'améliorait pas.

Un jour qu'en prévision de son départ elle faisait
des rangements dans un tiroir, elle se piqua les
doigts à quelque chose. C'était un fil de fer de son
bouquet de mariage. Les boutons d'oranger étaient
jaunes de poussière, et les rubans de satin, à liséré
d'argent, s'effiloquaient[1] par le bord. Elle le jeta
dans le feu. Il s'enflamma plus vite qu'une paille
sèche. Puis ce fut comme un buisson rouge sur les
cendres, et qui se rongeait lentement. Elle le regarda
brûler. Les petites baies de carton éclataient, les fils
d'archal se tordaient, le galon se fondait; et les
corolles de papier, racornies, se balançant le long de
la plaque comme des papillons noirs, enfin s'envolè-
rent par la cheminée.

Quand on partit de Tostes, au mois de mars,
madame Bovary était enceinte.

DEUXIÈME PARTIE

I

Yonville-l'Abbaye[1] (ainsi nommé à cause d'une ancienne abbaye de Capucins dont les ruines n'existent même plus) est un bourg à huit lieues de Rouen, entre la route d'Abbeville et celle de Beauvais, au fond d'une vallée qu'arrose la Rieule, petite rivière qui se jette dans l'Andelle, après avoir fait tourner trois moulins vers son embouchure, et où il y a quelques truites, que les garçons, le dimanche, s'amusent à pêcher à la ligne.

On quitte la grande route à la Boissière et l'on continue à plat jusqu'au haut de la côte des Leux, d'où l'on découvre la vallée. La rivière qui la traverse en fait comme deux régions de physionomie distincte : tout ce qui est à gauche est en herbage, tout ce qui est à droite est en labour. La prairie s'allonge sous un bourrelet de collines basses pour se rattacher par-derrière aux pâturages du pays de Bray, tandis que, du côté de l'est, la plaine, montant doucement, va s'élargissant et étale à perte de vue ses blondes pièces de blé. L'eau qui court au bord de l'herbe sépare d'une raie blanche la couleur des prés et celle des sillons, et la campagne ainsi ressemble à un grand manteau déplié qui a un collet de velours vert, bordé d'un galon d'argent.

Au bout de l'horizon, lorsqu'on arrive, on a devant soi les chênes de la forêt d'Argueil, avec les escarpements de la côte Saint-Jean, rayés du haut en bas par de longues traînées rouges, inégales ; ce sont les traces des pluies, et ces tons de brique, tranchant en filets minces sur la couleur grise de la montagne, viennent de la quantité de sources ferrugineuses qui coulent au-delà, dans le pays d'alentour.

On est ici sur les confins de la Normandie, de la Picardie et de l'Ile-de-France, contrée bâtarde où le langage est sans accentuation, comme le paysage sans caractère. C'est là que l'on fait les pires fromages de Neufchâtel de tout l'arrondissement, et, d'autre part, la culture y est coûteuse, parce qu'il faut beaucoup de fumier pour engraisser ces terres friables pleines de sable et de cailloux.

Jusqu'en 1835, il n'y avait point de route praticable pour arriver à Yonville ; mais on a établi vers cette époque un chemin *de grande vicinalité* qui relie la route d'Abbeville à celle d'Amiens, et sert quelquefois aux rouliers allant de Rouen dans les Flandres. Cependant, Yonville-l'Abbaye est demeuré stationnaire, malgré ses *débouchés nouveaux*. Au lieu d'améliorer les cultures, on s'y obstine encore aux herbages, quelque dépréciés qu'ils soient, et le bourg paresseux, s'écartant de la plaine, a continué naturellement à s'agrandir vers la rivière. On l'aperçoit de loin, tout couché en long sur la rive, comme un gardeur de vaches qui fait la sieste au bord de l'eau.

Au bas de la côte, après le pont, commence une chaussée plantée de jeunes trembles, qui vous mène en droite ligne jusqu'aux premières maisons du pays. Elles sont encloses de haies, au milieu de cours pleines de bâtiments épars, pressoirs, charretteries et bouilleries, disséminés sous les arbres touffus portant des échelles, des gaules ou des faux accrochées dans leur branchage. Les toits de chaume, comme

des bonnets de fourrure rabattus sur des yeux, descendent jusqu'au tiers à peu près des fenêtres basses,
dont les gros verres bombés sont garnis d'un nœud
dans le milieu, à la façon des culs de bouteilles. Sur
le mur de plâtre que traversent en diagonale des lambourdes noires, s'accroche parfois quelque maigre
poirier, et les rez-de-chaussée ont à leur porte une
petite barrière tournante pour les défendre des pous-
sins, qui viennent picorer, sur le seuil, des miettes de
pain bis trempé de cidre. Cependant les cours se font
plus étroites, les habitations se rapprochent, les
haies disparaissent ; un fagot de fougères se balance
sous une fenêtre au bout d'un manche à balai ; il y a
la forge d'un maréchal et ensuite un charron avec
deux ou trois charrettes neuves, en dehors, qui
empiètent sur la route. Puis, à travers une claire-
voie, apparaît une maison blanche au-delà d'un rond
de gazon que décore un Amour, le doigt posé sur la
bouche[1] ; deux vases en fonte sont à chaque bout du
perron ; des panonceaux brillent à la porte ; c'est la
maison du notaire, et la plus belle du pays.

   L'église est de l'autre côté de la rue, vingt pas plus
loin, à l'entrée de la place. Le petit cimetière qui
l'entoure, clos d'un mur à hauteur d'appui, est si
bien rempli de tombeaux, que les vieilles pierres à
ras du sol font un dallage continu, où l'herbe a des-
siné de soi-même des carrés verts réguliers. L'église
a été rebâtie à neuf dans les dernières années du
règne de Charles X. La voûte en bois commence à se
pourrir par le haut, et, de place en place, a des
enfonçures noires dans sa couleur bleue. Au-dessus
de la porte, où seraient les orgues, se tient un jubé
pour les hommes, avec un escalier tournant qui
retentit sous les sabots.

   Le grand jour, arrivant par les vitraux tout unis,
éclaire obliquement les bancs rangés en travers de la
muraille, que tapisse çà et là quelque paillasson

cloué, ayant au-dessous de lui ces mots en grosses lettres : « Banc de M. un tel. » Plus loin, à l'endroit où le vaisseau se rétrécit, le confessionnal fait pendant à une statuette de la Vierge, vêtue d'une robe de satin, coiffée d'un voile de tulle semé d'étoiles d'argent, et tout empourprée aux pommettes comme une idole des îles Sandwich ; enfin une copie de la *Sainte Famille, envoi du ministre de l'intérieur,* dominant le maître-autel entre quatre chandeliers, termine au fond la perspective. Les stalles du chœur, en bois de sapin, sont restées sans être peintes.

Les halles, c'est-à-dire un toit de tuiles supporté par une vingtaine de poteaux, occupent à elles seules la moitié environ de la grande place d'Yonville. La mairie, construite *sur les dessins d'un architecte de Paris,* est une manière de temple grec qui fait l'angle, à côté de la maison du pharmacien. Elle a, au rez-de-chaussée, trois colonnes ioniques et, au premier étage, une galerie à plein cintre, tandis que le tympan qui la termine est rempli par un coq gaulois, appuyé d'une patte sur la Charte et tenant de l'autre les balances de la justice.

Mais ce qui attire le plus les yeux, c'est, en face de l'auberge du *Lion d'or,* la pharmacie de M. Homais ! Le soir, principalement, quand son quinquet est allumé et que les bocaux rouges et verts qui embellissent sa devanture allongent au loin, sur le sol, leurs deux clartés de couleur ; alors, à travers elles, comme dans des feux du Bengale, s'entrevoit l'ombre du pharmacien, accoudé sur son pupitre. Sa maison, du haut en bas, est placardée d'inscriptions écrites en anglaise, en ronde, en moulée : « Eaux de Vichy, de Seltz et de Barèges, robs dépuratifs, médecine Raspail, racahout des Arabes, pastilles Darcet, pâte Regnault, bandages, bains, chocolats de santé, etc. » Et l'enseigne, qui tient toute la largeur de la boutique, porte en lettres d'or : *Homais, pharmacien.*

Puis, au fond de la boutique, derrière les grandes
balances scellées sur le comptoir, le mot *laboratoire*
se déroule au-dessus d'une porte vitrée qui, à moitié
de sa hauteur, répète encore une fois *Homais*, en
lettres d'or, sur un fond noir.

Il n'y a plus ensuite rien à voir dans Yonville. La
rue (la seule), longue d'une portée de fusil et bordée
de quelques boutiques, s'arrête court au tournant de
la route. Si on la laisse sur la droite et que l'on suive
le bas de la côte Saint-Jean, bientôt on arrive au
cimetière.

Lors du choléra[1], pour l'agrandir, on a abattu un
pan de mur et acheté trois acres de terre à côté ;
mais toute cette portion nouvelle est presque inha-
bitée, les tombes, comme autrefois, continuant à
s'entasser vers la porte. Le gardien, qui est en même
temps fossoyeur et bedeau à l'église (tirant ainsi des
cadavres de la paroisse un double bénéfice), a profité du terrain vide pour y semer des pommes de
terre. D'année en année, cependant, son petit
champ se rétrécit, et, lorsqu'il survient une épidémie, il ne sait pas s'il doit se réjouir des décès ou
s'affliger des sépultures.

— Vous vous nourrissez des morts, Lestiboudois !
lui dit enfin, un jour, M. le curé.

Cette parole sombre le fit réfléchir ; elle l'arrêta
pour quelque temps ; mais, aujourd'hui encore, il
continue la culture de ses tubercules, et même soutient avec aplomb qu'ils poussent naturellement.

Depuis les événements que l'on va raconter, rien,
en effet, n'a changé à Yonville. Le drapeau tricolore
de fer-blanc tourne toujours au haut du clocher
de l'église ; la boutique du marchand de nouveautés
agite encore au vent ses deux banderoles d'indienne ;
les fœtus du pharmacien, comme des paquets
d'amadou blanc, se pourrissent de plus en plus dans
leur alcool bourbeux, et, au-dessus de la grande

porte de l'auberge, le vieux lion d'or, déteint par les pluies, montre toujours aux passants sa frisure de caniche.

Le soir que les époux Bovary devaient arriver à Yonville, madame veuve Lefrançois, la maîtresse de cette auberge, était si fort affairée, qu'elle suait à grosses gouttes en remuant ses casseroles. C'était le lendemain jour de marché dans le bourg. Il fallait d'avance tailler les viandes, vider les poulets, faire de la soupe et du café. Elle avait, de plus, le repas de ses pensionnaires, celui du médecin, de sa femme et de leur bonne ; le billard retentissait d'éclats de rire ; trois meuniers, dans la petite salle, appelaient pour qu'on leur apportât de l'eau-de-vie ; le bois flambait, la braise craquait, et, sur la longue table de la cuisine, parmi les quartiers de mouton cru, s'élevaient des piles d'assiettes qui tremblaient aux secousses du billot où l'on hachait des épinards. On entendait, dans la basse-cour, crier les volailles que la servante poursuivait pour leur couper le cou.

Un homme en pantoufles de peau verte, quelque peu marqué de petite vérole et coiffé d'un bonnet de velours à gland d'or, se chauffait le dos contre la cheminée. Sa figure n'exprimait rien que la satisfaction de soi-même, et il avait l'air aussi calme dans la vie que le chardonneret suspendu au-dessus de sa tête, dans une cage d'osier : c'était le pharmacien.

— Artémise ! criait la maîtresse d'auberge, casse de la bourrée, emplis les carafes, apporte de l'eau-de-vie, dépêche-toi ! Au moins, si je savais quel dessert offrir à la société que vous attendez ! Bonté divine ! les commis du déménagement recommencent leur tintamarre dans le billard ! Et leur charrette qui est restée sous la grande porte ! *L'Hirondelle* est capable de la défoncer en arrivant ! Appelle Polyte pour qu'il la remise !... Dire que, depuis le matin, monsieur Homais, ils ont peut-être fait quinze parties et bu huit pots de cidre !... Mais ils vont me déchirer le tapis, continuait-elle en les regardant de loin, son écumoire à la main.

— Le mal ne serait pas grand, répondit M. Homais, vous en achèteriez un autre.

— Un autre billard ! exclama la veuve.

— Puisque celui-là ne tient plus, madame Lefrançois ; je vous le répète, vous vous faites tort ! vous vous faites grand tort ! Et puis les amateurs, à présent, veulent des blouses étroites et des queues lourdes. On ne joue plus la bille ; tout est changé ! Il faut marcher avec son siècle ! Regardez Tellier, plutôt...

L'hôtesse devint rouge de dépit. Le pharmacien ajouta :

— Son billard, vous avez beau dire, est plus mignon que le vôtre ; et qu'on ait l'idée, par exemple de monter une poule patriotique pour la Pologne ou les inondés de Lyon[1]...

— Ce ne sont pas des gueux comme lui qui nous font peur ! interrompit l'hôtesse, en haussant ses grosses épaules. Allez ! allez ! monsieur Homais, tant que le *Lion d'or* vivra, on y viendra. Nous avons du foin dans nos bottes, nous autres ! Au lieu qu'un de ces matins vous verrez le *café Français* fermé, et avec une belle affiche sur les auvents !... Changer mon billard, continuait-elle en se parlant à elle-même, lui qui m'est si commode pour ranger ma lessive, et sur lequel, dans le temps de la chasse, j'ai mis coucher jusqu'à six voyageurs !... Mais ce lambin d'Hivert qui n'arrive pas !

— L'attendez-vous pour le dîner de vos messieurs ? demanda le pharmacien.

— L'attendre ? Et M. Binet donc ! À six heures battant vous allez le voir entrer, car son pareil n'existe pas sur la terre pour l'exactitude. Il lui faut toujours sa place dans la petite salle ! On le tuerait plutôt que de le faire dîner ailleurs! et dégoûté qu'il est! et si difficile pour le cidre! Ce n'est pas comme M. Léon; lui, il arrive quelquefois à sept heures, sept heures et demie même; il ne regarde seulement pas à ce qu'il mange. Quel bon jeune homme! Jamais un mot plus haut que l'autre.

— C'est qu'il y a bien de la différence, voyez-vous, entre quelqu'un qui a reçu de l'éducation et un ancien carabinier qui est percepteur.

Six heures sonnèrent. Binet entra.

Il était vêtu d'une redingote bleue, tombant droit d'elle-même tout autour de son corps maigre, et sa casquette de cuir, à pattes nouées par des cordons sur le sommet de sa tête, laissait voir, sous la visière relevée, un front chauve, qu'avait déprimé l'habitude du casque. Il portait un gilet de drap noir, un col de crin, un pantalon gris, et, en toute saison, des bottes bien cirées qui avaient deux renflements parallèles, à cause de la saillie de ses orteils. Pas un poil ne dépassait la ligne de son collier blond, qui, contournant la mâchoire, encadrait comme la bordure d'une plate-bande sa longue figure terne, dont les yeux étaient petits et le nez busqué. Fort à tous les jeux de cartes, bon chasseur et possédant une belle écriture, il avait chez lui un tour, où il s'amusait à tourner des ronds de serviette dont il encombrait sa maison, avec la jalousie d'un artiste et l'égoïsme d'un bourgeois[1].

Il se dirigea vers la petite salle; mais il fallut d'abord en faire sortir les trois meuniers; et, pendant tout le temps que l'on fut à mettre son couvert, Binet resta silencieux à sa place, auprès du poêle; puis il ferma la porte et retira sa casquette, comme d'usage.

— Ce ne sont pas les civilités qui lui useront la langue! dit le pharmacien, dès qu'il fut seul avec l'hôtesse.

— Jamais il ne cause davantage, répondit-elle; il est venu ici, la semaine dernière, deux voyageurs en draps, des garçons pleins d'esprit qui contaient, le soir, un tas de farces que j'en pleurais de rire; eh bien, il restait là, comme une alose, sans dire un mot.

— Oui, fit le pharmacien, pas d'imagination, pas de saillies, rien de ce qui constitue l'homme de société!

— On dit pourtant qu'il a des moyens, objecta l'hôtesse.

— Des moyens? répliqua M. Homais; lui! des moyens? Dans sa partie, c'est possible, ajouta-t-il d'un ton plus calme.

Et il reprit:

— Ah! qu'un négociant qui a des relations considérables, qu'un jurisconsulte, un médecin, un pharmacien soient tellement absorbés, qu'ils en deviennent fantasques et bourrus même, je le comprends; on en cite des traits dans les histoires! Mais, au moins, c'est qu'ils pensent à quelque chose. Moi, par exemple, combien de fois m'est-il arrivé de chercher ma plume sur mon bureau pour écrire une étiquette, et de trouver, en définitive, que je l'avais placée à mon oreille!

Cependant, madame Lefrançois alla sur le seuil regarder si *l'Hirondelle* n'arrivait pas. Elle tressaillit. Un homme vêtu de noir entra tout à coup dans la cuisine. On distinguait, aux dernières lueurs du crépuscule, qu'il avait la figure rubiconde et le corps athlétique.

— Qu'y a-t-il pour votre service, monsieur le curé? demanda la maîtresse d'auberge, tout en atteignant sur la cheminée un des flambeaux de cuivre qui s'y trouvaient rangés en colonnade avec leurs chandelles; voulez-vous prendre quelque chose? un doigt de cassis, un verre de vin?

L'ecclésiastique refusa fort civilement. Il venait chercher son parapluie, qu'il avait oublié l'autre jour au couvent d'Ernemont, et, après avoir prié madame Lefrançois de le lui faire remettre au presbytère dans la soirée, il sortit pour se rendre à l'église, où l'on sonnait l'*Angelus*.

Quand le pharmacien n'entendit plus sur la place le bruit de ses souliers, il trouva fort inconvenante sa conduite de tout à l'heure. Ce refus d'accepter un rafraîchissement lui semblait une hypocrisie des plus odieuses ; les prêtres godaillaient[1] tous sans qu'on les vît, et cherchaient à ramener le temps de la dîme.

L'hôtesse prit la défense de son curé :

— D'ailleurs, il en plierait quatre comme vous sur son genou. Il a, l'année dernière, aidé nos gens à rentrer la paille ; il en portait jusqu'à six bottes à la fois, tant il est fort !

— Bravo ! dit le pharmacien. Envoyez donc vos filles en confesse à des gaillards d'un tempérament pareil ! Moi, si j'étais le gouvernement, je voudrais qu'on saignât les prêtres une fois par mois. Oui, madame Lefrançois, tous les mois, une large phlébotomie, dans l'intérêt de la police et des mœurs !

— Taisez-vous donc, monsieur Homais ! vous êtes un impie ! vous n'avez pas de religion !

Le pharmacien répondit :

— J'ai une religion, ma religion, et même j'en ai plus qu'eux tous, avec leurs momeries et leurs jongleries[2] ! J'adore Dieu, au contraire ! Je crois en l'Être suprême, à un Créateur, quel qu'il soit, peu m'importe, qui nous a placés ici-bas pour y remplir nos devoirs de citoyen et de père de famille ; mais je n'ai pas besoin d'aller, dans une église, baiser des plats d'argent, et engraisser de ma poche un tas de farceurs qui se nourrissent mieux que nous ! Car on peut l'honorer aussi bien dans un bois, dans un

champ, ou même en contemplant la voûte éthérée,
comme les anciens. Mon Dieu, à moi, c'est le Dieu
de Socrate, de Franklin, de Voltaire[1] et de Béranger[2] ! Je suis pour la *Profession de foi du vicaire
savoyard*[3] et les immortels principes de 89[4] ! Aussi,
je n'admets pas un bonhomme de bon Dieu qui se
promène dans son parterre la canne à la main, loge
ses amis dans le ventre des baleines, meurt en poussant un cri et ressuscite au bout de trois jours :
choses absurdes en elles-mêmes et complètement
opposées, d'ailleurs, à toutes les lois de la physique ;
ce qui nous démontre, en passant, que les prêtres
ont toujours croupi dans une ignorance turpide, où
ils s'efforcent d'engloutir avec eux les populations.

Il se tut, cherchant des yeux un public autour de
lui, car, dans son effervescence, le pharmacien un
moment s'était cru en plein conseil municipal. Mais
la maîtresse d'auberge ne l'écoutait plus ; elle tendait son oreille à un roulement éloigné. On distingua le bruit d'une voiture mêlé à un claquement de
fers lâches qui battaient la terre, et *l'Hirondelle*
enfin s'arrêta devant la porte.

C'était un coffre jaune porté par deux grandes
roues qui, montant jusqu'à la hauteur de la bâche,
empêchaient les voyageurs de voir la route et leur
salissaient les épaules. Les petits carreaux de ses
vasistas étroits tremblaient dans leurs châssis quand
la voiture était fermée, et gardaient des taches de
boue, çà et là, parmi leur vieille couche de poussière,
que les pluies d'orage même ne lavaient pas tout à
fait. Elle était attelée de trois chevaux, dont le premier en arbalète, et, lorsqu'on descendait les côtes,
elle touchait du fond en cahotant.

Quelques bourgeois d'Yonville arrivèrent sur la
place ; ils parlaient tous à la fois, demandant des
nouvelles, des explications et des bourriches ; Hivert
ne savait auquel répondre. C'était lui qui faisait à la

ville les commissions du pays. Il allait dans les boutiques, rapportait des rouleaux de cuir au cordon-
nier, de la ferraille au maréchal, un baril de harengs
pour sa maîtresse, des bonnets de chez la modiste,
des toupets de chez le coiffeur ; et, le long de la
route, en s'en revenant, il distribuait ses paquets,
qu'il jetait par-dessus les clôtures des cours, debout
sur son siège, et criant à pleine poitrine, pendant
que ses chevaux allaient tout seuls.

Un accident l'avait retardé : la levrette de madame
Bovary s'était enfuie à travers champs. On l'avait sif-
flée un grand quart d'heure. Hivert même était
retourné d'une demi-lieue en arrière, croyant l'apercevoir à chaque minute ; mais il avait fallu continuer
la route. Emma avait pleuré, s'était emportée ; elle
avait accusé Charles de ce malheur. M. Lheureux,
marchand d'étoffes, qui se trouvait avec elle dans la
voiture, avait essayé de la consoler par quantité
d'exemples de chiens perdus, reconnaissant leur
maître au bout de longues années. On en citait un,
disait-il, qui était revenu de Constantinople à Paris.
Un autre avait fait cinquante lieues en ligne droite et
passé quatre rivières à la nage ; et son père à lui-
même avait possédé un caniche qui, après douze ans
d'absence, lui avait tout à coup sauté sur le dos, un
soir, dans la rue, comme il allait dîner en ville.

II[1]

Emma descendit la première, puis Félicité,
M. Lheureux, une nourrice, et l'on fut obligé de
réveiller Charles dans son coin, où il s'était endormi
complètement dès que la nuit était venue.

Homais se présenta ; il offrit ses hommages à
Madame, ses civilités à Monsieur, dit qu'il était
charmé d'avoir pu leur rendre quelque service, et

ajouta d'un air cordial qu'il avait osé s'inviter lui-même, sa femme d'ailleurs étant absente.

Madame Bovary, quand elle fut dans la cuisine, s'approcha de la cheminée. Du bout de ses deux doigts, elle prit sa robe à la hauteur du genou, et, l'ayant ainsi remontée jusqu'aux chevilles, elle tendit à la flamme, par-dessus le gigot qui tournait, son pied chaussé d'une bottine noire. Le feu l'éclairait en entier, pénétrant d'une lumière crue la trame de sa robe, les pores égaux de sa peau blanche et même les paupières de ses yeux qu'elle clignait de temps à autre. Une grande couleur rouge passait sur elle, selon le souffle du vent qui venait par la porte entrouverte.

De l'autre côté de la cheminée, un jeune homme à chevelure blonde la regardait silencieusement.

Comme il s'ennuyait beaucoup à Yonville, où il était clerc chez maître Guillaumin, souvent M. Léon Dupuis (c'était lui, le second habitué du *Lion d'or*) reculait l'instant de son repas, espérant qu'il viendrait quelque voyageur à l'auberge avec qui causer dans la soirée. Les jours que sa besogne était finie il lui fallait bien, faute de savoir que faire, arriver à l'heure exacte, et subir depuis la soupe jusqu'au fromage le tête-à-tête de Binet. Ce fut donc avec joie qu'il accepta la proposition de l'hôtesse de dîner en la compagnie des nouveaux venus, et l'on passa dans la grande salle, où madame Lefrançois, par pompe, avait fait dresser les quatre couverts.

Homais demanda la permission de garder son bonnet grec, de peur des coryzas[1].

Puis, se tournant vers sa voisine :

— Madame, sans doute, est un peu lasse ? on est si épouvantablement cahoté dans notre *Hirondelle* !

— Il est vrai, répondit Emma ; mais le dérangement m'amuse toujours ; j'aime à changer de place.

— C'est une chose si maussade, soupira le clerc, que de vivre cloué aux mêmes endroits !

— Si vous étiez comme moi, dit Charles, sans cesse obligé d'être à cheval…

— Mais, reprit Léon s'adressant à madame Bovary, rien n'est plus agréable, il me semble ; quand on le peut, ajouta-t-il.

— Du reste, disait l'apothicaire, l'exercice de la médecine n'est pas fort pénible en nos contrées ; car l'état de nos routes permet l'usage du cabriolet, et, généralement, l'on paye assez bien, les cultivateurs étant aisés. Nous avons, sous le rapport médical, à part les cas ordinaires d'entérite, bronchite, affections bilieuses, etc., de temps à autre quelques fièvres intermittentes à la moisson, mais, en somme, peu de choses graves, rien de spécial à noter, si ce n'est beaucoup d'humeurs froides, et qui tiennent sans doute aux déplorables conditions hygiéniques de nos logements de paysan. Ah ! vous trouverez bien des préjugés à combattre, monsieur Bovary ; bien des entêtements de la routine, où se heurteront quotidiennement tous les efforts de votre science ; car on a recours encore aux neuvaines, aux reliques, au curé, plutôt que de venir naturellement chez le médecin ou chez le pharmacien. Le climat, pourtant, n'est point, à vrai dire, mauvais, et même nous comptons dans la commune quelques nonagénaires. Le thermomètre (j'en ai fait les observations) descend en hiver jusqu'à quatre degrés, et, dans la forte saison, touche vingt-cinq, trente centigrades tout au plus, ce qui nous donne vingt-quatre Réaumur au maximum, ou autrement cinquante-quatre Fahrenheit (mesure anglaise), pas davantage ! — et, en effet, nous sommes abrités des vents du nord par la forêt d'Argueil d'une part, des vents d'ouest par la côte Saint-Jean de l'autre ; et cette chaleur, cependant, qui à cause de la vapeur d'eau dégagée par la rivière et la présence considérable de bestiaux dans les prairies, lesquels exhalent, comme vous savez, beaucoup d'ammoniaque, c'est-à-dire azote, hydrogène et oxygène (non, azote et hydrogène seulement), et qui, pompant à elle l'humus de la terre, confondant toutes ces émanations différentes, les réunissant en un faisceau, pour ainsi dire, et se combinant de soi-même avec l'électricité répandue dans l'atmosphère, lorsqu'il y en a, pourrait à la longue, comme dans les pays tropicaux, engendrer des miasmes insalubres ; — cette chaleur, dis-je, se trouve justement tempérée du côté où elle vient, ou plutôt d'où elle viendrait, c'est-à-dire du côté sud, par les vents de sud-est, lesquels, s'étant rafraîchis d'eux-mêmes en passant sur la Seine, nous arrivent quelquefois tout d'un coup, comme des brises de Russie !

— Avez-vous du moins quelques promenades dans les environs ? continuait madame Bovary parlant au jeune homme.

— Oh ! fort peu, répondit-il. Il y a un endroit que l'on nomme la Pâture, sur le haut de la côte, à la lisière de la forêt. Quelquefois, le dimanche, je vais là, et j'y reste avec un livre, à regarder le soleil couchant.

— Je ne trouve rien d'admirable comme les soleils couchants, reprit-elle, mais au bord de la mer, surtout.

— Oh ! j'adore la mer, dit M. Léon.

— Et puis ne vous semble-t-il pas, répliqua madame Bovary, que l'esprit vogue plus librement sur cette étendue sans limites, dont la contemplation vous élève l'âme et donne des idées d'infini, d'idéal[1] ?

— Il en est de même des paysages de montagnes, reprit Léon. J'ai un cousin qui a voyagé en Suisse l'année dernière, et qui me disait qu'on ne peut se figurer la poésie des lacs[2], le charme des cascades, l'effet gigantesque des glaciers. On voit des pins d'une grandeur incroyable, en travers des torrents, des cabanes suspendues sur des précipices, et, à mille pieds sous vous, des vallées entières, quand les nuages s'entrouvrent. Ces spectacles doivent enthousiasmer, disposer à la prière, à l'extase ! Aussi je ne m'étonne plus de ce musicien célèbre qui, pour exciter mieux son imagination, avait coutume d'aller jouer du piano devant quelque site imposant.

— Vous faites de la musique ? demanda-t-elle.

— Non, mais je l'aime beaucoup, répondit-il.

— Ah ! ne l'écoutez pas, madame Bovary, interrompit Homais en se penchant sur son assiette, c'est modestie pure. — Comment, mon cher ! Eh ! l'autre jour, dans votre chambre, vous chantiez *l'Ange gardien*[1] à ravir. Je vous entendais du laboratoire ; vous détachiez cela comme un acteur.

Léon, en effet, logeait chez le pharmacien, où il avait une petite pièce au second étage, sur la place. Il rougit à ce compliment de son propriétaire, qui déjà s'était tourné vers le médecin et lui énumérait les uns après les autres les principaux habitants d'Yonville. Il racontait des anecdotes, donnait des renseignements ; on ne savait pas au juste la fortune du notaire, *et il y avait la maison Tuvache* qui faisait beaucoup d'embarras.

Emma reprit :

— Et quelle musique préférez-vous ?

— Oh ! la musique allemande, celle qui porte à rêver[2].

— Connaissez-vous les Italiens ?

— Pas encore ; mais je les verrai l'année prochaine, quand j'irai habiter Paris, pour finir mon droit.

— C'est comme j'avais l'honneur, dit le pharmacien, de l'exprimer à M. votre époux, à propos de ce pauvre Yanoda qui s'est enfui ; vous vous trouverez, grâce aux folies qu'il a faites, jouir d'une des maisons les plus confortables d'Yonville. Ce qu'elle a principalement de commode pour un médecin, c'est une porte sur *l'Allée*, qui permet d'entrer et de sortir sans être vu. D'ailleurs, elle est fournie de tout ce qui est agréable à un ménage : buanderie, cuisine avec office, salon de famille, fruitier, etc. C'était un gaillard qui n'y regardait pas ! Il s'était fait construire, au bout du jardin, à côté de l'eau, une tonnelle tout exprès pour boire de la bière en été, et si Madame aime le jardinage, elle pourra...

— Ma femme ne s'en occupe guère, dit Charles ; elle aime mieux, quoiqu'on lui recommande l'exercice, toujours rester dans sa chambre, à lire.

— C'est comme moi, répliqua Léon ; quelle meilleure chose, en effet, que d'être le soir au coin du feu avec un livre, pendant que le vent bat les carreaux, que la lampe brûle ?...

— N'est-ce pas ? dit-elle, en fixant sur lui ses grands yeux noirs tout ouverts.

— On ne songe à rien, continuait-il, les heures passent. On se promène immobile dans des pays que l'on croit voir, et votre pensée, s'enlaçant à la fiction, se joue dans les détails ou poursuit le contour des aventures. Elle se mêle aux personnages ; il semble que c'est vous qui palpitez sous leurs costumes.

— C'est vrai ! c'est vrai ! disait-elle.

— Vous est-il arrivé parfois, reprit Léon, de rencontrer dans un livre une idée vague que l'on a eue, quelque image obscurcie qui revient de loin, et comme l'exposition entière de votre sentiment le plus délié ?

— J'ai éprouvé cela, répondit-elle.

— C'est pourquoi, dit-il, j'aime surtout les poètes. Je trouve les vers plus tendres que la prose, et qu'ils font bien mieux pleurer.

— Cependant ils fatiguent à la longue, reprit Emma ; et maintenant, au contraire, j'adore les histoires qui se suivent tout d'une haleine, où l'on a

peur. Je déteste les héros communs et les sentiments tempérés, comme il y en a dans la nature.

— En effet, observa le clerc, ces ouvrages ne touchant pas le cœur, s'écartent, il me semble, du vrai
but de l'Art. Il est si doux, parmi les désenchante-
ments de la vie, de pouvoir se reporter en idée sur
de nobles caractères, des affections pures et des
tableaux de bonheur. Quant à moi, vivant ici, loin
du monde, c'est ma seule distraction ; mais Yonville
offre si peu de ressources !

— Comme Tostes, sans doute, reprit Emma ;
aussi j'étais toujours abonnée à un cabinet de lecture.

— Si Madame veut me faire l'honneur d'en user,
dit le pharmacien, qui venait d'entendre ces derniers
mots, j'ai moi-même à sa disposition une bibliothèque composée des meilleurs auteurs : Voltaire,
Rousseau, Delille [1], Walter Scott, *l'Écho des feuilletons* [2], etc., et je reçois, de plus, différentes feuilles
périodiques, parmi lesquelles *le Fanal de Rouen* [3],
quotidiennement, ayant l'avantage d'en être le correspondant pour les circonscriptions de Buchy,
Forges, Neufchâtel, Yonville et les alentours.

Depuis deux heures et demie, on était à table ; car
la servante Artémise, traînant nonchalamment sur
les carreaux ses savates de lisière, apportait les
assiettes les unes après les autres, oubliait tout, n'entendait à rien et sans cesse laissait entrebâillée la
porte du billard, qui battait contre le mur du bout de
sa clenche.

Sans qu'il s'en aperçût, tout en causant, Léon
avait posé son pied sur un des barreaux de la chaise
où madame Bovary était assise. Elle portait une
petite cravate de soie bleue, qui tenait droit comme
une fraise un col de batiste tuyauté ; et, selon les
mouvements de tête qu'elle faisait, le bas de son
visage s'enfonçait dans le linge ou en sortait avec

douceur. C'est ainsi, l'un près de l'autre, pendant
que Charles et le pharmacien devisaient, qu'ils
entrèrent dans une de ces vagues conversations où
le hasard des phrases vous ramène toujours au
centre fixe d'une sympathie commune. Spectacles
de Paris, titres de romans, quadrilles nouveaux, et
le monde qu'ils ne connaissaient pas, Tostes où elle
avait vécu, Yonville où ils étaient, ils examinèrent
tout, parlèrent de tout jusqu'à la fin du dîner.

Quand le café fut servi, Félicité s'en alla préparer
la chambre dans la nouvelle maison, et les convives
bientôt levèrent le siège. Madame Lefrançois dormait auprès des cendres, tandis que le garçon
d'écurie, une lanterne à la main, attendait M. et
madame Bovary pour les conduire chez eux. Sa
chevelure rouge était entremêlée de brins de paille,
et il boitait de la jambe gauche. Lorsqu'il eut pris de
son autre main le parapluie de M. le curé, l'on se
mit en marche.

Le bourg était endormi. Les piliers des halles
allongeaient de grandes ombres. La terre était toute
grise, comme par une nuit d'été.

Mais, la maison du médecin se trouvant à cinquante pas de l'auberge, il fallut presque aussitôt se
souhaiter le bonsoir, et la compagnie se dispersa.

Emma, dès le vestibule, sentit tomber sur ses
épaules, comme un linge humide, le froid du plâtre.
Les murs étaient neufs, et les marches de bois cra-
quèrent. Dans la chambre, au premier, un jour
blanchâtre passait par les fenêtres sans rideaux. On
entrevoyait des cimes d'arbres, et plus loin la prairie, à demi noyée dans le brouillard, qui fumait au
clair de la lune, selon le cours de la rivière. Au
milieu de l'appartement, pêle-mêle, il y avait des
tiroirs de commode, des bouteilles, des tringles, des
bâtons dorés avec des matelas sur des chaises et des
cuvettes sur le parquet, — les deux hommes qui

avaient apporté les meubles ayant tout laissé là, négligemment.

C'était la quatrième fois qu'elle couchait dans un endroit inconnu. La première avait été le jour de son entrée au couvent, la seconde celle de son arrivée à Tostes, la troisième à la Vaubyessard, la quatrième était celle-ci ; et chacune s'était trouvée faire dans sa vie comme l'inauguration d'une phase nouvelle. Elle ne croyait pas que les choses pussent se représenter les mêmes à des places différentes, et, puisque la portion vécue avait été mauvaise, sans doute ce qui restait à consommer serait meilleur.

III

Le lendemain, à son réveil, elle aperçut le clerc sur la place. Elle était en peignoir. Il leva la tête et la salua. Elle fit une inclination rapide et referma la fenêtre.

Léon attendit pendant tout le jour que six heures du soir fussent arrivées ; mais, en entrant à l'auberge, il ne trouva personne que M. Binet, attablé.

Ce dîner de la veille était pour lui un événement considérable ; jamais, jusqu'alors, il n'avait causé pendant deux heures de suite avec une *dame*. Comment donc avoir pu lui exposer, et en un tel langage, quantité de choses qu'il n'aurait pas si bien dites auparavant ? il était timide d'habitude et gardait cette réserve qui participe à la fois de la pudeur et de la dissimulation. On trouvait à Yonville qu'il avait des manières *comme il faut*. Il écoutait raisonner les gens mûrs, et ne paraissait point exalté en politique, chose remarquable pour un jeune homme. Puis il possédait des talents, il peignait à l'aquarelle, savait lire la clef de sol, et s'occupait volontiers de littérature après son dîner, quand il ne jouait pas aux

cartes. M. Homais le considérait pour son instruction ; madame Homais l'affectionnait pour sa complaisance, car souvent il accompagnait au jardin les
petits Homais, marmots toujours barbouillés, fort
mal élevés et quelque peu lymphatiques, comme leur
mère. Ils avaient pour les soigner, outre la bonne,
Justin, l'élève en pharmacie, un arrière-cousin de
M. Homais que l'on avait pris dans la maison par
charité, et qui servait en même temps de domestique.

L'apothicaire se montra le meilleur des voisins[1].
Il renseigna madame Bovary sur les fournisseurs, fit
venir son marchand de cidre tout exprès, goûta la
boisson lui-même, et veilla dans la cave à ce que la
futaille fût bien placée ; il indiqua encore la façon de
s'y prendre pour avoir une provision de beurre à
bon marché, et conclut un arrangement avec Lestiboudois, le sacristain, qui, outre ses fonctions sacer-
dotales et mortuaires, soignait les principaux
jardins d'Yonville à l'heure ou à l'année, selon le
goût des personnes.

Le besoin de s'occuper d'autrui ne poussait pas
seul le pharmacien à tant de cordialité obséquieuse,
et il y avait là-dessous un plan.

Il avait enfreint la loi du 19 ventôse an XI,
article 1ᵉʳ, qui défend à tout individu non porteur de
diplôme l'exercice de la médecine[2] ; si bien que, sur
des dénonciations ténébreuses, Homais avait été
mandé à Rouen, près M. le procureur du roi, en son
cabinet particulier. Le magistrat l'avait reçu debout,
dans sa robe, hermine à l'épaule et toque en tête.
C'était le matin, avant l'audience. On entendait
dans le corridor passer les fortes bottes des gen-
darmes, et comme un bruit lointain de grosses ser-
rures qui se fermaient. Les oreilles du pharmacien
lui tintèrent à croire qu'il allait tomber d'un coup de
sang ; il entrevit des culs de basse-fosse, sa famille

en pleurs, la pharmacie vendue, tous les bocaux disséminés; et il fut obligé d'entrer dans un café
prendre un verre de rhum avec de l'eau de Seltz,
pour se remettre les esprits.

Peu à peu, le souvenir de cette admonition s'affaiblit, et il continuait, comme autrefois, à donner des
consultations anodines dans son arrière-boutique.
Mais le maire lui en voulait, des confrères étaient
jaloux, il fallait tout craindre; en s'attachant M. Bovary par des politesses, c'était gagner sa gratitude, et
empêcher qu'il ne parlât plus tard, s'il s'apercevait
de quelque chose. Aussi, tous les matins, Homais lui
apportait *le journal*, et souvent, dans l'après-midi,
quittait un instant la pharmacie pour aller chez l'officier de santé faire la conversation.

Charles était triste: la clientèle n'arrivait pas. Il
demeurait assis pendant de longues heures, sans
parler, allait dormir dans son cabinet ou regardait
coudre sa femme. Pour se distraire, il s'employa
chez lui comme homme de peine, et même il essaya
de peindre le grenier avec un reste de couleur que
les peintres avaient laissé. Mais les affaires d'argent
le préoccupaient. Il en avait tant dépensé pour les
réparations de Tostes, pour les toilettes de Madame
et pour le déménagement, que toute la dot, plus de
trois mille écus, s'était écoulée en deux ans. Puis,
que de choses endommagées ou perdues dans le
transport de Tostes à Yonville, sans compter le curé
de plâtre, qui, tombant de la charrette à un cahot
trop fort, s'était écrasé en mille morceaux sur le
pavé de Quincampoix!

Un souci meilleur vint le distraire, à savoir la grossesse de sa femme. À mesure que le terme en approchait, il la chérissait davantage. C'était un autre lien
de la chair s'établissant et comme le sentiment
continu d'une union plus complexe. Quand il voyait
de loin sa démarche paresseuse et sa taille tourner

mollement sur ses hanches sans corset, quand vis-à-
vis l'un de l'autre il la contemplait tout à l'aise et
qu'elle prenait, assise, des poses fatiguées dans son
fauteuil, alors son bonheur ne se tenait plus ; il se
levait, il l'embrassait, passait ses mains sur sa figure,
l'appelait petite maman, voulait la faire danser, et
débitait, moitié riant, moitié pleurant, toutes sortes
de plaisanteries caressantes qui lui venaient à l'esprit. L'idée d'avoir engendré le délectait. Rien ne
lui manquait à présent. Il connaissait l'existence
humaine tout du long, et il s'y attablait sur les deux
coudes avec sérénité.

Emma d'abord sentit un grand étonnement, puis
eut envie d'être délivrée, pour savoir quelle chose
c'était que d'être mère. Mais, ne pouvant faire les
dépenses qu'elle voulait, avoir un berceau en
nacelle avec des rideaux de soie rose et des béguins
brodés, elle renonça au trousseau dans un accès
d'amertume, et le commanda d'un seul coup à une
ouvrière du village, sans rien choisir ni discuter.
Elle ne s'amusa donc pas à ces préparatifs où la tendresse des mères se met en appétit, et son affection,
dès l'origine, en fut peut-être atténuée de quelque
chose.

Cependant, comme Charles, à tous les repas, parlait du marmot, bientôt elle y songea d'une façon
plus continue.

Elle souhaitait un fils ; il serait fort et brun, elle
l'appellerait Georges ; et cette idée d'avoir pour
enfant un mâle était comme la revanche en espoir
de toutes ses impuissances passées. Un homme, au
moins, est libre ; il peut parcourir les passions et les
pays, traverser les obstacles, mordre aux bonheurs
les plus lointains. Mais une femme est empêchée
continuellement. Inerte et flexible à la fois, elle a
contre elle les mollesses de la chair avec les dépen-
dances de la loi. Sa volonté, comme le voile de son

chapeau retenu par un cordon, palpite à tous les vents ; il y a toujours quelque désir qui entraîne, quelque convenance qui retient.

Elle accoucha un dimanche, vers six heures, au soleil levant.

— C'est une fille ! dit Charles.

Elle tourna la tête et s'évanouit.

Presque aussitôt, madame Homais accourut et l'embrassa, ainsi que la mère Lefrançois, du *Lion d'or*. Le pharmacien, en homme discret, lui adressa seulement quelques félicitations provisoires, par la porte entrebâillée. Il voulut voir l'enfant, et le trouva bien conformé.

Pendant sa convalescence, elle s'occupa beaucoup à chercher un nom pour sa fille. D'abord, elle passa en revue tous ceux qui avaient des terminaisons italiennes, tels que Clara, Louisa, Amanda, Atala ; elle aimait assez Galsuinde, plus encore Yseult ou Léocadie. Charles désirait qu'on appelât l'enfant comme sa mère ; Emma s'y opposait. On parcourut le calendrier d'un bout à l'autre, et l'on consulta les étrangers.

— M. Léon, disait le pharmacien, avec qui j'en causais l'autre jour, s'étonne que vous ne choisissiez point Madeleine, qui est excessivement à la mode maintenant.

Mais la mère Bovary se récria bien fort sur ce nom de pécheresse. M. Homais, quant à lui, avait en prédilection tous ceux qui rappelaient un grand homme, un fait illustre ou une conception généreuse, et c'est dans ce système-là qu'il avait baptisé ses quatre enfants. Ainsi, Napoléon représentait la gloire et Franklin la liberté ; Irma, peut-être, était une concession au romantisme ; mais Athalie, un hommage au plus immortel chef-d'œuvre de la scène française. Car ses convictions philosophiques n'empêchaient pas ses admirations artistiques, le penseur chez lui n'étouffait point l'homme sensible ;

il savait établir des différences, faire la part de l'imagination et celle du fanatisme. De cette tragédie, par exemple, il blâmait les idées, mais il admirait le style; il maudissait la conception, mais il applaudissait à tous les détails, et s'exaspérait contre les personnages, en s'enthousiasmant de leurs discours. Lorsqu'il lisait les grands morceaux, il était transporté; mais, quand il songeait que les calotins en tiraient avantage pour leur boutique, il était désolé, et dans cette confusion de sentiments où il s'embarrassait, il aurait voulu tout à la fois pouvoir couronner Racine de ses deux mains et discuter avec lui pendant un bon quart d'heure.

Enfin, Emma se souvint qu'au château de la Vaubyessard elle avait entendu la marquise appeler Berthe une jeune femme; dès lors ce nom-là fut choisi, et, comme le père Rouault ne pouvait venir, on pria M. Homais d'être parrain. Il donna pour cadeaux tous produits de son établissement, à savoir: six boîtes de jujubes, un bocal entier de racahout, trois coffins de pâte à la guimauve, et, de plus, six bâtons de sucre candi qu'il avait retrouvés dans un placard. Le soir de la cérémonie, il y eut un grand dîner; le curé s'y trouvait; on s'échauffa. M. Homais, vers les liqueurs, entonna *le Dieu des bonnes gens*[1]. M. Léon chanta une barcarolle, et madame Bovary mère, qui était la marraine, une romance du temps de l'Empire; enfin M. Bovary père exigea que l'on descendît l'enfant, et se mit à le baptiser avec un verre de champagne qu'il lui versait de haut sur la tête. Cette dérision du premier des sacrements indigna l'abbé Bournisien; le père Bovary répondit par une citation de *la Guerre des dieux*[2], le curé voulut partir; les dames suppliaient; Homais s'interposa; et l'on parvint à faire rasseoir l'ecclésiastique, qui reprit tranquillement, dans sa soucoupe, sa demi-tasse[3] de café à moitié bue.

M. Bovary père resta encore un mois à Yonville, dont il éblouit les habitants par un superbe bonnet de police à galons d'argent, qu'il portait le matin, pour fumer sa pipe sur la place. Ayant aussi l'habitude de boire beaucoup d'eau-de-vie, souvent il envoyait la servante au *Lion d'or* lui en acheter une bouteille, que l'on inscrivait au compte de son fils; et il usa, pour parfumer ses foulards, toute la provision d'eau de Cologne qu'avait sa bru.

Celle-ci ne se déplaisait point dans sa compagnie. Il avait couru le monde: il parlait de Berlin, de Vienne, de Strasbourg, de son temps d'officier, des maîtresses qu'il avait eues, des grands déjeuners qu'il avait faits; puis il se montrait aimable, et parfois même, soit dans l'escalier ou au jardin, il lui saisissait la taille en s'écriant:

— Charles, prends garde à toi!

Alors la mère Bovary s'effraya pour le bonheur de son fils, et, craignant que son époux, à la longue, n'eût une influence immorale sur les idées de la jeune femme, elle se hâta de presser le départ. Peut-être avait-elle des inquiétudes plus sérieuses. M. Bovary était homme à ne rien respecter.

Un jour, Emma fut prise tout à coup du besoin de voir sa petite fille, qui avait été mise en nourrice chez la femme du menuisier; et, sans regarder à l'almanach si les six semaines de la Vierge[1] duraient encore, elle s'achemina vers la demeure de Rolet, qui se trouvait à l'extrémité du village, au bas de la côte, entre la grande route et les prairies.

Il était midi; les maisons avaient leurs volets fermés, et les toits d'ardoises, qui reluisaient sous la lumière âpre du ciel bleu, semblaient à la crête de leurs pignons faire pétiller des étincelles. Un vent lourd soufflait. Emma se sentait faible en marchant; les cailloux du trottoir la blessaient; elle hésita si elle ne s'en retournerait pas chez elle, ou entrerait quelque part pour s'asseoir.

À ce moment, M. Léon sortit d'une porte voisine avec une liasse de papiers sous son bras. Il vint la saluer et se mit à l'ombre devant la boutique de Lheureux, sous la tente grise qui avançait.

Madame Bovary dit qu'elle allait voir son enfant, mais qu'elle commençait à être lasse.

— Si..., reprit Léon, n'osant poursuivre.

— Avez-vous affaire quelque part? demanda-t-elle.

Et, sur la réponse du clerc, elle le pria de l'accompagner. Dès le soir, cela fut connu dans Yonville, et madame Tuvache, la femme du maire, déclara devant sa servante que *madame Bovary se compromettait*.

Pour arriver chez la nourrice il fallait, après la rue, tourner à gauche, comme pour gagner le cimetière, et suivre, entre des maisonnettes et des cours, un petit sentier que bordaient des troènes. Ils étaient en fleur et les véroniques aussi, les églantiers, les orties, et les ronces légères qui s'élançaient des buissons. Par le trou des haies, on apercevait, dans les *masures* [1], quelque pourceau sur un fumier, ou des vaches embricolées [2], frottant leurs cornes contre le tronc des arbres. Tous les deux, côte à côte, ils marchaient doucement, elle s'appuyant sur lui et lui retenant son pas qu'il mesurait sur les siens; devant eux, un essaim de mouches voltigeait, en bourdonnant dans l'air chaud.

Ils reconnurent la maison à un vieux noyer qui l'ombrageait. Basse et couverte de tuiles brunes, elle avait en dehors, sous la lucarne de son grenier, un chapelet d'oignons suspendu. Des bourrées, debout contre la clôture d'épines, entouraient un carré de laitues, quelques pieds de lavande et des pois à fleurs montés sur des rames. De l'eau sale coulait en s'éparpillant sur l'herbe, et il y avait tout autour plusieurs guenilles indistinctes, des bas de tricot, une camisole d'indienne rouge, et un grand drap de toile épaisse étalé en long sur la haie. Au bruit de la barrière, la nourrice parut, tenant sur son bras un enfant qui tétait. Elle tirait de l'autre main un pauvre marmot chétif, couvert de scrofules au visage, le fils d'un bonnetier de Rouen, que ses parents trop occupés de leur négoce laissaient à la campagne.

— Entrez, dit-elle ; votre petite est là qui dort.

La chambre, au rez-de-chaussée, la seule du logis, avait au fond contre la muraille un large lit sans rideaux, tandis que le pétrin occupait le côté de la fenêtre, dont une vitre était raccommodée avec un soleil de papier bleu. Dans l'angle, derrière la porte, des brodequins à clous luisants étaient rangés sous la dalle du lavoir, près d'une bouteille pleine d'huile qui portait une plume à son goulot ; un *Mathieu Laensberg*[1] traînait sur la cheminée poudreuse, parmi des pierres à fusil, des bouts de chandelle et des morceaux d'amadou. Enfin la dernière superfluité de cet appartement était une Renommée soufflant dans des trompettes, image découpée sans doute à même quelque prospectus de parfumerie, et que six pointes à sabot clouaient au mur.

L'enfant d'Emma dormait à terre, dans un berceau d'osier. Elle la prit avec la couverture qui l'enveloppait, et se mit à chanter doucement en se dandinant.

Léon se promenait dans la chambre ; il lui semblait étrange de voir cette belle dame en robe de nankin, tout au milieu de cette misère. Madame Bovary devint rouge ; il se détourna, croyant que ses yeux peut-être avaient eu quelque impertinence. Puis elle recoucha la petite, qui venait de vomir sur sa collerette. La nourrice aussitôt vint l'essuyer, protestant qu'il n'y paraîtrait pas.

— Elle m'en fait bien d'autres, disait-elle, et je ne suis occupée qu'à la rincer continuellement! Si vous aviez donc la complaisance de commander à Camus l'épicier, qu'il me laisse prendre un peu de savon lorsqu'il m'en faut? ce serait même plus commode pour vous, que je ne dérangerais pas.

— C'est bien, c'est bien! dit Emma. Au revoir, mère Rolet!

Et elle sortit, en essuyant ses pieds sur le seuil.

La bonne femme l'accompagna jusqu'au bout de la cour, tout en parlant du mal qu'elle avait à se relever la nuit.

— J'en suis si rompue quelquefois, que je m'endors sur ma chaise; aussi, vous devriez pour le moins me donner une petite livre de café moulu qui me ferait un mois et que je prendrais le matin avec du lait.

Après avoir subi ses remerciements, madame Bovary s'en alla; et elle était quelque peu avancée dans le sentier, lorsqu'à un bruit de sabots elle tourna la tête: c'était la nourrice!

— Qu'y a-t-il?

Alors la paysanne, la tirant à l'écart, derrière un orme, se mit à lui parler de son mari, qui, avec son métier et six francs par an que le capitaine...

— Achevez plus vite, dit Emma.

— Eh bien, reprit la nourrice poussant des soupirs entre chaque mot, j'ai peur qu'il ne se fasse une tristesse de me voir prendre du café toute seule; vous savez, les hommes...

— Puisque vous en aurez, répétait Emma, je vous en donnerai!... Vous m'ennuyez!

— Hélas! ma pauvre chère dame, c'est qu'il a, par suite de ses blessures, des crampes terribles à la poitrine. Il dit même que le cidre l'affaiblit.

— Mais dépêchez-vous, mère Rolet!

— Donc, reprit celle-ci faisant une révérence, si

ce n'était pas trop vous demander..., — elle salua
encore une fois, — quand vous voudrez, — et son
regard suppliait, — un cruchon d'eau-de-vie, dit-elle
enfin, et j'en frotterai les pieds de votre petite, qui
les a tendres comme la langue.

Débarrassée de la nourrice, Emma reprit le bras
de M. Léon. Elle marcha rapidement pendant
quelque temps ; puis elle se ralentit, et son regard
qu'elle promenait devant elle rencontra l'épaule du
jeune homme, dont la redingote avait un collet de
velours noir. Ses cheveux châtains tombaient dessus, plats et bien peignés. Elle remarqua ses ongles,
qui étaient plus longs qu'on ne les portait à Yonville.
C'était une des grandes occupations du clerc que de
les entretenir ; et il gardait, à cet usage, un canif
tout particulier dans son écritoire.

Ils s'en revinrent à Yonville en suivant le bord de
l'eau. Dans la saison chaude, la berge plus élargie
découvrait jusqu'à leur base les murs des jardins,
qui avaient un escalier de quelques marches descendant à la rivière. Elle coulait sans bruit, rapide
et froide à l'œil ; de grandes herbes minces s'y courbaient ensemble, selon le courant qui les poussait,
et comme des chevelures vertes abandonnées s'étalaient dans sa limpidité. Quelquefois, à la pointe des
joncs ou sur la feuille des nénuphars, un insecte à
pattes fines marchait ou se posait. Le soleil traversait d'un rayon les petits globules bleus des ondes
qui se succédaient en se crevant ; les vieux saules
ébranchés miraient dans l'eau leur écorce grise ; au-
delà, tout alentour, la prairie semblait vide. C'était
l'heure du dîner dans les fermes, et la jeune femme
et son compagnon n'entendaient en marchant que
la cadence de leurs pas sur la terre du sentier, les
paroles qu'ils se disaient, et le frôlement de la robe
d'Emma qui bruissait tout autour d'elle.

Les murs des jardins, garnis à leur chaperon de

morceaux de bouteilles, étaient chauds comme le
vitrage d'une serre. Dans les briques, des ravenelles avaient poussé ; et, du bord de son ombrelle
déployée, madame Bovary, tout en passant, faisait
s'égrener en poussière jaune un peu de leurs fleurs
flétries, ou bien quelque branche des chèvrefeuilles
et des clématites qui pendaient en dehors traînait
un moment sur la soie, en s'accrochant aux effilés.

Ils causaient d'une troupe de danseurs espagnols,
que l'on attendait bientôt sur le théâtre de Rouen.

— Vous irez ? demanda-t-elle.

— Si je le peux, répondit-il.

N'avaient-ils rien autre chose à se dire ? Leurs
yeux pourtant étaient pleins d'une causerie plus
sérieuse ; et, tandis qu'ils s'efforçaient à trouver des
phrases banales, ils sentaient une même langueur
les envahir tous les deux ; c'était comme un murmure de l'âme, profond, continu, qui dominait celui
des voix. Surpris d'étonnement à cette suavité nouvelle, ils ne songeaient pas à s'en raconter la sensation ou à en découvrir la cause. Les bonheurs
futurs, comme les rivages des tropiques, projettent
sur l'immensité qui les précède leurs mollesses
natales, une brise parfumée, et l'on s'assoupit dans
cet enivrement sans même s'inquiéter de l'horizon
que l'on n'aperçoit pas.

La terre, à un endroit, se trouvait effondrée par le
pas des bestiaux ; il fallut marcher sur de grosses
pierres vertes, espacées dans la boue. Souvent elle
s'arrêtait une minute à regarder où poser sa bottine,
— et, chancelant sur le caillou qui tremblait, les
coudes en l'air, la taille penchée, l'œil indécis, elle
riait alors, de peur de tomber dans les flaques d'eau.

Quand ils furent arrivés devant son jardin,
madame Bovary poussa la petite barrière, monta les
marches en courant et disparut.

Léon rentra à son étude. Le patron était absent ; il

jeta un coup d'œil sur les dossiers, puis se tailla une plume, prit enfin son chapeau et s'en alla.

Il alla sur la Pâture, au haut de la côte d'Argueil, à l'entrée de la forêt ; il se coucha par terre sous les sapins, et regarda le ciel à travers ses doigts.

— Comme je m'ennuie ! se disait-il, comme je m'ennuie !

Il se trouvait à plaindre de vivre dans ce village, avec Homais pour ami et M. Guillaumin pour maître. Ce dernier, tout occupé d'affaires, portant des lunettes à branches d'or et favoris rouges sur cravate blanche, n'entendait rien aux délicatesses de l'esprit, quoiqu'il affectât un genre raide et anglais qui avait ébloui le clerc dans les premiers temps. Quant à la femme du pharmacien, c'était la meilleure épouse de Normandie, douce comme un mouton, chérissant ses enfants, son père, sa mère, ses cousins, pleurant aux maux d'autrui, laissant tout aller dans son ménage, et détestant les corsets ; — mais si lente à se mouvoir, si ennuyeuse à écouter, d'un aspect si commun et d'une conversation si restreinte, qu'il n'avait jamais songé, quoiqu'elle eût trente ans, qu'il en eût vingt, qu'ils couchassent porte à porte, et qu'il lui parlât chaque jour, qu'elle pût être une femme pour quelqu'un, ni qu'elle possédât de son sexe autre chose que la robe.

Et ensuite, qu'y avait-il ? Binet, quelques marchands, deux ou trois cabaretiers, le curé, et enfin M. Tuvache, le maire, avec ses deux fils, gens cossus, bourrus, obtus, cultivant leurs terres eux-mêmes, faisant des ripailles en famille, dévots d'ailleurs, et d'une société tout à fait insupportable.

Mais, sur le fond commun de tous ces visages humains, la figure d'Emma se détachait isolée et plus lointaine cependant ; car il sentait entre elle et lui comme de vagues abîmes.

Au commencement, il était venu chez elle plusieurs fois dans la compagnie du pharmacien. Charles n'avait point paru extrêmement curieux de le recevoir ; et Léon ne savait comment s'y prendre entre la peur d'être indiscret et le désir d'une intimité qu'il estimait presque impossible.

IV

Dès les premiers froids, Emma quitta sa chambre pour habiter la salle, longue pièce à plafond bas où il y avait, sur la cheminée, un polypier touffu s'étalant contre la glace. Assise dans son fauteuil, près de la fenêtre, elle voyait passer les gens du village sur le trottoir.

Léon, deux fois par jour, allait de son étude au *Lion d'or*. Emma, de loin, l'entendait venir ; elle se penchait en écoutant ; et le jeune homme glissait derrière le rideau, toujours vêtu de même façon et sans détourner la tête. Mais au crépuscule, lorsque, le menton dans sa main gauche, elle avait abandonné sur ses genoux sa tapisserie commencée, souvent elle tressaillait à l'apparition de cette ombre glissant tout à coup. Elle se levait et commandait qu'on mît le couvert.

M. Homais arrivait pendant le dîner. Bonnet grec à la main, il entrait à pas muets pour ne déranger personne et toujours en répétant la même phrase : « Bonsoir la compagnie ! » Puis, quand il s'était posé à sa place, contre la table, entre les deux époux, il demandait au médecin des nouvelles de ses malades, et celui-ci le consultait sur la probabilité des honoraires. Ensuite, on causait de ce qu'il y avait *dans le journal*. Homais, à cette heure-là, le savait presque par cœur ; et il le rapportait intégralement, avec les réflexions du journaliste et toutes les histoires des catastrophes individuelles arrivées

en France ou à l'étranger[1]. Mais, le sujet se tarissant, il ne tardait pas à lancer quelques observations sur les mets qu'il voyait. Parfois même, se
levant à demi, il indiquait délicatement à Madame
le morceau le plus tendre, ou, se tournant vers la
bonne, lui adressait des conseils pour la manipula-
tion des ragoûts et l'hygiène des assaisonnements; il
parlait arome, osmazôme[2], sucs et gélatine d'une
façon à éblouir. La tête d'ailleurs plus remplie de
recettes que sa pharmacie ne l'était de bocaux,
Homais excellait à faire quantité de confitures,
vinaigres et liqueurs douces, et il connaissait aussi
toutes les inventions nouvelles de caléfacteurs éco-
nomiques, avec l'art de conserver les fromages et de
soigner les vins malades.

À huit heures, Justin venait le chercher pour fermer la pharmacie. Alors M. Homais le regardait
d'un œil narquois, surtout si Félicité se trouvait là,
s'étant aperçu que son élève affectionnait la maison
du médecin.

— Mon gaillard, disait-il, commence à avoir des
idées, et je crois, diable m'emporte, qu'il est amoureux de votre bonne!

Mais un défaut plus grave, et qu'il lui reprochait,
c'était d'écouter continuellement les conversations.
Le dimanche, par exemple, on ne pouvait le faire
sortir du salon, où madame Homais l'avait appelé
pour prendre les enfants, qui s'endormaient dans
les fauteuils, en tirant avec leurs dos les housses de
calicot, trop larges.

Il ne venait pas grand monde à ces soirées du
pharmacien, sa médisance et ses opinions politiques
ayant écarté de lui successivement différentes personnes respectables. Le clerc ne manquait pas de
s'y trouver. Dès qu'il entendait la sonnette, il courait au-devant de madame Bovary, prenait son
châle, et posait à l'écart, sous le bureau de la phar-

macie, les grosses pantoufles de lisière qu'elle portait sur sa chaussure, quand il y avait de la neige.

On faisait d'abord quelques parties de trente-et-
un ; ensuite M. Homais jouait à l'écarté avec
Emma ; Léon, derrière elle, lui donnait des avis.
Debout et les mains sur le dossier de sa chaise, il
regardait les dents de son peigne qui mordaient son
chignon. À chaque mouvement qu'elle faisait pour
jeter les cartes, sa robe du côté droit remontait. De
ses cheveux retroussés, il descendait une couleur
brune sur son dos, et qui, s'apâlissant graduelle-
ment, peu à peu se perdait dans l'ombre. Son vêtement, ensuite, retombait des deux côtés sur le siège,
en bouffant, plein de plis, et s'étalait jusqu'à terre.
Quand Léon parfois sentait la semelle de sa botte
poser dessus, il s'écartait, comme s'il eût marché
sur quelqu'un.

Lorsque la partie de cartes était finie, l'apothicaire et le médecin jouaient aux dominos, et Emma
changeant de place, s'accoudait sur la table, à
feuilleter *l'Illustration*[1]. Elle avait apporté son journal de modes. Léon se mettait près d'elle ; ils regardaient ensemble les gravures et s'attendaient au bas
des pages. Souvent elle le priait de lui lire des vers ;
Léon les déclamait d'une voix traînante et qu'il faisait expirer soigneusement aux passages d'amour.
Mais le bruit des dominos le contrariait ; M. Homais
y était fort, il battait Charles à plein double-six[2].
Puis, les trois centaines terminées, ils s'allongeaient
tous deux devant le foyer et ne tardaient pas à s'endormir. Le feu se mourait dans les cendres ; la
théière était vide ; Léon lisait encore. Emma l'écoutait, en faisant tourner machinalement l'abat-jour
de la lampe, où étaient peints sur la gaze des pier-
rots dans des voitures et des danseuses de corde,
avec leurs balanciers. Léon s'arrêtait, désignant
d'un geste son auditoire endormi ; alors ils se par-

laient à voix basse, et la conversation qu'ils avaient leur semblait plus douce, parce qu'elle n'était pas entendue.

Ainsi s'établit entre eux une sorte d'association, un commerce continuel de livres et de romances; M. Bovary, peu jaloux, ne s'en étonnait pas.

Il reçut pour sa fête une belle tête phrénologique, toute marquetée de chiffres jusqu'au thorax et peinte en bleu. C'était une attention du clerc. Il en avait bien d'autres, jusqu'à lui faire, à Rouen, ses commissions; et le livre d'un romancier ayant mis à la mode la manie des plantes grasses, Léon en achetait pour Madame, qu'il rapportait sur ses genoux, dans *l'Hirondelle*, tout en se piquant les doigts à leurs poils durs.

Elle fit ajuster, contre sa croisée, une planchette à balustrade pour tenir ses potiches. Le clerc eut aussi son jardinet suspendu; ils s'apercevaient soignant leurs fleurs à leur fenêtre.

Parmi les fenêtres du village, il y en avait une encore plus souvent occupée; car, le dimanche, depuis le matin jusqu'à la nuit, et chaque après-midi, si le temps était clair, on voyait à la lucarne d'un grenier le profil maigre de M. Binet penché sur son tour, dont le ronflement monotone s'entendait jusqu'au *Lion d'or*.

Un soir, en rentrant, Léon trouva dans sa chambre un tapis de velours et de laine avec des feuillages sur fond pâle, il appela madame Homais, M. Homais, Justin, les enfants, la cuisinière, il en parla à son patron; tout le monde désira connaître ce tapis; pourquoi la femme du médecin faisait-elle au clerc des *générosités*? Cela parut drôle, et l'on pensa définitivement qu'elle devait être *sa bonne amie*.

Il le donnait à croire, tant il vous entretenait sans cesse de ses charmes et de son esprit, si bien que Binet lui répondit une fois fort brutalement:

— Que m'importe, à moi, puisque je ne suis pas de sa société !

Il se torturait à découvrir par quel moyen lui *faire sa déclaration* ; et, toujours hésitant entre la crainte de lui déplaire et la honte d'être si pusillanime, il en pleurait de découragement et de désirs. Puis il prenait des décisions énergiques ; il écrivait des lettres qu'il déchirait, s'ajournait à des époques qu'il reculait. Souvent il se mettait en marche, dans le projet de tout oser ; mais cette résolution l'abandonnait bien vite en la présence d'Emma, et, quand Charles, survenant, l'invitait à monter dans son *boc* pour aller voir ensemble quelque malade aux environs, il acceptait aussitôt, saluait Madame et s'en allait. Son mari, n'était-ce pas quelque chose d'elle ?

Quant à Emma, elle ne s'interrogea point pour savoir si elle l'aimait. L'amour, croyait-elle, devait arriver tout à coup, avec de grands éclats et des fulgurations, — ouragan des cieux qui tombe sur la vie, la bouleverse, arrache les volontés comme des feuilles et emporte à l'abîme le cœur entier. Elle ne savait pas que, sur la terrasse des maisons, la pluie fait des lacs quand les gouttières sont bouchées, et elle fût ainsi demeurée en sa sécurité, lorsqu'elle découvrit subitement une lézarde dans le mur.

V

Ce fut un dimanche de février, une après-midi qu'il neigeait.

Ils étaient tous, M. et madame Bovary, Homais et M. Léon, partis voir, à une demi-lieue d'Yonville, dans la vallée, une filature de lin que l'on établissait. L'apothicaire avait emmené avec lui Napoléon et Athalie, pour leur faire faire de l'exercice, et Justin les accompagnait, portant des parapluies sur son épaule.

Rien pourtant n'était moins curieux que cette curiosité. Un grand espace de terrain vide, où se trouvaient pêle-mêle, entre des tas de sable et de cailloux, quelques roues d'engrenage déjà rouillées, entourait un long bâtiment quadrangulaire que perçaient quantité de petites fenêtres. Il n'était pas achevé d'être bâti, et l'on voyait le ciel à travers les lambourdes de la toiture. Attaché à la poutrelle du pignon, un bouquet de paille entremêlé d'épis faisait claquer au vent ses rubans tricolores.

Homais parlait. Il expliquait à *la compagnie* l'importance future de cet établissement, supputait la force des planchers, l'épaisseur des murailles, et regrettait beaucoup de n'avoir pas de canne métrique, comme M. Binet en possédait une pour son usage particulier.

Emma, qui lui donnait le bras, s'appuyait un peu sur son épaule, et elle regardait le disque du soleil irradiant au loin, dans la brume, sa pâleur éblouissante ; mais elle tourna la tête : Charles était là. Il avait sa casquette enfoncée sur ses sourcils, et ses deux grosses lèvres tremblotaient, ce qui ajoutait à son visage quelque chose de stupide ; son dos même, son dos tranquille était irritant à voir, et elle y trouvait étalée sur la redingote toute la platitude du personnage.

Pendant qu'elle le considérait, goûtant ainsi dans son irritation une sorte de volupté dépravée, Léon s'avança d'un pas. Le froid qui le pâlissait semblait déposer sur sa figure une langueur plus douce ; entre sa cravate et son cou, le col de la chemise, un peu lâche, laissait voir la peau ; un bout d'oreille dépassait sous une mèche de cheveux, et son grand œil bleu, levé vers les nuages, parut à Emma plus limpide et plus beau que ces lacs des montagnes où le ciel se mire.

— Malheureux ! s'écria tout à coup l'apothicaire.

Et il courut à son fils, qui venait de se précipiter dans un tas de chaux pour peindre ses souliers en blanc. Aux reproches dont on l'accablait, Napoléon se prit à pousser des hurlements, tandis que Justin lui essuyait ses chaussures avec un torchis de paille. Mais il eût fallu un couteau; Charles offrit le sien.

— Ah! se dit-elle, il porte un couteau dans sa poche, comme un paysan!

Le givre tombait, et l'on s'en retourna vers Yonville.

Madame Bovary, le soir, n'alla pas chez ses voisins, et, quand Charles fut parti, lorsqu'elle se sentit seule, le parallèle recommença dans la netteté d'une sensation presque immédiate et avec cet allongement de perspective que le souvenir donne aux objets. Regardant de son lit le feu clair qui brûlait, elle voyait encore, comme là-bas, Léon debout, faisant plier d'une main sa badine et tenant de l'autre Athalie, qui suçait tranquillement un morceau de glace. Elle le trouvait charmant; elle ne pouvait s'en détacher; elle se rappela ses autres attitudes en d'autres jours, des phrases qu'il avait dites, le son de sa voix, toute sa personne; et elle répétait, en avançant ses lèvres comme pour un baiser:

— Oui, charmant! charmant!... N'aime-t-il pas? se demanda-t-elle. Qui donc?... mais c'est moi!

Toutes les preuves à la fois s'en étalèrent, son cœur bondit. La flamme de la cheminée faisait trembler au plafond une clarté joyeuse; elle se tourna sur le dos en s'étirant les bras.

Alors commença l'éternelle lamentation: «Oh! si le ciel l'avait voulu! Pourquoi n'est-ce pas? Qui empêchait donc?...»

Quand Charles, à minuit, rentra, elle eut l'air de s'éveiller, et, comme il fit du bruit en se déshabillant, elle se plaignit de la migraine; puis demanda nonchalamment ce qui s'était passé dans la soirée.

— M. Léon, dit-il, est remonté de bonne heure.

Elle ne put s'empêcher de sourire, et elle s'endormit l'âme remplie d'un enchantement nouveau.

Le lendemain, à la nuit tombante, elle reçut la visite du sieur Lheureux, marchand de nouveautés. C'était un homme habile que ce boutiquier.

Né Gascon, mais devenu Normand, il doublait sa faconde méridionale de cautèle cauchoise. Sa figure grasse, molle et sans barbe, semblait teinte par une décoction de réglisse claire, et sa chevelure blanche rendait plus vif encore l'éclat rude de ses petits yeux noirs. On ignorait ce qu'il avait été jadis : porteballe [1], disaient les uns, banquier à Routot, selon les autres. Ce qu'il y a de sûr, c'est qu'il faisait, de tête, des calculs compliqués, à effrayer Binet lui-même. Poli jusqu'à l'obséquiosité, il se tenait toujours les reins à demi courbés, dans la position de quelqu'un qui salue ou qui invite.

Après avoir laissé à la porte son chapeau garni d'un crêpe, il posa sur la table un carton vert, et commença par se plaindre à Madame, avec force civilités, d'être resté jusqu'à ce jour sans obtenir sa confiance. Une pauvre boutique comme la sienne n'était pas faite pour attirer une *élégante* ; il appuya sur le mot. Elle n'avait pourtant qu'à commander, et il se chargerait de lui fournir ce qu'elle voudrait, tant en mercerie que lingerie, bonneterie ou nouveautés ; car il allait à la ville quatre fois par mois, régulièrement. Il était en relation avec les plus fortes maisons. On pouvait parler de lui aux *Trois Frères*, à *la Barbe d'or* ou au *Grand Sauvage* ; tous ces messieurs le connaissaient comme leur poche ! Aujourd'hui donc, il venait montrer à Madame, en passant, différents articles qu'il se trouvait avoir, grâce à une occasion des plus rares. Et il retira de la boîte une demi-douzaine de cols brodés.

Madame Bovary les examina.

— Je n'ai besoin de rien, dit-elle.

Alors M. Lheureux exhiba délicatement trois écharpes algériennes, plusieurs paquets d'aiguilles anglaises, une paire de pantoufles en paille, et, enfin, quatre coquetiers en coco, ciselés à jour par des forçats. Puis, les deux mains sur la table, le cou tendu, la taille penchée, il suivait, bouche béante, le regard d'Emma, qui se promenait indécis parmi ces marchandises. De temps à autre, comme pour en chasser la poussière, il donnait un coup d'ongle sur la soie des écharpes, dépliées dans toute leur longueur ; et elles frémissaient avec un bruit léger, en faisant, à la lumière verdâtre du crépuscule, scintiller, comme de petites étoiles, les paillettes d'or de leur tissu.

— Combien coûtent-elles ?

— Une misère, répondit-il, une misère ; mais rien ne presse ; quand vous voudrez ; nous ne sommes pas des juifs !

Elle réfléchit quelques instants, et finit encore par remercier M. Lheureux, qui répliqua sans s'émouvoir :

— Eh bien, nous nous entendrons plus tard ; avec les dames je me suis toujours arrangé, si ce n'est avec la mienne, cependant !

Emma sourit.

— C'était pour vous dire, reprit-il d'un air bonhomme après sa plaisanterie, que ce n'est pas l'argent qui m'inquiète... Je vous en donnerais, s'il le fallait.

Elle eut un geste de surprise.

— Ah ! fit-il vivement et à voix basse, je n'aurais pas besoin d'aller loin pour vous en trouver ; comptez-y !

Et il se mit à demander des nouvelles du père Tellier, le maître du *café Français*, que M. Bovary soignait alors.

— Qu'est-ce qu'il a donc, le père Tellier?... Il tousse qu'il en secoue toute sa maison, et j'ai bien peur que prochainement il ne lui faille plutôt un paletot de sapin qu'une camisole de flanelle? Il a fait tant de bamboches quand il était jeune! Ces gens-là, madame, n'avaient pas le moindre ordre! il s'est calciné avec l'eau-de-vie! Mais c'est fâcheux tout de même de voir une connaissance s'en aller.

Et, tandis qu'il rebouclait son carton, il discourait ainsi sur la clientèle du médecin.

— C'est le temps, sans doute, dit-il en regardant les carreaux avec une figure rechignée, qui est la cause de ces maladies-là! Moi aussi, je ne me sens pas en mon assiette; il faudra même un de ces jours que je vienne consulter Monsieur, pour une douleur que j'ai dans le dos. Enfin, au revoir, madame Bovary; à votre disposition; serviteur très humble!

Et il referma la porte doucement.

Emma se fit servir à dîner dans sa chambre, au coin du feu, sur un plateau; elle fut longue à manger; tout lui sembla bon.

— Comme j'ai été sage! se disait-elle en songeant aux écharpes.

Elle entendit des pas dans l'escalier: c'était Léon. Elle se leva, et prit sur la commode, parmi des torchons à ourler, le premier de la pile. Elle semblait fort occupée quand il parut.

La conversation fut languissante, madame Bovary l'abandonnant à chaque minute, tandis qu'il demeurait lui-même comme tout embarrassé. Assis sur une chaise basse, près de la cheminée, il faisait tourner dans ses doigts l'étui d'ivoire; elle poussait son aiguille, ou, de temps à autre, avec son ongle, fronçait les plis de la toile. Elle ne parlait pas; il se taisait, captivé par son silence, comme il l'eût été par ses paroles.

— Pauvre garçon! pensait-elle.

— En quoi lui déplais-je? se demandait-il.

Léon, cependant, finit par dire qu'il devait, un de ces jours, aller à Rouen, pour une affaire de son étude.

— Votre abonnement de musique est terminé, dois-je le reprendre?

— Non, répondit-elle.

— Pourquoi?

— Parce que…

Et, pinçant ses lèvres, elle tira lentement une longue aiguillée de fil gris.

Cet ouvrage irritait Léon. Les doigts d'Emma semblaient s'y écorcher par le bout; il lui vint en tête une phrase galante, mais qu'il ne risqua pas.

— Vous l'abandonnez donc? reprit-il.

— Quoi? dit-elle vivement; la musique? Ah! mon Dieu, oui! n'ai-je pas ma maison à tenir, mon mari à soigner, mille choses enfin, bien des devoirs qui passent auparavant!

Elle regarda la pendule. Charles était en retard. Alors elle fit la soucieuse. Deux ou trois fois même elle répéta:

— Il est si bon!

Le clerc affectionnait M. Bovary. Mais cette tendresse à son endroit l'étonna d'une façon désagréable; néanmoins il continua son éloge, qu'il entendait faire à chacun, disait-il, et surtout au pharmacien.

— Ah! c'est un brave homme, reprit Emma.

— Certes, reprit le clerc.

Et il se mit à parler de madame Homais, dont la tenue fort négligée leur apprêtait à rire ordinairement.

— Qu'est-ce que cela fait? interrompit Emma. Une bonne mère de famille ne s'inquiète pas de sa toilette.

Puis elle retomba dans son silence.

Il en fut de même les jours suivants; ses discours,

ses manières, tout changea. On la vit prendre à
cœur son ménage, retourner à l'église régulièrement et tenir sa servante avec plus de sévérité.

Elle retira Berthe de nourrice. Félicité l'amenait
quand il venait des visites, et madame Bovary la
déshabillait afin de faire voir ses membres. Elle
déclarait adorer les enfants ; c'était sa consolation,
sa joie, sa folie, et elle accompagnait ses caresses
d'expansions lyriques, qui, à d'autres qu'à des Yonvillais, eussent rappelé la Sachette de *Notre-Dame de
Paris*[1].

Quand Charles rentrait, il trouvait auprès des
cendres ses pantoufles à chauffer. Ses gilets maintenant ne manquaient plus de doublure, ni ses chemises de boutons, et même il y avait plaisir à
considérer dans l'armoire tous les bonnets de coton
rangés par piles égales. Elle ne rechignait plus,
comme autrefois, à faire des tours dans le jardin ; ce
qu'il proposait était toujours consenti, bien qu'elle
ne devinât pas les volontés auxquelles elle se sou-
mettait sans un murmure ; — et lorsque Léon le
voyait au coin du feu, après le dîner, les deux mains
sur son ventre, les deux pieds sur les chenets, la
joue rougie par la digestion, les yeux humides de
bonheur, avec l'enfant qui se traînait sur le tapis, et
cette femme à taille mince qui par-dessus le dossier
du fauteuil venait le baiser au front :

— Quelle folie ! se disait-il, et comment arriver
jusqu'à elle ?

Elle lui parut donc si vertueuse et inaccessible,
que toute espérance, même la plus vague, l'abandonna.

Mais, par ce renoncement, il la plaçait en des
conditions extraordinaires. Elle se dégagea, pour
lui, des qualités charnelles dont il n'avait rien à obtenir ; et elle alla, dans son cœur, montant toujours et
s'en détachant, à la manière magnifique d'une apo-

théose qui s'envole. C'était un de ces sentiments purs qui n'embarrassent pas l'exercice de la vie, que l'on cultive parce qu'ils sont rares, et dont la perte affligerait plus que la possession n'est réjouissante.

Emma maigrit, ses joues pâlirent, sa figure s'allongea. Avec ses bandeaux noirs, ses grands yeux, son nez droit, sa démarche d'oiseau, et toujours silencieuse maintenant, ne semblait-elle pas traverser l'existence en y touchant à peine, et porter au front la vague empreinte de quelque prédestination sublime ? Elle était si triste et si calme, si douce à la fois et si réservée, que l'on se sentait près d'elle pris par un charme glacial, comme l'on frissonne dans les églises sous le parfum des fleurs mêlé au froid des marbres. Les autres même n'échappaient point à cette séduction. Le pharmacien disait :

— C'est une femme de grands moyens et qui ne serait pas déplacée dans une sous-préfecture.

Les bourgeoises admiraient son économie, les clients sa politesse, les pauvres sa charité.

Mais elle était pleine de convoitises, de rage, de haine. Cette robe aux plis droits cachait un cœur bouleversé, et ces lèvres si pudiques n'en racontaient pas la tourmente. Elle était amoureuse de Léon, et elle recherchait la solitude, afin de pouvoir plus à l'aise se délecter en son image. La vue de sa personne troublait la volupté de cette méditation. Emma palpitait au bruit de ses pas ; puis, en sa présence, l'émotion tombait, et il ne lui restait ensuite qu'un immense étonnement qui se finissait en tristesse.

Léon ne savait pas, lorsqu'il sortait de chez elle désespéré, qu'elle se levait derrière lui afin de le voir dans la rue. Elle s'inquiétait de ses démarches ; elle épiait son visage ; elle inventa toute une histoire pour trouver prétexte à visiter sa chambre. La femme du pharmacien lui semblait bien heureuse

de dormir sous le même toit; et ses pensées continuellement s'abattaient sur cette maison, comme
les pigeons du *Lion d'or* qui venaient tremper là,
dans les gouttières, leurs pattes roses et leurs ailes
blanches. Mais plus Emma s'apercevait de son
amour, plus elle le refoulait, afin qu'il ne parût pas,
et pour le diminuer. Elle aurait voulu que Léon s'en
doutât; et elle imaginait des hasards, des catastrophes qui l'eussent facilité. Ce qui la retenait, sans
doute, c'était la paresse ou l'épouvante, et la pudeur
aussi. Elle songeait qu'elle l'avait repoussé trop
loin, qu'il n'était plus temps, que tout était perdu.
Puis l'orgueil, la joie de se dire: « Je suis vertueuse »,
et de se regarder dans la glace en prenant des poses
résignées, la consolait un peu du sacrifice qu'elle
croyait faire.

Alors, les appétits de la chair, les convoitises d'argent et les mélancolies de la passion, tout se confondit dans une même souffrance; — et, au lieu d'en
détourner sa pensée, elle l'y attachait davantage,
s'excitant à la douleur et en cherchant partout les
occasions. Elle s'irritait d'un plat mal servi ou
d'une porte entrebâillée, gémissait du velours qu'elle
n'avait pas, du bonheur qui lui manquait, de ses
rêves trop hauts, de sa maison trop étroite.

Ce qui l'exaspérait, c'est que Charles n'avait pas
l'air de se douter de son supplice. La conviction où il
était de la rendre heureuse lui semblait une insulte
imbécile, et sa sécurité là-dessus de l'ingratitude.
Pour qui donc était-elle sage? N'était-il pas, lui,
l'obstacle à toute félicité, la cause de toute misère, et
comme l'ardillon pointu de cette courroie complexe
qui la bouclait de tous côtés?

Donc, elle reporta sur lui seul la haine nombreuse
qui résultait de ses ennuis, et chaque effort pour
l'amoindrir ne servait qu'à l'augmenter; car cette
peine inutile s'ajoutait aux autres motifs de déses-

poir et contribuait encore plus à l'écartement. Sa
propre douceur à elle-même lui donnait des rébel-
lions. La médiocrité domestique la poussait à des
fantaisies luxueuses, la tendresse matrimoniale en
des désirs adultères. Elle aurait voulu que Charles
la battît, pour pouvoir plus justement le détester,
s'en venger. Elle s'étonnait parfois des conjectures
atroces qui lui arrivaient à la pensée; et il fallait
continuer à sourire, s'entendre répéter qu'elle était
heureuse, faire semblant de l'être, le laisser croire!

Elle avait des dégoûts, cependant, de cette hypocrisie. Des tentations la prenaient de s'enfuir avec
Léon, quelque part, bien loin, pour essayer une des-
tinée nouvelle; mais aussitôt il s'ouvrait dans son
âme un gouffre vague, plein d'obscurité.

— D'ailleurs, il ne m'aime plus, pensait-elle; que
devenir? quel secours attendre, quelle consolation,
quel allégement?

Elle restait brisée, haletante, inerte, sanglotant à
voix basse et avec des larmes qui coulaient.

— Pourquoi ne point le dire à Monsieur? lui
demandait la domestique, lorsqu'elle entrait pendant ces crises.

— Ce sont les nerfs, répondait Emma; ne lui en
parle pas, tu l'affligerais.

— Ah! oui, reprenait Félicité, vous êtes justement
comme la Guérine, la fille au père Guérin, le
pêcheur du Pollet, que j'ai connue à Dieppe, avant
de venir chez vous. Elle était si triste, si triste, qu'à la
voir debout sur le seuil de sa maison, elle vous faisait
l'effet d'un drap d'enterrement tendu devant la
porte. Son mal, à ce qu'il paraît, était une manière
de brouillard qu'elle avait dans la tête, et les médecins n'y pouvaient rien, ni le curé non plus. Quand ça
la prenait trop fort, elle s'en allait toute seule sur
le bord de la mer, si bien que le lieutenant de la
douane, en faisant sa tournée, souvent la trouvait

étendue à plat ventre et pleurant sur les galets. Puis, après son mariage, ça lui a passé, dit-on.

— Mais, moi, reprenait Emma, c'est après le mariage que ça m'est venu.

VI

Un soir que la fenêtre était ouverte, et que, assise au bord, elle venait de regarder Lestiboudois, le bedeau, qui taillait le buis, elle entendit tout à coup sonner l'*Angelus*.

On était au commencement d'avril, quand les primevères sont écloses ; un vent tiède se roule sur les plates-bandes labourées, et les jardins, comme des femmes, semblent faire leur toilette pour les fêtes de l'été. Par les barreaux de la tonnelle et au-delà tout alentour, on voyait la rivière dans la prairie, où elle dessinait sur l'herbe des sinuosités vagabondes. La vapeur du soir passait entre les peupliers sans feuilles, estompant leurs contours d'une teinte violette, plus pâle et plus transparente qu'une gaze subtile arrêtée sur leurs branchages. Au loin, des bestiaux marchaient ; on n'entendait ni leurs pas, ni leurs mugissements ; et la cloche, sonnant toujours, continuait dans les airs sa lamentation pacifique.

À ce tintement répété, la pensée de la jeune femme s'égarait dans ses vieux souvenirs de jeunesse et de pension. Elle se rappela les grands chandeliers, qui dépassaient sur l'autel les vases pleins de fleurs et le tabernacle à colonnettes. Elle aurait voulu, comme autrefois, être encore confondue dans la longue ligne des voiles blancs, que marquaient de noir çà et là les capuchons raides des bonnes sœurs inclinées sur leur prie-Dieu ; le dimanche, à la messe, quand elle relevait sa tête, elle apercevait le doux visage de la Vierge parmi les tourbillons bleuâtres de l'encens

qui montait. Alors un attendrissement la saisit ; elle
se sentit molle et tout abandonnée, comme un duvet
d'oiseau qui tournoie dans la tempête ; et ce fut sans
en avoir conscience qu'elle s'achemina vers l'église,
disposée à n'importe quelle dévotion, pourvu qu'elle
y absorbât son âme et que l'existence entière y dis-
parût.

Elle rencontra, sur la place, Lestiboudois, qui s'en
revenait ; car, pour ne pas rogner la journée, il préférait interrompre sa besogne puis la reprendre, si
bien qu'il tintait l'*Angelus* selon sa commodité.
D'ailleurs, la sonnerie, faite plus tôt, avertissait les
gamins de l'heure du catéchisme.

Déjà quelques-uns, qui se trouvaient arrivés,
jouaient aux billes sur les dalles du cimetière.
D'autres, à califourchon sur le mur, agitaient leurs
jambes, en fauchant avec leurs sabots les grandes
orties poussées entre la petite enceinte et les dernières tombes. C'était la seule place qui fût verte ;
tout le reste n'était que pierres, et couvert continuellement d'une poudre fine, malgré le balai de la
sacristie.

Les enfants en chaussons couraient là comme sur
un parquet fait pour eux, et on entendait les éclats
de leurs voix à travers le bourdonnement de la
cloche. Il diminuait avec les oscillations de la grosse
corde qui, tombant des hauteurs du clocher, traînait
à terre par le bout. Des hirondelles passaient en
poussant de petits cris, coupaient l'air au tranchant de leur vol, et rentraient vite dans leurs nids
jaunes, sous les tuiles du larmier. Au fond de
l'église, une lampe brûlait, c'est-à-dire une mèche
de veilleuse dans un verre suspendu. Sa lumière, de
loin, semblait une tache blanchâtre qui tremblait
sur l'huile. Un long rayon de soleil traversait toute
la nef et rendait plus sombres encore les bas-côtés
et les angles.

— Où est le curé ? demanda madame Bovary à un jeune garçon qui s'amusait à secouer le tourniquet dans son trou trop lâche.

— Il va venir, répondit-il.

En effet, la porte du presbytère grinça, l'abbé Bournisien parut ; les enfants, pêle-mêle, s'enfuirent dans l'église.

— Ces polissons-là ! murmura l'ecclésiastique, toujours les mêmes !

Et, ramassant un catéchisme en lambeaux qu'il venait de heurter avec son pied :

— Ça ne respecte rien !

Mais, dès qu'il aperçut madame Bovary :

— Excusez-moi, dit-il, je ne vous remettais pas.

Il fourra le catéchisme dans sa poche et s'arrêta, continuant à balancer entre deux doigts la lourde clef de la sacristie.

La lueur du soleil couchant qui frappait en plein son visage pâlissait le lasting de sa soutane, luisante sous les coudes, effiloquée par le bas. Des taches de graisse et de tabac suivaient sur sa poitrine large la ligne des petits boutons, et elles devenaient plus nombreuses en s'écartant de son rabat, où reposaient les plis abondants de sa peau rouge ; elle était semée de macules jaunes qui disparaissaient dans les poils rudes de sa barbe grisonnante. Il venait de dîner et respirait bruyamment.

— Comment vous portez-vous ? ajouta-t-il.

— Mal, répondit Emma ; je souffre.

— Eh bien, moi aussi, reprit l'ecclésiastique. Ces premières chaleurs, n'est-ce pas, vous amollissent étonnamment ? Enfin, que voulez-vous ! nous sommes nés pour souffrir, comme dit saint Paul[1]. Mais, M. Bovary, qu'est-ce qu'il en pense ?

— Lui ! fit-elle avec un geste de dédain.

— Quoi ! répliqua le bonhomme tout étonné, il ne vous ordonne pas quelque chose ?

— Ah! dit Emma, ce ne sont pas les remèdes de la terre qu'il me faudrait.

Mais le curé, de temps à autre, regardait dans l'église, où tous les gamins agenouillés se poussaient de l'épaule, et tombaient comme des capucins de cartes[1].

— Je voudrais savoir…, reprit-elle.

— Attends, attends, Riboudet, cria l'ecclésiastique d'une voix colère, je m'en vas aller te chauffer les oreilles, mauvais galopin!

Puis, se tournant vers Emma :

— C'est le fils de Boudet le charpentier; ses parents sont à leur aise et lui laissent faire ses fantaisies. Pourtant il apprendrait vite, s'il le voulait, car il est plein d'esprit. Et moi quelquefois, par plaisanterie, je l'appelle donc Riboudet (comme la côte que l'on prend pour aller à Maromme), et je dis même : mon Riboudet. Ah! ah! Mont-Riboudet! L'autre jour, j'ai rapporté ce mot-là à Monseigneur, qui en a ri… il a daigné en rire. — Et M. Bovary, comment va-t-il?

Elle semblait ne pas entendre. Il continua :

— Toujours fort occupé, sans doute? car nous sommes certainement, lui et moi, les deux personnes de la paroisse qui avons le plus à faire. Mais lui, il est le médecin des corps, ajouta-t-il avec un rire épais, et moi, je le suis des âmes!

Elle fixa sur le prêtre des yeux suppliants.

— Oui…, dit-elle, vous soulagez toutes les misères.

— Ah! ne m'en parlez pas, madame Bovary! Ce matin même, il a fallu que j'aille dans le Bas-Diauville pour une vache qui avait *l'enfle*[2]; ils croyaient que c'était un sort. Toutes leurs vaches, je ne sais comment… Mais, pardon! Longuemarre et Boudet! sac à papier! voulez-vous bien finir!

Et, d'un bond, il s'élança dans l'église.

Les gamins, alors, se pressaient autour du grand

pupitre, grimpaient sur le tabouret du chantre, ouvraient le missel; et d'autres, à pas de loup, allaient se hasarder bientôt jusque dans le confessionnal. Mais le curé, soudain, distribua sur tous une grêle de soufflets. Les prenant par le collet de la veste, il les enlevait de terre et les reposait à deux genoux sur les pavés du chœur, fortement, comme s'il eût voulu les y planter.

— Allez, dit-il quand il fut revenu près d'Emma, et en déployant son large mouchoir d'indienne, dont il mit un angle entre ses dents, les cultivateurs sont bien à plaindre!

— Il y en a d'autres, répondit-elle.

— Assurément! les ouvriers des villes, par exemple.

— Ce ne sont pas eux...

— Pardonnez-moi! j'ai connu là de pauvres mères de famille, des femmes vertueuses, je vous assure, de véritables saintes, qui manquaient même de pain.

— Mais celles, reprit Emma (et les coins de sa bouche se tordaient en parlant), celles, monsieur le curé, qui ont du pain, et qui n'ont pas...

— De feu l'hiver, dit le prêtre.

— Eh! qu'importe?

— Comment! qu'importe? Il me semble, à moi, que lorsqu'on est bien chauffé, bien nourri..., car enfin...

— Mon Dieu! mon Dieu! soupirait-elle.

— Vous vous trouvez gênée? fit-il, en s'avançant d'un air inquiet; c'est la digestion, sans doute? Il faut rentrer chez vous, madame Bovary, boire un peu de thé; ça vous fortifiera, ou bien un verre d'eau fraîche avec de la cassonade.

— Pourquoi?

Et elle avait l'air de quelqu'un qui se réveille d'un songe.

— C'est que vous passiez la main sur votre front. J'ai cru qu'un étourdissement vous prenait.

Puis, se ravisant :

— Mais vous me demandiez quelque chose ? Qu'est-ce donc ? Je ne sais plus.

— Moi ? Rien…, rien…, répétait Emma.

Et son regard, qu'elle promenait autour d'elle, s'abaissa lentement sur le vieillard à soutane. Ils se considéraient tous les deux, face à face, sans parler.

— Alors, madame Bovary, dit-il enfin, faites excuse, mais le devoir avant tout, vous savez ; il faut que j'expédie mes garnements. Voilà les premières communions qui vont venir. Nous serons encore surpris, j'en ai peur ! Aussi, à partir de l'Ascension, je les tiens *recta* tous les mercredis une heure de plus. Ces pauvres enfants ! on ne saurait les diriger trop tôt dans la voie du Seigneur, comme, du reste, il nous l'a recommandé lui-même par la bouche de son divin Fils… Bonne santé, madame ; mes respects à monsieur votre mari !

Et il entra dans l'église, en faisant dès la porte une génuflexion.

Emma le vit qui disparaissait entre la double ligne des bancs, marchant à pas lourds, la tête un peu penchée sur l'épaule, et avec ses deux mains entrouvertes, qu'il portait en dehors.

Puis elle tourna sur ses talons, tout d'un bloc comme une statue sur un pivot, et prit le chemin de sa maison. Mais la grosse voix du curé, la voix claire des gamins arrivaient encore à son oreille et continuaient derrière elle :

— Êtes-vous chrétien ?

— Oui, je suis chrétien.

— Qu'est-ce qu'un chrétien ?

— C'est celui qui, étant baptisé…, baptisé…, baptisé[1].

Elle monta les marches de son escalier en se

tenant à la rampe, et, quand elle fut dans sa chambre, se laissa tomber dans un fauteuil.

Le jour blanchâtre des carreaux s'abaissait doucement avec des ondulations. Les meubles à leur place semblaient devenus plus immobiles et se perdre dans l'ombre comme dans un océan ténébreux. La cheminée était éteinte, la pendule battait toujours, et Emma vaguement s'ébahissait à ce calme des choses, tandis qu'il y avait en elle-même tant de bouleversements. Mais, entre la fenêtre et la table à ouvrage, la petite Berthe était là, qui chancelait sur ses bottines de tricot, et essayait de se rapprocher de sa mère, pour lui saisir, par le bout, les rubans de son tablier.

— Laisse-moi! dit celle-ci en l'écartant avec la main.

La petite fille bientôt revint plus près encore contre ses genoux; et, s'y appuyant des bras, elle levait vers elle son gros œil bleu, pendant qu'un filet de salive pure découlait de sa lèvre sur la soie du tablier.

— Laisse-moi! répéta la jeune femme tout irritée.

Sa figure épouvanta l'enfant, qui se mit à crier.

— Eh! laisse-moi donc! fit-elle en la repoussant du coude.

Berthe alla tomber au pied de la commode, contre la patère de cuivre; elle s'y coupa la joue, le sang sortit. Madame Bovary se précipita pour la relever, cassa le cordon de la sonnette, appela la servante de toutes ses forces, et elle allait commencer à se maudire, lorsque Charles parut. C'était l'heure du dîner, il rentrait.

— Regarde donc, cher ami, lui dit Emma d'une voix tranquille: voilà la petite qui, en jouant, vient de se blesser par terre.

Charles la rassura, le cas n'était point grave, et il alla chercher du diachylum.

Madame Bovary ne descendit pas dans la salle ;
elle voulut demeurer seule à garder son enfant.
Alors, en la contemplant dormir, ce qu'elle conservait d'inquiétude se dissipa par degrés, et elle se
parut à elle-même bien sotte et bien bonne de s'être
troublée tout à l'heure pour si peu de chose. Berthe,
en effet, ne sanglotait plus. Sa respiration, maintenant, soulevait insensiblement la couverture de
coton. De grosses larmes s'arrêtaient au coin de ses
paupières à demi closes, qui laissaient voir entre les
cils deux prunelles pâles, enfoncées ; le sparadrap,
collé sur sa joue, en tirait obliquement la peau
tendue.

— C'est une chose étrange, pensait Emma,
comme cette enfant est laide !

Quand Charles, à onze heures du soir, revint de la
pharmacie (où il avait été remettre, après le dîner,
ce qui lui restait du diachylum), il trouva sa femme
debout auprès du berceau.

— Puisque je t'assure que ce ne sera rien, dit-il
en la baisant au front ; ne te tourmente pas, pauvre
chérie, tu te rendras malade !

Il était resté longtemps chez l'apothicaire. Bien
qu'il ne s'y fût pas montré fort ému, M. Homais,
néanmoins, s'était efforcé de le raffermir, de lui
remonter le moral. Alors on avait causé des dangers
divers qui menaçaient l'enfance et de l'étourderie
des domestiques. Madame Homais en savait quelque
chose, ayant encore sur la poitrine les marques
d'une écuellée de braise qu'une cuisinière, autrefois,
avait laissée tomber dans son sarrau. Aussi ces bons
parents prenaient-ils quantité de précautions. Les
couteaux jamais n'étaient affilés, ni les appartements cirés. Il y avait aux fenêtres des grilles en fer
et aux chambranles de fortes barres. Les petits
Homais, malgré leur indépendance, ne pouvaient
remuer sans un surveillant derrière eux ; au moindre

rhume, leur père les bourrait de pectoraux, et jusqu'à plus de quatre ans ils portaient tous, impitoya-
blement, des bourrelets matelassés. C'était, il est
vrai, une manie de madame Homais ; son époux
en était intérieurement affligé, redoutant pour les
organes de l'intellect les résultats possibles d'une
pareille compression, et il s'échappait jusqu'à lui
dire :

— Tu prétends donc en faire des Caraïbes ou des
Botocudos ?

Charles, cependant, avait essayé plusieurs fois
d'interrompre la conversation.

— J'aurais à vous entretenir, avait-il soufflé bas à
l'oreille du clerc, qui se mit à marcher devant lui
dans l'escalier.

— Se douterait-il de quelque chose ? se demandait Léon. Il avait des battements de cœur et se perdait en conjectures.

Enfin Charles, ayant fermé la porte, le pria de
voir lui-même à Rouen quels pouvaient être les prix
d'un beau daguerréotype ; c'était une surprise sentimentale qu'il réservait à sa femme, une attention
fine, son portrait en habit noir. Mais il voulait auparavant *savoir à quoi s'en tenir* ; ces démarches ne
devaient pas embarrasser M. Léon, puisqu'il allait à
la ville toutes les semaines, à peu près.

Dans quel but ? Homais soupçonnait là-dessous
quelque *histoire de jeune homme*, une intrigue. Mais
il se trompait ; Léon ne poursuivait aucune amou-
rette. Plus que jamais il était triste, et madame
Lefrançois s'en apercevait bien à la quantité de
nourriture qu'il laissait maintenant sur son assiette.
Pour en savoir plus long, elle interrogea le percepteur ; Binet répliqua, d'un ton rogue, qu'il n'était
point payé par la police.

Son camarade, toutefois, lui paraissait fort singulier ; car souvent Léon se renversait sur sa chaise en

écartant les bras, et se plaignait vaguement de l'existence.

— C'est que vous ne prenez point assez de distractions, disait le percepteur.

— Lesquelles?

— Moi, à votre place, j'aurais un tour!

— Mais je ne sais pas tourner, répondait le clerc.

— Oh! c'est vrai! faisait l'autre en caressant sa mâchoire, avec un air de dédain mêlé de satisfaction.

Léon était las d'aimer sans résultat; puis il commençait à sentir cet accablement que vous cause la répétition de la même vie, lorsque aucun intérêt ne la dirige et qu'aucune espérance ne la soutient. Il était si ennuyé d'Yonville et des Yonvillais, que la vue de certaines gens, de certaines maisons l'irritait à n'y pouvoir tenir; et le pharmacien, tout bonhomme qu'il était, lui devenait complètement insupportable. Cependant, la perspective d'une situation nouvelle l'effrayait autant qu'elle le séduisait.

Cette appréhension se tourna vite en impatience, et Paris alors agita pour lui, dans le lointain, la fanfare de ses bals masqués avec le rire de ses grisettes. Puisqu'il devait y terminer son droit, pourquoi ne partait-il pas? qui l'empêchait? Et il se mit à faire des préparatifs intérieurs; il arrangea d'avance ses occupations. Il se meubla, dans sa tête, un appartement. Il y mènerait une vie d'artiste! Il y prendrait des leçons de guitare! Il aurait une robe de chambre, un béret basque, des pantoufles de velours bleu! Et même il admirait déjà sur sa cheminée deux fleurets en sautoir, avec une tête de mort et la guitare au-dessus.

La chose difficile était le consentement de sa mère; rien pourtant ne paraissait plus raisonnable. Son patron même l'engageait à visiter une autre étude, où il pût se développer davantage. Prenant donc un parti moyen, Léon chercha quelque place de second clerc à Rouen, n'en trouva pas, et écrivit enfin à sa mère une longue lettre détaillée, où il exposait les raisons d'aller habiter Paris immédiate-ment. Elle y consentit.

Il ne se hâta point. Chaque jour, durant tout un mois, Hivert transporta pour lui d'Yonville à Rouen, de Rouen à Yonville, des coffres, des valises, des paquets ; et, quand Léon eut remonté sa garde-robe, fait rembourrer ses trois fauteuils, acheté une provi-sion de foulards, pris en un mot plus de dispositions que pour un voyage autour du monde, il s'ajourna de semaine en semaine, jusqu'à ce qu'il reçût une seconde lettre maternelle où on le pressait de partir, puisqu'il désirait, avant les vacances passer son exa-men.

Lorsque le moment fut venu des embrassades, madame Homais pleura ; Justin sanglotait ; Homais, en homme fort, dissimula son émotion ; il voulut lui-même porter le paletot de son ami jusqu'à la grille du notaire, qui emmenait Léon à Rouen dans sa voi-ture. Ce dernier avait juste le temps de faire ses adieux à M. Bovary.

Quand il fut au haut de l'escalier, il s'arrêta, tant il se sentait hors d'haleine. À son entrée, madame Bovary se leva vivement.

— C'est encore moi ! dit Léon.

— J'en étais sûre !

Elle se mordit les lèvres, et un flot de sang lui cou-rut sous la peau, qui se colora tout en rose, depuis la racine des cheveux jusqu'au bord de sa collerette. Elle restait debout, s'appuyant de l'épaule contre la boiserie.

— Monsieur n'est donc pas là ? reprit-il.

— Il est absent.

Elle répéta :

— Il est absent.

Alors il y eut un silence. Ils se regardèrent ; et leurs pensées, confondues dans la même angoisse, s'étreignaient étroitement, comme deux poitrines palpitantes.

— Je voudrais bien embrasser Berthe, dit Léon.

Emma descendit quelques marches, et elle appela Félicité.

Il jeta vite autour de lui un large coup d'œil qui s'étala sur les murs, les étagères, la cheminée, comme pour pénétrer tout, emporter tout.

Mais elle rentra, et la servante amena Berthe, qui secouait au bout d'une ficelle un moulin à vent la tête en bas.

Léon la baisa sur le cou à plusieurs reprises.

— Adieu, pauvre enfant ! adieu, chère petite, adieu !

Et il la remit à sa mère.

— Emmenez-la, dit celle-ci.

Ils restèrent seuls.

Madame Bovary, le dos tourné, avait la figure posée contre un carreau ; Léon tenait sa casquette à la main et la battait doucement le long de sa cuisse.

— Il va pleuvoir, dit Emma.

— J'ai un manteau, répondit-il.

— Ah !

Elle se détourna, le menton baissé et le front en avant. La lumière y glissait comme sur un marbre, jusqu'à la courbe des sourcils, sans que l'on pût savoir ce qu'Emma regardait à l'horizon ni ce qu'elle pensait au fond d'elle-même.

— Allons, adieu ! soupira-t-il.

Elle releva sa tête d'un mouvement brusque :

— Oui, adieu..., partez !

Ils s'avancèrent l'un vers l'autre ; il tendit la main, elle hésita.

— À l'anglaise donc, fit-elle abandonnant la sienne tout en s'efforçant de rire.

Léon la sentit entre ses doigts, et la substance

même de tout son être lui semblait descendre dans cette paume humide.

Puis il ouvrit la main ; leurs yeux se rencontrèrent encore, et il disparut.

Quand il fut sous les halles, il s'arrêta, et il se cacha derrière un pilier, afin de contempler une dernière fois cette maison blanche avec ses quatre jalousies vertes. Il crut voir une ombre derrière la fenêtre, dans la chambre ; mais le rideau, se décrochant de la patère comme si personne n'y touchait, remua lentement ses longs plis obliques, qui d'un seul bond s'étalèrent tous, et il resta droit, plus immobile qu'un mur de plâtre. Léon se mit à courir.

Il aperçut de loin, sur la route, le cabriolet de son patron, et à côté un homme en serpillière[1] qui tenait le cheval. Homais et M. Guillaumin causaient ensemble. On l'attendait.

— Embrassez-moi, dit l'apothicaire les larmes aux yeux. Voilà votre paletot, mon bon ami ; prenez garde au froid ! Soignez-vous ! ménagez-vous !

— Allons, Léon, en voiture ! dit le notaire.

Homais se pencha sur le garde-crotte, et d'une voix entrecoupée par les sanglots, laissa tomber ces deux mots tristes :

— Bon voyage !

— Bonsoir, répondit M. Guillaumin. Lâchez tout !

Ils partirent, et Homais s'en retourna.

Madame Bovary avait ouvert sa fenêtre sur le jardin, et elle regardait les nuages.

Ils s'amoncelaient au couchant du côté de Rouen, et roulaient vite leurs volutes noires, d'où dépassaient par-derrière les grandes lignes du soleil, comme les flèches d'or d'un trophée suspendu, tandis que le reste du ciel vide avait la blancheur d'une porcelaine. Mais une rafale de vent fit se courber les peupliers, et tout à coup la pluie tomba ; elle crépitait sur les feuilles vertes. Puis le soleil reparut, les poules chantèrent, des moineaux battaient des ailes dans les buissons humides, et les flaques d'eau sur le sable emportaient en s'écoulant les fleurs roses d'un acacia.

— Ah! qu'il doit être loin déjà! pensa-t-elle.

M. Homais, comme de coutume, vint à six heures et demie, pendant le dîner.

— Eh bien, dit-il en s'asseyant, nous avons donc tantôt embarqué notre jeune homme?

— Il paraît! répondit le médecin.

Puis, se tournant sur sa chaise:

— Et quoi de neuf chez vous?

— Pas grand-chose. Ma femme, seulement, a été, cette après-midi, un peu émue. Vous savez, les femmes, un rien les trouble! la mienne surtout! Et l'on aurait tort de se révolter là contre, puisque leur organisation nerveuse est beaucoup plus malléable que la nôtre.

— Ce pauvre Léon! disait Charles, comment va-t-il vivre à Paris?... S'y accoutumera-t-il?

Madame Bovary soupira.

— Allons donc! dit le pharmacien en claquant de la langue, les parties fines chez le traiteur! les bals masqués! le champagne! tout cela va rouler, je vous assure.

— Je ne crois pas qu'il se dérange, objecta Bovary.

— Ni moi! reprit vivement M. Homais, quoiqu'il lui faudra pourtant suivre les autres, au risque de passer pour un jésuite. Et vous ne savez pas la vie que mènent ces farceurs-là, dans le quartier Latin, avec les actrices! Du reste, les étudiants sont fort bien vus à Paris. Pour peu qu'ils aient quelque talent d'agrément, on les reçoit dans les meilleures sociétés, et il y a même des dames du faubourg Saint-Germain qui en deviennent amoureuses, ce

qui leur fournit, par la suite, les occasions de faire
de très beaux mariages.

— Mais, dit le médecin, j'ai peur pour lui que...
là-bas...

— Vous avez raison, interrompit l'apothicaire,
c'est le revers de la médaille! et l'on y est obligé
continuellement d'avoir la main posée sur son gous-
set. Ainsi, vous êtes dans un jardin public, je sup-
pose; un quidam se présente, bien mis, décoré
même, et qu'on prendrait pour un diplomate; il
vous aborde; vous causez; il s'insinue, vous offre
une prise ou vous ramasse votre chapeau. Puis on se
lie davantage; il vous mène au café, vous invite à
venir dans sa maison de campagne, vous fait faire,
entre deux vins, toutes sortes de connaissances, et,
les trois quarts du temps ce n'est que pour flibuster
votre bourse ou vous entraîner en des démarches
pernicieuses.

— C'est vrai, répondit Charles; mais je pensais
surtout aux maladies, à la fièvre typhoïde, par
exemple, qui attaque les étudiants de la province.

Emma tressaillit.

— À cause du changement de régime, continua le
pharmacien, et de la perturbation qui en résulte
dans l'économie générale. Et puis, l'eau de Paris,
voyez-vous! les mets de restaurateurs, toutes ces
nourritures épicées finissent par vous échauffer le
sang et ne valent pas, quoi qu'on en dise, un bon pot-
au-feu. J'ai toujours, quant à moi, préféré la cuisine
bourgeoise: c'est plus sain! Aussi, lorsque j'étudiais
à Rouen la pharmacie, je m'étais mis en pension
dans une pension; je mangeais avec les professeurs[1].

Et il continua donc à exposer ses opinions géné-
rales et ses sympathies personnelles, jusqu'au
moment où Justin vint le chercher pour un lait de
poule qu'il fallait faire.

— Pas un instant de répit! s'écria-t-il, toujours à

la chaîne ! Je ne peux sortir une minute ! Il faut, comme un cheval de labour, être à suer sang et eau ! Quel collier de misère !

Puis, quand il fut sur la porte :

— À propos, dit-il, savez-vous la nouvelle ?

— Quoi donc ?

— C'est qu'il est fort probable, reprit Homais en dressant ses sourcils et en prenant une figure des plus sérieuses, que les comices agricoles de la Seine-Inférieure se tiendront cette année à Yonville-l'Abbaye. Le bruit, du moins, en circule. Ce matin, le journal en touchait quelque chose. Ce serait pour notre arrondissement de la dernière importance ! Mais nous en causerons plus tard. J'y vois, je vous remercie ; Justin a la lanterne.

VII

Le lendemain fut, pour Emma, une journée funèbre. Tout lui parut enveloppé par une atmosphère noire qui flottait confusément sur l'extérieur des choses, et le chagrin s'engouffrait dans son âme avec des hurlements doux, comme fait le vent d'hiver dans les châteaux abandonnés. C'était cette rêverie que l'on a sur ce qui ne reviendra plus, la lassitude qui vous prend après chaque fait accompli, cette douleur enfin que vous apportent l'interruption de tout mouvement accoutumé, la cessation brusque d'une vibration prolongée.

Comme au retour de la Vaubyessard, quand les quadrilles tourbillonnaient dans sa tête, elle avait une mélancolie morne, un désespoir engourdi. Léon réapparaissait plus grand, plus beau, plus suave, plus vague ; quoiqu'il fût séparé d'elle, il ne l'avait pas quittée, il était là, et les murailles de la maison semblaient garder son ombre. Elle ne pouvait déta-

cher sa vue de ce tapis où il avait marché, de ces
meubles vides où il s'était assis. La rivière coulait
toujours, et poussait lentement ses petits flots le
long de la berge glissante. Ils s'y étaient promenés
bien des fois, à ce même murmure des ondes, sur
les cailloux couverts de mousse. Quels bons soleils
ils avaient eus ! quelles bonnes après-midi, seuls, à
l'ombre, dans le fond du jardin ! Il lisait tout haut,
tête nue, posé sur un tabouret de bâtons secs ; le
vent frais de la prairie faisait trembler les pages du
livre et les capucines de la tonnelle... Ah ! il était
parti, le seul charme de sa vie, le seul espoir possible d'une félicité ! Comment n'avait-elle pas saisi
ce bonheur-là, quand il se présentait ! Pourquoi ne
l'avoir pas retenu à deux mains, à deux genoux,
quand il voulait s'enfuir ? Et elle se maudit de
n'avoir pas aimé Léon ; elle eut soif de ses lèvres.
L'envie la prit de courir le rejoindre, de se jeter
dans ses bras, de lui dire : « C'est moi, je suis à toi ! »
Mais Emma s'embarrassait d'avance aux difficultés
de l'entreprise, et ses désirs, s'augmentant d'un
regret, n'en devenaient que plus actifs.

Dès lors, ce souvenir de Léon fut comme le centre
de son ennui ; il y pétillait plus fort que, dans un
steppe de Russie, un feu de voyageurs abandonné
sur la neige. Elle se précipitait vers lui, elle se blottissait contre, elle remuait délicatement ce foyer
près de s'éteindre, elle allait cherchant tout autour
d'elle ce qui pouvait l'aviver davantage ; et les réminiscences les plus lointaines comme les plus immé-
diates occasions, ce qu'elle éprouvait avec ce qu'elle
imaginait, ses envies de volupté qui se dispersaient,
ses projets de bonheur qui craquaient au vent
comme des branchages morts, sa vertu stérile, ses
espérances tombées, la litière domestique, elle
ramassait tout, prenait tout, et faisait servir tout à
réchauffer sa tristesse.

Cependant les flammes s'apaisèrent, soit que la provision d'elle-même s'épuisât, ou que l'entassement fût trop considérable. L'amour, peu à peu, s'éteignit par l'absence, le regret s'étouffa sous l'habitude ; et cette lueur d'incendie qui empourprait son ciel pâle se couvrit de plus d'ombre et s'effaça par degrés. Dans l'assoupissement de sa conscience, elle prit même les répugnances du mari pour des aspirations vers l'amant, les brûlures de la haine pour des réchauffements de la tendresse ; mais, comme l'ouragan soufflait toujours, et que la passion se consuma jusqu'aux cendres, et qu'aucun secours ne vint, qu'aucun soleil ne parut, il fut de tous côtés nuit complète, et elle demeura perdue dans un froid horrible qui la traversait.

Alors les mauvais jours de Tostes recommencèrent. Elle s'estimait à présent beaucoup plus malheureuse : car elle avait l'expérience du chagrin, avec la certitude qu'il ne finirait pas.

Une femme qui s'était imposé de si grands sacrifices pouvait bien se passer des fantaisies. Elle s'acheta un prie-Dieu gothique, et elle dépensa en un mois pour quatorze francs de citrons à se nettoyer les ongles ; elle écrivit à Rouen, afin d'avoir une robe en cachemire bleu ; elle choisit chez Lheureux la plus belle de ses écharpes ; elle se la nouait à la taille par-dessus sa robe de chambre ; et, les volets fermés, avec un livre à la main, elle restait étendue sur un canapé dans cet accoutrement.

Souvent, elle variait sa coiffure : elle se mettait à la chinoise, en boucles molles, en nattes tressées ; elle se fit une raie sur le côté de la tête et roula ses cheveux en dessous, comme un homme.

Elle voulut apprendre l'italien : elle acheta des dictionnaires, une grammaire, une provision de papier blanc. Elle essaya des lectures sérieuses, de l'histoire et de la philosophie. La nuit, quelquefois, Charles se

réveillait en sursaut, croyant qu'on venait le chercher pour un malade :

— J'y vais, balbutiait-il.

Et c'était le bruit d'une allumette qu'Emma frottait afin de rallumer la lampe. Mais il en était de ses
lectures comme de ses tapisseries, qui, toutes com-
mencées encombraient son armoire ; elle les prenait, les quittait, passait à d'autres.

Elle avait des accès, où on l'eût poussée facilement à des extravagances. Elle soutint un jour,
contre son mari, qu'elle boirait bien un grand demi-
verre d'eau-de-vie, et, comme Charles eut la bêtise
de l'en défier, elle avala l'eau-de-vie jusqu'au bout.

Malgré ses airs évaporés (c'était le mot des bourgeoises d'Yonville), Emma pourtant ne paraissait
pas joyeuse, et, d'habitude, elle gardait aux coins de
la bouche cette immobile contraction qui plisse la
figure des vieilles filles et celle des ambitieux déchus.
Elle était pâle partout, blanche comme du linge ; la
peau du nez se tirait vers les narines, ses yeux vous
regardaient d'une manière vague. Pour s'être découvert trois cheveux gris sur les tempes, elle parla
beaucoup de sa vieillesse.

Souvent des défaillances la prenaient. Un jour
même, elle eut un crachement de sang, et, comme
Charles s'empressait, laissant apercevoir son
inquiétude :

— Ah bah ! répondit-elle, qu'est-ce que cela fait ?

Charles s'alla réfugier dans son cabinet ; et il
pleura, les deux coudes sur la table, assis dans son
fauteuil de bureau, sous la tête phrénologique.

Alors il écrivit à sa mère pour la prier de venir, et
ils eurent ensemble de longues conférences au sujet
d'Emma.

À quoi se résoudre ? que faire, puisqu'elle se refusait à tout traitement ?

— Sais-tu ce qu'il faudrait à ta femme ? reprenait

la mère Bovary. Ce seraient des occupations for-
cées, des ouvrages manuels! Si elle était comme
tant d'autres, contrainte à gagner son pain, elle
n'aurait pas ces vapeurs-là, qui lui viennent d'un tas
d'idées qu'elle se fourre dans la tête, et du désœuvrement où elle vit.

— Pourtant elle s'occupe, disait Charles.

— Ah! elle s'occupe! À quoi donc? À lire des
romans, de mauvais livres, des ouvrages qui sont
contre la religion et dans lesquels on se moque des
prêtres par des discours tirés de Voltaire. Mais tout
cela va loin, mon pauvre enfant, et quelqu'un qui
n'a pas de religion finit toujours par tourner mal.

Donc, il fut résolu que l'on empêcherait Emma de
lire des romans. L'entreprise ne semblait point
facile. La bonne dame s'en chargea: elle devait
quand elle passerait par Rouen, aller en personne
chez le loueur de livres et lui représenter qu'Emma
cessait ses abonnements. N'aurait-on pas le droit
d'avertir la police, si le libraire persistait quand
même dans son métier d'empoisonneur?

Les adieux de la belle-mère et de la bru furent
secs. Pendant les trois semaines qu'elles étaient restées ensemble, elles n'avaient pas échangé quatre
paroles, à part les informations et compliments
quand elles se rencontraient à table, et le soir avant
de se mettre au lit.

Madame Bovary mère partit un mercredi, qui
était jour de marché à Yonville.

La Place, dès le matin, était encombrée par une
file de charrettes qui, toutes à cul et les brancards
en l'air, s'étendaient le long des maisons depuis
l'église jusqu'à l'auberge. De l'autre côté, il y avait
des baraques de toile où l'on vendait des coton-
nades, des couvertures et des bas de laine, avec des
licous pour les chevaux et des paquets de rubans
bleus, qui par le bout s'envolaient au vent. De la

grosse quincaillerie s'étalait par terre, entre les pyramides d'œufs et les bannettes de fromages, d'où sortaient des pailles gluantes ; près des machines à blé, des poules qui gloussaient dans des cages plates passaient leurs cous par les barreaux. La foule, s'encombrant au même endroit sans en vouloir bouger, menaçait quelquefois de rompre la devanture de la pharmacie. Les mercredis, elle ne désemplissait pas et l'on s'y poussait, moins pour acheter des médicaments que pour prendre des consultations, tant était fameuse la réputation du sieur Homais dans les villages circonvoisins. Son robuste aplomb avait fasciné les campagnards. Ils le regardaient comme un plus grand médecin que tous les médecins.

Emma était accoudée à sa fenêtre (elle s'y mettait souvent : la fenêtre, en province, remplace les théâtres et la promenade), et elle s'amusait à considérer la cohue des rustres, lorsqu'elle aperçut un monsieur vêtu d'une redingote de velours vert. Il était ganté de gants jaunes, quoiqu'il fût chaussé de fortes guêtres ; et il se dirigeait vers la maison du médecin, suivi d'un paysan marchant la tête basse d'un air tout réfléchi.

— Puis-je voir Monsieur ? demanda-t-il à Justin, qui causait sur le seuil avec Félicité.

Et, le prenant pour le domestique de la maison :

— Dites-lui que M. Rodolphe Boulanger de la Huchette est là.

Ce n'était point par vanité territoriale que le nouvel arrivant avait ajouté à son nom la particule, mais afin de se faire mieux connaître. La Huchette, en effet, était un domaine près d'Yonville, dont il venait d'acquérir le château, avec deux fermes qu'il cultivait lui-même, sans trop se gêner cependant. Il vivait en garçon, et passait pour avoir *au moins quinze mille livres de rentes* !

Charles entra dans la salle. M. Boulanger lui présenta son homme, qui voulait être saigné parce qu'il éprouvait *des fourmis le long du corps*.

— Ça me purgera, objectait-il à tous les raisonnements.

Bovary commanda donc d'apporter une bande et une cuvette, et pria Justin de la soutenir. Puis, s'adressant au villageois déjà blême :

— N'ayez point peur, mon brave.

— Non, non, répondit l'autre, marchez toujours !

Et, d'un air fanfaron, il tendit son gros bras. Sous la piqûre de la lancette, le sang jaillit et alla s'éclabousser contre la glace.

— Approche le vase ! exclama Charles.

— *Guête*[1] ! disait le paysan, on jurerait une petite fontaine qui coule ! Comme j'ai le sang rouge ! ce doit être bon signe, n'est-ce pas ?

— Quelquefois, reprit l'officier de santé, l'on n'éprouve rien au commencement, puis la syncope se déclare, et plus particulièrement chez les gens bien constitués, comme celui-ci.

Le campagnard, à ces mots, lâcha l'étui qu'il tournait entre ses doigts. Une saccade de ses épaules fit craquer le dossier de la chaise. Son chapeau tomba.

— Je m'en doutais, dit Bovary en appliquant son doigt sur la veine.

La cuvette commençait à trembler aux mains de Justin ; ses genoux chancelèrent, il devint pâle.

— Ma femme ! ma femme ! appela Charles.

D'un bond, elle descendit l'escalier.

— Du vinaigre ! cria-t-il. Ah ! mon Dieu, deux à la fois !

Et, dans son émotion, il avait peine à poser la compresse.

— Ce n'est rien, disait tout tranquillement M. Boulanger, tandis qu'il prenait Justin entre ses bras.

Et il l'assit sur la table, lui appuyant le dos contre la muraille.

Madame Bovary se mit à lui retirer sa cravate. Il y avait un nœud aux cordons de la chemise ; elle resta quelques minutes à remuer ses doigts légers dans le cou du jeune garçon ; ensuite elle versa du vinaigre sur son mouchoir de batiste ; elle lui en mouillait les tempes à petits coups et elle soufflait dessus, délicatement.

Le charretier se réveilla ; mais la syncope de Justin durait encore, et ses prunelles disparaissaient dans leur sclérotique pâle, comme des fleurs bleues dans du lait.

— Il faudrait, dit Charles, lui cacher cela.

Madame Bovary prit la cuvette. Pour la mettre sous la table, dans le mouvement qu'elle fit en s'inclinant, sa robe (c'était une robe d'été à quatre volants, de couleur jaune, longue de taille, large de jupe), sa robe s'évasa autour d'elle sur les carreaux de la salle ; — et, comme Emma, baissée, chancelait un peu en écartant les bras, le gonflement de l'étoffe se crevait de place en place, selon les inflexions de son corsage. Ensuite elle alla prendre une carafe d'eau, et elle faisait fondre des morceaux de sucre lorsque le pharmacien arriva. La servante l'avait été chercher dans l'algarade ; en apercevant son élève les yeux ouverts, il reprit haleine. Puis, tournant autour de lui, il le regardait de haut en bas.

— Sot ! disait-il ; petit sot, vraiment ! sot en trois lettres ! Grand-chose, après tout, qu'une phlébotomie ! et un gaillard qui n'a peur de rien ! une espèce d'écureuil, tel que vous le voyez, qui monte locher des noix à des hauteurs vertigineuses. Ah ! oui, parle, vante-toi ! voilà de belles dispositions à exercer plus tard la pharmacie ; car tu peux te trouver appelé en des circonstances graves, par-devant les tribunaux, afin d'y éclairer la conscience des magistrats ; et il faudra pourtant garder son sang-froid, raisonner, se montrer homme, ou bien passer pour un imbécile !

Justin ne répondait pas. L'apothicaire continuait :

— Qui t'a prié de venir ? Tu importunes toujours monsieur et madame ! Les mercredis, d'ailleurs, ta présence m'est plus indispensable. Il y a maintenant vingt personnes à la maison. J'ai tout quitté à cause de l'intérêt que je te porte. Allons, va-t'en ! cours ! attends-moi, et surveille les bocaux !

Quand Justin, qui se rhabillait, fut parti, l'on causa quelque peu des évanouissements. Madame Bovary n'en avait jamais eu.

— C'est extraordinaire pour une dame ! dit M. Boulanger. Du reste, il y a des gens bien délicats. Ainsi j'ai vu, dans une rencontre, un témoin perdre connaissance rien qu'au bruit des pistolets que l'on chargeait[1].

— Moi, dit l'apothicaire, la vue du sang des autres ne me fait rien du tout ; mais l'idée seulement du mien qui coule suffirait à me causer des défaillances, si j'y réfléchissais trop.

Cependant M. Boulanger congédia son domestique, en l'engageant à se tranquilliser l'esprit, puisque sa fantaisie était passée.

— Elle m'a procuré l'avantage de votre connaissance, ajouta-t-il.

Et il regardait Emma durant cette phrase.

Puis il déposa trois francs sur le coin de la table, salua négligemment et s'en alla.

Il fut bientôt de l'autre côté de la rivière (c'était son chemin pour s'en retourner à la Huchette) ; et Emma l'aperçut dans la prairie, qui marchait sous les peupliers, se ralentissant de temps à autre, comme quelqu'un qui réfléchit.

— Elle est fort gentille ! se disait-il ; elle est fort gentille, cette femme du médecin ! De belles dents, les yeux noirs, le pied coquet, et de la tournure comme une Parisienne. D'où diable sort-elle ? Où donc l'a-t-il trouvée, ce gros garçon-là ?

M. Rodolphe Boulanger avait trente-quatre ans ; il était de tempérament brutal et d'intelligence perspicace, ayant d'ailleurs beaucoup fréquenté les femmes, et s'y connaissant bien. Celle-là lui avait paru jolie ; il y rêvait donc, et à son mari.

— Je le crois très bête. Elle en est fatiguée sans doute. Il porte des ongles sales et une barbe de trois jours. Tandis qu'il trottine à ses malades, elle reste à ravauder des chaussettes. Et on s'ennuie ! on voudrait habiter la ville, danser la polka tous les soirs ! Pauvre petite femme ! Ça bâille après l'amour, comme une carpe après l'eau sur une table de cuisine. Avec trois mots de galanterie, cela vous adorerait, j'en suis sûr ! ce serait tendre ! charmant !... Oui, mais comment s'en débarrasser ensuite ?

Alors les encombrements du plaisir, entrevus en perspective, le firent, par contraste, songer à sa maîtresse. C'était une comédienne de Rouen, qu'il entretenait ; et, quand il se fut arrêté sur cette image, dont il avait, en souvenir même, des rassasiements :

— Ah ! madame Bovary, pensa-t-il, est bien plus jolie qu'elle, plus fraîche surtout. Virginie, décidément, commence à devenir trop grosse. Elle est si fastidieuse avec ses joies. Et, d'ailleurs, quelle manie de salicoques !

La campagne était déserte, et Rodolphe n'entendait autour de lui que le battement régulier des herbes qui fouettaient sa chaussure, avec le cri des grillons tapis au loin sous les avoines ; il revoyait Emma dans la salle, habillée comme il l'avait vue, et il la déshabillait.

— Oh ! je l'aurai ! s'écria-t-il en écrasant, d'un coup de bâton, une motte de terre devant lui.

Et aussitôt il examina la partie politique de l'entreprise. Il se demandait :

— Où se rencontrer ? par quel moyen ? On aura continuellement le marmot sur les épaules, et la

bonne, les voisins, le mari, toute sorte de tracasse-
ries considérables. Ah bah! dit-il, on y perd trop de
temps!

Puis il recommença:

— C'est qu'elle a des yeux qui vous entrent au
cœur comme des vrilles. Et ce teint pâle!... Moi, qui
adore les femmes pâles!

Au haut de la côte d'Argueil, sa résolution était
prise.

— Il n'y a plus qu'à chercher les occasions. Eh
bien, j'y passerai quelquefois, je leur enverrai du
gibier, de la volaille; je me ferai saigner, s'il le faut;
nous deviendrons amis, je les inviterai chez moi...
Ah! parbleu! ajouta-t-il, voilà les comices bientôt;
elle y sera, je la verrai. Nous commencerons, et
hardiment, car c'est le plus sûr.

VIII

Ils arrivèrent, en effet, ces fameux Comices[1]! Dès
le matin de la solennité, tous les habitants, sur leurs
portes, s'entretenaient des préparatifs; on avait
enguirlandé de lierres le fronton de la mairie; une
tente dans un pré était dressée pour le festin, et, au
milieu de la Place, devant l'église, une espèce de
bombarde devait signaler l'arrivée de M. le préfet et
le nom des cultivateurs lauréats. La garde nationale
de Buchy (il n'y en avait point à Yonville) était venue
s'adjoindre au corps des pompiers, dont Binet était
le capitaine. Il portait ce jour-là un col encore plus
haut que de coutume; et, sanglé dans sa tunique, il
avait le buste si roide et immobile, que toute la partie
vitale de sa personne semblait être descendue dans
ses deux jambes, qui se levaient en cadence, à pas
marqués, d'un seul mouvement. Comme une rivalité
subsistait entre le percepteur et le colonel, l'un et

l'autre, pour montrer leurs talents, faisaient à part manœuvrer leurs hommes. On voyait alternative-ment passer et repasser les épaulettes rouges et les plastrons noirs. Cela ne finissait pas et toujours recommençait! Jamais il n'y avait eu pareil déploie-ment de pompe! Plusieurs bourgeois, dès la veille, avaient lavé leurs maisons; des drapeaux tricolores pendaient aux fenêtres entrouvertes; tous les caba-rets étaient pleins; et, par le beau temps qu'il faisait, les bonnets empesés, les croix d'or et les fichus de couleur paraissaient plus blancs que neige, miroi-taient au soleil clair, et relevaient de leur bigarrure éparpillée la sombre monotonie des redingotes et des bourgerons bleus. Les fermières des environs retiraient, en descendant de cheval, la grosse épingle qui leur serrait autour du corps leur robe retroussée de peur des taches; et les maris, au contraire, afin de ménager leurs chapeaux, gardaient par-dessus des mouchoirs de poche, dont ils tenaient un angle entre les dents.

La foule arrivait dans la grande rue par les deux bouts du village. Il s'en dégorgeait des ruelles, des allées, des maisons, et l'on entendait de temps à autre retomber le marteau des portes, derrière les bourgeoises en gants de fil, qui sortaient pour aller voir la fête. Ce que l'on admirait surtout, c'étaient deux longs ifs couverts de lampions qui flanquaient une estrade où s'allaient tenir les autorités; et il y avait de plus, contre les quatre colonnes de la mai-rie, quatre manières de gaules, portant chacune un petit étendard de toile verdâtre, enrichi d'ins-criptions en lettres d'or. On lisait sur l'un: «Au Commerce»; sur l'autre: «À l'Agriculture»; sur le troisième: «À l'Industrie»; et sur le quatrième: «Aux Beaux-Arts».

Mais la jubilation qui épanouissait tous les visages paraissait assombrir madame Lefrançois, l'auber-

giste. Debout sur les marches de sa cuisine, elle murmurait dans son menton :

— Quelle bêtise ! quelle bêtise avec leur baraque
de toile ! Croient-ils que le préfet sera bien aise de
dîner là-bas, sous une tente, comme un saltimbanque ? Ils appellent ces embarras-là, faire le bien
du pays ! Ce n'était pas la peine, alors, d'aller chercher un gargotier à Neufchâtel ! Et pour qui ? pour
des vachers ! des va-nu-pieds !...

L'apothicaire passa. Il portait un habit noir, un
pantalon de nankin, des souliers de castor[1], et par
extraordinaire un chapeau, — un chapeau bas de
forme.

— Serviteur ! dit-il ; excusez-moi, je suis pressé.

Et comme la grosse veuve lui demanda où il
allait :

— Cela vous semble drôle, n'est-ce pas ? moi qui
reste toujours plus confiné dans mon laboratoire
que le rat du bonhomme dans son fromage[2].

— Quel fromage ? fit l'aubergiste.

— Non, rien ! ce n'est rien ! reprit Homais. Je
voulais vous exprimer seulement, madame Lefrançois, que je demeure d'habitude tout reclus chez
moi. Aujourd'hui cependant, vu la circonstance, il
faut bien que...

— Ah ! vous allez là-bas ? dit-elle avec un air de
dédain.

— Oui, j'y vais, répliqua l'apothicaire étonné ; ne
fais-je point partie de la commission consultative ?

La mère Lefrançois le considéra quelques minutes,
et finit par répondre en souriant :

— C'est autre chose ! Mais qu'est-ce que la culture vous regarde ? vous vous y entendez donc ?

— Certainement, je m'y entends, puisque je suis
pharmacien, c'est-à-dire chimiste ! et la chimie,
madame Lefrançois, ayant pour objet la connaissance de l'action réciproque et moléculaire de tous

les corps de la nature, il s'ensuit que l'agriculture se trouve comprise dans son domaine! Et, en effet, composition des engrais, fermentation des liquides, analyse des gaz et influence des miasmes, qu'est-ce que tout cela, je vous le demande, si ce n'est de la chimie pure et simple?

L'aubergiste ne répondit rien. Homais continua:

— Croyez-vous qu'il faille, pour être agronome, avoir soi-même labouré la terre ou engraissé des volailles? Mais il faut connaître plutôt la constitution des substances dont il s'agit, les gisements géologiques, les actions atmosphériques, la qualité des terrains, des minéraux, des eaux, la densité des différents corps et leur capillarité! que sais-je? Et il faut posséder à fond tous ses principes d'hygiène, pour diriger, critiquer la construction des bâtiments, le régime des animaux, l'alimentation des domestiques! il faut encore, madame Lefrançois, posséder la botanique; pouvoir discerner les plantes, entendez-vous, quelles sont les salutaires d'avec les délétères, quelles les improductives et quelles les nutritives, s'il est bon de les arracher par-ci et de les ressemer par-là, de propager les unes, de détruire les autres; bref, il faut se tenir au courant de la science par les brochures et papiers publics, être toujours en haleine, afin d'indiquer les améliorations...

L'aubergiste ne quittait point des yeux la porte du *café Français*, et le pharmacien poursuivit:

— Plût à Dieu que nos agriculteurs fussent des chimistes, ou que du moins ils écoutassent davantage les conseils de la science! Ainsi, moi, j'ai dernièrement écrit un fort opuscule, un mémoire de plus de soixante et douze pages, intitulé: *Du cidre, de sa fabrication et de ses effets; suivi de quelques réflexions nouvelles à ce sujet*, que j'ai envoyé à la Société agronomique de Rouen; ce qui m'a même valu l'honneur d'être reçu parmi ses membres, section d'agriculture, classe de pomologie ; eh bien, si mon ouvrage avait été livré à la publicité...

Mais l'apothicaire s'arrêta, tant madame Lefrançois paraissait préoccupée.

— Voyez-les donc ! disait-elle, on n'y comprend rien ! une gargote semblable !

Et, avec des haussements d'épaules qui tiraient sur sa poitrine les mailles de son tricot, elle montrait des deux mains le cabaret de son rival, d'où sortaient alors des chansons.

— Du reste, il n'en a pas pour longtemps, ajouta-t-elle ; avant huit jours, tout est fini.

Homais se recula de stupéfaction. Elle descendit ses trois marches, et, lui parlant à l'oreille :

— Comment ! vous ne savez pas cela ? On va le saisir cette semaine. C'est Lheureux qui le fait vendre. Il l'a assassiné de billets.

— Quelle épouvantable catastrophe ! s'écria l'apothicaire, qui avait toujours des expressions congruantes à toutes les circonstances imaginables.

L'hôtesse donc se mit à lui raconter cette histoire, qu'elle savait par Théodore, le domestique de M. Guillaumin, et, bien qu'elle exécrât Tellier, elle blâmait Lheureux. C'était un enjôleur, un rampant.

— Ah ! tenez, dit-elle, le voilà sous les halles ; il salue madame Bovary, qui a un chapeau vert. Elle est même au bras de M. Boulanger.

— Madame Bovary ! fit Homais. Je m'empresse d'aller lui offrir mes hommages. Peut-être qu'elle sera bien aise d'avoir une place dans l'enceinte, sous le péristyle.

Et, sans écouter la mère Lefrançois, qui le rappelait pour lui en conter plus long, le pharmacien s'éloigna d'un pas rapide, sourire aux lèvres et jarret tendu, distribuant de droite et de gauche quantité de salutations et emplissant beaucoup d'espace avec les grandes basques de son habit noir, qui flottaient au vent derrière lui.

Rodolphe, l'ayant aperçu de loin, avait pris un train rapide; mais madame Bovary s'essouffla; il se ralentit donc et lui dit en souriant, d'un ton brutal:

— C'est pour éviter ce gros homme: vous savez, l'apothicaire.

Elle lui donna un coup de coude.

— Qu'est-ce que cela signifie? se demanda-t-il. Et il la considéra du coin de l'œil, tout en continuant à marcher.

Son profil était si calme, que l'on n'y devinait rien. Il se détachait en pleine lumière, dans l'ovale de sa capote qui avait des rubans pâles ressemblant à des feuilles de roseau. Ses yeux aux longs cils courbes regardaient devant elle, et, quoique bien ouverts, ils semblaient un peu bridés par les pommettes, à cause du sang, qui battait doucement sous sa peau fine. Une couleur rose traversait la cloison de son nez. Elle inclinait la tête sur l'épaule, et l'on voyait entre ses lèvres le bout nacré de ses dents blanches.

— Se moque-t-elle de moi? songeait Rodolphe.

Ce geste d'Emma pourtant n'avait été qu'un avertissement; car M. Lheureux les accompagnait, et il leur parlait de temps à autre, comme pour entrer en conversation:

— Voici une journée superbe! tout le monde est dehors! les vents sont à l'est.

Et madame Bovary, non plus que Rodolphe, ne lui répondait guère, tandis qu'au moindre mouvement qu'ils faisaient, il se rapprochait en disant: «Plaît-il?» et portait la main à son chapeau.

Quand ils furent devant la maison du maréchal, au lieu de suivre la route jusqu'à la barrière, Rodolphe, brusquement, prit un sentier, entraînant madame Bovary; il cria:

— Bonsoir, M. Lheureux! au plaisir!

— Comme vous l'avez congédié! dit-elle en riant.

— Pourquoi, reprit-il, se laisser envahir par les autres? et, puisque, aujourd'hui, j'ai le bonheur d'être avec vous…

Emma rougit. Il n'acheva point sa phrase. Alors il parla du beau temps et du plaisir de marcher sur l'herbe. Quelques marguerites étaient repoussées.

— Voici de gentilles pâquerettes, dit-il, et de quoi fournir bien des oracles à toutes les amoureuses du pays.

Il ajouta:

— Si j'en cueillais. Qu'en pensez-vous?

— Est-ce que vous êtes amoureux? fit-elle en toussant un peu.

— Eh! eh! qui sait? répondit Rodolphe.

Le pré commençait à se remplir, et les ménagères vous heurtaient avec leurs grands parapluies, leurs paniers et leurs bambins. Souvent il fallait se déranger devant une longue file de campagnardes, servantes en bas bleus, à souliers plats, à bagues d'argent, et qui sentaient le lait, quand on passait près d'elles. Elles marchaient en se tenant par la main, et se répandaient ainsi sur toute la longueur de la prairie, depuis la ligne des trembles jusqu'à la tente du banquet. Mais c'était le moment de l'examen, et les cultivateurs, les uns après les autres, entraient dans une manière d'hippodrome que formait une longue corde portée sur des bâtons.

Les bêtes étaient là, le nez tourné vers la ficelle, et alignant confusément leurs croupes inégales. Des porcs assoupis enfonçaient en terre leur groin; des veaux beuglaient; des brebis bêlaient; les vaches, un jarret replié, étalaient leur ventre sur le gazon, et, ruminant lentement, clignaient leurs paupières lourdes, sous les moucherons qui bourdonnaient autour d'elles. Des charretiers, les bras nus, rete-

naient par le licou des étalons cabrés, qui hennissaient à pleins naseaux du côté des juments. Elles
restaient paisibles, allongeant la tête et la crinière
pendante, tandis que leurs poulains se reposaient à
leur ombre, ou venaient les téter quelquefois ; et, sur
la longue ondulation de tous ces corps tassés, on
voyait se lever au vent, comme un flot, quelque crinière blanche, ou bien saillir des cornes aiguës, et
des têtes d'hommes qui couraient. À l'écart, en
dehors des lices, cent pas plus loin, il y avait un
grand taureau noir muselé, portant un cercle de fer
à la narine, et qui ne bougeait pas plus qu'une bête
de bronze. Un enfant en haillons le tenait par une
corde.

Cependant, entre les deux rangées, des messieurs
s'avançaient d'un pas lourd, examinant chaque animal, puis se consultaient à voix basse. L'un d'eux,
qui semblait plus considérable, prenait, tout en
marchant, quelques notes sur un album. C'était le
président du jury : M. Derozerays de la Panville.
Sitôt qu'il reconnut Rodolphe, il s'avança vivement,
et lui dit en souriant d'un air aimable :

— Comment, monsieur Boulanger, vous nous
abandonnez ?

Rodolphe protesta qu'il allait venir. Mais quand le
président eut disparu :

— Ma foi, non, reprit-il, je n'irai pas ; votre compagnie vaut bien la sienne.

Et, tout en se moquant des comices, Rodolphe,
pour circuler plus à l'aise, montrait au gendarme sa
pancarte bleue, et même il s'arrêtait parfois devant
quelque beau *sujet*, que madame Bovary n'admirait
guère. Il s'en aperçut, et alors se mit à faire des plaisanteries sur les dames d'Yonville, à propos de leur
toilette ; puis il s'excusa lui-même du négligé de la
sienne. Elle avait cette incohérence de choses communes et recherchées, où le vulgaire, d'habitude,

croit entrevoir la révélation d'une existence excentrique, les désordres du sentiment, les tyrannies de l'art, et toujours un certain mépris des conventions sociales, ce qui le séduit ou l'exaspère. Ainsi sa chemise de batiste à manchettes plissées bouffait au hasard du vent, dans l'ouverture de son gilet, qui était de coutil gris, et son pantalon à larges raies découvrait aux chevilles ses bottines de nankin, claquées de cuir verni. Elles étaient si vernies, que l'herbe s'y reflétait. Il foulait avec elles les crottins de cheval, une main dans la poche de sa veste et son chapeau de paille mis de côté.

— D'ailleurs, ajouta-t-il, quand on habite la campagne...

— Tout est peine perdue, dit Emma.

— C'est vrai! répliqua Rodolphe. Songer que pas un seul de ces braves gens n'est capable de comprendre même la tournure d'un habit!

Alors ils parlèrent de la médiocrité provinciale, des existences qu'elle étouffait, des illusions qui s'y perdaient[1].

— Aussi, disait Rodolphe, je m'enfonce dans une tristesse...

— Vous! fit-elle avec étonnement. Mais je vous croyais très gai?

— Ah! oui, d'apparence, parce qu'au milieu du monde je sais mettre sur mon visage un masque railleur; et cependant que de fois, à la vue d'un cimetière, au clair de lune, je me suis demandé si je ne ferais pas mieux d'aller rejoindre ceux qui sont à dormir...

— Oh! Et vos amis? dit-elle. Vous n'y pensez pas.

— Mes amis? lesquels donc? en ai-je? Qui s'inquiète de moi?

Et il accompagna ces derniers mots d'une sorte de sifflement entre ses lèvres.

Mais ils furent obligés de s'écarter l'un de l'autre,

à cause d'un grand échafaudage de chaises qu'un homme portait derrière eux. Il en était si surchargé, que l'on apercevait seulement la pointe de ses sabots, avec le bout de ses deux bras, écartés droit. C'était Lestiboudois, le fossoyeur, qui charriait dans la multitude les chaises de l'église. Plein d'imagination pour tout ce qui concernait ses intérêts, il avait découvert ce moyen de tirer parti des comices ; et son idée lui réussissait, car il ne savait plus auquel entendre. En effet, les villageois, qui avaient chaud, se disputaient ces sièges dont la paille sentait l'encens, et s'appuyaient contre leurs gros dossiers salis par la cire des cierges, avec une certaine vénération.

Madame Bovary reprit le bras de Rodolphe ; il continua comme se parlant à lui-même :

— Oui ! tant de choses m'ont manqué ! toujours seul ! Ah ! si j'avais eu un but dans la vie, si j'eusse rencontré une affection, si j'avais trouvé quelqu'un... Oh ! comme j'aurais dépensé toute l'énergie dont je suis capable, j'aurais surmonté tout, brisé tout !

— Il me semble pourtant, dit Emma, que vous n'êtes guère à plaindre.

— Ah ! vous trouvez ? fit Rodolphe.

— Car enfin..., reprit-elle, vous êtes libre.

Elle hésita :

— Riche.

— Ne vous moquez pas de moi, répondit-il.

Et elle jurait qu'elle ne se moquait pas, quand un coup de canon retentit ; aussitôt, on se poussa, pêle-mêle, vers le village.

C'était une fausse alerte. M. le préfet n'arrivait pas ; et les membres du jury se trouvaient fort embarrassés, ne sachant s'il fallait commencer la séance ou bien attendre encore.

Enfin, au fond de la Place, parut un grand landau de louage, traîné par deux chevaux maigres, que

fouettait à tour de bras un cocher en chapeau blanc.
Binet n'eut que le temps de crier : «Aux armes !» et
le colonel de l'imiter. On courut vers les faisceaux.
On se précipita. Quelques-uns même oublièrent leur
col. Mais l'équipage préfectoral sembla deviner cet
embarras, et les deux rosses accouplées, se dandinant sur leur chaînette, arrivèrent au petit trot
devant le péristyle de la mairie, juste au moment où
la garde nationale et les pompiers s'y déployaient,
tambour battant, et marquant le pas.

— Balancez ! cria Binet.

— Halte ! cria le colonel. Par file à gauche !

Et, après un port d'armes où le cliquetis des capucines[1], se déroulant, sonna comme un chaudron de
cuivre qui dégringole les escaliers, tous les fusils
retombèrent.

Alors on vit descendre du carrosse un monsieur
vêtu d'un habit court à broderie d'argent, chauve
sur le front, portant toupet à l'occiput, ayant le teint
blafard et l'apparence des plus bénignes. Ses deux
yeux, fort gros et couverts de paupières épaisses, se
fermaient à demi pour considérer la multitude, en
même temps qu'il levait son nez pointu et faisait
sourire sa bouche rentrée. Il reconnut le maire à
son écharpe, et lui exposa que M. le préfet n'avait
pu venir. Il était, lui, un conseiller de préfecture ;
puis il ajouta quelques excuses. Tuvache y répondit
par des civilités, l'autre s'avoua confus ; et ils restaient ainsi, face à face, et leurs fronts se touchant
presque, avec les membres du jury tout alentour, le
conseil municipal, les notables, la garde nationale et
la foule. M. le conseiller, appuyant contre sa poitrine son petit tricorne noir, réitérait ses salutations,
tandis que Tuvache, courbé comme un arc, souriait
aussi, bégayait, cherchait ses phrases, protestait de
son dévouement à la monarchie, et de l'honneur
que l'on faisait à Yonville.

Hippolyte, le garçon de l'auberge, vint prendre par la bride les chevaux du cocher, et tout en boitant de son pied bot, il les conduisit sous le porche du *Lion d'or*, où beaucoup de paysans s'amassèrent à regarder la voiture. Le tambour battit, l'obusier tonna, et les messieurs à la file montèrent s'asseoir sur l'estrade, dans les fauteuils en utrecht rouge[1] qu'avait prêtés madame Tuvache.

Tous ces gens-là se ressemblaient. Leurs molles figures blondes, un peu hâlées par le soleil, avaient la couleur du cidre doux, et leurs favoris bouffants s'échappaient de grands cols roides, que maintenaient des cravates blanches à rosette bien étalée. Tous les gilets étaient de velours, à châle ; toutes les montres portaient au bout d'un long ruban quelque cachet ovale en cornaline ; et l'on appuyait ses deux mains sur ses deux cuisses, en écartant avec soin la fourche du pantalon, dont le drap non décati reluisait plus brillamment que le cuir des fortes bottes.

Les dames de la société se tenaient derrière, sous le vestibule, entre les colonnes, tandis que le commun de la foule était en face, debout, ou bien assis sur des chaises. En effet, Lestiboudois avait apporté là toutes celles qu'il avait déménagées de la prairie, et même il courait à chaque minute en chercher d'autres dans l'église, et causait un tel encombrement par son commerce, que l'on avait grand-peine à parvenir jusqu'au petit escalier de l'estrade.

— Moi, je trouve, dit M. Lheureux (s'adressant au pharmacien, qui passait pour gagner sa place), que l'on aurait dû planter là deux mâts vénitiens : avec quelque chose d'un peu sévère et de riche comme nouveautés, c'eût été d'un fort joli coup d'œil.

— Certes, répondit Homais. Mais, que voulez-vous ! c'est le maire qui a tout pris sous son bonnet.

Il n'a pas grand goût, ce pauvre Tuvache, et il est même complètement dénué de ce qui s'appelle le génie des arts.

Cependant Rodolphe, avec madame Bovary, était monté au premier étage de la mairie, dans la *salle des délibérations*, et, comme elle était vide, il avait déclaré que l'on y serait bien pour jouir du spectacle plus à son aise. Il prit trois tabourets autour de la table ovale, sous le buste du monarque, et, les ayant approchés de l'une des fenêtres, ils s'assirent l'un près de l'autre.

Il y eut une agitation sur l'estrade, de longs chuchotements, des pourparlers. Enfin, M. le Conseiller se leva. On savait maintenant qu'il s'appelait Lieuvain, et l'on se répétait son nom de l'un à l'autre, dans la foule. Quand il eut donc collationné quelques feuilles et appliqué dessus son œil pour y mieux voir, il commença :

« Messieurs,

« Qu'il me soit permis d'abord (avant de vous entretenir de l'objet de cette réunion d'aujourd'hui, et ce sentiment, j'en suis sûr, sera partagé par vous tous), qu'il me soit permis, dis-je, de rendre justice à l'administration supérieure, au gouvernement, au monarque, messieurs, à notre souverain, à ce roi bien-aimé à qui aucune branche de la prospérité publique ou particulière n'est indifférente, et qui dirige à la fois d'une main si ferme et si sage le char de l'État parmi les périls incessants d'une mer orageuse, sachant d'ailleurs faire respecter la paix comme la guerre, l'industrie, le commerce, l'agriculture et les beaux-arts[1]. »

— Je devrais, dit Rodolphe, me reculer un peu.
— Pourquoi ? dit Emma.

Mais, à ce moment, la voix du Conseiller s'éleva d'un ton extraordinaire. Il déclamait :

« Le temps n'est plus, messieurs, où la discorde civile ensanglantait nos places publiques, où le propriétaire, le négociant, l'ouvrier lui-même, en s'endormant le soir d'un sommeil paisible, tremblaient de se voir réveillés tout à coup au bruit des tocsins incendiaires, où les maximes les plus subversives sapaient audacieusement les bases... »

— C'est qu'on pourrait, reprit Rodolphe, m'apercevoir d'en bas ; puis j'en aurais pour quinze jours à donner des excuses, et, avec ma mauvaise réputation...

— Oh ! vous vous calomniez, dit Emma.

— Non, non, elle est exécrable, je vous jure.

« Mais, messieurs, poursuivait le Conseiller, que si, écartant de mon souvenir ces sombres tableaux, je reporte mes yeux sur la situation actuelle de notre belle patrie : qu'y vois-je ? Partout fleurissent le commerce et les arts ; partout des voies nouvelles de communication, comme autant d'artères nouvelles dans le corps de l'État, y établissent des rapports nouveaux ; nos grands centres manufacturiers ont repris leur activité ; la religion, plus affermie, sourit à tous les cœurs ; nos ports sont pleins, la confiance renaît, et enfin la France respire !... »

— Du reste, ajouta Rodolphe, peut-être, au point de vue du monde, a-t-on raison ?

— Comment cela ? fit-elle.

— Eh quoi ! dit-il, ne savez-vous pas qu'il y a des âmes sans cesse tourmentées ? Il leur faut tour à tour le rêve et l'action, les passions les plus pures, les jouissances les plus furieuses, et l'on se jette ainsi dans toutes sortes de fantaisies, de folies.

Alors elle le regarda comme on contemple un voyageur qui a passé par des pays extraordinaires, et elle reprit :

— Nous n'avons pas même cette distraction, nous autres pauvres femmes !

— Triste distraction, car on n'y trouve pas le bonheur.

— Mais le trouve-t-on jamais ? demanda-t-elle.

— Oui, il se rencontre un jour, répondit-il.

« Et c'est là ce que vous avez compris, disait le Conseiller. Vous, agriculteurs et ouvriers des campagnes ; vous, pionniers pacifiques d'une œuvre toute de civilisation ! vous, hommes de progrès et de moralité ! vous avez compris, dis-je, que les orages politiques sont encore plus redoutables vraiment que les désordres de l'atmosphère... »

— Il se rencontre un jour, répéta Rodolphe, un jour, tout à coup, et quand on en désespérait. Alors des horizons s'entrouvrent, c'est comme une voix qui crie : « Le voilà ! » Vous sentez le besoin de faire à cette personne la confidence de votre vie, de lui donner tout, de lui sacrifier tout ! On ne s'explique pas, on se devine. On s'est entrevu dans ses rêves. (Et il la regardait.) Enfin, il est là, ce trésor que l'on a tant cherché, là, devant vous ; il brille, il étincelle. Cependant on en doute encore, on n'ose y croire ; on en reste ébloui, comme si l'on sortait des ténèbres à la lumière.

Et, en achevant ces mots, Rodolphe ajouta la pantomime à sa phrase. Il se passa la main sur le visage, tel qu'un homme pris d'étourdissement ; puis il la laissa retomber sur celle d'Emma. Elle retira la sienne. Mais le Conseiller lisait toujours :

« Et qui s'en étonnerait, messieurs ? Celui-là seul qui serait assez aveugle, assez plongé (je ne crains pas de le dire), assez plongé dans les préjugés d'un autre âge pour méconnaître encore l'esprit des populations agricoles. Où trouver, en effet, plus de patriotisme que dans les campagnes, plus de dévouement à la cause publique, plus d'intelligence en un mot ? Et je n'entends pas, messieurs, cette intelligence superficielle, vain ornement des esprits oisifs, mais plus de cette intelligence profonde et modérée, qui s'applique par-dessus toute chose à poursuivre des buts utiles, contribuant ainsi au bien de chacun, à l'amélioration commune et au soutien des États, fruit du respect des lois et de la pratique des devoirs... »

— Ah ! encore, dit Rodolphe. Toujours les devoirs, je suis assommé de ces mots-là. Ils sont un tas de vieilles ganaches en gilet de flanelle, et de bigotes à chaufferette et à chapelet, qui continuellement nous chantent aux oreilles : « Le devoir ! le devoir ! » Eh ! parbleu ! le devoir, c'est de sentir ce qui est grand, de chérir ce qui est beau, et non pas d'accepter toutes les conventions de la société, avec les ignominies qu'elle nous impose.

— Cependant..., cependant..., objectait madame Bovary.

— Eh non ! pourquoi déclamer contre les passions ? Ne sont-elles pas la seule belle chose qu'il y ait sur la terre, la source de l'héroïsme, de l'enthousiasme, de la poésie, de la musique, des arts, de tout enfin ?

— Mais il faut bien, dit Emma, suivre un peu l'opinion du monde et obéir à sa morale.

— Ah ! c'est qu'il y en a deux, répliqua-t-il. La petite, la convenue, celle des hommes, celle qui varie sans cesse et qui braille si fort, s'agite en bas, terre à terre, comme ce rassemblement d'imbéciles que vous voyez. Mais l'autre, l'éternelle, elle est tout autour et au-dessus, comme le paysage qui nous environne et le ciel bleu qui nous éclaire.

M. Lieuvain venait de s'essuyer la bouche avec son mouchoir de poche. Il reprit :

« Et qu'aurais-je à faire, messieurs, de vous démontrer ici l'utilité de l'agriculture ? Qui donc pourvoit à nos besoins ? qui donc fournit à notre subsistance ? N'est-ce pas l'agriculteur ? L'agriculteur, messieurs, qui, ensemençant d'une main laborieuse les sillons féconds des campagnes, fait naître le blé, lequel broyé est mis en poudre au moyen d'ingénieux appareils, en sort sous le nom de farine, et, de là, transporté dans les cités, est bientôt rendu chez le boulanger, qui en confectionne un aliment pour le pauvre comme pour le riche. N'est-ce pas l'agriculteur encore qui engraisse, pour nos vêtements, ses abondants troupeaux dans les pâturages ? Car comment nous vêtirions-nous, car comment nous nourririons-nous sans l'agriculteur ? Et même, messieurs, est-il besoin d'aller si loin chercher des exemples ? Qui n'a souvent réfléchi à toute l'importance que l'on retire de ce modeste animal, ornement de nos basses-cours, qui fournit à la fois un oreiller moelleux pour nos couches, sa chair succulente pour nos tables, et des œufs ? Mais je n'en finirais pas, s'il fallait énumérer les uns après les autres les différents produits que la terre bien cultivée, telle qu'une mère généreuse, prodigue à ses enfants. Ici, c'est la vigne ; ailleurs, ce sont les pommiers à cidre ; là, le colza ; plus loin, les fromages ; et le lin ; messieurs, n'oublions pas le lin ! qui a pris dans ces dernières années un accroissement considérable et sur lequel j'appellerai plus particulièrement votre attention. »

Il n'avait pas besoin de l'appeler : car toutes les bouches de la multitude se tenaient ouvertes, comme pour boire ses paroles. Tuvache, à côté de lui, l'écoutait en écarquillant les yeux ; M. Derozerays, de temps à autre, fermait doucement les paupières ; et, plus loin, le pharmacien, avec son fils Napoléon entre ses jambes, bombait sa main contre son oreille pour ne pas perdre une seule syllabe. Les autres membres du jury balançaient lentement leur menton dans leur gilet, en signe d'approbation. Les pompiers, au bas de l'estrade, se reposaient sur leurs baïonnettes ; et Binet, immobile, restait le coude en dehors, avec la pointe du sabre en l'air. Il entendait peut-être, mais il ne devait rien apercevoir, à cause de la visière de son casque qui lui descendait sur le nez. Son lieutenant, le fils cadet du sieur Tuvache, avait encore exagéré le sien ; car il en portait un énorme et qui lui vacillait sur la tête, en laissant dépasser un bout de son foulard d'indienne. Il souriait là-dessous avec une douceur tout enfantine, et sa petite figure pâle, où des gouttes ruisselaient, avait une expression de jouissance, d'accablement et de sommeil.

La Place jusqu'aux maisons était comble de monde. On voyait des gens accoudés à toutes les fenêtres, d'autres debout sur toutes les portes, et Justin, devant la devanture de la pharmacie, paraissait tout fixé dans la contemplation de ce qu'il regardait. Malgré le silence, la voix de M. Lieuvain se perdait dans l'air. Elle vous arrivait par lambeaux de phrases, qu'interrompait çà et là le bruit des chaises dans la foule ; puis on entendait, tout à coup, partir derrière soi un long mugissement de bœuf, ou bien les bêlements des agneaux qui se répondaient au coin des rues. En effet, les vachers et les bergers avaient poussé leurs bêtes jusque-là, et elles beuglaient de temps à autre, tout en arrachant avec leur

langue quelque bribe de feuillage qui leur pendait
sur le museau.

Rodolphe s'était rapproché d'Emma, et il disait
d'une voix basse, en parlant vite :

— Est-ce que cette conjuration du monde ne
vous révolte pas ? Est-il un seul sentiment qu'il ne
condamne ? Les instincts les plus nobles, les sympathies les plus pures sont persécutés, calomniés, et,
s'il se rencontre enfin deux pauvres âmes, tout est
organisé pour qu'elles ne puissent se joindre. Elles
essayeront cependant, elles battront des ailes, elles
s'appelleront. Oh ! n'importe, tôt ou tard, dans six
mois, dix ans, elles se réuniront, s'aimeront, parce
que la fatalité l'exige et qu'elles sont nées l'une pour
l'autre.

Il se tenait les bras croisés sur ses genoux, et, ainsi
levant la figure vers Emma, il la regardait de près,
fixement. Elle distinguait dans ses yeux des petits
rayons d'or s'irradiant tout autour de ses pupilles
noires, et même elle sentait le parfum de la pommade qui lustrait sa chevelure. Alors une mollesse la
saisit, elle se rappela ce vicomte qui l'avait fait valser
à la Vaubyessard, et dont la barbe exhalait, comme
ces cheveux-là, cette odeur de vanille et de citron ; et,
machinalement, elle entre-ferma les paupières pour
la mieux respirer. Mais, dans ce geste qu'elle fit en se
cambrant sur sa chaise, elle aperçut au loin, tout au
fond de l'horizon, la vieille diligence *l'Hirondelle*,
qui descendait lentement la côte des Leux, en traînant après soi un long panache de poussière. C'était
dans cette voiture jaune que Léon, si souvent, était
revenu vers elle ; et par cette route là-bas qu'il était
parti pour toujours ! Elle crut le voir en face, à sa
fenêtre ; puis tout se confondit, des nuages passèrent ; il lui sembla qu'elle tournait encore dans la
valse, sous le feu des lustres, au bras du vicomte, et
que Léon n'était pas loin, qu'il allait venir... et

cependant elle sentait toujours la tête de Rodolphe à côté d'elle. La douceur de cette sensation pénétrait ainsi ses désirs d'autrefois, et comme des grains de sable sous un coup de vent, ils tourbillonnaient dans la bouffée subtile du parfum qui se répandait sur son âme. Elle ouvrit les narines à plusieurs reprises, fortement, pour aspirer la fraîcheur des lierres autour des chapiteaux. Elle retira ses gants, elle s'essuya les mains ; puis, avec son mouchoir, elle s'éventait la figure, tandis qu'à travers le battement de ses tempes elle entendait la rumeur de la foule et la voix du Conseiller qui psalmodiait ses phrases.

Il disait :

« Continuez ! persévérez ! n'écoutez ni les suggestions de la routine, ni les conseils trop hâtifs d'un empirisme téméraire ! Appliquez-vous surtout à l'amélioration du sol, aux bons engrais, au développement des races chevalines, bovines, ovines et porcines ! Que ces comices soient pour vous comme des arènes pacifiques où le vainqueur, en en sortant, tendra la main au vaincu et fraternisera avec lui, dans l'espoir d'un succès meilleur ! Et vous, vénérables serviteurs ! humbles domestiques, dont aucun gouvernement jusqu'à ce jour n'avait pris en considération les pénibles labeurs, venez recevoir la récompense de vos vertus silencieuses, et soyez convaincus que l'État, désormais, a les yeux fixés sur vous, qu'il vous encourage, qu'il vous protège, qu'il fera droit à vos justes réclamations et allégera, autant qu'il est en lui, le fardeau de vos pénibles sacrifices ! »

M. Lieuvain se rassit alors ; M. Derozerays se leva, commençant un autre discours. Le sien peut-être, ne fut point aussi fleuri que celui du Conseiller ; mais il se recommandait par un caractère de style plus posi-

tif, c'est-à-dire par des connaissances plus spéciales
et des considérations plus relevées. Ainsi, l'éloge du
gouvernement y tenait moins de place; la religion
et l'agriculture en occupaient davantage. On y
voyait le rapport de l'une et de l'autre, et comment
elles avaient concouru toujours à la civilisation.
Rodolphe, avec madame Bovary, causait rêves, pressentiments, magnétisme[1]. Remontant au berceau
des sociétés, l'orateur vous dépeignait ces temps
farouches où les hommes vivaient de glands, au fond
des bois. Puis ils avaient quitté la dépouille des bêtes,
endossé le drap, creusé des sillons, planté la vigne.
Était-ce un bien, et n'y avait-il pas dans cette découverte plus d'inconvénients que d'avantages? M. Derozerays se posait ce problème. Du magnétisme, peu à
peu, Rodolphe en était venu aux affinités, et, tandis
que M. le président citait Cincinnatus à sa charrue,
Dioclétien plantant ses choux, et les empereurs de la
Chine inaugurant l'année par des semailles, le jeune
homme expliquait à la jeune femme que ces attractions irrésistibles tiraient leur cause de quelque existence antérieure.

— Ainsi, nous, disait-il, pourquoi nous sommes-
nous connus? quel hasard l'a voulu? C'est qu'à travers l'éloignement, sans doute, comme deux fleuves
qui coulent pour se rejoindre, nos pentes particu-
lières nous avaient poussés l'un vers l'autre[2].

Et il saisit sa main; elle ne la retira pas.

«Ensemble de bonnes cultures!» cria le président.

— Tantôt, par exemple, quand je suis venu chez
vous…

«À M. Bizet, de Quincampoix.»

— Savais-je que je vous accompagnerais?

«Soixante et dix francs!»

— Cent fois même j'ai voulu partir, et je vous ai
suivie, je suis resté.

« Fumiers. »

— Comme je resterais ce soir, demain, les autres jours, toute ma vie !

« À M. Caron, d'Argueil, une médaille d'or ! »

— Car jamais je n'ai trouvé dans la société de personne un charme aussi complet.

« À M. Bain, de Givry-Saint-Martin ! »

— Aussi, moi, j'emporterai votre souvenir.

« Pour un bélier mérinos… »

— Mais vous m'oublierez, j'aurai passé comme une ombre.

« À M. Belot, de Notre-Dame… »

— Oh ! non, n'est-ce pas, je serai quelque chose dans votre pensée, dans votre vie ?

« Race porcine, prix *ex æquo* : à MM. Lehérissé et Cullembourg ; soixante francs ! »

Rodolphe lui serrait la main, et il la sentait toute chaude et frémissante comme une tourterelle captive qui veut reprendre sa volée ; mais, soit qu'elle essayât de la dégager ou bien qu'elle répondît à cette pression, elle fit un mouvement des doigts ; il s'écria :

— Oh ! merci ! Vous ne me repoussez pas ! Vous êtes bonne ! vous comprenez que je suis à vous ! Laissez que je vous voie, que je vous contemple !

Un coup de vent qui arriva par les fenêtres fronça le tapis de la table, et, sur la Place, en bas, tous les grands bonnets des paysannes se soulevèrent, comme des ailes de papillons blancs qui s'agitent.

« Emploi de tourteaux de graines oléagineuses », continua le président.

Il se hâtait :

« Engrais flamand, — culture du lin, — drainage, — baux à longs termes, — services de domestiques. »

Rodolphe ne parlait plus. Ils se regardaient. Un désir suprême faisait frissonner leurs lèvres sèches ; et mollement, sans effort, leurs doigts se confondirent.

«Catherine-Nicaise-Élisabeth Leroux, de Sasse-
tot-la-Guerrière, pour cinquante-quatre ans de service dans la même ferme, une médaille d'argent —
du prix de vingt-cinq francs!»

«Où est-elle, Catherine Leroux?» répéta le
Conseiller.

Elle ne se présentait pas, et l'on entendait des
voix qui chuchotaient:

— Vas-y!
— Non.
— À gauche!
— N'aie pas peur!
— Ah! qu'elle est bête!
— Enfin y est-elle? s'écria Tuvache.
— Oui!... la voilà!
— Qu'elle approche donc!

Alors on vit s'avancer sur l'estrade une petite
vieille femme de maintien craintif, et qui paraissait
se ratatiner dans ses pauvres vêtements. Elle avait
aux pieds de grosses galoches de bois, et, le long des
hanches, un grand tablier bleu. Son visage maigre,
entouré d'un béguin sans bordure, était plus plissé
de rides qu'une pomme de reinette flétrie, et des
manches de sa camisole rouge dépassaient deux
longues mains, à articulations noueuses. La poussière des granges, la potasse des lessives et le suint
des laines les avaient si bien encroûtées, éraillées,
durcies, qu'elles semblaient sales quoiqu'elles fussent rincées d'eau claire; et, à force d'avoir servi,
elles restaient entrouvertes, comme pour présenter
d'elles-mêmes l'humble témoignage de tant de souffrances subies. Quelque chose d'une rigidité mona-
cale relevait l'expression de sa figure. Rien de triste
ou d'attendri n'amollissait ce regard pâle. Dans la
fréquentation des animaux, elle avait pris leur
mutisme et leur placidité. C'était la première fois
qu'elle se voyait au milieu d'une compagnie si nom-

breuse ; et, intérieurement effarouchée par les drapeaux, par les tambours, par les messieurs en habit
noir et par la croix d'honneur du Conseiller, elle
demeurait tout immobile, ne sachant s'il fallait
s'avancer ou s'enfuir, ni pourquoi la foule la poussait et pourquoi les examinateurs lui souriaient.
Ainsi se tenait, devant ces bourgeois épanouis, ce
demi-siècle de servitude.

— Approchez, vénérable Catherine-Nicaise-Élisabeth Leroux ! dit M. le Conseiller, qui avait pris
des mains du président la liste des lauréats.

Et tour à tour examinant la feuille de papier, puis
la vieille femme, il répétait d'un ton paternel :

— Approchez, approchez !

— Êtes-vous sourde ? dit Tuvache, en bondissant
sur son fauteuil.

Et il se mit à lui crier dans l'oreille :

— Cinquante-quatre ans de service ! Une médaille
d'argent ! Vingt-cinq francs ! C'est pour vous.

Puis, quand elle eut sa médaille, elle la considéra.
Alors un sourire de béatitude se répandit sur sa
figure, et on l'entendit qui marmottait en s'en allant :

— Je la donnerai au curé de chez nous, pour qu'il
me dise des messes.

— Quel fanatisme ! exclama le pharmacien, en se
penchant vers le notaire.

La séance était finie ; la foule se dispersa ; et, maintenant que les discours étaient lus, chacun reprenait
son rang et tout rentrait dans la coutume : les
maîtres rudoyaient les domestiques, et ceux-ci frappaient les animaux, triomphateurs indolents qui s'en
retournaient à l'étable, une couronne verte entre les
cornes.

Cependant les gardes nationaux étaient montés au
premier étage de la mairie, avec des brioches embro-
chées à leurs baïonnettes, et le tambour du bataillon
qui portait un panier de bouteilles. Madame Bovary

prit le bras de Rodolphe ; il la reconduisit chez elle ;
ils se séparèrent devant sa porte ; puis il se promena
seul dans la prairie, tout en attendant l'heure du
banquet.

Le festin fut long, bruyant, mal servi ; l'on était si
tassé, que l'on avait peine à remuer les coudes, et
les planches étroites qui servaient de bancs faillirent
se rompre sous le poids des convives. Ils mangeaient abondamment. Chacun s'en donnait pour sa
quote-part. La sueur coulait sur tous les fronts ; et
une vapeur blanchâtre, comme la buée d'un fleuve
par un matin d'automne, flottait au-dessus de la
table, entre les quinquets suspendus. Rodolphe, le
dos appuyé contre le calicot de la tente, pensait si
fort à Emma, qu'il n'entendait rien. Derrière lui, sur
le gazon, des domestiques empilaient des assiettes
sales ; ses voisins parlaient, il ne leur répondait pas ;
on lui emplissait son verre, et un silence s'établissait
dans sa pensée, malgré les accroissements de la
rumeur. Il rêvait à ce qu'elle avait dit et à la forme
de ses lèvres ; sa figure, comme en un miroir
magique, brillait sur la plaque des shakos ; les plis
de sa robe descendaient le long des murs, et des
journées d'amour se déroulaient à l'infini dans les
perspectives de l'avenir.

Il la revit le soir, pendant le feu d'artifice ; mais
elle était avec son mari, madame Homais et le pharmacien, lequel se tourmentait beaucoup sur le danger des fusées perdues ; et, à chaque moment, il
quittait la compagnie pour aller faire à Binet des
recommandations.

Les pièces pyrotechniques envoyées à l'adresse du
sieur Tuvache avaient, par excès de précaution, été
enfermées dans sa cave ; aussi la poudre humide ne
s'enflammait guère, et le morceau principal, qui
devait figurer un dragon se mordant la queue, rata
complètement. De temps à autre, il partait une

pauvre chandelle romaine; alors la foule béante poussait une clameur où se mêlait le cri des femmes à qui l'on chatouillait la taille pendant l'obscurité. Emma, silencieuse, se blottissait doucement contre l'épaule de Charles; puis, le menton levé, elle suivait dans le ciel noir le jet lumineux des fusées. Rodolphe la contemplait à la lueur des lampions qui brûlaient.

Ils s'éteignirent peu à peu. Les étoiles s'allumèrent. Quelques gouttes de pluie vinrent à tomber. Elle noua son fichu sur sa tête nue.

À ce moment, le fiacre du Conseiller sortit de l'auberge. Son cocher, qui était ivre, s'assoupit tout à coup; et l'on apercevait de loin, par-dessus la capote, entre les deux lanternes, la masse de son corps qui se balançait de droite et de gauche selon le tangage des soupentes.

— En vérité, dit l'apothicaire, on devrait bien sévir contre l'ivresse! Je voudrais que l'on inscrivît, hebdomadairement, à la porte de la mairie, sur un tableau *ad hoc*, les noms de tous ceux qui, durant la semaine, se seraient intoxiqués avec des alcools. D'ailleurs, sous le rapport de la statistique, on aurait là comme des annales patentes qu'on irait au besoin... Mais excusez.

Et il courut encore vers le capitaine.

Celui-ci rentrait à sa maison. Il allait revoir son tour.

— Peut-être ne feriez-vous pas mal, lui dit Homais, d'envoyer un de vos hommes ou d'aller vous-même...

— Laissez-moi donc tranquille, répondit le percepteur, puisqu'il n'y a rien!

— Rassurez-vous, dit l'apothicaire, quand il fut revenu près de ses amis. M. Binet m'a certifié que les mesures étaient prises. Nulle flammèche ne sera tombée. Les pompes sont pleines. Allons dormir.

— Ma foi! j'en ai besoin, fit madame Homais, qui

bâillait considérablement ; mais, n'importe, nous avons eu pour notre fête une bien belle journée.

Rodolphe répéta d'une voix basse et avec un regard tendre :

— Oh ! oui, bien belle !

Et, s'étant salués, on se tourna le dos.

Deux jours après, dans *le Fanal de Rouen*, il y avait un grand article sur les comices. Homais l'avait composé, de verve, dès le lendemain :

« Pourquoi ces festons, ces fleurs, ces guirlandes ? Où courait cette foule, comme les flots d'une mer en furie, sous les torrents d'un soleil tropical qui répandait sa chaleur sur nos guérets ? »

Ensuite, il parlait de la condition des paysans. Certes, le gouvernement faisait beaucoup, mais pas assez ! « Du courage ! lui criait-il ; mille réformes sont indispensables, accomplissons-les. » Puis, abordant l'entrée du Conseiller, il n'oubliait point « l'air martial de notre milice », ni « nos plus sémillantes villageoises », ni « les vieillards à tête chauve, sorte de patriarches qui étaient là, et dont quelques-uns, débris de nos immortelles phalanges, sentaient encore battre leurs cœurs au son mâle des tambours. » Il se citait des premiers parmi les membres du jury, et même il rappelait, dans une note, que M. Homais, pharmacien, avait envoyé un mémoire sur le cidre à la Société d'agriculture. Quand il arrivait à la distribution des récompenses, il dépeignait la joie des lauréats en traits dithyrambiques. « Le père embrassait son fils, le frère le frère, l'époux l'épouse. Plus d'un montrait avec orgueil son humble médaille, et sans doute, revenu chez lui, près de sa bonne ménagère, il l'aura suspendue en pleurant aux murs discrets de sa chaumine.

« Vers six heures, un banquet, dressé dans l'herbage de M. Liégeard, a réuni les principaux assistants de la fête. La plus grande cordialité n'a cessé

d'y régner[1]. Divers toasts ont été portés : M. Lieuvain, au monarque ! M. Tuvache, au préfet ! M. Derozerays, à l'agriculture ! M. Homais, à l'industrie et
aux beaux-arts, ces deux sœurs ! M. Leplichey, aux
améliorations ! Le soir, un brillant feu d'artifice a
tout à coup illuminé les airs. On eût dit un véritable
kaléidoscope, un vrai décor d'Opéra, et un moment
notre petite localité a pu se croire transportée au
milieu d'un rêve des *Mille et une Nuits*.

« Constatons qu'aucun événement fâcheux n'est
venu troubler cette réunion de famille. »

Et il ajoutait :

« On y a seulement remarqué l'absence du clergé.
Sans doute les sacristies entendent le progrès d'une
autre manière. Libre à vous, messieurs de Loyola[2] ! »

IX

Six semaines s'écoulèrent. Rodolphe ne revint
pas. Un soir, enfin, il parut.

Il s'était dit, le lendemain des comices :

— N'y retournons pas de sitôt, ce serait une
faute.

Et, au bout de la semaine, il était parti pour la
chasse. Après la chasse, il avait songé qu'il était trop
tard, puis il fit ce raisonnement :

— Mais, si du premier jour elle m'a aimé, elle
doit, par l'impatience de me revoir, m'aimer davantage. Continuons donc !

Et il comprit que son calcul avait été bon lorsque,
en entrant dans la salle, il aperçut Emma pâlir.

Elle était seule. Le jour tombait. Les petits rideaux
de mousseline, le long des vitres, épaississaient le
crépuscule, et la dorure du baromètre, sur qui frappait un rayon de soleil, étalait des feux dans la glace,
entre les découpures du polypier.

Rodolphe resta debout; et à peine si Emma répondit à ses premières phrases de politesse.

— Moi, dit-il, j'ai eu des affaires. J'ai été malade.

— Gravement? s'écria-t-elle.

— Eh bien, fit Rodolphe en s'asseyant à ses côtés sur un tabouret, non!... C'est que je n'ai pas voulu revenir.

— Pourquoi?

— Vous ne devinez pas?

Il la regarda encore une fois, mais d'une façon si violente qu'elle baissa la tête en rougissant. Il reprit:

— Emma...

— Monsieur! fit-elle en s'écartant un peu.

— Ah! vous voyez bien, répliqua-t-il d'une voix mélancolique, que j'avais raison de vouloir ne pas revenir; car ce nom, ce nom qui remplit mon âme et qui m'est échappé, vous me l'interdisez! Madame Bovary!... Eh! tout le monde vous appelle comme cela!... Ce n'est pas votre nom, d'ailleurs; c'est le nom d'un autre!

Il répéta:

— D'un autre!

Et il se cacha la figure entre les mains.

— Oui, je pense à vous continuellement!... Votre souvenir me désespère! Ah! pardon!... Je vous quitte... Adieu!... J'irai loin..., si loin, que vous n'entendrez plus parler de moi!... Et cependant..., aujourd'hui..., je ne sais quelle force encore m'a poussé vers vous! Car on ne lutte pas contre le ciel, on ne résiste point au sourire des anges! on se laisse entraîner par ce qui est beau, charmant, adorable!

C'était la première fois qu'Emma s'entendait dire ces choses; et son orgueil, comme quelqu'un qui se délasse dans une étuve, s'étirait mollement et tout entier à la chaleur de ce langage.

— Mais, si je ne suis pas venu, continua-t-il, si je

n'ai pu vous voir, ah! du moins j'ai bien contemplé ce qui vous entoure. La nuit, toutes les nuits, je me relevais, j'arrivais jusqu'ici, je regardais votre maison, le toit qui brillait sous la lune, les arbres du jardin qui se balançaient à votre fenêtre, et une petite lampe, une lueur, qui brillait à travers les carreaux, dans l'ombre. Ah! vous ne saviez guère qu'il y avait là, si près et si loin, un pauvre misérable…

Elle se tourna vers lui avec un sanglot.

— Oh! vous êtes bon! dit-elle.

— Non, je vous aime, voilà tout! Vous n'en doutez pas! Dites-le-moi; un mot! un seul mot!

Et Rodolphe, insensiblement, se laissa glisser du tabouret jusqu'à terre; mais on entendit un bruit de sabots dans la cuisine, et la porte de la salle, il s'en aperçut, n'était pas fermée.

— Que vous seriez charitable, poursuivit-il en se relevant, de satisfaire une fantaisie!

C'était de visiter sa maison; il désirait la connaître; et, madame Bovary n'y voyant point d'inconvénient, ils se levaient tous les deux, quand Charles entra.

— Bonjour, docteur, lui dit Rodolphe.

Le médecin, flatté de ce titre inattendu, se répandit en obséquiosités, et l'autre en profita pour se remettre un peu.

— Madame m'entretenait, fit-il donc, de sa santé…

Charles l'interrompit: il avait mille inquiétudes, en effet; les oppressions de sa femme recommençaient. Alors Rodolphe demanda si l'exercice du cheval ne serait pas bon.

— Certes! excellent, parfait!… Voilà une idée! Tu devrais la suivre.

Et, comme elle objectait qu'elle n'avait point de cheval, M. Rodolphe en offrit un; elle refusa ses offres; il n'insista pas; puis, afin de motiver sa visite, il conta que son charretier, l'homme à la saignée, éprouvait toujours des étourdissements.

— J'y passerai, dit Bovary.

— Non, non, je vous l'enverrai ; nous viendrons, ce sera plus commode pour vous.

— Ah ! fort bien. Je vous remercie.

Et, dès qu'ils furent seuls :

— Pourquoi n'acceptes-tu pas les propositions de M. Boulanger, qui sont si gracieuses ?

Elle prit un air boudeur, chercha mille excuses, et déclara finalement *que cela peut-être semblerait drôle*.

— Ah ! je m'en moque pas mal ! dit Charles en faisant une pirouette. La santé avant tout ! Tu as tort !

— Eh ! comment veux-tu que je monte à cheval, puisque je n'ai pas d'amazone ?

— Il faut t'en commander une ! répondit-il.

L'amazone la décida.

Quand le costume fut prêt, Charles écrivit à M. Boulanger que sa femme était à sa disposition, et qu'ils comptaient sur sa complaisance.

Le lendemain, à midi, Rodolphe arriva devant la porte de Charles avec deux chevaux de maître. L'un portait des pompons roses aux oreilles et une selle de femme en peau de daim.

Rodolphe avait mis de longues bottes molles, se disant que sans doute elle n'en avait jamais vu de pareilles ; en effet, Emma fut charmée de sa tournure, lorsqu'il apparut sur le palier avec son grand habit de velours et sa culotte de tricot blanc. Elle était prête, elle l'attendait.

Justin s'échappa de la pharmacie pour la voir, et l'apothicaire aussi se dérangea. Il faisait à M. Boulanger des recommandations :

— Un malheur arrive si vite ! Prenez garde ! Vos chevaux peut-être sont fougueux !

Elle entendit du bruit au-dessus de sa tête : c'était

Félicité qui tambourinait contre les carreaux pour divertir la petite Berthe. L'enfant envoya de loin un baiser; sa mère lui répondit d'un signe avec le pommeau de sa cravache.

— Bonne promenade! cria M. Homais. De la prudence, surtout! de la prudence!

Et il agita son journal en les regardant s'éloigner.

Dès qu'il sentit la terre, le cheval d'Emma prit le galop. Rodolphe galopait à côté d'elle. Par moments ils échangeaient une parole. La figure un peu baissée, la main haute et le bras droit déployé, elle s'abandonnait à la cadence du mouvement qui la berçait sur la selle.

Au bas de la côte, Rodolphe lâcha les rênes; ils partirent ensemble, d'un seul bond; puis, en haut, tout à coup, les chevaux s'arrêtèrent, et son grand voile bleu retomba.

On était aux premiers jours d'octobre. Il y avait du brouillard sur la campagne. Des vapeurs s'allongeaient à l'horizon, entre le contour des collines; et d'autres, se déchirant, montaient, se perdaient. Quelquefois, dans un écartement des nuées, sous un rayon de soleil, on apercevait au loin les toits d'Yonville, avec les jardins au bord de l'eau, les cours, les murs, et le clocher de l'église. Emma fermait à demi les paupières pour reconnaître sa maison, et jamais ce pauvre village où elle vivait ne lui avait semblé si petit. De la hauteur où ils étaient, toute la vallée paraissait un immense lac pâle, s'évaporant à l'air. Les massifs d'arbres, de place en place, saillissaient comme des rochers noirs; et les hautes lignes des peupliers, qui dépassaient la brume, figuraient des grèves que le vent remuait.

À côté, sur la pelouse, entre les sapins, une lumière brune circulait dans l'atmosphère tiède. La terre, roussâtre comme de la poudre de tabac, amortissait le bruit des pas; et, du bout de leurs fers, en marchant, les chevaux poussaient devant eux des pommes de pin tombées.

Rodolphe et Emma suivirent ainsi la lisière du bois. Elle se détournait de temps à autre afin d'éviter son regard, et alors elle ne voyait que les troncs des sapins alignés, dont la succession continue l'étourdissait un peu. Les chevaux soufflaient. Le cuir des selles craquait.

Au moment où ils entrèrent dans la forêt, le soleil parut.

— Dieu nous protège! dit Rodolphe.

— Vous croyez? fit-elle.

— Avançons! avançons! reprit-il.

Il claqua de la langue. Les deux bêtes couraient.

De longues fougères, au bord du chemin, se prenaient dans l'étrier d'Emma. Rodolphe, tout en allant, se penchait et il les retirait à mesure. D'autres fois, pour écarter les branches, il passait près d'elle, et Emma sentait son genou lui frôler la jambe. Le ciel était devenu bleu. Les feuilles ne remuaient pas. Il y avait de grands espaces pleins de bruyères tout en fleurs; et des nappes de violettes s'alternaient avec le fouillis des arbres, qui étaient gris, fauves ou dorés, selon la diversité des feuillages. Souvent on entendait, sous les buissons, glisser un petit battement d'ailes, ou bien le cri rauque et doux des corbeaux, qui s'envolaient dans les chênes.

Ils descendirent. Rodolphe attacha les chevaux. Elle allait devant, sur la mousse, entre les ornières.

Mais sa robe trop longue l'embarrassait, bien qu'elle la portât relevée par la queue, et Rodolphe, marchant derrière elle, contemplait entre ce drap noir et la bottine noire, la délicatesse de son bas blanc, qui lui semblait quelque chose de sa nudité.

Elle s'arrêta.

— Je suis fatiguée, dit-elle.

— Allons, essayez encore! reprit-il. Du courage!

Puis, cent pas plus loin, elle s'arrêta de nouveau ; et, à travers son voile, qui de son chapeau d'homme descendait obliquement sur ses hanches, on distinguait son visage dans une transparence bleuâtre, comme si elle eût nagé sous des flots d'azur.

— Où allons-nous donc ?

Il ne répondit rien. Elle respirait d'une façon saccadée. Rodolphe jetait les yeux autour de lui et il se mordait la moustache.

Ils arrivèrent à un endroit plus large, où l'on avait abattu des baliveaux. Ils s'assirent sur un tronc d'arbre renversé, et Rodolphe se mit à lui parler de son amour.

Il ne l'effraya point d'abord par des compliments. Il fut calme, sérieux, mélancolique.

Emma l'écoutait la tête basse, et tout en remuant, avec la pointe de son pied, des copeaux par terre.

Mais, à cette phrase :

— Est-ce que nos destinées maintenant ne sont pas communes.

— Eh non ! répondit-elle. Vous le savez bien. C'est impossible.

Elle se leva pour partir. Il la saisit au poignet. Elle s'arrêta. Puis, l'ayant considéré quelques minutes d'un œil amoureux et tout humide, elle dit vivement :

— Ah ! tenez, n'en parlons plus... Où sont les chevaux ? Retournons.

Il eut un geste de colère et d'ennui. Elle répéta :

— Où sont les chevaux ? où sont les chevaux ?

Alors, souriant d'un sourire étrange et la prunelle fixe, les dents serrées, il s'avança en écartant les bras. Elle se recula tremblante. Elle balbutiait :

— Oh ! vous me faites peur ! vous me faites mal ! Partons.

— Puisqu'il le faut, reprit-il en changeant de visage.

Et il redevint aussitôt respectueux, caressant, timide. Elle lui donna son bras. Ils s'en retournèrent. Il disait :

— Qu'aviez-vous donc ? Pourquoi ? Je n'ai pas compris ! Vous vous méprenez, sans doute ? Vous êtes dans mon âme comme une madone sur un piédestal, à une place haute, solide et immaculée. Mais j'ai besoin de vous pour vivre ! J'ai besoin de vos yeux, de votre voix, de votre pensée. Soyez mon amie, ma sœur, mon ange !

Et il allongeait son bras et lui en entourait la taille. Elle tâchait de se dégager mollement. Il la soutenait ainsi, en marchant.

Mais ils entendirent les deux chevaux qui broutaient le feuillage.

— Oh ! encore, dit Rodolphe. Ne partons pas ! Restez !

Il l'entraîna plus loin, autour d'un petit étang, où des lentilles d'eau faisaient une verdure sur les ondes. Des nénuphars flétris se tenaient immobiles entre les joncs. Au bruit de leurs pas dans l'herbe, des grenouilles sautaient pour se cacher.

— J'ai tort, j'ai tort, disait-elle. Je suis folle de vous entendre.

— Pourquoi ?... Emma ! Emma !

— Oh ! Rodolphe !... fit lentement la jeune femme en se penchant sur son épaule.

Le drap de sa robe s'accrochait au velours de l'habit. Elle renversa son cou blanc, qui se gonflait d'un soupir ; et, défaillante, tout en pleurs, avec un long frémissement et se cachant la figure, elle s'abandonna[1].

Les ombres du soir descendaient ; le soleil horizontal, passant entre les branches, lui éblouissait les yeux. Çà et là, tout autour d'elle, dans les feuilles ou par terre, des taches lumineuses tremblaient, comme si des colibris, en volant, eussent éparpillé

leurs plumes. Le silence était partout ; quelque chose
de doux semblait sortir des arbres ; elle sentait son
cœur, dont les battements recommençaient, et le
sang circuler dans sa chair comme un fleuve de lait.
Alors, elle entendit tout au loin, au-delà du bois, sur
les autres collines, un cri vague et prolongé, une voix
qui se traînait, et elle l'écoutait silencieusement, se
mêlant comme une musique aux dernières vibrations de ses nerfs émus. Rodolphe, le cigare aux
dents, raccommodait avec son canif une des deux
brides cassée.

Ils s'en revinrent à Yonville, par le même chemin.
Ils revirent sur la boue les traces de leurs chevaux,
côte à côte, et les mêmes buissons, les mêmes
cailloux dans l'herbe. Rien autour d'eux n'avait
changé ; et pour elle, cependant, quelque chose était
survenu de plus considérable que si les montagnes
se fussent déplacées. Rodolphe, de temps à autre, se
penchait et lui prenait sa main pour la baiser.

Elle était charmante, à cheval ! Droite, avec sa
taille mince, le genou plié sur la crinière de sa bête
et un peu colorée par le grand air, dans la rougeur
du soir.

En entrant dans Yonville, elle caracola sur les
pavés. On la regardait des fenêtres.

Son mari, au dîner, lui trouva bonne mine ; mais
elle eut l'air de ne pas l'entendre lorsqu'il s'informa
de sa promenade ; et elle restait le coude au bord de
son assiette, entre les deux bougies qui brûlaient.

— Emma ! dit-il.

— Quoi ?

— Eh bien, j'ai passé cette après-midi chez
M. Alexandre ; il a une ancienne pouliche encore fort
belle, un peu couronnée seulement, et qu'on aurait,
je suis sûr, pour une centaine d'écus…

Il ajouta :

— Pensant même que cela te serait agréable, je

l'ai retenue..., je l'ai achetée... Ai-je bien fait ? Dis-moi donc.

Elle remua la tête en signe d'assentiment ; puis, un quart d'heure après :

— Sors-tu ce soir ? demanda-t-elle.

— Oui. Pourquoi ?

— Oh ! rien, rien, mon ami.

Et, dès qu'elle fut débarrassée de Charles, elle monta s'enfermer dans sa chambre.

D'abord, ce fut comme un étourdissement ; elle voyait les arbres, les chemins, les fossés, Rodolphe, et elle sentait encore l'étreinte de ses bras, tandis que le feuillage frémissait et que les joncs sifflaient.

Mais, en s'apercevant dans la glace, elle s'étonna de son visage. Jamais elle n'avait eu les yeux si grands, si noirs, ni d'une telle profondeur. Quelque chose de subtil épandu sur sa personne la transfigurait.

Elle se répétait : « J'ai un amant ! un amant ! » se délectant à cette idée comme à celle d'une autre puberté qui lui serait survenue. Elle allait donc posséder enfin ces joies de l'amour, cette fièvre du bonheur dont elle avait désespéré. Elle entrait dans quelque chose de merveilleux où tout serait passion, extase, délire ; une immensité bleuâtre l'entourait, les sommets du sentiment étincelaient sous sa pensée, et l'existence ordinaire n'apparaissait qu'au loin, tout en bas, dans l'ombre, entre les intervalles de ces hauteurs.

Alors elle se rappela les héroïnes des livres qu'elle avait lus, et la légion lyrique de ces femmes adultères se mit à chanter dans sa mémoire avec des voix de sœurs qui la charmaient. Elle devenait elle-même comme une partie véritable de ces imaginations et réalisait la longue rêverie de sa jeunesse, en se considérant dans ce type d'amoureuse qu'elle avait tant envié. D'ailleurs, Emma éprouvait une satisfaction de vengeance. N'avait-elle pas assez souffert! Mais elle triomphait maintenant, et l'amour, si longtemps contenu, jaillissait tout entier avec des bouillonnements joyeux. Elle le savourait sans remords, sans inquiétude, sans trouble.

La journée du lendemain se passa dans une douceur nouvelle. Ils se firent des serments. Elle lui raconta ses tristesses. Rodolphe l'interrompait par ses baisers; et elle lui demandait, en le contemplant les paupières à demi closes, de l'appeler encore par son nom et de répéter qu'il l'aimait. C'était dans la forêt, comme la veille, sous une hutte de sabotiers. Les murs en étaient de paille et le toit descendait si bas, qu'il fallait se tenir courbé. Ils étaient assis l'un contre l'autre, sur un lit de feuilles sèches.

À partir de ce jour-là, ils s'écrivirent régulièrement tous les soirs. Emma portait sa lettre au bout du jardin, près de la rivière, dans une fissure de la terrasse. Rodolphe venait l'y chercher et en plaçait une autre, qu'elle accusait toujours d'être trop courte.

Un matin, que Charles était sorti dès avant l'aube, elle fut prise par la fantaisie de voir Rodolphe à l'instant. On pouvait arriver promptement à la Huchette, y rester une heure et être rentré dans Yonville que tout le monde encore serait endormi. Cette idée la fit haleter de convoitise, et elle se trouva bientôt au milieu de la prairie, où elle marchait à pas rapides, sans regarder derrière elle.

Le jour commençait à paraître. Emma, de loin, reconnut la maison de son amant, dont les deux girouettes à queue-d'aronde se découpaient en noir sur le crépuscule pâle.

Après la cour de la ferme, il y avait un corps de logis qui devait être le château. Elle y entra, comme si les murs, à son approche, se fussent écartés d'eux-mêmes. Un grand escalier droit montait vers un cor-

ridor. Emma tourna la clenche d'une porte, et tout à
coup, au fond de la chambre, elle aperçut un homme
qui dormait. C'était Rodolphe. Elle poussa un cri.

— Te voilà! te voilà! répétait-il. Comment as-tu
fait pour venir?… Ah! ta robe est mouillée!

— Je t'aime! répondit-elle en lui passant les bras
autour du cou.

Cette première audace lui ayant réussi, chaque
fois maintenant que Charles sortait de bonne heure,
Emma s'habillait vite et descendait à pas de loup le
perron qui conduisait au bord de l'eau.

Mais, quand la planche aux vaches était levée, il
fallait suivre les murs qui longeaient la rivière; la
berge était glissante; elle s'accrochait de la main,
pour ne pas tomber, aux bouquets de ravenelles flétries. Puis elle prenait à travers des champs en
labour, où elle enfonçait, trébuchait et empêtrait ses
bottines minces. Son foulard, noué sur sa tête, s'agitait au vent dans les herbages; elle avait peur des
bœufs, elle se mettait à courir; elle arrivait essoufflée, les joues roses, et exhalant de toute sa personne
un frais parfum de sève, de verdure et de grand air.
Rodolphe, à cette heure-là, dormait encore. C'était
comme une matinée de printemps qui entrait dans
sa chambre.

Les rideaux jaunes, le long des fenêtres laissaient
passer doucement une lourde lumière blonde.
Emma tâtonnait en clignant des yeux, tandis que les
gouttes de rosée suspendues à ses bandeaux faisaient comme une auréole de topazes tout autour de
sa figure. Rodolphe, en riant, l'attirait à lui et il la
prenait sur son cœur.

Ensuite, elle examinait l'appartement, elle ouvrait
les tiroirs des meubles, elle se peignait avec son
peigne et se regardait dans le miroir à barbe. Souvent même, elle mettait entre ses dents le tuyau
d'une grosse pipe qui était sur la table de nuit, parmi

des citrons et des morceaux de sucre, près d'une carafe d'eau.

Il leur fallait un bon quart d'heure pour les adieux. Alors Emma pleurait; elle aurait voulu ne jamais abandonner Rodolphe. Quelque chose de plus fort qu'elle la poussait vers lui, si bien qu'un jour, la voyant survenir à l'improviste, il fronça le visage comme quelqu'un de contrarié.

— Qu'as-tu donc? dit-elle. Souffres-tu? Parle-moi!

Enfin il déclara, d'un air sérieux, que ses visites devenaient imprudentes et qu'elle se compromettait.

X

Peu à peu, ces craintes de Rodolphe la gagnèrent. L'amour l'avait enivrée d'abord, et elle n'avait songé à rien au-delà. Mais, à présent qu'il était indispensable à sa vie, elle craignait d'en perdre quelque chose, ou même qu'il ne fût troublé. Quand elle s'en revenait de chez lui, elle jetait tout alentour des regards inquiets, épiant chaque forme qui passait à l'horizon et chaque lucarne du village d'où l'on pouvait l'apercevoir. Elle écoutait les pas, les cris, le bruit des charrues; et elle s'arrêtait plus blême et plus tremblante que les feuilles des peupliers qui se balançaient sur sa tête.

Un matin, qu'elle s'en retournait ainsi, elle crut distinguer tout à coup le long canon d'une carabine qui semblait la tenir en joue. Il dépassait obliquement le bord d'un petit tonneau, à demi enfoui entre les herbes, sur la marge d'un fossé. Emma, prête à défaillir de terreur, avança cependant, et un homme sortit du tonneau, comme ces diables à boudin qui se dressent du fond des boîtes. Il avait des guêtres bouclées jusqu'aux genoux, sa casquette enfoncée jusqu'aux yeux, les lèvres grelottantes et le nez rouge.

C'était le capitaine Binet, à l'affût des canards sauvages.

— Vous auriez dû parler de loin! s'écria-t-il. Quand on aperçoit un fusil, il faut toujours avertir.

Le percepteur, par là, tâchait de dissimuler la crainte qu'il venait d'avoir; car, un arrêté préfectoral ayant interdit la chasse aux canards autrement qu'en bateau, M. Binet, malgré son respect pour les lois, se trouvait en contravention. Aussi croyait-il à chaque minute entendre arriver le garde champêtre. Mais cette inquiétude irritait son plaisir, et, tout seul dans son tonneau, il s'applaudissait de son bonheur et de sa malice.

À la vue d'Emma, il parut soulagé d'un grand poids, et aussitôt, entamant la conversation:

— Il ne fait pas chaud, *ça pique!*

Emma ne répondit rien. Il poursuivit:

— Et vous voilà sortie de bien bonne heure?

— Oui, dit-elle en balbutiant; je viens de chez la nourrice où est mon enfant.

— Ah! fort bien! fort bien! Quant à moi, tel que vous me voyez, dès la pointe du jour je suis là; mais le temps est si crassineux[1], qu'à moins d'avoir la plume juste au bout...

— Bonsoir, monsieur Binet, interrompit-elle en lui tournant les talons.

— Serviteur, madame, reprit-il d'un ton sec.

Et il rentra dans son tonneau.

Emma se repentit d'avoir quitté si brusquement le percepteur. Sans doute, il allait faire des conjectures défavorables. L'histoire de la nourrice était la pire excuse, tout le monde sachant bien à Yonville que la petite Bovary, depuis un an, était revenue chez ses parents. D'ailleurs, personne n'habitait aux environs; ce chemin ne conduisait qu'à la Huchette; Binet donc avait deviné d'où elle venait, et il ne se tairait pas, il bavarderait, c'était certain! Elle resta

jusqu'au soir à se torturer l'esprit dans tous les projets de mensonges imaginables, et ayant sans cesse
devant les yeux cet imbécile à carnassière.

Charles, après le dîner, la voyant soucieuse, voulut, par distraction, la conduire chez le pharmacien ;
et la première personne qu'elle aperçut dans la pharmacie, ce fut encore lui, le percepteur ! Il était
debout devant le comptoir, éclairé par la lumière du
bocal rouge, et il disait :

— Donnez-moi, je vous prie, une demi-once de
vitriol.

— Justin, cria l'apothicaire, apporte-nous l'acide
sulfurique.

Puis, à Emma, qui voulait monter dans l'appartement de madame Homais :

— Non, restez, ce n'est pas la peine, elle va descendre. Chauffez-vous au poêle en attendant...
Excusez-moi... Bonjour, docteur (car le pharmacien
se plaisait beaucoup à prononcer ce mot *docteur*,
comme si en l'adressant à un autre, il eût fait rejaillir
sur lui-même quelque chose de la pompe qu'il y trouvait)... Mais prends garde de renverser les mortiers !
va plutôt chercher les chaises de la petite salle ; tu
sais bien qu'on ne dérange pas les fauteuils du salon.

Et, pour remettre en place son fauteuil, Homais
se précipitait hors du comptoir, quand Binet lui
demanda une demi-once d'acide de sucre.

— Acide de sucre ? fit le pharmacien dédaigneusement. Je ne connais pas, j'ignore ! Vous voulez
peut-être de l'acide oxalique ? C'est oxalique, n'est-il
pas vrai ?

Binet expliqua qu'il avait besoin d'un mordant
pour composer lui-même une eau de cuivre avec
quoi dérouiller diverses garnitures de chasse. Emma
tressaillit. Le pharmacien se mit à dire :

— En effet, le temps n'est pas propice, à cause de
l'humidité.

— Cependant, reprit le percepteur d'un air finaud, il y a des personnes qui s'en arrangent.

Elle étouffait.

— Donnez-moi encore...

— Il ne s'en ira donc jamais! pensait-elle.

— Une demi-once d'arcanson et de térébenthine, quatre onces de cire jaune, et trois demi-onces de noir animal, s'il vous plaît, pour nettoyer les cuirs vernis de mon équipement.

L'apothicaire commençait à tailler de la cire, quand madame Homais parut avec Irma dans ses bras, Napoléon à ses côtés et Athalie qui la suivait. Elle alla s'asseoir sur le banc de velours contre la fenêtre, et le gamin s'accroupit sur un tabouret, tandis que sa sœur aînée rôdait autour de la boîte à jujube, près de son petit papa. Celui-ci emplissait des entonnoirs et bouchait des flacons, il collait des étiquettes, il confectionnait des paquets. On se taisait autour de lui ; et l'on entendait seulement de temps à autre tinter les poids dans les balances, avec quelques paroles basses du pharmacien donnant des conseils à son élève.

— Comment va votre jeune personne ? demanda tout à coup madame Homais.

— Silence ! exclama son mari, qui écrivait des chiffres sur le cahier de brouillons.

— Pourquoi ne l'avez-vous pas amenée ? reprit-elle à demi-voix.

— Chut ! chut ! fit Emma en désignant du doigt l'apothicaire.

Mais Binet, tout entier à la lecture de l'addition, n'avait rien entendu probablement. Enfin il sortit. Alors Emma, débarrassée, poussa un grand soupir.

— Comme vous respirez fort ! dit madame Homais.

— Ah ! c'est qu'il fait un peu chaud, répondit-elle.

Ils avisèrent donc, le lendemain, à organiser leurs

rendez-vous ; Emma voulait corrompre sa servante
par un cadeau ; mais il eût mieux valu découvrir à
Yonville quelque maison discrète. Rodolphe promit
d'en chercher une.

Pendant tout l'hiver, trois ou quatre fois la
semaine, à la nuit noire, il arrivait dans le jardin.
Emma, tout exprès, avait retiré la clef de la barrière, que Charles crut perdue.

Pour l'avertir, Rodolphe jetait contre les per-
siennes une poignée de sable. Elle se levait en sursaut ; mais quelquefois il lui fallait attendre, car
Charles avait la manie de bavarder au coin du feu,
et il n'en finissait pas. Elle se dévorait d'impatience ;
si ses yeux l'avaient pu, ils l'eussent fait sauter par
les fenêtres. Enfin, elle commençait sa toilette de
nuit ; puis, elle prenait un livre et continuait à lire
fort tranquillement, comme si la lecture l'eût amusée. Mais Charles, qui était au lit, l'appelait pour se
coucher.

— Viens donc, Emma, disait-il, il est temps.

— Oui, j'y vais ! répondait-elle.

Cependant, comme les bougies l'éblouissaient, il
se tournait vers le mur et s'endormait. Elle s'échappait en retenant son haleine, souriante, palpitante,
déshabillée.

Rodolphe avait un grand manteau ; il l'en enveloppait tout entière, et, passant le bras autour de sa
taille, il l'entraînait sans parler jusqu'au fond du jardin.

C'était sous la tonnelle, sur ce même banc de
bâtons pourris où autrefois Léon la regardait si
amoureusement, durant les soirs d'été. Elle ne pensait guère à lui maintenant.

Les étoiles brillaient à travers les branches du jasmin sans feuilles. Ils entendaient derrière eux la
rivière qui coulait, et, de temps à autre, sur la
berge, le claquement des roseaux secs. Des massifs

d'ombre, çà et là, se bombaient dans l'obscurité, et parfois, frissonnant tous d'un seul mouvement, ils se dressaient et se penchaient comme d'immenses vagues noires qui se fussent avancées pour les recouvrir. Le froid de la nuit les faisait s'étreindre davantage ; les soupirs de leurs lèvres leur semblaient plus forts ; leurs yeux, qu'ils entrevoyaient à peine, leur paraissaient plus grands, et, au milieu du silence, il y avait des paroles dites tout bas qui tombaient sur leur âme avec une sonorité cristalline et qui s'y répercutaient en vibrations multipliées.

Lorsque la nuit était pluvieuse, ils s'allaient réfugier dans le cabinet aux consultations, entre le hangar et l'écurie. Elle allumait un des flambeaux de la cuisine, qu'elle avait caché derrière les livres. Rodolphe s'installait là comme chez lui. La vue de la bibliothèque et du bureau, de tout l'appartement enfin, excitait sa gaieté ; et il ne pouvait se retenir de faire sur Charles quantité de plaisanteries qui embarrassaient Emma. Elle eût désiré le voir plus sérieux, et même plus dramatique à l'occasion, comme cette fois où elle crut entendre dans l'allée un bruit de pas qui s'approchaient.

— On vient ! dit-elle.

Il souffla la lumière.

— As-tu tes pistolets ?

— Pourquoi ?

— Mais... pour te défendre, reprit Emma.

— Est-ce de ton mari ? Ah ! le pauvre garçon !

Et Rodolphe acheva sa phrase avec un geste qui signifiait : « Je l'écraserais d'une chiquenaude. »

Elle fut ébahie de sa bravoure, bien qu'elle y sentît une sorte d'indélicatesse et de grossièreté naïve qui la scandalisa.

Rodolphe réfléchit beaucoup à cette histoire de pistolets. Si elle avait parlé sérieusement, cela était fort ridicule, pensait-il, odieux même, car il n'avait, lui, aucune raison de haïr ce bon Charles, n'étant pas ce qui s'appelle dévoré de jalousie ; — et, à ce propos, Emma lui avait fait un grand serment qu'il ne trouvait pas non plus du meilleur goût.

D'ailleurs, elle devenait bien sentimentale. Il avait fallu échanger des miniatures, on s'était coupé des poignées de cheveux, et elle demandait à présent une bague, un véritable anneau de mariage, en signe d'alliance éternelle[1]. Souvent elle lui parlait des cloches du soir ou des *voix de la nature* ; puis elle l'entretenait de sa mère, à elle, et de sa mère, à lui. Rodolphe l'avait perdue depuis vingt ans. Emma, néanmoins, l'en consolait avec des mièvreries de langage, comme on eût fait à un marmot abandonné, et même lui disait quelquefois, en regardant la lune :

— Je suis sûre que là-haut, ensemble, elles approuvent notre amour.

Mais elle était si jolie ! il en avait possédé si peu d'une candeur pareille ! Cet amour sans libertinage était pour lui quelque chose de nouveau, et qui, le sortant de ses habitudes faciles, caressait à la fois son orgueil et sa sensualité. L'exaltation d'Emma, que son bon sens bourgeois dédaignait, lui semblait au fond du cœur charmante, puisqu'elle s'adressait à sa personne. Alors, sûr d'être aimé, il ne se gêna pas, et insensiblement ses façons changèrent.

Il n'avait plus, comme autrefois, de ces mots si doux qui la faisaient pleurer, ni de ces véhémentes caresses qui la rendaient folle ; si bien que leur grand amour, où elle vivait plongée, parut se diminuer sous elle, comme l'eau d'un fleuve qui s'absorberait dans son lit, et elle aperçut la vase. Elle n'y voulut pas croire ; elle redoubla de tendresse ; et Rodolphe, de moins en moins, cacha son indifférence.

Elle ne savait pas si elle regrettait de lui avoir cédé, ou si elle ne souhaitait point, au contraire, le chérir davantage. L'humiliation de se sentir faible

se tournait en une rancune que les voluptés tem-
péraient. Ce n'était pas de l'attachement, c'était
comme une séduction permanente. Il la subjuguait.
Elle en avait presque peur.

Les apparences, néanmoins, étaient plus calmes
que jamais, Rodolphe ayant réussi à conduire
l'adultère selon sa fantaisie ; et, au bout de six mois,
quand le printemps arriva, ils se trouvaient, l'un vis-
à-vis de l'autre, comme deux mariés qui entretien-
nent tranquillement une flamme domestique.

C'était l'époque où le père Rouault envoyait son
dinde[1], en souvenir de sa jambe remise. Le cadeau
arrivait toujours avec une lettre. Emma coupa la
corde qui la retenait au panier, et lut les lignes suivantes :

« Mes chers enfants,

« J'espère que la présente vous trouvera en bonne
santé et que celui-là vaudra bien les autres ; car il
me semble un peu plus mollet, si j'ose dire, et plus
massif. Mais, la prochaine fois, par changement, je
vous donnerai un coq, à moins que vous ne teniez
de préférence aux *picots*[2] ; et renvoyez-moi la bour-
riche, s'il vous plaît, avec les deux anciennes. J'ai eu
un malheur à ma charretterie, dont la couverture,
une nuit qu'il ventait fort, s'est envolée dans les
arbres. La récolte non plus n'a pas été trop fameuse.
Enfin, je ne sais pas quand j'irai vous voir. Ça m'est
tellement difficile de quitter maintenant la maison,
depuis que je suis seul, ma pauvre Emma ! »

Et il y avait ici un intervalle entre les lignes,
comme si le bonhomme eût laissé tomber sa plume
pour rêver quelque temps.

« Quant à moi, je vais bien, sauf un rhume que j'ai
attrapé l'autre jour à la foire d'Yvetot, où j'étais
parti pour retenir un berger, ayant mis le mien

dehors, par suite de sa trop grande délicatesse de bouche. Comme on est à plaindre avec tous ces brigands-là! Du reste, c'était aussi un malhonnête.

« J'ai appris d'un colporteur qui, voyageant cet hiver par votre pays, s'est fait arracher une dent, que Bovary travaillait toujours dur. Ça ne m'étonne pas, et il m'a montré sa dent; nous avons pris un café ensemble. Je lui ai demandé s'il t'avait vue, il m'a dit que non, mais qu'il avait vu dans l'écurie deux animaux, d'où je conclus que le métier roule. Tant mieux, mes chers enfants, et que le bon Dieu vous envoie tout le bonheur imaginable.

« Il me fait deuil de ne pas connaître encore ma bien-aimée petite-fille Berthe Bovary. J'ai planté pour elle, dans le jardin, sous ta chambre, un prunier de prunes d'avoine, et je ne veux pas qu'on y touche, si ce n'est pour lui faire plus tard des compotes, que je garderai dans l'armoire, à son intention, quand elle viendra.

« Adieu, mes chers enfants. Je t'embrasse, ma fille; vous aussi, mon gendre, et la petite, sur les deux joues.

« Je suis, avec bien des compliments,

« Votre tendre père,

« THÉODORE ROUAULT. »

Elle resta quelques minutes à tenir entre ses doigts ce gros papier. Les fautes d'orthographe s'y enlaçaient les unes aux autres, et Emma poursuivait la pensée douce qui caquetait tout au travers comme une poule à demi cachée dans une haie d'épines. On avait séché l'écriture avec les cendres du foyer, car un peu de poussière grise glissa de la lettre sur sa robe, et elle crut presque apercevoir son père se courbant vers l'âtre pour saisir les pincettes. Comme il y avait longtemps qu'elle n'était plus auprès de lui, sur l'escabeau, dans la cheminée, quand elle faisait brûler le bout d'un bâton à la grande flamme des joncs marins qui pétillaient !... Elle se rappela des soirs d'été tout pleins de soleil. Les poulains hennissaient quand on passait, et galopaient, galopaient... Il y avait sous sa fenêtre une ruche à miel, et quelquefois les abeilles, tournoyant dans la lumière, frappaient contre les carreaux comme des balles d'or rebondissantes. Quel bonheur dans ce temps-là ! quelle liberté ! quel espoir ! quelle abondance d'illusions ! Il n'en restait plus maintenant ! Elle en avait dépensé à toutes les aventures de son âme, par toutes les conditions successives, dans la virginité, dans le mariage et dans l'amour ; — les perdant ainsi continuellement le long de sa vie, comme un voyageur qui laisse quelque chose de sa richesse à toutes les auberges de la route.

Mais qui donc la rendait si malheureuse ? où était la catastrophe extraordinaire qui l'avait bouleversée ? Et elle releva la tête, regardant autour d'elle, comme pour chercher la cause de ce qui la faisait souffrir.

Un rayon d'avril chatoyait sur les porcelaines de l'étagère ; le feu brûlait ; elle sentait sous ses pantoufles la douceur du tapis ; le jour était blanc, l'atmosphère tiède, et elle entendit son enfant qui poussait des éclats de rire.

En effet, la petite fille se roulait alors sur le gazon, au milieu de l'herbe qu'on fanait. Elle était couchée à plat ventre, au haut d'une meule. Sa bonne la retenait par la jupe. Lestiboudois ratissait à côté, et, chaque fois qu'il s'approchait, elle se penchait en battant l'air de ses deux bras.

— Amenez-la-moi ! dit sa mère se précipitant pour l'embrasser. Comme je t'aime, ma pauvre enfant ! comme je t'aime !

Puis, s'apercevant qu'elle avait le bout des oreilles un peu sale, elle sonna vite pour avoir de l'eau chaude, et la nettoya, la changea de linge, de bas, de souliers, fit mille questions sur sa santé, comme au retour d'un voyage, et enfin, la baisant encore et pleurant un peu, elle la remit aux mains de la domestique, qui restait fort ébahie devant cet excès de tendresse.

Rodolphe, le soir, la trouva plus sérieuse que d'habitude.

— Cela se passera, jugea-t-il, c'est un caprice.

Et il manqua consécutivement à trois rendez-vous. Quand il revint, elle se montra froide et presque dédaigneuse.

— Ah! tu perds ton temps, ma mignonne...

Et il eut l'air de ne point remarquer ses soupirs mélancoliques, ni le mouchoir qu'elle tirait.

C'est alors qu'Emma se repentit!

Elle se demanda même pourquoi donc elle exécrait Charles, et s'il n'eût pas été meilleur de le pouvoir aimer. Mais il n'offrait pas grande prise à ces retours du sentiment, si bien qu'elle demeurait fort embarrassée dans sa velléité de sacrifice, lorsque l'apothicaire vint à propos lui fournir une occasion.

XI

Il avait lu dernièrement l'éloge d'une nouvelle méthode pour la cure des pieds-bots; et, comme il était partisan du progrès, il conçut cette idée patriotique que Yonville, pour *se mettre au niveau*, devait avoir des opérations de stréphopodie[1].

— Car, disait-il à Emma, que risque-t-on? Examinez (et il énumérait, sur ses doigts, les avantages de la tentative); succès presque certain, soulagement et embellissement du malade, célébrité vite acquise à l'opérateur. Pourquoi votre mari, par exemple, ne voudrait-il pas débarrasser ce pauvre Hippolyte, du *Lion d'or*? Notez qu'il ne manquerait pas de raconter sa guérison à tous les voyageurs, et puis (Homais baissait la voix et regardait autour de lui) qui donc m'empêcherait d'envoyer au journal une petite note là-dessus? Eh! mon Dieu! un article circule…, on en parle…, cela finit par faire la boule de neige! Et qui sait? qui sait?

En effet, Bovary pouvait réussir; rien n'affirmait à Emma qu'il ne fût pas habile, et quelle satisfaction pour elle que de l'avoir engagé à une démarche d'où sa réputation et sa fortune se trouveraient accrues? Elle ne demandait qu'à s'appuyer sur quelque chose de plus solide que l'amour.

Charles, sollicité par l'apothicaire et par elle, se laissa convaincre. Il fit venir de Rouen le volume du docteur Duval, et, tous les soirs, se prenant la tête entre les mains, il s'enfonçait dans cette lecture.

Tandis qu'il étudiait les équins, les varus et les valgus, c'est-à-dire la stréphocatopodie, la stréphendopodie et la stréphexopodie (ou, pour parler mieux, les différentes déviations du pied, soit en bas, en dedans ou en dehors), avec la stréphypopodie et la stréphanopodie (autrement dit torsion en dessous et redressement en haut), M. Homais par toute sorte de raisonnements, exhortait le garçon d'auberge à se faire opérer.

— À peine sentiras-tu, peut-être, une légère douleur; c'est une simple piqûre comme une petite saignée, moins que l'extirpation de certains cors.

Hippolyte, réfléchissant, roulait des yeux stupides.

— Du reste, reprenait le pharmacien, ça ne me regarde pas! c'est pour toi! par humanité pure! Je voudrais te voir, mon ami, débarrassé de ta hideuse claudication, avec ce balancement de la région lombaire, qui, bien que tu prétendes, doit te nuire considérablement dans l'exercice de ton métier.

Alors Homais lui représentait combien il se sentirait ensuite plus gaillard et plus ingambe, et même lui donnait à entendre qu'il s'en trouverait mieux pour plaire aux femmes ; et le valet d'écurie se prenait à sourire lourdement. Puis il l'attaquait par la vanité :

— N'es-tu pas un homme, saprelotte[1] ? Que serait-ce donc, s'il t'avait fallu servir, aller combattre sous les drapeaux ?... Ah ! Hippolyte !

Et Homais s'éloignait, déclarant qu'il ne comprenait pas cet entêtement, cet aveuglement à se refuser aux bienfaits de la science.

Le malheureux céda, car ce fut comme une conjuration. Binet, qui ne se mêlait jamais des affaires d'autrui, madame Lefrançois, Artémise, les voisins, et jusqu'au maire, M. Tuvache, tout le monde l'engagea, le sermonna, lui faisait honte ; mais ce qui acheva de le décider, *c'est que ça ne lui coûterait rien*. Bovary se chargeait même de fournir la machine pour l'opération. Emma avait eu l'idée de cette générosité ; et Charles y consentit, se disant au fond du cœur que sa femme était un ange.

Avec les conseils du pharmacien, et en recommençant trois fois, il fit donc construire par le menuisier, aidé du serrurier, une manière de boîte pesant huit livres environ, et où le fer, le bois, la tôle, le cuir, les vis et les écrous ne se trouvaient point épargnés.

Cependant, pour savoir quel tendon couper à Hippolyte, il fallait connaître d'abord quelle espèce de pied bot il avait.

Il avait un pied faisant avec la jambe une ligne presque droite, ce qui ne l'empêchait pas d'être tourné en dedans, de sorte que c'était un équin mêlé d'un peu de varus, ou bien un léger varus fortement accusé d'équin. Mais, avec cet équin, large en effet comme un pied de cheval, à peau rugueuse, à tendons secs, à gros orteils, et où les ongles noirs figuraient les clous d'un fer, le stréphopode, depuis le matin jusqu'à la nuit, galopait comme un cerf. On le voyait continuellement sur la place, sautiller tout autour des charrettes, en jetant en avant son support inégal. Il semblait même plus vigoureux de cette jambe-là que de l'autre. À force d'avoir servi, elle avait contracté comme des qualités morales de patience et d'énergie, et quand on lui donnait quelque gros ouvrage, il s'écorait[1] dessus, préférablement.

Or, puisque c'était un équin, il fallait couper le tendon d'Achille, quitte à s'en prendre plus tard au muscle tibial antérieur pour se débarrasser du varus ; car le médecin n'osait d'un seul coup risquer deux opérations, et même il tremblait déjà, dans la peur d'attaquer quelque région importante qu'il ne connaissait pas.

Ni Ambroise Paré, appliquant pour la première fois depuis Celse, après quinze siècles d'intervalle, la ligature immédiate d'une artère ; ni Dupuytren allant ouvrir un abcès à travers une couche épaisse d'encéphale ; ni Gensoul[2], quand il fit la première ablation de maxillaire supérieur, n'avaient certes le cœur si palpitant, la main si frémissante, l'intellect aussi tendu que M. Bovary quand il approcha d'Hippolyte, son *ténotome*[3] entre les doigts. Et, comme dans les hôpitaux, on voyait à côté, sur une table, un tas de charpie, des fils cirés, beaucoup de bandes, une pyramide de bandes, tout ce qu'il y avait de bandes chez l'apothicaire. C'était M. Homais qui avait organisé dès le matin tous ces préparatifs, autant pour éblouir la multitude que pour s'illusionner lui-même. Charles piqua la peau ; on entendit un craquement sec. Le tendon était coupé, l'opération était finie. Hippolyte n'en revenait pas de surprise ; il se penchait sur les mains de Bovary pour les couvrir de baisers.

— Allons, calme-toi, disait l'apothicaire, tu témoigneras plus tard ta reconnaissance envers ton bienfaiteur !

Et il descendit conter le résultat à cinq ou six curieux qui stationnaient dans la cour, et qui s'imaginaient qu'Hippolyte allait reparaître marchant droit. Puis Charles, ayant bouclé son malade dans le moteur mécanique, s'en retourna chez lui, où Emma, tout anxieuse, l'attendait sur la porte. Elle lui sauta au cou ; ils se mirent à table ; il mangea beaucoup, et même il voulut, au dessert, prendre une tasse de café, débauche qu'il ne se permettait que le dimanche lorsqu'il y avait du monde.

La soirée fut charmante, pleine de causeries, de rêves en commun. Ils parlèrent de leur fortune future, d'améliorations à introduire dans leur ménage ; il voyait sa considération s'étendant, son bien-être s'augmentant, sa femme l'aimant toujours ; et elle se trouvait heureuse de se rafraîchir dans un sentiment nouveau, plus sain, meilleur, enfin d'éprouver quelque tendresse pour ce pauvre garçon qui la chérissait. L'idée de Rodolphe, un moment, lui passa par la tête ; mais ses yeux se reportèrent sur Charles : elle remarqua même avec surprise qu'il n'avait point les dents vilaines.

Ils étaient au lit lorsque M. Homais, malgré la cuisinière, entra tout à coup dans la chambre, en tenant à la main une feuille de papier fraîche écrite. C'était la réclame qu'il destinait au *Fanal de Rouen*. Il la leur apportait à lire.

— Lisez vous-même, dit Bovary.

Il lut :

— «Malgré les préjugés qui recouvrent encore une partie de la face de l'Europe comme un réseau, la lumière cependant commence à pénétrer dans nos campagnes. C'est ainsi que, mardi, notre petite cité d'Yonville s'est vue le théâtre d'une expérience chi-

rurgicale qui est en même temps un acte de haute
philanthropie. M. Bovary, un de nos praticiens les
plus distingués…»

— Ah! c'est trop! c'est trop! disait Charles, que
l'émotion suffoquait.

— Mais non, pas du tout! comment donc!… «A
opéré d'un pied bot…» Je n'ai pas mis le terme
scientifique, parce que, vous savez, dans un journal…, tout le monde peut-être ne comprendrait pas;
il faut que les masses…

— En effet, dit Bovary. Continuez.

— Je reprends, dit le pharmacien. «M. Bovary,
un de nos praticiens les plus distingués, a opéré
d'un pied bot le nommé Hippolyte Tautain, garçon
d'écurie depuis vingt-cinq ans à l'hôtel du *Lion d'or*,
tenu par madame veuve Lefrançois, sur la place
d'Armes. La nouveauté de la tentative et l'intérêt qui
s'attachait au sujet avaient attiré un tel concours de
population, qu'il y avait véritablement encombrement au seuil de l'établissement. L'opération, du
reste, s'est pratiquée comme par enchantement, et à
peine si quelques gouttes de sang sont venues sur la
peau, comme pour dire que le tendon rebelle venait
enfin de céder sous les efforts de l'art. Le malade,
chose étrange (nous l'affirmons *de visu*) n'accusa
point de douleur. Son état, jusqu'à présent, ne laisse
rien à désirer. Tout porte à croire que la convalescence sera courte; et qui sait même si, à la prochaine fête villageoise, nous ne verrons pas notre
brave Hippolyte figurer dans des danses bachiques,
au milieu d'un chœur de joyeux drilles, et ainsi
prouver à tous les yeux, par sa verve et ses entre-
chats, sa complète guérison? Honneur donc aux
savants généreux! honneur à ces esprits infatigables
qui consacrent leurs veilles à l'amélioration ou bien
au soulagement de leur espèce! Honneur! trois fois
honneur! N'est-ce pas le cas de s'écrier que les

aveugles verront, les sourds entendront et les boiteux marcheront[1] ! Mais ce que le fanatisme autrefois promettait à ses élus, la science maintenant
l'accomplit pour tous les hommes ! Nous tiendrons
nos lecteurs au courant des phases successives de
cette cure si remarquable. »

Ce qui n'empêcha pas que, cinq jours après, la
mère Lefrançois n'arrivât tout effarée en s'écriant :

— Au secours ! il se meurt !... J'en perds la tête !

Charles se précipita vers le *Lion d'or*, et le pharmacien qui l'aperçut passant sur la place, sans chapeau, abandonna la pharmacie. Il parut lui-même,
haletant, rouge, inquiet, et demandant à tous ceux
qui montaient l'escalier :

— Qu'a donc notre intéressant stréphopode ?

Il se tordait, le stréphopode, dans des convulsions
atroces, si bien que le moteur mécanique où était
enfermée sa jambe frappait contre la muraille à la
défoncer.

Avec beaucoup de précautions, pour ne pas déranger la position du membre, on retira donc la boîte, et
l'on vit un spectacle affreux. Les formes du pied disparaissaient dans une telle bouffissure, que la peau
tout entière semblait près de se rompre, et elle était
couverte d'ecchymoses occasionnées par la fameuse
machine. Hippolyte déjà s'était plaint d'en souffrir ;
on n'y avait pris garde ; il fallut reconnaître qu'il
n'avait pas eu tort complètement ; et on le laissa libre
quelques heures. Mais à peine l'œdème eut-il un peu
disparu, que les deux savants jugèrent à propos de
rétablir le membre dans l'appareil, et en l'y serrant
davantage, pour accélérer les choses. Enfin, trois
jours après, Hippolyte n'y pouvant plus tenir, ils retirèrent encore une fois la mécanique, tout en s'étonnant beaucoup du résultat qu'ils aperçurent. Une
tuméfaction livide s'étendait sur la jambe, et avec
des phlyctènes de place en place, par où suintait un

liquide noir. Cela prenait une tournure sérieuse.
Hippolyte commençait à s'ennuyer, et la mère
Lefrançois l'installa dans la petite salle, près de la
cuisine, pour qu'il eût au moins quelque distraction.

Mais le percepteur, qui tous les jours y dînait, se
plaignit avec amertume d'un tel voisinage. Alors on
transporta Hippolyte dans la salle de billard.

Il était là, geignant sous ses grosses couvertures,
pâle, la barbe longue, les yeux caves, et, de temps à
autre, tournant sa tête en sueur sur le sale oreiller
où s'abattaient les mouches. Madame Bovary le
venait voir. Elle lui apportait des linges pour ses
cataplasmes, et le consolait, l'encourageait. Du
reste, il ne manquait pas de compagnie, les jours de
marché surtout, lorsque les paysans autour de lui
poussaient les billes du billard, escrimaient avec les
queues, fumaient, buvaient, chantaient, braillaient.

— Comment vas-tu? disaient-ils en lui frappant
sur l'épaule. Ah! tu n'es pas fier, à ce qu'il paraît!
mais c'est ta faute. Il faudrait faire ceci, faire cela.

Et on lui racontait des histoires de gens qui avaient
tous été guéris par d'autres remèdes que les siens;
puis, en manière de consolation, ils ajoutaient:

— C'est que tu t'écoutes trop! lève-toi donc! tu te
dorlotes comme un roi! Ah! n'importe, vieux farceur[1]! tu ne sens pas bon!

La gangrène, en effet, montait de plus en plus.
Bovary en était malade lui-même. Il venait à chaque
heure, à tout moment. Hippolyte le regardait avec
des yeux pleins d'épouvante et balbutiait en sanglotant:

— Quand est-ce que je serai guéri?... Ah! sauvez-
moi!... Que je suis malheureux! que je suis malheureux!

Et le médecin s'en allait, toujours en lui recommandant la diète.

— Ne l'écoute point, mon garçon, reprenait la

mère Lefrançois; ils t'ont déjà bien assez marty-
risé? tu vas t'affaiblir encore. Tiens, avale!

Et elle lui présentait quelque bon bouillon,
quelque tranche de gigot, quelque morceau de lard,
et parfois des petits verres d'eau-de-vie, qu'il n'avait
pas le courage de porter à ses lèvres.

L'abbé Bournisien, apprenant qu'il empirait, fit
demander à le voir. Il commença par le plaindre de
son mal, tout en déclarant qu'il fallait s'en réjouir,
puisque c'était la volonté du Seigneur, et profiter
vite de l'occasion pour se réconcilier avec le ciel.

— Car, disait l'ecclésiastique d'un ton paterne, tu
négligeais un peu tes devoirs; on te voyait rarement
à l'office divin; combien y a-t-il d'années que tu ne
t'es approché de la sainte table? Je comprends que
tes occupations, que le tourbillon du monde aient pu
t'écarter du soin de ton salut. Mais à présent, c'est
l'heure d'y réfléchir. Ne désespère pas cependant;
j'ai connu de grands coupables qui, près de compa-
raître devant Dieu (tu n'en es point encore là, je le
sais bien), avaient imploré sa miséricorde, et qui certainement sont morts dans les meilleures dispositions. Espérons que, tout comme eux, tu nous
donneras de bons exemples! Ainsi, par précaution,
qui donc t'empêcherait de réciter matin et soir un
«Je vous salue, Marie, pleine de grâce», et un «Notre
Père, qui êtes aux cieux»? Oui fais cela! pour moi,
pour m'obliger. Qu'est-ce que ça coûte?... Me le pro-
mets-tu?

Le pauvre diable promit. Le curé revint les jours
suivants. Il causait avec l'aubergiste et même racontait des anecdotes entremêlées de plaisanteries, de
calembours qu'Hippolyte ne comprenait pas. Puis,
dès que la circonstance le permettait, il retombait
sur les matières de religion, en prenant une figure
convenable.

Son zèle parut réussir; car bientôt le stréphopode

témoigna l'envie d'aller en pèlerinage à Bon-Secours[1], s'il se guérissait : à quoi M. Bournisien répondit qu'il ne voyait pas d'inconvénient ; deux précautions valaient mieux qu'une. *On ne risquait rien*.

L'apothicaire s'indigna contre ce qu'il appelait les *manœuvres du prêtre* ; elles nuisaient, prétendait-il, à la convalescence d'Hippolyte, et il répétait à madame Lefrançois :

— Laissez-le ! laissez-le ! vous lui perturbez le moral avec votre mysticisme !

Mais la bonne femme ne voulait plus l'entendre. Il était *la cause de tout*. Par esprit de contradiction, elle accrocha même au chevet du malade un bénitier tout plein, avec une branche de buis.

Cependant la religion pas plus que la chirurgie ne paraissait le secourir, et l'invincible pourriture allait montant toujours des extrémités vers le ventre. On avait beau varier les potions et changer les cataplasmes, les muscles chaque jour se décollaient davantage, et enfin Charles répondit par un signe de tête affirmatif quand la mère Lefrançois lui demanda si elle ne pourrait point, en désespoir de cause, faire venir M. Canivet, de Neufchâtel, qui était une célébrité.

Docteur en médecine, âgé de cinquante ans, jouissant d'une bonne position et sûr de lui-même, le confrère ne se gêna pas pour rire dédaigneusement lorsqu'il découvrit cette jambe gangrenée jusqu'au genou. Puis, ayant déclaré net qu'il la fallait amputer, il s'en alla chez le pharmacien déblatérer contre les ânes qui avaient pu réduire un malheureux homme en un tel état. Secouant M. Homais par le bouton de sa redingote, il vociférait dans la pharmacie :

— Ce sont là des inventions de Paris ! Voilà les idées de ces messieurs de la Capitale ! c'est comme le strabisme, le chloroforme et la lithotritie, un tas de monstruosités que le gouvernement devrait défendre ! Mais on veut faire le malin, et l'on vous fourre des remèdes sans s'inquiéter des conséquences. Nous ne sommes pas si forts que cela, nous autres ; nous ne sommes pas des savants, des mirliflores, des jolis cœurs ; nous sommes des praticiens, des guérisseurs, et nous n'imaginerions pas d'opérer quelqu'un qui se porte à merveille ! Redresser des pieds bots ! est-ce qu'on peut redresser les pieds bots ? c'est comme si l'on voulait, par exemple, rendre droit un bossu !

Homais souffrait en écoutant ce discours, et il dissimulait son malaise sous un sourire de courtisan, ayant besoin de ménager M. Canivet, dont les ordonnances quelquefois arrivaient jusqu'à Yonville ; aussi ne prit-il pas la défense de Bovary, ne fit-il même aucune observation, et, abandonnant ses principes, il sacrifia sa dignité aux intérêts plus sérieux de son négoce.

Ce fut dans le village un événement considérable que cette amputation de cuisse par le docteur Canivet ! Tous les habitants, ce jour-là, s'étaient levés de meilleure heure, et la Grande-Rue, bien que pleine de monde, avait quelque chose de lugubre comme s'il se fût agi d'une exécution capitale. On discutait chez l'épicier sur la maladie d'Hippolyte ; les boutiques ne vendaient rien, et madame Tuvache, la femme du maire, ne bougeait pas de sa fenêtre, par l'impatience où elle était de voir venir l'opérateur.

Il arriva dans son cabriolet, qu'il conduisait lui-même. Mais, le ressort du côté droit s'étant à la longue affaissé sous le poids de sa corpulence, il se faisait que la voiture penchait un peu tout en allant, et l'on apercevait sur l'autre coussin près de lui une vaste boîte, recouverte de basane rouge, dont les trois fermoirs de cuivre brillaient magistralement.

Quand il fut entré comme un tourbillon sous le porche du *Lion d'or*, le docteur, criant très haut, ordonna de dételer son cheval, puis il alla dans l'écurie voir s'il mangeait bien l'avoine ; car, en arrivant chez ses malades, il s'occupait d'abord de sa jument et de son cabriolet. On disait même à ce propos : « Ah ! M. Canivet, c'est un original ! » Et on l'estimait davantage pour cet inébranlable aplomb. L'univers aurait pu crever jusqu'au dernier homme, qu'il n'eût pas failli à la moindre de ses habitudes.

Homais se présenta.

— Je compte sur vous, fit le docteur. Sommes-nous prêts ? En marche !

Mais l'apothicaire, en rougissant, avoua qu'il était trop sensible pour assister à une pareille opération.

— Quand on est simple spectateur, disait-il, l'imagination, vous savez, se frappe ! Et puis j'ai le système nerveux tellement...

— Ah bah ! interrompit Canivet, vous me paraissez, au contraire, porté à l'apoplexie. Et, d'ailleurs, cela ne m'étonne pas ; car, vous autres, messieurs les pharmaciens, vous êtes continuellement fourrés dans votre cuisine, ce qui doit finir par altérer votre tempérament. Regardez-moi, plutôt : tous les jours, je me lève à quatre heures, je fais ma barbe à l'eau froide (je n'ai jamais froid), et je ne porte pas de flanelle, je n'attrape aucun rhume, le coffre est bon ! Je vis tantôt d'une manière, tantôt d'une autre, en philosophe, au hasard de la fourchette. C'est pourquoi je ne suis point délicat comme vous, et il m'est aussi parfaitement égal de découper un chrétien que la première volaille venue. Après ça, direz-vous, l'habitude..., l'habitude !...

Alors, sans aucun égard pour Hippolyte, qui suait d'angoisse entre ses draps, ces messieurs engagèrent une conversation où l'apothicaire compara le sang-froid d'un chirurgien à celui d'un général ; et ce rap-

prochement fut agréable à Canivet, qui se répandit
en paroles sur les exigences de son art. Il le considérait comme un sacerdoce[1], bien que les officiers de
santé le déshonorassent. Enfin, revenant au malade,
il examina les bandes apportées par Homais, les
mêmes qui avaient comparu lors du pied bot, et
demanda quelqu'un pour lui tenir le membre. On
envoya chercher Lestiboudois, et M. Canivet, ayant
retroussé ses manches, passa dans la salle de billard,
tandis que l'apothicaire restait avec Artémise et l'aubergiste, plus pâles toutes les deux que leur tablier,
et l'oreille tendue contre la porte.

Bovary, pendant ce temps-là, n'osait bouger de sa
maison. Il se tenait en bas, dans la salle, assis au coin
de la cheminée sans feu, le menton sur sa poitrine,
les mains jointes, les yeux fixes. Quelle mésaventure!
pensait-il, quel désappointement! Il avait pris pourtant toutes les précautions imaginables. La fatalité
s'en était mêlée. N'importe! si Hippolyte plus tard
venait à mourir, c'est lui qui l'aurait assassiné. Et
puis, quelle raison donnerait-il dans les visites,
quand on l'interrogerait? Peut-être, cependant,
s'était-il trompé en quelque chose? Il cherchait, ne
trouvait pas. Mais les plus fameux chirurgiens se
trompaient bien. Voilà ce qu'on ne voudrait jamais
croire! on allait rire, au contraire, clabauder! Cela
se répandrait jusqu'à Forges! jusqu'à Neufchâtel!
jusqu'à Rouen! partout! Qui sait si des confrères
n'écriraient pas contre lui? Une polémique s'ensui-
vrait, il faudrait répondre dans les journaux. Hippolyte même pouvait lui faire un procès. Il se voyait
déshonoré, ruiné, perdu! Et son imagination, assaillie
par une multitude d'hypothèses, ballottait au milieu
d'elles comme un tonneau vide emporté à la mer et
qui roule sur les flots.

Emma, en face de lui, le regardait; elle ne parta-
geait pas son humiliation, elle en éprouvait une

autre : c'était de s'être imaginé qu'un pareil homme pût valoir quelque chose, comme si vingt fois déjà elle n'avait pas suffisamment aperçu sa médiocrité.

Charles se promenait de long en large, dans la chambre. Ses bottes craquaient sur le parquet.

— Assieds-toi, dit-elle, tu m'agaces !

Il se rassit.

Comment donc avait-elle fait (elle qui était si intelligente !) pour se méprendre encore une fois ? Du reste, par quelle déplorable manie avoir ainsi abîmé son existence en sacrifices continuels ? Elle se rappela tous ses instincts de luxe, toutes les privations de son âme, les bassesses du mariage, du ménage, ses rêves tombant dans la boue comme des hirondelles blessées, tout ce qu'elle avait désiré, tout ce qu'elle s'était refusé, tout ce qu'elle aurait pu avoir ! et pourquoi ? pourquoi ?

Au milieu du silence qui emplissait le village, un cri déchirant traversa l'air. Bovary devint pâle à s'évanouir. Elle fronça les sourcils d'un geste nerveux, puis continua. C'était pour lui cependant, pour cet être, pour cet homme qui ne comprenait rien, qui ne sentait rien ! car il était là, tout tranquillement, et sans même se douter que le ridicule de son nom allait désormais la salir comme lui. Elle avait fait des efforts pour l'aimer, et elle s'était repentie en pleurant d'avoir cédé à un autre.

— Mais c'était peut-être un valgus ! exclama soudain Bovary, qui méditait.

Au choc imprévu de cette phrase tombant sur sa pensée comme une balle de plomb dans un plat d'argent, Emma tressaillant leva la tête pour deviner ce qu'il voulait dire ; et ils se regardèrent silencieusement, presque ébahis de se voir, tant ils étaient par leur conscience éloignés l'un de l'autre. Charles la considérait avec le regard trouble d'un homme ivre, tout en écoutant, immobile, les derniers cris de l'am-

puté qui se suivaient en modulations traînantes, coupées de saccades aiguës, comme le hurlement lointain de quelque bête qu'on égorge. Emma mordait ses
lèvres blêmes, et, roulant entre ses doigts un des brins
du polypier qu'elle avait cassé, elle fixait sur Charles
la pointe ardente de ses prunelles, comme deux
flèches de feu prêtes à partir. Tout en lui l'irritait
maintenant, sa figure, son costume, ce qu'il ne disait
pas, sa personne entière, son existence enfin. Elle se
repentait, comme d'un crime, de sa vertu passée, et ce
qui en restait encore s'écroulait sous les coups furieux
de son orgueil. Elle se délectait dans toutes les ironies
mauvaises de l'adultère triomphant. Le souvenir de
son amant revenait à elle avec des attractions vertigineuses ; elle y jetait son âme, emportée vers cette
image par un enthousiasme nouveau ; et Charles lui
semblait aussi détaché de sa vie, aussi absent pour
toujours, aussi impossible et anéanti, que s'il allait
mourir et qu'il eût agonisé sous ses yeux.

Il se fit un bruit de pas sur le trottoir. Charles
regarda ; et, à travers la jalousie baissée, il aperçut
au bord des halles, en plein soleil, le docteur Canivet qui s'essuyait le front avec son foulard. Homais,
derrière lui, portait à la main une grande boîte
rouge, et ils se dirigeaient tous les deux du côté de
la pharmacie.

Alors, par tendresse subite et découragement,
Charles se tourna vers sa femme en lui disant :

— Embrasse-moi donc, ma bonne !

— Laisse-moi ! fit-elle, toute rouge de colère.

— Qu'as-tu ? qu'as-tu ? répétait-il stupéfait. Calme-
toi ! reprends-toi !... Tu sais bien que je t'aime !...
viens !

— Assez ! s'écria-t-elle d'un air terrible.

Et s'échappant de la salle, Emma ferma la porte
si fort, que le baromètre bondit de la muraille et
s'écrasa par terre.

Charles s'affaissa dans son fauteuil, bouleversé, cherchant ce qu'elle pouvait avoir, imaginant une maladie nerveuse, pleurant, et sentant vaguement circuler autour de lui quelque chose de funeste et d'incompréhensible.

Quand Rodolphe, le soir, arriva dans le jardin, il trouva sa maîtresse qui l'attendait au bas du perron, sur la première marche. Ils s'étreignirent, et toute leur rancune se fondit comme une neige sous la chaleur de ce baiser.

XII

Ils recommencèrent à s'aimer. Souvent même, au milieu de la journée, Emma lui écrivait tout à coup ; puis, à travers les carreaux, faisait un signe à Justin, qui, dénouant vite sa serpillière, s'envolait à la Huchette. Rodolphe arrivait ; c'était pour lui dire qu'elle s'ennuyait, que son mari était odieux et son existence affreuse !

— Est-ce que j'y peux quelque chose ? s'écria-t-il un jour, impatienté.

— Ah ! si tu voulais !...

Elle était assise par terre, entre ses genoux, les bandeaux dénoués, le regard perdu.

— Quoi donc ? fit Rodolphe.

Elle soupira.

— Nous irions vivre ailleurs..., quelque part...

— Tu es folle, vraiment ! dit-il en riant. Est-ce possible ?

Elle revint là-dessus ; il eut l'air de ne pas comprendre et détourna la conversation.

Ce qu'il ne comprenait pas, c'était tout ce trouble dans une chose aussi simple que l'amour. Elle avait un motif, une raison, et comme un auxiliaire à son attachement.

Cette tendresse, en effet, chaque jour s'accroissait davantage sous la répulsion du mari. Plus elle se livrait à l'un, plus elle exécrait l'autre ; jamais Charles ne lui paraissait aussi désagréable, avoir les doigts aussi carrés, l'esprit aussi lourd, les façons si communes qu'après ses rendez-vous avec Rodolphe, quand ils se trouvaient ensemble. Alors, tout en faisant l'épouse et la vertueuse, elle s'enflammait à l'idée de cette tête dont les cheveux noirs se tournaient en une boucle vers le front hâlé, de cette taille à la fois si robuste et si élégante, de cet homme enfin qui possédait tant d'expérience dans la raison, tant d'emportement dans le désir ! C'était pour lui qu'elle se limait les ongles avec un soin de ciseleur, et qu'il n'y avait jamais assez de *cold-cream* sur sa peau, ni de patchouli dans ses mouchoirs. Elle se chargeait de bracelets, de bagues, de colliers. Quand il devait venir, elle emplissait de roses ses deux grands vases de verre bleu, et disposait son appartement et sa personne comme une courtisane qui attend un prince. Il fallait que la domestique fût sans cesse à blanchir du linge ; et, de toute la journée, Félicité ne bougeait de la cuisine, où le petit Justin, qui souvent lui tenait compagnie, la regardait travailler.

Le coude sur la longue planche où elle repassait, il considérait avidement toutes ces affaires de femmes étalées autour de lui : les jupons de basin, les fichus, les collerettes, et les pantalons à coulisse, vastes de hanches et qui se rétrécissaient par le bas.

— À quoi cela sert-il ? demandait le jeune garçon en passant sa main sur la crinoline ou les agrafes.

— Tu n'as donc jamais rien vu ? répondait en riant Félicité ; comme si ta patronne, madame Homais, n'en portait pas de pareils.

— Ah bien oui ! madame Homais !

Et il ajoutait d'un ton méditatif :

— Est-ce que c'est une dame comme Madame?

Mais Félicité s'impatientait de le voir tourner ainsi tout autour d'elle. Elle avait six ans de plus, et Théodore, le domestique de M. Guillaumin, commençait à lui faire la cour.

— Laisse-moi tranquille! disait-elle en déplaçant son pot d'empois. Va-t'en plutôt piler des amandes; tu es toujours à fourrager du côté des femmes; attends pour te mêler de ça, méchant mioche, que tu aies de la barbe au menton.

— Allons, ne vous fâchez pas, je m'en vais vous *faire ses bottines*.

Et aussitôt, il atteignait sur le chambranle les chaussures d'Emma, tout empâtées de crotte — la crotte des rendez-vous — qui se détachait en poudre sous ses doigts, et qu'il regardait monter doucement dans un rayon de soleil.

— Comme tu as peur de les abîmer! disait la cuisinière, qui n'y mettait pas tant de façons quand elle les nettoyait elle-même, parce que Madame, dès que l'étoffe n'était plus fraîche, les lui abandonnait.

Emma en avait une quantité dans son armoire, et qu'elle gaspillait à mesure, sans que jamais Charles se permît la moindre observation.

C'est ainsi qu'il déboursa trois cents francs pour une jambe de bois dont elle jugea convenable de faire cadeau à Hippolyte. Le pilon en était garni de liège, et il y avait des articulations à ressort, une mécanique compliquée recouverte d'un pantalon noir, que terminait une botte vernie. Mais Hippolyte, n'osant à tous les jours se servir d'une si belle jambe, supplia madame Bovary de lui en procurer une autre plus commode. Le médecin, bien entendu, fit encore les frais de cette acquisition.

Donc, le garçon d'écurie peu à peu recommença son métier. On le voyait comme autrefois parcourir le village, et quand Charles entendait de loin, sur les pavés, le bruit sec de son bâton, il prenait bien vite une autre route.

C'était M. Lheureux, le marchand, qui s'était chargé de la commande ; cela lui fournit l'occasion de fréquenter Emma. Il causait avec elle des nouveaux déballages de Paris, de mille curiosités féminines, se montrait fort complaisant, et jamais ne réclamait d'argent. Emma s'abandonnait à cette facilité de satisfaire tous ses caprices. Ainsi, elle voulut avoir, pour la donner à Rodolphe, une fort belle cravache qui se trouvait à Rouen dans un magasin de parapluies. M. Lheureux, la semaine d'après, la lui posa sur sa table.

Mais le lendemain il se présenta chez elle avec une facture de deux cent soixante et dix francs, sans compter les centimes. Emma fut très embarrassée : tous les tiroirs du secrétaire étaient vides ; on devait plus de quinze jours à Lestiboudois, deux trimestres à la servante, quantité d'autres choses encore, et Bovary attendait impatiemment l'envoi de M. Derozerays, qui avait coutume, chaque année, de le payer vers la Saint-Pierre.

Elle réussit d'abord à éconduire Lheureux ; enfin il perdit patience : on le poursuivait, ses capitaux étaient absents, et, s'il ne rentrait dans quelques-uns, il serait forcé de lui reprendre toutes les marchandises qu'elle avait.

— Eh ! reprenez-les ! dit Emma.

— Oh ! c'est pour rire ! répliqua-t-il. Seulement, je ne regrette que la cravache. Ma foi ! je la redemanderai à Monsieur.

— Non ! non ! fit-elle.

— Ah ! je te tiens ! pensa Lheureux.

Et, sûr de sa découverte, il sortit en répétant à demi-voix et avec son petit sifflement habituel :

— Soit ! nous verrons ! nous verrons !

Elle rêvait comment se tirer de là, quand la cuisi-

nière entrant, déposa sur la cheminée un petit rou-
leau de papier bleu, *de la part de M. Derozerays*.
Emma sauta dessus, l'ouvrit. Il y avait quinze napoléons. C'était le compte. Elle entendit Charles dans
l'escalier ; elle jeta l'or au fond de son tiroir et prit la
clef.

Trois jours après, Lheureux reparut.

— J'ai un arrangement à vous proposer, dit-il ;
si, au lieu de la somme convenue, vous vouliez
prendre...

— La voilà, fit-elle en lui plaçant dans la main
quatorze napoléons.

Le marchand fut stupéfait. Alors, pour dissimuler
son désappointement, il se répandit en excuses et en
offres de service qu'Emma refusa toutes ; puis elle
resta quelques minutes palpant dans la poche de
son tablier les deux pièces de cent sous qu'il lui
avait rendues. Elle se promettait d'économiser, afin
de rendre plus tard...

— Ah bah ! songea-t-elle, il n'y pensera plus.

Outre la cravache à pommeau de vermeil, Rodolphe
avait reçu un cachet avec cette devise : *Amor nel
cor*[1] ; de plus, une écharpe pour se faire un cache-
nez, et enfin un porte-cigares tout pareil à celui du
Vicomte, que Charles avait autrefois ramassé sur la
route et qu'Emma conservait. Cependant ces cadeaux
l'humiliaient. Il en refusa plusieurs ; elle insista, et
Rodolphe finit par obéir, la trouvant tyrannique et
trop envahissante.

Puis elle avait d'étranges idées :

— Quand minuit sonnera, disait-elle, tu penseras
à moi !

Et, s'il avouait n'y avoir point songé, c'étaient des
reproches en abondance, et qui se terminaient toujours par l'éternel mot :

— M'aimes-tu ?

— Mais oui, je t'aime! répondait-il.

— Beaucoup?

— Certainement!

— Tu n'en as pas aimé d'autres, hein?

— Crois-tu m'avoir pris vierge? exclamait-il en riant.

Emma pleurait, et il s'efforçait de la consoler, enjolivant de calembours ses protestations.

— Oh! c'est que je t'aime! reprenait-elle, je t'aime à ne pouvoir me passer de toi, sais-tu bien? J'ai quelquefois des envies de te revoir où toutes les colères de l'amour me déchirent. Je me demande: «Où est-il? Peut-être il parle à d'autres femmes? Elles lui sourient, il s'approche…» Oh! non, n'est-ce pas, aucune ne te plaît? Il y en a de plus belles; mais, moi, je sais mieux aimer! Je suis ta servante et ta concubine! Tu es mon roi, mon idole! tu es bon! tu es beau! tu es intelligent! tu es fort!

Il s'était tant de fois entendu dire ces choses, qu'elles n'avaient pour lui rien d'original. Emma ressemblait à toutes les maîtresses; et le charme de la nouveauté, peu à peu tombant comme un vêtement, laissait voir à nu l'éternelle monotonie de la passion, qui a toujours les mêmes formes et le même langage. Il ne distinguait pas, cet homme si plein de pratique, la dissemblance des sentiments sous la parité des expressions. Parce que des lèvres libertines ou vénales lui avaient murmuré des phrases pareilles, il ne croyait que faiblement à la candeur de celles-là; on en devait rabattre, pensait-il, les discours exagérés cachant les affections médiocres; comme si la plénitude de l'âme ne débordait pas quelquefois par les métaphores les plus vides, puisque personne, jamais, ne peut donner l'exacte mesure de ses besoins, ni de ses conceptions, ni de ses douleurs, et que la parole humaine est comme un chaudron fêlé où nous battons des mélodies à faire

danser les ours, quand on voudrait attendrir les
étoiles.

Mais, avec cette supériorité de critique appartenant à celui qui, dans n'importe quel engagement,
se tient en arrière, Rodolphe aperçut en cet amour
d'autres jouissances à exploiter. Il jugea toute
pudeur incommode. Il la traita sans façon. Il en fit
quelque chose de souple et de corrompu. C'était une
sorte d'attachement idiot plein d'admiration pour
lui, de voluptés pour elle, une béatitude qui l'engourdissait ; et son âme s'enfonçait en cette ivresse
et s'y noyait, ratatinée, comme le duc de Clarence
dans son tonneau de malvoisie[1].

Par l'effet seul de ses habitudes amoureuses,
madame Bovary changea d'allures. Ses regards devinrent plus hardis, ses discours plus libres ; elle
eut même l'inconvenance de se promener avec
M. Rodolphe, une cigarette à la bouche, *comme pour
narguer le monde* ; enfin, ceux qui doutaient encore ne
doutèrent plus quand on la vit, un jour, descendre de
l'Hirondelle, la taille serrée dans un gilet, à la façon
d'un homme ; et madame Bovary mère, qui, après une
épouvantable scène avec son mari, était venue se réfugier chez son fils, ne fut pas la bourgeoise la moins
scandalisée. Bien d'autres choses lui déplurent :
d'abord Charles n'avait point écouté ses conseils pour
l'interdiction des romans ; puis, *le genre de la maison*
lui déplaisait ; elle se permit des observations, et l'on
se fâcha, une fois surtout, à propos de Félicité.

Madame Bovary mère, la veille au soir, en traversant le corridor, l'avait surprise dans la compagnie
d'un homme, un homme à collier brun, d'environ
quarante ans, et qui, au bruit de ses pas, s'était vite
échappé de la cuisine. Alors Emma se prit à rire ;
mais la bonne dame s'emporta, déclarant qu'à
moins de se moquer des mœurs, on devait surveiller
celles des domestiques.

— De quel monde êtes-vous? dit la bru, avec un regard tellement impertinent que madame Bovary lui demanda si elle ne défendait point sa propre cause.

— Sortez! fit la jeune femme se levant d'un bond.

— Emma!... maman!... s'écriait Charles pour les rapatrier.

Mais elles s'étaient enfuies toutes les deux dans leur exaspération. Emma trépignait en répétant:

— Ah! quel savoir-vivre! quelle paysanne!

Il courut à sa mère; elle était hors des gonds, elle balbutiait:

— C'est une insolente! une évaporée! pire, peut-être!

Et elle voulait partir immédiatement, si l'autre ne venait lui faire des excuses. Charles retourna donc vers sa femme et la conjura de céder; il se mit à genoux; elle finit par répondre:

— Soit! j'y vais.

En effet, elle tendit la main à sa belle-mère avec une dignité de marquise, en lui disant:

— Excusez-moi, madame.

Puis, remontée chez elle, Emma se jeta tout à plat ventre sur son lit, et elle y pleura comme un enfant, la tête enfoncée dans l'oreiller.

Ils étaient convenus, elle et Rodolphe, qu'en cas d'événement extraordinaire, elle attacherait à la persienne un petit chiffon de papier blanc, afin que, si par hasard il se trouvait à Yonville, il accourût dans la ruelle, derrière la maison. Emma fit le signal; elle attendait depuis trois quarts d'heure, quand tout à coup elle aperçut Rodolphe au coin des halles. Elle fut tentée d'ouvrir la fenêtre, de l'appeler; mais déjà il avait disparu. Elle retomba désespérée.

Bientôt pourtant il lui sembla que l'on marchait sur le trottoir. C'était lui, sans doute; elle descendit l'escalier, traversa la cour. Il était là, dehors. Elle se jeta dans ses bras.

— Prends donc garde, dit-il.

— Ah! si tu savais! reprit-elle.

Et elle se mit à lui raconter tout, à la hâte, sans suite, exagérant les faits, en inventant plusieurs, et prodiguant les parenthèses si abondamment qu'il n'y comprenait rien.

— Allons, mon pauvre ange, du courage, console-toi, patience!

— Mais voilà quatre ans que je patiente et que je souffre!... Un amour comme le nôtre devrait s'avouer à la face du ciel! Ils sont à me torturer. Je n'y tiens plus! Sauve-moi!

Elle se serrait contre Rodolphe. Ses yeux, pleins de larmes, étincelaient comme des flammes sous l'onde; sa gorge haletait à coups rapides; jamais il ne l'avait tant aimée; si bien qu'il en perdit la tête et qu'il lui dit:

— Que faut-il faire? que veux-tu?

— Emmène-moi! s'écria-t-elle. Enlève-moi!... Oh! je t'en supplie!

Et elle se précipita sur sa bouche, comme pour y saisir le consentement inattendu qui s'en exhalait dans un baiser.

— Mais..., reprit Rodolphe.

— Quoi donc?

— Et ta fille?

Elle réfléchit quelques minutes, puis répondit:

— Nous la prendrons, tant pis!

— Quelle femme! se dit-il en la regardant s'éloigner.

Car elle venait de s'échapper dans le jardin. On l'appelait.

La mère Bovary, les jours suivants, fut très étonnée de la métamorphose de sa bru. En effet, Emma se montra plus docile, et même poussa la déférence jusqu'à lui demander une recette pour faire mariner des cornichons.

Était-ce afin de les mieux duper l'un et l'autre ? ou bien voulait-elle, par une sorte de stoïcisme voluptueux, sentir plus profondément l'amertume des choses qu'elle allait abandonner ? Mais elle n'y prenait garde, au contraire ; elle vivait comme perdue dans la dégustation anticipée de son bonheur prochain. C'était avec Rodolphe un éternel sujet de causeries. Elle s'appuyait sur son épaule, elle murmurait :

— Hein ! quand nous serons dans la malle-poste !... Y songes-tu ? Est-ce possible ? Il me semble qu'au moment où je sentirai la voiture s'élancer, ce sera comme si nous montions en ballon, comme si nous partions vers les nuages. Sais-tu que je compte les jours ?... Et toi ?

Jamais madame Bovary ne fut aussi belle qu'à cette époque ; elle avait cette indéfinissable beauté qui résulte de la joie, de l'enthousiasme, du succès, et qui n'est que l'harmonie du tempérament avec les circonstances. Ses convoitises, ses chagrins, l'expérience du plaisir et ses illusions toujours jeunes, comme font aux fleurs le fumier, la pluie, les vents et le soleil, l'avaient par gradations développée, et elle s'épanouissait enfin dans la plénitude de sa nature. Ses paupières semblaient taillées tout exprès pour ses longs regards amoureux où la prunelle se perdait, tandis qu'un souffle fort écartait ses narines minces et relevait le coin charnu de ses lèvres, qu'ombrageait à la lumière un peu de duvet noir. On eût dit qu'un artiste habile en corruptions avait disposé sur sa nuque la torsade de ses cheveux : ils s'enroulaient en une masse lourde, négligemment, et selon les hasards de l'adultère, qui les dénouait tous les jours. Sa voix maintenant prenait des inflexions plus molles, sa taille aussi ; quelque chose de subtil

qui vous pénétrait se dégageait même des draperies
de sa robe et de la cambrure de son pied. Charles,
comme aux premiers temps de son mariage, la trouvait délicieuse et tout irrésistible.

Quand il rentrait au milieu de la nuit, il n'osait
pas la réveiller. La veilleuse de porcelaine arrondissait au plafond une clarté tremblante, et les rideaux
fermés du petit berceau faisaient comme une hutte
blanche qui se bombait dans l'ombre, au bord du lit.
Charles les regardait. Il croyait entendre l'haleine
légère de son enfant. Elle allait grandir maintenant ;
chaque saison, vite, amènerait un progrès. Il la
voyait déjà revenant de l'école à la tombée du jour,
toute rieuse, avec sa brassière tachée d'encre, et
portant au bras son panier ; puis il faudrait la
mettre en pension, cela coûterait beaucoup ; comment faire ? Alors il réfléchissait. Il pensait à louer
une petite ferme aux environs, et qu'il surveillerait
lui-même, tous les matins, en allant voir ses
malades. Il en économiserait le revenu, il le place-
rait à la caisse d'épargne ; ensuite il achèterait des
actions, quelque part, n'importe où ; d'ailleurs, la
clientèle augmenterait ; il y comptait, car il voulait
que Berthe fût bien élevée, qu'elle eût des talents,
qu'elle apprît le piano. Ah ! qu'elle serait jolie, plus
tard, à quinze ans, quand, ressemblant à sa mère,
elle porterait comme elle, dans l'été, de grands chapeaux de paille ! on les prendrait de loin pour les
deux sœurs. Il se la figurait travaillant le soir auprès
d'eux, sous la lumière de la lampe ; elle lui broderait
des pantoufles ; elle s'occuperait du ménage ; elle
emplirait toute la maison de sa gentillesse et de sa
gaieté. Enfin, ils songeraient à son établissement :
on lui trouverait quelque brave garçon ayant un état
solide ; il la rendrait heureuse ; cela durerait toujours.

Emma ne dormait pas, elle faisait semblant d'être

endormie ; et, tandis qu'il s'assoupissait à ses côtés, elle se réveillait en d'autres rêves.

Au galop de quatre chevaux, elle était emportée depuis huit jours vers un pays nouveau, d'où ils ne reviendraient plus. Ils allaient, ils allaient, les bras enlacés, sans parler. Souvent, du haut d'une montagne, ils apercevaient tout à coup quelque cité splendide avec des dômes, des ponts, des navires, des forêts de citronniers et des cathédrales de marbre blanc, dont les clochers aigus portaient des nids de cigogne. On marchait au pas, à cause des grandes dalles, et il y avait par terre des bouquets de fleurs que vous offraient des femmes habillées en corset rouge. On entendait sonner des cloches, hennir les mulets, avec le murmure des guitares et le bruit des fontaines, dont la vapeur s'envolant rafraîchissait des tas de fruits, disposés en pyramide au pied des statues pâles, qui souriaient sous les jets d'eau. Et puis ils arrivaient, un soir, dans un village de pêcheurs, où des filets bruns séchaient au vent, le long de la falaise et des cabanes. C'est là qu'ils s'arrêteraient pour vivre ; ils habiteraient une maison basse, à toit plat, ombragée d'un palmier, au fond d'un golfe, au bord de la mer. Ils se promèneraient en gondole, ils se balanceraient en hamac ; et leur existence serait facile et large comme leurs vêtements de soie, toute chaude et étoilée comme les nuits douces qu'ils contempleraient. Cependant, sur l'immensité de cet avenir qu'elle se faisait apparaître, rien de particulier ne surgissait ; les jours, tous magnifiques, se ressemblaient comme des flots ; et cela se balançait à l'horizon, infini, harmonieux, bleuâtre et couvert de soleil. Mais l'enfant se mettait à tousser dans son berceau, ou bien Bovary ronflait plus fort, et Emma ne s'endormait que le matin, quand l'aube blanchissait les carreaux et que déjà le petit Justin, sur la place, ouvrait les auvents de la pharmacie.

Elle avait fait venir M. Lheureux et lui avait dit :

— J'aurais besoin d'un manteau, un grand manteau, à long collet, doublé.

— Vous partez en voyage ? demanda-t-il.

— Non ! mais…, n'importe, je compte sur vous,
n'est-ce pas ? et vivement !

Il s'inclina.

— Il me faudrait encore, reprit-elle, une caisse…,
pas trop lourde…, commode.

— Oui, oui, j'entends, de quatre-vingt-douze centimètres environ sur cinquante, comme on les fait à
présent.

— Avec un sac de nuit.

— Décidément, pensa Lheureux, il y a du grabuge là-dessous.

— Et tenez, dit madame Bovary en tirant sa
montre de sa ceinture, prenez cela ; vous vous payerez dessus.

Mais le marchand s'écria qu'elle avait tort ; ils
se connaissaient ; est-ce qu'il doutait d'elle ? Quel
enfantillage ! Elle insista cependant pour qu'il prît
au moins la chaîne, et déjà Lheureux l'avait mise
dans sa poche et s'en allait, quand elle le rappela.

— Vous laisserez tout chez vous. Quant au manteau, — elle eut l'air de réfléchir, — ne l'apportez pas
non plus ; seulement, vous me donnerez l'adresse de
l'ouvrier et avertirez qu'on le tienne à ma disposition.

C'était le mois prochain qu'ils devaient s'enfuir.
Elle partirait d'Yonville comme pour aller faire des
commissions à Rouen. Rodolphe aurait retenu les
places, pris des passeports, et même écrit à Paris,
afin d'avoir la malle entière jusqu'à Marseille, où ils
achèteraient une calèche et, de là, continueraient
sans s'arrêter, par la route de Gênes. Elle aurait eu
soin d'envoyer chez Lheureux son bagage, qui serait
directement porté à *l'Hirondelle*, de manière que

personne ainsi n'aurait de soupçons; et, dans tout cela, jamais il n'était question de son enfant. Rodolphe évitait d'en parler; peut-être qu'elle n'y pensait pas.

Il voulut avoir encore deux semaines devant lui, pour terminer quelques dispositions; puis, au bout de huit jours, il en demanda quinze autres; puis il se dit malade; ensuite il fit un voyage; le mois d'août se passa, et, après tous ces retards, ils arrêtèrent que ce serait irrévocablement pour le 4 septembre, un lundi.

Enfin le samedi, l'avant-veille, arriva.

Rodolphe vint le soir, plus tôt que de coutume.

— Tout est-il prêt? lui demanda-t-elle.

— Oui.

Alors ils firent le tour d'une plate-bande, et allèrent s'asseoir près de la terrasse, sur la margelle du mur.

— Tu es triste, dit Emma.

— Non, pourquoi?

Et cependant il la regardait singulièrement, d'une façon tendre.

— Est-ce de t'en aller? reprit-elle, de quitter tes affections, ta vie? Ah! je comprends... Mais, moi, je n'ai rien au monde! tu es tout pour moi. Aussi je serai tout pour toi, je te serai une famille, une patrie; je te soignerai, je t'aimerai.

— Que tu es charmante! dit-il en la saisissant dans ses bras.

— Vrai? fit-elle avec un rire de volupté. M'aimes-tu? Jure-le donc!

— Si je t'aime! si je t'aime! mais je t'adore, mon amour!

La lune, toute ronde et couleur de pourpre, se levait à ras de terre, au fond de la prairie. Elle montait vite entre les branches des peupliers, qui la cachaient de place en place, comme un rideau noir,

troué. Puis elle parut, éclatante de blancheur, dans
le ciel vide qu'elle éclairait ; et alors, se ralentissant,
elle laissa tomber sur la rivière une grande tache,
qui faisait une infinité d'étoiles ; et cette lueur d'argent
semblait s'y tordre jusqu'au fond, à la manière
d'un serpent sans tête couvert d'écailles lumineuses.
Cela ressemblait aussi à quelque monstrueux candélabre,
d'où ruisselaient, tout du long, des gouttes
de diamant en fusion. La nuit douce s'étalait autour
d'eux ; des nappes d'ombre emplissaient les feuillages.
Emma, les yeux à demi clos, aspirait avec de
grands soupirs le vent frais qui soufflait. Ils ne se
parlaient pas, trop perdus qu'ils étaient dans l'envahissement
de leur rêverie. La tendresse des anciens
jours leur revenait au cœur, abondante et silencieuse
comme la rivière qui coulait, avec autant de
mollesse qu'en apportait le parfum des seringas, et
projetait dans leur souvenir des ombres plus démesurées
et plus mélancoliques que celles des saules
immobiles qui s'allongeaient sur l'herbe. Souvent
quelque bête nocturne, hérisson ou belette, se mettant
en chasse, dérangeait les feuilles, ou bien on
entendait par moments une pêche mûre qui tombait
toute seule de l'espalier.

— Ah ! la belle nuit ! dit Rodolphe.

— Nous en aurons d'autres ! reprit Emma.

Et, comme se parlant à elle-même :

— Oui, il fera bon voyager... Pourquoi ai-je le
cœur triste, cependant ? Est-ce l'appréhension de
l'inconnu..., l'effet des habitudes quittées..., ou plutôt...?
Non, c'est l'excès du bonheur ! Que je suis
faible, n'est-ce pas ? Pardonne-moi !

— Il est encore temps ! s'écria-t-il. Réfléchis, tu
t'en repentiras peut-être.

— Jamais ! fit-elle impétueusement.

Et, en se rapprochant de lui :

— Quel malheur donc peut-il me survenir ? Il n'y

a pas de désert, pas de précipice ni d'océan que je
ne traverserais avec toi. À mesure que nous vivrons
ensemble, ce sera comme une étreinte chaque jour
plus serrée, plus complète! Nous n'aurons rien qui
nous trouble, pas de soucis, nul obstacle! Nous
serons seuls, tout à nous, éternellement... Parle
donc, réponds-moi.

Il répondait à intervalles réguliers: «Oui... oui!...»
Elle lui avait passé les mains dans ses cheveux, et
elle répétait d'une voix enfantine, malgré de grosses
larmes qui coulaient:

— Rodolphe! Rodolphe!... Ah! Rodolphe, cher
petit Rodolphe!

Minuit sonna.

— Minuit! dit-elle. Allons, c'est demain! encore
un jour!

Il se leva pour partir; et, comme si ce geste qu'il
faisait eût été le signal de leur fuite, Emma, tout à
coup, prenant un air gai:

— Tu as les passeports?

— Oui.

— Tu n'oublies rien?

— Non.

— Tu en es sûr?

— Certainement.

— C'est à l'hôtel *de Provence*, n'est-ce pas, que tu
m'attendras?... à midi?

Il fit un signe de tête.

— À demain, donc! dit Emma dans une dernière
caresse.

Et elle le regarda s'éloigner.

Il ne se détournait pas. Elle courut après lui, et, se
penchant au bord de l'eau entre des broussailles:

— À demain! s'écria-t-elle.

Il était déjà de l'autre côté de la rivière et marchait vite dans la prairie.

Au bout de quelques minutes, Rodolphe s'arrêta;

et, quand il la vit avec son vêtement blanc peu à peu
s'évanouir dans l'ombre comme un fantôme, il fut
pris d'un tel battement de cœur, qu'il s'appuya
contre un arbre pour ne pas tomber.

— Quel imbécile je suis! fit-il en jurant épouvantablement. N'importe, c'était une jolie maîtresse!

Et, aussitôt, la beauté d'Emma, avec tous les plaisirs de cet amour, lui réapparurent. D'abord il s'at-
tendrit, puis il se révolta contre elle.

— Car enfin, exclamait-il en gesticulant, je ne
peux pas m'expatrier, avoir la charge d'une enfant.

Il se disait ces choses pour s'affermir davantage.

— Et, d'ailleurs, les embarras, la dépense... Ah!
non, non, mille fois non! cela eût été trop bête!

XIII

À peine arrivé chez lui, Rodolphe s'assit brusquement à son bureau, sous la tête de cerf faisant trophée contre la muraille. Mais, quand il eut la plume
entre les doigts, il ne sut rien trouver, si bien que,
s'appuyant sur les deux coudes, il se mit à réfléchir.
Emma lui semblait être reculée dans un passé lointain, comme si la résolution qu'il avait prise venait
de placer entre eux, tout à coup, un immense intervalle.

Afin de ressaisir quelque chose d'elle, il alla chercher dans l'armoire, au chevet de son lit, une vieille
boîte à biscuits de Reims où il enfermait d'habitude
ses lettres de femmes, et il s'en échappa une odeur
de poussière humide et de roses flétries. D'abord il
aperçut un mouchoir de poche, couvert de gouttelettes pâles. C'était un mouchoir à elle, une fois
qu'elle avait saigné du nez, en promenade; il ne s'en
souvenait plus. Il y avait auprès, se cognant à tous les
angles, la miniature donnée par Emma; sa toilette

lui parut prétentieuse et son regard *en coulisse* du
plus pitoyable effet ; puis, à force de considérer cette
image et d'évoquer le souvenir du modèle, les traits
d'Emma peu à peu se confondirent en sa mémoire,
comme si la figure vivante et la figure peinte, se frottant l'une contre l'autre, se fussent réciproquement
effacées. Enfin il lut de ses lettres ; elles étaient
pleines d'explications relatives à leur voyage, courtes,
techniques et pressantes comme des billets d'affaires. Il voulut revoir les longues, celles d'autrefois ;
pour les trouver au fond de la boîte, Rodolphe dérangea toutes les autres ; et machinalement il se mit à
fouiller dans ce tas de papiers et de choses, y retrouvant pêle-mêle des bouquets, une jarretière, un
masque noir, des épingles et des cheveux — des cheveux ! de bruns, de blonds ; quelques-uns même, s'accrochant à la ferrure de la boîte, se cassaient quand
on l'ouvrait.

Ainsi flânant parmi ses souvenirs, il examinait les
écritures et le style des lettres, aussi variés que leurs
orthographes. Elles étaient tendres ou joviales, facé-
tieuses, mélancoliques ; il y en avait qui demandaient de l'amour et d'autres qui demandaient de
l'argent. À propos d'un mot, il se rappelait des
visages, de certains gestes, un son de voix ; quelquefois pourtant il ne se rappelait rien.

En effet, ces femmes, accourant à la fois dans sa
pensée, s'y gênaient les unes les autres et s'y rape-
tissaient, comme sous un même niveau d'amour qui
les égalisait. Prenant donc à poignée les lettres
confondues, il s'amusa pendant quelques minutes à
les faire tomber en cascades, de sa main droite dans
sa main gauche. Enfin, ennuyé, assoupi, Rodolphe
alla reporter la boîte dans l'armoire en se disant :

— Quel tas de blagues !...

Ce qui résumait son opinion ; car les plaisirs,
comme des écoliers dans la cour d'un collège,

avaient tellement piétiné sur son cœur, que rien de
vert n'y poussait, et ce qui passait par là, plus étourdi
que les enfants, n'y laissait pas même, comme eux,
son nom gravé sur la muraille.

— Allons, se dit-il, commençons !

Il écrivit :

« Du courage, Emma ! du courage ! Je ne veux pas
faire le malheur de votre existence… »

— Après tout, c'est vrai, pensa Rodolphe ; j'agis
dans son intérêt ; je suis honnête.

« Avez-vous mûrement pesé votre détermination ?
Savez-vous l'abîme où je vous entraînais, pauvre
ange ? Non, n'est-ce pas ? Vous alliez confiante et
folle, croyant au bonheur, à l'avenir… Ah ! malheureux que nous sommes ! insensés ! »

Rodolphe s'arrêta pour trouver ici quelque bonne
excuse.

— Si je lui disais que toute ma fortune est perdue ?… Ah ! non, et d'ailleurs, cela n'empêcherait
rien. Ce serait à recommencer plus tard. Est-ce
qu'on peut faire entendre raison à des femmes
pareilles !

Il réfléchit, puis ajouta :

« Je ne vous oublierai pas, croyez-le bien, et j'aurai continuellement pour vous un dévouement profond ; mais, un jour, tôt ou tard, cette ardeur (c'est
là le sort des choses humaines) se fût diminuée,
sans doute ! Il nous serait venu des lassitudes, et qui
sait même si je n'aurais pas eu l'atroce douleur d'assister à vos remords et d'y participer moi-même,
puisque je les aurais causés. L'idée seule des chagrins qui vous arrivent me torture, Emma ! Oubliez-
moi ! Pourquoi faut-il que je vous aie connue ?
Pourquoi étiez-vous si belle ? Est-ce ma faute ? Ô
mon Dieu ! non, non, n'en accusez que la fatalité[1] ! »

— Voilà un mot qui fait toujours de l'effet, se
dit-il.

«Ah! si vous eussiez été une de ces femmes au cœur frivole comme on en voit, certes, j'aurais pu, par égoïsme, tenter une expérience alors sans danger pour vous. Mais cette exaltation délicieuse, qui fait à la fois votre charme et votre tourment, vous a empêchée de comprendre, adorable femme que vous êtes, la fausseté de notre position future. Moi non plus, je n'y avais pas réfléchi d'abord, et je me reposais à l'ombre de ce bonheur idéal, comme à celle du mancenillier, sans prévoir les conséquences.»

— Elle va peut-être croire que c'est par avarice que j'y renonce… Ah! n'importe! tant pis, il faut en finir!

«Le monde est cruel, Emma. Partout où nous eussions été, il nous aurait poursuivis. Il vous aurait fallu subir les questions indiscrètes, la calomnie, le dédain, l'outrage peut-être. L'outrage à vous! Oh!… Et moi qui voudrais vous faire asseoir sur un trône! moi qui emporte votre pensée comme un talisman! Car je me punis par l'exil de tout le mal que je vous ai fait. Je pars. Où? Je n'en sais rien, je suis fou! Adieu! Soyez toujours bonne! Conservez le souvenir du malheureux qui vous a perdue. Apprenez mon nom à votre enfant, qu'il le redise dans ses prières.»

La mèche des deux bougies tremblait. Rodolphe se leva pour aller fermer la fenêtre, et, quand il se fut rassis:

— Il me semble que c'est tout. Ah! encore ceci, de peur qu'elle ne vienne *à me relancer*:

«Je serai loin quand vous lirez ces tristes lignes; car j'ai voulu m'enfuir au plus vite afin d'éviter la tentation de vous revoir. Pas de faiblesse! Je reviendrai; et peut-être que, plus tard, nous causerons ensemble très froidement de nos anciennes amours. Adieu!»

Et il y avait un dernier adieu, séparé en deux mots: *À Dieu!* ce qu'il jugeait d'un excellent goût.

— Comment vais-je signer, maintenant ? se dit-il.
Votre tout dévoué ?... Non. Votre ami ?... Oui, c'est
cela.

« Votre ami. »

Il relut sa lettre. Elle lui parut bonne.

— Pauvre petite femme ! pensa-t-il avec attendrissement. Elle va me croire plus insensible qu'un roc ;
il eût fallu quelques larmes là-dessus ; mais, moi, je
ne peux pas pleurer ; ce n'est pas ma faute. Alors,
s'étant versé de l'eau dans un verre, Rodolphe y
trempa son doigt et il laissa tomber de haut une
grosse goutte, qui fit une tache pâle sur l'encre ; puis,
cherchant à cacheter la lettre, le cachet *Amor nel cor*
se rencontra.

— Cela ne va guère à la circonstance... Ah bah !
n'importe !

Après quoi, il fuma trois pipes et s'alla coucher.

Le lendemain, quand il fut debout (vers deux
heures environ, il avait dormi tard), Rodolphe se
fit cueillir une corbeille d'abricots. Il disposa la
lettre dans le fond, sous des feuilles de vigne, et
ordonna tout de suite à Girard, son valet de charrue, de porter cela délicatement chez madame
Bovary. Il se servait de ce moyen pour correspondre
avec elle, lui envoyant, selon la saison, des fruits ou
du gibier.

— Si elle te demande de mes nouvelles, dit-il, tu
répondras que je suis parti en voyage. Il faut
remettre le panier à elle-même, en mains propres...
Va, et prends garde !

Girard passa sa blouse neuve, noua son mouchoir
autour des abricots, et marchant à grands pas
lourds dans ses grosses galoches ferrées, prit tranquillement le chemin d'Yonville.

Madame Bovary, quand il arriva chez elle, arrangeait avec Félicité, sur la table de la cuisine, un paquet de linge.

— Voilà, dit le valet, ce que notre maître vous envoie.

Elle fut saisie d'une appréhension, et, tout en cherchant quelque monnaie dans sa poche, elle considérait le paysan d'un œil hagard, tandis qu'il la regardait lui-même avec ébahissement, ne comprenant pas qu'un pareil cadeau pût tant émouvoir quelqu'un. Enfin il sortit. Félicité restait. Elle n'y tenait plus, elle courut dans la salle comme pour y porter les abricots, renversa le panier, arracha les feuilles, trouva la lettre, l'ouvrit, et, comme s'il y avait eu derrière elle un effroyable incendie, Emma se mit à fuir vers sa chambre, tout épouvantée.

Charles y était, elle l'aperçut ; il lui parla, elle n'entendit rien, et elle continua vivement à monter les marches, haletante, éperdue, ivre, et toujours tenant cette horrible feuille de papier, qui lui claquait dans les doigts comme une plaque de tôle. Au second étage, elle s'arrêta devant la porte du grenier, qui était fermée.

Alors elle voulut se calmer ; elle se rappela la lettre ; il fallait la finir, elle n'osait pas. D'ailleurs, où ? comment ? on la verrait.

— Ah ! non, ici, pensa-t-elle, je serai bien.

Emma poussa la porte et entra.

Les ardoises laissaient tomber d'aplomb une chaleur lourde, qui lui serrait les tempes et l'étouffait ; elle se traîna jusqu'à la mansarde close, dont elle tira le verrou, et la lumière éblouissante jaillit d'un bond.

En face, par-dessus les toits, la pleine campagne s'étalait à perte de vue. En bas, sous elle, la place du village était vide ; les cailloux du trottoir scintillaient, les girouettes des maisons se tenaient immobiles ; au coin de la rue, il partit d'un étage

inférieur une sorte de ronflement à modulations
stridentes. C'était Binet qui tournait.

Elle s'était appuyée contre l'embrasure de la
mansarde, et elle relisait la lettre avec des ricane-
ments de colère. Mais plus elle y fixait d'attention,
plus ses idées se confondaient. Elle le revoyait, elle
l'entendait, elle l'entourait de ses deux bras ; et des
battements de cœur, qui la frappaient sous la poitrine comme à grands coups de bélier, s'accélé-
raient l'un après l'autre, à intermittences inégales.
Elle jetait les yeux tout autour d'elle avec l'envie
que la terre croulât. Pourquoi n'en pas finir ? Qui la
retenait donc ? Elle était libre. Et elle s'avança, elle
regarda les pavés en se disant :

— Allons ! allons !

Le rayon lumineux qui montait d'en bas directement tirait vers l'abîme le poids de son corps. Il lui
semblait que le sol de la place oscillant s'élevait le
long des murs, et que le plancher s'inclinait par le
bout, à la manière d'un vaisseau qui tangue. Elle se
tenait tout au bord, presque suspendue, entourée
d'un grand espace. Le bleu du ciel l'envahissait,
l'air circulait dans sa tête creuse, elle n'avait qu'à
céder, qu'à se laisser prendre ; et le ronflement du
tour ne discontinuait pas, comme une voix furieuse
qui l'appelait.

— Ma femme ! ma femme ! cria Charles.

Elle s'arrêta.

— Où es-tu donc ? Arrive !

L'idée qu'elle venait d'échapper à la mort faillit la
faire s'évanouir de terreur ; elle ferma les yeux ; puis
elle tressaillit au contact d'une main sur sa manche :
c'était Félicité.

— Monsieur vous attend, Madame ; la soupe est
servie.

Et il fallut descendre ! il fallut se mettre à table !

Elle essaya de manger. Les morceaux l'étouffaient. Alors elle déplia sa serviette comme pour en examiner les reprises et voulut réellement s'appliquer à ce travail, compter les fils de la toile. Tout à coup, le souvenir de la lettre lui revint. L'avait-elle donc perdue ? Où la retrouver ? Mais elle éprouvait une telle lassitude dans l'esprit, que jamais elle ne put inventer un prétexte à sortir de table. Puis elle était devenue lâche ; elle avait peur de Charles ; il savait tout, c'était sûr ! En effet, il prononça ces mots, singulièrement :

— Nous ne sommes pas près, à ce qu'il paraît, de voir M. Rodolphe.

— Qui te l'a dit ? fit-elle en tressaillant.

— Qui me l'a dit ? répliqua-t-il un peu surpris de ce ton brusque ; c'est Girard, que j'ai rencontré tout à l'heure à la porte du *café Français*. Il est parti en voyage, ou il doit partir.

Elle eut un sanglot.

— Quoi donc t'étonne ? Il s'absente ainsi de temps à autre pour se distraire, et, ma foi ! je l'approuve. Quand on a de la fortune et que l'on est garçon !... Du reste, il s'amuse joliment, notre ami ! c'est un farceur. M. Langlois m'a conté...

Il se tut par convenance, à cause de la domestique qui entrait.

Celle-ci replaça dans la corbeille les abricots répandus sur l'étagère ; Charles, sans remarquer la rougeur de sa femme, se les fit apporter, en prit un et mordit à même.

— Oh ! parfait ! disait-il. Tiens, goûte.

Et il tendit la corbeille, qu'elle repoussa doucement.

— Sens donc : quelle odeur ! fit-il en la lui passant sous le nez à plusieurs reprises.

— J'étouffe ! s'écria-t-elle en se levant d'un bond.

Mais, par un effort de volonté, ce spasme disparut ; puis :

— Ce n'est rien! dit-elle, ce n'est rien! c'est nerveux! Assieds-toi, mange!

Car elle redoutait qu'on ne fût à la questionner, à la soigner, qu'on ne la quittât plus.

Charles, pour lui obéir, s'était rassis, et il crachait dans sa main les noyaux des abricots, qu'il déposait ensuite dans son assiette.

Tout à coup, un tilbury bleu passa au grand trot sur la place. Emma poussa un cri et tomba roide par terre, à la renverse.

En effet, Rodolphe, après bien des réflexions, s'était décidé à partir pour Rouen. Or, comme il n'y a, de la Huchette à Buchy, pas d'autre chemin que celui d'Yonville, il lui avait fallu traverser le village, et Emma l'avait reconnu à la lueur des lanternes qui coupaient comme un éclair le crépuscule.

Le pharmacien, au tumulte qui se faisait dans la maison, s'y précipita. La table, avec toutes les assiettes, était renversée; de la sauce, de la viande, les couteaux, la salière et l'huilier jonchaient l'appartement; Charles appelait au secours; Berthe, effarée, criait; et Félicité, dont les mains tremblaient, délaçait Madame, qui avait le long du corps des mouvements convulsifs.

— Je cours, dit l'apothicaire, chercher dans mon laboratoire, un peu de vinaigre aromatique.

Puis, comme elle rouvrait les yeux en respirant le flacon:

— J'en étais sûr, fit-il; cela vous réveillerait un mort.

— Parle-nous! disait Charles, parle-nous! Remets-toi! C'est moi, ton Charles qui t'aime! Me reconnais-tu? Tiens, voilà ta petite fille: embrasse-la donc!

L'enfant avançait les bras vers sa mère pour se pendre à son cou. Mais, détournant la tête, Emma dit d'une voix saccadée:

— Non, non... personne!

Elle s'évanouit encore. On la porta sur son lit.

Elle restait étendue, la bouche ouverte, les paupières fermées, les mains à plat, immobile, et blanche comme une statue de cire. Il sortait de ses yeux deux ruisseaux de larmes qui coulaient lentement sur l'oreiller.

Charles, debout, se tenait au fond de l'alcôve, et le pharmacien, près de lui, gardait ce silence méditatif qu'il est convenable d'avoir dans les occasions sérieuses de la vie.

— Rassurez-vous, dit-il en lui poussant le coude, je crois que le paroxysme est passé.

— Oui, elle repose un peu maintenant ! répondit Charles, qui la regardait dormir. Pauvre femme !... pauvre femme !... la voilà retombée !

Alors Homais demanda comment cet accident était survenu. Charles répondit que cela l'avait saisie tout à coup, pendant qu'elle mangeait des abricots.

— Extraordinaire !... reprit le pharmacien. Mais il se pourrait que les abricots eussent occasionné la syncope ! Il y a des natures si impressionnables à l'encontre de certaines odeurs ! et ce serait même une belle question à étudier, tant sous le rapport pathologique que sous le rapport physiologique. Les prêtres en connaissaient l'importance, eux qui ont toujours mêlé des aromates à leurs cérémonies. C'est pour vous stupéfier l'entendement et provoquer des extases, chose d'ailleurs facile à obtenir chez les personnes du sexe, qui sont plus délicates que les autres. On en cite qui s'évanouissent à l'odeur de la corne brûlée, du pain tendre...

— Prenez garde de l'éveiller ! dit à voix basse Bovary.

— Et non seulement, continua l'apothicaire, les humains sont en butte à ces anomalies, mais encore les animaux. Ainsi, vous n'êtes pas sans savoir l'effet singulièrement aphrodisiaque que produit le *nepeta cataria*, vulgairement appelé herbe-au-chat, sur la gent féline ; et d'autre part, pour citer un exemple que je garantis authentique, Bridoux (un de mes anciens camarades, actuellement établi rue Malpalu) possède un chien qui tombe en convulsions dès qu'on lui présente une tabatière. Souvent même il en fait l'expérience devant ses amis, à son pavillon du bois Guillaume. Croirait-on qu'un simple sternutatoire pût exercer de tels ravages dans l'organisme d'un quadrupède ? C'est extrêmement curieux, n'est-il pas vrai ?

— Oui, dit Charles, qui n'écoutait pas.

— Cela nous prouve, reprit l'autre en souriant avec un air de suffisance bénigne, les irrégularités sans nombre du système nerveux. Pour ce qui est de Madame, elle m'a toujours paru, je l'avoue, une vraie sensitive. Aussi ne vous conseillerai-je point, mon bon ami, aucun de ces prétendus remèdes qui, sous prétexte d'attaquer les symptômes, attaquent le tempérament. Non, pas de médicamentation oiseuse ! du régime, voilà tout ! des sédatifs, des émollients, des dulcifiants. Puis, ne pensez-vous pas qu'il faudrait peut-être frapper l'imagination ?

— En quoi ? comment ? dit Bovary.

— Ah ! c'est là la question ! Telle est effectivement la question : *That is the question*[1] ! comme je lisais dernièrement dans le journal.

Mais Emma, se réveillant, s'écria :

— Et la lettre ? et la lettre ?

On crut qu'elle avait le délire ; elle l'eut à partir de minuit : une fièvre cérébrale s'était déclarée.

Pendant quarante-trois jours, Charles ne la quitta pas. Il abandonna tous ses malades ; il ne se couchait plus, il était continuellement à lui tâter le pouls, à lui poser des sinapismes, des compresses d'eau froide. Il envoyait Justin jusqu'à Neufchâtel chercher de la glace ; la glace se fondait en route ; il le renvoyait. Il appela M. Canivet en consultation ; il fit venir de Rouen le docteur Larivière, son ancien maître ; il était désespéré. Ce qui l'effrayait le plus, c'était l'abattement d'Emma ; car elle ne parlait pas, n'entendait rien et même semblait ne point souffrir, — comme si son corps et son âme se fussent ensemble reposés de toutes leurs agitations.

Vers le milieu d'octobre, elle put se tenir assise dans son lit, avec des oreillers derrière elle. Charles pleura quand il la vit manger sa première tartine de confitures. Les forces lui revinrent ; elle se levait quelques heures pendant l'après-midi, et, un jour qu'elle se sentait mieux, il essaya de lui faire faire, à son bras, un tour de promenade dans le jardin. Le sable des allées disparaissait sous les feuilles mortes ; elle marchait pas à pas, en traînant ses pantoufles, et, s'appuyant de l'épaule contre Charles, elle continuait à sourire.

Ils allèrent ainsi jusqu'au fond, près de la terrasse. Elle se redressa lentement, se mit la main devant ses yeux, pour regarder ; elle regarda au loin, tout au loin ; mais il n'y avait à l'horizon que de grands feux d'herbe, qui fumaient sur les collines.

— Tu vas te fatiguer, ma chérie, dit Bovary.

Et, la poussant doucement pour la faire entrer sous la tonnelle :

— Assieds-toi donc sur ce banc : tu seras bien.

— Oh ! non, pas là, pas là ! fit-elle d'une voix défaillante.

Elle eut un étourdissement, et dès le soir, sa maladie recommença, avec une allure plus incertaine, il est vrai, et des caractères plus complexes. Tantôt elle souffrait au cœur, puis dans la poitrine, dans le cerveau, dans les membres ; il lui survint des vomissements où Charles crut apercevoir les premiers symptômes d'un cancer.

Et le pauvre garçon, par là-dessus, avait des inquiétudes d'argent!

XIV

D'abord, il ne savait comment faire pour dédommager M. Homais de tous les médicaments pris chez lui; et, quoiqu'il eût pu, comme médecin, ne pas les payer, néanmoins il rougissait un peu de cette obligation. Puis la dépense du ménage, à présent que la cuisinière était maîtresse, devenait effrayante; les notes pleuvaient dans la maison; les fournisseurs murmuraient; M. Lheureux, surtout, le harcelait. En effet, au plus fort de la maladie d'Emma, celui-ci, profitant de la circonstance pour exagérer sa facture, avait vite apporté le manteau, le sac de nuit, deux caisses au lieu d'une, quantité d'autres choses encore. Charles eut beau dire qu'il n'en avait pas besoin, le marchand répondit arrogamment qu'on lui avait commandé tous ces articles et qu'il ne les reprendrait pas; d'ailleurs, ce serait contrarier Madame dans sa convalescence; Monsieur réfléchirait; bref, il était résolu à le poursuivre en justice plutôt que d'abandonner ses droits et que d'emporter ses marchandises. Charles ordonna par la suite de les renvoyer à son magasin; Félicité oublia; il avait d'autres soucis; on n'y pensa plus; M. Lheureux revint à la charge, et, tour à tour menaçant et gémissant, manœuvra de telle façon, que Bovary finit par souscrire un billet à six mois d'échéance. Mais à peine eut-il signé ce billet, qu'une idée audacieuse lui surgit: c'était d'emprunter mille francs à M. Lheureux. Donc, il demanda, d'un air embarrassé, s'il n'y avait pas moyen de les avoir, ajoutant que ce serait pour un an et au taux que l'on voudrait. Lheureux courut à sa boutique, en rapporta les écus et dicta un autre billet, par lequel Bovary déclarait devoir payer à son ordre, le 1er septembre prochain, la somme de mille soixante et dix francs ; ce qui, avec les cent quatre-vingts déjà stipulés, faisait juste douze cent cinquante. Ainsi, prêtant à six pour cent, augmenté d'un quart de commission, et les fournitures lui rapportant un bon tiers pour le moins, cela devait, en douze mois, donner cent trente francs de bénéfice ; et il espérait que l'affaire ne s'arrêterait pas là, qu'on ne pourrait payer les billets, qu'on les renouvellerait, et que son pauvre argent, s'étant nourri chez le médecin comme dans une maison de santé, lui reviendrait, un jour, considérablement plus dodu, et gros à faire craquer le sac.

Tout, d'ailleurs, lui réussissait. Il était adjudicataire d'une fourniture de cidre pour l'hôpital de Neufchâtel ; M. Guillaumin lui promettait des actions dans les tourbières de Grumesnil, et il rêvait d'établir un nouveau service de diligences entre Argueil et Rouen, qui ne tarderait pas, sans doute, à ruiner la guimbarde du *Lion d'or*, et qui, marchant plus vite, étant à prix plus bas et portant plus de bagages, lui mettrait ainsi dans les mains tout le commerce d'Yonville.

Charles se demanda plusieurs fois par quel moyen, l'année prochaine, pouvoir rembourser tant d'argent ; et il cherchait, imaginait des expédients, comme de recourir à son père ou de vendre quelque chose. Mais son père serait sourd, et il n'avait, lui, rien à vendre. Alors il découvrait de tels embarras, qu'il écartait vite de sa conscience un sujet de méditation aussi désagréable. Il se reprochait d'en oublier Emma ; comme si, toutes ses pensées appartenant à cette femme, c'eût été lui dérober quelque chose que de n'y pas continuellement réfléchir.

L'hiver fut rude. La convalescence de Madame fut longue. Quand il faisait beau, on la poussait dans son

fauteuil auprès de la fenêtre, celle qui regardait la
Place ; car elle avait maintenant le jardin en antipa-
thie, et la persienne de ce côté restait constamment
fermée. Elle voulut que l'on vendît le cheval ; ce
qu'elle aimait autrefois, à présent lui déplaisait.
Toutes ses idées paraissaient se borner au soin d'elle-
même. Elle restait dans son lit à faire de petites colla-
tions, sonnait sa domestique pour s'informer de ses
tisanes ou pour causer avec elle. Cependant la neige
sur le toit des halles jetait dans la chambre un reflet
blanc, immobile ; ensuite ce fut la pluie qui tombait.
Et Emma quotidiennement attendait, avec une sorte
d'anxiété, l'infaillible retour d'événements minimes,
qui pourtant ne lui importaient guère. Le plus considérable était, le soir, l'arrivée de *l'Hirondelle*. Alors
l'aubergiste criait et d'autres voix répondaient, tandis que le falot d'Hippolyte, qui cherchait des coffres
sur la bâche, faisait comme une étoile dans l'obscurité. À midi, Charles rentrait ; ensuite il sortait ; puis
elle prenait un bouillon, et, vers cinq heures, à la
tombée du jour, les enfants qui s'en revenaient de la
classe, traînant leurs sabots sur le trottoir, frappaient
tous avec leurs règles la cliquette des auvents, les uns
après les autres.

C'était à cette heure-là que M. Bournisien venait
la voir. Il s'enquérait de sa santé, lui apportait des
nouvelles et l'exhortait à la religion dans un petit
bavardage câlin qui ne manquait pas d'agrément.
La vue seule de sa soutane la réconfortait.

Un jour qu'au plus fort de sa maladie elle s'était
crue agonisante, elle avait demandé la communion ;
et, à mesure que l'on faisait dans sa chambre les
préparatifs pour le sacrement, que l'on disposait en
autel la commode encombrée de sirops et que Félicité semait par terre des fleurs de dahlia, Emma
sentait quelque chose de fort passant sur elle, qui la
débarrassait de ses douleurs, de toute perception,

de tout sentiment. Sa chair allégée ne pesait plus, une autre vie commençait; il lui sembla que son être, montant vers Dieu, allait s'anéantir dans cet amour comme un encens allumé qui se dissipe en vapeur. On aspergea d'eau bénite les draps du lit; le prêtre retira du saint ciboire la blanche hostie; et ce fut en défaillant d'une joie céleste qu'elle avança les lèvres pour accepter le corps du Sauveur qui se présentait. Les rideaux de son alcôve se gonflaient mollement, autour d'elle, en façon de nuées, et les rayons des deux cierges brûlant sur la commode lui parurent être des gloires éblouissantes. Alors elle laissa retomber sa tête, croyant entendre dans les espaces le chant des harpes séraphiques et apercevoir en un ciel d'azur, sur un trône d'or, au milieu des saints tenant des palmes vertes, Dieu le Père tout éclatant de majesté, et qui d'un signe faisait descendre vers la terre des anges aux ailes de flamme pour l'emporter dans leurs bras[1].

Cette vision splendide demeura dans sa mémoire comme la chose la plus belle qu'il fût possible de rêver; si bien qu'à présent elle s'efforçait d'en ressaisir la sensation, qui continuait cependant, mais d'une manière moins exclusive et avec une douceur aussi profonde. Son âme, courbatue d'orgueil, se reposait enfin dans l'humilité chrétienne; et, savourant le plaisir d'être faible, Emma contemplait en elle-même la destruction de sa volonté, qui devait faire aux envahissements de la grâce une large entrée. Il existait donc à la place du bonheur des félicités plus grandes, un autre amour au-dessus de tous les amours, sans intermittence ni fin, et qui s'accroîtrait éternellement! Elle entrevit, parmi les illusions de son espoir, un état de pureté flottant au-dessus de la terre, se confondant avec le ciel, et où elle aspira d'être. Elle voulut devenir une sainte. Elle acheta des chapelets, elle porta des amulettes; elle souhaitait avoir dans sa chambre, au chevet de sa couche, un reliquaire enchâssé d'émeraudes, pour le baiser tous les soirs.

Le Curé s'émerveillait de ces dispositions, bien que la religion d'Emma, trouvait-il, pût, à force de ferveur, finir par friser l'hérésie et même l'extravagance. Mais, n'étant pas très versé dans ces matières sitôt qu'elles dépassaient une certaine mesure, il écrivit à M. Boulard, libraire de Monseigneur, de lui envoyer *quelque chose de fameux pour une personne du sexe, qui était pleine d'esprit*. Le libraire, avec autant d'indifférence que s'il eût expédié de la quincaillerie à des nègres, vous emballa pêle-mêle tout ce qui avait cours pour lors dans le négoce des livres pieux. C'étaient de petits manuels par demandes et par réponses, des pamphlets d'un ton rogue dans la manière de M. de Maistre[1], et des espèces de romans à cartonnage rose et à style douceâtre, fabriqués par des séminaristes troubadours ou des bas bleus repenties. Il y avait le *Pensez-y bien; l'Homme du monde aux pieds de Marie, par M. de***, décoré de plusieurs ordres; des Erreurs de Voltaire, à l'usage des jeunes gens*[2], etc.

Madame Bovary n'avait pas encore l'intelligence assez nette pour s'appliquer sérieusement à n'importe quoi; d'ailleurs, elle entreprit ces lectures avec trop de précipitation. Elle s'irrita contre les prescriptions du culte; l'arrogance des écrits polémiques lui déplut par leur acharnement à poursuivre des gens qu'elle ne connaissait pas; et les contes profanes relevés de religion lui parurent écrits dans une telle ignorance du monde, qu'ils l'écartèrent insensiblement des vérités dont elle attendait la preuve. Elle persista pourtant, et, lorsque le volume lui tombait des mains, elle se croyait prise par la plus fine mélancolie catholique qu'une âme éthérée pût concevoir.

Quant au souvenir de Rodolphe, elle l'avait descendu tout au fond de son cœur ; et il restait là, plus
solennel et plus immobile qu'une momie de roi dans
un souterrain. Une exhalaison s'échappait de ce
grand amour embaumé et qui, passant à travers tout,
parfumait de tendresse l'atmosphère d'immacula-
tion où elle voulait vivre. Quand elle se mettait à
genoux sur son prie-Dieu gothique, elle adressait au
Seigneur les mêmes paroles de suavité qu'elle murmurait jadis à son amant, dans les épanchements de
l'adultère. C'était pour faire venir la croyance ; mais
aucune délectation ne descendait des cieux, et elle se
relevait, les membres fatigués, avec le sentiment
vague d'une immense duperie. Cette recherche, pensait-elle, n'était qu'un mérite de plus ; et dans l'orgueil de sa dévotion, Emma se comparait à ces
grandes dames d'autrefois, dont elle avait rêvé la
gloire sur un portrait de la Vallière, et qui, traînant
avec tant de majesté la queue chamarrée de leurs
longues robes, se retiraient en des solitudes pour y
répandre aux pieds du Christ toutes les larmes d'un
cœur que l'existence blessait.

Alors, elle se livra à des charités excessives. Elle
cousait des habits pour les pauvres ; elle envoyait du
bois aux femmes en couches ; et Charles, un jour en
rentrant, trouva dans la cuisine trois vauriens attablés qui mangeaient un potage. Elle fit revenir à la
maison sa petite fille, que son mari, durant sa maladie, avait renvoyée chez la nourrice. Elle voulut lui
apprendre à lire ; Berthe avait beau pleurer, elle ne
s'irritait plus. C'était un parti pris de résignation,
une indulgence universelle. Son langage, à propos
de tout, était plein d'expressions idéales. Elle disait
à son enfant :

— Ta colique est-elle passée, mon ange ?

Madame Bovary mère ne trouvait rien à blâmer,
sauf peut-être cette manie de tricoter des camisoles

pour les orphelins, au lieu de raccommoder ses torchons. Mais, harassée de querelles domestiques, la
bonne femme se plaisait en cette maison tranquille,
et même elle y demeura jusques après Pâques, afin
d'éviter les sarcasmes du père Bovary, qui ne manquait pas, tous les vendredis saints, de se commander une andouille.

Outre la compagnie de sa belle-mère, qui la raffer-
missait un peu par sa rectitude de jugement et ses
façons graves, Emma, presque tous les jours, avait
encore d'autres sociétés. C'était madame Langlois,
madame Caron, madame Dubreuil, madame Tuvache
et, régulièrement, de deux à cinq heures, l'excellente
madame Homais, qui n'avait jamais voulu croire,
celle-là, à aucun des cancans que l'on débitait sur sa
voisine. Les petits Homais aussi venaient la voir ;
Justin les accompagnait. Il montait avec eux dans la
chambre, et il restait debout près de la porte, immobile, sans parler. Souvent même, madame Bovary,
n'y prenant garde, se mettait à sa toilette. Elle commençait par retirer son peigne, en secouant sa tête
d'un mouvement brusque ; et, quand il aperçut la
première fois cette chevelure entière qui descendait
jusqu'aux jarrets en déroulant ses anneaux noirs, ce
fut pour lui, le pauvre enfant, comme l'entrée subite
dans quelque chose d'extraordinaire et de nouveau
dont la splendeur l'effraya.

Emma, sans doute, ne remarquait pas ses empres-
sements silencieux ni ses timidités. Elle ne se doutait
point que l'amour, disparu de sa vie, palpitait là,
près d'elle, sous cette chemise de grosse toile, dans
ce cœur d'adolescent ouvert aux émanations de sa
beauté. Du reste, elle enveloppait tout maintenant
d'une telle indifférence, elle avait des paroles si
affectueuses et des regards si hautains, des façons si
diverses, que l'on ne distinguait plus l'égoïsme de la
charité, ni la corruption de la vertu. Un soir, par

exemple, elle s'emporta contre sa domestique, qui lui demandait à sortir et balbutiait en cherchant un prétexte ; puis tout à coup :

— Tu l'aimes donc ? dit-elle.

Et, sans attendre la réponse de Félicité, qui rougissait, elle ajouta d'un air triste :

— Allons, cours-y ! amuse-toi !

Elle fit, au commencement du printemps, bouleverser le jardin d'un bout à l'autre, malgré les observations de Bovary ; il fut heureux, cependant, de lui voir enfin manifester une volonté quelconque. Elle en témoigna davantage à mesure qu'elle se rétablissait. D'abord, elle trouva moyen d'expulser la mère Rolet, la nourrice, qui avait pris l'habitude, pendant sa convalescence, de venir trop souvent à la cuisine avec ses deux nourrissons et son pensionnaire, plus endenté qu'un cannibale. Puis elle se dégagea de la famille Homais, congédia successivement toutes les autres visites et même fréquenta l'église avec moins d'assiduité, à la grande approbation de l'apothicaire, qui lui dit alors amicalement :

— Vous donniez un peu dans la calotte !

M. Bournisien, comme autrefois, survenait tous les jours, en sortant du catéchisme. Il préférait rester dehors, à prendre l'air *au milieu du bocage*, il appelait ainsi la tonnelle. C'était l'heure où Charles rentrait. Ils avaient chaud ; on apportait du cidre doux, et ils buvaient ensemble au complet rétablissement de Madame.

Binet se trouvait là, c'est-à-dire un peu plus bas, contre le mur de la terrasse, à pêcher des écrevisses. Bovary l'invitait à se rafraîchir, et il s'entendait parfaitement à déboucher les cruchons.

— Il faut, disait-il en promenant autour de lui et jusqu'aux extrémités du paysage un regard satisfait, tenir ainsi la bouteille d'aplomb sur la table, et, après que les ficelles sont coupées, pousser le liège à petits coups, doucement, doucement, comme on fait, d'ailleurs, à l'eau de Seltz, dans les restaurants.

Mais le cidre, pendant sa démonstration, souvent leur jaillissait en plein visage, et alors l'ecclésiastique, avec un rire opaque, ne manquait jamais cette plaisanterie :

— Sa bonté saute aux yeux !

Il était brave homme, en effet, et même, un jour, ne fut point scandalisé du pharmacien, qui conseillait à Charles, pour distraire Madame, de la mener au théâtre de Rouen voir l'illustre ténor Lagardy. Homais s'étonnant de ce silence, voulut savoir son opinion, et le prêtre déclara qu'il regardait la musique comme moins dangereuse pour les mœurs que la littérature.

Mais le pharmacien prit la défense des lettres. Le théâtre, prétendait-il, servait à fronder les préjugés, et, sous le masque du plaisir, enseignait la vertu.

— *Castigat ridendo mores*[1], monsieur Bournisien ! Ainsi, regardez la plupart des tragédies de Voltaire ; elles sont semées habilement de réflexions philosophiques qui en font pour le peuple une véritable école de morale et de diplomatie.

— Moi, dit Binet, j'ai vu autrefois une pièce intitulée *le Gamin de Paris*[2], où l'on remarque le caractère d'un vieux général qui est vraiment tapé ! Il rembarre un fils de famille qui avait séduit une ouvrière, qui à la fin...

— Certainement ! continuait Homais, il y a la mauvaise littérature comme il y a la mauvaise pharmacie ; mais condamner en bloc le plus important des beaux-arts me paraît une balourdise, une idée gothique, digne de ces temps abominables où l'on enfermait Galilée.

— Je sais bien, objecta le Curé, qu'il existe de bons ouvrages, de bons auteurs ; cependant, ne serait-ce que ces personnes de sexe différent réunies dans un appartement enchanteur, orné de pompes mondaines, et puis ces déguisements païens, ce fard, ces flambeaux, ces voix efféminées, tout cela doit finir par engendrer un certain libertinage d'esprit et vous donner des pensées déshonnêtes, des tentations impures. Telle est du moins l'opinion de tous les Pères. Enfin, ajouta-t-il en prenant subitement un ton de voix mystique, tandis qu'il roulait sur son pouce une prise de tabac, si l'Église a condamné les spectacles, c'est qu'elle avait raison ; il faut nous soumettre à ses décrets.

— Pourquoi, demanda l'apothicaire, excommunie-t-elle les comédiens ? car, autrefois, ils concouraient ouvertement aux cérémonies du culte. Oui, on jouait, on représentait au milieu du chœur des espèces de farces appelées mystères, dans lesquelles les lois de la décence souvent se trouvaient offensées.

L'ecclésiastique se contenta de pousser un gémissement, et le pharmacien poursuivit :

— C'est comme dans la Bible ; il y a..., savez-vous..., plus d'un détail... piquant, des choses... vraiment... gaillardes !

Et, sur un geste d'irritation que faisait M. Bournisien :

— Ah ! vous conviendrez que ce n'est pas un livre à mettre entre les mains d'une jeune personne, et je serais fâché qu'Athalie...

— Mais ce sont les protestants, et non pas nous, s'écria l'autre impatienté, qui recommandent la Bible !

— N'importe ! dit Homais, je m'étonne que, de nos jours, en un siècle de lumières, on s'obstine encore à proscrire un délassement intellectuel qui est inoffensif, moralisant et même hygiénique quelquefois, n'est-ce pas, docteur ?

— Sans doute, répondit le médecin nonchalamment, soit que, ayant les mêmes idées, il voulût n'offenser personne, ou bien qu'il n'eût pas d'idées.

La conversation semblait finie, quand le pharmacien jugea convenable de pousser une dernière botte.

— J'en ai connu, des prêtres, qui s'habillaient en bourgeois pour aller voir gigoter des danseuses.

— Allons donc! fit le curé.

— Ah! j'en ai connu!

Et, séparant les syllabes de sa phrase, Homais répéta :

— J'en — ai — connu.

— Eh bien! ils avaient tort, dit Bournisien résigné à tout entendre.

— Parbleu! ils en font bien d'autres! exclama l'apothicaire.

— Monsieur!... reprit l'ecclésiastique avec des yeux si farouches, que le pharmacien en fut intimidé.

— Je veux seulement dire, répliqua-t-il alors d'un ton moins brutal, que la tolérance est le plus sûr moyen d'attirer les âmes à la religion.

— C'est vrai! c'est vrai! concéda le bonhomme en se rasseyant sur sa chaise.

Mais il n'y resta que deux minutes. Puis, dès qu'il fut parti, M. Homais dit au médecin :

— Voilà ce qui s'appelle une prise de bec! Je l'ai roulé, vous avez vu, d'une manière!... Enfin, croyez-moi, conduisez Madame au spectacle, ne serait-ce que pour faire une fois dans votre vie enrager un de ces corbeaux-là, saprelotte! Si quelqu'un pouvait me remplacer, je vous accompagnerais moi-même. Dépêchez-vous! Lagardy ne donnera qu'une seule représentation; il est engagé en Angleterre à des appointements considérables. C'est, à ce qu'on assure, un fameux lapin! il roule sur l'or! il mène avec lui trois maîtresses et son cuisinier! Tous ces grands artistes brûlent la chandelle par les deux bouts ; il leur faut une existence dévergondée qui excite un peu l'imagination. Mais ils meurent à l'hôpital, parce qu'ils n'ont pas eu l'esprit, étant jeunes, de faire des économies[1]. Allons, bon appétit ; à demain !

Cette idée de spectacle germa vite dans la tête de Bovary ; car aussitôt il en fit part à sa femme, qui refusa tout d'abord, alléguant la fatigue, le dérangement, la dépense ; mais, par extraordinaire, Charles ne céda pas, tant il jugeait cette récréation lui devoir être profitable. Il n'y voyait aucun empêchement ; sa mère leur avait expédié trois cents francs sur lesquels il ne comptait plus, les dettes courantes n'avaient rien d'énorme, et l'échéance des billets à payer au sieur Lheureux était encore si longue, qu'il n'y fallait pas songer. D'ailleurs, imaginant qu'elle y mettait de la délicatesse, Charles insista davantage ; si bien qu'elle finit, à force d'obsessions, par se décider. Et, le lendemain, à huit heures, ils s'emballèrent dans *l'Hirondelle*.

L'apothicaire, que rien ne retenait à Yonville, mais qui se croyait contraint de n'en pas bouger, soupira en les voyant partir.

— Allons, bon voyage ! leur dit-il, heureux mortels que vous êtes !

Puis, s'adressant à Emma, qui portait une robe de soie bleue à quatre falbalas :

— Je vous trouve jolie comme un Amour ! Vous allez *faire florès* à Rouen.

La diligence descendait à l'hôtel de la *Croix rouge*, sur la place Beauvoisine. C'était une de ces auberges comme il y en a dans tous les faubourgs de province, avec de grandes écuries et de petites chambres à coucher, où l'on voit au milieu de la cour des poules picorant l'avoine sous les cabriolets crottés des commis voyageurs ; — bons vieux gîtes à balcon de bois vermoulu qui craquent au vent dans les nuits d'hi-

ver, continuellement pleins de monde, de vacarme et
de mangeaille, dont les tables noires sont poissées
par les *glorias*, les vitres épaisses jaunies par les
mouches, les serviettes humides tachées par le vin
bleu; et qui, sentant toujours le village, comme des
valets de ferme habillés en bourgeois, ont un café sur
la rue, et du côté de la campagne un jardin à
légumes. Charles immédiatement se mit en courses.
Il confondit l'avant-scène avec les galeries, le *parquet* avec les loges, demanda des explications, ne les
comprit pas, fut renvoyé du contrôleur au directeur,
revint à l'auberge, retourna au bureau, et, plusieurs
fois ainsi, arpenta toute la longueur de la ville,
depuis le théâtre jusqu'au boulevard.

Madame s'acheta un chapeau, des gants, un bouquet. Monsieur craignait beaucoup de manquer le
commencement; et, sans avoir eu le temps d'avaler
un bouillon, ils se présentèrent devant les portes du
théâtre, qui étaient encore fermées.

XV

La foule stationnait contre le mur, parquée symétriquement entre des balustrades. À l'angle des rues
voisines, de gigantesques affiches répétaient en
caractères baroques: «*Lucie de Lammermoor*[1]...
Lagardy... Opéra..., etc.» Il faisait beau; on avait
chaud; la sueur coulait dans les frisures, tous les
mouchoirs tirés épongeaient les fronts rouges; et
parfois un vent tiède, qui soufflait de la rivière, agitait mollement la bordure des tentes en coutil suspendues à la porte des estaminets. Un peu plus bas,
cependant, on était rafraîchi par un courant d'air
glacial qui sentait le suif, le cuir et l'huile. C'était
l'exhalaison de la rue des Charrettes, pleine de
grands magasins noirs où l'on roule des barriques.

De peur de paraître ridicule, Emma voulut, avant d'entrer, faire un tour de promenade sur le port, et Bovary, par prudence, garda les billets à sa main, dans la poche de son pantalon, qu'il appuyait contre son ventre.

Un battement de cœur la prit dès le vestibule. Elle sourit involontairement de vanité, en voyant la foule qui se précipitait à droite par l'autre corridor, tandis qu'elle montait l'escalier des *premières*. Elle eut plaisir, comme un enfant, à pousser de son doigt les larges portes tapissées ; elle aspira de toute sa poitrine l'odeur poussiéreuse des couloirs, et, quand elle fut assise dans sa loge, elle se cambra la taille avec une désinvolture de duchesse.

La salle commençait à se remplir, on tirait les lorgnettes de leurs étuis, et les abonnés, s'apercevant de loin, se faisaient des salutations. Ils venaient se délasser dans les beaux-arts des inquiétudes de la vente ; mais, n'oubliant point *les affaires*, ils causaient encore cotons[1], trois-six ou indigo. On voyait là des têtes de vieux, inexpressives et pacifiques, et qui, blanchâtres de chevelure et de teint, ressemblaient à des médailles d'argent ternies par une vapeur de plomb. Les jeunes beaux se pavanaient au *parquet*, étalant, dans l'ouverture de leur gilet, leur cravate rose ou vert pomme ; et madame Bovary les admirait d'en haut, appuyant sur des badines à pomme d'or la paume tendue de leurs gants jaunes.

Cependant, les bougies de l'orchestre s'allumèrent ; le lustre descendit du plafond, versant, avec le rayonnement de ses facettes, une gaieté subite dans la salle ; puis les musiciens entrèrent les uns après les autres, et ce fut d'abord un long charivari de basses ronflant, de violons grinçant, de pistons trompettant, de flûtes et de flageolets qui piaulaient. Mais on entendit trois coups sur la scène ; un roulement de timbales commença, les instruments de cuivre plaquèrent des accords, et le rideau, se levant, découvrit un paysage.

C'était le carrefour d'un bois, avec une fontaine, à gauche, ombragée par un chêne. Des paysans et des seigneurs, le plaid sur l'épaule, chantaient tous ensemble une chanson de chasse ; puis il survint un capitaine qui invoquait l'ange du mal en levant au ciel ses deux bras ; un autre parut ; ils s'en allèrent, et les chasseurs reprirent[1].

Elle se retrouvait dans les lectures de sa jeunesse, en plein Walter Scott. Il lui semblait entendre, à travers le brouillard, le son des cornemuses écossaises se répéter sur les bruyères. D'ailleurs, le souvenir du roman facilitant l'intelligence du libretto, elle suivait l'intrigue phrase à phrase, tandis que d'insaisissables pensées qui lui revenaient, se dispersaient, aussitôt, sous les rafales de la musique. Elle se laissait aller au bercement des mélodies et se sentait elle-même vibrer de tout son être comme si les archets des violons se fussent promenés sur ses nerfs. Elle n'avait pas assez d'yeux pour contempler les costumes, les décors, les personnages, les arbres peints qui tremblaient quand on marchait, et les toques de velours, les manteaux, les épées, toutes ces imaginations qui s'agitaient dans l'harmonie comme dans l'atmosphère d'un autre monde. Mais une jeune femme s'avança en jetant une bourse à un écuyer vert. Elle resta seule, et alors on entendit une flûte qui faisait comme un murmure de fontaine ou comme des gazouillements d'oiseau. Lucie entama d'un air brave sa cavatine en *sol* majeur ; elle se plaignait d'amour, elle demandait des ailes[2]. Emma, de même, aurait voulu, fuyant la vie, s'envoler dans une étreinte. Tout à coup, Edgar-Lagardy parut.

Il avait une de ces pâleurs splendides qui donnent quelque chose de la majesté des marbres aux races ardentes du Midi. Sa taille vigoureuse était prise dans un pourpoint de couleur brune ; un petit poignard ciselé lui battait sur la cuisse gauche, et il roulait des regards langoureusement en découvrant ses dents blanches. On disait qu'une princesse polonaise, l'écoutant un soir chanter sur la plage de Biarritz, où il radoubait des chaloupes, en était devenue amoureuse. Elle s'était ruinée à cause de lui. Il l'avait plantée là pour d'autres femmes, et cette célébrité sentimentale ne laissait pas que de servir à sa réputation artistique. Le cabotin diplomate avait même soin de faire toujours glisser dans les réclames une phrase poétique sur la fascination de sa personne et la sensibilité de son âme. Un bel organe, un imperturbable aplomb, plus de tempérament que d'intelligence et plus d'emphase que de lyrisme, achevaient de rehausser cette admirable nature de charlatan, où il y avait du coiffeur et du toréador.

Dès la première scène, il enthousiasma. Il pressait Lucie dans ses bras, il la quittait, il revenait, il semblait désespéré : il avait des éclats de colère, puis des râles élégiaques d'une douceur infinie, et les notes s'échappaient de son cou nu, pleines de sanglots et de baisers. Emma se penchait pour le voir, égratignant avec ses ongles le velours de sa loge. Elle s'emplissait le cœur de ces lamentations mélodieuses qui se traînaient à l'accompagnement des contrebasses, comme des cris de naufragés dans le tumulte d'une tempête. Elle reconnaissait tous les enivrements et les angoisses dont elle avait manqué mourir. La voix de la chanteuse ne lui semblait être que le retentissement de sa conscience, et cette illusion qui la charmait quelque chose même de sa vie. Mais personne sur la terre ne l'avait aimée d'un pareil amour. Il ne pleurait pas comme Edgar, le dernier soir, au clair de lune, lorsqu'ils se disaient : «À demain ; à demain[1]!...» La salle craquait sous les bravos ; on recommença la strette entière ; les

amoureux parlaient des fleurs de leur tombe, de serments, d'exil, de fatalité, d'espérances[1], et quand ils
poussèrent l'adieu final, Emma jeta un cri aigu, qui
se confondit avec la vibration des derniers accords.

— Pourquoi donc, demanda Bovary, ce seigneur
est-il à la persécuter?

— Mais non, répondit-elle; c'est son amant.

— Pourtant il jure de se venger sur sa famille, tandis que l'autre, celui qui est venu tout à l'heure,
disait: «J'aime Lucie et je m'en crois aimé[2].»
D'ailleurs, il est parti avec son père, bras dessus,
bras dessous. Car c'est bien son père, n'est-ce pas, le
petit laid qui porte une plume de coq à son chapeau?

Malgré les explications d'Emma, dès le duo récitatif où Gilbert expose à son maître Ashton ses abominables manœuvres[3], Charles, en voyant le faux
anneau de fiançailles qui doit abuser Lucie, crut
que c'était un souvenir d'amour envoyé par Edgar.
Il avouait, du reste, ne pas comprendre l'histoire, —
à cause de la musique — qui nuisait beaucoup aux
paroles.

— Qu'importe? dit Emma; tais-toi!

— C'est que j'aime, reprit-il en se penchant sur
son épaule, à me rendre compte, tu sais bien.

— Tais-toi! tais-toi! fit-elle impatientée.

Lucie s'avançait, à demi soutenue par ses femmes,
une couronne d'oranger dans les cheveux, et plus
pâle que le satin blanc de sa robe. Emma rêvait au
jour de son mariage; et elle se revoyait là-bas, au
milieu des blés, sur le petit sentier, quand on marchait vers l'église. Pourquoi donc n'avait-elle pas,
comme celle-là, résisté, supplié? Elle était joyeuse,
au contraire, sans s'apercevoir de l'abîme où elle se
précipitait... Ah! si, dans la fraîcheur de sa beauté,
avant les souillures du mariage et la désillusion de
l'adultère, elle avait pu placer sa vie sur quelque
grand cœur solide, alors la vertu, la tendresse, les

voluptés et le devoir se confondant, jamais elle ne serait descendue d'une félicité si haute. Mais ce bonheur-là, sans doute, était un mensonge imaginé pour le désespoir de tout désir. Elle connaissait à présent la petitesse des passions que l'art exagérait. S'efforçant donc d'en détourner sa pensée, Emma voulait ne plus voir dans cette reproduction de ses douleurs qu'une fantaisie plastique bonne à amuser les yeux, et même elle souriait intérieurement d'une pitié dédaigneuse, quand au fond du théâtre, sous la portière de velours, un homme apparut en manteau noir.

Son grand chapeau à l'espagnole tomba dans un geste qu'il fit ; et aussitôt les instruments et les chanteurs entonnèrent le sextuor[1]. Edgar, étincelant de furie, dominait tous les autres de sa voix plus claire. Ashton lui lançait en notes graves des provocations homicides, Lucie poussait sa plainte aiguë, Arthur modulait à l'écart des sons moyens, et la basse-taille du ministre ronflait comme un orgue, tandis que les voix de femmes, répétant ses paroles, reprenaient en chœur, délicieusement. Ils étaient tous sur la même ligne à gesticuler ; et la colère, la vengeance, la jalousie, la terreur, la miséricorde et la stupéfaction s'exhalaient à la fois de leurs bouches entrouvertes. L'amoureux outragé brandissait son épée nue ; sa collerette de guipure se levait par saccades, selon les mouvements de sa poitrine, et il allait de droite et de gauche, à grands pas, faisant sonner contre les planches les éperons vermeils de ses bottes molles, qui s'évasaient à la cheville. Il devait avoir, pensait-elle, un intarissable amour, pour en déverser sur la foule à si larges effluves. Toutes ses velléités de dénigrement s'évanouissaient sous la poésie du rôle qui l'envahissait, et, entraînée vers l'homme par l'illusion du personnage, elle tâcha de se figurer sa vie, cette vie retentissante, extraordinaire, splendide, et qu'elle aurait pu mener cepen-

dant, si le hasard l'avait voulu. Ils se seraient
connus, ils se seraient aimés! Avec lui, par tous les
royaumes de l'Europe, elle aurait voyagé de capitale
en capitale, partageant ses fatigues et son orgueil,
ramassant les fleurs qu'on lui jetait, brodant elle-
même ses costumes; puis, chaque soir, au fond
d'une loge, derrière la grille à treillis d'or, elle eût
recueilli, béante, les expansions de cette âme qui
n'aurait chanté que pour elle seule; de la scène,
tout en jouant, il l'aurait regardée. Mais une folie la
saisit: il la regardait, c'est sûr! Elle eut envie de
courir dans ses bras pour se réfugier en sa force,
comme dans l'incarnation de l'amour même, et de
lui dire, de s'écrier: «Enlève-moi, emmène-moi,
partons! À toi, à toi! toutes mes ardeurs et tous mes
rêves!»

Le rideau se baissa.

L'odeur du gaz se mêlait aux haleines; le vent des
éventails rendait l'atmosphère plus étouffante.
Emma voulut sortir; la foule encombrait les corri-
dors, et elle retomba dans son fauteuil avec des pal-
pitations qui la suffoquaient. Charles, ayant peur de
la voir s'évanouir, courut à la buvette lui chercher
un verre d'orgeat.

Il eut grand-peine à regagner sa place, car on lui
heurtait les coudes à tous les pas, à cause du verre
qu'il tenait entre ses mains, et même il en versa les
trois quarts sur les épaules d'une Rouennaise en
manches courtes, qui, sentant le liquide froid lui
couler dans les reins, jeta des cris de paon, comme si
on l'eût assassinée. Son mari, qui était un filateur,
s'emporta contre le maladroit; et, tandis qu'avec son
mouchoir elle épongeait les taches sur sa belle robe
de taffetas cerise, il murmurait d'un ton bourru
les mots d'indemnité, de frais, de remboursement.
Enfin, Charles arriva près de sa femme, en lui disant
tout essoufflé:

— J'ai cru, ma foi, que j'y resterais! Il y a un monde!... un monde!...

Il ajouta:

— Devine un peu qui j'ai rencontré là-haut? M. Léon!

— Léon?

— Lui-même! Il va venir te présenter ses civilités.

Et, comme il achevait ces mots, l'ancien clerc d'Yonville entra dans la loge.

Il tendit sa main avec un sans-façon de gentilhomme: et madame Bovary machinalement avança la sienne, sans doute obéissant à l'attraction d'une volonté plus forte. Elle ne l'avait pas sentie depuis ce soir de printemps où il pleuvait sur les feuilles vertes, quand ils se dirent adieu, debout au bord de la fenêtre. Mais, vite, se rappelant à la convenance de la situation, elle secoua dans un effort cette torpeur de ses souvenirs et se mit à balbutier des phrases rapides.

— Ah! bonjour... Comment! vous voilà?

— Silence! cria une voix du parterre, car le troisième acte commençait.

— Vous êtes donc à Rouen?

— Oui.

— Et depuis quand?

— À la porte! à la porte!

On se tournait vers eux; ils se turent.

Mais, à partir de ce moment, elle n'écouta plus; et le chœur des conviés, la scène d'Ashton et de son valet, le grand duo en *ré* majeur, tout passa pour elle dans l'éloignement, comme si les instruments fussent devenus moins sonores et les personnages plus reculés; elle se rappelait les parties de cartes chez le pharmacien, et la promenade chez la nourrice, les lectures sous la tonnelle, les tête-à-tête au coin du feu, tout ce pauvre amour si calme et si

long, si discret, si tendre, et qu'elle avait oublié
cependant. Pourquoi donc revenait-il ? quelle com-
binaison d'aventures le replaçait dans sa vie ? Il se
tenait derrière elle, s'appuyant de l'épaule contre la
cloison ; et, de temps à autre, elle se sentait frissonner sous le souffle tiède de ses narines qui lui descendait dans la chevelure.

— Est-ce que cela vous amuse ? dit-il en se penchant sur elle de si près, que la pointe de sa moustache lui effleura la joue.

Elle répondit nonchalamment :

— Oh ! mon Dieu, non ! pas beaucoup.

Alors il fit la proposition de sortir du théâtre,
pour aller prendre des glaces quelque part.

— Ah ! pas encore ! restons ! dit Bovary. Elle a les
cheveux dénoués : cela promet d'être tragique[1].

Mais la scène de la folie n'intéressait point
Emma, et le jeu de la chanteuse lui parut exagéré.

— Elle crie trop fort, dit-elle en se tournant vers
Charles, qui écoutait.

— Oui... peut-être... un peu, répliqua-t-il, indécis
entre la franchise de son plaisir et le respect qu'il
portait aux opinions de sa femme.

Puis Léon dit en soupirant :

— Il fait une chaleur...

— Insupportable ! c'est vrai.

— Es-tu gênée ? demanda Bovary.

— Oui, j'étouffe ; partons.

M. Léon posa délicatement sur ses épaules son
long châle de dentelle, et ils allèrent tous les trois
s'asseoir sur le port, en plein air, devant le vitrage
d'un café.

Il fut d'abord question de sa maladie, bien
qu'Emma interrompît Charles de temps à autre, par
crainte, disait-elle, d'ennuyer M. Léon ; et celui-ci
leur raconta qu'il venait à Rouen passer deux ans
dans une forte étude, afin de se rompre aux affaires,

qui étaient différentes en Normandie de celles que l'on traitait à Paris. Puis il s'informa de Berthe, de la famille Homais, de la mère Lefrançois ; et, comme ils n'avaient, en présence du mari, rien de plus à se dire, bientôt la conversation s'arrêta.

Des gens qui sortaient du spectacle passèrent sur le trottoir, tout fredonnant ou braillant à plein gosier : *Ô bel ange, ma Lucie*[1] ! Alors Léon, pour faire le dilettante[2], se mit à parler musique. Il avait vu Tamburini, Rubini, Persiani, Grisi[3] ; et à côté d'eux, Lagardy, malgré ses grands éclats, ne valait rien.

— Pourtant, interrompit Charles qui mordait à petits coups son sorbet au rhum, on prétend qu'au dernier acte il est admirable tout à fait ; je regrette d'être parti avant la fin, car ça commençait à m'amuser.

— Au reste, reprit le clerc, il donnera bientôt une autre représentation.

Mais Charles répondit qu'ils s'en allaient dès le lendemain.

— À moins, ajouta-t-il en se tournant vers sa femme, que tu ne veuilles rester seule, mon petit chat ?

Et, changeant de manœuvre devant cette occasion inattendue qui s'offrait à son espoir, le jeune homme entama l'éloge de Lagardy dans le morceau final. C'était quelque chose de superbe, de sublime ! Alors Charles insista :

— Tu reviendrais dimanche. Voyons, décide-toi ! tu as tort, si tu sens le moins du monde que cela te fait du bien.

Cependant les tables, alentour, se dégarnissaient ; un garçon vint discrètement se poster près d'eux ; Charles qui comprit, tira sa bourse ; le clerc le retint par le bras, et même n'oublia point de laisser, en plus, deux pièces blanches, qu'il fit sonner contre le marbre.

— Je suis fâché, vraiment, murmura Bovary, de l'argent que vous...

L'autre eut un geste dédaigneux plein de cordialité, et, prenant son chapeau :

— C'est convenu, n'est-ce pas, demain, à six heures ?

Charles se récria encore une fois qu'il ne pouvait s'absenter plus longtemps ; mais rien n'empêchait Emma...

— C'est que..., balbutia-t-elle avec un singulier sourire, je ne sais pas trop...

— Eh bien ! tu réfléchiras, nous verrons, la nuit porte conseil...

Puis à Léon, qui les accompagnait :

— Maintenant que vous voilà dans nos contrées, vous viendrez, j'espère de temps à autre, nous demander à dîner ?

Le clerc affirma qu'il n'y manquerait pas, ayant d'ailleurs besoin de se rendre à Yonville pour une affaire de son étude. Et l'on se sépara devant le passage Saint-Herbland, au moment où onze heures et demie sonnaient à la cathédrale.

TROISIÈME PARTIE[1]

I

M. Léon, tout en étudiant son droit, avait passablement fréquenté la *Chaumière*[2], où il obtint même de fort jolis succès près des grisettes, qui lui trouvaient *l'air distingué*. C'était le plus convenable des étudiants : il ne portait les cheveux ni trop longs ni trop courts, ne mangeait pas le 1er du mois l'argent de son trimestre, et se maintenait en de bons termes avec ses professeurs. Quant à faire des excès, il s'en était toujours abstenu, autant par pusillanimité que par délicatesse.

Souvent, lorsqu'il restait à lire dans sa chambre, ou bien assis le soir sous les tilleuls du Luxembourg, il laissait tomber son Code par terre, et le souvenir d'Emma lui revenait. Mais peu à peu ce sentiment s'affaiblit, et d'autres convoitises s'accumulèrent par-dessus, bien qu'il persistât cependant à travers elles ; car Léon ne perdait pas toute espérance, et il y avait pour lui comme une promesse incertaine qui se balançait dans l'avenir, tel qu'un fruit d'or suspendu à quelque feuillage fantastique.

Puis, en la revoyant après trois années d'absence, sa passion se réveilla. Il fallait, pensa-t-il, se résoudre enfin à la vouloir posséder. D'ailleurs, sa timidité s'était usée au contact des compagnies folâtres, et il revenait en province, méprisant tout ce qui ne foulait pas d'un pied verni l'asphalte du boulevard. Auprès d'une Parisienne en dentelles, dans le salon de quelque docteur illustre, personnage à décorations et à voiture, le pauvre clerc, sans doute, eût tremblé comme un enfant ; mais ici, à Rouen, sur le port, devant la femme de ce petit médecin, il se sentait à l'aise, sûr d'avance qu'il éblouirait. L'aplomb dépend des milieux où il se pose : on ne parle pas à l'entresol comme au quatrième étage, et la femme riche semble avoir autour d'elle, pour garder sa vertu, tous ses billets de banque, comme une cuirasse, dans la doublure de son corset.

En quittant la veille au soir M. et madame Bovary, Léon, de loin, les avait suivis dans la rue ; puis les ayant vus s'arrêter à la *Croix rouge*, il avait tourné les talons et passé toute la nuit à méditer un plan.

Le lendemain donc, vers cinq heures, il entra dans la cuisine de l'auberge, la gorge serrée, les joues pâles, et avec cette résolution des poltrons que rien n'arrête.

— Monsieur n'y est point, répondit un domestique.

Cela lui parut de bon augure. Il monta.

Elle ne fut pas troublée à son abord ; elle lui fit, au contraire, des excuses pour avoir oublié de lui dire où ils étaient descendus.

— Oh ! je l'ai deviné, reprit Léon.

— Comment ?

Il prétendit avoir été guidé vers elle, au hasard, par un instinct. Elle se mit à sourire, et aussitôt, pour réparer sa sottise, Léon raconta qu'il avait passé sa matinée à la chercher successivement dans tous les hôtels de la ville.

— Vous vous êtes donc décidée à rester ? ajouta-t-il.

— Oui, dit-elle, et j'ai eu tort. Il ne faut pas s'accoutumer à des plaisirs impraticables, quand on a autour de soi mille exigences...

— Oh! je m'imagine...

— Eh! non, car vous n'êtes pas une femme, vous.

Mais les hommes avaient aussi leurs chagrins, et la conversation s'engagea par quelques réflexions philosophiques. Emma s'étendit beaucoup sur la misère des affections terrestres et l'éternel isolement où le cœur reste enseveli.

Pour se faire valoir, ou par une imitation naïve de cette mélancolie qui provoquait la sienne, le jeune homme déclara s'être ennuyé prodigieusement tout le temps de ses études. La procédure l'irritait, d'autres vocations l'attiraient, et sa mère ne cessait, dans chaque lettre, de le tourmenter. Car ils précisaient de plus en plus les motifs de leur douleur, chacun, à mesure qu'il parlait, s'exaltant un peu dans cette confidence progressive. Mais ils s'arrêtaient quelquefois devant l'exposition complète de leur idée, et cherchaient alors à imaginer une phrase qui pût la traduire cependant. Elle ne confessa point sa passion pour un autre; il ne dit pas qu'il l'avait oubliée.

Peut-être ne se rappelait-il plus ses soupers après le bal, avec des débardeuses; et elle ne se souvenait pas sans doute, des rendez-vous d'autrefois, quand elle courait le matin dans les herbes, vers le château de son amant. Les bruits de la ville arrivaient à peine jusqu'à eux; et la chambre semblait petite, tout exprès pour resserrer davantage leur solitude. Emma, vêtue d'un peignoir en basin, appuyait son chignon contre le dossier du vieux fauteuil; le papier jaune de la muraille faisait comme un fond d'or derrière elle; et sa tête nue se répétait dans la glace avec la raie blanche au milieu, et le bout de ses oreilles dépassant sous ses bandeaux.

— Mais pardon, dit-elle, j'ai tort! je vous ennuie avec mes éternelles plaintes!

— Non, jamais! jamais!

— Si vous saviez, reprit-elle, en levant au plafond ses beaux yeux qui roulaient une larme, tout ce que j'avais rêvé!

— Et moi, donc! Oh! j'ai bien souffert! Souvent je sortais, je m'en allais, je me traînais le long des quais, m'étourdissant au bruit de la foule sans pouvoir bannir l'obsession qui me poursuivait. Il y a sur le boulevard, chez un marchand d'estampes, une gravure italienne qui représente une Muse. Elle est drapée d'une tunique et elle regarde la lune, avec des myosotis sur sa chevelure dénouée. Quelque chose incessamment me poussait là; j'y suis resté des heures entières.

Puis, d'une voix tremblante :

— Elle vous ressemblait un peu.

Madame Bovary détourna la tête, pour qu'il ne vît pas sur ses lèvres l'irrésistible sourire qu'elle y sentait monter.

— Souvent, reprit-il, je vous écrivais des lettres qu'ensuite je déchirais.

Elle ne répondait pas. Il continua :

— Je m'imaginais quelquefois qu'un hasard vous amènerait. J'ai cru vous reconnaître au coin des rues; et je courais après tous les fiacres où flottait à la portière un châle, un voile pareil au vôtre...

Elle semblait déterminée à le laisser parler sans l'interrompre. Croisant les bras et baissant la figure, elle considérait la rosette de ses pantoufles, et elle faisait dans leur satin de petits mouvements, par intervalles, avec les doigts de son pied.

Cependant, elle soupira :

— Ce qu'il y a de plus lamentable, n'est-ce pas, c'est de traîner, comme moi, une existence inutile?

Si nos douleurs pouvaient servir à quelqu'un, on se consolerait dans la pensée du sacrifice!

Il se mit à vanter la vertu, le devoir et les immolations silencieuses, ayant lui-même un incroyable besoin de dévouement qu'il ne pouvait assouvir.

— J'aimerais beaucoup, dit-elle, à être une religieuse d'hôpital.

— Hélas! répliqua-t-il, les hommes n'ont point de ces missions saintes, et je ne vois nulle part aucun métier..., à moins peut-être que celui de médecin...

Avec un haussement léger de ses épaules, Emma l'interrompit pour se plaindre de sa maladie où elle avait manqué mourir; quel dommage! elle ne souffrirait plus maintenant. Léon tout de suite envia *le calme du tombeau*, et même, un soir, il avait écrit son testament en recommandant qu'on l'ensevelît dans ce beau couvre-pied, à bandes de velours, qu'il tenait d'elle; car c'est ainsi qu'ils auraient voulu avoir été, l'un et l'autre se faisant un idéal sur lequel ils ajustaient à présent leur vie passée. D'ailleurs, la parole est un laminoir qui allonge toujours les sentiments.

Mais à cette invention du couvre-pied:

— Pourquoi donc? demanda-t-elle.

— Pourquoi?

Il hésitait.

— Parce que je vous ai bien aimée!

Et, s'applaudissant d'avoir franchi la difficulté, Léon, du coin de l'œil, épia sa physionomie.

Ce fut comme le ciel, quand un coup de vent chasse les nuages. L'amas des pensées tristes qui les assombrissaient parut se retirer de ses yeux bleus; tout son visage rayonna.

Il attendait. Enfin elle répondit:

— Je m'en étais toujours doutée...

Alors, ils se racontèrent les petits événements de cette existence lointaine, dont ils venaient de résumer, par un seul mot, les plaisirs et les mélancolies. Il se rappelait le berceau de clématite, les robes qu'elle avait portées, les meubles de sa chambre, toute sa maison.

— Et nos pauvres cactus, où sont-ils ?

— Le froid les a tués cet hiver.

— Ah ! que j'ai pensé à eux, savez-vous ? Souvent je les revoyais comme autrefois, quand, par les matins d'été, le soleil frappait sur les jalousies... et j'apercevais vos deux bras nus qui passaient entre les fleurs.

— Pauvre ami ! fit-elle en lui tendant la main.

Léon, bien vite, y colla ses lèvres. Puis, quand il eut largement respiré :

— Vous étiez, dans ce temps-là, pour moi, je ne sais quelle force incompréhensible qui captivait ma vie. Une fois, par exemple, je suis venu chez vous ; mais vous ne vous en souvenez pas, sans doute ?

— Si, dit-elle. Continuez.

— Vous étiez en bas, dans l'antichambre, prête à sortir, sur la dernière marche ; — vous aviez même un chapeau à petites fleurs bleues ; et, sans nulle invitation de votre part, malgré moi, je vous ai accompagnée. À chaque minute, cependant, j'avais de plus en plus conscience de ma sottise, et je continuais à marcher près de vous, n'osant vous suivre tout à fait, et ne voulant pas vous quitter. Quand vous entriez dans une boutique, je restais dans la rue, je vous regardais par le carreau défaire vos gants et compter la monnaie sur le comptoir. Ensuite vous avez sonné chez madame Tuvache, on vous a ouvert, et je suis resté comme un idiot devant la grande porte lourde, qui était retombée sur vous.

Madame Bovary, en l'écoutant, s'étonnait d'être si vieille ; toutes ces choses qui réapparaissaient lui semblaient élargir son existence ; cela faisait comme des immensités sentimentales où elle se reportait ; et

elle disait de temps à autre, à voix basse et les paupières à demi fermées :

— Oui, c'est vrai !... c'est vrai !... c'est vrai...

Ils entendirent huit heures sonner aux différentes
horloges du quartier Beauvoisine, qui est plein de
pensionnats, d'églises et de grands hôtels abandonnés. Ils ne se parlaient plus ; mais ils sentaient, en se
regardant, un bruissement dans leurs têtes, comme
si quelque chose de sonore se fût réciproquement
échappé de leurs prunelles fixes. Ils venaient de se
joindre les mains ; et le passé, l'avenir, les réminiscences et les rêves, tout se trouvait confondu dans la
douceur de cette extase. La nuit s'épaississait sur les
murs, où brillaient encore, à demi perdues dans
l'ombre, les grosses couleurs de quatre estampes
représentant quatre scènes de *la Tour de Nesle*[1],
avec une légende au bas, en espagnol et en français.
Par la fenêtre à guillotine, on voyait un coin de ciel
noir entre des toits pointus.

Elle se leva pour allumer deux bougies sur la
commode, puis elle vint se rasseoir.

— Eh bien... fit Léon.

— Eh bien ? répondit-elle.

Et il cherchait comment renouer le dialogue
interrompu, quand elle lui dit :

— D'où vient que personne, jusqu'à présent, ne
m'a jamais exprimé des sentiments pareils ?

Le clerc se récria que les natures idéales étaient
difficiles à comprendre. Lui, du premier coup d'œil,
il l'avait aimée ; et il se désespérait en pensant au
bonheur qu'ils auraient eu si, par une grâce du
hasard, se rencontrant plus tôt, ils se fussent attachés l'un à l'autre d'une manière indissoluble.

— J'y ai songé quelquefois, reprit-elle.

— Quel rêve ! murmura Léon.

Et, maniant délicatement le liséré bleu de sa
longue ceinture blanche, il ajouta :

— Qui nous empêche donc de recommencer?...

— Non, mon ami, répondit-elle. Je suis trop vieille..., vous êtes trop jeune..., oubliez-moi! D'autres vous aimeront..., vous les aimerez.

— Pas comme vous! s'écria-t-il.

— Enfant que vous êtes! Allons, soyons sage! je le veux!

Elle lui représenta les impossibilités de leur amour, et qu'ils devaient se tenir, comme autrefois, dans les simples termes d'une amitié fraternelle.

Était-ce sérieusement qu'elle parlait ainsi? Sans doute qu'Emma n'en savait rien elle-même, tout occupée par le charme de la séduction et la nécessité de s'en défendre; et, contemplant le jeune homme d'un regard attendri, elle repoussait doucement les timides caresses que ses mains frémissantes essayaient.

— Ah! pardon, dit-il en se reculant.

Et Emma fut prise d'un vague effroi, devant cette timidité, plus dangereuse pour elle que la hardiesse de Rodolphe quand il s'avançait les bras ouverts. Jamais aucun homme ne lui avait paru si beau. Une exquise candeur s'échappait de son maintien. Il baissait ses longs cils fins qui se recourbaient. Sa joue à l'épiderme suave rougissait — pensait-elle — du désir de sa personne, et Emma sentait une invincible envie d'y porter ses lèvres. Alors, se penchant vers la pendule comme pour regarder l'heure:

— Qu'il est tard, mon Dieu! dit-elle; que nous bavardons!

Il comprit l'allusion et chercha son chapeau.

— J'en ai même oublié le spectacle! Ce pauvre Bovary qui m'avait laissée tout exprès! M. Lormeaux, de la rue Grand-Pont, devait m'y conduire avec sa femme.

Et l'occasion était perdue, car elle partait dès le lendemain.

— Vrai ? fit Léon.

— Oui.

— Il faut pourtant que je vous voie encore, reprit-il ; j'avais à vous dire…

— Quoi ?

— Une chose… grave, sérieuse. Eh ! non, d'ailleurs, vous ne partirez pas, c'est impossible ! Si vous saviez… Écoutez-moi… Vous ne m'avez donc pas compris ? vous n'avez pas deviné ?…

— Cependant vous parlez bien, dit Emma.

— Ah ! des plaisanteries ! Assez, assez ! Faites, par pitié, que je vous revoie…, une fois…, une seule.

— Eh bien…

Elle s'arrêta ; puis, comme se ravisant :

— Oh ! pas ici !

— Où vous voudrez.

— Voulez-vous…

Elle parut réfléchir, et, d'un ton bref :

— Demain, à onze heures, dans la cathédrale.

— J'y serai ! s'écria-t-il en saisissant ses mains, qu'elle dégagea.

Et, comme ils se trouvaient debout tous les deux, lui placé derrière elle et Emma baissant la tête, il se pencha vers son cou et la baisa longuement à la nuque.

— Mais vous êtes fou ! ah ! vous êtes fou ! disait-elle avec de petits rires sonores, tandis que les baisers se multipliaient.

Alors, avançant la tête par-dessus son épaule, il sembla chercher le consentement de ses yeux. Ils tombèrent sur lui, pleins d'une majesté glaciale.

Léon fit trois pas en arrière, pour sortir. Il resta sur le seuil. Puis il chuchota d'une voix tremblante :

— À demain.

Elle répondit par un signe de tête, et disparut comme un oiseau dans la pièce à côté.

Emma, le soir, écrivit au clerc une interminable lettre où elle se dégageait du rendez-vous : tout

maintenant était fini, et ils ne devaient plus, pour
leur bonheur, se rencontrer. Mais, quand la lettre
fut close, comme elle ne savait pas l'adresse de
Léon, elle se trouva fort embarrassée.

— Je la lui donnerai moi-même, se dit-elle ; il
viendra.

Léon, le lendemain, fenêtre ouverte et chanton-
nant sur son balcon, vernit lui-même ses escarpins,
et à plusieurs couches. Il passa un pantalon blanc,
des chaussettes fines, un habit vert, répandit dans
son mouchoir tout ce qu'il possédait de senteurs,
puis, s'étant fait friser, se défrisa, pour donner à sa
chevelure plus d'élégance naturelle.

— Il est encore trop tôt ! pensa-t-il en regardant
le coucou du perruquier, qui marquait neuf heures.

Il lut un vieux journal de modes, sortit, fuma un
cigare, remonta trois rues, songea qu'il était temps
et se dirigea lestement vers le parvis Notre-Dame.

C'était par un beau matin d'été. Des argenteries
reluisaient aux boutiques des orfèvres, et la lumière
qui arrivait obliquement sur la cathédrale posait des
miroitements à la cassure des pierres grises ; une
compagnie d'oiseaux tourbillonnaient dans le ciel
bleu, autour des clochetons à trèfles ; la place, retentissante de cris, sentait les fleurs qui bordaient son
pavé, roses, jasmins, œillets, narcisses et tubéreuses,
espacés inégalement par des verdures humides, de
l'herbe-au-chat et du mouron pour les oiseaux ; la
fontaine, au milieu, gargouillait, et, sous de larges
parapluies, parmi des cantaloups s'étageant en pyramides, des marchandes, nu-tête, tournaient dans du
papier des bouquets de violettes.

Le jeune homme en prit un. C'était la première
fois qu'il achetait des fleurs pour une femme ; et sa
poitrine, en les respirant, se gonfla d'orgueil, comme
si cet hommage qu'il destinait à une autre se fût
retourné vers lui.

Cependant il avait peur d'être aperçu ; il entra résolument dans l'église.

Le Suisse, alors, se tenait sur le seuil, au milieu du portail à gauche, au-dessous de la *Mariamne dansant*[1], plumet en tête, rapière au mollet, canne au poing, plus majestueux qu'un cardinal et reluisant comme un saint ciboire.

Il s'avança vers Léon, et, avec ce sourire de bénignité pateline que prennent les ecclésiastiques lorsqu'ils interrogent les enfants :

— Monsieur, sans doute, n'est pas d'ici ? Monsieur désire voir les curiosités de l'église ?

— Non, dit l'autre.

Et il fit d'abord le tour des bas-côtés. Puis il vint regarder sur la place. Emma n'arrivait pas. Il remonta jusqu'au chœur.

La nef se mirait dans les bénitiers pleins, avec le commencement des ogives et quelques portions de vitrail. Mais le reflet des peintures, se brisant au bord du marbre, continuait plus loin, sur les dalles, comme un tapis bariolé. Le grand jour du dehors s'allongeait dans l'église en trois rayons énormes, par les trois portails ouverts. De temps à autre, au fond, un sacristain passait en faisant devant l'autel l'oblique génuflexion des dévots pressés. Les lustres de cristal pendaient immobiles. Dans le chœur, une lampe d'argent brûlait ; et, des chapelles latérales, des parties sombres de l'église, il s'échappait quelquefois comme des exhalaisons de soupirs, avec le son d'une grille qui retombait, en répercutant son écho sous les hautes voûtes.

Léon, à pas sérieux, marchait auprès des murs. Jamais la vie ne lui avait paru si bonne. Elle allait venir tout à l'heure, charmante, agitée, épiant derrière elle les regards qui la suivaient, — et avec sa robe à volants, son lorgnon d'or, ses bottines minces, dans toute sorte d'élégances dont il n'avait pas goûté, et dans l'ineffable séduction de la vertu qui succombe. L'église, comme un boudoir gigantesque, se disposait autour d'elle ; les voûtes s'inclinaient pour recueillir dans l'ombre la confession de son amour ; les vitraux resplendissaient pour illuminer son visage, et les encensoirs allaient brûler pour qu'elle apparût comme un ange, dans la fumée des parfums.

Cependant elle ne venait pas. Il se plaça sur une chaise et ses yeux rencontrèrent un vitrage bleu où l'on voit des bateliers qui portent des corbeilles. Il le regarda longtemps, attentivement, et il comptait les écailles des poissons et les boutonnières des pourpoints, tandis que sa pensée vagabondait à la recherche d'Emma.

Le Suisse, à l'écart, s'indignait intérieurement contre cet individu, qui se permettait d'admirer seul la cathédrale. Il lui semblait se conduire d'une façon monstrueuse, le voler en quelque sorte, et presque commettre un sacrilège.

Mais un froufrou de soie sur les dalles, la bordure d'un chapeau, un camail noir... C'était elle ! Léon se leva et courut à sa rencontre.

Emma était pâle. Elle marchait vite.

— Lisez ! dit-elle en lui tendant un papier... Oh non !

Et brusquement elle retira sa main, pour entrer dans la chapelle de la Vierge, où, s'agenouillant contre une chaise, elle se mit en prière.

Le jeune homme fut irrité de cette fantaisie bigote ; puis il éprouva pourtant un certain charme à la voir, au milieu du rendez-vous, ainsi perdue dans les oraisons comme une marquise andalouse ; puis il ne tarda pas à s'ennuyer, car elle n'en finissait.

Emma priait, ou plutôt s'efforçait de prier, espérant qu'il allait lui descendre du ciel quelque résolution subite ; et, pour attirer le secours divin, elle s'emplissait les yeux des splendeurs du tabernacle, elle aspirait le parfum des juliennes blanches épanouies dans les grands vases, et prêtait l'oreille au silence de l'église, qui ne faisait qu'accroître le tumulte de son cœur.

Elle se relevait, et ils allaient partir, quand le Suisse s'approcha vivement, en disant :

— Madame, sans doute, n'est pas d'ici ? Madame désire voir les curiosités de l'église ?

— Eh non ! s'écria le clerc.

— Pourquoi pas ? reprit-elle.

Car elle se raccrochait de sa vertu chancelante à la Vierge, aux sculptures, aux tombeaux, à toutes les occasions.

Alors, afin de procéder *dans l'ordre*, le Suisse les conduisit jusqu'à l'entrée près de la place, où, leur montrant avec sa canne un grand cercle de pavés noirs, sans inscriptions ni ciselures :

— Voilà, fit-il majestueusement, la circonférence de la belle cloche d'Amboise. Elle pesait quarante mille livres. Il n'y avait pas sa pareille dans toute l'Europe. L'ouvrier qui l'a fondue en est mort de joie...

— Partons, dit Léon.

Le bonhomme se remit en marche ; puis, revenu à la chapelle de la Vierge, il étendit les bras dans un geste synthétique de démonstration, et, plus orgueilleux qu'un propriétaire campagnard vous montrant ses espaliers :

— Cette simple dalle recouvre Pierre de Brézé, seigneur de la Varenne et de Brissac, grand maréchal de Poitou et gouverneur de Normandie, mort à la bataille de Montlhéry, le 16 juillet 1465.

Léon, se mordant les lèvres, trépignait.

— Et, à droite, ce gentilhomme tout bardé de fer, sur un cheval qui se cabre, est son petit-fils Louis de Brézé, seigneur de Breval et de Montchauvet, comte de Maulevrier, baron de Mauny, chambellan du roi, chevalier de l'Ordre et pareillement gouverneur de Normandie, mort le 23 juillet 1531, un dimanche, comme l'inscription porte ; et, au-dessous, cet homme prêt à descendre au tombeau vous figure exactement le même. Il n'est point possible, n'est-ce pas, de voir une plus parfaite représentation du néant ?

Madame Bovary prit son lorgnon. Léon, immobile, la regardait, n'essayant même plus de dire un seul mot, de faire un seul geste, tant il se sentait découragé devant ce double parti pris de bavardage et d'indifférence.

L'éternel guide continuait :

— Près de lui, cette femme à genoux qui pleure est son épouse Diane de Poitiers, comtesse de Brézé, duchesse de Valentinois, née en 1499, morte en 1566 ; et, à gauche, celle qui porte un enfant, la sainte Vierge. Maintenant, tournez-vous de ce côté : voici les tombeaux d'Amboise. Ils ont été tous les deux cardinaux et archevêques de Rouen. Celui-là était ministre du roi Louis XII. Il a fait beaucoup de bien à la Cathédrale. On a trouvé dans son testament trente mille écus d'or pour les pauvres.

Et, sans s'arrêter, tout en parlant, il les poussa dans une chapelle encombrée par des balustrades, en dérangea quelques-unes, et découvrit une sorte de bloc, qui pouvait bien avoir été une statue mal faite.

— Elle décorait autrefois, dit-il avec un long gémissement, la tombe de Richard Cœur de Lion, roi d'Angleterre et duc de Normandie. Ce sont les calvinistes, monsieur, qui vous l'ont réduite en cet état. Ils l'avaient, par méchanceté, ensevelie dans de la terre, sous le siège épiscopal de Monseigneur. Tenez, voici la porte par où il se rend à son habitation, Monseigneur. Passons voir les vitraux de la Gargouille.

Mais Léon tira vivement une pièce blanche de sa poche et saisit Emma par le bras. Le Suisse demeura tout stupéfait, ne comprenant point cette munificence intempestive, lorsqu'il restait encore à l'étranger tant de choses à voir. Aussi, le rappelant :

— Eh ! monsieur. La flèche ! la flèche !...

— Merci, fit Léon.

— Monsieur a tort ! Elle aura quatre cent quarante pieds, neuf de moins que la grande pyramide d'Égypte[1]. Elle est toute en fonte, elle...

Léon fuyait ; car il lui semblait que son amour, qui, depuis deux heures bientôt, s'était immobilisé dans l'église comme les pierres, allait maintenant s'évaporer, telle qu'une fumée, par cette espèce de tuyau tronqué, de cage oblongue, de cheminée à jour, qui se hasarde si grotesquement sur la cathédrale comme la tentative extravagante de quelque chaudronnier fantaisiste.

— Où allons-nous donc ? disait-elle.

Sans répondre, il continuait à marcher d'un pas rapide, et déjà madame Bovary trempait son doigt dans l'eau bénite, quand ils entendirent derrière eux un grand souffle haletant, entrecoupé régulièrement par le rebondissement d'une canne. Léon se détourna.

— Monsieur !

— Quoi ?

Et il reconnut le Suisse, portant sous son bras et maintenant en équilibre contre son ventre une vingtaine environ de forts volumes brochés. C'étaient les ouvrages *qui traitaient de la cathédrale.*

— Imbécile ! grommela Léon s'élançant hors de l'église.

Un gamin polissonnait sur le parvis :

— Va me chercher un fiacre !

L'enfant partit comme une balle, par la rue des Quatre-Vents ; alors ils restèrent seuls quelques minutes, face à face et un peu embarrassés.

— Ah! Léon!... Vraiment..., je ne sais... si je dois...!

Elle minaudait. Puis, d'un air sérieux :

— C'est très inconvenant, savez-vous ?

— En quoi ? répliqua le clerc. Cela se fait à Paris !

Et cette parole, comme un irrésistible argument, la détermina.

Cependant le fiacre n'arrivait pas. Léon avait peur qu'elle ne rentrât dans l'église. Enfin le fiacre parut.

— Sortez du moins par le portail du nord ! leur cria le Suisse, qui était resté sur le seuil, pour voir la *Résurrection*, le *Jugement dernier*, le *Paradis*, le *Roi David*, et les *Réprouvés* dans les flammes d'enfer.

— Où Monsieur va-t-il ? demanda le cocher.

— Où vous voudrez ! dit Léon poussant Emma dans la voiture.

Et la lourde machine se mit en route.

Elle descendit la rue Grand-Pont, traversa la place des Arts, le quai Napoléon, le pont Neuf et s'arrêta court devant la statue de Pierre Corneille.

— Continuez ! fit une voix qui sortait de l'intérieur.

La voiture repartit, et, se laissant, dès le carrefour La Fayette, emporter par la descente, elle entra au grand galop dans la gare du chemin de fer.

— Non, tout droit ! cria la même voix.

Le fiacre sortit des grilles, et bientôt, arrivé sur le Cours, trotta doucement, au milieu des grands ormes. Le cocher s'essuya le front, mit son chapeau de cuir entre ses jambes et poussa la voiture en dehors des contre-allées, au bord de l'eau, près du gazon.

Elle alla le long de la rivière, sur le chemin de halage pavé de cailloux secs, et, longtemps, du côté d'Oyssel, au-delà des îles.

Mais tout à coup, elle s'élança d'un bond à travers Quatremares, Sotteville, la Grande-Chaussée, la rue d'Elbeuf, et fit sa troisième halte devant le Jardin des plantes.

— Marchez donc! s'écria la voix plus furieusement.

Et aussitôt, reprenant sa course, elle passa par Saint-Sever, par le quai des Curandiers, par le quai aux Meules, encore une fois par le pont, par la place du Champ-de-Mars et derrière les jardins de l'hôpital, où des vieillards en veste noire se promènent au soleil, le long d'une terrasse toute verdie par des lierres. Elle remonta le boulevard Bouvreuil, parcourut le boulevard Cauchoise, puis tout le Mont-Riboudet jusqu'à la côte de Deville.

Elle revint; et alors, sans parti pris ni direction, au hasard, elle vagabonda. On la vit à Saint-Pol, à Lescure, au mont Gargan, à la Rouge-Mare, et place du Gaillard-bois; rue Maladrerie, rue Dinanderie, devant Saint-Romain, Saint-Vivien, Saint-Maclou, Saint-Nicaise, — devant la Douane, — à la basse Vieille-Tour, aux Trois-Pipes et au Cimetière Monumental. De temps à autre, le cocher sur son siège jetait aux cabarets des regards désespérés. Il ne comprenait pas quelle fureur de la locomotion poussait ces individus à ne vouloir point s'arrêter. Il essayait quelquefois, et aussitôt il entendait derrière lui partir des exclamations de colère. Alors il cinglait de plus belle ses deux rosses tout en sueur, mais sans prendre garde aux cahots, accrochant par-ci par-là, ne s'en souciant, démoralisé, et presque pleurant de soif, de fatigue et de tristesse.

Et sur le port, au milieu des camions et des barriques, et dans les rues, au coin des bornes, les bourgeois ouvraient de grands yeux ébahis devant cette chose si extraordinaire en province, une voiture à stores tendus, et qui apparaissait ainsi continuellement, plus close qu'un tombeau et ballottée comme un navire.

Une fois, au milieu du jour, en pleine campagne, au moment où le soleil dardait le plus fort contre les vieilles lanternes argentées, une main nue passa sous les petits rideaux de toile jaune et jeta des déchirures de papier, qui se dispersèrent au vent et s'abattirent plus loin, comme des papillons blancs, sur un champ de trèfles rouges tout en fleur.

Puis, vers six heures, la voiture s'arrêta dans une ruelle du quartier Beauvoisine, et une femme en descendit qui marchait le voile baissé, sans détourner la tête.

II

En arrivant à l'auberge, madame Bovary fut étonnée de ne pas apercevoir la diligence. Hivert, qui l'avait attendue cinquante-trois minutes, avait fini par s'en aller.

Rien pourtant ne la forçait à partir; mais elle avait donné sa parole qu'elle reviendrait le soir même. D'ailleurs, Charles l'attendait; et déjà elle se sentait au cœur cette lâche docilité qui est, pour bien des femmes, comme le châtiment tout à la fois et la rançon de l'adultère.

Vivement elle fit sa malle, paya la note, prit dans la cour un cabriolet, et, pressant le palefrenier, l'encourageant, s'informant à toute minute de l'heure et des kilomètres parcourus, parvint à rattraper *l'Hirondelle* vers les premières maisons de Quincampoix.

À peine assise dans son coin, elle ferma les yeux et les rouvrit au bas de la côte, où elle reconnut de loin Félicité, qui se tenait en vedette devant la maison du maréchal. Hivert retint ses chevaux, et la cuisinière, se haussant jusqu'au vasistas, dit mystérieusement :

— Madame il faut que vous alliez tout de suite chez M. Homais. C'est pour quelque chose de pressé.

Le village était silencieux comme d'habitude. Au coin des rues, il y avait de petits tas roses qui fumaient à l'air, car c'était le moment des confitures, et tout le monde à Yonville, confectionnait sa provision le même jour. Mais on admirait devant la boutique du pharmacien, un tas beaucoup plus large, et qui dépassait les autres de la supériorité qu'une officine doit avoir sur les fourneaux bourgeois, un besoin général sur des fantaisies individuelles.

Elle entra. Le grand fauteuil était renversé, et même *le Fanal de Rouen* gisait par terre, étendu entre les deux pilons. Elle poussa la porte du couloir ; et, au milieu de la cuisine, parmi les jarres brunes pleines de groseilles égrenées, du sucre râpé, du sucre en morceaux, des balances sur la table, des bassines sur le feu, elle aperçut tous les Homais, grands et petits, avec des tabliers qui leur montaient jusqu'au menton et tenant des fourchettes à la main. Justin, debout, baissait la tête, et le pharmacien criait :

— Qui t'avait dit de l'aller chercher dans le capharnaüm ?

— Qu'est-ce donc ? qu'y a-t-il ?

— Ce qu'il y a ? répondit l'apothicaire. On fait des confitures : elles cuisent ; mais elles allaient déborder à cause du bouillon trop fort, et je commande une autre bassine. Alors, lui, par mollesse, par paresse, a été prendre, suspendue à son clou dans mon laboratoire, la clef du capharnaüm !

L'apothicaire appelait ainsi un cabinet, sous les toits, plein des ustensiles et des marchandises de sa profession. Souvent il y passait seul de longues heures à étiqueter, à transvaser, à reficeler ; et il le considérait non comme un simple magasin, mais

comme un véritable sanctuaire, d'où s'échappaient
ensuite, élaborées par ses mains, toutes sortes de
pilules, bols, tisanes, lotions et potions, qui allaient
répandre aux alentours sa célébrité. Personne au
monde n'y mettait les pieds ; et il le respectait si
fort, qu'il le balayait lui-même. Enfin, si la pharmacie, ouverte à tout venant, était l'endroit où il étalait
son orgueil, le capharnaüm était le refuge où, se
concentrant égoïstement, Homais se délectait dans
l'exercice de ses prédilections ; aussi l'étourderie de
Justin lui paraissait-elle monstrueuse d'irrévérence ;
et, plus rubicond que les groseilles, il répétait :

— Oui, du capharnaüm ! La clef qui enferme les
acides avec les alcalis caustiques ! Avoir été prendre
une bassine de réserve ! une bassine à couvercle ! et
dont jamais peut-être je ne me servirai ! Tout a son
importance dans les opérations délicates de notre
art ! Mais que diable ! il faut établir des distinctions
et ne pas employer à des usages presque domestiques ce qui est destiné pour les pharmaceutiques !
C'est comme si on découpait une poularde avec un
scalpel, comme si un magistrat...

— Mais calme-toi ! disait madame Homais.

Et Athalie, le tirant par sa redingote :

— Papa ! papa !

— Non, laissez-moi ! reprenait l'apothicaire, laissez-moi ! fichtre ! Autant s'établir épicier, ma parole
d'honneur ! Allons, va ! ne respecte rien ! casse !
brise ! lâche les sangsues ! brûle la guimauve !
marine des cornichons dans les bocaux ! lacère les
bandages !

— Vous aviez pourtant..., dit Emma.

— Tout à l'heure ! — Sais-tu à quoi tu t'expo-
sais ?... N'as-tu rien vu, dans le coin, à gauche, sur la
troisième tablette ? Parle, réponds, articule quelque
chose !

— Je ne... sais pas, balbutia le jeune garçon.

— Ah ! tu ne sais pas ! Eh bien, je sais, moi ! Tu as vu une bouteille, en verre bleu, cachetée avec de la cire jaune, qui contient une poudre blanche, sur laquelle même j'avais écrit : *Dangereux !* et sais-tu ce qu'il y avait dedans ? De l'arsenic ! et tu vas toucher à cela ! prendre une bassine qui est à côté !

— À côté ! s'écria madame Homais en joignant les mains. De l'arsenic ? Tu pouvais nous empoisonner tous !

Et les enfants se mirent à pousser des cris, comme s'ils avaient déjà senti dans leurs entrailles d'atroces douleurs.

— Ou bien empoisonner un malade ! continuait l'apothicaire. Tu voulais donc que j'allasse sur le banc des criminels, en cour d'assises ? me voir traîner à l'échafaud ? Ignores-tu le soin que j'observe dans les manutentions, quoique j'en aie cependant une furieuse habitude. Souvent je m'épouvante moi-même, lorsque je pense à ma responsabilité ! car le gouvernement nous persécute, et l'absurde législation qui nous régit est comme une véritable épée de Damoclès suspendue sur notre tête !

Emma ne songeait plus à demander ce qu'on lui voulait, et le pharmacien poursuivait en phrases haletantes :

— Voilà comme tu reconnais les bontés qu'on a pour toi ! voilà comme tu me récompenses des soins tout paternels que je te prodigue ! Car, sans moi, où serais-tu ? que ferais-tu ? Qui te fournit la nourriture, l'éducation, l'habillement, et tous les moyens de figurer un jour, avec honneur dans les rangs de la société ! Mais il faut pour cela suer ferme sur l'aviron, et acquérir, comme on dit, du cal aux mains. *Fabricando fit faber, age quod agis* [1].

Il citait du latin, tant il était exaspéré. Il eût cité du chinois et du groenlandais, s'il eût connu ces deux langues ; car il se trouvait dans une de ces crises où l'âme entière montre indistinctement ce qu'elle enferme, comme l'Océan, qui, dans les tempêtes, s'entrouvre depuis les fucus de son rivage jusqu'au sable de ses abîmes.

Et il reprit :

— Je commence à terriblement me repentir de m'être chargé de ta personne ! J'aurais certes mieux fait de te laisser autrefois croupir dans ta misère et dans la crasse où tu es né ! Tu ne seras jamais bon qu'à être un gardeur de bêtes à cornes ! Tu n'as nulle aptitude pour les sciences ! à peine si tu sais coller une étiquette ! Et tu vis là, chez moi, comme un chanoine, comme un coq en pâte, à te goberger !

Mais Emma, se tournant vers madame Homais :

— On m'avait fait venir...

— Ah ! mon Dieu ! interrompit d'un air triste la bonne dame, comment vous dirai-je bien ?... C'est un malheur !

Elle n'acheva pas. L'apothicaire tonnait :

— Vide-la ! écure-la ! reporte-la ! dépêche-toi donc !

Et, secouant Justin par le collet de son bourgeron, il fit tomber un livre de sa poche.

L'enfant se baissa. Homais fut plus prompt, et, ayant ramassé le volume, il le contemplait, les yeux écarquillés, la mâchoire ouverte.

— *L'amour... conjugal*[1] ! dit-il en séparant lente- ment ces deux mots. Ah ! très bien ! très bien ! très joli ! Et des gravures !... Ah ! c'est trop fort !

Madame Homais s'avança.

— Non ! n'y touche pas !

Les enfants voulurent voir les images.

— Sortez ! fit-il impérieusement.

Et ils sortirent.

Il marcha d'abord de long en large, à grands pas, gardant le volume ouvert entre ses doigts, roulant les yeux, suffoqué, tuméfié, apoplectique. Puis il vint droit à son élève, et, se plantant devant lui les bras croisés :

— Mais tu as donc tous les vices, petit malheureux ?... Prends garde, tu es sur une pente !... Tu n'as donc pas réfléchi qu'il pouvait, ce livre infâme, tomber entre les mains de mes enfants, mettre l'étincelle dans leur cerveau, ternir la pureté d'Athalie, corrompre Napoléon ! Il est déjà formé comme un homme. Es-tu bien sûr, au moins, qu'ils ne l'aient pas lu ? peux-tu me certifier... ?

— Mais enfin, monsieur, fit Emma, vous aviez à me dire... ?

— C'est vrai, madame... Votre beau-père est mort !

En effet, le sieur Bovary père venait de décéder l'avant-veille, tout à coup, d'une attaque d'apoplexie, au sortir de table ; et, par excès de précaution pour la sensibilité d'Emma, Charles avait prié M. Homais de lui apprendre avec ménagement cette horrible nouvelle.

Il avait médité sa phrase, il l'avait arrondie, polie, rythmée ; c'était un chef-d'œuvre de prudence et de transitions, de tournures fines et de délicatesse ; mais la colère avait emporté la rhétorique.

Emma, renonçant à avoir aucun détail, quitta donc la pharmacie ; car M. Homais avait repris le cours de ses vitupérations. Il se calmait cependant, et, à présent, il grommelait d'un ton paterne, tout en s'éventant avec son bonnet grec :

— Ce n'est pas que je désapprouve entièrement l'ouvrage ! L'auteur était médecin. Il y a là-dedans certains côtés scientifiques qu'il n'est pas mal à un homme de connaître et, j'oserais dire, qu'il faut qu'un homme connaisse. Mais plus tard, plus tard ! Attends du moins que tu sois homme toi-même et que ton tempérament soit fait.

Au coup de marteau d'Emma, Charles, qui l'attendait, s'avança les bras ouverts et lui dit avec des larmes dans la voix :

— Ah ! ma chère amie...

Et il s'inclina doucement pour l'embrasser. Mais, au contact de ses lèvres, le souvenir de l'autre la saisit, et elle se passa la main sur son visage en frissonnant.

Cependant elle répondit :

— Oui, je sais..., je sais...

Il lui montra la lettre où sa mère narrait l'événement, sans aucune hypocrisie sentimentale. Seulement, elle regrettait que son mari n'eût pas reçu les secours de la religion, étant mort à Doudeville, dans la rue, sur le seuil d'un café, après un repas patriotique avec d'anciens officiers.

Emma rendit la lettre ; puis, au dîner, par savoir-vivre, elle affecta quelque répugnance. Mais comme il la reforçait, elle se mit résolument à manger, tandis que Charles, en face d'elle, demeurait immobile, dans une posture accablée.

De temps à autre, relevant la tête, il lui envoyait un long regard tout plein de détresse. Une fois il soupira :

— J'aurais voulu le revoir encore !

Elle se taisait. Enfin, comprenant qu'il fallait parler :

— Quel âge avait-il, ton père ?

— Cinquante-huit ans !

— Ah !

Et ce fut tout.

Un quart d'heure après, il ajouta :

— Ma pauvre mère ?... que va-t-elle devenir, à présent ?

Elle fit un geste d'ignorance.

À la voir si taciturne, Charles la supposait affligée et il se contraignait à ne rien dire, pour ne pas aviver cette douleur qui l'attendrissait. Cependant, secouant la sienne :

— T'es-tu bien amusée hier ? demanda-t-il.

— Oui.

Quand la nappe fut ôtée, Bovary ne se leva pas, Emma non plus ; et, à mesure qu'elle l'envisageait, la monotonie de ce spectacle bannissait peu à peu tout apitoiement de son cœur. Il lui semblait chétif, faible, nul, enfin être un pauvre homme, de toutes les façons. Comment se débarrasser de lui ? Quelle interminable soirée ! Quelque chose de stupéfiant comme une vapeur d'opium l'engourdissait.

Ils entendirent dans le vestibule le bruit sec d'un bâton sur les planches. C'était Hippolyte qui apportait les bagages de Madame. Pour les déposer, il décrivit péniblement un quart de cercle avec son pilon.

— Il n'y pense même plus ! se disait-elle en regardant le pauvre diable, dont la grosse chevelure rouge dégouttait de sueur.

Bovary cherchait un patard[1] au fond de sa bourse ; et, sans paraître comprendre tout ce qu'il y avait pour lui d'humiliation dans la seule présence de cet homme qui se tenait là, comme le reproche personnifié de son incurable ineptie :

— Tiens ! tu as un joli bouquet ! dit-il en remarquant sur la cheminée les violettes de Léon.

— Oui, fit-elle avec indifférence ; c'est un bouquet que j'ai acheté tantôt... à une mendiante.

Charles prit les violettes, et, rafraîchissant dessus ses yeux tout rouges de larmes, il les humait délicatement. Elle les retira vite de sa main, et alla les porter dans un verre d'eau.

Le lendemain, madame Bovary mère arriva. Elle et son fils pleurèrent beaucoup. Emma, sous prétexte d'ordres à donner, disparut.

Le jour d'après, il fallut aviser ensemble aux affaires de deuil. On alla s'asseoir, avec les boîtes à ouvrage, au bord de l'eau, sous la tonnelle.

Charles pensait à son père, et il s'étonnait de sentir
tant d'affection pour cet homme qu'il avait cru jusqu'alors n'aimer que très médiocrement. Madame
Bovary mère pensait à son mari. Les pires jours
d'autrefois lui réapparaissaient enviables. Tout s'effaçait sous le regret instinctif d'une si longue habitude ; et, de temps à autre, tandis qu'elle poussait son
aiguille, une grosse larme descendait le long de son
nez et s'y tenait un moment suspendue. Emma pensait qu'il y avait quarante-huit heures à peine, ils
étaient ensemble, loin du monde, tout en ivresse, et
n'ayant pas assez d'yeux pour se contempler. Elle
tâchait de ressaisir les plus imperceptibles détails de
cette journée disparue. Mais la présence de la belle-
mère et du mari la gênait. Elle aurait voulu ne rien
entendre, ne rien voir, afin de ne pas déranger le
recueillement de son amour qui allait se perdant,
quoi qu'elle fît, sous les sensations extérieures.

Elle décousait la doublure d'une robe, dont les
bribes s'éparpillaient autour d'elle ; la mère Bovary,
sans lever les yeux, faisait crier ses ciseaux, et
Charles, avec ses pantoufles de lisière et sa vieille
redingote brune qui lui servait de robe de chambre,
restait les deux mains dans ses poches et ne parlait
pas non plus ; près d'eux, Berthe, en petit tablier
blanc, raclait avec sa pelle le sable des allées.

Tout à coup, ils virent entrer par la barrière
M. Lheureux, le marchand d'étoffes.

Il venait offrir ses services, *eu égard à la fatale
circonstance*. Emma répondit qu'elle croyait pouvoir s'en passer. Le marchand ne se tint pas pour
battu.

— Mille excuses, dit-il ; je désirerais avoir un
entretien particulier.

Puis, d'une voix basse :

— C'est relativement à cette affaire…, vous savez ?

Charles devint cramoisi jusqu'aux oreilles.

— Ah! oui..., effectivement.

Et, dans son trouble, se tournant vers sa femme:

— Ne pourrais-tu pas..., ma chérie...?

Elle parut le comprendre, car elle se leva, et Charles dit à sa mère:

— Ce n'est rien! Sans doute quelque bagatelle de ménage.

Il ne voulait point qu'elle connût l'histoire du billet, redoutant ses observations.

Dès qu'ils furent seuls, M. Lheureux se mit, en termes assez nets, à féliciter Emma sur la succession, puis à causer de choses indifférentes, des espaliers, de la récolte et de sa santé à lui, qui allait toujours *couci-couci*, *entre le zist et le zest*. En effet, il se donnait un mal de cinq cents diables, bien qu'il ne fît pas, malgré les propos du monde, de quoi avoir seulement du beurre sur son pain.

Emma le laissait parler. Elle s'ennuyait si prodigieusement depuis deux jours!

— Et vous voilà tout à fait rétablie? continuait-il. Ma foi, j'ai vu votre pauvre mari dans de beaux états! C'est un brave garçon, quoique nous ayons eu ensemble des difficultés.

Elle demanda lesquelles, car Charles lui avait caché la contestation des fournitures.

— Mais vous le savez bien! fit Lheureux. C'était pour vos petites fantaisies, les boîtes de voyage.

Il avait baissé son chapeau sur ses yeux, et, les deux mains derrière le dos, souriant et sifflotant, il la regardait en face, d'une manière insupportable. Soupçonnait-il quelque chose? Elle demeurait perdue dans toutes sortes d'appréhensions. À la fin pourtant, il reprit:

— Nous nous sommes rapatriés, et je venais encore lui proposer un arrangement.

C'était de renouveler le billet signé par Bovary. Monsieur, du reste, agirait à sa guise; il ne devait point se tourmenter, maintenant surtout qu'il allait avoir une foule d'embarras.

— Et même il ferait mieux de s'en décharger sur quelqu'un, sur vous, par exemple ; avec une procuration, ce serait commode, et alors nous aurions ensemble de petites affaires...

Elle ne comprenait pas. Il se tut. Ensuite, passant à son négoce, Lheureux déclara que Madame ne pouvait se dispenser de lui prendre quelque chose. Il lui enverrait un barège noir, douze mètres, de quoi faire une robe.

— Celle que vous avez là est bonne pour la maison. Il vous en faut une autre pour les visites. J'ai vu ça, moi, du premier coup en entrant. J'ai l'œil américain[1].

Il n'envoya point l'étoffe, il l'apporta. Puis il revint pour l'aunage ; il revint sous d'autres prétextes, tâchant chaque fois, de se rendre aimable, serviable, s'inféodant, comme eût dit Homais, et toujours glissant à Emma quelques conseils sur la procuration. Il ne parlait point du billet. Elle n'y songeait pas ; Charles, au début de sa convalescence, lui en avait bien conté quelque chose ; mais tant d'agitations avaient passé dans sa tête, qu'elle ne s'en souvenait plus. D'ailleurs, elle se garda d'ouvrir aucune discussion d'intérêt ; la mère Bovary en fut surprise, et attribua son changement d'humeur aux sentiments religieux qu'elle avait contractés étant malade.

Mais, dès qu'elle fut partie, Emma ne tarda pas à émerveiller Bovary par son bon sens pratique. Il allait falloir prendre des informations, vérifier les hypothèques, voir s'il y avait lieu à une licitation ou à une liquidation. Elle citait des termes techniques, au hasard, prononçait les grands mots d'ordre, d'avenir, de prévoyance, et continuellement exagérait les embarras de la succession ; si bien qu'un jour elle lui montra le modèle d'une autorisation générale pour «gérer et administrer ses affaires, faire tous emprunts, signer et endosser tous billets, payer toutes sommes, etc.» Elle avait profité des leçons de Lheureux.

Charles, naïvement, lui demanda d'où venait ce papier.

— De M. Guillaumin.

Et, avec le plus grand sang-froid du monde, elle ajouta :

— Je ne m'y fie pas trop. Les notaires ont si mauvaise réputation ! Il faudrait peut-être consulter... Nous ne connaissons que... Oh ! personne.

— À moins que Léon..., répliqua Charles, qui réfléchissait.

Mais il était difficile de s'entendre par correspondance. Alors elle s'offrit à faire ce voyage. Il la remercia. Elle insista. Ce fut un assaut de prévenances. Enfin, elle s'écria d'un ton de mutinerie factice :

— Non, je t'en prie, j'irai.

— Comme tu es bonne ! dit-il en la baisant au front.

Dès le lendemain, elle s'embarqua dans *l'Hirondelle* pour aller à Rouen consulter M. Léon ; et elle y resta trois jours.

III

Ce furent trois jours pleins, exquis, splendides, une vraie lune de miel.

Ils étaient à *l'hôtel de Boulogne*, sur le port. Et ils vivaient là, volets fermés, portes closes, avec des fleurs par terre et des sirops à la glace, qu'on leur apportait dès le matin.

Vers le soir, ils prenaient une barque couverte et allaient dîner dans une île.

C'était l'heure où l'on entend, au bord des chantiers, retentir le maillet des calfats contre la coque des vaisseaux. La fumée du goudron s'échappait d'entre les arbres, et l'on voyait sur la rivière de larges gouttes grasses, ondulant inégalement sous la couleur pourpre du soleil, comme des plaques de bronze florentin, qui flottaient.

Ils descendaient au milieu des barques amarrées, dont les longs câbles obliques frôlaient un peu le dessus de la barque.

Les bruits de la ville insensiblement s'éloignaient, le roulement des charrettes, le tumulte des voix, le jappement des chiens sur le pont des navires. Elle dénouait son chapeau et ils abordaient à leur île.

Ils se plaçaient dans la salle basse d'un cabaret, qui avait à sa porte des filets noirs suspendus. Ils mangeaient de la friture d'éperlans, de la crème et des cerises. Ils se couchaient sur l'herbe; ils s'embrassaient à l'écart sous les peupliers; et ils auraient voulu, comme deux Robinsons, vivre perpétuellement dans ce petit endroit, qui leur semblait, en leur béatitude, le plus magnifique de la terre. Ce n'était pas la première fois qu'ils apercevaient des arbres, du ciel bleu, du gazon, qu'ils entendaient l'eau couler et la brise soufflant dans le feuillage; mais ils n'avaient sans doute jamais admiré tout cela, comme si la nature n'existait pas auparavant, ou qu'elle n'eût commencé à être belle que depuis l'assouvissance de leurs désirs.

À la nuit, ils repartaient. La barque suivait le bord des îles. Ils restaient au fond, tous les deux cachés par l'ombre, sans parler. Les avirons carrés sonnaient entre les tolets de fer; et cela marquait dans le silence comme un battement de métronome, tandis qu'à l'arrière la bauce[1] qui traînait ne discontinuait pas son petit clapotement doux dans l'eau.

Une fois, la lune parut; alors ils ne manquèrent

pas à faire des phrases, trouvant l'astre mélancolique et plein de poésie ; même elle se mit à chanter :

Un soir, t'en souvient-il ? nous voguions[1], etc.

Sa voix harmonieuse et faible se perdait sur les flots ; et le vent emportait les roulades que Léon écoutait passer, comme des battements d'ailes, autour de lui.

Elle se tenait en face, appuyée contre la cloison de la chaloupe, où la lune entrait par un des volets ouverts. Sa robe noire, dont les draperies s'élargissaient en éventail, l'amincissait, la rendait plus grande. Elle avait la tête levée, les mains jointes, et les deux yeux vers le ciel. Parfois l'ombre des saules la cachait en entier, puis elle réapparaissait tout à coup, comme une vision, dans la lumière de la lune.

Léon, par terre, à côté d'elle, rencontra sous sa main un ruban de soie ponceau.

Le batelier l'examina et finit par dire :

— Ah ! c'est peut-être à une compagnie que j'ai promenée l'autre jour. Ils sont venus un tas de farceurs, messieurs et dames, avec des gâteaux, du champagne, des cornets à pistons, tout le tremblement ! Il y en avait un surtout, un grand bel homme, à petites moustaches, qui était joliment amusant ! et ils disaient comme ça : «Allons, conte-nous quelque chose…, Adolphe…, Dodolphe…, je crois. »

Elle frissonna.

— Tu souffres ? fit Léon en se rapprochant d'elle.

— Oh ! ce n'est rien. Sans doute, la fraîcheur de la nuit.

— Et qui ne doit pas manquer de femmes, non plus, ajouta doucement le vieux matelot, croyant dire une politesse à l'étranger.

Puis, crachant dans ses mains, il reprit ses avirons.

Il fallut pourtant se séparer! Les adieux furent tristes. C'était chez la mère Rolet qu'il devait envoyer ses lettres; et elle lui fit des recommandations si précises à propos de la double enveloppe, qu'il admira grandement son astuce amoureuse.

— Ainsi, tu m'affirmes que tout est bien? dit-elle dans le dernier baiser.

— Oui certes! — Mais pourquoi donc, songea-t-il après, en s'en revenant seul par les rues, tient-elle si fort à cette procuration?

IV

Léon, bientôt, prit devant ses camarades un air de supériorité, s'abstint de leur compagnie, et négligea complètement les dossiers.

Il attendait ses lettres; il les relisait. Il lui écrivait. Il l'évoquait de toute la force de son désir et de ses souvenirs. Au lieu de diminuer par l'absence, cette envie de la revoir s'accrut, si bien qu'un samedi matin il s'échappa de son étude.

Lorsque, du haut de la côte, il aperçut dans la vallée le clocher de l'église avec son drapeau de fer-blanc qui tournait au vent, il sentit cette délectation mêlée de vanité triomphante et d'attendrissement égoïste que doivent avoir les millionnaires, quand ils reviennent visiter leur village.

Il alla rôder autour de sa maison. Une lumière brillait dans la cuisine. Il guetta son ombre derrière les rideaux. Rien ne parut.

La mère Lefrançois, en le voyant, fit de grandes exclamations, et elle le trouva «grandi et minci», tandis qu'Artémise, au contraire, le trouva «forci et bruni».

Il dîna dans la petite salle, comme autrefois, mais seul, sans le percepteur; car Binet, *fatigué* d'attendre *l'Hirondelle*, avait définitivement avancé son repas d'une heure, et, maintenant, il dînait à cinq heures juste, encore prétendait-il le plus souvent que *la vieille patraque retardait*.

Léon pourtant se décida ; il alla frapper à la porte du médecin. Madame était dans sa chambre, d'où elle ne descendit qu'un quart d'heure après. Monsieur parut enchanté de le revoir ; mais il ne bougea de la soirée, ni de tout le jour suivant.

Il la vit seule, le soir, très tard, derrière le jardin, dans la ruelle ; — dans la ruelle, comme avec l'autre ! Il faisait de l'orage, et ils causaient sous un parapluie à la lueur des éclairs.

Leur séparation devenait intolérable.

— Plutôt mourir ! disait Emma.

Elle se tordait sur son bras, tout en pleurant.

— Adieu !... adieu !... Quand te reverrai-je ?

Ils revinrent sur leurs pas pour s'embrasser encore ; et ce fut là qu'elle lui fit la promesse de trouver bientôt, par n'importe quel moyen, l'occasion permanente de se voir en liberté, au moins une fois la semaine. Emma n'en doutait pas. Elle était, d'ailleurs, pleine d'espoir. Il allait lui venir de l'argent.

Aussi, elle acheta pour sa chambre une paire de rideaux jaunes à larges raies, dont M. Lheureux lui avait vanté le bon marché ; elle rêva un tapis, et Lheureux, affirmant «que ce n'était pas la mer à boire», s'engagea poliment à lui en fournir un. Elle ne pouvait plus se passer de ses services. Vingt fois dans la journée elle l'envoyait chercher, et aussitôt il plantait là ses affaires, sans se permettre un murmure. On ne comprenait point davantage pourquoi la mère Rolet déjeunait chez elle tous les jours, et même lui faisait des visites en particulier.

Ce fut vers cette époque, c'est-à-dire vers le commencement de l'hiver, qu'elle parut prise d'une grande ardeur musicale.

Un soir que Charles l'écoutait, elle recommença quatre fois de suite le même morceau, et toujours en se dépitant, tandis que, sans y remarquer de différence, il s'écriait :

— Bravo !..., très bien !... Tu as tort ! va donc !

— Eh non ! c'est exécrable ! j'ai les doigts rouillés.

Le lendemain, il la pria *de lui jouer encore quelque chose*.

— Soit, pour te faire plaisir !

Et Charles avoua qu'elle avait un peu perdu. Elle se trompait de portée, barbouillait ; puis, s'arrêtant court :

— Ah ! c'est fini ! il faudrait que je prisse des leçons ; mais...

Elle se mordit les lèvres et ajouta :

— Vingt francs par cachet, c'est trop cher !

— Oui, en effet..., un peu..., dit Charles tout en ricanant niaisement. Pourtant, il me semble que l'on pourrait peut-être à moins ; car il y a des artistes sans réputation qui souvent valent mieux que les célébrités.

— Cherche-les, dit Emma.

Le lendemain, en rentrant, il la contempla d'un œil finaud, et ne put à la fin retenir cette phrase :

— Quel entêtement tu as quelquefois ! J'ai été à Barfeuchères aujourd'hui. Eh bien, madame Liégeard m'a certifié que ses trois demoiselles, qui sont à la Miséricorde, prenaient des leçons moyennant cinquante sous la séance, et d'une fameuse maîtresse encore !

Elle haussa les épaules, et ne rouvrit plus son instrument.

Mais, lorsqu'elle passait auprès (si Bovary se trouvait là), elle soupirait :

— Ah ! mon pauvre piano !

Et quand on venait la voir, elle ne manquait pas de vous apprendre qu'elle avait abandonné la musique et ne pouvait maintenant s'y remettre, pour des raisons majeures. Alors on la plaignait. C'était dommage! elle qui avait un si beau talent! On en parla même à Bovary. On lui faisait honte, et surtout le pharmacien:

— Vous avez tort! il ne faut jamais laisser en friche les facultés de la nature. D'ailleurs, songez, mon bon ami, qu'en engageant Madame à étudier, vous économisez pour plus tard sur l'éducation musicale de votre enfant! Moi, je trouve que les mères doivent instruire elles-mêmes leurs enfants. C'est une idée de Rousseau, peut-être un peu neuve encore, mais qui finira par triompher, j'en suis sûr, comme l'allaitement maternel et la vaccination[1].

Charles revint donc encore une fois sur cette question du piano. Emma répondit avec aigreur qu'il valait mieux le vendre. Ce pauvre piano, qui lui avait causé tant de vaniteuses satisfactions, le voir s'en aller, c'était pour Bovary comme l'indéfinissable suicide d'une partie d'elle-même!

— Si tu voulais..., disait-il, de temps à autre, une leçon, cela ne serait pas, après tout, extrêmement ruineux.

— Mais les leçons, répliquait-elle, ne sont profitables que suivies.

Et voilà comme elle s'y prit pour obtenir de son époux la permission d'aller à la ville, une fois la semaine, voir son amant. On trouva même, au bout d'un mois, qu'elle avait fait des progrès considérables.

V

C'était le jeudi. Elle se levait, et elle s'habillait silencieusement pour ne point éveiller Charles, qui lui aurait fait des observations sur ce qu'elle s'ap-

prêtait de trop bonne heure. Ensuite elle marchait
de long en large ; elle se mettait devant les fenêtres,
elle regardait la Place. Le petit jour circulait entre
les piliers des halles, et la maison du pharmacien,
dont les volets étaient fermés, laissait apercevoir
dans la couleur pâle de l'aurore les majuscules de
son enseigne.

Quand la pendule marquait sept heures et un
quart, elle s'en allait au *Lion d'or*, dont Artémise, en
bâillant, venait lui ouvrir la porte. Celle-ci déterrait
pour Madame les charbons enfouis sous les cendres.
Emma restait seule dans la cuisine. De temps à
autre, elle sortait. Hivert attelait sans se dépêcher, et
en écoutant d'ailleurs la mère Lefrançois, qui, passant par un guichet sa tête en bonnet de coton, le
chargeait de commissions et lui donnait des explications à troubler un tout autre homme. Emma battait
la semelle de ses bottines contre les pavés de la cour.

Enfin, lorsqu'il avait mangé sa soupe, endossé sa
limousine, allumé sa pipe et empoigné son fouet, il
s'installait tranquillement sur le siège.

L'Hirondelle partait au petit trot, et, durant trois
quarts de lieue, s'arrêtait de place en place pour
prendre des voyageurs, qui la guettaient debout, au
bord du chemin, devant la barrière des cours. Ceux
qui avaient prévenu la veille se faisaient attendre ;
quelques-uns même étaient encore au lit dans leur
maison ; Hivert appelait, criait, sacrait, puis il descendait de son siège et allait frapper de grands
coups contre les portes. Le vent soufflait par les
vasistas fêlés.

Cependant les quatre banquettes se garnissaient,
la voiture roulait, les pommiers à la file se succédaient ; et la route, entre ses deux longs fossés pleins
d'eau jaune, allait continuellement se rétrécissant
vers l'horizon.

Emma la connaissait d'un bout à l'autre ; elle

savait qu'après un herbage il y avait un poteau, ensuite un orme, une grange ou une cahute de cantonnier ; quelquefois même, afin de se faire des surprises, elle fermait les yeux. Mais elle ne perdait jamais le sentiment net de la distance à parcourir.

Enfin, les maisons de briques se rapprochaient, la terre résonnait sous les roues, *l'Hirondelle* glissait entre des jardins où l'on apercevait, par une claire-voie, des statues, un vignot, des ifs taillés et une escarpolette. Puis, d'un seul coup d'œil, la ville apparaissait.

Descendant tout en amphithéâtre et noyée dans le brouillard, elle s'élargissait au-delà des ponts, confusément. La pleine campagne remontait ensuite d'un mouvement monotone, jusqu'à toucher au loin la base indécise du ciel pâle. Ainsi vu d'en haut, le paysage tout entier avait l'air immobile comme une peinture ; les navires à l'ancre se tassaient dans un coin ; le fleuve arrondissait sa courbe au pied des collines vertes, et les îles, de forme oblongue, semblaient sur l'eau de grands poissons noirs arrêtés. Les cheminées des usines poussaient d'immenses panaches bruns qui s'envolaient par le bout. On entendait le ronflement des fonderies avec le carillon clair des églises qui se dressaient dans la brume. Les arbres des boulevards, sans feuilles, faisaient des broussailles violettes au milieu des maisons, et les toits, tout reluisants de pluie, miroitaient inégalement, selon la hauteur des quartiers. Parfois un coup de vent emportait les nuages vers la côte Sainte-Catherine, comme des flots aériens qui se brisaient en silence contre une falaise.

Quelque chose de vertigineux se dégageait pour elle de ces existences amassées, et son cœur s'en gonflait abondamment, comme si les cent vingt mille âmes qui palpitaient là lui eussent envoyé toutes à la fois la vapeur des passions qu'elle leur supposait.

Son amour s'agrandissait devant l'espace, et s'emplissait de tumulte aux bourdonnements vagues qui montaient. Elle le reversait au dehors, sur les places, sur les promenades, sur les rues, et la vieille cité normande s'étalait à ses yeux comme une capitale démesurée, comme une Babylone où elle entrait[1]. Elle se penchait des deux mains par le vasistas, en humant la brise ; les trois chevaux galopaient, les pierres grinçaient dans la boue, la diligence se balançait, et Hivert, de loin, hélait les carrioles sur la route, tandis que les bourgeois qui avaient passé la nuit au bois Guillaume descendaient la côte tranquillement, dans leur petite voiture de famille.

On s'arrêtait à la barrière ; Emma débouclait ses socques, mettait d'autres gants, rajustait son châle, et, vingt pas plus loin, elle sortait de *l'Hirondelle*.

La ville alors s'éveillait. Des commis, en bonnet grec, frottaient la devanture des boutiques, et des femmes qui tenaient des paniers sur la hanche poussaient par intervalles un cri sonore, au coin des rues. Elle marchait les yeux à terre, frôlant les murs, et souriant de plaisir sous son voile noir baissé.

Par peur d'être vue, elle ne prenait pas ordinairement le chemin le plus court. Elle s'engouffrait dans les ruelles sombres, et elle arrivait tout en sueur vers le bas de la rue Nationale, près de la fontaine qui est là. C'est le quartier du théâtre, des estaminets et des filles. Souvent une charrette passait près d'elle, portant quelque décor qui tremblait. Des garçons en tablier versaient du sable sur les dalles, entre des arbustes verts. On sentait l'absinthe, le cigare et les huîtres.

Elle tournait une rue ; elle le reconnaissait à sa chevelure frisée qui s'échappait de son chapeau.

Léon, sur le trottoir, continuait à marcher. Elle le suivait jusqu'à l'hôtel ; il montait, il ouvrait la porte, il entrait... Quelle étreinte !

Puis les paroles, après les baisers, se précipitaient. On se racontait les chagrins de la semaine, les pressentiments, les inquiétudes pour les lettres ; mais à présent tout s'oubliait, et ils se regardaient face à face, avec des rires de volupté et des appellations de tendresse.

Le lit était un grand lit d'acajou en forme de nacelle. Les rideaux de levantine rouge, qui descendaient du plafond, se cintraient trop bas vers le chevet évasé ; — et rien au monde n'était beau comme sa tête brune et sa peau blanche se détachant sur cette couleur pourpre, quand, par un geste de pudeur, elle fermait ses deux bras nus, en se cachant la figure dans les mains.

Le tiède appartement, avec son tapis discret, ses ornements folâtres et sa lumière tranquille, semblait tout commode pour les intimités de la passion. Les bâtons se terminant en flèche, les patères de cuivre et les grosses boules de chenets reluisaient tout à coup, si le soleil entrait. Il y avait sur la cheminée, entre les candélabres, deux de ces grandes coquilles roses où l'on entend le bruit de la mer quand on les applique à son oreille.

Comme ils aimaient cette bonne chambre pleine de gaieté, malgré sa splendeur un peu fanée ! Ils retrouvaient toujours les meubles à leur place, et parfois des épingles à cheveux qu'elle avait oubliées, l'autre jeudi, sous le socle de la pendule. Ils déjeunaient au coin du feu, sur un petit guéridon incrusté de palissandre. Emma découpait, lui mettait les morceaux dans son assiette en débitant toutes sortes de chatteries ; et elle riait d'un rire sonore et libertin quand la mousse du vin de Champagne débordait du verre léger sur les bagues de ses doigts. Ils étaient si complètement perdus en la possession d'eux-mêmes, qu'ils se croyaient là dans leur maison particulière, et devant y vivre jusqu'à la mort, comme deux éter-

nels jeunes époux. Ils disaient notre chambre, notre
tapis, nos fauteuils, même elle disait mes pantoufles,
un cadeau de Léon, une fantaisie qu'elle avait eue.
C'étaient des pantoufles en satin rose, bordées de
cygne. Quand elle s'asseyait sur ses genoux, sa jambe,
alors trop courte, pendait en l'air ; et la mignarde
chaussure, qui n'avait pas de quartier, tenait seulement par les orteils à son pied nu.

Il savourait pour la première fois l'inexprimable
délicatesse des élégances féminines. Jamais il n'avait
rencontré cette grâce de langage, cette réserve du
vêtement, ces poses de colombe assoupie. Il admirait
l'exaltation de son âme et les dentelles de sa jupe.
D'ailleurs, n'était-ce pas *une femme du monde*, et une
femme mariée ! une vraie maîtresse enfin ?

Par la diversité de son humeur, tour à tour mystique
ou joyeuse, babillarde, taciturne, emportée, nonchalante, elle allait rappelant en lui mille désirs, évoquant
des instincts ou des réminiscences. Elle était l'amoureuse de tous les romans, l'héroïne de tous les drames,
le vague *elle* de tous les volumes de vers. Il retrouvait
sur ses épaules la couleur ambrée de l'*odalisque au
bain*[1] ; elle avait le corsage long des châtelaines féo-
dales ; elle ressemblait aussi à la *femme pâle de Barcelone*[2], mais elle était par-dessus tout Ange !

Souvent, en la regardant, il lui semblait que son
âme, s'échappant vers elle, se répandait comme une
onde sur le contour de sa tête, et descendait entraînée dans la blancheur de sa poitrine.

Il se mettait par terre, devant elle ; et, les deux
coudes sur ses genoux, il la considérait avec un sourire, et le front tendu.

Elle se penchait vers lui et murmurait, comme
suffoquée d'enivrement :

— Oh ! ne bouge pas ! ne parle pas ! regarde-moi !
Il sort de tes yeux quelque chose de si doux, qui me
fait tant de bien !

Elle l'appelait enfant :

— Enfant, m'aimes-tu ?

Et elle n'entendait guère sa réponse, dans la précipitation de ses lèvres qui lui montaient à la bouche.

Il y avait sur la pendule un petit Cupidon de
bronze, qui minaudait en arrondissant les bras sous
une guirlande dorée. Ils en rirent bien des fois ;
mais, quand il fallait se séparer, tout leur semblait
sérieux.

Immobiles l'un devant l'autre, ils se répétaient :

— À jeudi !... à jeudi !

Tout à coup elle lui prenait la tête dans les deux
mains, le baisait vite au front en s'écriant : « Adieu ! »
et s'élançait dans l'escalier.

Elle allait rue de la Comédie, chez un coiffeur, se
faire arranger ses bandeaux. La nuit tombait ; on
allumait le gaz dans la boutique.

Elle entendait la clochette du théâtre qui appelait
les cabotins à la représentation ; et elle voyait, en
face, passer des hommes à figure blanche et des
femmes en toilette fanée, qui entraient par la porte
des coulisses.

Il faisait chaud dans ce petit appartement trop
bas, où le poêle bourdonnait au milieu des perruques et des pommades. L'odeur des fers, avec ces
mains grasses qui lui maniaient la tête, ne tardait
pas à l'étourdir, et elle s'endormait un peu sous son
peignoir. Souvent le garçon, en la coiffant, lui proposait des billets pour le bal masqué.

Puis elle s'en allait ! Elle remontait les rues ; elle
arrivait à la *Croix rouge* ; elle reprenait ses socques,
qu'elle avait cachés le matin sous une banquette, et
se tassait à sa place parmi les voyageurs impatientés.
Quelques-uns descendaient au bas de la côte. Elle
restait seule dans la voiture.

À chaque tournant, on apercevait de plus en plus
tous les éclairages de la ville qui faisaient une large

vapeur lumineuse au-dessus des maisons confondues. Emma se mettait à genoux sur les coussins, et
elle égarait ses yeux dans cet éblouissement. Elle
sanglotait, appelait Léon, et lui envoyait des paroles
tendres et des baisers qui se perdaient au vent.

Il y avait dans la côte un pauvre diable vagabondant avec son bâton, tout au milieu des diligences.
Un amas de guenilles lui recouvrait les épaules, et un
vieux castor défoncé, s'arrondissant en cuvette, lui
cachait la figure ; mais, quand il le retirait, il découvrait, à la place des paupières, deux orbites béantes
tout ensanglantées. La chair s'effiloquait par lambeaux rouges ; et il en coulait des liquides qui se
figeaient en gales vertes jusqu'au nez, dont les
narines noires reniflaient convulsivement. Pour vous
parler, il se renversait la tête avec un rire idiot ; —
alors ses prunelles bleuâtres, roulant d'un mouvement continu, allaient se cogner, vers les tempes, sur
le bord de la plaie vive.

Il chantait une petite chanson en suivant les voitures :

> Souvent la chaleur d'un beau jour
> Fait rêver fillette à l'amour[1].

Et il y avait dans tout le reste des oiseaux, du soleil
et du feuillage.

Quelquefois, il apparaissait tout à coup derrière
Emma, tête nue. Elle se retirait avec un cri. Hivert
venait le plaisanter. Il l'engageait à prendre une
baraque à la foire Saint-Romain, ou bien lui demandait, en riant, comment se portait sa bonne amie.

Souvent, on était en marche, lorsque son chapeau,
d'un mouvement brusque entrait dans la diligence
par le vasistas, tandis qu'il se cramponnait, de
l'autre bras, sur le marchepied, entre l'éclaboussure
des roues. Sa voix, faible d'abord et vagissante, deve-

nait aiguë. Elle se traînait dans la nuit, comme l'indistincte lamentation d'une vague détresse ; et, à travers la sonnerie des grelots, le murmure des arbres
et le ronflement de la boîte creuse, elle avait quelque
chose de lointain qui bouleversait Emma. Cela lui
descendait au fond de l'âme comme un tourbillon
dans un abîme, et l'emportait parmi les espaces
d'une mélancolie sans bornes. Mais Hivert, qui
s'apercevait d'un contrepoids, allongeait à l'aveugle
de grands coups avec son fouet. La mèche le cinglait
sur ses plaies, et il tombait dans la boue en poussant
un hurlement.

Puis les voyageurs de *l'Hirondelle* finissaient par
s'endormir, les uns la bouche ouverte, les autres le
menton baissé, s'appuyant sur l'épaule de leur voisin, ou bien le bras passé dans la courroie, tout en
oscillant régulièrement au branle de la voiture ; et le
reflet de la lanterne qui se balançait en dehors, sur la
croupe des limoniers, pénétrant dans l'intérieur par
les rideaux de calicot chocolat, posait des ombres
sanguinolentes sur tous ces individus immobiles.
Emma, ivre de tristesse, grelottait sous ses vêtements ; et se sentait de plus en plus froid aux pieds,
avec la mort dans l'âme.

Charles, à la maison, l'attendait ; *l'Hirondelle* était
toujours en retard le jeudi. Madame arrivait enfin !
à peine si elle embrassait la petite. Le dîner n'était
pas prêt, n'importe ! elle excusait la cuisinière. Tout
maintenant semblait permis à cette fille.

Souvent son mari, remarquant sa pâleur, lui
demandait si elle ne se trouvait point malade.

— Non, disait Emma.

— Mais, répliquait-il, tu es toute drôle ce soir ?

— Eh ! ce n'est rien ! ce n'est rien !

Il y avait même des jours où, à peine rentrée, elle
montait dans sa chambre ; et Justin, qui se trouvait
là, circulait à pas muets, plus ingénieux à la servir

qu'une excellente camériste. Il plaçait les allu-
mettes, le bougeoir, un livre, disposait sa camisole,
ouvrait les draps.

— Allons, disait-elle, c'est bien, va-t'en !

Car il restait debout, les mains pendantes et les
yeux ouverts, comme enlacé dans les fils innombrables d'une rêverie soudaine.

La journée du lendemain était affreuse, et les suivantes étaient plus intolérables encore par l'impatience qu'avait Emma de ressaisir son bonheur, —
convoitise âpre, enflammée d'images connues, et
qui, le septième jour, éclatait tout à l'aise dans les
caresses de Léon. Ses ardeurs, à lui, se cachaient
sous des expansions d'émerveillement et de reconnaissance. Emma goûtait cet amour d'une façon discrète et absorbée, l'entretenait par tous les artifices
de sa tendresse, et tremblait un peu qu'il ne se perdît
plus tard.

Souvent elle lui disait, avec des douceurs de voix
mélancolique :

— Ah ! tu me quitteras, toi !... tu te marieras !... tu
seras comme les autres.

Il demandait :

— Quels autres ?

— Mais les hommes, enfin, répondait-elle.

Puis, elle ajoutait en le repoussant d'un geste lan-
goureux :

— Vous êtes tous des infâmes !

Un jour qu'ils causaient philosophiquement des
désillusions terrestres, elle vint à dire (pour expéri-
menter sa jalousie ou cédant peut-être à un besoin
d'épanchement trop fort) qu'autrefois, avant lui,
elle avait aimé quelqu'un, «pas comme toi !» reprit-
elle vite, protestant sur la tête de sa fille *qu'il ne
s'était rien passé*.

Le jeune homme la crut, et néanmoins la questionna pour savoir ce qu'*il* faisait.

— Il était capitaine de vaisseau, mon ami.

N'était-ce pas prévenir toute recherche, et en même temps se poser très haut, par cette prétendue fascination exercée sur un homme qui devait être de nature belliqueuse et accoutumé à des hommages ?

Le clerc sentit alors l'infimité de sa position ; il envia des épaulettes, des croix, des titres. Tout cela devait lui plaire : il s'en doutait à ses habitudes dispendieuses.

Cependant Emma taisait quantité de ses extravagances, telle que l'envie d'avoir, pour l'amener à Rouen, un tilbury bleu, attelé d'un cheval anglais, et conduit par un groom en bottes à revers. C'était Justin qui lui en avait inspiré le caprice, en la suppliant de le prendre chez elle comme valet de chambre ; et, si cette privation n'atténuait pas à chaque rendez-vous le plaisir de l'arrivée, elle augmentait certainement l'amertume du retour.

Souvent lorsqu'ils parlaient ensemble de Paris, elle finissait par murmurer :

— Ah ! que nous serions bien là pour vivre !

— Ne sommes-nous pas heureux ? reprenait doucement le jeune homme, en lui passant la main sur ses bandeaux.

— Oui, c'est vrai, disait-elle, je suis folle ; embrasse-moi !

Elle était pour son mari plus charmante que jamais, lui faisait des crèmes à la pistache et jouait des valses après dîner. Il se trouvait donc le plus fortuné des mortels, et Emma vivait sans inquiétude, lorsqu'un soir, tout à coup :

— C'est mademoiselle Lempereur, n'est-ce pas, qui te donne des leçons ?

— Oui.

— Eh bien, je l'ai vue tantôt, reprit Charles, chez madame Liégeard. Je lui ai parlé de toi ; elle ne te connaît pas.

Ce fut comme un coup de foudre. Cependant elle répliqua d'un air naturel :

— Ah ! sans doute, elle aura oublié mon nom ?

— Mais il y a peut-être à Rouen, dit le médecin, plusieurs demoiselles Lempereur qui sont maîtresses de piano ?

— C'est possible !

Puis, vivement :

— J'ai pourtant ses reçus, tiens ! regarde.

Et elle alla au secrétaire, fouilla tous les tiroirs, confondit les papiers et finit si bien par perdre la tête, que Charles l'engagea fort à ne point se donner tant de mal pour ces misérables quittances.

— Oh ! je les trouverai, dit-elle.

En effet, dès le vendredi suivant, Charles, en passant une de ses bottes dans le cabinet noir où l'on serrait ses habits, sentit une feuille de papier entre le cuir et sa chaussette, il la prit et lut :

« Reçu, pour trois mois de leçons, plus diverses fournitures, la somme de soixante-cinq francs. Féli-cie Lempereur, professeur de musique. »

— Comment diable est-ce dans mes bottes ?

— Ce sera, sans doute, répondit-elle, tombé du vieux carton aux factures, qui est sur le bord de la planche.

À partir de ce moment, son existence ne fut plus qu'un assemblage de mensonges, où elle enveloppait son amour comme dans des voiles, pour le cacher.

C'était un besoin, une manie, un plaisir, au point que, si elle disait avoir passé, hier par le côté droit d'une rue, il fallait croire qu'elle avait pris par le côté gauche.

Un matin qu'elle venait de partir, selon sa coutume, assez légèrement vêtue, il tomba de la neige tout à coup ; et comme Charles regardait le temps à la fenêtre, il aperçut M. Bournisien dans le boc du sieur Tuvache qui le conduisait à Rouen. Alors il descendit confier à l'ecclésiastique un gros châle pour qu'il le remît à Madame, sitôt qu'il arriverait à la *Croix rouge*. À peine fut-il à l'auberge que Bournisien demanda où était la femme du médecin d'Yonville. L'hôtelière répondit qu'elle fréquentait fort peu son établissement. Aussi, le soir, en reconnaissant madame Bovary dans *l'Hirondelle*, le curé lui conta son embarras, sans paraître, du reste y attacher de l'importance ; car il entama l'éloge d'un prédicateur qui pour lors faisait merveilles à la cathédrale, et que toutes les dames couraient entendre.

N'importe s'il n'avait point demandé d'explications, d'autres plus tard pourraient se montrer moins discrets. Aussi jugea-t-elle utile de descendre chaque fois à la *Croix rouge*, de sorte que les bonnes gens de son village qui la voyaient dans l'escalier ne se doutaient de rien.

Un jour pourtant, M. Lheureux la rencontra qui sortait de l'*hôtel de Boulogne* au bras de Léon ; et elle eut peur, s'imaginant qu'il bavarderait. Il n'était pas si bête.

Mais trois jours après, il entra dans sa chambre, ferma la porte et dit :

— J'aurais besoin d'argent.

Elle déclara ne pouvoir lui en donner. Lheureux se répandit en gémissements, et rappela toutes les complaisances qu'il avait eues.

En effet, des deux billets souscrits par Charles, Emma jusqu'à présent n'en avait payé qu'un seul. Quant au second, le marchand, sur sa prière, avait consenti à le remplacer par deux autres, qui même avaient été renouvelés à une fort longue échéance. Puis il tira de sa poche une liste de fournitures non soldées, à savoir : les rideaux, le tapis, l'étoffe pour les fauteuils, plusieurs robes et divers articles de toilette, dont la valeur se montait à la somme de deux mille francs environ.

Elle baissa la tête ; il reprit :

— Mais, si vous n'avez pas d'espèces, vous avez *du bien*.

Et il indiqua une méchante masure sise à Barneville, près d'Aumale, qui ne rapportait pas grand-chose. Cela dépendait autrefois d'une petite ferme vendue par M. Bovary père, car Lheureux savait tout, jusqu'à la contenance d'hectares, avec le nom des voisins.

— Moi, à votre place, disait-il, je me libérerais, et j'aurais encore le surplus de l'argent.

Elle objecta la difficulté d'un acquéreur ; il donna l'espoir d'en trouver ; mais elle demanda comment faire pour qu'elle pût vendre.

— N'avez-vous pas la procuration ? répondit-il.

Ce mot lui arriva comme une bouffée d'air frais.

— Laissez-moi la note, dit Emma.

— Oh ! ce n'est pas la peine ! reprit Lheureux.

Il revint la semaine suivante, et se vanta d'avoir, après force démarches, fini par découvrir un certain Langlois qui, depuis longtemps, guignait la propriété sans faire connaître son prix.

— N'importe le prix ! s'écria-t-elle.

Il fallait attendre, au contraire, tâter ce gaillard-là. La chose valait la peine d'un voyage, et, comme elle ne pouvait faire ce voyage, il offrit de se rendre sur les lieux, pour s'aboucher avec Langlois. Une fois revenu, il annonça que l'acquéreur proposait quatre mille francs.

Emma s'épanouit à cette nouvelle.

— Franchement, ajouta-t-il, c'est bien payé.

Elle toucha la moitié de la somme immédiatement, et, quand elle fut pour solder son mémoire, le marchand lui dit :

— Cela me fait de la peine, parole d'honneur, de vous voir vous dessaisir tout d'un coup d'une somme aussi *conséquente* que celle-là.

Alors, elle regarda les billets de banque ; et, rêvant au nombre illimité de rendez-vous que ces deux mille francs représentaient :

— Comment ! comment ! balbutia-t-elle.

— Oh ! reprit-il en riant d'un air bonhomme, on met tout ce que l'on veut sur les factures. Est-ce que je ne connais pas les ménages ?

Et il la considérait fixement, tout en tenant à sa main deux longs papiers qu'il faisait glisser entre ses ongles. Enfin, ouvrant son portefeuille, il étala sur la table quatre billets à ordre, de mille francs chacun.

— Signez-moi cela, dit-il, et gardez tout.

Elle se récria, scandalisée.

— Mais, si je vous donne le surplus, répondit effrontément M. Lheureux, n'est-ce pas vous rendre service, à vous ?

Et, prenant une plume, il écrivit au bas du mémoire : « Reçu de madame Bovary quatre mille francs. »

— Qui vous inquiète, puisque vous toucherez dans six mois l'arriéré de votre baraque, et que je vous place l'échéance du dernier billet pour après le payement ?

Emma s'embarrassait un peu dans ses calculs, et les oreilles lui tintaient comme si des pièces d'or, s'éventrant de leurs sacs, eussent sonné tout autour d'elle sur le parquet. Enfin Lheureux expliqua qu'il avait un sien ami Vinçart, banquier à Rouen, lequel allait escompter ces quatre billets, puis il remettrait lui-même à Madame le surplus de la dette réelle.

Mais au lieu de deux mille francs, il n'en apporta que dix-huit cents, car l'ami Vinçart (comme *de juste*) en avait prélevé deux cents, pour frais de commission et d'escompte.

Puis il réclama négligemment une quittance.

— Vous comprenez…, dans le commerce…, quelquefois… Et avec la date, s'il vous plaît, la date.

Un horizon de fantaisies réalisables s'ouvrit alors
devant Emma. Elle eut assez de prudence pour
mettre en réserve mille écus, avec quoi furent payés,
lorsqu'ils échurent, les trois premiers billets ; mais
le quatrième, par hasard, tomba dans la maison un
jeudi, et Charles, bouleversé, attendit patiemment le
retour de sa femme pour avoir des explications.

Si elle ne l'avait point instruit de ce billet, c'était
afin de lui épargner des tracas domestiques ; elle
s'assit sur ses genoux, le caressa, roucoula, fit une
longue énumération de toutes les choses indispensables prises à crédit.

— Enfin, tu conviendras que, vu la quantité, ce
n'est pas trop cher.

Charles, à bout d'idées, bientôt eut recours à
l'éternel Lheureux, qui jura de calmer les choses, si
Monsieur lui signait deux billets, dont l'un de sept
cents francs, payable dans trois mois. Pour se
mettre en mesure, il écrivit à sa mère une lettre
pathétique. Au lieu d'envoyer la réponse, elle vint
elle-même ; et, quand Emma voulut savoir s'il en
avait tiré quelque chose :

— Oui, répondit-il. Mais elle demande à connaître
la facture.

Le lendemain, au point du jour, Emma courut
chez M. Lheureux le prier de refaire une autre note,
qui ne dépassât point mille francs ; car pour montrer celle de quatre mille, il eût fallu dire qu'elle en
avait payé les deux tiers, avouer conséquemment la
vente de l'immeuble, négociation bien conduite par
le marchand, et qui ne fut effectivement connue que
plus tard.

Malgré le prix très bas de chaque article, madame
Bovary mère ne manqua point de trouver la dépense
exagérée.

— Ne pouvait-on se passer d'un tapis? Pourquoi avoir renouvelé l'étoffe des fauteuils? De mon temps, on avait dans une maison un seul fauteuil, pour les personnes âgées, — du moins, c'était comme cela chez ma mère, qui était une honnête femme, je vous assure.

— Tout le monde ne peut être riche! Aucune fortune ne tient contre le coulage! Je rougirais de me dorloter comme vous faites! et pourtant, moi, je suis vieille, j'ai besoin de soins... En voilà! en voilà, des ajustements! des flaflas! Comment! de la soie pour doublure, à deux francs!... tandis qu'on trouve du jaconas à dix sous, et même à huit sous qui fait parfaitement l'affaire.

Emma, renversée sur la causeuse, répliquait le plus tranquillement possible:

— Eh! madame, assez! assez!...

L'autre continuait à la sermonner, prédisant qu'ils finiraient à l'hôpital. D'ailleurs, c'était la faute de Bovary. Heureusement qu'il avait promis d'anéantir cette procuration...

— Comment?

— Ah! il me l'a juré, reprit la bonne femme.

Emma ouvrit la fenêtre, appela Charles, et le pauvre garçon fut contraint d'avouer la parole arrachée par sa mère.

Emma disparut, puis rentra vite en lui tendant majestueusement une grosse feuille de papier.

— Je vous remercie, dit la vieille femme.

Et elle jeta dans le feu la procuration.

Emma se mit à rire d'un rire strident, éclatant, continu: elle avait une attaque de nerfs.

— Ah! mon Dieu! s'écria Charles. Eh! tu as tort aussi toi! tu viens lui faire des scènes!...

Sa mère, en haussant les épaules, prétendait que *tout cela c'étaient des gestes*.

Mais Charles, pour la première fois se révoltant,

prit la défense de sa femme, si bien que madame
Bovary mère voulut s'en aller. Elle partit dès le lendemain, et, sur le seuil, comme il essayait à la retenir, elle répliqua :

— Non, non ! Tu l'aimes mieux que moi, et tu as
raison, c'est dans l'ordre. Au reste, tant pis ! tu verras !... Bonne santé !... car je ne suis pas près,
comme tu dis, de venir lui faire des scènes.

Charles n'en resta pas moins fort penaud vis-à-vis
d'Emma, celle-ci ne cachant point la rancune
qu'elle lui gardait pour avoir manqué de confiance ;
il fallut bien des prières avant qu'elle consentît à
reprendre sa procuration, et même il l'accompagna
chez M. Guillaumin pour lui en faire faire une
seconde, toute pareille.

— Je comprends cela, dit le notaire ; un homme
de science ne peut s'embarrasser aux détails pra-
tiques de la vie.

Et Charles se sentit soulagé par cette réflexion
pateline, qui donnait à sa faiblesse les apparences
flatteuses d'une préoccupation supérieure.

Quel débordement, le jeudi d'après, à l'hôtel, dans
leur chambre, avec Léon ! Elle rit, pleura, chanta,
dansa, fit monter des sorbets, voulut fumer des
cigarettes, lui parut extravagante, mais adorable,
superbe.

Il ne savait pas quelle réaction de tout son être la
poussait davantage à se précipiter sur les jouissances de la vie. Elle devenait irritable, gourmande,
et voluptueuse ; et elle se promenait avec lui dans
les rues, tête haute, sans peur, disait-elle, de se compromettre. Parfois, cependant, Emma tressaillait à
l'idée soudaine de rencontrer Rodolphe ; car il lui
semblait, bien qu'ils fussent séparés pour toujours,
qu'elle n'était pas complètement affranchie de sa
dépendance.

Un soir, elle ne rentra point à Yonville. Charles en

perdait la tête, et la petite Berthe, ne voulant pas se coucher sans sa maman, sanglotait à se rompre la poitrine. Justin était parti au hasard sur la route. M. Homais en avait quitté sa pharmacie.

Enfin, à onze heures, n'y tenant plus, Charles attela son boc, sauta dedans, fouetta sa bête et arriva vers deux heures du matin à la *Croix rouge*. Personne. Il pensa que le clerc peut-être l'avait vue ; mais où demeurait-il ? Charles, heureusement, se rappela l'adresse de son patron. Il y courut.

Le jour commençait à paraître. Il distingua des panonceaux au-dessus d'une porte ; il frappa. Quelqu'un, sans ouvrir, lui cria le renseignement demandé, tout en ajoutant force injures contre ceux qui dérangeaient le monde pendant la nuit.

La maison que le clerc habitait n'avait ni sonnette, ni marteau, ni portier. Charles donna de grands coups de poing contre les auvents. Un agent de police vint à passer ; alors il eut peur et s'en alla.

— Je suis fou, se disait-il ; sans doute, on l'aura retenue à dîner chez M. Lormeaux.

La famille Lormeaux n'habitait plus Rouen.

— Elle sera restée à soigner madame Dubreuil. Eh ! madame Dubreuil est morte depuis dix mois !... Où est-elle donc ?

Une idée lui vint. Il demanda, dans un café, *l'Annuaire* ; et chercha vite le nom de mademoiselle Lempereur, qui demeurait rue de la Renelle-des-Maroquiniers, nᵒ 74.

Comme il entrait dans cette rue, Emma parut elle-même à l'autre bout ; il se jeta sur elle plutôt qu'il ne l'embrassa, en s'écriant :

— Qui t'a retenue hier ?

— J'ai été malade.

— Et de quoi ?... Où ?... Comment ?...

Elle se passa la main sur le front, et répondit :

— Chez mademoiselle Lempereur.

— J'en étais sûr ! J'y allais.

— Oh ! ce n'est pas la peine, dit Emma. Elle vient de sortir tout à l'heure ; mais, à l'avenir, tranquillise-toi. Je ne suis pas libre, tu comprends, si je sais que le moindre retard te bouleverse ainsi.

C'était une manière de permission qu'elle se donnait de ne point se gêner dans ses escapades. Aussi en profita-t-elle tout à son aise, largement. Lorsque l'envie la prenait de voir Léon, elle partait sous n'importe quel prétexte, et, comme il ne l'attendait pas ce jour-là, elle allait le chercher à son étude.

Ce fut un grand bonheur les premières fois ; mais bientôt il ne cacha plus la vérité, à savoir : que son patron se plaignait fort de ces dérangements.

— Ah bah ! viens donc, disait-elle.

Et il s'esquivait.

Elle voulut qu'il se vêtît tout en noir et se laissât pousser une pointe au menton, pour ressembler aux portraits de Louis XIII. Elle désira connaître son logement, le trouva médiocre ; il en rougit, elle n'y prit garde, puis lui conseilla d'acheter des rideaux pareils aux siens, et comme il objectait la dépense :

— Ah ! ah ! tu tiens à tes petits écus ! dit-elle en riant.

Il fallait que Léon, chaque fois, lui racontât toute sa conduite, depuis le dernier rendez-vous. Elle demanda des vers, des vers pour elle, *une pièce d'amour* en son honneur ; jamais il ne put parvenir à trouver la rime du second vers, et il finit par copier un sonnet dans un keepsake.

Ce fut moins par vanité que dans le seul but de lui complaire. Il ne discutait pas ses idées ; il acceptait tous ses goûts ; il devenait sa maîtresse plutôt qu'elle n'était la sienne. Elle avait des paroles tendres avec des baisers qui lui emportaient l'âme. Où donc avait-elle appris cette corruption, presque immatérielle à force d'être profonde et dissimulée ?

VI

Dans les voyages qu'il faisait pour la voir, Léon souvent avait dîné chez le pharmacien, et s'était cru contraint, par politesse, de l'inviter à son tour.

— Volontiers! avait répondu M. Homais; il faut, d'ailleurs, que je me retrempe un peu, car je m'encroûte ici. Nous irons au spectacle, au restaurant, nous ferons des folies!

— Ah! bon ami! murmura tendrement madame Homais, effrayée des périls vagues qu'il se disposait à courir.

— Eh bien, quoi? tu trouves que je ne ruine pas assez ma santé à vivre parmi les émanations continuelles de la pharmacie! Voilà, du reste, le caractère des femmes: elles sont jalouses de la Science, puis s'opposent à ce que l'on prenne les plus légitimes distractions. N'importe, comptez sur moi; un de ces jours, je tombe à Rouen et nous ferons sauter ensemble les *monacos*[1].

L'apothicaire, autrefois, se fût bien gardé d'une telle expression; mais il donnait maintenant dans un genre folâtre et parisien qu'il trouvait du meilleur goût; et, comme madame Bovary, sa voisine, il interrogeait le clerc curieusement sur les mœurs de la capitale, même il parlait argot afin d'éblouir... les bourgeois, disant *turne*, *bazar*, *chicard*, *chicandard*, *Breda-street*[2], et *Je me la casse*, pour: Je m'en vais.

Donc, un jeudi, Emma fut surprise de rencontrer, dans la cuisine du *Lion d'or*, M. Homais en costume de voyageur, c'est-à-dire couvert d'un vieux manteau qu'on ne lui connaissait pas, tandis qu'il portait d'une main une valise, et, de l'autre, la chancelière de son établissement. Il n'avait confié son projet à personne, dans la crainte d'inquiéter le public par son absence.

L'idée de revoir les lieux où s'était passée sa jeunesse l'exaltait sans doute, car tout le long du chemin il n'arrêta pas de discourir; puis, à peine arrivé, il sauta vivement de la voiture pour se mettre en quête de Léon; et le clerc eut beau se débattre, M. Homais l'entraîna vers le grand café de *Normandie*, où il entra majestueusement sans retirer son chapeau, estimant fort provincial de se découvrir dans un endroit public.

Emma attendit Léon trois quarts d'heure. Enfin elle courut à son étude, et, perdue dans toute sorte de conjectures, l'accusant d'indifférence et se reprochant à elle-même sa faiblesse, elle passa l'après-midi le front collé contre les carreaux.

Ils étaient encore à deux heures attablés l'un devant l'autre. La grande salle se vidait; le tuyau du poêle, en forme de palmier, arrondissait au plafond blanc sa gerbe dorée; et près d'eux, derrière le vitrage, en plein soleil, un petit jet d'eau gargouillait dans un bassin de marbre où, parmi du cresson et des asperges, trois homards engourdis s'allongeaient jusqu'à des cailles, toutes couchées en pile, sur le flanc.

Homais se délectait. Quoiqu'il se grisât de luxe encore plus que de bonne chère, le vin de Pommard[1], cependant, lui excitait un peu les facultés, et, lorsque apparut l'omelette au rhum, il exposa sur les femmes des théories immorales. Ce qui le séduisait par-dessus tout, c'était le *chic*. Il adorait une toilette élégante dans un appartement bien meublé, et, quant aux qualités corporelles, ne détestait pas le *morceau*.

Léon contemplait la pendule avec désespoir. L'apothicaire buvait, mangeait, parlait.

— Vous devez être, dit-il tout à coup, bien privé à Rouen. Du reste, vos amours ne logent pas loin.

Et, comme l'autre rougissait:

— Allons, soyez franc! Nierez-vous qu'à Yonville…?

Le jeune homme balbutia.

— Chez madame Bovary, vous ne courtisiez point…?

— Et qui donc?

— La bonne!

Il ne plaisantait pas; mais, la vanité l'emportant sur toute prudence, Léon, malgré lui, se récria. D'ailleurs, il n'aimait que les femmes brunes.

— Je vous approuve, dit le pharmacien; elles ont plus de tempérament[1].

Et se penchant à l'oreille de son ami, il indiqua les symptômes auxquels on reconnaissait qu'une femme avait du tempérament. Il se lança même dans une digression ethnographique: l'Allemande était vaporeuse, la Française libertine, l'Italienne passionnée.

— Et les négresses? demanda le clerc.

— C'est un goût d'artiste, dit Homais. — Garçon! deux demi-tasses!

— Partons-nous? reprit à la fin Léon s'impatientant.

— *Yes.*

Mais il voulut, avant de s'en aller, voir le maître de l'établissement et lui adressa quelques félicitations.

Alors le jeune homme, pour être seul, allégua qu'il avait affaire.

— Ah! je vous escorte! dit Homais.

Et, tout en descendant les rues avec lui, il parlait de sa femme, de ses enfants, de leur avenir et de sa pharmacie, racontait en quelle décadence elle était autrefois, et le point de perfection où il l'avait montée.

Arrivé devant l'*hôtel de Boulogne*, Léon le quitta brusquement, escalada l'escalier, et trouva sa maîtresse en grand émoi.

Au nom du pharmacien, elle s'emporta. Cepen-

dant, il accumulait de bonnes raisons ; ce n'était pas
sa faute, ne connaissait-elle pas M. Homais ? pouvait-elle croire qu'il préférât sa compagnie ? Mais
elle se détournait ; il la retint ; et, s'affaissant sur les
genoux, il lui entoura la taille de ses deux bras, dans
une pose langoureuse toute pleine de concupiscence
et de supplication.

Elle était debout ; ses grands yeux enflammés le
regardaient sérieusement et presque d'une façon terrible. Puis des larmes les obscurcirent, ses paupières
roses s'abaissèrent, elle abandonna ses mains, et
Léon les portait à sa bouche lorsque parut un domestique, avertissant Monsieur qu'on le demandait.

— Tu vas revenir ? dit-elle.

— Oui.

— Mais quand ?

— Tout à l'heure.

— C'est un *truc*, dit le pharmacien en apercevant
Léon. J'ai voulu interrompre cette visite qui me
paraissait vous contrarier. Allons chez Bridoux
prendre un verre de garus[1].

Léon jura qu'il lui fallait retourner à son étude.
Alors l'apothicaire fit des plaisanteries sur les pape-
rasses, la procédure.

— Laissez donc un peu Cujas et Barthole[2], que
diable ! Qui vous empêche ? Soyez un brave ! Allons
chez Bridoux ; vous verrez son chien. C'est très
curieux !

Et comme le clerc s'obstinait toujours :

— J'y vais aussi. Je lirai un journal en vous attendant, ou je feuilletterai un Code.

Léon, étourdi par la colère d'Emma, le bavardage
de M. Homais et peut-être les pesanteurs du déjeuner, restait indécis et comme sous la fascination du
pharmacien qui répétait :

— Allons chez Bridoux ! c'est à deux pas, rue
Malpalu.

Alors, par lâcheté, par bêtise, par cet inqualifiable sentiment qui nous entraîne aux actions les plus antipathiques, il se laissa conduire chez Bridoux ; et ils le trouvèrent dans sa petite cour, surveillant trois garçons qui haletaient à tourner la grande roue d'une machine pour faire de l'eau de Seltz. Homais leur donna des conseils ; il embrassa Bridoux ; on prit le garus. Vingt fois Léon voulut s'en aller ; mais l'autre l'arrêtait par le bras en lui disant :

— Tout à l'heure ! je sors. Nous irons au *Fanal de Rouen*, voir ces messieurs. Je vous présenterai à Thomassin.

Il s'en débarrassa pourtant et courut d'un bond jusqu'à l'hôtel. Emma n'y était plus.

Elle venait de partir, exaspérée. Elle le détestait maintenant. Ce manque de parole au rendez-vous lui semblait un outrage, et elle cherchait encore d'autres raisons pour s'en détacher : il était incapable d'héroïsme, faible, banal, plus mou qu'une femme, avare d'ailleurs et pusillanime.

Puis, se calmant, elle finit par découvrir qu'elle l'avait sans doute calomnié. Mais le dénigrement de ceux que nous aimons toujours nous en détache quelque peu. Il ne faut pas toucher aux idoles : la dorure en reste aux mains.

Ils en vinrent à parler plus souvent de choses indifférentes à leur amour ; et, dans les lettres qu'Emma lui envoyait, il était question de fleurs, de vers, de la lune et des étoiles, ressources naïves d'une passion affaiblie, qui essayait de s'aviver à tous les secours extérieurs. Elle se promettait continuellement, pour son prochain voyage, une félicité profonde ; puis elle s'avouait ne rien sentir d'extraordinaire. Cette déception s'effaçait vite sous un espoir nouveau, et Emma revenait à lui plus enflammée, plus avide. Elle se déshabillait brutalement, arrachant le lacet mince de son corset, qui sifflait autour de ses

hanches comme une couleuvre qui glisse. Elle allait
sur la pointe de ses pieds nus regarder encore une
fois si la porte était fermée, puis elle faisait d'un seul
geste tomber ensemble tous ses vêtements ; — et,
pâle, sans parler, sérieuse, elle s'abattait contre sa
poitrine, avec un long frisson.

Cependant, il y avait sur ce front couvert de
gouttes froides, sur ces lèvres balbutiantes, dans ces
prunelles égarées, dans l'étreinte de ces bras,
quelque chose d'extrême, de vague et de lugubre,
qui semblait à Léon se glisser entre eux, subtile-
ment, comme pour les séparer.

Il n'osait lui faire des questions ; mais, la discer-
nant si expérimentée, elle avait dû passer, se disait-il,
par toutes les épreuves de la souffrance et du plaisir.
Ce qui le charmait autrefois l'effrayait un peu maintenant. D'ailleurs, il se révoltait contre l'absorption,
chaque jour plus grande, de sa personnalité. Il en
voulait à Emma de cette victoire permanente. Il s'efforçait même à ne pas la chérir ; puis, au craquement
de ses bottines, il se sentait lâche, comme les
ivrognes à la vue des liqueurs fortes.

Elle ne manquait point, il est vrai, de lui prodiguer toute sorte d'attentions, depuis les recherches
de table jusqu'aux coquetteries du costume et aux
langueurs du regard. Elle apportait d'Yonville des
roses dans son sein, qu'elle lui jetait à la figure,
montrait des inquiétudes pour sa santé, lui donnait
des conseils sur sa conduite ; et, afin de le retenir
davantage, espérant que le ciel peut-être s'en mêle-
rait, elle lui passa autour du cou une médaille de la
Vierge. Elle s'informait, comme une mère vertueuse, de ses camarades. Elle lui disait :

— Ne les vois pas, ne sors pas, ne pense qu'à
nous ; aime-moi !

Elle aurait voulu pouvoir surveiller sa vie, et
l'idée lui vint de le faire suivre dans les rues. Il y

avait toujours, près de l'hôtel, une sorte de vaga-
bond qui accostait les voyageurs et qui ne refuserait
pas... Mais sa fierté se révolta.

— Eh! tant pis! qu'il me trompe, que m'importe!
est-ce que j'y tiens?

Un jour qu'ils s'étaient quittés de bonne heure, et
qu'elle s'en revenait seule par le boulevard, elle
aperçut les murs de son couvent; alors elle s'assit
sur un banc, à l'ombre des ormes. Quel calme dans
ce temps-là! comme elle enviait les ineffables sentiments d'amour qu'elle tâchait, d'après des livres, de
se figurer!

Les premiers mois de son mariage, ses promenades à cheval dans la forêt, le Vicomte qui valsait,
et Lagardy chantant, tout repassa devant ses yeux...
Et Léon lui parut soudain dans le même éloignement que les autres.

— Je l'aime pourtant! se disait-elle.

N'importe! elle n'était pas heureuse, ne l'avait
jamais été. D'où venait donc cette insuffisance de la
vie, cette pourriture instantanée des choses où elle
s'appuyait?... Mais, s'il y avait quelque part un être
fort et beau, une nature valeureuse, pleine à la fois
d'exaltation et de raffinements, un cœur de poète
sous une forme d'ange, lyre aux cordes d'airain,
sonnant vers le ciel des épithalames élégiaques,
pourquoi, par hasard, ne le trouverait-elle pas? Oh!
quelle impossibilité! Rien, d'ailleurs, ne valait la
peine d'une recherche; tout mentait! Chaque sourire cachait un bâillement d'ennui, chaque joie une
malédiction, tout plaisir son dégoût, et les meilleurs
baisers ne vous laissaient sur la lèvre qu'une irréalisable envie d'une volupté plus haute.

Un râle métallique se traîna dans les airs et
quatre coups se firent entendre à la cloche du couvent. Quatre heures! et il lui semblait qu'elle était
là, sur ce banc, depuis l'éternité. Mais un infini de

passions peut tenir dans une minute, comme une foule dans un petit espace.

Emma vivait tout occupée des siennes, et ne s'inquiétait pas plus de l'argent qu'une archiduchesse.

Une fois pourtant, un homme d'allure chétive, rubicond et chauve, entra chez elle, se déclarant envoyé par M. Vinçart, de Rouen. Il retira les épingles qui fermaient la poche latérale de sa longue redingote verte, les piqua sur sa manche et tendit poliment un papier.

C'était un billet de sept cents francs, souscrit par elle, et que Lheureux, malgré toutes ses protestations, avait passé à l'ordre de Vinçart.

Elle expédia chez lui sa domestique. Il ne pouvait venir.

Alors, l'inconnu, qui était resté debout, lançant de droite et de gauche des regards curieux que dissimulaient ses gros sourcils blonds, demanda d'un air naïf :

— Quelle réponse apporter à M. Vinçart ?

— Eh bien, répondit Emma, dites-lui… que je n'en ai pas… Ce sera la semaine prochaine… Qu'il attende…, oui, la semaine prochaine.

Et le bonhomme s'en alla sans souffler mot.

Mais, le lendemain, à midi, elle reçut un protêt ; et la vue du papier timbré, où s'étalait à plusieurs reprises et en gros caractères : «Maître Hareng, huissier à Buchy», l'effraya si fort, qu'elle courut en toute hâte chez le marchand d'étoffes.

Elle le trouva dans sa boutique, en train de ficeler un paquet.

— Serviteur ! dit-il, je suis à vous.

Lheureux n'en continua pas moins sa besogne, aidé par une jeune fille de treize ans environ, un peu bossue, et qui lui servait à la fois de commis et de cuisinière.

Puis, faisant claquer ses sabots sur les planches de

la boutique, il monta devant Madame au premier étage, et l'introduisit dans un étroit cabinet, où un gros bureau en bois de sape[1] supportait quelques registres, défendus transversalement par une barre de fer cadenassée. Contre le mur, sous des coupons d'indienne, on entrevoyait un coffre-fort, mais d'une telle dimension, qu'il devait contenir autre chose que des billets et de l'argent. M. Lheureux, en effet, prêtait sur gages, et c'est là qu'il avait mis la chaîne en or de madame Bovary, avec les boucles d'oreilles du pauvre père Tellier, qui, enfin contraint de vendre, avait acheté à Quincampoix un maigre fonds d'épicerie, où il se mourait de son catarrhe, au milieu de ses chandelles moins jaunes que sa figure.

Lheureux s'assit dans son large fauteuil de paille, en disant :

— Quoi de neuf ?

— Tenez.

Et elle lui montra le papier.

— Eh bien, qu'y puis-je ?

Alors, elle s'emporta, rappelant la parole qu'il avait donnée de ne pas faire circuler ses billets ; il en convenait.

— Mais j'ai été forcé moi-même, j'avais le couteau sur la gorge.

— Et que va-t-il arriver, maintenant ? reprit-elle.

— Oh ! c'est bien simple : un jugement du tribunal, et puis la saisie… ; *bernique !*

Emma se retenait pour ne pas le battre. Elle lui demanda doucement s'il n'y avait pas moyen de calmer M. Vinçart.

— Ah bien, oui ! calmer Vinçart ; vous ne le connaissez guère ; il est plus féroce qu'un Arabe.

Pourtant il fallait que M. Lheureux s'en mêlât.

— Écoutez donc ! il me semble que, jusqu'à présent, j'ai été assez bon pour vous.

Et, déployant un de ses registres :

— Tenez !

Puis, remontant la page avec son doigt :

— Voyons…, voyons… Le 3 août, deux cents francs… Au 17 juin, cent cinquante… 23 mars, quarante-six… En avril…

Il s'arrêta, comme craignant de faire quelque sottise.

— Et je ne dis rien des billets souscrits par Monsieur, un de sept cents francs, un autre de trois cents ! Quant à vos petits acomptes, aux intérêts, ça n'en finit pas, on s'y embrouille. Je ne m'en mêle plus !

Elle pleurait, elle l'appela même « son bon monsieur Lheureux ». Mais il se rejetait toujours sur ce « mâtin de Vinçart ». D'ailleurs, il n'avait pas un centime, personne à présent ne le payait, on lui mangeait la laine sur le dos, un pauvre boutiquier comme lui ne pouvait faire d'avances.

Emma se taisait ; et M. Lheureux, qui mordillonnait les barbes d'une plume, sans doute s'inquiéta de son silence, car il reprit :

— Au moins, si un de ces jours j'avais quelques rentrées… je pourrais…

— Du reste, dit-elle, dès que l'arriéré de Barneville…

— Comment ?…

Et, en apprenant que Langlois n'avait pas encore payé, il parut fort surpris. Puis, d'une voix mielleuse :

— Et nous convenons, dites-vous… ?

— Oh ! de ce que vous voudrez !

Alors, il ferma les yeux pour réfléchir, écrivit quelques chiffres, et, déclarant qu'il aurait grand mal, que la chose était scabreuse et qu'il se *saignait*, il dicta quatre billets de deux cent cinquante francs, chacun, espacés les uns des autres à un mois d'échéance.

— Pourvu que Vinçart veuille m'entendre! Du reste c'est convenu, je ne lanterne pas, je suis rond comme une pomme.

Ensuite il lui montra négligemment plusieurs marchandises nouvelles, mais dont pas une, dans son opinion, n'était digne de Madame.

— Quand je pense que voilà une robe à sept sous le mètre, et certifiée bon teint! Ils gobent cela pourtant! on ne leur conte pas ce qui en est, vous pensez bien, voulant par cet aveu de coquinerie envers les autres la convaincre tout à fait de sa probité.

Puis il la rappela, pour lui montrer trois aunes de guipure qu'il avait trouvées dernièrement «dans une *vendue*».

— Est-ce beau! disait Lheureux; on s'en sert beaucoup maintenant, comme têtes de fauteuils, c'est le genre.

Et, plus prompt qu'un escamoteur, il enveloppa la guipure de papier bleu et la mit dans les mains d'Emma.

— Au moins, que je sache…?

— Ah! plus tard, reprit-il en lui tournant les talons.

Dès le soir, elle pressa Bovary d'écrire à sa mère pour qu'elle leur envoyât bien vite tout l'arriéré de l'héritage. La belle-mère répondit n'avoir plus rien; la liquidation était close, et il leur restait, outre Barneville, six cents livres de rente, qu'elle leur servirait exactement.

Alors Madame expédia des factures chez deux ou trois clients, et bientôt usa largement de ce moyen, qui lui réussissait. Elle avait toujours soin d'ajouter en post-scriptum: «N'en parlez pas à mon mari, vous savez comme il est fier… Excusez-moi… Votre servante…» Il y eut quelques réclamations; elle les intercepta.

Pour se faire de l'argent, elle se mit à vendre ses

vieux gants, ses vieux chapeaux, la vieille ferraille ; et elle marchandait avec rapacité, — son sang de paysanne la poussant au gain. Puis, dans ses voyages à la ville, elle brocanterait des babioles, que M. Lheureux, à défaut d'autres, lui prendrait certainement. Elle s'acheta des plumes d'autruche, de la porcelaine chinoise et des bahuts ; elle empruntait à Félicité, à madame Lefrançois, à l'hôtelière de la *Croix rouge*, à tout le monde, n'importe où. Avec l'argent qu'elle reçut enfin de Barneville, elle paya deux billets ; les quinze cents autres francs s'écoulèrent. Elle s'engagea de nouveau, et toujours ainsi !

Parfois, il est vrai, elle tâchait de faire des calculs ; mais elle découvrait des choses si exorbitantes, qu'elle n'y pouvait croire. Alors elle recommençait, s'embrouillait vite, plantait tout là et n'y pensait plus.

La maison était bien triste, maintenant ! On en voyait sortir les fournisseurs avec des figures furieuses. Il y avait des mouchoirs traînant sur les fourneaux ; et la petite Berthe, au grand scandale de madame Homais, portait des bas percés. Si Charles, timidement, hasardait une observation, elle répondait avec brutalité que ce n'était point sa faute !

Pourquoi ces emportements ? Il expliquait tout par son ancienne maladie nerveuse ; et, se reprochant d'avoir pris pour des défauts ses infirmités, il s'accusait d'égoïsme, avait envie de courir l'embrasser.

— Oh ! non, se disait-il, je l'ennuierais !

Et il restait.

Après le dîner, il se promenait seul dans le jardin ; il prenait la petite Berthe sur ses genoux, et, déployant son journal de médecine, essayait de lui apprendre à lire. L'enfant, qui n'étudiait jamais, ne tardait pas à ouvrir de grands yeux tristes et se mettait à pleurer. Alors il la consolait ; il allait lui chercher de l'eau dans l'arrosoir pour faire des rivières

sur le sable, ou cassait les branches des troènes
pour planter des arbres dans les plates-bandes, ce
qui gâtait peu le jardin, tout encombré de longues
herbes ; on devait tant de journées à Lestiboudois !
Puis l'enfant avait froid et demandait sa mère.

— Appelle ta bonne, disait Charles. Tu sais bien,
ma petite, que ta maman ne veut pas qu'on la
dérange.

L'automne commençait et déjà les feuilles tombaient, — comme il y a deux ans, lorsqu'elle était
malade ! — Quand donc tout cela finira-t-il !... Et il
continuait à marcher, les deux mains derrière le
dos.

Madame était dans sa chambre. On n'y montait
pas. Elle restait là tout le long du jour, engourdie, à
peine vêtue, et, de temps à autre, faisant fumer des
pastilles du sérail qu'elle avait achetées à Rouen,
dans la boutique d'un Algérien. Pour ne pas avoir la
nuit auprès d'elle, cet homme étendu qui dormait,
elle finit, à force de grimaces, par le reléguer au
second étage ; et elle lisait jusqu'au matin des livres
extravagants où il y avait des tableaux orgiaques
avec des situations sanglantes. Souvent une terreur
la prenait, elle poussait un cri, Charles accourait.

— Ah ! va-t'en ! disait-elle.

Ou, d'autres fois, brûlée plus fort par cette flamme
intime que l'adultère avivait, haletante, émue, tout
en désir, elle ouvrait sa fenêtre, aspirait l'air froid,
éparpillait au vent sa chevelure trop lourde, et,
regardant les étoiles, souhaitait des amours de
prince. Elle pensait à lui, à Léon. Elle eût alors tout
donné pour un seul de ces rendez-vous, qui la rassa-
siaient.

C'était ses jours de gala. Elle les voulait splendides ! et, lorsqu'il ne pouvait payer seul la dépense,
elle complétait le surplus libéralement, ce qui arrivait à peu près toutes les fois. Il essaya de lui faire

comprendre qu'ils seraient aussi bien ailleurs, dans quelque hôtel plus modeste; mais elle trouva des objections.

Un jour, elle tira de son sac six petites cuillers en vermeil (c'était le cadeau de noces du père Rouault), en le priant d'aller immédiatement porter cela, pour elle, au mont-de-piété; et Léon obéit, bien que cette démarche lui déplût. Il avait peur de se compromettre.

Puis, en y réfléchissant, il trouva que sa maîtresse prenait des allures étranges, et qu'on n'avait peut-être pas tort de vouloir l'en détacher.

En effet, quelqu'un avait envoyé à sa mère une longue lettre anonyme, pour la prévenir qu'il *se perdait avec une femme mariée*; et aussitôt la bonne dame, entrevoyant l'éternel épouvantail des familles, c'est-à-dire la vague créature pernicieuse, la sirène, le monstre, qui habite fantastiquement les profondeurs de l'amour, écrivit à maître Dubocage son patron, lequel fut parfait dans cette affaire. Il le tint durant trois quarts d'heure, voulant lui dessiller les yeux, l'avertir du gouffre. Une telle intrigue nuirait plus tard à son établissement. Il le supplia de rompre, et, s'il ne faisait ce sacrifice dans son propre intérêt, qu'il le fît au moins pour lui, Dubocage!

Léon enfin avait juré de ne plus revoir Emma; et il se reprochait de n'avoir pas tenu sa parole, considérant tout ce que cette femme pourrait encore lui attirer d'embarras et de discours, sans compter les plaisanteries de ses camarades, qui se débitaient le matin, autour du poêle. D'ailleurs, il allait devenir premier clerc: c'était le moment d'être sérieux. Aussi renonçait-il à la flûte, aux sentiments exaltés, à l'imagination; — car tout bourgeois, dans l'échauffement de sa jeunesse, ne fût-ce qu'un jour, une minute, s'est cru capable d'immenses passions, de hautes entreprises. Le plus médiocre libertin a rêvé des sultanes; chaque notaire porte en soi les débris d'un poète.

Il s'ennuyait maintenant lorsque Emma, tout à coup, sanglotait sur sa poitrine; et son cœur, comme les gens qui ne peuvent endurer qu'une certaine dose de musique, s'assoupissait d'indifférence au vacarme d'un amour dont il ne distinguait plus les délicatesses.

Ils se connaissaient trop pour avoir ces ébahissements de la possession qui en centuplent la joie. Elle était aussi dégoûtée de lui qu'il était fatigué d'elle. Emma retrouvait dans l'adultère toutes les platitudes du mariage.

Mais comment pouvoir s'en débarrasser? Puis, elle avait beau se sentir humiliée de la bassesse d'un tel bonheur, elle y tenait par habitude ou par corruption; et, chaque jour, elle s'y acharnait davantage, tarissant toute félicité à la vouloir trop grande. Elle accusait Léon de ses espoirs déçus, comme s'il l'avait trahie; et même elle souhaitait une catastrophe qui amenât leur séparation, puisqu'elle n'avait pas le courage de s'y décider.

Elle n'en continuait pas moins à lui écrire des lettres amoureuses, en vertu de cette idée, qu'une femme doit toujours écrire à son amant.

Mais, en écrivant, elle percevait un autre homme, un fantôme fait de ses plus ardents souvenirs, de ses lectures les plus belles, de ses convoitises les plus fortes; et il devenait à la fin si véritable, et accessible, qu'elle en palpitait émerveillée, sans pouvoir néanmoins le nettement imaginer, tant il se perdait, comme un dieu, sous l'abondance de ses attributs. Il habitait la contrée bleuâtre où les échelles de soie se balancent à des balcons, sous le souffle des fleurs, dans la clarté de la lune. Elle le sentait près d'elle, il allait venir et l'enlèverait tout entière dans un baiser. Ensuite elle retombait à plat, brisée; car ces élans d'amour vague la fatiguaient plus que de grandes débauches.

Elle éprouvait maintenant une courbature incessante et universelle. Souvent même, Emma recevait des assignations, du papier timbré qu'elle regardait à peine. Elle aurait voulu ne plus vivre, ou continuellement dormir.

Le jour de la mi-carême, elle ne rentra pas à Yonville; elle alla le soir au bal masqué. Elle mit un pantalon de velours et des bas rouges, avec une perruque à catogan et un lampion sur l'oreille. Elle sauta toute la nuit au son furieux des trombones; on faisait cercle autour d'elle; et elle se trouva le matin sur le péristyle du théâtre parmi cinq ou six masques, débardeuses et matelots, des camarades de Léon, qui parlaient d'aller souper.

Les cafés d'alentour étaient pleins. Ils avisèrent sur le port un restaurant des plus médiocres, dont le maître leur ouvrit, au quatrième étage, une petite chambre.

Les hommes chuchotèrent dans un coin, sans doute se consultant sur la dépense. Il y avait un clerc, deux carabins et un commis: quelle société pour elle! Quant aux femmes Emma s'aperçut vite, au timbre de leurs voix, qu'elles devaient être, presque toutes, du dernier rang. Elle eut peur alors, recula sa chaise et baissa les yeux.

Les autres se mirent à manger. Elle ne mangea pas; elle avait le front en feu, des picotements aux paupières et un froid de glace à la peau. Elle sentait dans sa tête le plancher du bal, rebondissant encore sous la pulsation rythmique des mille pieds qui dansaient. Puis, l'odeur du punch avec la fumée des cigares l'étourdit. Elle s'évanouissait; on la porta devant la fenêtre.

Le jour commençait à se lever, et une grande tache de couleur pourpre s'élargissait dans le ciel pâle, du côté de Sainte-Catherine. La rivière livide frissonnait au vent; il n'y avait personne sur les ponts; les réverbères s'éteignaient.

Elle se ranima cependant, et vint à penser à Berthe, qui dormait là-bas, dans la chambre de sa bonne. Mais une charrette pleine de longs rubans de fer passa, en jetant contre le mur des maisons une vibration métallique assourdissante.

Elle s'esquiva brusquement, se débarrassa de son costume, dit à Léon qu'il lui fallait s'en retourner, et enfin resta seule à l'*hôtel de Boulogne*. Tout et elle-même lui étaient insupportables. Elle aurait voulu, s'échappant comme un oiseau, aller se rajeunir quelque part, bien loin, dans les espaces immaculés.

Elle sortit, elle traversa le boulevard, la place Cauchoise et le faubourg, jusqu'à une rue découverte qui dominait des jardins. Elle marchait vite, le grand air la calmait: et peu à peu les figures de la foule, les masques, les quadrilles, les lustres, le souper, ces femmes, tout disparaissait comme des brumes emportées. Puis, revenue à la *Croix rouge*, elle se jeta sur son lit, dans la petite chambre du second, où il y avait les images de *la Tour de Nesle*. À quatre heures du soir, Hivert la réveilla.

En rentrant chez elle, Félicité lui montra derrière la pendule un papier gris. Elle lut:

«En vertu de la grosse, en forme exécutoire d'un jugement...»

Quel jugement? La veille, en effet, on avait apporté un autre papier qu'elle ne connaissait pas; aussi fut-elle stupéfaite de ces mots:

«Commandement de par le roi, la loi et justice, à madame Bovary...»

Alors, sautant plusieurs lignes, elle aperçut:

«Dans vingt-quatre heures pour tout délai.» — Quoi donc? «Payer la somme totale de huit mille francs.» Et même il y avait plus bas: «Elle y sera contrainte par toute voie de droit, et notamment par la saisie exécutoire de ses meubles et effets.»

Que faire?... C'était dans vingt-quatre heures; demain! Lheureux, pensa-t-elle, voulait sans doute l'effrayer encore; car elle devina du coup toutes ses manœuvres, le but de ses complaisances. Ce qui la rassurait, c'était l'exagération même de la somme.

Cependant, à force d'acheter, de ne pas payer, d'emprunter, de souscrire des billets, puis de renouveler ces billets, qui s'enflaient à chaque échéance nouvelle, elle avait fini par préparer au sieur Lheureux un capital, qu'il attendait impatiemment pour ses spéculations.

Elle se présenta chez lui d'un air dégagé.

— Vous savez ce qui m'arrive? C'est une plaisanterie sans doute!

— Non.

— Comment cela?

Il se détourna lentement, et lui dit en se croisant les bras:

— Pensiez-vous, ma petite dame, que j'allais, jusqu'à la consommation des siècles, être votre fournisseur et banquier pour l'amour de Dieu? Il faut bien que je rentre dans mes déboursés, soyons justes!

Elle se récria sur la dette.

— Ah! tant pis! le tribunal l'a reconnue! il y a jugement! on vous l'a signifié! D'ailleurs, ce n'est pas moi, c'est Vinçart.

— Est-ce que vous ne pourriez...?

— Oh! rien du tout.

— Mais..., cependant..., raisonnons.

Et elle battit la campagne; elle n'avait rien su... c'était une surprise...

— À qui la faute? dit Lheureux en la saluant ironiquement. Tandis que je suis, moi, à bûcher comme un nègre, vous vous repassez du bon temps.

— Ah! pas de morale!

— Ça ne nuit jamais, répliqua-t-il.

Elle fut lâche, elle le supplia ; et même elle appuya sa jolie main blanche et longue, sur les genoux du marchand.

— Laissez-moi donc ! On dirait que vous voulez me séduire !

— Vous êtes un misérable ! s'écria-t-elle.

— Oh ! oh ! comme vous y allez ! reprit-il en riant.

— Je ferai savoir qui vous êtes. Je dirai à mon mari...

— Eh bien, moi, je lui montrerai quelque chose, à votre mari !

Et Lheureux tira de son coffre-fort le reçu de dix-huit cents francs, qu'elle lui avait donné lors de l'escompte Vinçart.

— Croyez-vous, ajouta-t-il, qu'il ne comprenne pas votre petit vol, ce pauvre cher homme ?

Elle s'affaissa, plus assommée qu'elle n'eût été par un coup de massue. Il se promenait depuis la fenêtre jusqu'au bureau, tout en répétant :

— Ah ! je lui montrerai bien... je lui montrerai bien...

Ensuite il se rapprocha d'elle, et, d'une voix douce :

— Ce n'est pas amusant, je le sais ; personne après tout n'en est mort, et, puisque c'est le seul moyen qui vous reste de me rendre mon argent...

— Mais où en trouverai-je ? dit Emma en se tordant les bras.

— Ah bah ! quand on a comme vous des amis !

Et il la regardait d'une façon si perspicace et si terrible, qu'elle en frissonna jusqu'aux entrailles.

— Je vous promets, dit-elle, je signerai...

— J'en ai assez, de vos signatures !

— Je vendrai encore...

— Allons donc ! fit-il en haussant les épaules, vous n'avez plus rien.

Et il cria dans le judas qui s'ouvrait sur la boutique :

— Annette ! n'oublie pas les trois coupons du n° 14.

La servante parut ; Emma comprit, et demanda « ce qu'il faudrait d'argent pour arrêter toutes les poursuites ».

— Il est trop tard !

— Mais, si je vous apportais plusieurs mille francs, le quart de la somme, le tiers, presque tout ?

— Eh ! non, c'est inutile !

Il la poussait doucement vers l'escalier.

— Je vous en conjure, monsieur Lheureux, quelques jours encore !

Elle sanglotait.

— Allons, bon ! des larmes !

— Vous me désespérez !

— Je m'en moque pas mal ! dit-il en refermant la porte.

VII

Elle fut stoïque, le lendemain, lorsque maître Hareng, l'huissier, avec deux témoins, se présenta chez elle pour faire le procès-verbal de la saisie.

Ils commencèrent par le cabinet de Bovary et n'inscrivirent point la tête phrénologique, qui fut considérée comme *instrument de sa profession* ; mais ils comptèrent dans la cuisine les plats, les marmites, les chaises, les flambeaux, et, dans sa chambre à coucher, toutes les babioles de l'étagère. Ils examinèrent ses robes, le linge, le cabinet de toilette ; et son existence, jusque dans ses recoins les plus intimes, fut, comme un cadavre que l'on autopsie, étalée tout du long aux regards de ces trois hommes.

Maître Hareng, boutonné dans un mince habit

noir, en cravate blanche, et portant des sous-pieds fort tendus, répétait de temps à autre :

— Vous permettez, madame ? vous permettez ?

Souvent il faisait des exclamations :

— Charmant !... fort joli !

Puis il se remettait à écrire, trempant sa plume dans l'encrier de corne qu'il tenait de la main gauche.

Quand ils en eurent fini avec les appartements, ils montèrent au grenier.

Elle y gardait un pupitre où étaient enfermées les lettres de Rodolphe. Il fallut l'ouvrir.

— Ah ! une correspondance ! dit maître Hareng avec un sourire discret. Mais permettez ! car je dois m'assurer si la boîte ne contient pas autre chose.

Et il inclina les papiers, légèrement, comme pour en faire tomber des napoléons. Alors l'indignation la prit, à voir cette grosse main, aux doigts rouges et mous comme des limaces, qui se posait sur ces pages où son cœur avait battu.

Ils partirent enfin ! Félicité rentra. Elle l'avait envoyée aux aguets pour détourner Bovary ; et elles installèrent vivement sous les toits le gardien de la saisie, qui jura de s'y tenir.

Charles, pendant la soirée, lui parut soucieux. Emma l'épiait d'un regard plein d'angoisse, croyant apercevoir dans les rides de son visage des accusations. Puis, quand ses yeux se reportaient sur la cheminée garnie d'écrans chinois, sur les larges rideaux, sur les fauteuils, sur toutes ces choses enfin qui avaient adouci l'amertume de sa vie, un remords la prenait, ou plutôt un regret immense et qui irritait la passion, loin de l'anéantir. Charles tisonnait avec placidité, les deux pieds sur les chenets.

Il y eut un moment où le gardien, sans doute s'ennuyant dans sa cachette, fit un peu de bruit.

— On marche là-haut ? dit Charles.

— Non! reprit-elle, c'est une lucarne restée ouverte que le vent remue.

Elle partit pour Rouen, le lendemain dimanche, afin d'aller chez tous les banquiers dont elle connaissait le nom. Ils étaient à la campagne ou en voyage. Elle ne se rebuta pas; et ceux qu'elle put rencontrer, elle leur demandait de l'argent, protestant qu'il lui en fallait, qu'elle le rendrait. Quelques-uns lui rirent au nez; tous la refusèrent.

À deux heures, elle courut chez Léon, frappa contre sa porte. On n'ouvrit pas. Enfin il parut.

— Qui t'amène?

— Cela te dérange?

— Non…, mais…

Et il avoua que le propriétaire n'aimait point que l'on reçût «des femmes».

— J'ai à te parler, reprit-elle.

Alors il atteignit sa clef. Elle l'arrêta.

— Oh! non, là-bas, chez nous.

Et ils allèrent dans leur chambre, à l'*hôtel de Boulogne*.

Elle but en arrivant un grand verre d'eau. Elle était très pâle. Elle lui dit:

— Léon, tu vas me rendre un service.

Et, le secouant par ses deux mains, qu'elle serrait étroitement, elle ajouta:

— Écoute, j'ai besoin de huit mille francs!

— Mais tu es folle!

— Pas encore!

Et, aussitôt, racontant l'histoire de la saisie, elle lui exposa sa détresse; car Charles ignorait tout, sa belle-mère la détestait, le père Rouault ne pouvait rien; mais lui, Léon, il allait se mettre en course pour trouver cette indispensable somme…

— Comment veux-tu…?

— Quel lâche tu fais! s'écria-t-elle.

Alors il dit bêtement:

— Tu t'exagères le mal. Peut-être qu'avec un millier d'écus ton bonhomme se calmerait.

Raison de plus pour tenter quelque démarche; il n'était pas possible que l'on ne découvrît point trois mille francs. D'ailleurs, Léon pouvait s'engager à sa place.

— Va! essaye! il le faut! cours!... Oh! tâche! tâche! je t'aimerai bien!

Il sortit, revint au bout d'une heure, et dit avec une figure solennelle:

— J'ai été chez trois personnes... inutilement!

Puis ils restèrent assis l'un en face de l'autre, aux deux coins de la cheminée, immobiles, sans parler. Emma haussait les épaules, tout en trépignant. Il l'entendit qui murmurait:

— Si j'étais à ta place, moi, j'en trouverais bien!

— Où donc?

— À ton étude!

Et elle le regarda.

Une hardiesse infernale s'échappait de ses prunelles enflammées, et les paupières se rapprochaient d'une façon lascive et encourageante; — si bien que le jeune homme se sentit faiblir sous la muette volonté de cette femme qui lui conseillait un crime. Alors il eut peur, et pour éviter tout éclaircissement, il se frappa le front en s'écriant:

— Morel doit revenir cette nuit! il ne me refusera pas, j'espère (c'était un de ses amis, le fils d'un négociant fort riche), et je t'apporterai cela demain, ajouta-t-il.

Emma n'eut point l'air d'accueillir cet espoir avec autant de joie qu'il l'avait imaginé. Soupçonnait-elle le mensonge? Il reprit en rougissant:

— Pourtant, si tu ne me voyais pas à trois heures, ne m'attends plus, ma chérie. Il faut que je m'en aille, excuse-moi. Adieu!

Il serra sa main, mais il la sentit tout inerte.
Emma n'avait plus la force d'aucun sentiment.

Quatre heures sonnèrent ; et elle se leva pour s'en
retourner à Yonville, obéissant comme un automate
à l'impulsion des habitudes.

Il faisait beau ; c'était un de ces jours du mois de
mars clairs et âpres, où le soleil reluit dans un ciel
tout blanc. Des Rouennais endimanchés se prome-
naient d'un air heureux. Elle arriva sur la place du
Parvis. On sortait des vêpres ; la foule s'écoulait par
les trois portails, comme un fleuve par les trois
arches d'un pont, et, au milieu, plus immobile qu'un
roc, se tenait le Suisse.

Alors elle se rappela ce jour où, tout anxieuse et
pleine d'espérances, elle était entrée sous cette grande
nef qui s'étendait devant elle moins profonde que son
amour ; et elle continua de marcher, en pleurant sous
son voile, étourdie, chancelante, près de défaillir.

— Gare ! cria une voix sortant d'une porte
cochère qui s'ouvrait.

Elle s'arrêta pour laisser passer un cheval noir,
piaffant dans les brancards d'un tilbury que conduisait un gentleman en fourrure de zibeline. Qui était-
ce donc ? Elle le connaissait... La voiture s'élança et
disparut.

Mais c'était lui, le Vicomte ! Elle se détourna : la
rue était déserte. Et elle fut si accablée, si triste,
qu'elle s'appuya contre un mur pour ne pas tomber.

Puis elle pensa qu'elle s'était trompée. Au reste,
elle n'en savait rien. Tout, en elle-même et audehors, l'abandonnait. Elle se sentait perdue, roulant au hasard dans des abîmes indéfinissables ; et
ce fut presque avec joie qu'elle aperçut, en arrivant
à la *Croix rouge*, ce bon Homais qui regardait char-
ger sur *l'Hirondelle* une grande boîte pleine de pro-
visions pharmaceutiques. Il tenait à sa main, dans
un foulard, six *cheminots* pour son épouse.

Madame Homais aimait beaucoup ces petits pains lourds, en forme de turban, que l'on mange dans le carême avec du beurre salé : dernier échantillon des nourritures gothiques, qui remonte peut-être au siècle des croisades, et dont les robustes Normands s'emplissaient autrefois, croyant voir sur la table, à la lueur des torches jaunes, entre les brocs d'hypocras et les gigantesques charcuteries, des têtes de Sarrasins à dévorer. La femme de l'apothicaire les croquait comme eux, héroïquement, malgré sa détestable dentition ; aussi, toutes les fois que M. Homais faisait un voyage à la ville, il ne manquait pas de lui en rapporter, qu'il prenait toujours chez le grand faiseur, rue Massacre[1].

— Charmé de vous voir ! dit-il en offrant la main à Emma pour l'aider à monter dans *l'Hirondelle*.

Puis il suspendit les *cheminots* aux lanières du filet, et resta nu-tête et les bras croisés, dans une attitude pensive et napoléonienne.

Mais, quand l'Aveugle, comme d'habitude, apparut au bas de la côte, il s'écria :

— Je ne comprends pas que l'autorité tolère encore de si coupables industries ! On devrait enfermer ces malheureux, que l'on forcerait à quelque travail ! Le Progrès, ma parole d'honneur, marche à pas de tortue ! nous pataugeons en pleine barbarie !

L'Aveugle tendait son chapeau, qui ballottait au bord de la portière, comme une poche de la tapisserie déclouée.

— Voilà, dit le pharmacien, une affection scrofuleuse !

Et, bien qu'il connût ce pauvre diable, il feignit de le voir pour la première fois, murmura les mots de *cornée, cornée opaque, sclérotique, facies*[2], puis lui demanda d'un ton paterne :

— Y a-t-il longtemps, mon ami, que tu as cette

épouvantable infirmité? Au lieu de t'enivrer au
cabaret, tu ferais mieux de suivre un régime.

Il l'engageait à prendre de bon vin, de bonne
bière, de bons rôtis. L'Aveugle continuait sa chanson; il paraissait, d'ailleurs, presque idiot. Enfin,
M. Homais ouvrit sa bourse.

— Tiens, voilà un sou, rends-moi deux liards; et
n'oublie pas mes recommandations, tu t'en trouve-
ras bien.

Hivert se permit tout haut quelque doute sur leur
efficacité. Mais l'apothicaire certifia qu'il le guéri-
rait lui-même, avec une pommade antiphlogistique
de sa composition, et il donna son adresse:

— M. Homais, près des halles, suffisamment connu.

— Eh bien, pour la peine, dit Hivert, tu vas nous
montrer la comédie.

L'Aveugle s'affaissa sur ses jarrets, et, la tête renversée, tout en roulant ses yeux verdâtres et tirant la
langue, il se frottait l'estomac à deux mains, tandis
qu'il poussait une sorte de hurlement sourd, comme
un chien affamé. Emma, prise de dégoût, lui envoya,
par-dessus l'épaule, une pièce de cinq francs. C'était
toute sa fortune. Il lui semblait beau de la jeter ainsi.

La voiture était repartie, quand soudain M. Homais
se pencha en dehors du vasistas et cria:

— Pas de farineux ni de laitage! Porter de la
laine sur la peau et exposer les parties malades à la
fumée de baies de genièvre[1]!

Le spectacle des objets connus qui défilaient
devant ses yeux peu à peu détournait Emma de sa
douleur présente. Une intolérable fatigue l'accablait,
et elle arriva chez elle hébétée, découragée, presque
endormie.

— Advienne que pourra! se disait-elle.

Et puis, qui sait? pourquoi, d'un moment à l'autre,
ne surgirait-il pas un événement extraordinaire?
Lheureux même pouvait mourir.

Elle fut, à neuf heures du matin, réveillée par un bruit de voix sur la place. Il y avait un attroupement autour des halles pour lire une grande affiche collée contre un des poteaux, et elle vit Justin qui montait sur une borne et qui déchirait l'affiche. Mais, à ce moment, le garde champêtre lui posa la main sur le collet. M. Homais sortit de la pharmacie, et la mère Lefrançois, au milieu de la foule, avait l'air de pérorer.

— Madame ! madame ! s'écria Félicité en entrant, c'est une abomination !

Et la pauvre fille, émue, lui tendit un papier jaune qu'elle venait d'arracher à la porte. Emma lut d'un clin d'œil que tout son mobilier était à vendre.

Alors elles se considérèrent silencieusement. Elles n'avaient, la servante et la maîtresse, aucun secret l'une pour l'autre. Enfin Félicité soupira :

— Si j'étais de vous, madame, j'irais chez M. Guillaumin.

— Tu crois ?...

Et cette interrogation voulait dire :

— Toi qui connais la maison par le domestique, est-ce que le maître quelquefois aurait parlé de moi ?

— Oui, allez-y, vous ferez bien.

Elle s'habilla, mit sa robe noire avec sa capote à grains de jais ; et, pour qu'on ne la vît pas (il y avait toujours beaucoup de monde sur la place), elle prit en dehors du village, par le sentier au bord de l'eau.

Elle arriva tout essoufflée devant la grille du notaire ; le ciel était sombre et un peu de neige tombait.

Au bruit de la sonnette, Théodore, en gilet rouge, parut sur le perron ; il vint lui ouvrir presque familièrement, comme à une connaissance, et l'introduisit dans la salle à manger.

Un large poêle de porcelaine bourdonnait sous un cactus qui emplissait la niche, et, dans des cadres

de bois noir, contre la tenture de papier chêne, il y
avait la *Esméralda* de Steuben, avec la *Putiphar* de
Schopin[1]. La table servie, deux réchauds d'argent,
le bouton des portes en cristal, le parquet et les
meubles, tout reluisait d'une propreté méticuleuse,
anglaise ; les carreaux étaient décorés, à chaque
angle, par des verres de couleur.

— Voilà une salle à manger, pensait Emma,
comme il m'en faudrait une.

Le notaire entra, serrant du bras gauche contre
son corps sa robe de chambre à palmes, tandis qu'il
ôtait et remettait vite de l'autre main sa toque de
velours marron, prétentieusement posée sur le côté
droit, où retombaient les bouts de trois mèches
blondes qui, prises à l'occiput, contournaient son
crâne chauve.

Après qu'il eut offert un siège, il s'assit pour
déjeuner, tout en s'excusant beaucoup de l'impoli-
tesse.

— Monsieur, dit-elle, je vous prierais...
— De quoi, madame ? J'écoute.

Elle se mit à lui exposer sa situation.

Maître Guillaumin la connaissait, étant lié secrètement avec le marchand d'étoffes, chez lequel il
trouvait toujours des capitaux pour les prêts hypo-
thécaires qu'on lui demandait à contracter.

Donc, il savait (et mieux qu'elle) la longue histoire
de ces billets, minimes d'abord, portant comme
endosseurs des noms divers, espacés à de longues
échéances et renouvelés continuellement, jusqu'au
jour où, ramassant tous les protêts, le marchand
avait chargé son ami Vinçart de faire en son nom
propre les poursuites qu'il fallait, ne voulant point
passer pour un tigre parmi ses concitoyens.

Elle entremêla son récit de récriminations contre
Lheureux, récriminations auxquelles le notaire répondait de temps à autre par une parole insignifiante.

Mangeant sa côtelette et buvant son thé, il baissait le menton dans sa cravate bleu de ciel, piquée par deux épingles de diamants que rattachait une chaînette d'or ; et il souriait d'un singulier sourire, d'une façon douceâtre et ambiguë. Mais, s'apercevant qu'elle avait les pieds humides :

— Approchez-vous donc du poêle... plus haut..., contre la porcelaine.

Elle avait peur de la salir. Le notaire reprit d'un ton galant :

— Les belles choses ne gâtent rien.

Alors elle tâcha de l'émouvoir, et, s'émotionnant elle-même, elle vint à lui conter l'étroitesse de son ménage, ses tiraillements, ses besoins. Il comprenait cela : une femme élégante ! et, sans s'interrompre de manger, il s'était tourné vers elle complètement, si bien qu'il frôlait du genou sa bottine, dont la semelle se recourbait tout en fumant contre le poêle.

Mais, lorsqu'elle lui demanda mille écus, il serra les lèvres, puis se déclara très peiné de n'avoir pas eu autrefois la direction de sa fortune, car il y avait cent moyens fort commodes, même pour une dame, de faire valoir son argent. On aurait pu, soit dans les tourbières de Grumesnil ou les terrains du Havre, hasarder presque à coup sûr d'excellentes spécula-tions ; et il la laissa se dévorer de rage à l'idée des sommes fantastiques qu'elle aurait certainement gagnées.

— D'où vient, reprit-il, que vous n'êtes pas venue chez moi ?

— Je ne sais trop, dit-elle.

— Pourquoi, hein ?... Je vous faisais donc bien peur ? C'est moi, au contraire, qui devrais me plaindre ! À peine si nous nous connaissons ! Je vous suis pourtant très dévoué ; vous n'en doutez plus, j'espère ?

Il tendit sa main, prit la sienne, la couvrit d'un

baiser vorace, puis la garda sur son genou ; et il jouait avec ses doigts délicatement, tout en lui contant mille douceurs.

Sa voix fade susurrait, comme un ruisseau qui coule ; une étincelle jaillissait de sa pupille à travers le miroitement de ses lunettes, et ses mains s'avançaient dans la manche d'Emma, pour lui palper le bras. Elle sentait contre sa joue le souffle d'une respiration haletante. Cet homme la gênait horriblement.

Elle se leva d'un bond et lui dit :

— Monsieur, j'attends !

— Quoi donc ? fit le notaire, qui devint tout à coup extrêmement pâle.

— Cet argent.

— Mais...

Puis, cédant à l'irruption d'un désir trop fort :

— Eh bien, oui !...

Il se traînait à genoux vers elle, sans égard pour sa robe de chambre.

— De grâce, restez ! je vous aime !

Il la saisit par la taille.

Un flot de pourpre monta vite au visage de madame Bovary. Elle se recula d'un air terrible, en s'écriant :

— Vous profitez impudemment de ma détresse, monsieur ! Je suis à plaindre, mais pas à vendre !

Et elle sortit.

Le notaire resta fort stupéfait, les yeux fixés sur ses belles pantoufles en tapisserie. C'était un présent de l'amour. Cette vue à la fin le consola. D'ailleurs, il songeait qu'une aventure pareille l'aurait entraîné trop loin.

— Quel misérable ! quel goujat !... quelle infamie ! se disait-elle, en fuyant d'un pied nerveux sous les trembles de la route. Le désappointement de l'insuccès renforçait l'indignation de sa pudeur outragée ; il

lui semblait que la Providence s'acharnait à la poursuivre, et, s'en rehaussant d'orgueil, jamais elle
n'avait eu tant d'estime pour elle-même ni tant de
mépris pour les autres. Quelque chose de belliqueux
la transportait. Elle aurait voulu battre les hommes,
leur cracher au visage, les broyer tous ; et elle continuait à marcher rapidement devant elle, pâle, frémissante, enragée, furetant d'un œil en pleurs
l'horizon vide, et comme se délectant à la haine qui
l'étouffait.

Quand elle aperçut sa maison, un engourdisse-
ment la saisit. Elle ne pouvait avancer ; il le fallait
cependant ; d'ailleurs, où fuir ?

Félicité l'attendait sur la porte.

— Eh bien ?

— Non ! dit Emma.

Et, pendant un quart d'heure, toutes les deux,
elles avisèrent les différentes personnes d'Yonville
disposées peut-être à la secourir. Mais, chaque fois
que Félicité nommait quelqu'un, Emma répliquait :

— Est-ce possible ! Ils ne voudront pas !

— Et monsieur qui va rentrer !

— Je le sais bien... Laisse-moi seule.

Elle avait tout tenté. Il n'y avait plus rien à faire
maintenant ; et, quand Charles paraîtrait, elle allait
donc lui dire :

— Retire-toi. Ce tapis où tu marches n'est plus à
nous. De ta maison, tu n'as pas un meuble, une
épingle, une paille, et c'est moi qui t'ai ruiné, pauvre
homme !

Alors ce serait un grand sanglot, puis il pleurerait
abondamment, et enfin, la surprise passée, il par-
donnerait.

— Oui, murmurait-elle en grinçant des dents, il
me pardonnera, lui qui n'aurait pas assez d'un mil-
lion à m'offrir pour que je l'excuse de m'avoir
connue... Jamais ! jamais !

Cette idée de la supériorité de Bovary sur elle l'exaspérait. Puis, qu'elle avouât ou n'avouât pas, tout à l'heure, tantôt, demain, il n'en saurait pas moins la catastrophe; donc, il fallait attendre cette horrible scène et subir le poids de sa magnanimité. L'envie lui vint de retourner chez Lheureux: à quoi bon? d'écrire à son père; il était trop tard; et peut-être qu'elle se repentait maintenant de n'avoir pas cédé à l'autre, lorsqu'elle entendit le trot d'un cheval dans l'allée. C'était lui, il ouvrait la barrière, il était plus blême que le mur de plâtre. Bondissant dans l'escalier, elle s'échappa vivement par la place; et la femme du maire, qui causait devant l'église avec Lestiboudois, la vit entrer chez le percepteur.

Elle courut le dire à madame Caron. Ces deux dames montèrent dans le grenier; et cachées par du linge étendu sur des perches, se postèrent commodément pour apercevoir tout l'intérieur de Binet.

Il était seul, dans sa mansarde, en train d'imiter, avec du bois, une de ces ivoireries indescriptibles, composées de croissants, de sphères creusées les unes dans les autres, le tout droit comme un obélisque et ne servant à rien; et il entamait la dernière pièce, il touchait au but! Dans le clair-obscur de l'atelier, la poussière blonde s'envolait de son outil, comme une aigrette d'étincelles sous les fers d'un cheval au galop; les deux roues tournaient, ronflaient; Binet souriait, le menton baissé, les narines ouvertes, et semblait enfin perdu dans un de ces bonheurs complets, n'appartenant sans doute qu'aux occupations médiocres, qui amusent l'intelligence par des difficultés faciles, et l'assouvissent en une réalisation au-delà de laquelle il n'y a pas à rêver.

— Ah! la voici! fit madame Tuvache.

Mais il n'était guère possible, à cause du tour, d'entendre ce qu'elle disait.

Enfin, ces dames crurent distinguer le mot *francs*, et la mère Tuvache souffla tout bas :

— Elle le prie, pour obtenir un retard à ses contributions.

— D'apparence ! reprit l'autre.

Elles la virent qui marchait de long en large, examinant contre les murs les ronds de serviette, les chandeliers, les pommes de rampe, tandis que Binet se caressait la barbe avec satisfaction.

— Viendrait-elle lui commander quelque chose ? dit madame Tuvache.

— Mais il ne vend rien ! objecta sa voisine.

Le percepteur avait l'air d'écouter, tout en écarquillant les yeux, comme s'il ne comprenait pas. Elle continuait d'une manière tendre, suppliante. Elle se rapprocha ; son sein haletait ; ils ne parlaient plus.

— Est-ce qu'elle lui fait des avances ? dit madame Tuvache.

Binet était rouge jusqu'aux oreilles. Elle lui prit les mains.

— Ah ! c'est trop fort !

Et sans doute qu'elle lui proposait une abomination ; car le percepteur, — il était brave pourtant, il avait combattu à Bautzen et à Lützen, fait la campagne de France, et même été *porté pour la croix*[1] ; — tout à coup, comme à la vue d'un serpent, se recula bien loin en s'écriant :

— Madame ! y pensez-vous ?...

— On devrait fouetter ces femmes-là ! dit madame Tuvache.

— Où est-elle donc ? reprit madame Caron.

Car elle avait disparu durant ces mots ; puis, l'apercevant qui enfilait la Grande-Rue et tournait à droite comme pour gagner le cimetière, elles se perdirent en conjectures.

— Mère Rolet, dit-elle en arrivant chez la nourrice, j'étouffe!... délacez-moi.

Elle tomba sur le lit; elle sanglotait. La mère
Rolet la couvrit d'un jupon et resta debout près
d'elle. Puis, comme elle ne répondait pas, la bonne
femme s'éloigna, prit son rouet et se mit à filer du
lin.

— Oh! finissez! murmura-t-elle, croyant entendre
le tour de Binet.

— Qui la gêne? se demandait la nourrice. Pourquoi vient-elle ici?

Elle y était accourue, poussée par une sorte
d'épouvante qui la chassait de sa maison.

Couchée sur le dos, immobile et les yeux fixes, elle
discernait vaguement les objets, bien qu'elle y appli-
quât son attention avec une persistance idiote. Elle
contemplait les écaillures de la muraille, deux tisons
fumant bout à bout, et une longue araignée qui marchait au-dessus de sa tête, dans la fente de la poutrelle. Enfin, elle rassembla ses idées. Elle se
souvenait... Un jour, avec Léon... Oh! comme c'était
loin... Le soleil brillait sur la rivière et les clématites
embaumaient... Alors, emportée dans ses souvenirs
comme dans un torrent qui bouillonne, elle arriva
bientôt à se rappeler la journée de la veille.

— Quelle heure est-il? demanda-t-elle.

La mère Rolet sortit, leva les doigts de sa main
droite du côté que le ciel était le plus clair, et rentra
lentement en disant:

— Trois heures, bientôt.

— Ah! merci! merci!

Car il allait venir. C'était sûr! Il aurait trouvé de
l'argent. Mais il irait peut-être là-bas, sans se douter
qu'elle fût là; et elle commanda à la nourrice de
courir chez elle pour l'amener.

— Dépêchez-vous!

— Mais, ma chère dame, j'y vais! j'y vais!

Elle s'étonnait, à présent, de n'avoir pas songé à lui tout d'abord ; hier, il avait donné sa parole, il n'y manquerait pas ; et elle se voyait déjà chez Lheureux, étalant sur son bureau les trois billets de banque. Puis il faudrait inventer une histoire qui expliquât les choses à Bovary. Laquelle ?

Cependant la nourrice était bien longue à revenir. Mais, comme il n'y avait point d'horloge dans la chaumière, Emma craignait de s'exagérer peut-être la longueur du temps. Elle se mit à faire des tours de promenade dans le jardin, pas à pas ; elle alla dans le sentier le long de la haie, et s'en retourna vivement, espérant que la bonne femme serait rentrée par une autre route. Enfin, lasse d'attendre, assaillie de soupçons qu'elle repoussait, ne sachant plus si elle était là depuis un siècle ou une minute, elle s'assit dans un coin et ferma les yeux, se boucha les oreilles. La barrière grinça : elle fit un bond ; avant qu'elle eût parlé, la mère Rolet lui avait dit :

— Il n'y a personne chez vous !

— Comment ?

— Oh ! personne ! Et monsieur pleure. Il vous appelle. On vous cherche.

Emma ne répondit rien. Elle haletait, tout en roulant les yeux autour d'elle, tandis que la paysanne, effrayée de son visage, se reculait instinctivement, la croyant folle. Tout à coup elle se frappa le front, poussa un cri, car le souvenir de Rodolphe, comme un grand éclair dans une nuit sombre, lui avait passé dans l'âme. Il était si bon, si délicat, si généreux ! Et, d'ailleurs, s'il hésitait à lui rendre ce service, elle saurait bien l'y contraindre en rappelant d'un seul clin d'œil leur amour perdu. Elle partit donc vers la Huchette, sans s'apercevoir qu'elle courait s'offrir à ce qui l'avait tantôt si fort exaspérée, ni se douter le moins du monde de cette prostitution.

VIII

Elle se demandait tout en marchant : « Que vais-je dire ? Par où commencerai-je ? » Et à mesure qu'elle avançait, elle reconnaissait les buissons, les arbres, les joncs marins sur la colline, le château là-bas. Elle se retrouvait dans les sensations de sa première tendresse, et son pauvre cœur comprimé s'y dilatait amoureusement. Un vent tiède lui soufflait au visage ; la neige, se fondant, tombait goutte à goutte des bourgeons sur l'herbe.

Elle entra, comme autrefois, par la petite porte du parc, puis arriva à la cour d'honneur, que bordait un double rang de tilleuls touffus. Ils balançaient, en sifflant, leurs longues branches. Les chiens au chenil aboyèrent tous, et l'éclat de leurs voix retentissait sans qu'il parût personne.

Elle monta le large escalier droit, à balustres de bois, qui conduisait au corridor pavé de dalles poudreuses où s'ouvraient plusieurs chambres à la file, comme dans les monastères ou les auberges. La sienne était au bout, tout au fond, à gauche. Quand elle vint à poser les doigts sur la serrure, ses forces subitement l'abandonnèrent. Elle avait peur qu'il ne fût pas là, le souhaitait presque, et c'était pourtant son seul espoir, la dernière chance de salut. Elle se recueillit une minute, et, retrempant son courage au sentiment de la nécessité présente, elle entra.

Il était devant le feu, les deux pieds sur le chambranle, en train de fumer une pipe.

— Tiens ! c'est vous ! dit-il en se levant brusquement.

— Oui, c'est moi !... je voudrais, Rodolphe, vous demander un conseil.

Et malgré tous ses efforts, il lui était impossible de desserrer la bouche.

— Vous n'avez pas changé, vous êtes toujours charmante !

— Oh ! reprit-elle amèrement, ce sont de tristes charmes, mon ami, puisque vous les avez dédaignés.

Alors il entama une explication de sa conduite, s'excusant en termes vagues, faute de pouvoir inventer mieux.

Elle se laissa prendre à ses paroles, plus encore à sa voix et par le spectacle de sa personne ; si bien qu'elle fit semblant de croire, ou crut-elle peut-être, au prétexte de leur rupture ; c'était un secret d'où dépendaient l'honneur et même la vie d'une troisième personne.

— N'importe ! fit-elle en le regardant tristement, j'ai bien souffert !

Il répondit d'un ton philosophique :

— L'existence est ainsi !

— A-t-elle du moins, reprit Emma, été bonne pour vous depuis notre séparation ?

— Oh ! ni bonne... ni mauvaise.

— Il aurait peut-être mieux valu ne jamais nous quitter.

— Oui..., peut-être !

— Tu crois ? dit-elle en se rapprochant.

Et elle soupira.

— Ô Rodolphe ! si tu savais !... je t'ai bien aimé !

Ce fut alors qu'elle prit sa main, et ils restèrent quelque temps les doigts entrelacés, — comme le premier jour, aux Comices ! Par un geste d'orgueil, il se débattait sous l'attendrissement. Mais, s'affaissant contre sa poitrine, elle lui dit :

— Comment voulais-tu que je vécusse sans toi ? On ne peut pas se déshabituer du bonheur ! J'étais désespérée ! j'ai cru mourir ! Je te conterai tout cela, tu verras. Et toi... tu m'as fuie !...

Car, depuis trois ans, il l'avait soigneusement évitée par suite de cette lâcheté naturelle qui caractérise le sexe fort ; et Emma continuait avec des gestes mignons de tête, plus câline qu'une chatte amoureuse :

— Tu en aimes d'autres, avoue-le. Oh ! je les comprends, va ! je les excuse ; tu les auras séduites, comme tu m'avais séduite. Tu es un homme, toi ! tu as tout ce qu'il faut pour te faire chérir. Mais nous recommencerons, n'est-ce pas ? nous nous aimerons ! Tiens, je ris, je suis heureuse !... parle donc !

Et elle était ravissante à voir, avec son regard où tremblait une larme, comme l'eau d'un orage dans un calice bleu.

Il l'attira sur ses genoux, et il caressait du revers de la main ses bandeaux lisses, où, dans la clarté du crépuscule, miroitait comme une flèche d'or un dernier rayon du soleil. Elle penchait le front ; il finit par la baiser sur les paupières, tout doucement, du bout de ses lèvres.

— Mais tu as pleuré ! dit-il. Pourquoi ?

Elle éclata en sanglots. Rodolphe crut que c'était l'explosion de son amour ; comme elle se taisait, il prit ce silence pour une dernière pudeur, et alors il s'écria :

— Ah ! pardonne-moi ! tu es la seule qui me plaise. J'ai été imbécile et méchant ! Je t'aime, je t'aimerai toujours !... Qu'as-tu ? dis-le donc !

Il s'agenouillait.

— Eh bien !... je suis ruinée, Rodolphe ! Tu vas me prêter trois mille francs !

— Mais..., mais..., dit-il en se relevant peu à peu, tandis que sa physionomie prenait une expression grave.

— Tu sais, continuait-elle vite, que mon mari avait placé toute sa fortune chez un notaire ; il s'est enfui. Nous avons emprunté ; les clients ne payaient pas. Du reste la liquidation n'est pas finie ; nous en aurons plus tard. Mais, aujourd'hui, faute de trois mille francs, on va nous saisir; c'est à présent, à l'instant même; et, comptant sur ton amitié, je suis venue.

— Ah! pensa Rodolphe, qui devint très pâle tout à coup, c'est pour cela qu'elle est venue!

Enfin il dit d'un air calme:

— Je ne les ai pas, chère madame.

Il ne mentait point. Il les eût eus qu'il les aurait donnés, sans doute, bien qu'il soit généralement désagréable de faire de si belles actions: une demande pécuniaire, de toutes les bourrasques qui tombent sur l'amour, étant la plus froide et la plus déracinante.

Elle resta d'abord quelques minutes à le regarder.

— Tu ne les as pas!

Elle répéta plusieurs fois:

— Tu ne les as pas!... J'aurais dû m'épargner cette dernière honte. Tu ne m'as jamais aimée! tu ne vaux pas mieux que les autres!

Elle se trahissait, elle se perdait.

Rodolphe l'interrompit, affirmant qu'il se trouvait « gêné » lui-même.

— Ah! je te plains! dit Emma. Oui, considérablement!...

Et, arrêtant ses yeux sur une carabine damasquinée qui brillait dans la panoplie:

— Mais, lorsqu'on est si pauvre, on ne met pas d'argent à la crosse de son fusil! On n'achète pas une pendule avec des incrustations d'écaille! continuait-elle en montrant l'horloge de Boulle; ni des sifflets de vermeil pour ses fouets — elle les touchait! — ni des breloques pour sa montre! Oh! rien ne lui manque! jusqu'à un porte-liqueurs dans sa chambre; car tu t'aimes, tu vis bien, tu as un château, des fermes, des bois; tu chasses à courre, tu voyages à Paris... Eh! quand ce ne serait que cela, s'écria-t-elle en prenant sur la cheminée ses boutons de manchettes, que la moindre de ces niaiseries ! on en peut faire de l'argent !... Oh ! je n'en veux pas ! garde-les !

Et elle lança bien loin les deux boutons, dont la chaîne d'or se rompit en cognant contre la muraille.

— Mais, moi, je t'aurais tout donné, j'aurais tout vendu, j'aurais travaillé de mes mains, j'aurais mendié sur les routes, pour un sourire, pour un regard, pour t'entendre dire : «Merci ! » Et tu restes là tranquillement dans ton fauteuil, comme si déjà tu ne m'avais pas fait assez souffrir ? Sans toi, sais-tu bien, j'aurais pu vivre heureuse ! Qui t'y forçait ? Était-ce une gageure ? Tu m'aimais cependant, tu le disais... Et tout à l'heure encore... Ah ! il eût mieux valu me chasser ! J'ai les mains chaudes de tes baisers, et voilà la place, sur le tapis, où tu jurais à mes genoux une éternité d'amour. Tu m'y as fait croire : tu m'as pendant deux ans, traînée dans le rêve le plus magnifique et le plus suave !... Hein ! nos projets de voyage, tu te rappelles ? Oh ! ta lettre, ta lettre ! elle m'a déchiré le cœur !... Et puis, quand je reviens vers lui, vers lui, qui est riche, heureux, libre ! pour implorer un secours que le premier venu rendrait, suppliante et lui rapportant toute ma tendresse, il me repousse, parce que ça lui coûterait trois mille francs !

— Je ne les ai pas ! répondit Rodolphe avec ce calme parfait dont se recouvrent comme d'un bouclier les colères résignées.

Elle sortit. Les murs tremblaient, le plafond l'écrasait ; et elle repassa par la longue allée, en trébuchant contre les tas de feuilles mortes que le vent dispersait. Enfin elle arriva au saut-de-loup devant la grille ; elle se cassa les ongles contre la serrure, tant elle se dépêchait pour l'ouvrir. Puis, cent pas plus loin, essoufflée, près de tomber, elle s'arrêta. Et alors, se détournant, elle aperçut encore une fois l'impassible château, avec le parc, les jardins, les trois cours, et toutes les fenêtres de la façade.

Elle resta perdue de stupeur, et n'ayant plus conscience d'elle-même que par le battement de ses artères, qu'elle croyait entendre s'échapper comme une assourdissante musique qui emplissait la campagne. Le sol sous ses pieds était plus mou qu'une onde, et les sillons lui parurent d'immenses vagues brunes, qui déferlaient. Tout ce qu'il y avait dans sa tête de réminiscences, d'idées, s'échappait à la fois, d'un seul bond, comme les mille pièces d'un feu d'artifice. Elle vit son père, le cabinet de Lheureux, leur chambre là-bas, un autre paysage. La folie la prenait, elle eut peur, et parvint à se ressaisir, d'une manière confuse, il est vrai ; car elle ne se rappelait point la cause de son horrible état, c'est-à-dire la question d'argent. Elle ne souffrait que de son amour, et sentait son âme l'abandonner par ce souvenir, comme les blessés, en agonisant, sentent l'existence qui s'en va par leur plaie qui saigne.

La nuit tombait, des corneilles volaient.

Il lui sembla tout à coup que des globules couleur de feu éclataient dans l'air comme des balles fulminantes en s'aplatissant, et tournaient, tournaient, pour aller se fondre sur la neige, entre les branches des arbres. Au milieu de chacun d'eux, la figure de Rodolphe apparaissait. Ils se multiplièrent, et ils se rapprochaient, la pénétraient ; tout disparut. Elle reconnut les lumières des maisons, qui rayonnaient de loin dans le brouillard.

Alors sa situation, telle qu'un abîme, se représenta. Elle haletait à se rompre la poitrine. Puis, dans un transport d'héroïsme qui la rendait presque joyeuse, elle descendit la côte en courant, traversa la planche aux vaches, le sentier, l'allée, les halles, et arriva devant la boutique du pharmacien.

Il n'y avait personne. Elle allait entrer ; mais, au

bruit de la sonnette, on pouvait venir ; et, se glissant
par la barrière, retenant son haleine, tâtant les
murs, elle s'avança jusqu'au seuil de la cuisine, où
brûlait une chandelle posée sur le fourneau. Justin,
en manches de chemise, emportait un plat.

— Ah ! ils dînent. Attendons.

Il revint. Elle frappa contre la vitre. Il sortit.

— La clef ! celle d'en haut, où sont les...

— Comment ?

Et il la regardait, tout étonné par la pâleur de son
visage, qui tranchait en blanc sur le fond noir de la
nuit. Elle lui apparut extraordinairement belle, et
majestueuse comme un fantôme ; sans comprendre
ce qu'elle voulait, il pressentait quelque chose de
terrible.

Mais elle reprit vivement, à voix basse, d'une voix
douce, dissolvante :

— Je la veux ! donne-la-moi.

Comme la cloison était mince, on entendait le cliquetis des fourchettes sur les assiettes dans la salle
à manger.

Elle prétendit avoir besoin de tuer les rats qui
l'empêchaient de dormir.

— Il faudrait que j'avertisse monsieur.

— Non ! reste !

Puis, d'un air indifférent :

— Eh ! ce n'est pas la peine, je lui dirai tantôt.
Allons, éclaire-moi !

Elle entra dans le corridor où s'ouvrait la porte
du laboratoire. Il y avait contre la muraille une clef
étiquetée *capharnaüm*.

— Justin ! cria l'apothicaire, qui s'impatientait.

— Montons !

Et il la suivit.

La clef tourna dans la serrure, et elle alla droit
vers la troisième tablette, tant son souvenir la gui-
dait bien, saisit le bocal bleu, en arracha le bou-

chon, y fourra sa main, et, la retirant pleine d'une poudre blanche, elle se mit à manger à même.

— Arrêtez! s'écria-t-il en se jetant sur elle.

— Tais-toi! on viendrait...

Il se désespérait, voulait appeler.

— N'en dis rien, tout retomberait sur ton maître!

Puis elle s'en retourna subitement apaisée, et presque dans la sérénité d'un devoir accompli.

Quand Charles, bouleversé par la nouvelle de la saisie, était rentré à la maison, Emma venait d'en sortir. Il cria, pleura, s'évanouit, mais elle ne revint pas. Où pouvait-elle être? Il envoya Félicité chez Homais, chez M. Tuvache, chez Lheureux, au *Lion d'or*, partout; et, dans les intermittences de son angoisse, il voyait sa considération anéantie, leur fortune perdue, l'avenir de Berthe brisé! Par quelle cause?... pas un mot! Il attendit jusqu'à six heures du soir. Enfin, n'y pouvant plus tenir, et imaginant qu'elle était partie pour Rouen, il alla sur la grande route, fit une demi-lieue, ne rencontra personne, attendit encore et s'en revint.

Elle était rentrée.

— Qu'y avait-il?... Pourquoi?... Explique-moi!...

Elle s'assit à son secrétaire, et écrivit une lettre qu'elle cacheta lentement, ajoutant la date du jour et l'heure. Puis elle dit d'un ton solennel:

— Tu la liras demain; d'ici là, je t'en prie, ne m'adresse pas une seule question!... Non, pas une!

— Mais...

— Oh! laisse-moi!

Et elle se coucha tout du long sur son lit.

Une saveur âcre qu'elle sentait dans sa bouche la réveilla. Elle entrevit Charles et referma les yeux.

Elle s'épiait curieusement, pour discerner si elle ne souffrait pas. Mais non! rien encore. Elle entendait le battement de la pendule, le bruit du feu, et Charles, debout près de sa couche, qui respirait.

— Ah! c'est bien peu de chose, la mort! pensait-elle; je vais m'endormir, et tout sera fini!

Elle but une gorgée d'eau et se tourna vers la muraille.

Cet affreux goût d'encre continuait.

— J'ai soif!... oh! j'ai bien soif! soupira-t-elle.

— Qu'as-tu donc? dit Charles, qui lui tendait un verre.

— Ce n'est rien!... Ouvre la fenêtre..., j'étouffe!

Et elle fut prise d'une nausée si soudaine, qu'elle eut à peine le temps de saisir son mouchoir sous l'oreiller.

— Enlève-le! dit-elle vivement; jette-le!

Il la questionna; elle ne répondit pas. Elle se tenait immobile, de peur que la moindre émotion ne la fît vomir. Cependant, elle sentait un froid de glace qui lui montait des pieds jusqu'au cœur.

— Ah! voilà que ça commence! murmura-t-elle.

— Que dis-tu?

Elle roulait sa tête avec un geste doux plein d'angoisse, et tout en ouvrant continuellement les mâchoires, comme si elle eût porté sur sa langue quelque chose de très lourd. À huit heures, les vomissements reparurent.

Charles observa qu'il y avait au fond de la cuvette une sorte de gravier blanc, attaché aux parois de la porcelaine.

— C'est extraordinaire! c'est singulier! répéta-t-il.

Mais elle dit d'une voix forte:

— Non, tu te trompes!

Alors, délicatement et presque en la caressant, il lui passa la main sur l'estomac. Elle jeta un cri aigu. Il se recula tout effrayé.

Puis elle se mit à geindre, faiblement d'abord. Un

grand frisson lui secouait les épaules, et elle devenait plus pâle que le drap où s'enfonçaient ses
doigts crispés. Son pouls inégal était presque insensible maintenant.

Des gouttes suintaient sur sa figure bleuâtre, qui
semblait comme figée dans l'exhalaison d'une vapeur
métallique. Ses dents claquaient, ses yeux agrandis
regardaient vaguement autour d'elle, et à toutes les
questions elle ne répondait qu'en hochant la tête ;
même elle sourit deux ou trois fois. Peu à peu, ses
gémissements furent plus forts. Un hurlement sourd
lui échappa ; elle prétendit qu'elle allait mieux et
qu'elle se lèverait tout à l'heure. Mais les convulsions
la saisirent ; elle s'écria :

— Ah ! c'est atroce, mon Dieu !

Il se jeta à genoux contre son lit.

— Parle ! qu'as-tu mangé ? Réponds, au nom du
ciel !

Et il la regardait avec des yeux d'une tendresse
comme elle n'en avait jamais vu.

— Eh bien, là…, là !… dit-elle d'une voix défaillante.

Il bondit au secrétaire, brisa le cachet et lut tout
haut : *Qu'on n'accuse personne*… Il s'arrêta, se
passa la main sur les yeux, et relut encore.

— Comment !… Au secours ! à moi !

Et il ne pouvait que répéter ce mot : «Empoisonnée ! empoisonnée !» Félicité courut chez Homais,
qui l'exclama sur la place ; madame Lefrançois l'entendit au *Lion d'or* ; quelques-uns se levèrent pour
l'apprendre à leurs voisins, et toute la nuit le village
fut en éveil.

Éperdu, balbutiant, près de tomber, Charles tournait dans la chambre. Il se heurtait aux meubles,
s'arrachait les cheveux, et jamais le pharmacien
n'avait cru qu'il pût y avoir de si épouvantable spectacle.

Il revint chez lui pour écrire à M. Canivet et au docteur Larivière. Il perdait la tête ; il fit plus de quinze brouillons. Hippolyte partit à Neufchâtel, et Justin talonna si fort le cheval de Bovary, qu'il le laissa dans la côte du bois Guillaume, fourbu et aux trois quarts crevé.

Charles voulut feuilleter son dictionnaire de médecine ; il n'y voyait pas, les lignes dansaient.

— Du calme ! dit l'apothicaire. Il s'agit seulement d'administrer quelque puissant antidote. Quel est le poison ?

Charles montra la lettre. C'était de l'arsenic.

— Eh bien, reprit Homais, il faudrait en faire l'analyse.

Car il savait qu'il faut, dans tous les empoisonnements, faire une analyse ; et l'autre, qui ne comprenait pas, répondit :

— Ah ! faites ! faites ! sauvez-la...

Puis, revenu près d'elle, il s'affaissa par terre sur le tapis, et il restait la tête appuyée contre le bord de sa couche, à sangloter.

— Ne pleure pas ! lui dit-elle. Bientôt je ne te tourmenterai plus !

— Pourquoi ? Qui t'a forcée ?

Elle répliqua :

— Il le fallait, mon ami.

— N'étais-tu pas heureuse ? Est-ce ma faute ? J'ai fait tout ce que j'ai pu pourtant !

— Oui..., c'est vrai..., tu es bon, toi !

Et elle lui passait la main dans les cheveux, lentement. La douceur de cette sensation surchargeait sa tristesse ; il sentait tout son être s'écrouler de désespoir à l'idée qu'il fallait la perdre, quand, au contraire, elle avouait pour lui plus d'amour que jamais ; et il ne trouvait rien ; il ne savait pas, il n'osait, l'urgence d'une résolution immédiate achevant de le bouleverser.

Elle en avait fini, songeait-elle, avec toutes les trahisons, les bassesses et les innombrables convoitises
qui la torturaient. Elle ne haïssait personne, maintenant ; une confusion de crépuscule s'abattait en sa
pensée, et de tous les bruits de la terre Emma n'entendait plus que l'intermittente lamentation de ce
pauvre cœur, douce et indistincte, comme le dernier écho d'une symphonie qui s'éloigne.

— Amenez-moi la petite, dit-elle en se soulevant
du coude.

— Tu n'es pas plus mal, n'est-ce pas ? demanda
Charles.

— Non ! non !

L'enfant arriva sur le bras de sa bonne, dans sa
longue chemise de nuit, d'où sortaient ses pieds nus,
sérieuse et presque rêvant encore. Elle considérait
avec étonnement la chambre tout en désordre, et clignait des yeux, éblouie par les flambeaux qui brûlaient sur les meubles. Ils lui rappelaient sans doute
les matins du jour de l'an ou de la mi-carême, quand,
ainsi réveillée de bonne heure à la clarté des bougies,
elle venait dans le lit de sa mère pour y recevoir ses
étrennes, car elle se mit à dire :

— Où est-ce donc, maman ?

Et comme tout le monde se taisait :

— Mais je ne vois pas mon petit soulier !

Félicité la penchait vers le lit, tandis qu'elle regardait toujours du côté de la cheminée.

— Est-ce nourrice qui l'aurait pris ? demanda-
t-elle.

Et, à ce nom, qui la reportait dans le souvenir de
ses adultères et de ses calamités, madame Bovary
détourna sa tête, comme au dégoût d'un autre poison plus fort qui lui remontait à la bouche. Berthe,
cependant, restait posée sur le lit.

— Oh ! comme tu as de grands yeux, maman !
comme tu es pâle ! comme tu sues !...

Sa mère la regardait.

— J'ai peur! dit la petite en se reculant.

Emma prit sa main pour la baiser; elle se débattait.

— Assez! qu'on l'emmène! s'écria Charles, qui sanglotait dans l'alcôve.

Puis les symptômes s'arrêtèrent un moment; elle paraissait moins agitée; et, à chaque parole insignifiante, à chaque souffle de sa poitrine un peu plus calme, il reprenait espoir. Enfin, lorsque Canivet entra, il se jeta dans ses bras en pleurant.

— Ah! c'est vous! merci! vous êtes bon! Mais tout va mieux. Tenez, regardez-la...

Le confrère ne fut nullement de cette opinion, et, n'y allant pas, comme il le disait lui-même, *par quatre chemins*, il prescrivit de l'émétique, afin de dégager complètement l'estomac.

Elle ne tarda pas à vomir du sang. Ses lèvres se serrèrent davantage. Elle avait les membres crispés, le corps couvert de taches brunes, et son pouls glissait sous les doigts comme un fil tendu, comme une corde de harpe près de se rompre.

Puis elle se mettait à crier, horriblement. Elle maudissait le poison, l'invectivait, le suppliait de se hâter, et repoussait de ses bras roidis tout ce que Charles, plus agonisant qu'elle, s'efforçait de lui faire boire. Il était debout, son mouchoir sur les lèvres, râlant, pleurant, et suffoqué par des sanglots qui le secouaient jusqu'aux talons; Félicité courait çà et là dans la chambre; Homais, immobile, poussait de gros soupirs, et M. Canivet, gardant toujours son aplomb, commençait néanmoins à se sentir troublé.

— Diable!... cependant... elle est purgée, et, du moment que la cause cesse...

— L'effet doit cesser, dit Homais; c'est évident.

— Mais sauvez-la! exclamait Bovary.

Aussi, sans écouter le pharmacien, qui hasardait encore cette hypothèse : « C'est peut-être un paroxysme salutaire », Canivet allait administrer de la thériaque, lorsqu'on entendit le claquement d'un fouet ; toutes les vitres frémirent, et, une berline de poste qu'enlevaient à plein poitrail trois chevaux crottés jusqu'aux oreilles, débusqua d'un bond au coin des halles. C'était le docteur Larivière.

L'apparition d'un dieu n'eût pas causé plus d'émoi. Bovary leva les mains, Canivet s'arrêta court, et Homais retira son bonnet grec bien avant que le docteur fût entré.

Il appartenait à la grande école chirurgicale sortie du tablier de Bichat, à cette génération, maintenant disparue, de praticiens philosophes qui, chérissant leur art d'un amour fanatique, l'exerçaient avec exaltation et sagacité ! Tout tremblait dans son hôpital quand il se mettait en colère, et ses élèves le vénéraient si bien, qu'ils s'efforçaient, à peine établis, de l'imiter le plus possible ; de sorte que l'on retrouvait sur eux, par les villes d'alentour, sa longue douillette de mérinos et son large habit noir, dont les parements déboutonnés couvraient un peu ses mains charnues, de fort belles mains, et qui n'avaient jamais de gants, comme pour être plus promptes à plonger dans les misères. Dédaigneux des croix, des titres et des académies, hospitalier, libéral, paternel avec les pauvres et pratiquant la vertu sans y croire, il eût presque passé pour un saint si la finesse de son esprit ne l'eût fait craindre comme un démon. Son regard, plus tranchant que ses bistouris, vous descendait droit dans l'âme et désarticulait tout mensonge à travers les allégations et les pudeurs. Et il allait ainsi, plein de cette majesté débonnaire que donnent la conscience d'un grand talent, de la fortune, et quarante ans d'une existence laborieuse et irréprochable.

Il fronça les sourcils dès la porte, en apercevant la face cadavéreuse d'Emma, étendue sur le dos, la bouche ouverte. Puis, tout en ayant l'air d'écouter Canivet, il se passait l'index sous les narines et répétait :

— C'est bien, c'est bien.

Mais il fit un geste lent des épaules. Bovary l'observa : ils se regardèrent ; et cet homme, si habitué pourtant à l'aspect des douleurs, ne put retenir une larme qui tomba sur son jabot.

Il voulut emmener Canivet dans la pièce voisine. Charles le suivit.

— Elle est bien mal, n'est-ce pas ? Si l'on posait des sinapismes ? je ne sais quoi ! Trouvez donc quelque chose, vous qui en avez tant sauvé !

Charles lui entourait le corps de ses deux bras, et il le contemplait d'une manière effarée, suppliante, à demi pâmé contre sa poitrine.

— Allons, mon pauvre garçon, du courage ! Il n'y a plus rien à faire.

Et le docteur Larivière se détourna.

— Vous partez ?

— Je vais revenir.

Il sortit comme pour donner un ordre au postillon, avec le sieur Canivet, qui ne se souciait pas non plus de voir Emma mourir entre ses mains.

Le pharmacien les rejoignit sur la place. Il ne pouvait, par tempérament, se séparer des gens célèbres. Aussi conjura-t-il M. Larivière de lui faire cet insigne honneur d'accepter à déjeuner.

On envoya bien vite prendre des pigeons au *Lion d'or*, tout ce qu'il y avait de côtelettes à la boucherie, de la crème chez Tuvache, des œufs chez Lestiboudois, et l'apothicaire aidait lui-même aux préparatifs, tandis que madame Homais disait, en tirant les cordons de sa camisole :

— Vous ferez excuse, monsieur ; car dans notre

malheureux pays, du moment qu'on n'est pas prévenu la veille...

— Les verres à patte!!! souffla Homais.

— Au moins, si nous étions à la ville, nous aurions la ressource des pieds farcis.

— Tais-toi!... À table, docteur!

Il jugea bon, après les premiers morceaux, de fournir quelques détails sur la catastrophe :

— Nous avons eu d'abord un sentiment de siccité au pharynx, puis des douleurs intolérables à l'épigastre, superpurgation, coma.

— Comment s'est-elle donc empoisonnée?

— Je l'ignore, docteur, et même je ne sais pas trop où elle a pu se procurer cet acide arsénieux.

Justin, qui apportait alors une pile d'assiettes, fut saisi d'un tremblement.

— Qu'as-tu? dit le pharmacien.

Le jeune homme, à cette question, laissa tout tomber par terre, avec un grand fracas.

— Imbécile! s'écria Homais, maladroit! lourdaud! fichu âne!

Mais, soudain, se maîtrisant :

— J'ai voulu, docteur, tenter une analyse, et *primo*, j'ai délicatement introduit dans un tube...

— Il aurait mieux valu, dit le chirurgien, lui introduire vos doigts dans la gorge.

Son confrère se taisait, ayant tout à l'heure reçu confidentiellement une forte semonce à propos de son émétique, de sorte que ce bon Canivet, si arrogant et verbeux lors du pied bot, était très modeste aujourd'hui; il souriait sans discontinuer, d'une manière approbative.

Homais s'épanouissait dans son orgueil d'amphitryon, et l'affligeante idée de Bovary contribuait vaguement à son plaisir, par un retour égoïste qu'il faisait sur lui-même. Puis la présence du Docteur le transportait. Il étalait son érudition, il citait pêle-

mêle les cantharides, l'upas, le mancenillier, la
vipère.

— Et même j'ai lu que différentes personnes
s'étaient trouvées intoxiquées, docteur, et comme
foudroyées par des boudins qui avaient subi une
trop véhémente fumigation ! Du moins, c'était dans
un fort beau rapport, composé par une de nos som-
mités pharmaceutiques, un de nos maîtres, l'illustre
Cadet de Gassicourt[1] !

Madame Homais réapparut, portant une de ces
vacillantes machines que l'on chauffe avec de l'es-
prit-de-vin ; car Homais tenait à faire son café sur la
table, l'ayant d'ailleurs torréfié lui-même, porphy-
risé lui-même, mixtionné lui-même.

— *Saccharum*, docteur, dit-il en offrant du sucre.

Puis il fit descendre tous ses enfants, curieux
d'avoir l'avis du chirurgien sur leur constitution.

Enfin, M. Larivière allait partir, quand madame
Homais lui demanda une consultation pour son
mari. Il s'épaississait le sang à s'endormir chaque
soir après le dîner.

— Oh ! ce n'est pas le *sens* qui le gêne.

Et, souriant un peu de ce calembour inaperçu, le
docteur ouvrit la porte. Mais la pharmacie regorgeait
de monde ; et il eut grand-peine à pouvoir se débarrasser du sieur Tuvache, qui redoutait pour son épouse
une fluxion de poitrine, parce qu'elle avait coutume de
cracher dans les cendres ; puis de M. Binet, qui éprouvait parfois des fringales, et de madame Caron, qui
avait des picotements ; de Lheureux, qui avait des ver-
tiges ; de Lestiboudois, qui avait un rhumatisme ; de
madame Lefrançois, qui avait des aigreurs. Enfin les
trois chevaux détalèrent, et l'on trouva généralement
qu'il n'avait point montré de complaisance.

L'attention publique fut distraite par l'apparition
de M. Bournisien, qui passait sous les halles avec les
saintes huiles.

Homais, comme il le devait à ses principes, compara les prêtres à des corbeaux qu'attire l'odeur des morts; la vue d'un ecclésiastique lui était personnellement désagréable, car la soutane le faisait rêver au linceul, et il exécrait l'une un peu par épouvante de l'autre.

Néanmoins, ne reculant pas devant ce qu'il appelait *sa mission*, il retourna chez Bovary en compagnie de Canivet, que M. Larivière, avant de partir, avait engagé fortement à cette démarche; et même, sans les représentations de sa femme, il eût emmené avec lui ses deux fils, afin de les accoutumer aux fortes circonstances, pour que ce fût une leçon, un exemple, un tableau solennel qui leur restât plus tard dans la tête.

La chambre, quand ils entrèrent, était toute pleine d'une solennité lugubre. Il y avait sur la table à ouvrage, recouverte d'une serviette blanche, cinq ou six petites boules de coton dans un plat d'argent, près d'un gros crucifix, entre deux chandeliers qui brûlaient. Emma, le menton contre sa poitrine, ouvrait démesurément les paupières; et ses pauvres mains se traînaient sur les draps, avec ce geste hideux et doux des agonisants qui semblent vouloir déjà se recouvrir du suaire. Pâle comme une statue, et les yeux rouges comme des charbons, Charles, sans pleurer, se tenait en face d'elle, au pied du lit, tandis que le prêtre, appuyé sur un genou, marmottait des paroles basses.

Elle tourna sa figure lentement, et parut saisie de joie à voir tout à coup l'étole violette, sans doute retrouvant au milieu d'un apaisement extraordinaire la volupté perdue de ses premiers élancements mystiques, avec des visions de béatitude éternelle qui commençaient.

Le prêtre se releva pour prendre le crucifix; alors elle allongea le cou comme quelqu'un qui a soif, et,

collant ses lèvres sur le corps de l'Homme-Dieu, elle
y déposa de toute sa force expirante le plus grand
baiser d'amour qu'elle eût jamais donné. Ensuite il
récita le *Misereatur* et *l'Indulgentiam*, trempa son
pouce droit dans l'huile et commença les onctions :
d'abord sur les yeux, qui avaient tant convoité
toutes les somptuosités terrestres ; puis sur les
narines, friandes de brises tièdes et de senteurs
amoureuses ; puis sur la bouche, qui s'était ouverte
pour le mensonge, qui avait gémi d'orgueil et crié
dans la luxure ; puis sur les mains, qui se délectaient
aux contacts suaves, et enfin sur la plante des pieds,
si rapides autrefois quand elle courait à l'assouvissance de ses désirs, et qui maintenant ne marche-
raient plus[1].

Le curé s'essuya les doigts, jeta dans le feu les
brins de coton trempés d'huile, et revint s'asseoir
près de la moribonde pour lui dire qu'elle devait à
présent joindre ses souffrances à celles de Jésus-
Christ et s'abandonner à la miséricorde divine.

En finissant ses exhortations, il essaya de lui
mettre dans la main un cierge bénit, symbole des
gloires célestes dont elle allait tout à l'heure être
environnée. Emma, trop faible, ne put fermer les
doigts, et le cierge, sans M. Bournisien, serait tombé
à terre.

Cependant elle n'était plus aussi pâle, et son
visage avait une expression de sérénité, comme si le
sacrement l'eût guérie.

Le prêtre ne manqua point d'en faire l'observation ; il expliqua même à Bovary que le Seigneur,
quelquefois, prolongeait l'existence des personnes
lorsqu'il le jugeait convenable pour leur salut ; et
Charles se rappela un jour où, ainsi près de mourir,
elle avait reçu la communion.

— Il ne fallait peut-être pas se désespérer, pensa-
t-il.

En effet, elle regarda tout autour d'elle, lentement, comme quelqu'un qui se réveille d'un songe ;
puis, d'une voix distincte, elle demanda son miroir,
et elle resta penchée dessus quelque temps, jusqu'au
moment où de grosses larmes lui découlèrent des
yeux. Alors elle se renversa la tête en poussant un
soupir et retomba sur l'oreiller.

Sa poitrine aussitôt se mit à haleter rapidement. La
langue tout entière lui sortit hors de la bouche ; ses
yeux, en roulant, pâlissaient comme deux globes de
lampe qui s'éteignent, à la croire déjà morte, sans l'effrayante accélération de ses côtes, secouées par un
souffle furieux, comme si l'âme eût fait des bonds
pour se détacher. Félicité s'agenouilla devant le crucifix, et le pharmacien lui-même fléchit un peu les jarrets, tandis que M. Canivet regardait vaguement sur
la place. Bournisien s'était remis en prière, la figure
inclinée contre le bord de la couche, avec sa longue
soutane noire qui traînait derrière lui dans l'appartement. Charles était de l'autre côté, à genoux, les bras
étendus vers Emma. Il avait pris ses mains et il les
serrait, tressaillant à chaque battement de son cœur,
comme au contrecoup d'une ruine qui tombe. À
mesure que le râle devenait plus fort, l'ecclésiastique
précipitait ses oraisons ; elles se mêlaient aux sanglots
étouffés de Bovary, et quelquefois tout semblait disparaître dans le sourd murmure des syllabes latines, qui
tintaient comme un glas de cloche.

Tout à coup, on entendit sur le trottoir un bruit de
gros sabots, avec le frôlement d'un bâton ; et une
voix s'éleva, une voix rauque, qui chantait :

> Souvent la chaleur d'un beau jour
> Fait rêver fillette à l'amour [1].

Emma se releva comme un cadavre que l'on galva-
nise, les cheveux dénoués, la prunelle fixe, béante.

> Pour amasser diligemment
> Les épis que la faux moissonne,
> Ma Nanette va s'inclinant
> Vers le sillon qui nous les donne.

— L'Aveugle ! s'écria-t-elle.

Et Emma se mit à rire, d'un rire atroce, frénétique, désespéré, croyant voir la face hideuse du misérable, qui se dressait dans les ténèbres éternelles comme un épouvantement.

> Il souffla bien fort ce jour-là,
> Et le jupon court s'envola !

Une convulsion la rabattit sur le matelas. Tous s'approchèrent. Elle n'existait plus.

IX

Il y a toujours après la mort de quelqu'un comme une stupéfaction qui se dégage, tant il est difficile de comprendre cette survenue du néant et de se résigner à y croire. Mais, quand il s'aperçut pourtant de son immobilité, Charles se jeta sur elle en criant :

— Adieu ! adieu !

Homais et Canivet l'entraînèrent hors de la chambre.

— Modérez-vous !

— Oui, disait-il en se débattant, je serai raisonnable, je ne ferai pas de mal. Mais laissez-moi ! je veux la voir ! c'est ma femme !

Et il pleurait.

— Pleurez, reprit le pharmacien, donnez cours à la nature, cela vous soulagera !

Devenu plus faible qu'un enfant, Charles se laissa

conduire en bas, dans la salle, et M. Homais bientôt
s'en retourna chez lui.

Il fut sur la Place accosté par l'Aveugle, qui,
s'étant traîné jusqu'à Yonville dans l'espoir de la
pommade antiphlogistique, demandait à chaque
passant où demeurait l'apothicaire.

— Allons, bon! comme si je n'avais pas d'autres
chiens à fouetter! Ah! tant pis, reviens plus tard!

Et il entra précipitamment dans la pharmacie.

Il avait à écrire deux lettres, à faire une potion
calmante pour Bovary, à trouver un mensonge qui
pût cacher l'empoisonnement et à le rédiger en
article pour *le Fanal*, sans compter les personnes
qui l'attendaient, afin d'avoir des informations; et,
quand les Yonvillais eurent tous entendu son histoire d'arsenic qu'elle avait pris pour du sucre, en
faisant une crème à la vanille, Homais, encore une
fois, retourna chez Bovary.

Il le trouva seul (M. Canivet venait de partir),
assis dans le fauteuil, près de la fenêtre, et contemplant d'un regard idiot les pavés de la salle.

— Il faudrait à présent, dit le pharmacien, fixer
vous-même l'heure de la cérémonie.

— Pourquoi? quelle cérémonie?

Puis d'une voix balbutiante et effrayée:

— Oh! non, n'est-ce pas? non, je veux la garder.

Homais, par contenance, prit une carafe sur l'étagère pour arroser les géraniums.

— Ah! merci, dit Charles, vous êtes bon!

Et il n'acheva pas, suffoquant sous une abondance
de souvenirs que ce geste du pharmacien lui rappelait.

Alors, pour le distraire, Homais jugea convenable
de causer un peu horticulture; les plantes avaient
besoin d'humidité. Charles baissa la tête en signe
d'approbation.

— Du reste, les beaux jours maintenant vont
revenir.

— Ah! fit Bovary.

L'apothicaire, à bout d'idées, se mit à écarter doucement les petits rideaux du vitrage.

— Tiens, voilà M. Tuvache qui passe.

Charles répéta comme une machine :

— M. Tuvache qui passe.

Homais n'osa lui reparler des dispositions funèbres ; ce fut l'ecclésiastique qui parvint à l'y résoudre.

Il s'enferma dans son cabinet, prit une plume, et, après avoir sangloté quelque temps, il écrivit :

« *Je veux qu'on l'enterre dans sa robe de noces, avec des souliers blancs, une couronne. On lui étalera les cheveux sur les épaules ; trois cercueils, un de chêne, un d'acajou, un de plomb. Qu'on ne me dise rien, j'aurai de la force. On lui mettra par-dessus tout une grande pièce de velours vert. Je le veux. Faites-le.* »

Ces messieurs s'étonnèrent beaucoup des idées romanesques de Bovary, et aussitôt le pharmacien alla lui dire :

— Ce velours me paraît une superfétation. La dépense, d'ailleurs…

— Est-ce que cela vous regarde ? s'écria Charles. Laissez-moi ! vous ne l'aimiez pas ! Allez-vous-en !

L'ecclésiastique le prit par-dessous le bras pour lui faire faire un tour de promenade dans le jardin. Il discourait sur la vanité des choses terrestres. Dieu était bien grand, bien bon ; on devait sans murmure se soumettre à ses décrets, même le remercier.

Charles éclata en blasphèmes.

— Je l'exècre, votre Dieu !

— L'esprit de révolte est encore en vous, soupira l'ecclésiastique.

Bovary était loin. Il marchait à grands pas, le long du mur, près de l'espalier, et il grinçait des dents, il levait au ciel des regards de malédiction ; mais pas une feuille seulement n'en bougea.

Une petite pluie tombait. Charles, qui avait la poi-trine nue, finit par grelotter ; il rentra s'asseoir dans la cuisine.

À six heures, on entendit un bruit de ferraille sur la Place : c'était *l'Hirondelle* qui arrivait ; et il resta le front contre les carreaux, à voir descendre les uns après les autres tous les voyageurs. Félicité lui éten-dit un matelas dans le salon ; il se jeta dessus et s'en-dormit.

Bien que philosophe, M. Homais respectait les morts. Aussi, sans garder rancune au pauvre Charles, il revint le soir pour faire la veillée du cadavre, apportant avec lui trois volumes, et un portefeuille, afin de prendre des notes.

M. Bournisien s'y trouvait, et deux grands cierges brûlaient au chevet du lit, que l'on avait tiré hors de l'alcôve.

L'apothicaire, à qui le silence pesait, ne tarda pas à formuler quelques plaintes sur cette «infortunée jeune femme» ; et le prêtre répondit qu'il ne restait plus maintenant qu'à prier pour elle.

— Cependant, reprit Homais, de deux choses l'une : ou elle est morte en état de grâce (comme s'ex-prime l'Église), et alors elle n'a nul besoin de nos prières ; ou bien elle est décédée impénitente (c'est, je crois, l'expression ecclésiastique), et alors...

Bournisien l'interrompit, répliquant d'un ton bourru qu'il n'en fallait pas moins prier.

— Mais, objecta le pharmacien, puisque Dieu connaît tous nos besoins, à quoi peut servir la prière ?

— Comment ! fit l'ecclésiastique, la prière ! Vous n'êtes donc pas chrétien ?

— Pardonnez ! dit Homais. J'admire le christia-nisme. Il a d'abord affranchi les esclaves[1], introduit dans le monde une morale...

— Il ne s'agit pas de cela ! Tous les textes...

— Oh ! oh ! quant aux textes, ouvrez l'histoire ; on sait qu'ils ont été falsifiés par les jésuites.

Charles entra, et, s'avançant vers le lit, il tira lentement les rideaux.

Emma avait la tête penchée sur l'épaule droite. Le coin de sa bouche, qui se tenait ouverte, faisait comme un trou noir au bas de son visage ; les deux pouces restaient infléchis dans la paume des mains ; une sorte de poussière blanche lui parsemait les cils, et ses yeux commençaient à disparaître dans une pâleur visqueuse qui ressemblait à une toile mince, comme si des araignées avaient filé dessus. Le drap se creusait depuis ses seins jusqu'à ses genoux, se relevant ensuite à la pointe des orteils ; et il semblait à Charles que des masses infinies, qu'un poids énorme pesait sur elle.

L'horloge de l'église sonna deux heures. On entendait le gros murmure de la rivière qui coulait dans les ténèbres, au pied de la terrasse. M. Bournisien, de temps à autre, se mouchait bruyamment, et Homais faisait grincer sa plume sur le papier.

— Allons, mon bon ami, dit-il, retirez-vous, ce spectacle vous déchire !

Charles une fois parti, le pharmacien et le curé recommencèrent leurs discussions.

— Lisez Voltaire ! disait l'un ; lisez d'Holbach, lisez l'*Encyclopédie* !

— Lisez les *Lettres de quelques juifs portugais*[1] ! disait l'autre ; lisez la *Raison du christianisme*, par Nicolas, ancien magistrat[2] !

Ils s'échauffaient, ils étaient rouges, ils parlaient à la fois sans s'écouter ; Bournisien se scandalisait d'une telle audace ; Homais s'émerveillait d'une telle bêtise ; et ils n'étaient pas loin de s'adresser des injures, quand Charles, tout à coup, reparut. Une fascination l'attirait. Il remontait continuellement l'escalier.

Il se posait en face d'elle pour la mieux voir, et il se perdait en cette contemplation, qui n'était plus douloureuse à force d'être profonde.

Il se rappelait des histoires de catalepsie, les miracles du magnétisme; et il se disait qu'en le voulant extrêmement, il parviendrait peut-être à la ressusciter. Une fois même il se pencha vers elle, et il cria tout bas: «Emma! Emma!» Son haleine, fortement poussée, fit trembler la flamme des cierges contre le mur.

Au petit jour, madame Bovary mère arriva; Charles, en l'embrassant, eut un nouveau débordement de pleurs. Elle essaya, comme avait tenté le pharmacien, de lui faire quelques observations sur les dépenses de l'enterrement. Il s'emporta si fort qu'elle se tut, et même il la chargea de se rendre immédiatement à la ville pour acheter ce qu'il fallait.

Charles resta seul toute l'après-midi: on avait conduit Berthe chez madame Homais; Félicité se tenait en haut, dans la chambre, avec la mère Lefrançois.

Le soir, il reçut des visites. Il se levait, vous serrait les mains sans pouvoir parler, puis l'on s'asseyait auprès des autres, qui faisaient devant la cheminée un grand demi-cercle. La figure basse et le jarret sur le genou, ils dandinaient leur jambe, tout en poussant par intervalles un gros soupir; et chacun s'ennuyait d'une façon démesurée; c'était pourtant à qui ne partirait pas.

Homais, quand il revint à neuf heures (on ne voyait que lui sur la Place depuis deux jours), était chargé d'une provision de camphre, de benjoin et d'herbes aromatiques. Il portait aussi un vase plein de chlore, pour bannir les miasmes. À ce moment, la domestique, madame Lefrançois et la mère Bovary tournaient autour d'Emma, en achevant de l'habiller; et elles abaissèrent le long voile raide, qui la recouvrit jusqu'à ses souliers de satin[1].

Félicité sanglotait:

— Ah! ma pauvre maîtresse! ma pauvre maîtresse!

— Regardez-la, disait en soupirant l'aubergiste, comme elle est mignonne encore! Si l'on ne jurerait pas qu'elle va se lever tout à l'heure.

Puis elles se penchèrent, pour lui mettre sa couronne.

Il fallut soulever un peu la tête, et alors un flot de liquides noirs sortit, comme un vomissement, de sa bouche.

— Ah! mon Dieu! la robe, prenez garde! s'écria madame Lefrançois. Aidez-nous donc! disait-elle au pharmacien. Est-ce que vous avez peur, par hasard?

— Moi, peur? répliqua-t-il en haussant les épaules. Ah bien, oui! J'en ai vu d'autres à l'Hôtel-Dieu, quand j'étudiais la pharmacie! Nous faisions du punch dans l'amphithéâtre aux dissections! Le néant n'épouvante pas un philosophe; et même, je le dis souvent, j'ai l'intention de léguer mon corps aux hôpitaux, afin de servir plus tard à la Science.

En arrivant, le Curé demanda comment se portait Monsieur; et, sur la réponse de l'apothicaire, il reprit:

— Le coup, vous comprenez, est encore trop récent!

Alors Homais le félicita de n'être pas exposé, comme tout le monde, à perdre une compagne chérie; d'où s'ensuivit une discussion sur le célibat des prêtres.

— Car, disait le pharmacien, il n'est pas naturel qu'un homme se passe de femmes! On a vu des crimes...

— Mais, sabre de bois! s'écria l'ecclésiastique, comment voulez-vous qu'un individu pris dans le mariage puisse garder, par exemple, le secret de la confession?

Homais attaqua la confession. Bournisien la défendit; il s'étendit sur les restitutions qu'elle faisait opérer. Il cita différentes anecdotes de voleurs devenus honnêtes tout à coup. Des militaires, s'étant approchés du tribunal de la pénitence, avaient senti les écailles leur tomber des yeux. Il y avait à Fribourg un ministre...

Son compagnon dormait. Puis, comme il étouffait un peu dans l'atmosphère trop lourde de la chambre, il ouvrit la fenêtre, ce qui réveilla le pharmacien.

— Allons, une prise! lui dit-il. Acceptez, cela dissipe.

Des aboiements continus se traînaient au loin, quelque part.

— Entendez-vous un chien qui hurle? dit le pharmacien.

— On prétend qu'ils sentent les morts, répondit l'ecclésiastique. C'est comme les abeilles: elles s'envolent de la ruche au décès des personnes. Homais ne releva pas ces préjugés, car il s'était rendormi.

M. Bournisien, plus robuste, continua quelque temps à remuer tout bas les lèvres; puis, insensiblement, il baissa le menton, lâcha son gros livre noir et se mit à ronfler.

Ils étaient en face l'un de l'autre, le ventre en avant, la figure bouffie, l'air renfrogné, après tant de désaccord se rencontrant enfin dans la même faiblesse humaine; et ils ne bougeaient pas plus que le cadavre à côté d'eux, qui avait l'air de dormir.

Charles, en entrant, ne les réveilla point. C'était la dernière fois. Il venait lui faire ses adieux.

Les herbes aromatiques fumaient encore, et des tourbillons de vapeur bleuâtre se confondaient au bord de la croisée avec le brouillard qui entrait. Il y avait quelques étoiles, et la nuit était douce.

La cire des cierges tombait par grosses larmes sur les draps du lit. Charles les regardait brûler, fatiguant ses yeux contre le rayonnement de leur flamme jaune.

Des moires frissonnaient sur la robe de satin, blanche comme un clair de lune. Emma disparaissait dessous ; et il lui semblait que, s'épandant audehors d'elle-même, elle se perdait confusément dans l'entourage des choses, dans le silence, dans la nuit, dans le vent qui passait, dans les senteurs humides qui montaient.

Puis, tout à coup, il la voyait dans le jardin de Tostes, sur le banc, contre la haie d'épines, ou bien à Rouen dans les rues, sur le seuil de leur maison, dans la cour des Bertaux. Il entendait encore le rire des garçons en gaieté qui dansaient sous les pommiers ; la chambre était pleine du parfum de sa chevelure, et sa robe lui frissonnait dans les bras avec un bruit d'étincelles. C'était la même, celle-là !

Il fut longtemps à se rappeler ainsi toutes les félicités disparues, ses attitudes, ses gestes, le timbre de sa voix. Après un désespoir, il en venait un autre, et toujours, intarissablement, comme les flots d'une marée qui déborde.

Il eut une curiosité terrible : lentement, du bout des doigts, en palpitant, il releva son voile. Mais il poussa un cri d'horreur qui réveilla les deux autres. Ils l'entraînèrent en bas, dans la salle.

Puis Félicité vint dire qu'il demandait des cheveux.

— Coupez-en ! répliqua l'apothicaire.

Et, comme elle n'osait, il s'avança lui-même, les ciseaux à la main. Il tremblait si fort, qu'il piqua la peau des tempes en plusieurs places. Enfin, se raidissant contre l'émotion, Homais donna deux ou trois grands coups au hasard, ce qui fit des marques blanches dans cette belle chevelure noire.

Le pharmacien et le curé se replongèrent dans leurs occupations, non sans dormir de temps à autre, ce dont ils s'accusaient réciproquement à chaque réveil nouveau. Alors M. Bournisien aspergeait la chambre d'eau bénite et Homais jetait un peu de chlore par terre.

Félicité avait eu soin de mettre pour eux, sur la commode, une bouteille d'eau-de-vie, un fromage et une grosse brioche. Aussi l'apothicaire, qui n'en pouvait plus, soupira, vers quatre heures du matin :

— Ma foi, je me sustenterais avec plaisir !

L'ecclésiastique ne se fit point prier ; il sortit pour aller dire sa messe, revint ; puis ils mangèrent et trinquèrent, tout en ricanant un peu, sans savoir pourquoi, excités par cette gaieté vague qui vous prend après des séances de tristesse ; et, au dernier petit verre, le prêtre dit au pharmacien, tout en lui frappant sur l'épaule :

— Nous finirons par nous entendre !

Ils rencontrèrent en bas, dans le vestibule, les ouvriers qui arrivaient. Alors Charles, pendant deux heures, eut à subir le supplice du marteau qui résonnait sur les planches. Puis on la descendit dans son cercueil de chêne, que l'on emboîta dans les deux autres ; mais, comme la bière était trop large, il fallut boucher les interstices avec la laine d'un matelas. Enfin, quand les trois couvercles furent rabotés, cloués, soudés, on l'exposa devant la porte ; on ouvrit toute grande la maison, et les gens d'Yonville commencèrent à affluer.

Le père Rouault arriva. Il s'évanouit sur la Place en apercevant le drap noir.

X

Il n'avait reçu la lettre du pharmacien que trente-six heures après l'événement; et, par égard pour sa sensibilité, M. Homais l'avait rédigée de telle façon qu'il était impossible de savoir à quoi s'en tenir.

Le bonhomme tomba d'abord comme frappé d'apoplexie. Ensuite il comprit qu'elle n'était pas morte. Mais elle pouvait l'être… Enfin il avait passé sa blouse, pris son chapeau, accroché un éperon à son soulier et était parti ventre à terre; et, tout le long de la route, le père Rouault, haletant, se dévora d'angoisses. Une fois même, il fut obligé de descendre. Il n'y voyait plus, il entendait des voix autour de lui, il se sentait devenir fou.

Le jour se leva. Il aperçut trois poules noires qui dormaient dans un arbre; il tressaillit, épouvanté de ce présage. Alors il promit à la sainte Vierge trois chasubles pour l'église, et qu'il irait pieds nus depuis le cimetière des Bertaux jusqu'à la chapelle de Vassonville.

Il entra dans Maromme en hélant les gens de l'auberge, enfonça la porte d'un coup d'épaule, bondit au sac d'avoine, versa dans la mangeoire une bouteille de cidre doux, et renfourcha son bidet, qui faisait feu des quatre fers.

Il se disait qu'on la sauverait sans doute; les médecins découvriraient un remède, c'était sûr. Il se rappela toutes les guérisons miraculeuses qu'on lui avait contées.

Puis elle lui apparaissait morte. Elle était là, devant lui, étendue sur le dos, au milieu de la route. Il tirait la bride et l'hallucination disparaissait.

À Quincampoix, pour se donner du cœur, il but trois cafés l'un sur l'autre.

Il songea qu'on s'était trompé de nom en écrivant. Il chercha la lettre dans sa poche, l'y sentit, mais il n'osa pas l'ouvrir.

Il en vint à supposer que c'était peut-être une *farce*, une vengeance de quelqu'un, une fantaisie d'homme en goguette ; et, d'ailleurs, si elle était morte, on le saurait ? Mais non ! la campagne n'avait rien d'extraordinaire : le ciel était bleu, les arbres se balançaient ; un troupeau de moutons passa. Il aperçut le village ; on le vit accourant tout penché sur son cheval, qu'il bâtonnait à grands coups, et dont les sangles dégouttelaient de sang.

Quand il eut repris connaissance, il tomba tout en pleurs dans les bras de Bovary :

— Ma fille ! Emma ! mon enfant ! expliquez-moi… ?

Et l'autre répondait avec des sanglots :

— Je ne sais pas, je ne sais pas ! c'est une malédiction !

L'apothicaire les sépara.

— Ces horribles détails sont inutiles. J'en instruirai monsieur. Voici le monde qui vient. De la dignité, fichtre ! de la philosophie !

Le pauvre garçon voulut paraître fort, et il répéta plusieurs fois :

— Oui…, du courage !

— Eh bien, s'écria le bonhomme, j'en aurai, nom d'un tonnerre de Dieu ! Je m'en vas la conduire jusqu'au bout.

La cloche tintait. Tout était prêt. Il fallut se mettre en marche.

Et, assis dans une stalle du chœur, l'un près de l'autre, ils virent passer devant eux et repasser continuellement les trois chantres qui psalmodiaient. Le serpent soufflait à pleine poitrine. M. Bournisien, en grand appareil, chantait d'une voix aiguë ; il saluait le tabernacle, élevait les mains, étendait les bras. Lestiboudois circulait dans l'église avec sa latte de baleine ; près du lutrin, la bière reposait entre quatre rangs de cierges. Charles avait envie de se lever pour les éteindre.

Il tâchait cependant de s'exciter à la dévotion, de s'élancer dans l'espoir d'une vie future où il la reverrait. Il imaginait qu'elle était partie en voyage, bien loin, depuis longtemps. Mais, quand il pensait qu'elle se trouvait là-dessous, et que tout était fini, qu'on l'emportait dans la terre, il se prenait d'une rage farouche, noire, désespérée. Parfois il croyait ne plus rien sentir ; et il savourait cet adoucissement de sa douleur, tout en se reprochant d'être un misérable.

On entendit sur les dalles comme le bruit sec d'un bâton ferré qui les frappait à temps égaux. Cela venait du fond, et s'arrêta court dans les bas-côtés de l'église. Un homme en grosse veste brune s'agenouilla péniblement. C'était Hippolyte, le garçon du *Lion d'or*. Il avait mis sa jambe neuve.

L'un des chantres vint faire le tour de la nef pour quêter, et les gros sous, les uns après les autres, sonnaient dans le plat d'argent.

— Dépêchez-vous donc ! Je souffre, moi ! s'écria Bovary tout en lui jetant avec colère une pièce de cinq francs.

L'homme d'église le remercia par une longue révérence.

On chantait, on s'agenouillait, on se relevait, cela n'en finissait pas ! Il se rappela qu'une fois, dans les premiers temps, ils avaient ensemble assisté à la messe, et ils s'étaient mis de l'autre côté, à droite, contre le mur. La cloche recommença. Il y eut un grand mouvement de chaises. Les porteurs glissèrent leurs trois bâtons sous la bière, et l'on sortit de l'église.

Justin alors parut sur le seuil de la pharmacie. Il y rentra tout à coup, pâle, chancelant.

On se tenait aux fenêtres pour voir passer le cortège. Charles, en avant, se cambrait la taille. Il affectait un air brave et saluait d'un signe ceux qui, débouchant des ruelles ou des portes, se rangeaient dans la foule.

Les six hommes, trois de chaque côté, marchaient au petit pas et en haletant un peu. Les prêtres, les chantres et les deux enfants de chœur récitaient le *De profundis* ; et leurs voix s'en allaient sur la campagne, montant et s'abaissant avec des ondulations. Parfois ils disparaissaient aux détours du sentier ; mais la grande croix d'argent se dressait toujours entre les arbres.

Les femmes suivaient, couvertes de mantes noires à capuchon rabattu ; elles portaient à la main un gros cierge qui brûlait, et Charles se sentait défaillir à cette continuelle répétition de prières et de flambeaux, sous ces odeurs affadissantes de cire et de soutane. Une brise fraîche soufflait, les seigles et les colzas verdoyaient, des gouttelettes de rosée tremblaient au bord du chemin, sur les haies d'épines. Toutes sortes de bruits joyeux emplissaient l'horizon : le claquement d'une charrette roulant au loin dans les ornières, le cri d'un coq qui se répétait ou la galopade d'un poulain que l'on voyait s'enfuir sous les pommiers. Le ciel pur était tacheté de nuages roses ; des fumignons[1] bleuâtres se rabattaient sur les chaumières couvertes d'iris ; Charles, en passant, reconnaissait les cours. Il se souvenait de matins comme celui-ci, où, après avoir visité quelque malade, il en sortait, et retournait vers elle.

Le drap noir, semé de larmes blanches, se levait de temps à autre en découvrant la bière. Les porteurs fatigués se ralentissaient, et elle avançait par saccades continues, comme une chaloupe qui tangue à chaque flot[2].

On arriva.

Les hommes continuèrent jusqu'en bas, à une place dans le gazon où la fosse était creusée.

On se rangea tout autour; et, tandis que le prêtre parlait, la terre rouge, rejetée sur les bords, coulait par les coins, sans bruit, continuellement.

Puis, quand les quatre cordes furent disposées, on poussa la bière dessus. Il la regarda descendre. Elle descendait toujours.

Enfin on entendit un choc; les cordes en grinçant remontèrent. Alors Bournisien prit la bêche que lui tendait Lestiboudois; de sa main gauche, tout en aspergeant de la droite, il poussa vigoureusement une large pelletée; et le bois du cercueil, heurté par les cailloux, fit ce bruit formidable qui nous semble être le retentissement de l'éternité.

L'ecclésiastique passa le goupillon à son voisin. C'était M. Homais. Il le secoua gravement, puis le tendit à Charles, qui s'affaissa jusqu'aux genoux dans la terre, et il en jetait à pleines mains tout en criant: «Adieu!» Il lui envoyait des baisers; il se traînait vers la fosse pour s'y engloutir avec elle[1].

On l'emmena; et il ne tarda pas à s'apaiser, éprouvant peut-être, comme tous les autres, la vague satisfaction d'en avoir fini.

Le père Rouault, en revenant, se mit tranquillement à fumer une pipe; ce que Homais, dans son for intérieur, jugea peu convenable[2]. Il remarqua de même que M. Binet s'était abstenu de paraître, que Tuvache «avait filé» après la messe, et que Théodore, le domestique du notaire, portait un habit bleu, «comme si l'on ne pouvait pas trouver un habit noir, puisque c'est l'usage, que diable!» Et pour communiquer ses observations, il allait d'un groupe à l'autre. On y déplorait la mort d'Emma, et surtout Lheureux, qui n'avait point manqué de venir à l'enterrement.

— Cette pauvre petite dame! quelle douleur pour son mari!

L'apothicaire reprenait:

— Sans moi, savez-vous bien, il se serait porté sur lui-même à quelque attentat funeste!

— Une si bonne personne! Dire pourtant que je l'ai encore vue samedi dernier dans ma boutique[1]!

— Je n'ai pas eu le loisir, dit Homais, de préparer quelques paroles que j'aurais jetées sur sa tombe.

En rentrant, Charles se déshabilla, et le père Rouault repassa sa blouse bleue. Elle était neuve, et, comme il s'était, pendant la route, souvent essuyé les yeux avec les manches, elle avait déteint sur sa figure; et la trace des pleurs y faisait des lignes dans la couche de poussière qui la salissait.

Madame Bovary mère était avec eux. Ils se taisaient tous les trois. Enfin le bonhomme soupira:

— Vous rappelez-vous, mon ami, que je suis venu à Tostes une fois, quand vous veniez de perdre votre première défunte. Je vous consolais dans ce temps-là! Je trouvais quoi dire; mais à présent...

Puis, avec un long gémissement qui souleva toute sa poitrine:

— Ah! c'est la fin pour moi, voyez-vous! J'ai vu partir ma femme..., mon fils après..., et voilà ma fille, aujourd'hui!

Il voulut s'en retourner tout de suite aux Bertaux, disant qu'il ne pourrait pas dormir dans cette maison-là. Il refusa même de voir sa petite-fille.

— Non! non! ça me ferait trop de deuil. Seulement, vous l'embrasserez bien! Adieu!... vous êtes un bon garçon! Et puis, jamais je n'oublierai ça, dit-il en se frappant la cuisse, n'ayez peur! vous recevrez toujours votre dinde.

Mais, quand il fut au haut de la côte, il se détourna, comme autrefois il s'était détourné sur le chemin de Saint-Victor, en se séparant d'elle. Les fenêtres du village étaient tout en feu sous les rayons obliques du soleil, qui se couchait dans la prairie. Il mit sa main devant ses yeux; et il aperçut à l'horizon un enclos de murs où des arbres, çà et là, faisaient des bouquets noirs entre des pierres blanches, puis il continua sa route, au petit trot, car son bidet boitait.

Charles et sa mère restèrent le soir, malgré leur fatigue, fort longtemps à causer ensemble. Ils parlèrent des jours d'autrefois et de l'avenir. Elle viendrait habiter Yonville, elle tiendrait son ménage, ils ne se quitteraient plus. Elle fut ingénieuse et caressante, se réjouissant intérieurement à ressaisir une affection qui depuis tant d'années lui échappait. Minuit sonna. Le village, comme d'habitude, était silencieux, et Charles, éveillé, pensait toujours à elle.

Rodolphe, qui, pour se distraire, avait battu le bois toute la journée, dormait tranquillement dans son château ; et Léon, là-bas, dormait aussi.

Il y en avait un autre qui, à cette heure-là, ne dormait pas.

Sur la fosse, entre les sapins, un enfant pleurait agenouillé, et sa poitrine, brisée par les sanglots, haletait dans l'ombre, sous la pression d'un regret immense plus doux que la lune et plus insondable que la nuit. La grille tout à coup craqua. C'était Lestiboudois ; il venait chercher sa bêche qu'il avait oubliée tantôt. Il reconnut Justin escaladant le mur, et sut alors à quoi s'en tenir sur le malfaiteur qui lui dérobait ses pommes de terre.

XI

Charles, le lendemain, fit revenir la petite. Elle demanda sa maman. On lui répondit qu'elle était absente, qu'elle lui rapporterait des joujoux. Berthe en reparla plusieurs fois ; puis, à la longue, elle n'y pensa plus. La gaieté de cette enfant navrait Bovary, et il avait à subir les intolérables consolations du pharmacien.

Les affaires d'argent bientôt recommencèrent, M. Lheureux excitant de nouveau son ami Vinçart, et Charles s'engagea pour des sommes exorbitantes ; car jamais il ne voulut consentir à laisser vendre le moindre des meubles qui *lui* avaient appartenu. Sa mère en fut exaspérée. Il s'indigna plus fort qu'elle. Il avait changé tout à fait. Elle abandonna la maison.

Alors chacun se mit à *profiter*. Mademoiselle Lempereur réclama six mois de leçons, bien qu'Emma n'en eût jamais pris une seule (malgré cette facture acquittée qu'elle avait fait voir à Bovary) : c'était une convention entre elles deux ; le loueur de livres réclama trois ans d'abonnement ; la mère Rolet réclama le port d'une vingtaine de lettres ; et, comme Charles demandait des explications, elle eut la délicatesse de répondre :

— Ah ! je ne sais rien ! c'était pour ses affaires.

À chaque dette qu'il payait, Charles croyait en avoir fini. Il en survenait d'autres, continuellement.

Il exigea l'arriéré d'anciennes visites. On lui montra les lettres que sa femme avait envoyées. Alors il fallut faire des excuses.

Félicité portait maintenant les robes de Madame ; non pas toutes, car il en avait gardé quelques-unes, et il les allait voir dans son cabinet de toilette, où il s'enfermait ; elle était à peu près de sa taille, souvent Charles, en l'apercevant par-derrière, était saisi d'une illusion, et s'écriait :

— Oh ! reste ! reste !

Mais, à la Pentecôte, elle décampa d'Yonville, enlevée par Théodore, et en volant tout ce qui restait de la garde-robe.

Ce fut vers cette époque que madame veuve Dupuis eut l'honneur de lui faire part du « mariage de M. Léon Dupuis, son fils, notaire à Yvetot, avec mademoiselle Léocadie Lebœuf, de Bondeville ». Charles, parmi les félicitations qu'il lui adressa, écrivit cette phrase :

« Comme ma pauvre femme aurait été heureuse ! »

Un jour qu'errant sans but dans la maison, il était monté jusqu'au grenier, il sentit sous sa pantoufle une boulette de papier fin. Il l'ouvrit et il lut : « Du courage, Emma ! du courage ! Je ne veux pas faire le malheur de votre existence. » C'était la lettre de Rodolphe, tombée à terre entre des caisses, qui était restée là, et que le vent de la lucarne venait de pousser vers la porte. Et Charles demeura tout immobile et béant à cette même place où jadis, encore plus pâle que lui, Emma, désespérée, avait voulu mourir. Enfin, il découvrit un petit R au bas de la seconde page. Qu'était-ce ? il se rappela les assiduités de Rodolphe, sa disparition soudaine et l'air contraint qu'il avait eu en la rencontrant depuis, deux ou trois fois. Mais le ton respectueux de la lettre l'illusionna.

— Ils se sont peut-être aimés platoniquement, se dit-il.

D'ailleurs, Charles n'était pas de ceux qui descendent au fond des choses ; il recula devant les preuves, et sa jalousie incertaine se perdit dans l'immensité de son chagrin.

On avait dû, pensait-il, l'adorer. Tous les hommes, à coup sûr, l'avaient convoitée. Elle lui en parut plus belle ; et il en conçut un désir permanent, furieux, qui enflammait son désespoir et qui n'avait pas de limites, parce qu'il était maintenant irréalisable.

Pour lui plaire, comme si elle vivait encore, il adopta ses prédilections, ses idées ; il s'acheta des bottes vernies, il prit l'usage des cravates blanches. Il mettait du cosmétique à ses moustaches, il souscrivit comme elle des billets à ordre. Elle le corrompait par-delà le tombeau.

Il fut obligé de vendre l'argenterie pièce à pièce, ensuite il vendit les meubles du salon. Tous les appartements se dégarnirent; mais la chambre, sa chambre à elle, était restée comme autrefois. Après son dîner, Charles montait là. Il poussait devant le feu la table ronde, et il approchait *son* fauteuil. Il s'asseyait en face. Une chandelle brûlait dans un des flambeaux dorés. Berthe, près de lui, enluminait des estampes.

Il souffrait, le pauvre homme, à la voir si mal vêtue, avec ses brodequins sans lacet et l'emmanchure de ses blouses déchirée jusqu'aux hanches, car la femme de ménage n'en prenait guère de souci. Mais elle était si douce, si gentille, et sa petite tête se penchait si gracieusement en laissant retomber sur ses joues roses sa bonne chevelure blonde, qu'une délectation infinie l'envahissait, plaisir tout mêlé d'amertume comme ces vins mal faits qui sentent la résine. Il raccommodait ses joujoux, lui fabriquait des pantins avec du carton, ou recousait le ventre déchiré de ses poupées. Puis, s'il rencontrait des yeux la boîte à ouvrage, un ruban qui traînait ou même une épingle restée dans une fente de la table, il se prenait à rêver, et il avait l'air si triste, qu'elle devenait triste comme lui.

Personne à présent ne venait les voir; car Justin s'était enfui à Rouen, où il est devenu garçon épicier, et les enfants de l'apothicaire fréquentaient de moins en moins la petite, M. Homais ne se souciant pas, vu la différence de leurs conditions sociales, que l'intimité se prolongeât.

L'Aveugle, qu'il n'avait pu guérir avec sa pommade, était retourné dans la côte du Bois-Guillaume, où il narrait aux voyageurs la vaine tentative du pharmacien, à tel point que Homais, lorsqu'il allait à la ville, se dissimulait derrière les rideaux de *l'Hirondelle*, afin d'éviter sa rencontre. Il l'exécrait; et, dans l'intérêt de sa propre réputation, voulant s'en débarrasser à toute force, il dressa contre lui une batterie cachée, qui décelait la profondeur de son intelligence et la scélératesse de sa vanité. Durant six mois consécutifs, on put donc lire dans *le Fanal de Rouen* des entrefilets ainsi conçus :

« Toutes les personnes qui se dirigent vers les fertiles contrées de la Picardie auront remarqué sans doute, dans la côte du Bois-Guillaume, un misérable atteint d'une horrible plaie faciale. Il vous importune, vous persécute et prélève un véritable impôt sur les voyageurs. Sommes-nous encore à ces temps monstrueux du Moyen Âge, où il était permis aux vagabonds d'étaler par nos places publiques la lèpre et les scrofules qu'ils avaient rapportées de la croisade ? »

Ou bien :

« Malgré les lois contre le vagabondage, les abords de nos grandes villes continuent à être infestés par des bandes de pauvres. On en voit qui circulent isolément, et qui, peut-être, ne sont pas les moins dangereux. À quoi songent nos édiles[1] ? »

Puis Homais inventait des anecdotes :

« Hier, dans la côte du Bois-Guillaume, un cheval ombrageux... » Et suivait le récit d'un accident occasionné par la présence de l'Aveugle.

Il fit si bien, qu'on l'incarcéra. Mais on le relâcha. Il recommença, et Homais aussi recommença. C'était une lutte. Il eut la victoire ; car son ennemi fut condamné à une reclusion perpétuelle dans un hospice.

Ce succès l'enhardit ; et dès lors il n'y eut plus dans l'arrondissement un chien écrasé, une grange incendiée, une femme battue, dont aussitôt il ne fît part au public, toujours guidé par l'amour du progrès et la haine des prêtres. Il établissait des comparaisons entre les écoles primaires et les frères ignorantins, au détriment de ces derniers, rappelait la Saint-Barthélemy à propos d'une allocation de cent francs faite à l'église, et dénonçait des abus, lançait des boutades. C'était son mot. Homais sapait; il devenait dangereux.

Cependant il étouffait dans les limites étroites du journalisme, et bientôt il lui fallut le livre, l'ouvrage! Alors il composa une *Statistique générale du canton d'Yonville, suivie d'observations climatologiques*, et la statistique le poussa vers la philosophie. Il se préoccupa des grandes questions : problème social, moralisation des classes pauvres, pisciculture, caoutchouc, chemins de fer, etc. Il en vint à rougir d'être un bourgeois. Il affectait *le genre artiste*, il fumait! Il s'acheta deux statuettes *chic* Pompadour, pour décorer son salon.

Il n'abandonnait point la pharmacie; au contraire! il se tenait au courant des découvertes. Il suivait le grand mouvement des chocolats. C'est le premier qui ait fait venir dans la Seine-Inférieure du *cho-ca* et de la *revalentia*[1]. Il s'éprit d'enthousiasme pour les chaînes hydroélectriques Pulvermacher[2]; il en portait une lui-même; et, le soir, quand il retirait son gilet de flanelle, madame Homais restait tout éblouie devant la spirale d'or sous laquelle il disparaissait, et sentait redoubler ses ardeurs pour cet homme plus garrotté qu'un Scythe et splendide comme un mage.

Il eut de belles idées à propos du tombeau d'Emma. Il proposa d'abord un tronçon de colonne avec une draperie, ensuite une pyramide, puis un temple de Vesta, une manière de rotonde… ou bien « un amas de ruines ». Et, dans tous les plans, Homais ne démordait point du saule pleureur, qu'il considérait comme le symbole obligé de la tristesse[3].

Charles et lui firent ensemble un voyage à Rouen, pour voir des tombeaux, chez un entrepreneur de sépultures, — accompagnés d'un artiste peintre, un nommé Vaufrylard[4], ami de Bridoux, et qui, tout le temps, débita des calembours. Enfin, après avoir examiné une centaine de dessins, s'être commandé un devis et avoir fait un second voyage à Rouen, Charles se décida pour un mausolée qui devait porter sur ses deux faces principales « un génie tenant une torche éteinte ».

Quant à l'inscription, Homais ne trouvait rien de beau comme : *Sta viator*, et il en restait là ; il se creusait l'imagination ; il répétait continuellement : *Sta viator*... Enfin, il découvrit : *amabilem conjugem calcas*[1] ! qui fut adopté.

Une chose étrange, c'est que Bovary, tout en pensant à Emma continuellement, l'oubliait ; et il se désespérait à sentir cette image lui échapper de la mémoire au milieu des efforts qu'il faisait pour la retenir. Chaque nuit pourtant, il la rêvait ; c'était toujours le même rêve : il s'approchait d'elle ; mais, quand il venait à l'étreindre, elle tombait en pourriture dans ses bras.

On le vit pendant une semaine entrer le soir à l'église. M. Bournisien lui fit même deux ou trois visites, puis l'abandonna. D'ailleurs, le bonhomme tournait à l'intolérance, au fanatisme, disait Homais ; il fulminait contre l'esprit du siècle, et ne manquait pas, tous les quinze jours, au sermon, de raconter l'agonie de Voltaire, lequel mourut en dévorant ses excréments, comme chacun sait[2].

Malgré l'épargne où vivait Bovary, il était loin de pouvoir amortir ses anciennes dettes. Lheureux refusa de renouveler aucun billet. La saisie devint imminente. Alors il eut recours à sa mère, qui consentit à lui laisser prendre une hypothèque sur ses biens, mais en lui envoyant force récriminations contre Emma ; et elle demandait, en retour de son sacrifice, un châle, échappé aux ravages de Félicité. Charles le lui refusa. Ils se brouillèrent.

Elle fit les premières ouvertures de raccommodement, en lui proposant de prendre chez elle la petite, qui la soulagerait dans sa maison. Charles y consentit. Mais, au moment du départ, tout courage l'abandonna. Alors, ce fut une rupture définitive, complète.

À mesure que ses affections disparaissaient, il se resserrait plus étroitement à l'amour de son enfant. Elle l'inquiétait cependant ; car elle toussait quelquefois, et avait des plaques rouges aux pommettes.

En face de lui s'étalait, florissante et hilare, la famille du pharmacien, que tout au monde contribuait à satisfaire. Napoléon l'aidait au laboratoire, Athalie lui brodait un bonnet grec, Irma découpait des rondelles de papier pour couvrir les confitures, et Franklin récitait tout d'une haleine la table de Pythagore. Il était le plus heureux des pères, le plus fortuné des hommes.

Erreur ! une ambition sourde le rongeait : Homais désirait la croix. Les titres ne lui manquaient point :

1° S'être, lors du choléra, signalé par un dévouement sans bornes ; 2° avoir publié, et à mes frais, différents ouvrages d'utilité publique, tels que... (et il rappelait son mémoire intitulé : *Du cidre, de sa fabrication et de ses effets* ; plus, des observations sur le puceron laniger, envoyées à l'Académie ; son volume de statistique, et jusqu'à sa thèse de pharmacien) ; sans compter que je suis membre de plusieurs sociétés savantes (il l'était d'une seule).

— Enfin, s'écriait-il, en faisant une pirouette, quand ce ne serait que de me signaler aux incendies !

Alors Homais inclina vers le Pouvoir. Il rendit secrètement à M. le préfet de grands services dans les élections. Il se vendit enfin, il se prostitua. Il adressa même au souverain une pétition où il le suppliait *de lui faire justice* ; il l'appelait *notre bon roi* et le comparait à Henri IV.

Et chaque matin, l'apothicaire se précipitait sur le journal pour y découvrir sa nomination ; elle ne venait pas. Enfin, n'y tenant plus, il fit dessiner dans son jardin un gazon figurant l'étoile de l'honneur, avec deux petits tordillons d'herbe qui partaient du sommet pour imiter le ruban. Il se promenait autour, les bras croisés, en méditant sur l'ineptie du gouvernement et l'ingratitude des hommes.

Par respect, ou par une sorte de sensualité qui lui faisait mettre de la lenteur dans ses investigations, Charles n'avait pas encore ouvert le compartiment secret d'un bureau de palissandre dont Emma se servait habituellement. Un jour, enfin, il s'assit devant, tourna la clef et poussa le ressort. Toutes les lettres de Léon s'y trouvaient. Plus de doute, cette fois! Il dévora jusqu'à la dernière, fouilla dans tous les coins, tous les meubles, tous les tiroirs, derrière les murs, sanglotant, hurlant, éperdu, fou. Il découvrit une boîte, la défonça d'un coup de pied. Le portrait de Rodolphe lui sauta en plein visage, au milieu des billets doux bouleversés.

On s'étonna de son découragement. Il ne sortait plus, ne recevait personne, refusait même d'aller voir ses malades. Alors on prétendit qu'il *s'enfermait pour boire*.

Quelquefois pourtant, un curieux se haussait par-dessus la haie du jardin, et apercevait avec ébahissement cet homme à barbe longue, couvert d'habits sordides, farouche, et qui pleurait tout haut en marchant.

Le soir, dans l'été, il prenait avec lui sa petite fille et la conduisait au cimetière. Ils s'en revenaient à la nuit close, quand il n'y avait plus d'éclairé sur la Place que la lucarne de Binet.

Cependant la volupté de sa douleur était incomplète, car il n'avait autour de lui personne qui la partageât; et il faisait des visites à la mère Lefrançois afin de pouvoir parler d'*elle*. Mais l'aubergiste ne l'écoutait que d'une oreille, ayant comme lui des chagrins, car M. Lheureux venait enfin d'établir les *Favorites du commerce*, et Hivert, qui jouissait d'une grande réputation pour les commissions, exigeait un surcroît d'appointements et menaçait de s'engager «à la Concurrence».

Un jour qu'il était allé au marché d'Argueil pour y vendre son cheval, — dernière ressource, — il rencontra Rodolphe.

Ils pâlirent en s'apercevant. Rodolphe, qui avait seulement envoyé sa carte, balbutia d'abord quelques excuses, puis s'enhardit et même poussa l'aplomb (il faisait très chaud, on était au mois d'août), jusqu'à l'inviter à prendre une bouteille de bière au cabaret.

Accoudé en face de lui, il mâchait son cigare tout en causant, et Charles se perdait en rêveries devant cette figure qu'elle avait aimée. Il lui semblait revoir quelque chose d'elle. C'était un émerveillement. Il aurait voulu être cet homme.

L'autre continuait à parler culture, bestiaux, engrais, bouchant avec des phrases banales tous les interstices où pouvait se glisser une allusion. Charles ne l'écoutait pas ; Rodolphe s'en apercevait, et il suivait sur la mobilité de sa figure le passage des souvenirs. Elle s'empourprait peu à peu, les narines battaient vite, les lèvres frémissaient ; il y eut même un instant où Charles, plein d'une fureur sombre, fixa ses yeux contre Rodolphe qui, dans une sorte d'effroi, s'interrompit. Mais bientôt la même lassitude funèbre réapparut sur son visage.

— Je ne vous en veux pas, dit-il.

Rodolphe était resté muet. Et Charles, la tête dans ses deux mains, reprit d'une voix éteinte et avec l'accent résigné des douleurs infinies :

— Non, je ne vous en veux plus !

Il ajouta même un grand mot, le seul qu'il ait jamais dit :

— C'est la faute de la fatalité[1] !

Rodolphe, qui avait conduit cette fatalité, le trouva bien débonnaire pour un homme dans sa situation, comique même, et un peu vil.

Le lendemain, Charles alla s'asseoir sur le banc, dans la tonnelle. Des jours passaient par le treillis ; les feuilles de vigne dessinaient leurs ombres sur le sable, le jasmin embaumait, le ciel était bleu, des cantharides bourdonnaient autour des lis en fleur, et Charles suffoquait comme un adolescent sous les vagues effluves amoureux qui gonflaient son cœur chagrin.

À sept heures, la petite Berthe, qui ne l'avait pas vu de toute l'après-midi, vint le chercher pour dîner.

Il avait la tête renversée contre le mur, les yeux clos, la bouche ouverte, et tenait dans ses mains une longue mèche de cheveux noirs.

— Papa, viens donc ! dit-elle.

Et, croyant qu'il voulait jouer, elle le poussa doucement. Il tomba par terre. Il était mort.

Trente-six heures après, sur la demande de l'apothicaire, M. Canivet accourut. Il l'ouvrit et ne trouva rien.

Quand tout fut vendu, il resta douze francs soixante et quinze centimes qui servirent à payer le voyage de mademoiselle Bovary chez sa grand-mère. La bonne femme mourut dans l'année même ; le père Rouault étant paralysé, ce fut une tante qui s'en chargea. Elle est pauvre et l'envoie, pour gagner sa vie, dans une filature de coton.

Depuis la mort de Bovary, trois médecins se sont succédé à Yonville sans pouvoir y réussir, tant M. Homais les a tout de suite battus en brèche. Il fait une clientèle d'enfer ; l'autorité le ménage et l'opinion publique le protège.

Il vient de recevoir la croix d'honneur[1].

FIN

DOSSIER

CHRONOLOGIE

1821. *12 décembre*. Naissance, à Rouen, de Gustave Flaubert. Son frère aîné, Achille, a neuf ans. Leur père est chirurgien en chef à l'Hôtel-Dieu de la ville.

1824. Naissance de sa sœur, Caroline.

1832. Flaubert entre en huitième au collège royal de Rouen.

1834. Rencontre de Louis Bouilhet. Premières tentatives littéraires.

1836. Rencontre, sur la plage de Trouville, d'Élisa Schlésinger, «le grand amour» de Gustave.

1837. Première publication dans un journal de Rouen (*Le Colibri*). Flaubert écrit *Rêve d'enfer*, *Passion et vertu*, *Quidquid volueris*.

1838. *Les Mémoires d'un fou*, première œuvre autobiographique.

1839. Il est renvoyé du collège royal de Rouen, à la suite d'un chahut. Il compose *Smarh*.

1840. Pour le récompenser d'avoir été reçu bachelier, son père lui offre un voyage dans les Pyrénées et en Corse. À Marseille, il a une brève liaison avec Eulalie Foucaud de Langlade.

1841. Il s'inscrit à la faculté de droit de Paris, sans quitter Rouen.

1842. Il compose *Novembre*, nouvelle confession autobiographique, et s'installe à Paris.

1843. Début de son amitié pour Maxime Du Camp. Il commence la rédaction de la première *Éducation sentimentale*.

1844. Sur la route de Pont-L'Évêque, Flaubert est victime d'une attaque nerveuse, peut-être une crise d'épilepsie. Il interrompt ses études et se retire à Croisset, près de

Rouen, dans la grande propriété que son père vient
d'acheter au bord de la Seine.

1845. *Avril*. Caroline Flaubert épouse Émile Hamard. Gustave les accompagne en Provence et en Italie.

1846. *15 janvier*. Mort du docteur Flaubert.

23 mars. Mort de Caroline, qui vient de donner naissance à une fille, également prénommée Caroline,
qu'élèveront Gustave et sa mère.

Juillet. Début de la liaison de Gustave avec Louise
Colet, «la Muse», et d'une riche correspondance amoureuse, orageuse et littéraire.

1847. *Mai-juillet*. Avec Maxime Du Camp, voyage en Anjou,
en Bretagne et en Normandie. Les deux amis font
le récit de leur excursion dans *Par les champs et par les
grèves*.

1848. *Février*. Flaubert et Bouilhet se précipitent à Paris pour
assister à la révolution «au point de vue de l'art».

En *mai*, Gustave commence *La Tentation de saint
Antoine*.

Première brouille avec Louise Colet.

1849. *12 septembre*. Flaubert achève *La Tentation de saint
Antoine* (première version) et la lit à Bouilhet et Du
Camp qui lui conseillent de privilégier des sujets plus
réalistes.

4 novembre. Flaubert et Maxime Du Camp embarquent
à Marseille pour l'Égypte.

8 décembre. Suicide d'Eugène Delamare, officier de
santé à Bon-Secours (voir Notice, p. 453).

1849-1851. Voyage en Orient avec Maxime Du Camp. Ils visi-
tent tour à tour l'Égypte, la Palestine, la Syrie, le Liban,
Constantinople, la Grèce, l'Italie.

1851. *Juin*. De retour à Croisset, Flaubert renoue avec Louise
Colet.

20 septembre. «J'ai commencé hier au soir mon roman.
J'entrevois des difficultés de style qui m'épouvantent.»
C'est *Madame Bovary*.

Septembre. Séjour à Londres avec sa mère.

2 décembre. Flaubert est à Paris lors du coup d'État:
«Nous allons en France entrer dans une bien triste
époque.»

1852-1855. En dehors de brefs séjours à Paris ou à Mantes,
où il retrouve Louise Colet, Flaubert se consacre à son
labeur: page à page, *Madame Bovary* s'écrit.

1852. *Août*. Flaubert termine la première partie de *Madame Bovary*.
1854. La deuxième partie de *Madame Bovary* est achevée.
      Octobre. Rupture avec Louise Colet.
1855. À partir de cette année, Flaubert passe quelques mois chaque année à Paris. Il y fréquentera les salons, les théâtres, les écrivains, se liera avec Jules et Edmond de Goncourt, Tourguéniev, George Sand, Théophile Gautier.
1856. *30 avril*. Achèvement de *Madame Bovary*. Flaubert travaille à *La Tentation de saint Antoine* (deuxième version).
      1er octobre-15 décembre. *La Revue de Paris* publie *Madame Bovary* en six livraisons, avec d'importantes coupures, dont toutes n'ont pas été acceptées par Flaubert.
      Décembre 1856-février 1857. Publication de fragments de la *Tentation* dans *L'Artiste*.
1857. *Janvier*. Procès de *Madame Bovary*, pour outrage à la morale publique et religieuse et aux bonnes mœurs. Flaubert est acquitté.
      Avril. Publication du roman en deux volumes chez Michel Lévy.
      Septembre. Flaubert entreprend *Salammbô*. La rédaction de ce nouveau roman se poursuivra jusqu'en 1862.
1858. *Avril-juin*. Voyage en Tunisie et en Algérie, pour les besoins du roman qu'il écrit.
1862. *24 novembre*. Publication de *Salammbô*.
1863. *Janvier*. Flaubert commence à fréquenter le salon de la princesse Mathilde.
1864. *6 avril*. Caroline Hamard, nièce de Flaubert, épouse Ernest Commanville.
      1er septembre. Flaubert commence la rédaction de *L'Éducation sentimentale*, qui se poursuivra jusqu'en 1869.
      Novembre. L'empereur l'invite à Compiègne.
1865. *Juillet*. Voyage à Baden-Baden.
1866. Nouveau voyage en Angleterre.
      Août. Flaubert est nommé chevalier de la Légion d'honneur.
1869. *18 juillet*. Mort de Louis Bouilhet.
      Flaubert travaille à la troisième version de *La Tentation de saint Antoine*.

Novembre. Publication de *L'Éducation sentimentale*.

1870. *19 juillet*. La France déclare la guerre à la Prusse.
Novembre. Les Prussiens atteignent Croisset. Flaubert, infirmier, lieutenant de la garde nationale, se réfugie à Rouen.

1871. Flaubert rend visite à la princesse Mathilde à Bruxelles, puis retourne à Londres.

1872. *6 avril*. Mort de la mère de Flaubert.

1873. Flaubert compose une comédie en quatre actes, *Le Candidat*, qui sera créée au Vaudeville, en mars 1874, mais ne connaîtra que quatre représentations.

1874. *Avril*. Publication de *La Tentation de saint Antoine*.
Juillet. Séjour en Suisse.
Août. Flaubert reprend *Bouvard et Pécuchet*, dont l'idée remonte à l'époque de *Madame Bovary* et les premiers plans à 1863.

1875. Ernest Commanville connaît de graves difficultés financières. Pour éviter la faillite du mari de sa nièce, Flaubert engage une grande partie de sa fortune et se dit «gravement écorné» (lettre à Edmond de Goncourt, 2 août 1875).
Il écrit *La Légende de saint Julien l'Hospitalier*.

1876. *Mars*. Mort de Louise Colet.
Flaubert écrit *Un cœur simple* et *Hérodias*.
Juin. Mort de George Sand.

1877. *Avril*. Publication de *Trois contes*.

1879. Souffrant d'une fracture du péroné, Flaubert reste alité plusieurs mois.
L'intervention de ses amis lui permet d'être nommé conservateur hors cadre à la bibliothèque Mazarine, aux appointements de 3 000 francs par an.

1880. *8 mai*. Flaubert meurt, à Croisset, d'une hémorragie cérébrale.
15 décembre. Publication de *Bouvard et Pécuchet*.

NOTICE

Le 12 septembre 1849, Flaubert met la dernière main à *La Tentation de saint Antoine*. Aussitôt, il convoque à Croisset ses amis Maxime Du Camp et Louis Bouilhet pour leur lire son œuvre à haute voix. «Pendant quatre jours, il lut sans désemparer, de midi à quatre heures, de huit heures à minuit.» Les auditeurs sont consternés : «Nous pensons qu'il faut jeter cela au feu et n'en jamais reparler.» Bouilhet encourage cependant Flaubert à entreprendre de nouveaux projets : «Du moment que tu as une invincible tendance au lyrisme, il faut choisir un sujet où le lyrisme serait si ridicule que tu seras forcé de te surveiller et d'y renoncer. Prends un sujet terre-à-terre, un de ces incidents dont la vie bourgeoise est pleine, quelque chose comme la *Cousine Bette*, comme le *Cousin Pons*, de Balzac[1].» Flaubert se met au travail, deux ans plus tard, en 1851, à son retour d'Orient.

Il s'inspire d'une affaire qui a défrayé la chronique normande et s'est conclue, le 8 décembre 1849, par la mort d'Eugène Delamare. Maxime Du Camp la résume, dramatisant la réalité et travestissant le nom des protagonistes : «Delaunay était un pauvre diable d'officier de santé qui avait été l'élève du père Flaubert et que nous avions connu. Il s'était établi médecin près de Rouen, à Bon-Secours. Marié en premières noces à une femme plus âgée que lui qu'il avait crue riche, il devint veuf et épousa une jeune fille sans fortune qui avait reçu quelque instruction dans un pensionnat de Rouen. C'était une petite femme sans beauté [...]. Prétentieuse, dédaignant son mari, qu'elle considérait comme un imbécile, ronde et blanche, avec des os minces qui n'apparaissaient pas, elle

1. Maxime Du Camp, *Souvenirs littéraires*, Hachette, 1906, t. I, p. 313-314.

avait dans la démarche, dans l'habitude générale du corps, des flexibilités et des ondulations de couleuvre […]. Delaunay adorait cette femme, qui ne se souciait guère de lui, qui courait les aventures et que rien n'assouvissait. Elle était la proie d'une des formes de la grande névrose qui ravage les anémiques. Atteinte de nymphomanie et de prodigalité maniaque, elle était peu responsable, et, comme on ne la soignait que par de bons conseils, elle ne guérissait pas. Accablée de dettes, poursuivie par ses créanciers, battue par ses amants, pour lesquels elle volait son mari, elle fut prise d'un accès de désespoir et s'empoisonna. Elle laissait derrière elle une petite fille, que Delaunay résolut d'élever de son mieux ; mais le pauvre homme, ruiné, épuisant ses ressources pour parvenir à payer les dettes de sa femme, montré au doigt, dégoûté de la vie à son tour, fabriqua lui-même du cyanure de potassium et alla rejoindre celle dont la perte l'avait laissé inconsolable[1]. » C'est sur ce canevas que Flaubert va broder son ouvrage.

L'ÉCRITURE

La genèse du roman est bien connue, grâce aux travaux de Claudine Gothot-Mersch qui en a établi la chronologie, retracé les différentes étapes, en a décrit les enjeux et les méthodes[2], avant de donner une excellente édition de l'œuvre[3].

Depuis 1931, les manuscrits du roman sont conservés à la Bibliothèque municipale de Rouen. Ils comptent 3 814 feuillets, reliés en neuf volumes[4] : on aura une idée du labeur accompli par Flaubert sur son premier roman en songeant que les manuscrits de *L'Éducation sentimentale* (dont l'édition définitive compte un tiers de mots en plus que celle de *Madame Bovary*) ne comportent « que » 2 316 feuillets.

Ces documents ont très tôt retenu l'attention des chercheurs, depuis les travaux de Gabrielle Leleu[5] jusqu'aux

1. *Ibid.*, p. 319-320.
2. Dans *La Genèse de Madame Bovary*, Corti, 1966.
3. *Madame Bovary*, Garnier Frères, « Classiques Garnier », 1971.
4. Mss. gg. 9, g. 221, g. 222, g. 223 (1-6). Un autre ensemble de notes et esquisses (17 feuillets) est conservé dans le fonds Bodmer de la Bibliotheca Bodmeriana, à Genève.
5. *Madame Bovary, Ébauches et fragments inédits recueillis d'après les manuscrits*, éd. Gabrielle Leleu, Conard, 1936, 2 vol. ; *Madame Bovary, Mœurs de province*, Nouvelle version précédée des scénarios inédits, éd. Jean Pommier et Gabrielle Leleu, Corti, 1949.

récentes publications de transcriptions diplomatiques et de fac-similés[1].

Mais c'est Flaubert le premier qui, dans sa *Correspondance*, nous renseigne sur l'avancement de sa besogne, sur les obstacles qu'il rencontre, sur ses découragements et ses triomphes.

Quatre ans et demi se sont écoulés entre la première ligne, le 19 septembre 1851, et les dernières corrections de mai 1856. Chaque étape de la rédaction peut être précisément datée grâce aux informations détaillées que contiennent les lettres à Louise Colet et à Louis Bouilhet[2]. Flaubert n'a pas prévu que l'ouvrage serait aussi dur, aussi long. Il avance, dit-il, «à pas de tortue[3]». Régulièrement, il annonce la conclusion de son travail pour la fin de la saison ou de l'année : ses prévisions sont toujours trop optimistes. Il suit fidèlement la ligne de son récit, se conformant aux plans et scénarios qu'il tient à jour et qui sont le journal de bord de son livre, n'abandonnant un chapitre pour passer au suivant que lorsqu'il en est venu à bout.

Sa méthode est légendaire. Il «gueule en écrivant[4]», faisant subir à la phrase l'épreuve de la musicalité et du rythme : «J'ai la gorge éraillée d'avoir crié tout ce soir en écrivant, selon ma coutume exagérée. — Qu'on ne dise pas que je ne fais point d'exercice. Je me démène tellement dans certains moments que ça me vaut bien, quand je me couche, deux ou trois lieues faites à pied[5].»

Flaubert est un styliste de la rature : il corrige plus qu'il n'écrit, sacrifie plus qu'il n'amplifie, n'hésitant pas à couper des pages sur lesquelles il a souffert pendant des jours. Claudine Gothot-Mersch a dressé la liste des scènes principales qui ont ainsi été éliminées : «une promenade d'Emma dans son jardin à Tostes ; une longue conversation entre les bourgeois invités au bal ; la promenade d'Emma dans le parc du château, la nuit qui suit la fête ; la scène entre Léon et M. Homais, dans le jardin de la pharmacie, scène au cours de laquelle l'apothi-

---

1. Jeanne Goldin, *Les Comices agricoles de Gustave Flaubert*, *Transcription intégrale et genèse. Étude génétique*, Genève, Droz, 1984, 2 vol. ; *Plans et scénarios de* Madame Bovary, éd. Yvan Leclerc, CNRS-Zulma, «Collection manuscrits», 1995. On trouvera dans ce dernier ouvrage un «Répertoire des manuscrits de Flaubert» dressé par Odile de Guidis (p. 180-185).
2. Voir ces «repères chronologiques» dans *Plans et scénarios de* Madame Bovary, p. 174-179.
3. *Corr.*, t. II, p. 156 et 315.
4. *Ibid.*, p. 275.
5. *Ibid.*, p. 315.

caire expose ses idées sur l'éducation des garçons; une
conversation entre Charles, sa mère et le pharmacien, lorsque
Emma dépérit après le départ de Léon [...]; un dîner chez les
Bovary, pendant lequel le notaire excite la jalousie de
Rodolphe; un long passage où Flaubert présente un monstrueux jouet qui appartient aux enfants du pharmacien, puis
analyse les caractères de ses enfants, pour décrire enfin la
manière dont M. Homais traite Justin; la visite de la cathédrale de Rouen par Léon, scène qui devait précéder la visite à
deux [...]; le dîner que M. Homais offre au clerc, lorsque celui-
ci revient de la capitale[1] ».

LA REVUE DE PARIS

Madame Bovary paraît en six livraisons dans la *Revue de
Paris* (relancée en 1851 par Maxime Du Camp, Théophile Gautier et d'autres jeunes littérateurs) d'octobre à décembre 1856.
Bien que la *Revue* ait payé 2 000 francs à Flaubert[2], elle n'est
guère enthousiasmée par cette publication, mais Maxime Du
Camp se dit «pris dans les liens d'une bien vieille, mais déjà
ancienne amitié[3] ». En outre, elle craint la censure : «Laisse-
nous *maîtres* de ton roman pour le publier dans la *Revue*, écrit
Du Camp à Flaubert; nous y ferons faire les coupures que
nous jugeons indispensables; tu le publieras ensuite en
volume comme tu l'entendras, cela te regarde[4]. » Flaubert
consent à certaines suppressions, mais celle de la scène du
fiacre (chapitre I de la troisième partie) est plus douloureuse.
«Il ne s'agit pas de plaisanter, lui dit Du Camp. Ta scène du
fiacre est *impossible*, non pour nous qui nous en moquons,
non pour moi qui signe le numéro, mais pour la police correctionnelle qui nous condamnerait net[5]. » Flaubert accepte, mais
la *Revue* doit publier la note suivante dans le numéro du
1er décembre : «La direction s'est vue dans la nécessité de supprimer ici un passage qui ne pouvait convenir à la *Revue de
Paris*; nous en donnons acte à l'auteur. » Cependant, elle exige
d'autres coupures (dans la scène de l'extrême-onction et dans
les conversations entre l'abbé Bournisien et Homais) et Flaubert entre en fureur : «Je trouve que j'ai déjà fait beaucoup et
la *Revue* trouve qu'il faut que je fasse encore plus. Or *je ne ferai*

1. *La Genèse de Madame Bovary*, p. 234-235.
2. *Corr.*, t. II, p. 611.
3. Maxime Du Camp à Léon Laurent-Pichat, *Corr.*, t. II, p. 1462-1463.
4. Maxime Du Camp à Flaubert, 14 juillet 1856, *ibid.*, p. 869.
5. Maxime Du Camp à Flaubert, 19 novembre 1856, *ibid.*, p. 872.

rien, pas une correction, pas un retranchement, pas une virgule de moins, rien, rien[1]!...» Flaubert songe, un temps, à poursuivre la *Revue de Paris* en justice pour l'obliger à publier son texte sans coupures[2], mais un accord est bientôt trouvé et la dernière livraison (15 décembre) paraît, précédée de cet avis: «Des considérations que je n'ai pas à apprécier ont contraint la *Revue de Paris* à faire une suppression dans le numéro du 1er décembre. Ses scrupules s'étant renouvelés à l'occasion du présent numéro, elle a jugé convenable d'enlever encore plusieurs passages. En conséquence, je déclare dénier la responsabilité des lignes qui suivent; le lecteur est donc prié de n'y voir que des fragments et non pas un ensemble.»

LE PROCÈS

C'est alors que la justice s'intéresse à *Madame Bovary*: Gustave Flaubert, l'auteur, Léon Laurent-Pichat, le gérant de la *Revue de Paris*, et Auguste-Alexis Pillet, l'imprimeur, sont prévenus d'avoir «commis les délits d'outrage à la morale publique et religieuse et aux bonnes mœurs».

L'audience devant la sixième chambre de police correctionnelle a lieu le 29 janvier 1857. Dans son réquisitoire, l'avocat impérial Ernest Pinard s'en prend particulièrement à l'auteur qui s'est entêté dans son crime et a protesté contre les suppressions que demandait la *Revue de Paris*. Le procureur répond par avance aux arguments de la défense: «des détails lascifs ne peuvent pas être couverts par une conclusion morale, sinon on pourrait raconter toutes les orgies imaginables, décrire toutes les turpitudes d'une femme publique, en la faisant mourir sur un grabat à l'hôpital[3].»

L'avocat de la défense, Jules Senard, plaide en effet la moralité de l'œuvre. Flaubert a raconté la journée: «La plaidoirie de Me Senard a été splendide. Il a *écrasé* le Ministère public, qui se tordait sur son siège et a déclaré qu'il ne répondrait pas. Nous l'avons accablé sous des citations de Bossuet et de Massillon, sous des passages graveleux de Montesquieu, etc. [...] Je me suis permis une fois de donner en personne *un démenti* à l'avocat général qui, séance tenante, a été convaincu de mauvaise foi, et s'est rétracté. [...] Tout le temps de la plaidoirie, le père Senard m'a posé comme un grand homme, et a traité mon livre de chef-d'œuvre. On en a lu le tiers à peu près.

1. À Léon Laurent-Pichat, 7 décembre 1856, *ibid.*, p. 650.
2. Voir la note de Jean Bruneau, *Corr.*, t. II, p. 1328-1329.
3. «Réquisitoire», dans l'éd. Charpentier, 1873, p. 409.

— Il a joliment fait valoir l'approbation de Lamartine! Voici une de ses phrases: "Vous lui devez non seulement un acquittement, mais des excuses!" / Autre passage: "Ah! vous venez vous attaquer au second fils de M. Flaubert!... Personne, M. l'avocat général, et pas même vous, ne pourrait lui donner des leçons de moralité..." [...] En somme, ç'a été une crâne journée[1]. »

Les attendus du jugement, rendu le 7 février, constituent un véritable manifeste littéraire: ils considèrent que «les passages incriminés, envisagés abstractivement et isolément, présentent effectivement soit des expressions, soit des images, soit des tableaux que le bon goût réprouve et qui sont de nature à porter atteinte à de légitimes et honorables susceptibilités», et que l'ouvrage «mérite un blâme sévère, car la mission de la littérature doit être d'orner et de récréer l'esprit en élevant l'intelligence et en épurant les mœurs plus encore que d'imprimer le dégoût du vice en offrant le tableau des désordres qui peuvent exister dans la société». Toutefois, les prévenus repoussant «énergiquement l'inculpation» et protestant de leur «respect pour les bonnes mœurs[2]», on les acquitte.

Pour la *Revue de Paris*, ce n'est qu'un sursis: elle avait déjà été inquiétée avant de publier *Madame Bovary*, et sera supprimée définitivement quelque temps plus tard. Pour Flaubert, rien ne s'oppose plus à la publication du roman en volume: il a déjà négocié avec Michel Lévy (éditeur de Hugo, de Lamartine, de Dumas... et des vers de Bouilhet) un contrat accordant au libraire, pour 800 francs, le droit exclusif de publier *Madame Bovary* pendant cinq ans.

LES ÉDITIONS

Madame Bovary paraît en deux volumes annoncés dans la *Bibliographie de la France* pour le 18 avril 1857. Le tirage initial est de 6 600 exemplaires ordinaires et de 150 exemplaires sur vélin. Le succès est tel qu'il faut réimprimer dès le mois de mai: «Voilà 15 000 exemplaires de vendus[3]», dit Flaubert. Lévy en écoulera près de 30 000 en cinq ans[4]. Une édition cor-

---

1. À son frère Achille, 30 janvier 1857, *Corr.*, t. II, p. 677.
2. «Jugement», dans l'éd. Charpentier, 1873, p. 469-470. Sur Senard, voir notre note 1, p. 45.
3. À Jules Duplan, vers le 20 mai 1857, *Corr.*, t. II, p. 721-722.
4. Voir Herbert Lottman, *Gustave Flaubert*, Hachette-Pluriel, 1990, p. 211 et 220.

rigée paraît en 1858[1], est réimprimée plusieurs fois, cependant qu'une autre, en un volume, lui fait concurrence, chez le même éditeur, à partir de 1862. L'ouvrage est recomposé en 1869, avec de nouvelles corrections. Après quoi, Flaubert se brouille avec Lévy, qu'il accuse de le voler, et confie son roman à Charpentier qui, en 1873, procure une édition dite «définitive», comportant en appendice le texte du procès.

La dernière édition parue du vivant de Flaubert, chez Lemerre, en 1874, revient à un état du texte dépouillé de la plupart des corrections introduites au fil des réimpressions : aucune édition moderne ne peut être fondée sur de telles bases[2].

LA FORTUNE DE L'ŒUVRE

Madame Bovary n'a pas tardé à devenir un «classique». Le procès, bien sûr, a attiré l'attention sur l'auteur, et la polémique qui s'est développée dans la presse, avant même la publication du roman en volumes, a fourni une publicité tapageuse.

Les critiques se répartissent en deux camps : ceux qui restent insensibles à la nouveauté de l'œuvre, et ceux que Flaubert appelle les «bovarystes». Les premiers sont les plus nombreux, mais, que la presse blâme ou loue Flaubert, c'est au nom des mêmes principes, que résume la formule de Sainte-Beuve, dans *Le Moniteur universel* du 4 mai 1857 : «Fils et frère de médecins distingués, M. Gustave Flaubert tient la plume comme d'autres le scalpel. Anatomistes et physiologistes, je vous retrouve partout[3] ! »

Dans *L'Illustration* du 9 mai, Edmond Texier fait de Flaubert un «gladiateur» qui «éprouve un certain plaisir à montrer la vigueur de ses muscles et la force de son bras». «On ne le lit pas sans de fréquentes révoltes, mais on va jusqu'au bout, captivé par le charme du style, la vigueur de l'expression, la grâce des détails et la belle ornementation de l'œuvre[4]. »

1. *Madame Bovary*, Garnier Frères, «Classiques Garnier», 1971, p. 362.
2. Notre édition de *Madame Bovary* suit donc scrupuleusement le texte établi par Flaubert pour Charpentier en 1873. Nous nous sommes contenté de corriger les rares fautes typographiques, d'orthographe, de ponctuation, ou des incohérences évidentes. Nous signalons les plus importantes dans nos notes.
3. Sainte-Beuve, *Causeries du lundi*, Garnier Frères, t. XIII, 1858, p. 297.
4. *Corr.*, t. II, p. 1372-1373.

Les «idéalistes» sont évidemment rebutés par le roman, les uns lui reprochant de n'avoir aucun style[1], les autres, comme Sainte-Beuve, d'en avoir «un peu trop[2]». Léon Aubineau refuse d'analyser le livre: «L'art cesse du moment qu'il est envahi par l'ordure[3]...» Armand de Pontmartin le qualifie d'un trait: «*Madame Bovary*, c'est l'exaltation maladive des sens et de l'imagination dans la démocratie mécontente[4].» Dans *Le Journal des débats* du 26 mai, Cuvillier-Fleury joue de l'ironie: «Drapés dans cette défroque du romantisme, les personnages de M. Flaubert, si peu flattés du côté moral, ressemblent parfois à ces intrigants de vieilles comédies, qu'on voit, courant les ruelles, couverts de paillettes et de broderies d'emprunt.»

Mais les réalistes ne sont pas plus satisfaits, car le livre représente, pour eux, «l'obstination dans la description», «une application littéraire du calcul des probabilités». «Trop d'étude ne remplace pas la spontanéité qui vient du sentiment», écrit le rédacteur de la revue *Réalisme*[5].

D'autres critiques — souvent dans la presse de province — situent le livre à sa juste hauteur, «un chef-d'œuvre[6]», et le nom de son auteur parmi «ceux qu'on n'oubliera plus[7]».

La réaction des écrivains est plus favorable. Barbey d'Aurevilly place d'emblée Flaubert à côté de Balzac et Stendhal, reconnaît sa subtilité de «descripteur», mais le juge plus «insensible» qu'immoral, «sourd et muet d'impression à tout ce qu'il raconte»: «Si l'on forgeait à Birmingham ou à Manchester des machines à raconter ou à analyser en bon acier anglais qui fonctionneraient toutes seules par des procédés

1. «L'école Champfleury, dont on voit bien que fait partie M. Flaubert, juge que le style est trop vert pour elle; elle en fait fi, elle le méprise, elle n'a pas assez de sarcasmes pour les auteurs *qui écrivent*. Écrire! à quoi bon?» (Anatole Claveau, *Courrier franco-italien*, 7 mai 1857; *Corr.*, t. II, p. 1372).
2. *Causeries du lundi*, t. XIII, p. 287. «L'auteur de *Madame Bovary* appartient, on le voit, à une littérature qui se croit nouvelle et qui n'a rien de nouveau, hélas! — qui n'est même pas jeune, car la jeunesse, en ne s'inspirant que d'elle-même, a moins d'expérience, moins d'habileté technique, et plus de fraîcheur d'inspiration» (Charles de Mazade, *Revue des Deux Mondes*, 1er mai 1857, p. 217-218; *Corr.*, t. II, p. 1373).
3. *L'Univers*, 26 juin 1857.
4. *Le Correspondant*, 27 juin 1857; *Corr.*, t. II, p. 1402.
5. 15 mars 1857; voir *Corr.*, t. II, p. 1360.
6. Mlle de Chantepie, *Le Phare de la Loire*, 25 juin 1857; *Corr.*, t. II, p. 1392.
7. Louis de Cormenin, *Journal du Loiret*, 6 mai 1857; *Corr.*, t. II, p. 1373. L'auteur, intime de Du Camp et ami de Flaubert, est l'un des fondateurs de la *Revue de Paris*.

inconnus de dynamique, elles fonctionneraient absolument comme M. Flaubert[1]. » Lamartine lui exprime son admiration et lui permet d'en faire état lors du procès : « Vous m'avez donné la meilleure œuvre que j'aie lue depuis vingt ans[2]. » Michelet le félicite pour « un si brillant ouvrage de forte et fine observation[3] ». Hugo est enthousiaste : « Vous êtes, Monsieur, un des esprits conducteurs de la génération à laquelle vous appartenez[4]. » George Sand ne tarit pas d'éloges.

Le nom de Baudelaire, ici comme partout, s'impose au premier plan : frère d'armes de Flaubert (*Les Fleurs du mal* ont paru la même année et subiront, comme *Madame Bovary*, les foudres de l'avocat impérial Pinard), il est sans doute le mieux placé pour le comprendre. L'article qu'il donne à *L'Artiste* du 18 octobre est un modèle d'intelligence critique — qui lui vaudra d'être inquiété, une nouvelle fois, par la justice. « Un roman, s'exclame-t-il, et quel roman ! le plus impartial, le plus loyal. » Il est le premier, et pendant longtemps le seul, à avoir le courage d'affirmer que la dimension morale du texte est secondaire, qu'une œuvre d'art doit pouvoir s'en affranchir et être jugée en fonction d'autres critères : « Éternelle et incorrigible confusion des fonctions et des genres ! — Une véritable œuvre d'art n'a pas besoin de réquisitoire. La logique de l'œuvre suffit à toutes les postulations de la morale, et c'est au lecteur à tirer les conclusions de la conclusion. » Il reconnaît de même que la femme adultère possède, seule, dans le roman, « toutes les grâces du héros », qu'elle est « très sublime dans son espèce, dans son petit milieu et en face de son petit horizon ». Ce qui l'absout ? « Elle poursuit l'Idéal[5] ! »

La fortune du roman n'a cessé de croître : traduit dans toutes les langues, étudié dans toutes les universités et jusque dans les collèges (ce qui eût rembruni Pinard), il a eu la faveur de tous les écrivains, de Zola à Butor, de Proust à Sarraute. Jean-Paul Sartre prévoyait d'en faire l'objet du quatrième et dernier tome du monumental ouvrage qu'il a consacré à *L'Idiot de la famille* : sa fin nous a privés d'un millier de pages. Le romancier péruvien Mario Vargas Llosa a déclaré pour sa

1. *Le Pays*, 6 octobre 1857 (*Le xixᵉ siècle. Des œuvres et des hommes*, éd. J. Petit, Mercure de France, 1964-1966, t. II, p. 206).
2. « Plaidoirie », dans l'éd. Charpentier, 1873, p. 422. Sur le soutien de Lamartine, voir notre note 1, p. 89.
3. *Corr.*, t. II, p. 1365.
4. *Corr.*, t. II, p. 1367.
5. Charles Baudelaire, *Œuvres complètes*, Gallimard, Pléiade, t. II, p. 76-86.

part un amour inconditionnel à Emma, dans un livre qui se présente comme un véritable catéchisme bovaryste, *L'Orgie perpétuelle*.

Comme tous les romantiques, Flaubert a rêvé de la scène, des actrices, d'être joué : pendant des années, il a composé des plans de tragédies ou de comédies ; pourtant, le moment venu, il n'a pas voulu que *Madame Bovary* fût adaptée au théâtre[1], alors qu'il acceptera que *Salammbô* soit transposé à l'opéra. Ici et là, on s'est chargé, après sa mort, de ne pas respecter ses volontés, avec, paraît-il, de piètres résultats.

Le cinéma s'est emparé du roman et l'on a du mal à dénombrer les adaptations de *Madame Bovary* pour le grand écran[2] ou pour la télévision[3].

Pour une fois, Flaubert conclut : « Dans tout cela, la *Bovary* continue son succès. Il devient *corsé*. Tout le monde l'a lue, la lit ou veut la lire[4]. »

---

1. Voir *Corr.*, t. II, p. 745-746, 794, 797 ; *Journal* des Goncourt, t. I, p. 517 : « N'a jamais voulu laisser mettre *Madame Bovary* au théâtre, trouvant qu'une idée est faite pour un seul moule, qu'elle n'est pas à deux fins, et ne voulant point la livrer à un Dennery. »
2. En France (Jean Renoir, 1933 ; Claude Chabrol, 1991), en Allemagne (Gerhard Lamprecht, 1937 ; Hans Schott-Schöbinger, 1969), en Argentine (Carlos Schlieper, 1947), aux États-Unis (Albert Ray, 1932 ; Vincente Minnelli, 1949), en Pologne (Zbigniew Kaminski, 1976), en URSS (Alexandre Sokourov, 1990).
3. En France en 1974, au Royaume-Uni en 1964, 1975 et 2000 (par Tim Fywell), en Allemagne en 1968, en Italie en 1981.
4. À son frère Achille, 16 janvier 1857, *Corr.*, t. II, p. 667.

BIBLIOGRAPHIE

Éditions de Madame Bovary

MADAME BOVARY, *Mœurs de province*, *Revue de Paris*, 1er octobre au 15 décembre 1856.
MADAME BOVARY, *Mœurs de province*, Michel Lévy, 1856.
MADAME BOVARY, *Mœurs de province*, Charpentier, 1873.
MADAME BOVARY, *Mœurs de province*, Lemerre, 1874.
MADAME BOVARY, *Mœurs de province*, Louis Conard, 1930.
MADAME BOVARY, *Mœurs de province*, éd. René Dumesnil, Les Belles Lettres, « Les Textes français », 1945, 2 vol.
MADAME BOVARY, *Mœurs de province*, éd. René Dumesnil, in *Œuvres*, Gallimard, « Bibliothèque de la Pléiade », 1951.
MADAME BOVARY, *Mœurs de province*, éd. Claudine Gothot-Mersch, Garnier Frères, « Classiques Garnier », 1971.
MADAME BOVARY, *Mœurs de province*, Club de l'honnête homme, 1971.
MADAME BOVARY, *Mœurs de province*, éd. Gérard Gengembre, Magnard, « Texte et contextes », 1988.
MADAME BOVARY, *Mœurs de province*, éd. Pierre-Marc de Biasi, Imprimerie nationale, « La Salamandre », 1994.
MADAME BOVARY, *Mœurs de province*, éd. Jacques Neefs, Le Livre de Poche classique, 1999.

Manuscrits et genèse de Madame Bovary

MADAME BOVARY, *Ébauches et fragments inédits recueillis d'après les manuscrits*, éd. Gabrielle Leleu, Conard, 1936, 2 vol.
MADAME BOVARY, *Mœurs de province*, Nouvelle version précé-

dée des scénarios inédits, éd. Jean Pommier et Gabrielle Leleu, Corti, 1949.

Jeanne Goldin, *Les Comices agricoles de Gustave Flaubert, Transcription intégrale et genèse. Étude génétique*, Genève, Droz, 1984, 2 vol.

Plans et scénarios de Madame Bovary, éd. Yvan Leclerc, CNRS-Zulma, «Collection manuscrits», 1995.

Autres œuvres de Gustave Flaubert

Bouvard et Pécuchet, avec un choix des scénarios, du *Sottisier*, *L'Album de la Marquise* et *Le Dictionnaire des idées reçues*, édition présentée et établie par Claudine Gothot-Mersch, Gallimard, «Folio classique», 1999 (1re éd.: 1979).

L'Éducation sentimentale, notice et notes de S. de Sacy, Gallimard, «Folio classique», 1996 (1re éd.: 1972).

Salammbô, introduction et notes de Pierre Moreau, Gallimard, «Folio classique», 1996 (1re éd.: 1974).

La Tentation de saint Antoine, éd. Claudine Gothot-Mersch, Gallimard, «Folio classique», 1990 (1re éd.: 1983).

Trois contes, éd. Samuel S. de Sacy, Gallimard, «Folio classique», 1999 (1re éd.: 1973).

Par les champs et par les grèves, éd. Adrianne J. Tooke, Genève, Droz, 1987.

Les Mémoires d'un fou, Novembre, Pyrénées-Corse, Voyage en Italie, éd. Claudine Gothot-Mersch, Gallimard, «Folio classique», 2001.

Œuvres, éd. René Dumesnil et Albert Thibaudet, Gallimard, «Bibliothèque de la Pléiade», 1951, 2 vol.

Œuvres complètes, Club de l'honnête homme, 1971-1975, 16 vol.

Correspondance, éd. Jean Bruneau, Gallimard, «Bibliothèque de la Pléiade», 1973-1998, 4 vol. parus (jusqu'en 1875).

—, choix et présentation de Bernard Masson, Gallimard, «Folio classique», 1998.

Documents et études biographiques

Jean Bruneau et Jean A. Ducourneau, *Album Flaubert*, Gallimard, «Album de la Pléiade», 1972.

René Dumesnil, *Le Grand Amour de Flaubert*, Genève, Éditions du milieu du monde, 1945.

Henri Raczymow, *Pauvre Bouilhet*, Gallimard, « L'un et l'autre », 1998.

Herbert Lottman, *Gustave Flaubert*, trad. Marianne Véron, Hachette-Pluriel, 1990 (1ʳᵉ éd. : Fayard, 1989).

Maxime Du Camp, *Souvenirs littéraires*, Hachette, 1906, 2 vol.

Edmond et Jules de Goncourt, *Journal*, éd. René Ricatte, Laffont, « Bouquins », 1989, 3 vol.

Douglas Siler, *Flaubert et Louise Pradier : le texte intégral des* Mémoires de Madame Ludovica, « Archives des lettres modernes » nᵒ 145, Minard, juin 1973.

Enid Starkie, *Flaubert, jeunesse et maturité*, trad. Élisabeth Gaspar, Mercure de France, 1970.

Études critiques

Max Aprile, « L'Aveugle et sa signification dans *Madame Bovary* », *Revue d'histoire littéraire de la France*, mai-juin 1976, p. 385-392.

Erich Auerbach, *Mimésis, La représentation de la réalité dans la littérature occidentale*, trad. Cornélius Heim, Gallimard, 1968.

Marie-Claire Bancquart, « L'Espace dans *Madame Bovary* », *L'Information littéraire*, nᵒ 2, mars-avril 1973.

Maurice Bardèche, *L'Œuvre de Flaubert*, Les Sept Couleurs, 1974.

Charles Baudelaire, « M. Gustave Flaubert. *Madame Bovary* », *L'Artiste*, 18 octobre 1857, repris dans *Œuvres complètes*, éd. Claude Pichois, Gallimard, « Bibliothèque de la Pléiade », t. II, 1976, p. 76-86.

Pierre-Marc de Biasi, *Flaubert. Les secrets de l'« homme-plume* », Hachette, 1995.

Léon Bopp, *Commentaire sur* Madame Bovary, Neuchâtel, La Baconnière, 1951.

Jean Bruneau, *Les Débuts littéraires de Gustave Flaubert*, Colin, 1962.

Michel Butor, *Improvisations sur Flaubert*, Pocket, 1996 (1ʳᵉ éd. : La Différence, 1984).

Sergio Cigada, « Un nuovo documento su *Madame Bovary :* il pittore Vaufrilard », *Rivista di letterature moderne e comparate*, mars 1958, p. 30-34.

—, « Uno scritto autobiografico di Flaubert : *Quidquid volueris*. Le origini del capitolo ottavo di *Madame Bovary* », *Aevum*, septembre-décembre 1956, p. 505-524.

Collectif, *Europe*, numéro spécial pour le centenaire de *Madame Bovary*, 1957.

—, *La Production du sens chez Flaubert*, colloque de Cerisy, 10-18, 1975.

—, *Travail de Flaubert*, Le Seuil, « Points », 1983.

—, *Emma Bovary*, Autrement, 1997.

Michel Crouzet, « Le style épique dans *Madame Bovary* », *Europe*, septembre-novembre 1969, p. 151-172.

Raymonde Debray-Genette, *Métamorphoses du récit*, Le Seuil, « Poétique », 1988.

Claude Duchet, « Roman et objets dans *Madame Bovary* », *Europe*, septembre-novembre 1969, p. 172-202.

—, « Pour une socio-critique ou variations sur un incipit », *Littérature*, n° 1, 1971.

—, « Signifiance et in-signifiance : le discours italique dans *Madame Bovary* », *La Production de sens chez Flaubert*, Colloque de Cerisy-la-Salle, UGE, « 10-18 », 1975, p. 16-41.

—, « Corps et société : le réseau des mains dans *Madame Bovary* », *La lecture sociologique du texte romanesque*, Toronto, 1976, p. 217-237.

Marie-Jeanne Durry, *Flaubert et ses projets inédits*, Nizet, 1950.

Jules de Gaultier, *Le Bovarysme*, Cerf, 1892.

Gérard Genette, « Silences de Flaubert », *Figures I*, Le Seuil, « Points », 1976 (1re éd. : 1966), p. 223-243.

Gérard Gengembre, *Madame Bovary*, PUF, 1990.

Abbé Géraud-Venzac, *Au pays de Mme Bovary*, Paris-Genève, La Palatine, 1957.

Claudine Gothot-Mersch, « Un faux problème : l'identification d'Yonville-l'Abbaye dans *Madame Bovary* », *Revue d'histoire littéraire de la France*, avril-juin 1962, p. 229-240.

—, *La Genèse de Madame Bovary*, Corti, 1966.

—, « Le dialogue dans l'œuvre de Flaubert », *Europe*, septembre-novembre 1969, p. 112-128.

—, « Le point de vue dans *Madame Bovary* », *Cahiers de l'association internationale des études françaises*, n° 23, mai 1971, p. 243-259.

André Guérin, *La Vie quotidienne en Normandie au temps de Madame Bovary*, Hachette, 1975.

René Herval, *Les Véritables Origines de* Madame Bovary, Nizet, 1957.

Henry James, *Gustave Flaubert*, trad. M. Zeraffa, L'Herne, 1969.

Jean-Claude Lafay, *Le Réel et la critique dans* Madame Bovary *de Flaubert*, Minard, «Archives des lettres modernes», 1986.

Alain de Lattre, *La Bêtise d'Emma Bovary*, Corti, 1980.

Yvan Leclerc, *Crimes écrits. La littérature en procès au XIXᵉ siècle*, Plon, 1991.

Véronique Magri-Mourgues, *Étude sur* Madame Bovary, Ellipses, 1999.

Guy de Maupassant, *Pour Gustave Flaubert*, Bruxelles, Complexe, «Le Regard littéraire», 1986.

Vladimir Nabokov, «Flaubert, *Madame Bovary*», dans *Littératures I*, trad. Hélène Pasquier, Fayard, 1983.

Maurice Nadeau, *Gustave Flaubert, écrivain*, Les Lettres nouvelles, 1969.

Didier Philippot, *Vérité des choses, mensonge de l'Homme dans* Madame Bovary *de Flaubert. De la Nature au Narcisse*, Champion, 1997.

Jean Pommier, «Noms et prénoms dans *Madame Bovary*», *Mercure de France*, 1ᵉʳ juin 1949, p. 244-264.

J.-B. Pontalis, «La maladie de Flaubert», *Les Temps modernes*, mars et avril 1954 (repris dans *Après Freud*, Julliard, 1965, p. 261-299).

Jean-Marie Privat, *Bovary Charivari, essai d'ethno-critique*, CNRS éditions, 1994.

Marcel Proust, «À ajouter à Flaubert», *Contre Sainte-Beuve* précédé de *Pastiches et mélanges* et suivi de *Essais et articles*, édition établie par Pierre Clarac avec la collaboration d'Yves Sandre, Gallimard, 1971, p. 299-302.

—, «À propos du "style" de Flaubert», *ibid.*, p. 586-600; *Essais et articles*, éd. Pierre Clarac et Yves Sandre, «Folio essais», 1994, p. 282-296 (1ʳᵉ publication: *Nouvelle Revue française*, janvier 1920).

Pierre-Louis Rey, Madame Bovary *de Gustave Flaubert*, Gallimard, «Foliothèque», 1996.

Patricia Reynaud, *Fiction et faillite. Économie et métamorphoses dans* Madame Bovary, New York, Peter Lang, 1994.

Jean-Pierre Richard, *Littérature et sensation*, Le Seuil, 1954.

Marthe Robert, *En haine du roman, Essai sur Flaubert*, Balland, 1982.

Jean Rousset, «*Madame Bovary* ou le livre sur rien», *Saggi e ricerche di letteratura francese*, Milan, Feltrinelli, vol. I, 1960, p. 185-208 (repris dans *Forme et signification. Essais sur les structures littéraires de Corneille à Claudel*, Corti, 1964, p. 109-133).

C.-A. Sainte-Beuve, «*Madame Bovary* par Gustave Flaubert», *Le Moniteur universel*, 4 mai 1857 (repris dans *Causeries du lundi*, Garnier Frères, t. XIII, 1858, p. 283-297).

Nathalie Sarraute, «Flaubert le précurseur» (1re publication : 1965), dans *Œuvres complètes*, éd. Jean-Yves Tadié, Gallimard, «Bibliothèque de la Pléiade», 1996.

Jean-Paul Sartre, *L'Idiot de la famille, Gustave Flaubert* (1971-1972), nouvelle édition, Gallimard, 1988, 3 vol.

Douglas Siler, «La mort d'Emma Bovary : sources médicales», *Revue d'histoire littéraire de la France*, juillet-octobre 1981, p. 719-746.

Albert Thibaudet, *Gustave Flaubert*, Gallimard, «Tel», 1982 (1re éd. : Plon, 1922).

Mario Vargas Llosa, *L'Orgie perpétuelle (Flaubert et* Madame Bovary*)*, traduit de l'espagnol par Albert Bensoussan, Gallimard, 1978.

André Vial, *Le Dictionnaire de Flaubert ou le rire d'Emma Bovary*, Nizet, 1974.

Anthony Williams, «Une chanson de Rétif et sa réécriture par Flaubert», *Revue d'histoire littéraire de la France*, mars-avril 1991, p. 239-242.

NOTES

Page 45.

1. Marie-Antoine-Jules Senard (1800-1885), ancien bâtonnier du barreau de Rouen, est président de l'Assemblée constituante au moment des journées de juin 1848, puis ministre de l'Intérieur dans le gouvernement qui réprime l'insurrection. Il démissionne, dès octobre, déçu par l'immobilisme de l'administration qu'il a tenté de réformer. Flaubert connaît depuis longtemps cet avocat dont le goût pour les effets de manche est légendaire. Tocqueville le décrit ainsi : « [il] avait contracté dès sa jeunesse une si grande habitude de la scène dans les comédies journalières qu'on joue au barreau qu'il avait perdu la faculté de rendre avec vérité ses impressions vraies, quand par hasard il arrivait qu'il en eût. [...] Jamais le ridicule et le sublime ne furent si voisins, car le sublime était dans les faits et le ridicule dans le narrateur » (cité dans *Dictionnaire des ministres de 1789 à 1989*, sous la direction de Benoît Yvert, Perrin, 1990, p. 304). Sa plaidoirie lors du procès intenté à l'auteur et à l'éditeur de *Madame Bovary* pour « délits d'outrage à la morale publique et religieuse et aux bonnes mœurs » est décisive, et Flaubert l'en remercie au seuil de l'édition originale de son roman (1857), comme déjà dans sa *Correspondance* : « La plaidoirie de M. Senard a été splendide. Il *a écrasé* le Ministère public, qui se tordait sur son siège [...]. Le père Senard a parlé pendant quatre heures de suite. Ç'a été un triomphe pour lui et pour moi. [...] Tout le temps de la plaidoirie, le père Senard m'a posé comme un grand homme, et a traité mon livre de chef-d'œuvre » (à son frère Achille, 30 janvier 1857, *Corr.*, Gallimard, Pléiade, t. II, p. 677).

Page 46.

1. Lorsque *Madame Bovary* fut publié en plusieurs livraisons dans la *Revue de Paris* (octobre-décembre 1856), seule figurait cette dédicace à Louis Bouilhet (1821-1869). Sur la figure de ce poète, ami intime, confident et *alter ego* de Flaubert, qui le consulte longuement sur les questions littéraires, écrit avec lui et Charles d'Osmoy la féerie *Le Château des cœurs*, voir la *Corr.*, t. I, p. 973 ; Louis Bouilhet, *Lettres à Gustave Flaubert*, texte établi, présenté et annoté par Maria Luisa Cappello, CNRS Éditions, 1996 ; Henri Raczymow, *Pauvre Bouilhet*, Gallimard, «L'un et l'autre», 1998. *Madame Bovary* est aussi un peu l'œuvre de Bouilhet, qui a été mêlé de très près à sa rédaction, en tant que conseiller assidu, premier lecteur et critique. Fidèle à son camarade disparu, Flaubert a préfacé l'édition posthume de ses *Dernières Chansons* en 1872 et s'est prodigué pour que son buste soit érigé à Rouen.

Page 49.

1. Cinq ans après la publication de *Madame Bovary*, Flaubert apprend qu'«il y avait alors, en Afrique, la femme d'un médecin militaire s'appelant Mme Bovaries et qui ressemblait à Madame Bovary, nom qu['il avait] inventé en dénaturant celui de Bouvaret» (à Hortense Cornu, 20 mars 1870, *Corr.*, t. IV, p. 175). Le nom de Bouvaret, propriétaire de l'hôtel du Nil, au Caire, où Flaubert séjourna en 1849, paraît en effet dans le Carnet de voyage nº 4 (voir *Gustave Flaubert et Madame Bovary*, Catalogue de l'exposition organisée pour le centenaire de la publication du roman, Bibliothèque nationale, 1957, nº 20, p. 4 ; Flaubert, *Voyage en Égypte*, éd. Pierre-Marc de Biasi, Grasset, 1991, p. 193).

2. *Quos ego* : «vous que je…», c'est-à-dire «je devrais…», citation de Virgile, *Énéide*, I, 135. Neptune s'adresse aux vents qui ont dispersé la flotte d'Énée : «*Quos ego…! Sed motos praestat componere fluctus. / Post mihi non simili poena commissa luetis.*» («Je vous… Mais il convient d'abord de ramener au calme les flots ébranlés. Ensuite, je vous ferai payer vos méfaits de tout autre manière» ; trad. Jacques Perret, Folio, p. 55.) Ces mots, parfait exemple de «réticence» rhétorique, sont aujourd'hui employés «pour montrer l'impuissance où l'on est de dominer certaines forces soulevées» (Pierre Larousse, *Grand Dictionnaire universel du XIXe siècle*).

Page 50.

1. *Ridiculus sum :* «Je suis ridicule», en latin.

2. Flaubert ne reconnaissait qu'«un seul type esquissé de très loin d'après nature, le père Bovary : un certain Énault, ancien payeur aux armées de l'Empire, bravache débauché, sacripant, menaçant sa mère avec un sabre pour avoir de l'argent, un bonnet de police sur la tête, des bottes, pantalon de peau ; et à Sotteville, pilier du cirque Lalanne, qui venait prendre chez lui du vin chaud fait dans des cuvettes sur un poêle, et dont les écuyères accouchaient chez lui» (Jules et Edmond de Goncourt, *Journal, Mémoires de la vie littéraire*, Robert Laffont, «Bouquins», t. I, p. 539).

Page 54.

1. Cette foire a lieu le 23 octobre, jour où est fêté, à Rouen, saint Romain, évêque de la ville au VIIᵉ siècle.

2. *Le Voyage du Jeune Anacharsis en Grèce dans le milieu du IVᵉ siècle avant l'ère vulgaire*, œuvre de l'abbé Jean-Jacques Barthélemy (1788), somme érudite sur la vie quotidienne dans l'Antiquité, a passionné des générations de lecteurs et influencé la littérature romantique : Chateaubriand le recommande sans réserve.

3. Guy de Maupassant a décrit ce ruisseau de Rouen dans «Qui sait ?» (1880) : «Comme je m'engageais dans une rue invraisemblable où coule une rivière noire comme de l'encre nommée "Eau de Robec", mon attention, toute fixée sur la physionomie bizarre et antique des maisons, fut détournée tout à coup par la vue d'une série de boutiques de brocanteurs qui se suivaient de porte en porte. / Ah ! ils avaient bien choisi leur endroit, ces sordides trafiquants de vieilleries, dans cette fantastique ruelle, au-dessus de ce cours d'eau sinistre, sous ces toits pointus de tuiles et d'ardoises où grinçaient encore les girouettes du passé !» (*L'Inutile Beauté*, Folio, 1996, p. 188).

Page 56.

1. Flaubert n'apprécie guère Béranger, «ce sale bourgeois qui a chanté les amours faciles et les habits râpés» (à Charles Baudelaire, 23 août 1857, *Corr.*, t. II, p. 759). «L'immense gloire de cet homme est, selon moi, une des preuves les plus criantes de la bêtise du public. Ni Shakespeare, ni Goethe, ni Byron, aucun grand homme enfin n'a été si universellement admiré. Ce poète n'a pas eu jusqu'à présent un seul contradic-

teur et sa réputation n'a pas même les taches du soleil. Astre bourgeois, il pâlira dans la postérité, j'en suis sûr. Je n'aime pas ce chansonnier grivois et militaire. Je lui trouve partout un goût médiocre, quelque chose de terre à terre qui me répugne. De quelle façon il parle de Dieu! et de l'amour! Mais la France est un piètre pays, quoi qu'on dise. Béranger lui a fourni tout ce qu'elle peut supporter de poésie. Un lyrisme plus haut lui passe par-dessus la tête. C'était juste ce qu'il fallait à son tempérament. Voilà la raison de cette prodigieuse popularité. Et puis, l'habileté pratique du bonhomme! Ses gros souliers faisaient valoir sa grosse gaieté. Le peuple se mirait en lui depuis l'âme jusqu'au costume» (à Mlle Leroyer de Chantepie, 4 novembre 1857, *ibid.*, p. 774). Voir également ci-dessous, page 134, n. 2.

2. «Punch Source de délire. / Soirée de garçons. Éteindre les lumières quand on l'allume. / Et ça produit des "flammes fantastiques". / Romantique (vieux)» (*Dictionnaire des idées reçues*, édition de Claudine Gothot-Mersch, Folio, p. 548).

3. «Les officiers de santé constituaient une classe de médecins d'une instruction moins étendue que les docteurs en médecine. Institués par la loi du 19 ventôse an XI (10 mars 1803), ils ne pouvaient exercer en dehors du département où ils avaient été examinés par le jury nommé à cet effet; ils ne pouvaient pratiquer les grandes opérations chirurgicales sans l'assistance d'un docteur en médecine, et, dans le cas d'accidents graves arrivés dans une opération pratiquée en dehors de cette surveillance, il y avait recours à indemnité contre l'officier de santé coupable. Tout le monde sentait depuis longtemps l'illogisme de cette organisation, qui avait eu pour but, à l'origine, d'assurer les secours médicaux dans les campagnes et dont le seul résultat avait été de faire naître une concurrence regrettable entre les deux catégories de médecins, sans que pour cela les campagnes fussent mieux desservies. En effet, on trouvait autant d'officiers de santé dans les grandes villes que dans les petits centres. Enfin la loi de 1892 est venue faire cesser cet état de choses en décrétant la suppression de l'officiat» (*La Grande Encyclopédie*, Larousse, t. 25, p. 292).

Page 57.

1. Tostes est une commune de l'Eure, au sud de Rouen, mais il existe, au nord, Tôtes, nom qui paraît en premier lieu dans les plans et scénarios de *Madame Bovary*.

Page 60.

1. Voir la lettre de Flaubert à Ernest Chevalier, du 31 décembre 1841 : « Je foutrai même le camp de Rouen, vendredi prochain, pour ne point *faire les Rois* et manger de la brioche froide, tant je suis désireux de ces vénérables fêtes dont les poètes du *Musée des familles* déplorent la perte. Non je [ne] veux point faire les Rois, ni les défaire non plus, pourvu qu'ils me laissent tranquille c'est tout ce que je demande d'eux » (*Corr.*, t. I, p. 89-90).

Page 64.

1. *Masure* : « On appelle ainsi les cours [...] où il existe un bâtiment d'habitation. Presque tous les petits propriétaires campagnards, tous les fermiers demeurent dans une masure » (Robin, Prévost, Passy et Blosseville, *Dictionnaire du patois normand en usage dans le département de l'Eure*, Évreux, Charles Hérissey, 1882, p. 115). Le *Dictionnaire historique de la langue française* signale la persistance en Normandie, dans le Pays de Caux, d'un « vestige du sens ancien » de ce mot, désignant « une habitation rurale, un ensemble de bâtiments agricoles et, par extension, un herbage clos planté d'arbres fruitiers (entourant les bâtiments de la ferme) » (Dictionnaires Le Robert, 1992, t. II, p. 1202).

Page 72.

1. *Gloria* : liqueur chaude composée de café, de sucre et d'eau-de-vie ou de rhum. « Le gloria est ainsi dit, probablement, parce que, comme le gloria patri se dit à la fin des psaumes, ce gloria d'un autre genre est la fin obligée d'un régal populaire » (Littré).

2. Le 29 septembre.

Page 78.

1. « *Passer sous son pouce* était une plaisanterie qui consistait à lever le pouce horizontalement au-dessus de sa tête et à faire mine de passer dessous » (note de Pierre-Marc de Biasi, *Madame Bovary*, Imprimerie nationale, « La Salamandre », 1994, p. 540).

2. *Mètres de cailloux* : Gérard Gengembre explique qu'il s'agissait de « tas de cailloux d'environ 1 mètre cube, à l'usage des cantonniers pour l'entretien des chemins » (*Madame Bovary*, Magnard, « Texte et contextes », 1988, p. 106).

Page 79.

1. «Grog N'est pas comme il faut» (*Dictionnaire des idées reçues*, dans *Bouvard et Pécuchet*, éd. cit., p. 524).

Page 81.

1. Le *Dictionnaire des sciences médicales*, «par une société de médecins et de chirurgiens», publié à Paris par l'imprimeur Panckoucke, de 1812 à 1822, compte 58 volumes in-octavo. — Bouvard et Pécuchet y prennent en note «les exemples d'accouchement, de longévité, d'obésité et de constipation extraordinaires» (*Bouvard et Pécuchet*, éd. cit., p. 121) et Flaubert recopie, dans son «sottisier», plusieurs articles cocasses tirés de cet ouvrage (*ibid.*, p. 455-456).

Page 82.

1. D'après Théophile Gautier, cité par les Goncourt, Flaubert «a un remords qui empoisonne sa vie, ça le mènera au tombeau; c'est d'avoir mis dans *Madame Bovary* deux génitifs l'un sur l'autre, *une couronne de fleurs d'oranger*» (*Journal*, t. I, p. 781).

Page 85.

1. «Bientôt tout ce qui regarde l'économie, la propreté, le soin de préparer un repas champêtre, fut du ressort de Virginie, et ses travaux étaient toujours suivis des louanges et des baisers de son frère. Pour lui, sans cesse en action, il bêchait le jardin avec Domingue, ou, une petite hache à la main, il le suivait dans les bois; et si dans ces courses une belle fleur, un bon fruit, ou un nid d'oiseaux se présentaient à lui, eussent-ils été au haut d'un arbre, il l'escaladait pour les apporter à sa sœur» (Bernardin de Saint-Pierre, *Paul et Virginie*, éd. de Jean Ehrard, Folio, 1984, p. 120).

2. On connaît l'édifiante légende de Louise de La Vallière, maîtresse de Louis XIV, qui, foudroyée par la grâce en entendant Bossuet tonner à mots couverts contre son aventure, alla finir ses jours au Carmel, où elle fut un parangon de piété.

Page 86.

1. Les conférences que l'abbé Frayssinous prononce à Paris, de 1802 à 1809, puis, après que Napoléon les a interdites, de 1814 à 1822, sont publiées en 1825 sous le titre de *Défense du christianisme*.

2. Les ruines «font rêver et donnent de la poésie à un pay-

sage» (*Dictionnaire des idées reçues*, éd. cit., p. 550). Voir aussi n. 1, p. 95.

Page 87.

1. La lecture de Walter Scott est une étape obligée dans la formation des personnages de Flaubert. Pour Bouvard et Pécuchet, «ce fut comme la surprise d'un monde nouveau». «Les hommes du passé qui n'étaient pour eux que des fantômes ou des noms devinrent des êtres vivants, rois, princes, sorciers, valets, gardes-chasse, moines, bohémiens, marchands et soldats, qui délibèrent, combattent, voyagent, trafiquent, mangent et boivent, chantent et prient, dans la salle d'armes des châteaux, sur le banc noir des auberges, par les rues tortueuses des villes, sous l'auvent des échoppes, dans le cloître des monastères. Des paysages artistement composés, entourent les scènes comme un décor de théâtre. On suit des yeux un cavalier qui galope le long des grèves. On aspire au milieu des genêts la fraîcheur du vent, la lune éclaire des lacs où glisse un bateau, le soleil fait reluire les cuirasses, la pluie tombe sur les huttes de feuillage.» Mais les deux amis s'éloignent bientôt du maître du roman historique. Pécuchet «perdit même tout respect pour Walter Scott, à cause des bévues de son *Quentin Durward*». «Bouvard n'en continua pas moins Walter Scott, mais finit par s'ennuyer de la répétition des mêmes effets. L'héroïne, ordinairement, vit à la campagne avec son père, et l'amoureux, un enfant volé, est rétabli dans ses droits et triomphe de ses rivaux. Il y a toujours un mendiant philosophe, un châtelain bourru, des jeunes filles pures, des valets facétieux et d'interminables dialogues, une pruderie bête, manque complet de profondeur» (*Bouvard et Pécuchet*, éd. cit., p. 200 et 203).

Quant à Frédéric Moreau, «il ambitionnait d'être un jour le Walter Scott de la France» (*L'Éducation sentimentale*, Folio, p. 31).

Avant ce passage sur Walter Scott, Flaubert avait écrit, dans le manuscrit de *Madame Bovary*, ces lignes qu'il biffa ensuite : «Pendant six mois, à quinze ans, elle dévora l'une après l'autre toutes les glorifications emphatiques, les passions à manteau noir, depuis *Caroline Lichtfield* [*sic*] jusqu'à *Corinne*, en passant par *Numa Pompilius*, *L'Enfant de la forêt*, les histoires d'Anne Ratclif [*sic*] et Mme Cottin d'un bout à l'autre» (*Madame Bovary, Mœurs de province*, Nouvelle version précédée des scénarios inédits, éd. Jean Pommier et Gabrielle

Leleu, Corti, 1949, p. 187). Flaubert cite là des œuvres d'Isa-
belle de Montolieu (*Caroline de Litchfield* [1786]), de Mme de
Staël, de Florian, de Pixérécourt; Ann Radcliffe (1764-1823)
est le maître du «roman gothique» anglais; Mme Cottin, née
Sophie Ristaud (1770-1807), l'auteur de *Malvina* et de plusieurs romans à succès.

Page 88.

1. Un keepsake «doit traîner sur la table d'un salon» (*Dictionnaire des idées reçues*, éd. cit., p. 535). «Je viens de relire
pour mon roman plusieurs livres d'enfant. Je suis à moitié fou,
ce soir, de tout ce qui a passé aujourd'hui devant mes yeux,
depuis de vieux keepsakes jusqu'à des récits de naufrages et de
flibustiers» (à Louise Colet, 3 mars 1852, *Corr.*, t. II, p. 55). On
lit, dans les scénarios de *Madame Bovary*, des notes prises à
cette occasion et qui ont été utilisées dans le roman (*Plans et
scénarios de* Madame Bovary, éd. Yvan Leclerc, CNRS-Zulma,
«Collection manuscrits», 1995, p. 24-26).

Page 89.

1. Flaubert reproche à Lamartine d'écrire des «phrases
femelles» (*Corr.*, t. I, p. 210), d'être «hypocrite» et de travestir
la réalité: «Mais la vérité demande des mâles plus velus que
M. de Lamartine. [...] Mais non, il faut faire du convenu, du
faux. Il faut que les dames vous lisent» (*ibid.*, t. II, p. 77-78).
«Il ne restera pas de Lamartine de quoi faire un demi-volume
de pièces détachées. C'est un esprit eunuque, la couille lui
manque, il n'a jamais pissé que de l'eau claire» (*ibid.*, p. 299).
— Lamartine sera pourtant un fervent admirateur de *Madame
Bovary*, comme Flaubert le confiera à Élisa Schlésinger: «On
m'assure [...] que M. de Lamartine chante mon éloge très haut
— ce qui m'étonne beaucoup, car tout, dans mon œuvre, doit
l'irriter!» (14 janvier 1857, *ibid.*, p. 665; voir aussi p. 674:
Lamartine «m'a fait des compliments par-dessus les moulins.
Ma modestie m'empêche de rapporter les compliments *archi*-
flatteurs qu'il m'a adressés. Ce qu'il y a de sûr, c'est qu'il sait
mon livre par cœur, qu'il en comprend toutes les intentions, il
me connaît à fond»).

2. Outre le souvenir des *Méditations poétiques* de Lamartine
(«Le Lac», «Ressouvenir du lac Léman», «Le Vallon», «La
Prière», «L'Immortalité», «L'Automne», «Le Poète mourant»,
etc.), on retrouve ici quelques idées reçues: «HARPE [...] Produit des harmonies célestes», «CYGNE [...] "Chant du cygne"

parce qu'il ne chante pas» (*Dictionnaire des idées reçues*, éd. cit., p. 526 et 503).

Page 91.

1. L'Italie est le «but de tous les voyages de noces» (*Dictionnaire des idées reçues*, éd. cit., p. 533).

Page 93.

1. «RINCE-BOUCHE Signe de richesse dans une maison» (*Dictionnaire des idées reçues*, éd. cit., p. 549).

Pagé 95.

1. Voir n. 2, p. 86. Flaubert n'est pas insensible à la poésie des ruines, qu'il évoque au souvenir d'une promenade faite avec Louise Colet en 1846 : «J'aime surtout la végétation qui pousse dans les ruines, cet envahissement de la nature qui arrive tout de suite sur l'œuvre de l'homme quand sa main n'est plus là pour la défendre me réjouit d'une joie profonde et large. La Vie vient se replacer sur la Mort, elle fait pousser l'herbe dans les crânes pétrifiés et, sur la pierre où l'un de nous a sculpté son rêve, réapparaît l'Éternité du Principe dans chaque floraison des ravenelles jaunes» (26 août 1846, *Corr.*, t. I p. 314-315).

Page 96.

1. *Djali :* nom de la chèvre savante de la bohémienne Esméralda, dans *Notre-Dame de Paris* de Victor Hugo (livre II, chap. III).

Page 97.

1. En 1837, le marquis de Pomereu invite la famille Flaubert à un bal qu'il donne dans son château du Héron. Les souvenirs de cette journée, qui, à plusieurs reprises, serviront à l'écrivain (pour un conte intitulé *Quidquid volueris, études psychologiques*, composé la même année, pour *L'Éducation sentimentale*, pour la scène de la Vaubyessard de *Madame Bovary*), Gustave les évoque encore au bord du Nil, en mars 1850 : «Je marchais poussant mes pieds devant moi, et songeant à des matinées analogues... à une entre autres, chez le marquis de Pomereu, au Héron, après un bal. Je ne m'étais pas couché et le matin j'avais été me promener en barque sur l'étang, tout seul, dans mon habit de collège. Les cygnes me regardaient passer et les feuilles des arbustes retombaient dans l'eau. C'était peu de jours avant la rentrée ; j'avais quinze

ans» (à Louis Bouilhet, *Corr.*, t. I, p. 607, et la note de Jean Bruneau, p. 1087.)

Page 99.

1. «Billard Noble jeu. Indispensable à la campagne» (*Dictionnaire des idées reçues*, éd. cit., p. 493).

Page 100.

1. Une femme met les gants dans son verre pour qu'on ne lui serve pas de vin. Voir Alexandre Dumas, *La Femme au collier de velours* (1849), chap. 6: «Dans nos données de monde maniéré, la femme qui mange et qui boit se dépoétise. Si une jeune et jolie femme se met à table, c'est pour présider le repas: si elle a un verre devant elle, c'est pour y fourrer ses gants, si toutefois elle ne conserve pas ses gants; si elle a une assiette, c'est pour y égrainer, à la fin du repas, une grappe de raisin, dont l'immatérielle créature consent parfois à sucer les grains les plus dorés, comme fait une abeille d'une fleur» (Alinéa, 1992, p. 93). On date l'apparition de cet usage — éminemment romantique — de 1820, année de publication des *Premières Méditations poétiques*: «M. Lamartine a mis à la mode la femme frêle, les organisations délicates, les fronts et les cœurs mélancoliques... Le sentiment alla jusqu'à la sensiblerie; on ne mangea plus, on se mit à l'eau; les femmes du bel air prétendirent ne plus se nourrir que de feuilles de roses. Elles créèrent cet usage, à table, de ne remplir et de ne parfumer leur verre qu'avec leurs gants, comme pour bien constater leur sobriété» (L. Véron, *Mémoires d'un bourgeois de Paris*, cité par Gustave Fréjaville, *Les Méditations de Lamartine*, SFELT, 1947, p. 125).

Page 106.

1. *S'ériflait*: déformation du verbe érafler. Le *Trésor de la langue française* (t. 8, p. 74) signale sa présence dans le glossaire vendômois, avec le sens de «frôler, passer aussi près que possible d'un objet sans le toucher».

Page 111.

1. *Les Compagnons de la Marjolaine* est une ancienne chanson traditionnelle évoquant la milice d'artisans et de bourgeois créée à Paris, en 1180, par Louis VII. Les *Compagnons de la Marjolaine* jouissaient alors du monopole des parfums (*Dictionnaire des œuvres de l'art vocal*, sous la direction de Marc Honegger et Paul Prévost, Bordas, 1991, t. I, p. 399).

2. *La Corbeille*, journal de mode, paraît à Paris de 1843 à 1878. *Le Sylphe, journal des salons*, également publié à Paris, a une existence plus brève, de juin 1829 à août 1830. Emma Bovary n'aurait pu s'abonner aux deux publications en même temps.

3. Les jours où la bonne société se retrouve au bois de Boulogne.

4. Eugène Sue figure au nombre des écrivains contre lesquels Flaubert définit son esthétique : « Il y a de quoi en vomir, ça n'a pas de nom. — Il faut lire ça pour prendre en pitié l'argent, le succès, et le public. — La littérature a mal à la poitrine. [...] Il faudrait des Christs de l'Art pour guérir ce lépreux. En revenir à l'antique, c'est déjà fait. Au moyen âge, c'est déjà fait. — Reste le présent. Mais la base tremble ; où donc appuyer les fondements ? » (à Louis Bouilhet, 14 novembre 1850, *Corr.*, t. I, p. 709).

5. Flaubert admire au contraire Balzac, que, dans la lettre à Louis Bouilhet précédemment citée, il regrette de n'avoir pas connu (« Quand meurt un homme que l'on admire on est toujours triste », *Corr.*, t. I, p. 709) et George Sand, dont il deviendra l'ami. Ces romanciers représentent cependant pour Emma Bovary la tentation romantique et le début de la rébellion. De même, lisant George Sand, Bouvard « s'enthousiasma pour les belles adultères et les nobles amants, aurait voulu être Jacques, Simon, Bénédict, Lélio, et habiter Venise ! Il poussait des soupirs, ne savait pas ce qu'il avait, se trouvait lui-même changé. [...] Comme Bouvard lui avait vanté George Sand, Pécuchet se mit à lire *Consuelo*, *Horace*, *Mauprat*, fut séduit par la défense des opprimés, le côté social, et républicain, les thèses. [...] L'œuvre de Balzac les émerveilla, tout à la fois comme une Babylone, et comme des grains de poussière sous le microscope. Dans les choses les plus banales, des aspects nouveaux surgirent. Ils n'avaient pas soupçonné la vie moderne aussi profonde » (éd. cit., p. 203-205).

Page 115.

1. *L'Abeille médicale*, « Revue des journaux et des ouvrages de médecine, de chirurgie, de pharmacie », qui paraît à Paris de 1844 à 1899, publie un supplément intitulé *La Ruche scientifique*.

Page 123.

1. *Effiloquer* : « Effiler une étoffe quelconque, et, particuliè-

rement, une étoffe de soie pour en faire de l'ouate. S'effiloquer, *v. réfl.* S'en aller en filoches » (Littré).

Page 124.

1. La critique a abondamment disputé pour décider quelle
ville avait inspiré Flaubert : Neufchâtel-en-Bray, Ry, Forges-
les-Eaux, etc. Voir abbé Géraud-Venzac, *Au pays de
Mme Bovary*, Paris-Genève, La Palatine, 1957 ; René Herval,
Les Véritables Origines de Madame Bovary, Nizet, 1957 ; Claudine Gothot-Mersch, « Un faux problème : l'identification
d'Yonville-l'Abbaye dans *Madame Bovary* », *Revue d'histoire
littéraire de la France*, avril-juin 1962, p. 229-240. Flaubert
s'est exprimé à ce sujet, dans une lettre à Émile Cailtaux, le
4 juin 1857 : « Aucun modèle n'a posé devant moi. *Madame
Bovary* est une pure invention. Tous les personnages de ce
livre sont complètement imaginés, et Yonville-l'Abbaye lui-
même est un pays *qui n'existe pas*, ainsi que la Rieulle, etc. Ce
qui n'empêche pas qu'ici, en Normandie, on n'ait voulu
découvrir dans mon roman une foule d'allusions. Si j'en avais
fait, mes portraits seraient moins ressemblants, parce que
j'aurais eu en vue des personnalités et que j'ai voulu, au
contraire, reproduire des types » (*Corr.*, t. II, p. 728). On trouve
cependant, sur le territoire de la commune de Déville-lès-
Rouen, où les Flaubert avaient une maison de campagne, un
hameau nommé Yonville.

Page 126.

1. Cet Amour pourrait être une œuvre d'Étienne-Maurice
Falconet (1716-1791), *L'Amour menaçant* (Rijksmuseum,
Amsterdam). L'original, exposé au Salon de 1757 et qui a
appartenu à Mme de Pompadour, fut maintes fois reproduit en
marbre ou en biscuit de Sèvres. Flaubert a pu en voir une
réplique dans le potager du château de Grigneuseville, à sept
kilomètres de Saint-Victor-l'Abbaye. Il fit en effet la connaissance de la comtesse de Grigneuseville en 1849 et fut plusieurs
fois son hôte. (Voir René Herval, *Les Véritables Origines de*
Madame Bovary, p. 122-123, et *Corr.*, t. II, p. IX, note.)

Page 128.

1. La première épidémie de choléra en Europe toucha la
France en 1832 (la date est précisée dans les manuscrits ; voir
Madame Bovary, Mœurs de province, Nouvelle version précé-
dée des scénarios inédits, éd. Jean Pommier et Gabrielle
Leleu, Corti, 1949, p. 242 et 253). Flaubert l'évoque dans une

lettre de 1861 : «Je me rappelle avoir vécu en 1832 en plein choléra ; une simple cloison, percée d'une porte, séparait notre salle à manger d'une salle de malades où les gens mouraient comme des mouches» (à Mlle Leroyer de Chantepie, le 24 août 1861, *Corr.*, t. III, p. 173).

Page 130.

1. «*Choses qui m'ont embêté*, alias *Scies :* [...] les Polonais, [...] les souscriptions pour les inondés [...]» (*Copie de Bouvard et Pécuchet*, Flaubert, *Œuvres complètes*, Club de l'honnête homme, t. V, 1972, p. 318). — Après les soulèvements de 1830-1831, inspirés par la révolution de Juillet mais bientôt noyés dans le sang, les Russes suppriment les libertés en Pologne, «l'ordre règne à Varsovie» et de nombreux patriotes prennent le chemin de l'exil. Leurs malheurs éveillent, partout en Europe de l'Ouest, une grande sympathie. *L'Éducation sentimentale* se fait l'écho des préoccupations du temps : «— Moi, ce que je reproche à Louis-Philippe, c'est d'abandonner les Polonais ! / — Un moment ! dit Hussonnet. D'abord, la Pologne n'existe pas ; c'est une invention de La Fayette ! Les Polonais, règle générale, sont tous du faubourg Saint-Marceau, les véritables s'étant noyés avec Poniatowski» (*L'Éducation sentimentale*, éd. cit., p. 161). — L'inondation de Lyon, en octobre-novembre 1840, consécutive à une double crue du Rhône et de la Saône, marque durablement les esprits : le niveau des eaux a dépassé cinq mètres à l'étiage. On organise, à Paris, au théâtre de la Renaissance, une soirée de charité au profit des sinistrés : Lamartine et Marceline Desbordes-Valmore envoient des vers (voir *Le Clergé français pendant les inondations de 1840. Traits de dévouement, de courage et de charité chrétienne, suivis d'une Couronne poétique avec des vers de M. de Lamartine, de Mme Desbordes-Valmore, etc.*, Paris-Lyon, Maison-Chambet-Guyot, 1841).

Page 131.

1. «Tour Indispensable à avoir dans son grenier, à la campagne, pour les jours de pluie» (*Dictionnaire des idées reçues*, éd. cit., p. 553). Voir aussi les lettres à Edma Roger Des Genettes, du 15 mai 1872 («[...] l'avenir se résume pour moi en une main de papier blanc qu'il faut couvrir de noir, uniquement pour ne pas crever d'ennui, et comme "on a un tour dans son grenier quand on habite la campagne"», *Corr.*, t. IV, p. 526) et à Marie Régnier, le 4 janvier 1873 («Je continue cependant à faire des phrases, comme les bourgeois qui ont un

tour dans leur grenier font des ronds de serviette, par désœuvrement et pour mon agrément personnel », *ibid.*, p. 631-632).

Page 133.

1. *Godailler:* «Terme populaire. Boire avec excès et souvent» (Littré).

2. *Momeries et jongleries.* Ces deux mots sont soufflés à Homais par Voltaire. Pour *momerie*, le sens de «cérémonie bizarre, ridicule» est attesté par Littré, qui cite Voltaire : «[Henri III] était persuadé, aussi bien que certains théologiens, que ces momeries expiaient les péchés d'habitude» (*Œuvres complètes de Voltaire*, t. 2, *La Henriade*, Genève, Les Délices, 1970, «Remarques sur les chants», p. 265). Le mot figure en plusieurs endroits des *Œuvres complètes*, par exemple dans l'*Histoire du Parlement de Paris* (t. 68, chap. 64, § 847) : «Cette momerie de Rome redoubla les momeries de la Saint-Médard.» Voir également la note suivante. Bien qu'il ne figure pas, semble-t-il, dans l'œuvre de Voltaire (en tout cas pas dans la base de données *Voltaire électronique* [Oxford, Voltaire Foundation]), le mot de *jonglerie* est explicitement attribué par Flaubert à Arouet : «Les hommes qui exercent d'aussi *coupables industries* exécutent leurs viles jongleries, comme dirait M. de Voltaire, avec une singulière habileté» (à Louis Bouilhet, 15 janvier 1850, *Corr.*, t. I, p. 573-574). Flaubert écrivait encore : «[…] ce qui m'attire par-dessus tout, c'est la religion. Je veux dire toutes les religions, pas plus l'une que l'autre. Chaque dogme en particulier m'est répulsif, mais je considère le sentiment qui les a inventés comme le plus naturel et le plus poétique de l'humanité. Je n'aime point les philosophes qui n'ont vu là que jonglerie et sottise. J'y découvre, moi, nécessité et instinct; aussi je respecte le nègre baisant son fétiche autant que le catholique aux pieds du Sacré-Cœur» (à Mlle Leroyer de Chantepie, 30 mars 1857, *ibid.*, t. II, p. 698).

Page 134.

1. Pour Flaubert, Voltaire est «un saint». «J'aime le grand Voltaire autant que je déteste le grand Rousseau», écrit-il à Edma Roger des Genettes, en janvier 1860. «Je m'étonne que vous n'admiriez pas cette grande palpitation qui a remué un monde. Est-ce qu'on obtient de tels résultats quand on n'est pas sincère? Vous êtes, dans ce jugement-là, de l'école du XVIIIe siècle lui-même, qui voyait dans les enthousiasmes religieux des *momeries* de prêtres. Inclinons-nous devant tous les

autels. Bref, cet homme-là me semble ardent, acharné, convaincu, superbe. Son "Écrasons l'infâme" me fait l'effet d'un cri de croisade. Toute son intelligence était une machine de guerre. Et ce qui me le fait chérir, c'est le dégoût que m'inspirent les voltairiens, des gens qui rient sur les grandes choses! Est-ce qu'il riait, lui? Il grinçait!» (*Corr.*, t. III, p. 73).

2. Le «Dieu de Béranger», c'est le «Dieu des bonnes gens», titre d'une fameuse chanson (qu'entonne un peu plus loin M. Homais): «Il est un dieu; devant lui je m'incline, / Pauvre et content, sans lui demander rien. / De l'univers observant la machine, / J'y vois du mal, et n'aime que le bien. / Mais le plaisir à ma philosophie / Révèle assez des cieux intelligents. / Le verre en main, gaîment je me confie / Au dieu des bonnes gens. [...] Mais quelle erreur! Non, Dieu n'est point colère; / S'il créa tout, à tout il sert d'appui: / Vins qu'il nous donne, amitié tutélaire, / Et vous, amours, qui créez après lui, / Prêtez un charme à ma philosophie / Pour dissiper des rêves affligeants» (*Chansons de P.-J. de Béranger, précédées d'une notice sur l'auteur et d'un essai sur ses poésies*, par P.-F. Tissot, Perrotin-Guillaumin-Bigot, 1829, p. 97-99). «J'ai vu tant d'imbéciles, dit Flaubert, tant de bourgeois étroits chanter ses *Gueux* et son *Dieu des bonnes gens*» (à Louise Colet, 27 septembre 1846, *Corr.*, t. I, p. 363). Voir également ci-dessus, p. 56, n. 1.

3. La «profession de foi du vicaire savoyard» figure au livre IV d'*Émile* de Jean-Jacques Rousseau.

4. L'expression «immortels principes de 89» est évidemment un lieu commun. Voir, par exemple, Charles Baudelaire, *Le Spleen de Paris*, XL, «Le Miroir»: «Monsieur, d'après les immortels principes de 89, tous les hommes sont égaux en droits.» Voir aussi le *Dictionnaire des idées reçues* («PRINCIPES Toujours indiscutables. On ne peut en dire la nature, ni le nombre; n'importe, sont sacrés»; éd. cit., p. 548) et *L'Éducation sentimentale* («Hussonnet les divertit, en soutenant d'abord que les marchands de suif payaient trois cent quatre-vingt-douze gamins pour crier chaque soir: "Des lampions!" puis en blaguant les principes de 89, l'affranchissement des nègres, les orateurs de la gauche», éd. cit., p. 376).

Page 135.

1. Ce chapitre a posé de délicats problèmes de mise au point à Flaubert. Voir sa lettre à Louise Colet, 19 septembre 1852: «Que ma *Bovary* m'embête! Je commence à m'y débrouiller pourtant un peu. Je n'ai jamais de ma vie rien écrit de plus dif-

ficile que ce que je fais maintenant, du dialogue trivial! Cette scène d'auberge va peut-être me demander trois mois, je n'en sais rien. J'en ai envie de pleurer par moments, tant je sens mon impuissance. Mais je crèverai plutôt dessus que de l'escamoter. J'ai à poser à la fois dans la même conversation cinq ou six personnages (qui parlent), plusieurs autres (dont on parle), le lieu où l'on est, tout le pays, en faisant des descriptions physiques de gens et d'objets, et à montrer au milieu de tout cela un monsieur et une dame qui commencent (par une sympathie de goûts) à s'éprendre un peu l'un de l'autre. Si j'avais de la place encore! Mais il faut que tout cela soit rapide sans être sec, et développé sans être épaté, tout en me ménageant, pour la suite, d'autres détails qui là seraient plus frappants. Je m'en vais faire tout rapidement et procéder par grandes esquisses d'ensemble successives; à force de revenir dessus, cela se serrera peut-être. La phrase en elle-même m'est fort pénible. Il me faut faire parler, en style écrit, des gens du dernier commun, et la politesse du langage enlève tant de pittoresque à l'expression!» (*Corr.*, t. II, p. 159).

Page 136.

1. «Bonnet grec Indispensable à l'homme de cabinet — donne de la majesté au visage» (*Dictionnaire des idées reçues*, éd. cit., p. 493). Dans une lettre à Louis Bouilhet, du 31 août 1856, Flaubert se réjouit de retrouver dans la réalité ce qu'il a décrit dans son roman: «J'ai eu mercredi la visite du Philosophe Baudry. Quel homme! Il devient tout à fait sheik. Il avait apporté, dans sa poche, son *bonnet grec* dont il a recouvert son chef au déjeuner, parce que "quand il a la tête nue, ça lui donne des étourdissements"» (*Corr.*, t. II, p. 628).

Page 138.

1. «Mer [...] Image de l'infini. Donne de grandes pensées» (*Dictionnaire des idées reçues*, éd. cit., p. 540). «Un idéal, comme disent les grisettes» (*Corr.*, t. II, p. 666).

2. «Voilà deux ou trois jours que ça va bien. Je suis à faire une conversation d'un jeune homme et d'une jeune dame sur la littérature, la mer, les montagnes, la musique, tous les sujets poétiques enfin. — On pourrait la prendre au sérieux, et elle est d'une grande intention de grotesque. Ce sera, je crois, la première fois que l'on verra un livre qui se moque de sa jeune première et de son jeune premier. L'ironie n'enlève rien au pathétique. Elle l'outre au contraire» (à Louise Colet, 9 octobre 1852, *Corr.*, t. II, p. 172). Voir aussi la lettre, adres-

sée à la même, du 20 juin 1853 : «Ces mêmes gens qui disent "poésie des lacs", etc., détestent fort toute cette poésie, toute espèce de nature, toute espèce de lac, si ce n'est leur pot de chambre qu'ils prennent pour un océan» (*ibid.*, p. 358).

Page 139.

1. *L'Ange gardien*, romance de Pauline Duchambge, paroles de Marceline Desbordes-Valmore : «Oui, vous avez un ange, un jeune ange qui pleure ; / Il pleure, car il aime… et vous ne pleurez pas […] / Nous avons tous notre ange, et je tiens de ma mère, / Qu'on ne marche pas seul dans une voie amère» (Marceline Desbordes-Valmore, *Œuvres poétiques*, éd. cit., t. II, p. 382 ; le poème date de 1835 et a été publié dans le recueil *Pauvres fleurs*). Pauline Duchambge, née de Montet (1776-1858), fut la maîtresse d'Auber, l'amie de Mme Tallien devenue princesse de Chimay, de Marie Dorval et, surtout, de Marceline Desbordes-Valmore. Elle était, dit Sainte-Beuve, l'«auteur de douces mélodies que nos mères savaient par cœur et soupiraient du temps de l'impératrice Joséphine et depuis aux belles années de la Restauration. *Paroles de Mme Desbordes-Valmore, musique de Mme Pauline Duchambge,* cela se voyait sur tous les pianos» (*Nouveaux Lundis*, Michel Lévy frères, 1870, t. XII, p. 221-222).

2. «ALLEMANDS […] Peuple de rêveurs (vieux)» (*Dictionnaire des idées reçues*, éd. cit., p. 487).

Page 141.

1. Pour Flaubert, l'abbé Jacques Delille, auteur de poèmes descriptifs et, notamment, d'alexandrins consacrés à sa cafetière, a eu le tort de «tomber dans le brimborion» (voir la lettre à Ernest Feydeau, 26 juillet ? 1857, *Corr.*, t. II, p. 749).

2. *L'Écho des feuilletons*, «recueil de nouvelles, contes, anecdotes», paraît à Paris, de 1841 à 1887.

3. Dans le manuscrit du roman, ce quotidien était *Le Journal de Rouen*, qui existait bel et bien. Le 5 octobre 1856, Flaubert explique à Louis Bouilhet la démarche de son ami Baudry (voir notre n. 1, p. 136) : «J'ai reçu ce matin une lettre de F[rédéric] Baudry, qui me prie, dans les termes *les plus convenables,* de changer dans la *Bovary* le *Journal de Rouen* en : *Le Progressif de Rouen*, ou tel autre titre pareil. Ce bougre-là est un bavard. Il a conté la chose au père Senard et à ces messieurs du *Journal* eux-mêmes. / Mon premier mouvement a été de l'envoyer chier. D'autre part, la susdite feuille a fait hier, pour la *B[ovary]*, une réclame très obligeante. Je suis donc pris

entre ma vieille haine pour le *Journal de R[ouen]* d'une part, et
la gentilhommerie de l'autre. Je vais avoir l'air d'un gredin. /
Mais c'est si beau, le *"Journal de Rouen"* dans la *Bovary*! —
Après ça, c'est moins beau à Paris et le *Progressif* fera peut-
être autant d'effet? / *Je suis dévoré d'incertitude.* Je ne sais que
faire. Il me semble qu'en cédant je fais une couillade atroce. —
Réfléchis. / Ça va casser le rythme de mes pauvres phrases! /
C'est grave. / Respectons l'intégrité *du premier jet.* Cependant... Ah! merde! [...] Songe à cette histoire du *Journal de
Rouen*. — Mets-toi à ma place. / N'en dis rien à Du Camp, jusqu'à ce que nous ayons pris un parti. — Il serait d'avis de
céder, probablement? Mets-toi au point de vue de l'Absolu, et
de l'art» (*Corr.*, t. II, p. 638-640. Voir les n. 1-3, p. 1318-1319).

Pour ne pas «casser le rythme de [ses] pauvres phrases»
tout en faisant «la gentilhommerie», Flaubert optera pour une
solution syllabiquement identique et aux sonorités proches: *Le
Fanal de Rouen.*

Page 144.

1. «VOISINS Tâcher de se faire rendre par eux des services
sans qu'il en coûte rien» (*Dictionnaire des idées reçues*, éd. cit.,
p. 555). Voir aussi la lettre à Alfred Le Poittevin, 2 avril 1845:
«Quelle belle chose que la province et le chic des rentiers qui
l'habitent! [...] Le voisin surtout est un être admirable. Il faut
l'écrire ainsi relativement à son importance sociale: VOISIN»
(*Corr.*, t. I, p. 222).

2. Voir n. 3, p. 56. L'article 1er de la loi du 19 ventôse an XI,
relative à l'exercice de la médecine, stipule en effet que «nul
ne pourra embrasser la profession de médecin, de chirurgien
ou d'officier de santé, sans être examiné et reçu comme il sera
prescrit par la présente loi».

Page 148.

1. Chanson de Béranger. Voir n. 2, p. 134.

2. *La Guerre des dieux* (1799), poème en dix chants d'Éva-
riste Parny (1753-1814), parodie licencieuse et antireligieuse,
en même temps que satire des mœurs du Directoire, est présenté comme l'œuvre du Saint-Esprit qui narre le combat des
dieux païens contre les dieux chrétiens, un «vénérable père»,
un «pigeon coiffé d'une auréole» et un agneau «bien lavé, bien
frais, bien délicat» (*La Guerre des dieux*, Debray, 1808, p. 9).
Chateaubriand regretta que Parny, «le seul poète élégiaque de
la France», se soit «déshonoré» avec cette œuvre impie.
«C'est cette impossibilité de se soustraire à son indolence qui,

de furieux aristocrate, rendit le chevalier de Parny misérable révolutionnaire, attaquant la religion persécutée et les prêtres à l'échafaud, achetant son repos à tout prix, et prêtant à la muse qui chanta Éléonore le langage de ces lieux où Camille Desmoulins allait marchander ses amours» (*Mémoires d'outre-tombe*, livre 4, chap. 12, Gallimard, Pléiade, 1951, t. I, p. 139). C'est pour répondre à ce poème que Chateaubriand entreprit d'écrire «un petit ouvrage sur *la Religion chrétienne par rapport à la poésie*», qui deviendra *Génie du christianisme* (voir la lettre à Amable de Baudus, 6 mai 1799, dans : Chateaubriand, *Correspondance générale*, t. I, Gallimard, 1977, p. 91).

3. *Demi-tasse :* «Tasse ordinaire pour le café à l'eau, plus petite que celle dont on se sert pour le café au lait» (*Grand Dictionnaire universel du xixe siècle*).

Page 149.

1. *Semaines de la Vierge :* c'est le délai de six semaines qui, dans la vie de la Vierge, sépare la Nativité (25 décembre) de la Purification (2 février), et que doivent en son honneur respecter les accouchées, entre la délivrance et les relevailles. D'après «une croyance très répandue», «jusqu'à ce que la cérémonie des relevailles ait été accomplie, la femme est exposée et expose les autres (sa famille, notamment) à de nombreux inconvénients. [...] En France, on croit que si elle va chez une nourrice, elle fait tarir le lait, que son entrée empêchera le linge de blanchir, qu'elle fait aigrir le vin et que l'eau des puits et des fontaines où elle puise devient trouble et se change en sang» (P. Sébillot, cité par J.-M. Privat, *Bovary Charivari, essai d'ethno-critique*, CNRS éditions, 1994, p. 43).

Page 150.

1. *Masure :* voir n. 1, p. 64.
2. *Embricolées :* portant la bricole, harnais de cuir.

Page 151.

1. *Mathieu Laensberg :* Almanach attribué à un chanoine de Liège qui vivait vers 1600. Ce recueil de prédictions météorologiques et de préceptes médicaux connut longtemps une édition annuelle, fut souvent contrefait et abondamment diffusé dans les campagnes par les colporteurs.

Page 157.

1. «JOURNAL [...] Lire le matin un article de ces feuilles sérieuses et graves, et le soir, en société, amener adroitement

la conversation sur le sujet étudié afin de pouvoir briller» (*Dictionnaire des idées reçues*, éd. cit., p. 535).

2. *Osmazôme :* «Nom donné par Thenard au principe savoureux du bouillon de chair. (C'est un mélange de créatine, créatinine, inosite, acide lactique, etc.)» (*Nouveau Larousse illustré*.)

Page 158.

1. *L'Illustration*, revue hebdomadaire fondée en 1843, «était un journal cher. Il est vrai que l'hebdomadaire remplit une certaine fonction sociale et on peut parler à son sujet d'un phénomène de "consommation ostentatoire" : l'abonnement à *L'Illustration* représente un élément de consécration sociale» (Christine Barthet, article «*L'Illustration*», *Encyclopaedia universalis*, 1999).

2. *Double-six :* domino dont chaque moitié compte six points.

Page 163.

1. *Porteballe :* «Petit mercier qui court le pays, portant ses marchandises dans une balle sur son dos» (*Littré*).

Page 167.

1. Dans *Notre-Dame de Paris*, l'histoire de Paquette la Chantefleurie est contée par Mahiette. C'est une jeune femme dévoyée. «À ces femmes d'amour il faut un amant ou un enfant pour leur remplir le cœur. Autrement elles sont bien malheureuses. — Ne pouvant avoir d'amant, elle se tourna toute au désir d'un enfant, et comme elle n'avait pas cessé d'être pieuse, elle en fit son éternelle prière au bon Dieu. Le bon Dieu eut donc pitié d'elle, et lui donna une petite fille. Sa joie, je ne vous en parle pas. Ce fut une furie de larmes, de caresses et de baisers. Elle allaita elle-même son enfant, lui fit des langes avec sa couverture, la seule qu'elle eût sur son lit, et ne sentit plus ni le froid ni la faim. Elle en redevint belle. [...] Au reste, reprit Mahiette, l'enfant de Paquette n'avait pas que les pieds de joli. Je l'ai vue quand elle n'avait que quatre mois. C'était un amour ! Elle avait les yeux plus grands que la bouche. Et les plus charmants fins cheveux noirs, qui frisaient déjà. Cela aurait fait une fière brune, à seize ans ! Sa mère en devenait de plus en plus folle tous les jours. Elle la caressait, la baisait, la chatouillait, la lavait, l'attifait, la mangeait ! Elle en perdait la tête, elle en remerciait Dieu. Ses jolis pieds roses surtout, c'était un ébahissement sans fin, c'était un délire de joie ! elle y avait toujours les lèvres collées et ne pouvait reve-

nir de leur petitesse. Elle les mettait dans les petits souliers, les retirait, les admirait, s'en émerveillait, regardait le jour au travers, s'apitoyait de les essayer à la marche sur son lit, et eût volontiers passé sa vie à genoux, à chausser et à déchausser ces pieds-là comme ceux d'un enfant-Jésus. » L'adorable petite fille — la future Esméralda — est enlevée par des «égyptiennes», qui laissent, à sa place, «une façon de petit monstre, hideux, boiteux, borgne, contrefait» — qui deviendra Quasimodo —, un «petit pied-bot» (ce détail a dû retenir aussi l'attention de Flaubert). Désespérée, la mère vit désormais en recluse, vêtue d'un simple sac : on l'appelle «la sachette» (Victor Hugo, *Notre-Dame de Paris*, livre VI, chap. III).

Page 173.

1. Le curé attribue ce lieu commun à saint Paul comme il le donnerait au «poète». Une formule approchante figure cependant dans Job : «L'homme est né pour le travail, comme l'oiseau pour voler» (Job, V, 7, trad. Lemaître de Sacy, Laffont, «Bouquins», 1990; Flaubert pratiquait cette même traduction : voir René Rouault de La Vigne, «L'Inventaire après décès de la bibliothèque de Flaubert», *Revue des sociétés savantes de Haute-Normandie*, n° 7, 1957, p. 77). Rappelons que Flaubert tenait le Livre de Job pour «un des [plus] beaux qu'on ait faits depuis qu'on en fait» (à Louise Colet, 4 octobre 1846, *Corr.*, t. I, p. 375).

Page 174.

1. «Capucin de carte, carte que les enfants plient longitudinalement pour la faire tenir droite, et à laquelle ils font une entaille en angle aigu, qu'ils retournent en la relevant pour lui donner l'air d'un capuce ; ces capucins, rangés à la file et assez près, tombent les uns sur les autres quand on fait tomber le premier. De là les locutions : ils tombèrent comme des capucins de carte ; ils ne tiendront pas plus que des capucins de carte» (Littré).

2. *Enfle* : «Enflure. "D'où vous vient cet *enfle* à la joue ?" Mot usité dans toutes les classes de la société» (*Dictionnaire du patois normand*, éd. cit., p. 166). On sait comment, par leurs talents de magnétiseurs, Bouvard et Pécuchet parviennent à guérir une vache enflée (*Bouvard et Pécuchet*, éd. cit., p. 283-284).

Page 176.

1. À l'époque de Flaubert, les catéchumènes normands apprenaient par cœur les demandes et questions suivantes, héritées du *Catéchisme de Meaux* de Bossuet, à travers le *Catéchisme de l'empire* et les divers catéchismes de diocèse : « Êtes-vous chrétien ? / — Oui, je suis chrétien par la grâce de Dieu. / — Qu'est-ce qu'un chrétien ? /— C'est celui qui, étant baptisé, fait profession de la religion chrétienne » (« Leçon première — Du nom et du signe du chrétien », *Catéchisme, ou Abrégé de la foi et de la doctrine chrétienne*, imprimé sous l'autorité de Son Altesse Monseigneur le Cardinal, prince de Croy, archevêque de Rouen, à l'usage de son diocèse, Rouen, Veuve Trenchard-Behourt, 1829, p. 3 ; ce catéchisme était imprimé par le père de Frédéric Baudry, l'ami de Flaubert).

Page 183.

1. *Serpillière :* « Morceau de grosse toile que certains marchands et leurs garçons mettent devant eux en forme de tablier » (Littré).

Page 185.

1. « En deux pages, écrit Flaubert à Louise Colet, j'ai réuni, je crois, toutes les bêtises que l'on dit en province sur Paris, la vie d'étudiant, les actrices, les filous qui vous abordent dans les jardins publics, et la cuisine de restaurant *"toujours* plus malsaine que la cuisine bourgeoise" ». Et il raconte son souvenir d'un dîner avec un curé de Trouville : « Comme je refusais du champagne (j'avais déjà bu et mangé à tomber sous la table, mais mon curé entonnait toujours), alors il se tourna vers moi et, avec un œil ! quel œil ! un œil où il y avait de l'envie, de l'admiration et du dédain tout ensemble, il me dit en levant les épaules : "Allons donc ! vous autres jeunes gens de Paris qui, dans vos soupers fins, *sablez le champagne*, quand vous venez ensuite en province, vous faites les petites bouches." Et comme il y avait de sous-entendus, entre le mot *soupers fins* et celui de *sablez*, ceux-ci : *avec des actrices !* Quels horizons ! Et dire que je l'excitais, ce brave homme ! » (14 juin 1853, *Corr.*, t. II, p. 355). Voir aussi *Dictionnaire des idées reçues*, éd. cit., p. 503 : « Cuisine de restaurant, toujours "échauffante". / — bourgeoise, toujours "saine". »

Page 192.

1. « Guête ! » : Regarde ! (voir Bourdon, Cournon, Charpen-

tier, *Dictionnaire normand-français*, Conseil international de la langue française, 1993, p. 166).

Page 194.

1. Cf., dans *L'Éducation sentimentale*, le duel manqué entre Frédéric Moreau et le vicomte de Cisy, au début duquel celui-ci s'évanouit (éd. cit., p. 253). Peut-être Flaubert a-t-il songé à ce Soubiranne qui avait «calé en duel» devant un de ses amis (voir *Corr.*, t. II, p. 436).

Page 196.

1. Flaubert a longuement travaillé la scène des Comices. Le 18 juillet 1852, il assiste au comice agricole de Grand-Couronne, près de Croisset: «J'avais besoin de voir une de ces ineptes cérémonies rustiques pour ma *Bovary*, dans la deuxième partie. C'est pourtant là ce qu'on appelle le Progrès et où converge la société moderne» (à Louise Colet, *Corr.*, t. II, p. 134). Mais il n'esquisse la scène qu'un an plus tard, le 15 juillet 1853: «Elle sera énorme; ça aura bien trente pages. Il faut que, dans le récit de cette fête rustico-municipale et parmi ses détails (où *tous* les personnages secondaires du livre paraissent, parlent et agissent), je poursuive, et au premier plan, le dialogue continu d'un monsieur *chauffant* une dame. J'ai de plus, au milieu, le discours solennel d'un conseiller de préfecture, et à la fin (tout terminé) un article de journal fait par mon pharmacien, qui rend compte de la fête en bon style philosophique, poétique et progressif. [...] Je suis sûr de ma couleur et de bien des effets; mais pour que tout cela ne soit pas trop long, c'est le diable! Et cependant ce sont de ces choses qui doivent être abondantes et pleines» (*ibid.*, p. 386). Vers la fin de septembre, il n'en est qu'à la moitié (*ibid.*, p. 434 et 444). Le 12 octobre, il se plaint de la difficulté de l'ouvrage. «Bouilhet prétend que ce sera la plus belle scène du livre. Ce dont je suis sûr, c'est qu'elle sera neuve et que l'intention en est bonne. Si jamais les effets d'une symphonie ont été reportés dans un livre, ce sera là. *Il faut que ça hurle par l'ensemble*, qu'on entende à la fois des beuglements de taureaux, des soupirs d'amour et des phrases d'administrateurs. Il y a du soleil sur tout cela, et des coups de vent qui font remuer les grands bonnets. Mais les passages les plus difficiles de *Saint Antoine* étaient jeux d'enfant en comparaison. J'arrive au dramatique rien que par l'entrelacement du dialogue et les oppositions de caractère» (*ibid.*, p. 449). La scène est terminée début octobre, mais il la «refait» et la «rabote» (*ibid.*, p. 461). Ce travail se

poursuit jusqu'à la première semaine de décembre, où Flaubert passe à la scène suivante (*ibid.*, p. 472 et 476).

Page 198.

1. Orlowski, ami de Chopin et professeur de musique de Caroline Flaubert, sœur de Gustave, porte des souliers semblables à ceux d'Homais : «Complètement avachi par la chaleur, tenue des plus négligées. Il porte des souliers de castor comme un bourgeois affecté d'oignons» (à Louis Bouilhet, 11 août 1856, *Corr.*, t. II, p 624).

2. «Le Rat qui s'est retiré du monde», La Fontaine, *Fables*, VII, 3. Voir *Dictionnaire des idées reçues*, éd. cit., p. 536 : «LA FONTAINE [...] L'appeler "le Bonhomme".»

Page 204.

1. «ILLUSIONS Affecter d'en avoir eu beaucoup. / Se plaindre de ce qu'on les a perdues» (*Dictionnaire des idées reçues*, éd. cit., p. 530).

Page 206.

1. *Capucine :* «Anneau de métal qui relie le canon et le bois d'une arme à feu, ainsi dit par assimilation avec la forme de la fleur de capucine» (Littré). Sur un fusil, les capucines sont au nombre de trois.

Page 207.

1. On trouve les mêmes fauteuils en velours d'Utrecht dans le salon de Bouvard (*Bouvard et Pécuchet*, éd. cit., p. 104).

Page 208.

1. Le discours du conseiller de préfecture, de tradition prudhommesque, n'est pas exempt de réminiscences. Cf. la scène au cours de laquelle Prudhomme, préparant sa candidature à l'Assemblée nationale, dicte un article inepte où figure la célèbre formule : «Le char de l'État navigue sur un volcan» (Henry Monnier et Gustave Vaëz, *Grandeur et Décadence de M. Joseph Prudhomme*, comédie en cinq actes et en prose représentée pour la première fois sur le théâtre impérial de l'Odéon, le 23 novembre 1852, Michel Lévy frères, «Théâtre contemporain illustré», 1856, p. 17). Après la publication de *Madame Bovary*, Henry Monnier écrira à Flaubert pour lui demander s'il a l'intention de «faire jouer» son roman et s'il le juge «capable de jouer le Pharmacien» (*Corr.*, t. II, p. 1418, note 6 de la p. 798).

Page 216.

1. «Magnétisme Joli sujet de conversation avec les dames
— et qui sert à faire des femmes» (*Dictionnaire des idées
reçues*, éd. cit., p. 538).

2. Cf. lettre à Louise Colet, 15 novembre 1846 : «Nous avons
beau faire, nous serons toujours l'un à l'autre. Quand nous
nous fâcherions, nous reviendrions toujours l'un vers l'autre
comme des fleuves qui rentrent dans leur lit naturel» (*Corr.*,
t. I, p. 406).

Page 223.

1. «Banquet [...] La plus franche cordialité ne cesse d'y
régner» (*Dictionnaire des idées reçues*, éd. cit., p. 491).

2. «Jésuites Fils de Loyola» (*Dictionnaire des idées reçues*,
éd. cit., p. 534).

Page 230.

1. Dans sa Correspondance et dans ses scénarios, Flaubert
nomme cette scène «la baisade» : «J'ai une baisade qui m'inquiète fort et qu'il ne faudra pas biaiser, quoique je veuille la
faire chaste, c'est-à-dire littéraire, sans détails lestes, ni
images licencieuses ; il faudra que le luxurieux soit dans l'émotion» (à Louise Colet, 2 juillet 1853, t. II, p. 373).

Page 236.

1. *Crassineux :* de «crassiner» ou «crachiner». «"Il cra-
chine", c'est-à-dire il tombe une pluie fine, il bruine» (*Dictionnaire du patois normand*, éd. cit., p. 124).

Page 241.

1. Souvenir de Louise Colet, qui, en 1846, donne à Flaubert
une mèche de ses cheveux et son portrait, et qui, en janvier
1852, lui demande «une bague égyptienne» (voir *Corr.*, t. I,
p. 292, 302, 356, et t. II, p. 29 et 883).

Page 242.

1. *Dinde :* «*S. m.* Par abus. Dindon, coq d'Inde. Un gros
dinde» (Littré). Flaubert fait volontiers ce mot masculin, selon
l'usage normand (voir la *Correspondance*, t. II, p. 364, et la
note : «le bipède sans plumes, que j'estime être tout ensemble
un dinde et un vautour»).

2. *Picot :* «Dindon mâle. [...] On fait venir ce nom de l'anglais *peacock* [...]», le dindon étant le paon de basse-cour (*Dictionnaire du patois normand*, éd. cit., p. 305).

Page 245.

1. *Stréphopodie :* nom scientifique du pied bot. Pour rédiger cet épisode, en avril 1854, Flaubert a interrogé son frère Achille, s'est servi de plusieurs ouvrages, dont le *Traité pratique du pied bot,* de Vincent Duval (Baillière, 1839). L'un des cas cliniques qui y sont rapportés met en scène le docteur Flaubert, père de Gustave, qui reçut en consultation, à l'Hôtel-Dieu de Rouen, dont il était chirurgien en chef, Céline-Stéphanie Martin, de Caudebec, née à Saint-Arnould-en-Caux, âgée de vingt et un ans, et qui souffrait d'une inflammation purulente des conjonctives et d'une difformité du pied gauche. «M. Flaubert voulut essayer [...] de guérir le pied difforme ; le moyen qu'il employa consistait à tenir la jeune fille au lit, la jambe enfermée dans des attelles de fer. Ce traitement fut continué avec la plus grande sévérité pendant six mois ; puis ensuite Mlle Martin eut permission de se lever de temps en temps. Tout cela dura neuf mois ; mais enfin les parents de Mlle Martin, ne voyant pas d'amélioration dans sa position, se décidèrent à la faire revenir chez eux» (p. 297 ; voir aussi *Corr.,* t. I, p. 561, t. II, p. 544 et l'importante note des p. 1252-1254 : «Flaubert a tout simplement choisi une opération à la mode, relativement facile à réaliser, qui échoue, et que son père n'avait jamais voulu tenter»).

Page 247.

1. *Saprelotte :* Flaubert emploie cette déformation du juron «saperlotte» aussi bien dans sa correspondance que dans *L'Éducation sentimentale* ou dans *Bouvard et Pécuchet.*

Page 248.

1. *Écorer :* Littré signale ce verbe normand, «soutenir au moyen de quelque appui».

2. Le docteur Joseph Gensoul (1797-1858), nommé chirurgien en chef de l'hôpital de Lyon en 1826, y déploya une activité caractérisée par sa hardiesse et son inventivité. Il est notamment l'auteur d'une *Lettre chirurgicale sur quelques maladies graves du sinus maxillaire et de l'os maxillaire inférieur* (J.-B. Baillière, 1833).

3. *Ténotome :* instrument chirurgical servant à pratiquer la section des tendons.

Page 251.

1. Isaïe, XXXV, 5-6 : «Alors les yeux des aveugles verront le

jour, et les oreilles des sourds seront ouvertes. Le boiteux bondira comme le cerf» (trad. Lemaître de Sacy).

Page 252.

1. «Pour remonter le moral d'un malade, rire de son affection, et nier ses souffrances» (*Dictionnaire des idées reçues*, éd. cit., p. 539).

Page 254.

1. L'église Notre-Dame du Bon-Secours, à Guingamp, est, depuis le XIᵉ siècle, un important centre de pardon et de pèlerinage. La statue de la Vierge y est plus spécialement invoquée pour les guérisons. Flaubert et Maxime Du Camp ont visité Guingamp, vu l'église et la statue, le 6 juillet 1847, au lendemain d'un pardon, lors de leur voyage de Touraine en Bretagne : une page du chapitre X de *Par les champs et par les grèves* (chapitre pair, rédigé par Du Camp) leur est consacrée (éd. Adrianne J. Tooke, Genève, Droz, 1987, p. 546).

Page 257.

1. «L'art est un sacerdoce. / La médecine aussi, / Le journalisme, / Le notariat — et généralement toutes les professions» (*Dictionnaire des idées reçues*, éd. cit., p. 550).

Page 264.

1. L'expression *Amor nel cor* («amour au cœur»), typique de la poésie italienne des XVIᵉ et XVIIᵉ siècles, se trouve, par exemple, chez Michel-Ange, Vittoria Colonna ou l'Arioste (*Roland furieux*, chant XLII, strophe 1). Flaubert avait lu l'Arioste et, malgré cela, rêvait d'écrire un roman de chevalerie (à Louise Colet, 20 juin 1853, *Corr.*, t. II, p. 359). Le nom du poète est d'ailleurs, pour lui, clairement associé à Louise Colet, puisque, à deux reprises au moins dans leur Correspondance, il évoque un baiser décrit dans le *Roland furieux* (*ibid.*, t. I, p. 274 et 297).

Mais cet *Amor nel cor* a une autre source. L'inscription figurait en effet sur un cachet que Louise Colet aurait offert à Flaubert en 1846 (*ibid.*, t. I, p. 421). Elle-même en a témoigné, après la publication de *Madame Bovary*, en donnant, dans *Le Monde illustré* du 29 janvier 1859 (p. 70), un poème intitulé *Amor nel cor* et où elle raconte comment, un jour d'hiver, elle alla acheter l'objet «chez l'orfèvre des rois» : «La monture en argent, finement ciselée, / Avait des fleurs d'émail et des nervures d'or ; / Sur la pierre, elle fit graver : *Amor nel cor*, / Un vers toscan plein de tendresse désolée. / Elle mit, en partant, deux louis, tout son bien, / En rougissant un peu dans la main de l'orfèvre ; / Puis marchant dans la glace et sans regretter rien, / Riante elle pressait le cachet sur ses lèvres. / C'était pour lui, pour lui, qu'elle aimait comme un Dieu ; / Pour lui, dur au malheur, grossier envers la femme. / Hélas ! elle était pauvre, elle donnait bien peu, / Mais tout don est sacré quand il renferme une âme. / Eh bien ! dans un roman de commis-voyageur / Qui comme un air malsain nous soulève le cœur, / Il a raillé ce don en une phrase plate, / Mais il garde pourtant le beau cachet d'agate » (Louise Colet raconte ailleurs une version différente de l'épisode, ce qui met en cause la véracité du récit ; voir Jules Troubat, « Mémoires contemporains, Madame Louise Colet », *Le Temps*, 14 septembre 1913).

Page 266.

1. Après la mort de Georges Plantagenêt, duc de Clarence (1449-1478), secrètement exécuté dans la Tour de Londres, un bruit courut selon lequel il avait été noyé dans un tonneau de malvoisie. Reprise par Commynes, cette anecdote est évoquée au chapitre 33 du *Quart Livre* de Rabelais, où Flaubert a pu la lire.

Page 278.

1. « FATALITÉ : Mot exclusivement romantique » (*Dictionnaire des idées reçues*, éd. cit., p. 515). La lettre de Rodolphe ressemble, par bien des expressions, à celles que Flaubert adressait à Louise Colet : « Je vous aime comme je peux ; mal, pas assez, je le sais, je le sais, mon Dieu ! À qui la faute ? Au hasard ! À cette vieille fatalité ironique, qui accouple toujours les choses pour la plus grande harmonie de l'ensemble et le plus grand désagrément des parties » (23 octobre 1851, *Corr.*, t. II, p. 13).

Page 286.

1. Shakespeare, *Hamlet*, acte III, scène I.

Page 291.

1. Cette vision d'Emma Bovary est inspirée par le *Couronnement de la Vierge* de Fra Angelico : Flaubert note en effet dans le scénario préparatoire à ce passage du roman : « Maladie — communie dans son lit — idées religieuses. — visions de Fiesole » (*Plans et scénarios*, éd. cit., p. 43). Frate Giovanni di San Domenico da Fiesole est, en religion, le nom du peintre

toscan Guido di Piero, surnommé Angelico. Or, dans son carnet de voyage en Italie, Flaubert évoque longuement le *Couronnement de la Vierge* de ce peintre, qu'il a vu à Florence en 1851. «Quel homme que ce Fiesole! quel cœur et quelle foi! rien n'est plus propre à rendre dévot... à souhaiter ces joies, à s'y perdre l'âme d'aspiration.» Après les prédelles (*Dormition de la Vierge* et *Mariage de la Vierge*, Couvent de San Marco), où il note la présence de palmiers à l'arrière-plan, Flaubert décrit le tableau proprement dit (Galerie des Offices): «*Le Couronnement de la Vierge*, sur cuivre [en fait, détrempe sur bois, avec fond doré]. Des lignes, enlevées au burin sur la plaque, font des rayons dans lesquels se perdent en bas, au premier plan, deux anges qui jouent du violon et de l'orgue; les nimbes des bienheureux sont réservés sur la plaque, et tracés au poinçon entre les couleurs des vêtements et des têtes [...]. Tout en haut, au milieu, assis, Jésus et la Vierge. Jésus rassure le nimbe, ou le place sur la tête de sa mère; leurs pieds reposent sur des édredons de nuages bleus. De chaque côté, entassement d'anges jouant du clairon et d'immenses trompettes, minces, évasées du bout, et de couleur noire; devant cette cour, en avant du couple céleste, de chaque côté, deux grands anges aux longues ailes, minces, fulgurantes, qui ont l'air d'introduire la cour. À gauche, foule d'hommes; à droite, de femmes et d'hommes; en bas, au premier plan, vus de dos et noyés dans les rayons qui descendent du Christ et de la Vierge sur eux, deux anges musiciens, et deux autres plus en avant, qui encensent [...]» (Flaubert, *Voyage en Orient*, in *Œuvres complètes*, Club de l'honnête homme, t. XI, 1973, p. 164-165).

Page 292.

1. Flaubert n'a guère d'estime pour «l'odieux», «le hideux, l'exécrable "Mosieur de Maistre"», «ce sinistre farceur» (*Corr.*, t. IV, p. 642 et 712). Des citations de Joseph de Maistre figurent dans le sottisier de *Bouvard et Pécuchet* (éd. cit., p. 471 et 473) et un résumé de ses principes est donné aux deux acolytes par le comte: «"Ce qu'il y a d'abominable", disait le comte, "c'est l'esprit de 89! D'abord on conteste Dieu, ensuite on discute le gouvernement, puis arrive la liberté; liberté d'injures, de révolte, de jouissances, ou plutôt de pillage. Si bien que la Religion et le Pouvoir doivent proscrire les indépendants, les hérétiques. On criera sans doute, à la Persécution! comme si les bourreaux persécutaient les criminels. Je me résume. Point d'État sans Dieu! la Loi ne pouvant être respec-

tée que si elle vient d'en haut; et actuellement il ne s'agit pas des Italiens mais de savoir qui l'emportera de la Révolution ou du Pape, de Satan ou de Jésus-Christ!"» (*ibid.*, p. 358).

2. Mme Bovary va devoir lire des ouvrages de combat pour la foi et d'édification religieuse: *Adresse aux deux Chambres en faveur du culte catholique et du clergé de France, ou Pensez-y bien: sans religion point de gouvernement*, par l'abbé Vinson (1815); *L'Homme du monde aux pieds de Marie*, par C.-Victor d'Anglars (1836); la première édition des *Erreurs de Voltaire*, de l'abbé Claude-François Nonnotte, examen critique de l'*Essai sur l'histoire générale*, paraît en 1762.

Page 296.

1. *Castigat ridendo mores:* «Elle châtie les mœurs en riant», devise de la comédie, que relève Flaubert dans le *Dictionnaire des idées reçues* (éd. cit., p. 500).

2. Dans *Le Gamin de Paris*, comédie-vaudeville en deux actes, par Jean-François-Alfred Bayard et Émile Vanderburch, créée au Gymnase dramatique le 30 janvier 1836, Amédée, fils du général Morin, se fait passer pour un rapin afin d'approcher la modeste et vertueuse Élisa, brodeuse et copieuse de musique, sœur de Joseph — le «gamin de Paris». Lorsque la jeune fille apprend la vérité, elle demande à son séducteur qu'il tienne sa promesse de l'épouser, mais il se dérobe, arguant que son père n'acceptera jamais qu'il prenne pour femme une jeune fille de sa condition. Joseph va conter l'aventure au général, homme d'honneur, qui, scandalisé, envoie son fils au diable. Pour se racheter, celui-ci s'engage dans l'armée. De son côté, le général adopte plus ou moins le frère et la sœur, dont il découvre qu'ils sont les orphelins d'un lieutenant qui a combattu sous ses ordres, à Eylau, et qu'il a lui-même décoré. Apprenant la décision de son fils, le général lui accorde la main d'Élisa (Imprimerie Dubuisson, «Magasin théâtral», 1852). — «GAMIN Toujours suivi de "[de] Paris"» (*Dictionnaire des idées reçues*, éd. cit., p. 521).

Page 299.

1. «ACTRICE [...] Sont d'une lubricité fantastique. Elles dorment le jour, font des orgies la nuit, mangent des millions et finissent à l'hôpital» (*Dictionnaire des idées reçues*, éd. cit., p. 486).

Page 300.

1. *Lucia di Lammermoor*, opéra de Gaetano Donizetti, sur un livret de Salvatore Cammarano, d'après le roman de Walter Scott, *The Bride of Lammermoor* (1819), fut créé au Teatro San Carlo de Naples, le 26 septembre 1835. Flaubert a assisté à une représentation de ce chef-d'œuvre du drame musical romantique à Constantinople, le 13 novembre 1850 (*Corr.*, t. I, p. 704). Dans *Madame Bovary*, il cite la version française, paroles d'Alphonse Royer et Gustave Vaëz, qui fut créée, au théâtre de la Renaissance, à Paris, le 10 avril 1839. (Voir Graham Daniels, «Emma Bovary's opera — Flaubert, Scott and Donizetti», *French Studies*, juillet 1978, p. 285-303.)

L'action se passe en Écosse, à la fin du XVIIᵉ siècle. Henri Ashton de Lammermoor a décidé de marier sa sœur Lucie à Lord Arthur Bucklaw. Mais celle-ci est secrètement fiancée à Edgar de Ravenswood, absent d'Écosse. Henri vient à apprendre cet amour qui contrarie ses projets: il n'a de cesse de convaincre Lucie de l'infidélité de son amant. Elle accepte d'épouser Arthur. Le jour de la signature du contrat de mariage, Edgar se présente, reproche à la jeune femme de l'avoir trahi et se retire après avoir jeté à ses pieds l'anneau qu'elle lui avait donné en gage. Désespérée, Lucie sombre dans la folie, tue son mari et meurt de douleur. Lorsqu'il voit passer le cortège funèbre, Edgar se poignarde.

Page 301.

1. «Coton [...] Une des bases de la société dans la Seine-Inférieure» (*Dictionnaire des idées reçues*, éd. cit., p. 502).

Page 302.

1. Flaubert reprend, mot à mot, les didascalies pour la première scène de l'acte I: «Le théâtre représente le carrefour d'un bois. — À gauche de l'acteur, une fontaine très apparente, ombragée par un chêne.» Dans ce premier acte, entre deux chœurs de veneurs, Gilbert, suivant d'Henri, apprend à celui-ci qu'Edgar s'est sans doute introduit sur ses terres en cachette. Henri maudit sa sœur d'être éprise de son ennemi, plutôt que d'Arthur: «À moi, ouvre tes ailes / Je t'évoque, ange du mal, / Viens servir mes fureurs mortelles, / Arme pour moi ton bras fatal» (*Lucie de Lammermoor*, Tresse, 1853, p. 1-2).

2. Lucie entre en scène, suivie de Gilbert, qu'elle congédie en «lui donnant sa bourse» (I, VI). Près de la fontaine, elle avoue son inquiétude: Edgar est en danger, il ne doit pas

paraître. C'est la cavatine «Que n'avons-nous des ailes?», suivie du duo d'Edgar et Lucie. Mais c'est dans la «scène de la
folie», à l'acte III, que la voix de Lucie s'entrelace à celle
d'une flûte.

Page 303.

1. «À demain», dit Emma, au chapitre XII (voir p. 275).
«Adieu» se disent Lucie et Edgar, à la fin de l'acte I (sc. VIII).

Page 304.

1. «LUCIE : Vers toi toujours s'envolera / Mon rêve d'espérance ; / Le bruit des flots pour toi sera / L'écho de ma souffrance. / Si mon pauvre cœur désolé / À sa douleur succombe,
/ Cueille dans ce bois isolé / Une fleur pour ma tombe. / Adieu
tout mon bonheur! / La mort est dans mon cœur. / EDGAR :
[…] Et si ton âme désolée / À sa douleur succombe, / Donne
une larme à l'exilé / Que ton cœur soit sa tombe» (I, VIII).

2. ARTHUR : «J'aime Lucie, et je m'en crois aimé / Mais je ne
puis bannir un soupçon qui m'obsède» (I, IV).

3. Acte II, I. GILBERT à Henri: «Parlez. Selon votre ordre et
votre bon plaisir, / J'ai déjà supprimé leurs lettres ; bon
remède / Qu'un mutisme absolu pour les douleurs d'amour. /
Que faut-il maintenant? / ARTHUR : L'anneau de fiançailles /
Échangé par ma sœur, ce jour… / GILBERT : Pendant qu'Edgar
dormait, l'âme d'amour bercée, / J'ai dérobé ce gage ; un
habile ouvrier, / Fort mal fâmé, mais du reste, bon diable, /
Pour quelques pièces d'or m'en a fait un semblable / Qui trom-
perait l'œil d'un joaillier. / Le voici.»

Page 305.

1. Le sextuor qui clôt l'acte II est une des pages les plus justement fameuses de l'art lyrique, remarquable tant par son
invention mélodique et son intensité dramatique (Edgar
rejette Lucie et tire son épée, réclamant vengeance), que par le
contraste des passions qui s'y expriment en harmonie.

Page 308.

1. Acte III, scène VI: «Lucie, accourant ; ses cheveux sont
déroulés, et ses yeux hagards» (*ibid.*, p. 11).

Page 309.

1. «Ô bel ange!… ma Lucie, / Je te joins dans l'autre vie…»:
c'est le dernier air d'Edgar, agonisant.

2. «DILETTANTE Homme très riche, abonné à l'Opéra» (*Dictionnaire des idées reçues*, éd. cit., p. 507).

3. Ces artistes, gloires de l'époque et du *bel canto*, faisaient partie de la troupe du Théâtre-Italien de Paris, où, en 1837, *Lucie de Lammermoor* fut donnée pour la première fois en France. Fanny Tacchinardi Persiani (1812-1867), soprano, avait créé, à Naples, le rôle de Lucia, et le reprit à Paris en 1837, aux côtés de Giovanni Battista Rubini (1795-1854), ténor, et d'Antonio Tamburini (1800-1876), baryton. Giulia Grisi (1811-1869) s'illustra également, sur la même scène, dans le rôle de Lucia.

Page 311.

1. «Dans ma 3ᵉ partie, qui sera pleine de choses farces, je veux qu'on pleure» (à Louise Colet, 9 octobre 1852, *Corr.*, t. II, p. 172).

2. Léon ressemble ici à Ernest Chevalier, ami de la jeunesse de Flaubert. «Ce brave Ernest! Le voilà donc marié, établi et toujours magistrat par-dessus le marché! Quelle balle de bourgeois et de monsieur! [...] Il a du reste suivi la marche normale. — Lui aussi, il a été artiste, il portait un couteau-poignard et rêvait des plans de drames. Puis ç'a été un étudiant folâtre du quartier latin; il appelait "sa maîtresse" une grisette du lieu que je scandalisais par mes discours, quand j'allais le voir dans son fétide ménage. Il pinçait le cancan à la Chaumière et buvait des bischops de vin blanc à l'estaminet Voltaire. Puis il a été reçu docteur» (à sa mère, 15 décembre 1850, *Corr.*, t. II, p. 721).

Établi à l'angle du boulevard d'Enfer et du boulevard du Montparnasse, le bal public de la Grande Chaumière, ouvert de 1788 à 1855, fut, pendant des années, le rendez-vous des étudiants et des lorettes, qui appréciaient ses jardins, ses montagnes russes, son esprit de bohème et de débauche. Victor Hugo en témoigne: «Une bamboche à la Chaumière, / D'où l'on éloigne avec soin l'eau, / Contient cent fois plus de lumière / Que Longin traduit par Boileau» («Post-scriptum des rêves», *Les Chansons des rues et des bois*).

Page 317.

1. *La Tour de Nesle*, d'Alexandre Dumas et Frédéric Gaillardet (1832), l'un des premiers drames du théâtre romantique, est l'histoire de Marguerite de Bourgogne, épouse de Louis XI, de son amant, Buridan, qu'elle a voulu faire assassiner, et de leurs fils. En juillet 1847, Flaubert et Maxime Du Camp virent des gravures de la Tour de Nesle à l'auberge de la Tour d'ar-

gent, à Huelgoat (voir «Carnets de voyage», *Par les champs et par les grèves*, éd. cit., p. 711).

Page 321.

1. *Mariamne dansant :* toutes les éditions portent «Marianne»; nous corrigeons. Mariamne était la femme d'Hérode Ier, roi de Judée, qui la fit mettre à mort. La statue du portail Saint-Jean de la cathédrale de Rouen représente en fait la danse de Salomé, arrière-petite-fille d'Hérode le Grand, fille d'Hérodiade. Comme prix de sa danse, la princesse juive demanda la tête de Jean-Baptiste : Flaubert traitera ce thème dans *Hérodias*. Dans ses notes de voyage en Italie, il confond de même Hérodiade et Mariamne (voir la description des fresques du Collegio del Cambio, à Pérouse, représentant des scènes de la vie de saint Jean-Baptiste : «Mariamne à table recevant la tête de saint Jean», *Œuvres complètes*, Club de l'honnête homme, t. XI, p. 163). Avant de rédiger sa description touristique de la cathédrale de Rouen, il s'est documenté auprès de l'archéologue Alfred Baudry, qu'il a interrogé par lettre en février ou mars 1855 (*Corr.*, t. II, p. 570-571).

Page 325.

1. En 1876, dans une lettre ouverte à la municipalité de Rouen, qui refuse d'accorder un emplacement à une fontaine surmontée du buste de Louis Bouilhet, Flaubert recommande au conseil municipal de délaisser la critique littéraire et de s'occuper vraiment des charges qui lui incombent, tel «l'achèvement de la sempiternelle flèche de la cathédrale» (*Le Temps*, 26 janvier 1876; Flaubert, *Œuvres complètes*, Club de l'honnête homme, t. XII, 1974, p. 59).

Page 331.

1. *Fabricando fit faber :* c'est en forgeant que l'on devient forgeron. *Age quod agis :* fais ce que tu as à faire (sous-entendu : et rien d'autre).

Page 332.

1. «Sais-tu ce qui se vend annuellement le plus?» demande Flaubert à Louise Colet. «*Faublas* et *L'Amour conjugal*, deux productions ineptes» (22 novembre 1852, *Corr.*, t. II, p. 179). *De la génération de l'homme ou Tableau de l'amour conjugal*, de Nicolas Venette, docteur en médecine, qui paraît à Amsterdam en 1687, est constamment réimprimé, tout au long des XVIIIe et XIXe siècles, et encore au XXe. Certaines éditions sont

enrichies de figures dessinées par l'auteur. «Le *Tableau de l'amour conjugal* n'a probablement dû sa vogue qu'au style lubrique dans lequel il est écrit», note la *Biographie universelle* de Michaud. Il «peut être considéré comme un livre populaire, une espèce de roman médical, rempli d'erreurs et d'histoires indécentes» (Paris-Leipzig, Desplaces-Brockhaus, t. 43, 1865, p. 112). De fait, au début du Second Empire, le libraire Bailly, coupable d'avoir publié ce livre, entre autres publications licencieuses, fut condamné pour «outrage à la morale publique» (voir Jean-Jacques Darmon, *Le Colportage de librairie en France sous le Second Empire*, Plon, 1971, p. 78-80). Arthur Rimbaud explique en vers, dans l'*Album zutique*, ce que ses gravures ont d'instructif: «Je saurai, revenu du public abêti, / Goûter le charme ancien des dessins nécessaires. / Écrivain et graveur ont doré les misères / Sexuelles, et c'est, n'est-ce pas, cordial: / Dr Venetti, *Traité de l'Amour conjugal*» (Arthur Rimbaud, *Poésies*, Folio, 1999, p. 139).

Page 335.

1. *Patard:* «Petite monnaie ancienne. On ne se sert plus de ce mot que dans les locutions suivantes: cela ne vaut pas un patard; il n'a pas un patard» (Littré).

Page 338.

1. *L'œil américain:* regard acéré et infaillible. «L'origine du mot est dans la vogue des romans de Cooper et dans la vue perçante qu'il prête aux sauvages de l'Amérique» (Lorédan Larchey, *Les Excentricités du langage*, 1865).

Page 340.

1. *Bauce*, ou, plutôt, *bosse:* «Terme de marine. Les bosses sont des bouts de cordes, qui servent à rejoindre des parties séparées, ou à saisir des cordages et d'autres choses. Prendre une bosse, amarrer une bosse à quelque manœuvre» (Littré).

Page 341.

1. «Un soir, t'en souvient-il? nous voguions en silence; / On n'entendait au loin, sur l'onde et sous les cieux, / Que le bruit des rameurs qui frappaient en cadence / Tes flots harmonieux» (Lamartine, «Le Lac», 3e strophe, *Méditations poétiques*, Poésie/Gallimard, 1981, p. 64). Le poème a notamment été mis en musique par Louis Niedermeyer (1802-1861). Sa partition, initialement prévue pour piano et soprano, a été souvent rééditée aux xixe et xxe siècles, adaptée pour ténor ou

baryton, transcrite pour mandoline, pour orgue et même pour musique militaire.

Page 345.

1. «Dans les arts qui n'ont que l'aggrément pour objet, tout peut servir de maitre aux jeunes persones. Leur pére, leur mére, leur frére, leur sœur, leurs amies, leurs gouvernantes, leur miroir, et surtout leur propre gout» (Jean-Jacques Rousseau, *Émile ou De l'éducation*, Gallimard, Folio essais, 1995, p. 553). Rousseau préconise aussi l'allaitement maternel: «Le devoir des femmes n'est pas douteux: mais on dispute si dans le mépris qu'elles en font, il est égal pour les enfans d'être nourris de leur lait ou d'un autre? Je tiens cette question, dont les médecins sont les juges, pour décidée au souhait des femmes; et pour moi, je penserois bien aussi qu'il vaut mieux que l'enfant suce le lait d'une nourrice en santé que d'une mére gâtée, s'il avoit quelque nouveau mal à craindre du même sang dont il est formé. / Mais la question doit-elle s'envisager seulement par le côté physique, et l'enfant a-t-il moins besoin des soins d'une mére que de sa mammelle? D'autres femmes, des bêtes mêmes pourront lui donner le lait qu'elle lui refuse: la sollicitude maternelle ne se supplée point» (*ibid.*, p. 92-93). — En 1846-1847, Flaubert écrit, en collaboration avec Louis Bouilhet et Maxime Du Camp, le premier acte d'une tragédie en vers parodiques, *La Découverte de la vaccine* (*Œuvres complètes*, Club de l'honnête homme, 1972, t. VII, p. 379-402).

Page 348.

1. Le 23 mai 1855, Flaubert écrit à Louis Bouilhet: «Je chante les lieux qui furent le "théâtre aimé des jeux de ton enfance", c'est-à-dire: les cahfuehs, estaminets, bouchons et bordels qui émaillent le *bas de la rue des Charrettes* (je suis en plein Rouen). Et je viens même de quitter, pour t'écrire, les lupanars à grilles, les arbustes verts, l'odeur de l'absinthe, du cigare et des huîtres, etc. Le mot est lâché: *Babylone* y est. Tant pis! Tout cela, je crois, frise bougrement le ridicule. C'est *trop fort*. Enfin tu verras» (*Corr.*, t. II, p. 575).

Page 350.

1. L'odalisque est l'un des thèmes de prédilection des peintres orientalistes: la plus célèbre expression en est sans doute la *Grande Odalisque* d'Ingres (1814, musée du Louvre), mais une note des *Plans et scénarios* peut laisser penser que

Flaubert songeait à un tableau particulier. À propos des rêveries artistiques et romanesques d'Emma, il consigne en effet les mots : « Odalisques de Court » (éd. cit., p. 24). Joseph-Désiré Court (1797-1865), élève de Gros, prix de Rome en 1821, devint directeur du musée de Rouen en 1853. Il a peint plusieurs portraits des membres de la famille Flaubert, notamment le père et la mère de l'écrivain, sa belle-sœur Julie, sa nièce Juliette. Il s'intéressa aux sujets orientaux, comme le prouve une *Jeune femme du harem* (reproduite dans *Tableaux anciens*, Catalogue de la vente organisée et dirigée par Jacques Tajan, Paris, Hôtel Drouot, 26 mars 1996). Il est probable qu'il peignit des odalisques, auxquelles Flaubert fait peut-être ici allusion.

2. « Avez-vous vu, dans Barcelone, / Une Andalouse au sein bruni ? / Pâle comme un beau soir d'automne ! C'est ma maîtresse, ma lionne ! La marquesa d'Amaëgui ! » (Alfred de Musset, « L'Andalouse » ; en 1830, cette chanson s'intitulait « Barcelone » : *Premières poésies*, éd. Patrick Berthier, Poésie/Gallimard, 1976, p. 58 et 450). Dans *L'Éducation sentimentale*, Deslauriers, voyant paraître une « femme pâle, à nez retroussé », s'écrie : « Tiens ! la marquise d'Amaëgui ! » (éd. cit., p. 91).

Page 352.

1. Flaubert a noté, dans son manuscrit, qu'il empruntait cette chanson à Restif de la Bretonne, qui la cite dans *L'Année des dames nationales* mais ne l'a probablement pas écrite lui-même, puisqu'elle figure dans un recueil de partitions du XVIIIᵉ siècle de Giovanni Gambini. Dans *Madame Bovary*, le texte de la « Chanson d'Edmond » de Restif est légèrement remanié : « Ce fut au temps de la moisson / Que je vis, que j'aimai Nannette : / Hâ ! c'est la belle saison, / Pour cultiver une Fillette ! / Souvent la chaleur d'un beau jour / Fait rêver les Filles à l'Amour. / On peut porter un court Jupon, / Quand on a la jambe bien faite ; / C'est aussi pour cette raison / Que Jupon court porte Nannette : / Et l'on sait aussi quel soupçon / Suit jambe fine et pied mignon ? / [...] Pour amasser diligemment / Les épics que la faulx moissonne, / Ma Nannette va s'inclinant / Vers le sillon qui nous les donne : / Et Fille qui baisse le front / Raccourcit encor son Jupon. / Jupon court, quand il fait du vent, / Bien-plutôt qu'un autre s'envole, / Et sert les vœux d'un Amant ; / Le Zefir en a plus beau rôle ; / Il souffla bien-fort ce jour-là / Et le Jupon court s'envola ! » (*L'An-*

née des dames nationales, ou histoire, jour par jour, d'une
femme de France, Genève-Paris, 1791, t. I, p. 24-26. Voir
Anthony Williams, « Une chanson de Rétif et sa réécriture par
Flaubert», *Revue d'histoire littéraire de la France*, mars-avril
1991, p. 239-242).

Page 365.

1. *Monacos :* pièces de monnaie.
2. *Chicard, chicandard :* qui a beaucoup de chic, de la distinction. *Breda-street :* la rue Breda (l'actuelle rue Henry-Mon-
nier), au pied de la butte Montmartre, joignait autrefois la rue
Notre-Dame-de-Lorette et la rue de Laval, donnant son nom à
un quartier d'artistes, de modèles, de bohèmes. (Voir la lettre
à Louis Bouilhet, 23 mai 1855, *Corr.*, t. II, p. 576 : « C'est une
occâse (style Breda street) [...]».)

Page 366.

1. Flaubert écrit « Pomard ». Nous corrigeons.

Page 367.

1. «Brunes Plus chaudes que les blondes» (*Dictionnaire des*
idées reçues, éd. cit., p. 494).

Page 368.

1. *Garus* (du nom d'un pharmacien hollandais) : élixir, à
base d'épices, employé dans le traitement de certaines maladies de l'estomac.
2. «Cujas Inséparable de "Barthole". / On ne sait pas ce
qu'ils ont fait; n'importe! dites à tout homme de cabinet :
"Vous êtes enfoncé dans Cujas et Barthole"» (*Dictionnaire des*
idées reçues, éd. cit., p. 503). — Bartolo da Sassoferrato [en
français, Bartole] (1313-1357), jurisconsulte italien, dont les
idées furent combattues par le Français Jacques Cujas (1522-
1590). De fait, ces deux noms sont souvent associés, et l'orthographe Barthole a longtemps prévalu. Voir Molière, *Monsieur*
de Pourceaugnac (acte II, scène XI), ou Honoré de Balzac, *Le*
Contrat de mariage : «Assisté par Cujas et Barthole eux-mêmes
[...]» (Folio, 1973, p. 153).

Page 373.

1. *Sape :* normandisme, pour *sapin.*

Page 389.

1. «Il faut à toute force que les *cheminots* trouvent leur

place dans la *Bovary*. Mon livre serait incomplet sans lesdits turbans alimentaires, puisque j'ai la prétention de *peindre* Rouen (c'est bien le cas de dire : / *D'un pinceau délicat l'artifice agréable* / *Du plus hideux objet, etc.*) / Je m'arrangerai pour qu'Homais raffole de cheminots. Ce sera un des motifs secrets de son voyage à Rouen et d'ailleurs sa seule faiblesse humaine ; il s'en foutra une bosse, chez un ami de la rue Saint-Gervais. N'aie pas peur ! ils seront de la rue Massacre et on les fera cuire dans un poêle, dont on ouvrira la porte avec une règle ! » (à Louis Bouilhet, 23 mai 1855, *Corr.*, t. II, p. 575).

2. Le 19 septembre 1855, Flaubert demande à Louis Bouilhet « des *mots scientifiques* désignant les différentes parties de l'œil (ou des paupières) endommagé. Tout est endommagé, et c'est une compote où l'on ne distingue plus rien. N'importe, Homais emploie de beaux mots et discerne quelque chose pour éblouir la galerie » (*Corr.*, t. II, p. 595). Rassemblant les souvenirs de ses études de médecine, Bouilhet s'exécute, le 22 septembre, concluant sa liste de vocabulaire par un conseil auquel Flaubert se tiendra : « Prends garde d'en trop dire. Hommais [*sic*] n'est qu'un pharmacien de campagne, il ne connaît pas l'anatomie, il a seulement retenu quelques mots » (*Corr.*, t. II, « Appendices, VI », p. 972).

Page 390.

1. C'est Louis Bouilhet qui a eu l'idée de ce régime. Il l'expose à Flaubert dans une lettre du 18 septembre 1855 : « Comme toutes ces affections partent d'un vice scrofuleux, [Homais] conseillera [à l'Aveugle], avec bonté, le bon régime, le bon vin, la bonne bière, les viandes rôties, tout cela avec volubilité, comme une leçon qu'on répète (il se souvient des ordonnances qu'il reçoit quotidiennement, et qui se terminent invariablement par ces mots : s'abstenir de *farineux*, de *laitage*, et s'exposer *de temps à autre à la fumée des baies de genièvre* [)]. Je crois que ces conseils donnés par un gros homme à ce misérable qui crève de faim, seraient d'un effet assez poignant » (*Corr.*, t. II, « Appendices, VI », p. 971). Flaubert répond, le 19 septembre : « L'idée *du bon régime* à suivre est excellente, et je l'accepte avec enthousiasme » (*ibid.*, p. 595).

Page 392.

1. Outre les grands tableaux d'histoire dont il s'était fait une spécialité, le baron Charles de Steuben (1788-1856), né en Allemagne, formé en Russie et en France, a produit des compositions populaires, sensuelles, voire libidineuses, vulgarisées

par la gravure : *La Esmeralda et Quasimodo* (1839, entré au musée des Beaux-Arts de Nantes en 1854), *La Esmeralda donnant une leçon de danse à sa chèvre Djali* (1841), etc. — Il ne paraît pas que Henri-Frédéric Schopin (1804-1888), frère de Frédéric Chopin, surtout connu pour ses tableaux inspirés de sujets littéraires, ait jamais peint *Putiphar*. En revanche, Steuben est l'auteur de *Joseph et la femme de Putiphar*, exposé et admiré au Salon de Paris en 1843.

Page 397.

1. Binet a donc participé à la fin de l'épopée napoléonienne, combattant à Bautzen et Lützen, villes d'Allemagne où Napoléon remporte, en 1813, deux victoires sur les Russes et les Prussiens, et figurant parmi les 80 000 hommes qui suivent l'empereur lors de la campagne de France, jusqu'à l'abdication du souverain en avril 1814. À ce titre, il a mérité qu'on songe à lui décerner la croix de la Légion d'honneur, distinction suprême de l'Empire.

Page 416.

1. Charles-Louis Cadet de Gassicourt (1769-1821), littérateur et pharmacien français, fils d'un autre fameux pharmacien, a écrit de nombreux articles pharmaceutiques, sur tous les sujets, notamment dans le *Journal de pharmacie et des sciences accessoires* dont il fut, en 1809, l'un des fondateurs : *Mémoires sur le café, sur l'art du vinaigrier, sur le papayer, description d'un appareil propre à extraire le gaz méphitique des puits et des fosses d'aisances, examen de différentes colles-fortes*, etc. Il a également publié, en 1817, un *Manuel médico-légal des poisons introduits dans l'estomac, et des moyens thérapeutiques qui leur conviennent.*

Page 418.

1. Lors du procès de *Madame Bovary*, l'accusation reproche à Flaubert d'avoir mêlé ici le sacré et le profane : «Vous le savez, s'exclame l'avocat impérial Ernest Pinard, le prêtre fait les onctions saintes sur le front, sur les oreilles, sur la bouche, sur les pieds, en prononçant ces phrases liturgiques : *quidquid per pedes, per aures, per pectus*, etc., toujours suivies des mots *misericordia*... péché d'un côté, miséricorde de l'autre. Il faut les reproduire exactement, ces paroles saintes et sacrées ; si vous ne les reproduisez pas exactement, au moins n'y mettez rien de voluptueux» («Réquisitoire», *Madame Bovary*, Charpentier, 1873, p. 405). Dans sa plaidoirie, Mᵉ Senard affirme

que Flaubert s'est appuyé sur «un livre que lui avait prêté un vénérable ecclésiastique de ses amis, qui a lu cette scène, qui en a été touché jusqu'aux larmes, et qui n'a pas imaginé que la majesté de la Religion pût en être offensée». Cet ouvrage, *Explication historique, dogmatique, morale, liturgique et canonique du catéchisme, avec la réponse aux objections tirées des sciences contre la religion* (Le Mans, Charles Monnoyer, 1851), est l'œuvre de l'abbé Amboise Guillois, qui précise que «Le prêtre fait [...] les onctions sur le malade avec le stylet, ou l'extrémité du pouce droit qu'il trempe chaque fois dans l'huile des infirmes. Ces onctions doivent être faites surtout aux cinq parties du corps que la nature a données à l'homme comme les organes des sensations, savoir : aux yeux, aux oreilles, aux narines, à la bouche, et aux mains. / À mesure que le prêtre fait les onctions, il prononce les paroles qui y répondent. / *Aux yeux, sur la paupière fermée :* Par cette onction sainte et par sa pieuse miséricorde, que Dieu vous pardonne tous les péchés que vous avez commis par la vue. [...]» La formule se répète pour chaque organe.

Mᵉ Senard invoque d'autre part l'exemple de Sainte-Beuve qui, dans *Volupté* (paru en 1834), a fait une scène d'extrême-onction dans la même tonalité : «Oh! oui donc, à ces yeux d'abord, comme au plus noble et au plus vif des sens ; à ces yeux, pour ce qu'ils ont vu, regardé de trop tendre, de trop perfide en d'autres yeux, de trop mortel ; pour ce qu'ils ont lu et relu d'attachant et de trop chéri ; pour ce qu'ils ont versé de vaines larmes sur les biens fragiles et sur les créatures infidèles ; pour le sommeil qu'ils ont tant de fois oublié, le soir, en y songeant! / À l'ouïe aussi, pour ce qu'elle a entendu et s'est laissé dire de trop doux, de trop flatteur et enivrant ; pour ce suc que l'oreille dérobe lentement aux paroles trompeuses ; pour ce qu'elle y boit de miel caché! / À cet odorat ensuite, pour les trop subtils et voluptueux parfums des soirs de printemps au fond des bois, pour les fleurs reçues le matin et tous les jours, respirées avec tant de complaisance! / Aux lèvres, pour ce qu'elles ont prononcé de trop confus ou de trop avoué ; pour ce qu'elles n'ont pas répliqué en certains moments ou ce qu'elles n'ont pas révélé à certaines personnes ; pour ce qu'elles ont chanté dans la solitude de trop mélodieux et de trop plein de larmes ; pour leur murmure inarticulé, pour leur silence! / Au cou au lieu de la poitrine, pour l'ardeur du désir, selon l'expression consacrée (*propter ardorem libidinis*) ; oui, pour la douleur des affections, des rivalités, pour le trop d'an-

goisse des humaines tendresses, pour les larmes qui suffo-
quent un gosier sans voix, pour tout ce qui fait battre un cœur
ou ce qui le ronge ! / Aux mains aussi, pour avoir serré une
main qui n'était pas saintement liée, pour avoir reçu des
pleurs trop brûlants ; pour avoir peut-être commencé d'écrire,
sans l'achever, quelque réponse non permise ! / Aux pieds pour
n'avoir pas fui, pour avoir suffi aux longues promenades solitaires, pour ne s'être pas lassés assez tôt au milieu des entre-
tiens qui sans cesse recommençaient ! » (*ibid.*, p. 457-458).

Marcel Proust, qui admire la page de Flaubert, établit un
autre rapprochement : « Sainte-Beuve et Balzac (Balzac deux
fois) ont fait le développement de Flaubert, le même, qui est
d'ailleurs dans Bossuet etc. » (Marcel Proust, *Correspondance*,
éd. Philip Kolb, Plon, t. V, 1979, p. 283). Balzac, en effet, a fait
une scène semblable dans *Le Curé de village* : « Le prélat ferma
aux choses de la terre, par une sainte onction, ces yeux qui
avaient causé tant de mal, et mit le cachet de l'Église sur ces
lèvres trop éloquentes. Les oreilles, par où les mauvaises ins-
pirations avaient pénétré, furent à jamais closes. Tous les sens,
amortis par la pénitence, furent ainsi sanctifiés, et l'esprit du
mal dut être sans pouvoir sur cette âme » (éd. Folio, 1975,
p. 319). On ne sait guère quelle est l'autre scène à laquelle
pensait Proust ; peut-être la mort de Mme de Mortsauf dans *Le
Lys dans la vallée*.

Page 419.

1. Voir ci-dessus n. 1, p. 352.

Page 423.

1. Voir le chapitre IX de *Bouvard et Pécuchet* où le comte
exalte la Religion : « Elle avait affranchi les esclaves » (éd. cit.,
p. 364). Flaubert s'est plu à relever de nombreuses affirma-
tions contradictoires sur le sujet, comme celle de Baguenault
de Puchesse : « Un des plus magnifiques résultats du christianisme c'est d'avoir aboli l'esclavage » (*Copie de Bouvard et
Pécuchet*, Flaubert, *Œuvres complètes*, Club de l'honnête
homme, t. VI, 1972, p. 414-416 ; voir aussi p. 399).

Page 424.

1. Le titre complet de l'ouvrage de l'abbé Antoine Guénée
(1717-1803), paru en 1769, est : *Lettres de quelques juifs portugais, allemands et polonais à M. de Voltaire, avec un petit commentaire extrait d'un plus grand, à l'usage de ceux qui lisent ses
œuvres.*

2. Jean-Jacques Nicolas (1807-1888), ancien juge de paix et écrivain, fervent catholique, a publié des *Études philosophiques sur le christianisme*, à Bordeaux, en 1842-1845, mais *La Raison du christianisme, ou Preuves de la vérité de la religion, tirées des écrits des plus grands hommes de la France, de l'Angleterre et de l'Allemagne*, ouvrage en douze volumes, paru en 1834-1835 et plusieurs fois réédité, est dû à Eugène de Genoude.

Page 426.

1. Pour la scène de l'enterrement d'Emma Bovary, Flaubert puise dans ses souvenirs personnels. Le 25 mars 1846, il raconte à Maxime Du Camp l'enterrement de sa sœur Caroline : «On lui a mis sa robe de noce, avec des bouquets de roses, d'immortelles et de violettes. [...] Elle paraissait bien plus grande et bien plus belle que vivante avec ce long voile blanc qui lui descendait jusqu'aux pieds» (*Corr.*, t. I, p. 258).

Page 433.

1. L'édition Charpentier porte «lumignons», erreur d'un typographe. Nous rétablissons la leçon donnée par l'édition Lévy de 1857. Voir *L'Éducation sentimentale :* «Des fumignons blanchâtres sortaient de la verdure des ifs. C'étaient des offrandes abandonnées, des débris que l'on brûlait» (au cimetière du Père-Lachaise, éd. cit., p. 413).

2. Réminiscence d'un autre enterrement, celui d'Alfred Le Poittevin : «On l'a porté à bras au cimetière. La course a duré près d'une heure. Placé derrière je voyais le cercueil osciller avec un mouvement de barque qui remue au roulis» (à Maxime Du Camp, 7 avril 1848, *Corr.*, t. I, p. 494).

Page 434.

1. Lors des obsèques de Caroline, «sur le bord de la fosse [son mari] s'est agenouillé et lui a envoyé des baisers en pleurant» (*Corr.*, t. I, p. 258).

2. À l'enterrement d'Alfred Le Poittevin, Flaubert s'approche de la fosse : «J'ai regardé une à une toutes les pelletées tomber. — Il m'a semblé qu'il en tombait cent mille. Quand le trou a été bouché, j'ai tourné les talons et je m'en suis retourné en fumant (ce que Boivin n'a pas trouvé convenable)» (*Corr.*, t. I, p. 495).

Page 435.

1. «ENTERREMENT [...] "Et dire que nous avons dîné ensemble il y a huit jours. Qui est-ce qui aurait dit ça !" (Der-

rière le corbillard)» (*Dictionnaire des idées reçues*, éd. cit., p. 512).

Page 440.

1. «Édiles [...] À quoi songent nos édiles?» (*Dictionnaire des idées reçues*, éd. cit., p. 511).

Page 441.

1. Flaubert a inséré dans son manuscrit une réclame pour la *Revalenta arabica*.

2. Pulvermacher, joaillier-horloger, se flattait d'être devenu mécanicien, physicien et chimiste, et d'avoir, après de longues recherches sur «l'application de la force motrice de l'électricité», mis au point, en 1849, «la première chaîne véritablement électrique», un appareil «simple et portatif», aidant «à la guérison des maladies nerveuses et musculaires», «reconnu par les savants et désigné par eux sous le titre de *Pile Pulvermacher*». Ce dispositif, qui se portait à même la peau, connut un succès tel que, pour quelques années, Pulvermacher «établit une fabrique qui employait cent soixante ouvriers». Toutefois, elle périclita bientôt et était déjà fermée en 1854, si l'on en croit un curieux *Mémoire pour M. Pulvermacher et contre M. Meinig* publié à cette date. (Voir aussi *Madame Bovary, Mœurs de province*, Nouvelle version précédée des scénarios inédits, éd. Jean Pommier et Gabrielle Leleu, Corti, 1949, p. 128, note 4.)

3. Cf. les célèbres vers de Musset: «Mes chers amis, quand je mourrai, / Plantez un saule au cimetière. / J'aime son feuillage éploré [...]» («Lucie», *Poésies nouvelles*, éd. Patrick Berthier, Poésie/Gallimard, 1976, p. 240).

4. Ce peintre qui paraît à la fin du roman ne serait-il pas Flaubert lui-même, qui signerait ainsi son livre? Il aimait les calembours et, dans le salon de Mme Sabatier, se faisait appeler «le sire de Vaufrilard» (voir Sergio Cigada, «Un nuovo documento su *Madame Bovary*: il pittore Vaufrilard», *Rivista di letterature moderne e comparate*, mars 1958, p. 30-34).

Page 442.

1. *Sta viator, amabilem conjugem calcas:* «Arrête-toi, passant: tu foules aux pieds une épouse adorable.»

2. Après la mort de Voltaire, des ragots circulèrent, d'abord diffusés par *La Gazette de Cologne* du 1er juillet 1778: «Peu de temps avant sa mort, M. de Voltaire est entré dans une agitation affreuse, criant avec fureur: je suis abandonné de Dieu et des hommes. Il se mordait les doigts, et portant les mains dans

son pot de chambre, et saisissant ce qui y était, il le mangeait.»
Cette tradition fut propagée par les détracteurs du philosophe,
qui en firent un article du catéchisme anti-voltairien. «Faute
d'avoir obtenu de Voltaire l'abjuration souhaitée, commente
René Pomeau, certains de ses ennemis n'hésitaient pas à le
discréditer par l'ignominie» (*Voltaire en son temps*, sous la
direction de René Pomeau, t. V : *« On a voulu l'enterrer »* *1770-
1791*, Oxford, Voltaire Foundation, 1994, p. 336-342).

Page 445.

   1. *Fatalité :* voir ci-dessus n. 1, p. 278.

Page 446.

   1. Cf. la dernière réplique de *Grandeur et Décadence de
M. Joseph Prudhomme* : « J'aurai un gendre décoré ! » (éd. cit.,
p. 31).

DU MÊME AUTEUR

COLLECTION FOLIO

Dernières parutions